U0070856

史上最強
日語單字

史上最完整收錄！
生活上必須用到的單字表現

前　言

　　早年，在我還是醫學生的時代，認識了一位來自韓國的年輕內科醫師。他在毗鄰釜山的一座巨濟島上服務，當時到日本來作內視鏡技術的研修。在這個因緣際會下，我結束了實習生的日子，從醫學大學畢業後，便轉往首爾（時為「漢城」）延世大學保健研究所攻讀公眾保健學。

　　在韓國的留學生活中，我的腦中開始萌生了一個想法，希望出版一本讓來到日本的韓國年輕人們能活用的日語學習書。於是在回到日本後，便開始著手編著學習日語的單字書。於是，生平第一本為了韓國留學生們而著的日語單字學習書便成功的在韓國出版上市。

　　不過，與韓國相較之下，台灣的人們更加的喜愛日本。到日本觀光旅遊的人數自當不在話下，因工作赴任、留學、國際婚姻等原因，不論長、短期造訪日本的人數更是逐年俱增。台日的交流一日比一日蓬勃發展，諸多的台灣學生都在學習日語，進而留學日本的更是不在少數。

　　因本身也結識許多台灣的友人，近年來造訪台灣的機會也因此更加頻繁。台灣的人們總是釋出親切的一面，讓我相當感動，因此我一直思索做些什麼來回報這份善意。這時，就在一個因緣巧合之下，認識了台灣出版業界的朋友們。故此我毅然決然的決意要出版一本適合台灣人學習的日語單字書，祈求能讓台灣人在學習日語時能獲得更大的幫助。

　　這本書並不是單純的單字集而已，它容納了更多單字的相關表現，並且說明某個詞彙該如何正常使用？以及收錄在日生活中最實用表現的集大成之作。編寫的考量亦不只是為了在台灣的日語學習者可用，若學習者們到了日本生活，也能廣泛地正確活用。全書不僅初、中級的單字相當地齊備，就連一些常用、但日漢辭典卻查不到的單字也都收錄在本書當中，真是的十分貼心完備。

　　學習日語時或在日生活時，請務必讓本書隨侍在側。本書也適合旅行者查詢，旅途中必須的飲食、美容、購物、看電影等表達，廣泛地在表達興趣方面的實用單字也應有盡有。相信這本書，一定會是學習日語的您最佳的良師益友。

　　最後，特別感謝在本書的編製時，國際學村江媛珍社長、伍峻宏總編輯、莊遠芬編輯、王文強編輯進行本書的編輯企畫，輔仁大學何欣泰教授，協助本書中文內容的校正。以及筆者本身住在台北的友人神谷俊美先生為了本書的製作給了相當多的協助。最後，再一次地向所有人敬上最高的謝意。

筆者　今井久美雄

西元2012年12月　於日本川崎市

連日本人都在用的日語單字分類大全

配合大腦網絡記憶的地圖狀單字延伸學習法
基本單字、相關表現、延伸知識全部一網打盡！

　　單字不是背下來就好了，如果背下來卻「不會用」，只不過是傷害自己的腦細胞罷了。本書教你如何從「外形相近＆用法相近」的**單字群組**開始學，並詳細講解日語單字怎麼用、用在什麼時候、用在哪裡。例如日文的動詞「恋する」和「愛する」同樣都表示「愛」的意思，但要表達「陷入愛河。」時，用的是「恋する」而不是「愛する」。還有，漢字「君」同時有「きみ」和「くん」兩種唸法，使用方法、使用對象也都不同。要怎麼樣像日本人正確的使用道地表現，打開本書就知道！

　　地圖式單字延伸學習法，非以往「單一式」的學習法，因為人體的大腦就是用神經元網絡互相串聯，所以單字的學習如果只是一個、一個的學，只會讓學到的單字變成「片段記憶」，最後被遺忘給各個擊破！但只要按照本書的學習法，就能將各個單字的「片段短暫記憶」轉化為「網絡長期記憶」，讓人一輩字都忘不了。

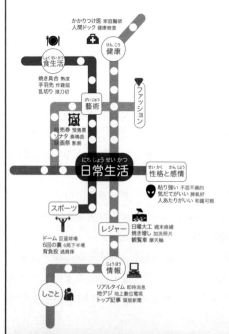

步驟1：看到照片接受刺激

步驟2：瀏覽單字開始認知

步驟3：學到慣用句、正反義字、延伸表現法、相關典故

步驟4：學到相近字群的完整知識

步驟5：記住單字並且懂得如何運用

❶語彙 按照23大主題分類，整理了平常與日本人對話、與所有在日生活所需的各種語彙。

❷例句 單字要如何使用在會話中，透過例句可以再次檢視。

❸表現 整理了單字、相關表現及延伸用法。

❹說明 單字的使用時機或典故，這裡都有詳細的說明。

❺照片 記單字不用再「憑想像」，所有單字一看就懂。

❻再多記一點！ 同類主題延伸語彙總整理，一次學到一連貫正確的表現。

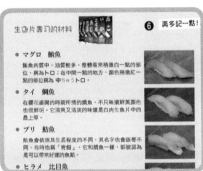

❼附錄補充資料 日本及台灣所有相關知識如：日本諺語、慣用語、行政區等等。

❽索引 50音順索引!學單字不再大海撈針，臨時需要馬上就能查到。

目　錄

04 人體

05 健康

06 飲食生活

07 衣著‧時尚

08 居住・住宅

09 購物・消費

10 教育與知識

11 工作與職業

12 交通

13 藝術和文化

14 運動

15 娛樂與休閒生活

16 自然與地理

17 動植物

18 情報和通訊

19 世界和國際

20 社會和環境

21 經濟

22 顏色・光・聲音

23 數字和時間

書末補充資料

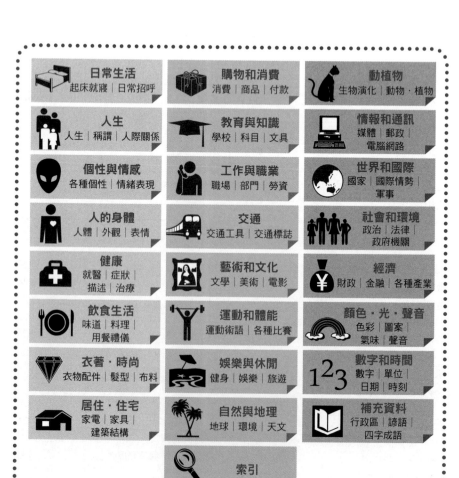

日常生活 起床就寢｜日常招呼	**購物和消費** 消費｜商品｜付款	**動植物** 生物演化｜動物‧植物
人生 人生｜稱謂｜人際關係	**教育與知識** 學校｜科目｜文具	**情報和通訊** 媒體｜郵政｜電腦網路
個性與情感 各種個性｜情緒表現	**工作與職業** 職場｜部門｜勞資	**世界和國際** 國家｜國際情勢｜軍事
人的身體 人體｜外觀｜表情	**交通** 交通工具｜交通標誌	**社會和環境** 政治｜法律｜政府機關
健康 就醫｜症狀｜描述｜治療	**藝術和文化** 文學｜美術｜電影	**經濟** 財政｜金融｜各種產業
飲食生活 味道｜料理｜用餐禮儀	**運動和體能** 運動術語｜各種比賽	**顏色‧光‧聲音** 色彩｜圖案｜氣味｜聲音
衣著‧時尚 衣物配件｜髮型｜布料	**娛樂與休閒** 健身｜娛樂｜旅遊	**數字和時間** 數字｜單位｜日期｜時刻
居住‧住宅 家電｜家具｜建築結構	**自然與地理** 地球｜環境｜天文	**補充資料** 行政區｜諺語｜四字成語
	索引	

にちじょうせいかつ

日常生活

01

01

日常生活

從起床到就寢

起きる （お）	起床 例 毎朝まいあさ早はやく起きて体操たいそうをする。 我每天早起做體操。
起こす （お）	叫醒 例 あしたの朝早く起こしてください。明天早上請 早點叫醒我。
朝寝坊する （あさ ね ぼう）	睡過頭 表現 朝寝坊 （名）：睡過頭
目がさめる （め）	醒來 表現 目をさます：起床｜目覚めざまし時計どけい： 鬧鐘
顔を洗う （かお あら）	洗臉
歯を磨く （は みが）	刷牙 表現 うがいをする：漱口
着替える （き が）	換衣服 表現 パジャマに～：穿睡衣
たたむ	摺（衣服） 表現 服ふくを～：摺衣服｜ふとんを～：摺棉被

あいさつする	問候；寒暄
行ってくる （い）	出門 表現 行ってきます：我要出門了｜行ってらっしゃ い：路上小心｜ただいま：我回來了｜お帰りなさ い：你回來了
帰ってくる （かえ）	回來；回家

通う かよ	往來 **表現** 会社に〜：通勤、上班｜病院に〜：去醫院｜ 学校に〜：通學、上學
通勤する つうきん	通勤 **說明** 雖然「上班」是講出勤しゅっきん，但「下班」 卻不是講退勤たいきん，而是講退社。辭職也 是使用退社。但在一般的口語中不會講退社す る，而可以講成像部長はもう帰りました（部 長已經下班了）。 **表現** 退社たいしゃする：下班

風呂に入る ふろ　　はい	洗澡 **說明** 洗澡不會說成 風呂をする。如果沒有好好做清 洗的動作只是大略用水沖洗身體而已，則會說 成 烏からすの行水ぎょうずい（行水 就是只用水 沖洗上半身）。
シャワーを浴びる shower　　　　あ	淋浴 **說明** 和熟人講話時，也可以使用シャワーをする。 **表現** シャワー：淋浴、蓮蓬頭
銭湯 せんとう	公共澡堂 **同** ふろ屋や　**表現** ふろ屋に行く：上澡堂去
汗を流す あせ　なが	流汗
垢を落とす あか　お	洗去污垢 **表現** 垢：體垢｜垢擦あかすり：擦澡、搓去污垢

睡眠 すいみん	睡眠
寝る ね	就寢
眠る ねむ	睡 **表現** 眠りが浅あさい：淺眠｜眠りが深ふかい：熟睡
うたた寝 ね	打盹 **表現** 〜をする：打個盹

昼寝 ひる ね	午覺
夜更かしする よ ふ	熬夜
徹夜する てつ や	徹夜未眠 例 昨日は徹夜で試験勉強しけんべんきょうをした。 考前臨時抱佛腳，昨天整夜沒睡。
寝そべる ね	隨意趴臥 表現 草くさの上に〜：趴在草地上 同 横になる｜寝る
寝ころぶ ね	躺著 例 寝ころんで本を読むと目が悪わるくなりますよ。 躺著看書對眼睛很不好喔！
寝ぼける ね	惺忪 表現 寝ぼけまなこ：睡眼惺忪

各種日常招呼語

再多記一點!!

　　【早晨的招呼語】可以使用 おはようございます。不論是在職場上還是學校裡，都可以使用。和朋友或家人打招呼時，通常使用 おはよう。按照不同的情況下，它同時也有「起床啦？」、「睡得好嗎？」等意思。如果要對在家裡過夜的客人鄭重打招呼時，可以使用 お休みになれましたか（您睡得好嗎？）；若是對熟識的朋友，則可以説 よく眠れた？。如果下午抵達打工的地方要向他人打招呼時，不會説 こんにちは，而是説成 おはようございます。即使是在表演區或酒店等娛樂場所，おはようございます 也是拿來使用在當天「第一次」和他人見面的時候。

　　【中午的招呼語通常是講】こんにちは，男學生們也經常會講成 おお 或 おっす。台灣人經常會用「您吃過飯了嗎？」來當作招呼語，但在日本只拿來使用在問他人是否吃過飯了，因此打招呼時不使用比較恰當。晚上的招呼語通常使用 こんばんは。

【再見】就是 さようなら。朋友之間道別時，再見可以講 じゃあね**女**、じゃあな**男**；またあした（明天見）；またあとで（待會見）；また今度ね（下次再見）。若是在鄭重的場合上，則使用では 失礼します（那我先失陪了）。晚上的離別招呼語，較不說 さよなら，而通常會使用 おやすみなさい。朋友之間則大多使用 じゃあね**女**、じゃあな**男**、おやすみ 等。おやすみなさい（晚安）和 おやすみ（晚安），同時也是睡覺之前的招呼語。

【掛電話時】會講 では、失礼します。朋友之間，通常使用 じゃあね**女**、じゃあな**男**。雖然「我要掛電話囉」的直接用法是 切るよ，但是最好不要經常使用。

【久未相見時】，可以使用 お久しぶりです（好久不見）。在熟識的朋友之間，也可以使用 生きてたのか**男**、生きてたの**女**（你還活著啊？）。お元気でしたか（你過得好嗎？）是熟人之間的講法，對長輩不這樣使用。較為鄭重的表現是 お変わりございませんでしたか（您別來無恙嗎？），回答時則使用 おかげさまで元気です（託您的福，我過得很好）。

家事

家事 かじ	家事 **說明** 家事的狹義解釋為準備飯菜。如果要說「正在做家事」，可以使用～を手伝てつだってます或家いえの手伝いをしています。
家計簿 かけいぼ	家庭收支簿、家庭帳本 **表現** ～をつける：記錄收支｜家計をやりくりする：安排家計
台所仕事 だいどころしごと	廚房工作
炊事 すいじ	做飯 **表現** ごはんを炊たく：煮飯｜米こめを研とぐ：洗米
献立 こんだて	菜單；食譜 **表現** ～づくり：設計菜單

日常生活

食事のしたく しょくじ	準備餐食；備餐 說明 したく表示「準備」的意思，主要是指飯菜的準備或外出的準備。 （○）旅行の<u>したく</u>をする：做旅行的準備 （×）試験の<u>したく</u>をする→ （○）試験の準備をする：做考試的準備
片づける かた	（飯後的）整理 說明 把髒亂的東西整理得乾乾淨淨。也可以使用在「處理事情」或「把事情告一段落」的意思上。 表現 テーブルの上を～：整理桌面｜部屋へやを～：整理房間｜宿題を～：整理功課
後片づけ あとかた	（飯後的）收拾與清理 說明 表示某一事情結束後，把變得髒亂的地方恢復成原來乾淨的樣子。 表現 皿洗さらあらい：洗碗
食器洗い しょっきあら	清洗餐具 表現 食洗機しょくせんき：洗碗機
掃除 そうじ	打掃；清掃 表現 ～する：打掃｜～機をかける：用吸塵器
ごみ箱 ばこ	垃圾桶
ごみ	垃圾 說明 也可以用片假名的ゴミ來表示。 表現 ～を出す：倒垃圾
ちりとり	畚箕
ほうき	掃把 表現 ～で掃はく：用掃把掃（地）
はたき	雞毛撢子 表現 ～でほこりをはたく：用雞毛撢子把灰塵撢掉
バケツ	水桶 表現 寝：睡

ぞうきん	抹布 **表現** 〜がけ **名**：拿抹布擦｜〜をかける **動**：拿抹布擦｜〜をしぼる：擰乾抹布
モップ mop	拖把
ブラシ brush	刷子 **表現** 〜をかける **動**：用刷子刷
カビ	黴菌 **表現** 〜が生はえる：長黴；發黴
ほこり	灰塵 **同** ちり **説明** ちり在現代已很少使用。ちり紙がみ後來幾乎以ティッシュ（衛生紙）取代。 **表現** 〜が立たつ：長灰塵｜ちりとり：畚箕｜ちりも積つもれば山となる：聚沙成塔
洗濯物 せんたくもの	待洗衣物；剛洗好的衣物 **表現** 洗濯をする：清洗｜〜がたまる：堆積待洗衣物（髒衣服）｜〜をしぼる：擰乾剛洗好的衣服｜〜をすすぐ：沖洗衣物（髒衣服）｜〜を干ほす：曬衣服｜〜を乾かわかす：晾乾衣物｜〜を取とり込こむ：收進晾乾的衣物｜〜をたたむ：摺好晾乾的衣物｜洗濯ひも：曬衣繩
洗濯ばさみ せんたく	曬衣夾
かご	洗衣籃
たらい	洗滌用的盆子；洗臉盆
桶 おけ	桶子；木桶
洗剤 せんざい	洗潔劑 **表現** 中性ちゅうせい〜：中性洗潔劑

日常生活

クレンザー cleanser	清潔劑 **說明** 為使用在清洗廚房用品、洗滌槽或洗手台等的灰白色粉末洗滌劑。
消臭剤 しょうしゅうざい	除臭劑
石けん せっ	（洗衣）肥皂 **表現** 粉こな～：洗衣粉
柔軟剤 じゅうなんざい	柔軟精
漂白剤 ひょうはくざい	漂白水
しみ抜き ぬ	去汙劑 **說明** 汙漬可以寫為 染み。 **表現** しみを抜く：去除汙漬｜しみを取る：除掉汙漬
糊 のり	漿糊；上漿 **表現** ～付－づけ：貼合
霧吹き きりふ	噴霧、噴霧器
アイロン iron	熨斗 **表現** ～がけ ⑧：燙衣服｜～をかける ⑩：燙衣服｜スチーム⌐steam～：蒸氣熨斗
クリーニング cleaning	送洗（尤指乾洗） **表現** 服ふくを～に出す：將衣服送（乾）洗
防虫剤 ぼうちゅうざい	防蟲劑 **表現** ～を撒まく：灑防蟲劑｜防虫スプレーspray：防蟲噴霧

1-2 育兒

育兒

育児 いくじ	育兒 表現 子育こそだて
育児休暇 いくじきゅうか	育嬰假
育てる そだ	養育 表現 子供を〜：養育孩子
育つ そだ	成長 表現 子供がすくすくと〜：孩子茁壯成長
発達 はったつ	（智能、體能）發達 表現 身長しんちょう：身高 ｜ 体重たいじゅう：體重 ｜ 胸囲きょうい：胸圍 ｜ 頭囲とうい：頭圍
発育 はついく	發育 表現 〜がいい：發育得好 ｜ 〜が早はやい：發育得早 （快）｜ 〜が遅おそい：發育得晚（慢）
発育盛り はついくざか	快速發育中 同 育ち盛ざかり：指身體急速成長的小學高年級到 國中左右的時期

母乳 ぼにゅう	母乳
授乳 じゅにゅう	哺乳 表現 赤ん坊あかんぼうにお乳ちちをあげる：給小嬰 兒餵母乳
寝返り ねがえ	（睡眠時的）翻身 表現 〜を打うつ 動：睡覺時翻身
仰向け あおむ	仰著；仰睡 表現 〜に寝ねかせる：放平仰睡

うつぶせ	俯臥；趴著 表現 ～にする：讓（孩子）趴著
だっこする	抱 表現 だっこして：抱抱！
おぶう	背 表現 ～する：背著｜おんぶして：背一下
子守歌 こもりうた	搖籃曲 說明 唱搖籃曲時，也會一邊安撫孩子快點睡覺，此時會說 ねんねんよ、おころりよ。
あやす	哄；逗弄 表現 いないいないばぁ：一種遊戲「看不到、看不到～哇！」｜あんよはじょうず：唉呀真棒｜おーよちよち：喔、很好很好｜たかいたかい：飛高高｜おじょうず、おじょうず：好棒好棒｜おりこうさん：乖寶寶
肩車 かたぐるま	（小孩）跨坐在肩上 表現 ～をする：扛到肩上
好き嫌い すきらい	好惡；偏好 表現 ～をする：表示喜好｜～がある：有個人好惡｜偏食へんしょくをする：偏食

はいはい	爬行 說明 幼兒語，表示爬行。
よちよち	蹣跚、搖晃學步 表現 ～歩あるき：搖搖晃晃的走路
スキップ skip	蹦蹦跳跳 說明 表示兩腳交替行走，一隻腳輕跳的模樣。
片足でけんけん かたあし	單腳跳 同 片足とび
母子手帳 ぼしてちょう	寶寶手冊（母子健康手冊）

予防接種 よ ぼう せっしゅ	預防針 **表現** 〜をする：打預防針｜〜を受ける：預防針接種｜予報注射を打うつ：施打預防針
ワクチン vaccine	疫苗 **表現** 〜を接種せっしゅする/〜を打うつ：疫苗接種／注射疫苗｜生なま〜：活體疫苗

保育園 ほ いくえん	托兒所
託児所 たく じ しょ	托兒中心
幼稚園 ようち えん	幼兒園
園児 えん じ	園童 **説明** 指上幼兒園或幼稚園的兒童。
幼稚園教諭 ようち えんきょう ゆ	幼稚園老師
ベビーシッター babysitter	褓姆
保母 ほ ぼ	褓姆 **説明** 若是男性褓姆，則使用 保父ほふ。
保育士 ほ いくし	保育員
育児ノイローゼ いくじ neurosis	育兒官能症
幼児虐待 ようじ ぎゃくたい	幼兒虐待 **表現** 児童じどう〜：虐童
おつかい	跑腿 **表現** 〜をする/〜に行く：跑腿／去跑腿｜〜にやる：指派人去跑腿
留守番 る すばん	看家 **表現** 〜をする**動**：看家 **例** おりこうさんだから一人ひとりでお〜していてちょうだい。你最乖了，你在家看家好嗎？

育兒用品

育児用品 いく じ ようひん	育兒用品
哺乳ビン ほ にゅう	奶瓶
乳首 ち くび	（奶瓶上的）奶嘴
粉ミルク こな	奶粉
湯冷まし ゆ ざ	冷開水
おむつ	尿片 同 おしめ　表現 ～をする：包尿布｜～を替える：換尿布｜紙～：紙尿褲｜～カバーcover：學習褲（內包尿布）｜～かぶれ：尿布疹
ベビー服 ふく	嬰兒服
産着 うぶ ぎ	新生兒所穿的第一件衣服
よだれ掛け か	圍兜 表現 よだれ：口水｜よだれを垂らす：流口水
ベビーベッド baby bed	嬰兒床；搖籃
ベビー布団 ふ とん	嬰兒被
ベビーだんす	嬰兒用品櫃
歩行機 ほ こう き	學步車
抱っこひも だ	揹帶
ねんねこ	（日本婦女）背嬰兒時穿的寬棉外衣；睡覺
ベビーカー baby car	嬰兒車 同 乳母車うばぐるま

チャイルドシート child seat	嬰兒汽車安全座椅
がらがら	搖鈴（嬰兒玩具） 表現 〜：搖鈴聲
おしゃぶり	安撫奶嘴；嬰兒舔弄的玩具
離乳食 り にゅうしょく	副食品；斷奶食品 表現 スープsoup：湯汁
ベビーフード baby food	嬰兒食品
果汁 か じゅう	水果原汁

幼兒相關用語（兒語）

まんま	來，吃一口
ねんねする	睡搞搞囉
ブーブー	噗噗（豬叫聲）
ワンワン	汪汪（狗叫聲） 同 ワンコ
ニャアニャア	喵喵（貓叫聲） 同 ニャンコ
おしっこ	尿尿（小便）
うんち	便便（大便）
おてて	手手
あんよ	腳腳
おつむ	頭頭

各種遊戲

遊ぶ あそ	玩耍；遊玩
遊び あそ	遊戲 ⑧
砂遊び すなあそ	玩沙
泥遊び どろあそ	玩泥巴
水遊び みずあそ	玩水

公園 こうえん	公園
遊び場 あそ ば	遊玩區
砂場 すな ば	沙坑
ブランコ	鞦韆
シーソー seesaw	翹翹板
すべり台 だい	溜滑梯
ジャングルジム jungle gym	爬格子；攀爬架
鉄棒 てつぼう	單槓
かくれん坊 ぼう	躲貓貓；捉迷藏 **表現** 鬼おに：鬼
鬼ごっこ おに	鬼抓人遊戲
じゃんけんぽん	剪刀石頭布 **說明** 猜拳名稱為：グー（石頭）、チョキ（剪刀）、パー（布）。
だるまさんが転んだ ころ	一二三木頭人

腕相撲 うでずもう	比腕力
縄跳び なわと	跳繩
宝探し たからさが	尋寶遊戲
陣取り じんと	占地遊戲
戦争ごっこ せんそう	打仗遊戲
兵隊ごっこ へいたい	軍隊遊戲
馬乗り うまの	騎馬遊戲
雪合戦 ゆきがっせん	打雪仗
雪だるま ゆき	雪人
ソリ遊び あそ	滑草；滑雪
輪投げ わな	套圈圈
昆虫採集 こんちゅうさいしゅう	昆蟲採集 表現 網あみ：（捕蟲）網
ゴム跳び と	跳橡皮筋（繩）
あやとり	翻花繩
ままごと	扮家家酒
積み木遊び つ きあそ	玩積木
石けり いし	跳房子
ボール投げ ball な	投接球 同 キャッチボールcatch ball
ビー玉 だま	彈珠

日常生活

メンコ	尪仔標
お手玉 てだま	沙包
おはじき	打彈子
たこ揚げ あ	放風箏
コマ回し まわ	打陀螺 表現 ベイゴマ：（仿貝殼形狀的）鐵陀螺

遊戲道具

おもちゃ	玩具
玩具 がんぐ	玩具
折り紙 お がみ	摺紙 表現 ～で鶴つるを折る：用摺紙做出一隻紙鶴
紙飛行機 かみ ひこうき	紙飛機
風船 ふうせん	氣球 表現 ～をふくらます：吹氣球｜～を割わる：刺破氣球｜～が割れる：氣球破掉｜紙かみ～：紙球｜ゴム～：橡膠氣球
かざぐるま	風車
ヨーヨー yo-yo	溜溜球
シャボン玉 だま	吹泡泡；肥皂泡泡 表現 ～を飛とばす：吹起泡泡
水鉄砲 みずでっぽう	水槍
人形 にんぎょう	人偶；洋娃娃

日本春節傳統遊戲

● はねつき　羽子板／拍羽毛毽

春節期間，女孩子們會拿著稱為「羽子板はごいた」的長
方形木板，相互拍打類似毽子的玩具（其外型為樹木的果
實上附著著鳥的羽毛，類似羽毛球）。

▲はねつき

● かるた　歌留多／紙牌遊戲

類似撲克牌，但 かるた 是以圖片和文字來取代數字。日
本小孩子們很喜歡玩的 いろはがるた，卡片正面寫著日
文詞句、短歌，背面寫著第一個文字及表示其意思的圖
案。在一個人念卡片上所寫的文字的同時，其他人則找尋
與其相符的卡片，最後收集到最多卡片的人就是優勝者。

▲かるた

● 百人一首　小倉百人一首
ひゃくにんいっしゅ

為歌曲紙牌，收集了一百位代表性歌人其歌曲中的各一
首作品。其中最有名的就是由 藤原定家 ふじわらのさだい
え 在 小倉山おぐらやまの別墅中，所挑選出的一百位歌人
的歌曲，那就是「小倉百人一首おぐらひゃくにんいっし
ゅ」。

▲百人一首

● 福笑い　笑福面
ふくわら

在矇住眼睛的狀態下，依照旁人的指示將眉毛、眼睛、鼻
子、嘴巴模樣的紙卡，放在只畫著臉部輪廓的紙板上，如
此完成一幅會讓人發笑的臉部圖案。

▲福笑い

● すごろく　骰子遊戲

先擲出骰子，然後依照骰子出現的數字，從出發點開始移
動馬，如此來分出遊戲勝負。

▲すごろく

日常生活

お面 めん	面具 表現 〜をかぶる：戴面具｜仮面 かめん：假面
起きあがり小法師 お　　　　こぼし	不倒翁
あやつり人形 にんぎょう	小木偶；傀儡
ぬいぐるみ	布偶 説明 不只是熊而已，只要是動物造型的棉花填充娃娃都稱為 ぬいぐるみ。
三輪車 さんりんしゃ	三輪車 表現 一輪車いちりんしゃ：單輪車
プラモデル plastic model	塑膠模型 表現 〜を組くみ立たてる：組合模型

▲ぬいぐるみ

常對孩子講的話

だめ！	不行！
危ない！ あぶ	危險！
やめなさい！	不可以這樣！
静かにしなさい！ しず	安靜一點！
さわっちゃだめ！	不可以摸！
ここにいなさい！	待在這裡，不要亂跑！
おいで！	過來！
座りなさい！ すわ	乖乖坐好！
立ちなさい！ た	站起來！站好！
いい子にしていなさい！ こ	乖一點、要乖乖的！

宗教與信仰

祈る いの	祈禱 表現 祈り動：祈禱
拝む おが	參拜 表現 礼拝れいはい：禮拜
信じる しん	信仰（宗教）；相信 說明 也可以說 信ずる。 表現 信仰しんこう：信仰
信心 しんじん	信仰；信心
教義 きょうぎ	教義
戒律 かいりつ	戒律
開祖 かいそ	創始人；鼻祖
信者 しんじゃ	信徒；信眾
霊魂 れいこん	靈魂
魂 たましい	魂

祭壇 さいだん	祭壇
法事 ほうじ	法會；法事 同 祭祀さいし
天国 てんごく	天國；天堂
地獄 じごく	地獄

無神論 むしんろん	無神論
政教分離 せいきょうぶんり	政教分離
女人禁制 にょにんきんせい	禁止女眾 説明 基於防礙修行的理由，禁止女性出入佛教領地或修行地。
改宗 かいしゅう	改變信仰
殉教 じゅんきょう	殉教
迫害 はくがい	（宗教）迫害 表現 ～を受ける：受到（宗教）迫害
偶像崇拜 ぐうぞうすうはい	（宗教）偶像崇拜

シャーマニズム Shamanism	薩滿教；黃教
シャーマン shaman	巫師；黃教道士
迷信 めいしん	迷信
占い うらな	占卜
占い師 うらな し	占卜師 同 易者えきしゃ
人相 にんそう	面相 表現 ～を見る：看面相
手相 てそう	手相 表現 ～を見る：看手相
星占い ほしうらな	占星；占星術 同 占星術せんせいじゅつ

宗教種類

宗教 しゅうきょう	宗教
宗派 しゅうは	教派；宗派

仏教 ぶっきょう	佛教
キリスト教 きょう	基督教
イスラム教 Islam きょう	伊斯蘭教
ユダヤ教 Judea きょう	猶太教
ヒンズー教 Hindu きょう	印度教

新興宗教 しんきょうしゅうきょう	新興宗教
カルト教団 Cult きょうだん	邪教團體；狂熱教團
エホバの証人 Jehovah しょうにん	耶和華見證人
創価学会 そうかがっかい	創價學會
立正佼成会 りっしょうこうせいかい	立正佼成會
天理教 てんりきょう	天理教
統一教 とういつきょう	統一教
道教 どうきょう	道教

佛教

大乗仏教 だいじょうぶっきょう	大乘佛教

日常生活

小乘仏教 しょうじょうぶっきょう	小乘佛教
仏教徒 ぶっきょうと	佛教徒
仏教八宗 ぶっきょうはっしゅう	佛教八宗 表現 天台宗てんだいしゅう：天台宗｜真言宗しんごんしゅう：真言宗｜浄土宗じょうどしゅう：淨土宗｜浄土真宗じょうどしんしゅう：淨土真宗｜日蓮宗にちれんしゅう：日蓮宗｜臨済宗りんざいしゅう：臨濟宗｜曹洞宗そうとうしゅう：曹洞宗｜真宗しんしゅう：真宗
密教 みっきょう	密教

仏様 ほとけさま	佛祖 同 お釈迦様しゃかさま
住職 じゅうしょく	住持
僧侶 そうりょ	僧侶
お坊さん ぼう	和尚 表現 僧そう／坊主ぼうず：僧人／和尚
比丘 びく	比丘；出家人
尼 あま	尼姑 表現 比丘尼びくに：比丘尼
如来 にょらい	如來（佛） 表現 阿弥陀あみだ〜：阿彌陀如來｜釈迦しゃか〜：釋迦如來｜薬師やくし〜：藥師如來｜普賢王ふげんおう〜：普賢王如來｜多宝たほう〜：多寶如來
菩薩 ぼさつ	菩薩 表現 弥勒みろく〜：彌勒菩薩｜観世音かんぜおん〜：觀世音菩薩｜地蔵じぞう〜：地藏菩薩｜日光にっこう〜：日光菩薩｜月光がっこう〜：月光菩薩

お経 きょう	經；經書 表現 仏前ぶつぜんで〜をあげる：在佛前供上經書
法華経 ほ け きょう	法華經 表現 南無妙法蓮華経なむみょうほうれんげきょう：南無妙法蓮華經
因縁 いんねん	因緣 表現 〜をつける：結因緣
縁起 えん ぎ	吉凶之兆 表現 〜がいい：好兆頭；吉利的｜〜でもない：不吉利｜〜をかつぐ：迷信｜〜物：吉祥物｜しめ飾かざり：新年掛在門上的稻草繩｜門松かどまつ：門松（過年前裝飾於門前的松枝）｜熊手くまで：竹耙形吉祥物｜だるま：達磨外型的不倒翁
四諦 し たい	四聖諦 説明 佛教的四個真理。即 苦諦くたい（苦聖諦）、集諦じったい（苦集聖諦）、滅諦めったい（苦滅聖諦）和道諦どうたい（苦滅道跡聖諦），簡稱為「苦諦、集諦、滅諦和道諦」。
四苦八苦 し く はっ く	四苦八苦 説明 佛教中所指的人類各種苦痛。「四苦」就是指生老病死しょうろうびょうし（生老病死）的四種苦痛；「八苦」則是指人生必會經歷的八種苦難。 即「愛別離苦あいべつりく（愛別離苦）、怨憎会苦おんぞうえく（怨憎會苦）、求不得苦ぐふとくく（求不得苦）、五陰盛苦ごおんじょうく（五蘊熾盛苦）」。
涅槃経 ね はんぎょう	涅槃經 表現 諸行無常しょぎょうむじょう：諸行無常｜是生滅法ぜしょうめっぽう：是生滅法｜生滅滅已しょうめつめつい：生滅滅已｜寂滅為楽じゃくめついらく：寂滅為樂
寺 てら	寺院 表現 寺院じいん：寺院｜仏閣ぶっかく：佛堂

山門 さんもん	寺院正門；禪宗寺院
五重塔 ご じゅうのとう	五重塔
本堂 ほんどう	大殿 圓 金堂こんどう
伽藍 が らん	精舍；寺院
講堂 こうどう	講堂
鐘撞き堂 かねつ どう	鐘樓
庫裏 く り	寺院內房（如廚房、寢室）

本尊 ほんぞん	正尊；主佛 表現 ～が安置あんちされている：已安置好主佛
仏壇 ぶつだん	佛龕；神龕
仏像 ぶつぞう	佛像
木魚 もくぎょ	木魚
数珠 じゅ ず	念珠
念仏 ねんぶつ	念佛 表現 ～を唱となえる：唱誦佛經
読経 ど きょう	誦經
座禅 ざ ぜん	打坐 表現 ～を組くむ 動：打坐
合掌 がっしょう	合掌
後光 ご こう	佛光 表現 ～が射さす：佛光普照
供物 く もつ	供品

香 こう	香；線香 **表現** ～を焚たく／線せん～をあげる：焚香／點燃線香
けさ	袈裟

佛教用語 　　　　　　　　　　　　　　　　　　**再多記一點!!**

- **明王**みょうおう　　　　　　明王
  ＊五大ごだい～：五大明王｜不動ふどう～：大聖不動明王｜降三世ごうざんぜ～：降三世明王｜軍荼利ぐんだり～：軍荼利夜叉明王｜大威徳だいいとく～：大威徳明王｜金剛夜叉こんごうやしゃ～：金剛夜叉明王。

- **帝釈天**たいしゃくてん　　　帝釋天王

- **天王**してんのう　　　　　　四大天王
  ＊持国天じこくてん：持國天｜増長天ぞうじょうてん：增長天｜広目天こうもくてん：廣目天｜多聞天たもんてん：多聞天（毘沙門天びしゃもんてん〈毘沙門天〉）。

- **梵天**ぼんてん　　　　　　　大梵天王

- **韋駄天**いだてん　　　　　　韋駄天

- **弁財天**べんざいてん　　　　辯才天

- **大黒天**だいこくてん　　　　大黒天神

- **吉祥天**きっしょうてん　　　大吉祥天女

- **鬼子母神**きしぼじん　　　　鬼子母神

- **金剛力士**こんごうりきし　　金剛力士
  ＊也可稱為「仁王におう」。

- **阿修羅**あしゅら　　　　　　阿修羅

- **えん魔ま大王**だいおう　　　閻羅王

- **極楽**ごくらく　　　　　　　極樂
  ＊極楽浄土ごくらくじょうど：極樂淨土｜聞きいて極楽、見みて地獄じごく：聽似極樂，看卻地獄（＝聞きくと見みるとは大違おおちがい）

- **一蓮托生**いちれんたくしょう　　（佛教）一蓮托生。同生共死。

基督教

カトリック Catholic	天主教
旧教 きゅうきょう	天主教舊教
プロテスタント Protestant	基督教新教；新教徒
新教 しんきょう	新教
ギリシア正教 Greece　せいきょう	希臘正教
ロシア正教 Russia　せいきょう	俄羅斯正教
救世軍 きゅうせいぐん	救世軍 表現 慈善じせんなべ：慈善聖誕鍋
聖公会 せいこうかい	聖公會（英國國教會）

聖職者 せいしょくしゃ	神職人員
教皇 きょうこう	教皇
神父 しん ぶ	神父
シスター sister	修女
牧師 ぼく し	牧師
宣教師 せんきょう し	傳教士
救世主 きゅうせいしゅ	救世主
聖堂 せいどう	聖堂；教堂
教会 きょうかい	教會；教堂
修道院 しゅうどういん	修道院

十字架 じゅうじか	十字架 **説明** 用手畫十字的方法：父ちちと子こと聖霊せいれいとの御名みなによって、アーメン。以聖父、聖子和聖靈的名義，阿門。
聖書 せいしょ	聖經 **表現** 旧約きゅうやく〜舊約聖經｜新約しんやく〜新約聖經
賛美歌 さんびか	聖歌
ミサ missa	彌撒 **表現** 〜をささげる：望彌撒
洗礼 せんれい	洗禮 **表現** 〜を受ける：受洗
復活 ふっかつ	復活 **表現** イエス・キリストの〜：耶穌基督的復活
天使 てんし	天使
悪魔 あくま	惡魔

聖經中基本用語及表現

再多記一點！！

- **創世記**そうせいき　　　　創世紀
- **天地創造**てんちそうぞう　　太初；造天地
- **エデン**Edenの園その　　　伊甸園
- **禁断**きんだんの実み　　　　禁果
- **楽園追放**らくえんついほう　逐出樂園（伊甸園）
- **失楽園**しつらくえん　　　　失樂園
- **ノア**Noahの箱舟はこぶね　　諾亞方舟
- **バベル**Babelの塔とう　　　巴別塔

- **モーセ**Moses**五書**ごしょ　　　　　　摩西五經
- **福音書**ふくいんしょ　　　　　　　　福音書
  ＊マタイの〜：馬太福音｜マルコの〜：馬可福音｜ルカの〜：路加福音｜
  共観きょうかん〜：共觀福音書（新約的四部福音書，因為都是由耶穌的
  弟子執筆，各自以相同的觀點描寫耶穌的生平事蹟，可以互相參考比較，
  成為一種考據方式）｜ヨハネの〜：約翰福音
- **使徒行伝**しとぎょうでん　　　　　　使徒行傳
- **ローマ人**Rome**びとへの手紙**てがみ　致羅馬人書
- **コリント人**Corinth**びとへの手紙**　哥林多前・後書
- **ガラテヤ人**Galatia**びとへの手紙**　加拉太書
- **ヨハネ**John**の黙示録**もくしろく　　約翰啟示錄

旧約聖經《十誡》

一、**何**なに**ものも神**かみ**としてはならない。**
　　除我以外，你不可有別的神。

二、**偶像**ぐうぞう**を造**つく**ってはならない。** 不可雕刻偶像。

三、**神、主**しゅ**の名**な**をみだりに唱**となえ**てはならない。**
　　不可妄稱神的名。

四、**安息日**あんそくび**を覚**おぼ**えて、これを聖**せい**とせよ。**
　　當遵守安息日，並視為聖日。

五、**父**ちち**と母**はは**を敬**うやま**え。** 當孝敬你的父母。

六、**殺人**さつじん**をしてはならない。** 不可殺人。

七、**姦淫**かんいん**をしてはならない。** 不可姦淫。

八、**どろぼうをしてはならない。** 不可偷盜。

九、**嘘**うそ**をついてはならない。** 不可作假見證陷害人。

十、**隣人**りんじん**の家**いえ**をむさぼってはならない。**
　　不可貪戀鄰人擁有的一切。

聖經中出現的人物

- **ヤハウェ** Yahweh　　　　雅威（耶和華）
  ＊出現在希伯來語的舊約聖經裡的神名。
- **エホバ** Jehovah　　　　耶和華
- **アダム** Adam　　　　亞當
- **エバ（イブ）** Eve　　　　夏娃
- **カイン** Cain　　　　該隱
- **アベル** Abel　　　　亞伯
- **アブラハム** Abraham　　　　亞伯拉罕
- **イサク** Isaac　　　　以撒
- **ヤコブ** Jacob　　　　雅各
- **ヨセフ** Joseph　　　　約瑟
- **イエス・キリスト** Jesus Christ　主耶穌基督
  ＊ガリラヤのイエス：加利利的耶穌 ｜ 大工だいく・ヨセフの子このイエ
  ス：木匠約瑟之子耶穌
- **12使徒** じゅうにしと　　　　十二門徒
  ＊シモン・ペテロ（西門彼得）、他的哥哥アンデレ（安德烈）、西庇太的
  兒子ヤコブ（雅各）、他的兄弟ヨハネ（約翰）、バルトロマイ（巴多
  羅買）、ピリポ（腓力）、奮銳黨的シモン（西門）、稅吏マタイ（馬
  太）、トマス（多馬）、亞勒腓的兒子ヤコブ（雅各）、タダイ（達
  太）、背叛耶穌的ユダ（猶大）等十二人。

主禱文

天てんにましますわれらの父ちちよ
願ねがわくは御名みなの尊とうとまれんことを
御国みくにの来きたらんことを
御旨みむねの天てんに行おこなわるるごとく
地ちにも行おこなわれんことを
われらの日用にちようの糧かてを
今日こんにちわれらに与あたえ給たまえ

われらが人ひとを赦ゆるすごとくわれらの罪つみを
赦ゆるし給たまえ
われらを試こころみに引ひき給たまわざれ
われらを悪あくより救すくい給たまえ。

アーメン。

我們在天上的父
願人都尊祢的名為聖
願祢的國降臨
願祢的旨意行在地上
如同行在天上
我們日用的飲食，今日賜給我們
赦免我們的罪，如同我們免了人的罪
不叫我們遇見試探
救我們脫離凶惡。
阿門。

神道教

神 かみ	神
神様 かみさま	神明
神道 しんとう	神道
神社 じんじゃ	神社
ほこら	小廟；祠堂
神主 かんぬし	主祭；神官
鳥居 とりい	神社參道入口；（神社入口的）牌坊
賽銭箱 さいせんばこ	賽錢箱；功德箱

▲ 鳥居

稲荷 いなり	（日本的）農神、五穀神；狐仙 **說明** 為地域的守護神，以紅色的門做標示。
鎮守 ちんじゅ	當地的守護神；土地神 **表現** 〜の森もり：神社林、鎮守林

日本著名的神社

再多記一點!!

- **伊勢神宮** **伊勢神宮**
  いせじんぐう 位於三重縣伊勢市－三重県みえけん伊勢市いせし。

- **八幡宮** **八幡宮**
  はちまんぐう 鎌倉鶴岡八幡宮供奉 応神おうじん天皇。

- **天満宮** **天満宮**
  てんまんぐう 大阪天満宮供奉著學問之神－菅原道真すがわらのみちざね。
  ＊**大阪おおさか天満宮**：大阪天満宮，**京都きょうと北野天満宮きたのー**：
    北野天満宮，位於京都，**福岡ふくおか太宰府天満宮だざいふー** 太宰府天
    満宮，位於福岡｜**天神様てんじんさま**：天神（指天満宮的菅原道真）

- **靖国神社** **靖國神社**
  やすくにじんじゃ **東京都とうきょうと千代田区ちよだく九段くだん**：位於東
    京都千代田區九段。
  ＊靖國神社建立於1869年，是為了紀念為國捐軀的士兵，供奉從明治維新到
    第二次世界大戰期間陣亡的士兵約240餘萬個牌位。

儒教

儒教 じゅきょう	儒家；儒教
四書五経 し しょ ご きょう	四書五經 **說明** 漢武帝時，所編纂的儒家根本經典。四書有： 【大学だいがく：大學｜中庸ちゅうよう：中庸｜論語 ろんご：論語｜孟子もうし：孟子】五經為：【易経 えききょう：周易｜書経しょきょう：尚書｜詩経しき ょう：詩經｜春秋しゅんじゅう：春秋｜礼記らいき： 禮記】

伊斯蘭教

回教 かいきょう	回教
イスラム教徒 きょうと	伊斯蘭教徒 同 ムスリム：穆斯林（回教徒）
イスラム原理主義 げんりしゅぎ	伊斯蘭原教主義
イスラム教の五行 きょう　ごぎょう	伊斯蘭教之五行 説明 伊斯蘭教徒所必須遵行的五種義務：信仰告白しんこうこくはく：自白｜礼拝らいはい：禮拜｜喜捨きしゃ：布施｜断食だんじき：絕食｜巡礼じゅんれい：朝拜聖地麥加。
イスラム暦 れき	伊斯蘭曆；回曆
ラマダン Ramadan	齋戒月 説明 伊斯蘭曆的第九個月。在ラマダン的齋戒期間裡，從日出到日落前須實行禁食，為期一個月。
モスク mosque	清真寺 説明 伊斯蘭教的寺院。
アラー Allah	阿拉；真主 説明 在阿拉伯語裡為「絕對獨一的神」。
ムハンマド Muhammad	穆罕默德 説明 也可以寫成モハメッド或マホメット。
預言者 よげんしゃ	預言者；先知
経典 きょうてん	經典；經書
コーラン Qur'an	可蘭經；古蘭經
聖地 せいち	聖地
巡礼 じゅんれい	朝拜；朝聖

メッカ Mecca	**麥加；或指某方面令人憧憬的聖地** 説明 也可以寫成マッカ。某一領域的中心地、發源地或是嚮往的地方，稱做「〜のメッカ」。 表現 苗場なえばはスキーの〜：苗場（位於日本新潟縣）是滑雪者的聖地｜高校球児こうこうきゅうじの〜甲子園こうしえん：青棒選手的聖地就是甲子園。
マディーナ Medina	**麥地那** 説明 位於沙烏地阿拉伯西部，與麥加、耶路撒冷一起被稱為伊斯蘭教三大聖地。
エルサレム Jerusalem	**耶路撒冷** 説明 耶路撒冷舊城是猶太教、伊斯蘭教和基督教世界三大宗教的發源地，三教都把耶路撒冷視為自己的聖地。
ナジャフ Najaf	**納傑夫** 説明 納傑夫位於伊拉克南部的幼發拉底河河岸，是伊斯蘭教什葉派的聖城。
カルバラー Karbala	**卡爾巴拉** 説明 卡爾巴拉是什葉派的聖城之一，地位僅在麥加、麥地那和納傑夫之後。
ハムラビ法典 Hammurabi　ほうてん	**漢摩拉比法典** 表現 目には目を、歯には歯を：以眼還眼、以牙還牙。

台灣民間信仰

玉皇大帝 ぎょくこうたいてい	**玉皇大帝** 説明 台灣與中國大陸民間信仰中的最高神祇，俗稱「天公」，農曆正月初九「天公生」即是祭祀該神祇。
媽祖 ま そ	**媽祖** 説明 媽祖為台灣目前最普遍的民間信仰之一，其信仰從福建湄洲傳播而來，因其為海神，主要祭祀範圍於中國東南沿海一帶及東亞海域。

関聖帝君 かんせいていくん	關聖帝君 **說明** 為三國時代關羽的神格化神祇，關羽因為「五恩主」之首，臺灣一般稱關羽為恩主公，也因此關帝廟也稱為「恩主公廟」。
土地の神 とち かみ	土地神，土地公 **說明** 土地公是鎮守地方的神祇，是中國民間信仰中最普遍的神，但也是道教諸神中位階較低、與人民最親近的神祇。
位牌 い はい	牌位、神主牌 **說明** 在中文中的「牌位」，在日文中的說法剛好是顛倒過來，成為「位牌」。

じんせい

人生

02

2-1 人生

人生

人的一生

胎児 たい じ	胎兒
新生児 しんせい じ	新生兒 <small>表現</small> 未熟児みじゅくじ：早產兒
乳児 にゅう じ	乳幼兒 <small>同</small> 乳飲み子ちのみご <small>說明</small> 不會說成 嬰乳児（嬰幼兒）。 <small>表現</small> 赤あかちゃん/赤ん坊あかんぼう：小嬰兒／嬰兒
幼児 よう じ	幼兒
子供 こ ども	兒童；小孩 <small>表現</small> うちの〜：我家的孩子｜ちびっ子：小朋友、小孩子
少年 しょうねん	少年 <small>例</small> 〜、老おい易やすく学がく成なり難がたし。少年易老學難成。〜よ、大志たいしを抱いだけ（Boys, be ambitious）：「青年們，當胸懷大志！」（馬薩諸塞州農學院院長克拉克博士受邀至北海道擔任農校總教頭，對當時的學生影響深遠。其後對送別的師生們大聲留下 "Boys, be ambitious!" 名言，日後成為北海道大學校訓至今。）
少女 しょうじょ	少女
青年 せいねん	青年
若者 わかもの	年輕人
大人 おと な	大人；成年人
壮年 そうねん	壯年

中年 ちゅうねん	中年 表現 団塊だんかいの世代せだい：團塊世代（指二次戰後嬰兒潮）
老人 ろうじん	老人 同 年寄としより：上年紀的人 ➡ 比較鄭重的用法可以說お年寄り，ご老人，如果要表達最高的敬意就用お年を召めした方かた。

人生

人生 じんせい	人生
一生 いっしょう	一生
運 うん	運勢；運氣 表現 ～がいい[悪い]：運氣很好〔不好〕
星回り ほしまわ	本命星 表現 ～がいい[悪い]：本命星走到好運〔壞運〕
誕生 たんじょう	出生；誕生 表現 ～日－び：生日 | お～日：生日（敬語）
生まれる う	出生
生年月日 せいねんがっぴ	生日 説明 在日本生日都是過「陽曆」。
年 とし	年；年紀 説明 在日本年紀以「實歲」來計算。 表現 お～：年紀；貴庚
年齢 ねんれい	年齡

成長する せいちょう	成長
反抗期 はんこうき	叛逆期

思春期 し しゅん き	青春期
青春 せいしゅん	青春 表現 〜を謳歌おうかする：歌頌青春｜〜時代－じだい：青春年代
更年期 こうねん き	更年期 表現 〜障害－しょうがい：更年期障礙
老いる お	老化；老去 同 年をとる
引退する いんたい	引退；退隱 同 第一線だいいっせんを退しりぞく
老後 ろう ご	老後；老年 表現 〜の保障ほしょう：老年的保障｜〜の蓄たくわえ：老後的積蓄
隠居 いんきょ	隱居 表現 〜生活－せいかつ：隱居生活｜ご〜さん：隱士
不老長寿 ふ ろうちょうじゅ	長生不老
無病息さい む びょうそく	無病無災

表現年齡的特殊用法

再多記一點!!

- 志学
しがく　志學（15歲）
＊「吾われ、十有五じゅうゆうごにして学がくに志こころざす」
（子曰：吾十有五而志於學）出自《論語》。

- 而立
じりつ　而立（30歲）
＊「三十さんじゅうにして立つ」（三十而立）

- 不惑
ふわく　不惑（40歲）
＊「四十しじゅうにして惑まどわず」（四十而不惑）

- **知命**（ちめい） 知命（50歳）
  * 「五十ごじゅうにして天命てんめいを知しる」（五十而知天命）
- **耳順**（じじゅん） 耳順（60歳）
  * 「六十ろくじゅうにして耳順みみしたがう」（六十而耳順）
- **還暦**（かんれき） 還暦（滿61歲）
  * 意即「過了六十為一歲」，又稱「花甲、回甲」。
- **古稀**（こき） 古稀（70歲）
  * 「人生七十古来稀じんせいななじゅうこらいまれなり」（人生七十古來稀）出自於杜甫的詩。
- **喜寿**（きじゅ） 喜壽（77歲）
- **米寿**（べいじゅ） 米壽（88歲）
- **卒寿**（そつじゅ） 卒壽（90歲）
- **白寿**（はくじゅ） 白壽（99歲）

死亡

死ぬ（し）	死 **表現** 死にかけている：臨死｜〜か生いきるかの問題もんだいだ：攸關生死的問題
死亡する（しぼう）	死亡 **表現** 死亡診断書しぼうしんだんしょ：死亡診斷書｜死亡届しぼうとどけ：死亡證明書｜死亡率しぼうりつ：死亡率
亡くなる（な）	死去；去世 **例** お亡くなりになりました。去世。｜父が亡くなった。父親去世了。｜恩師おんしが持病じびょうで亡くなった。恩師因久病去世了。
逝去する（せいきょ）	逝世
他界する（たかい）	往生
死（し）	死；死亡 ㊂

臨終 りんじゅう	臨終 圓 死しに目め 表現 親おやの死に目に会あえない：無法見到親人臨終｜～に間に合わない：來不及見最後一面｜死しに水みずを取る：送終
あの世 よ	來世、黃泉
訃報 ふ ほう	訃聞 表現 ～に接せっする：接到訃聞｜このたびはご愁傷様しゅうしょうさまでした。接獲消息同感哀痛。
通夜 つ や	守夜 說明 在舉行死者葬禮前，家族、親友會聚在一起在棺材前度過一夜。 口語 お～
告別式 こくべつしき	告別式 說明 在死者的靈前，舉行離別的儀式。
葬儀 そう ぎ	葬禮 表現 ～屋－や：葬儀社
葬式 そうしき	葬禮 表現 ～を出す：出殯；舉行喪禮 說明 為有葬儀意涵的日常性表現。
香典 こうでん	奠儀、香奠 說明 指靈前供奉時拿來取代香的錢財，大概投入三千至五千圓的日幣。在紙袋上寫上御靈前ごれいぜん，然後將自己的名字寫在下方。 表現 ～袋－ぶくろ：奠儀袋｜～返－がえし：奠儀回禮
喪服 も ふく	喪服
火葬 か そう	火葬 說明 在日本，一般使用火葬。 表現 ～場－ば：火葬場｜荼毘だびに付ふす：火化
土葬 ど そう	土葬

遺体 い たい	遺體
遺骨 い こつ	遺骨
遺灰 い はい	骨灰 表現 ～を海に撒まく：將骨灰灑入海中
位牌 い はい	牌位 説明 寫上死者法名的木牌。
戒名 かいみょう	戒名；法號；（刻於墓碑上的）姓名

喪中 も ちゅう	服喪期間 表現 喪もに服ふくする：服喪 ｜ 喪が明あける：結束服喪 例 ～につきお年賀ねんがのごあいさつを欠礼けつれいいたします。服喪中無法向您拜年，請見諒。
故人 こ じん	已故之人 例 ～のご冥福めいふくをお祈りいたします。為死者祈求冥福。
享年 きょうねん	享年
初七日 しょ なのか	頭七
四十九日 し じゅう く にち	四十九日
法事 ほうじ	法事、作法
墓 はか	墓 表現 墓参はかまいり：掃墓 ｜ 墓石はかいし/ぼせき：墓碑
墓地 ぼ ち	墓地 同 霊園れいえん

▲ 墓

戀愛與結婚

男性 だんせい	男性
女性 じょせい	女性
同性 どうせい	同性
異性 いせい	異性
彼氏 かれし	男朋友 同 ボーイフレンド 表現 元彼もとかれ：前男友
彼女 かのじょ	女朋友 同 ガールフレンド 表現 元もとカノ：前女友
恋人 こいびと	戀人 說明 若稱為愛人あいじん，則會有「情夫／情婦」的意思。
カップル couple	情侶 同 恋人同士こいびとどうし 表現 似合にあいの〜：很登對的情侶｜バカップル：喜歡曬恩愛的情侶

出会う であ	相遇；邂逅 說明 指偶然相遇。 表現 …に〜：與…相遇｜出会い 名：邂逅
惚れる ほ	著迷；戀慕 表現 一目ひとめ〜：一見鍾情
愛する あい	愛上
初恋 はつこい	初戀
片思い かたおも	單戀；暗戀 俗語 ワンサイドラブone side love

デート date	約會 表現 〜に誘さそう：邀約｜すっぽかされる：被爽 約、放鴿子
ラブレター love letter	情書
告白 こくはく	告白；表白 表現 愛の〜：愛的告白
つきあう	往來；交往 例 いまつきあっている人はいますか。現在有交往 的對象嗎？
交際 こうさい	交往

再多記一點！！

恋 (こい) vs. 愛 (あい)

　　這兩者都是指「愛」的意思，但是在日本，這兩者的使用方式是有差別的。「恋」表示在對喜歡的對象且懷有好感的狀態下，心裡感到小鹿亂撞的激動與不安。「愛」則是在珍惜、信賴自己喜歡的對象時才會成立，也含有希望對方一切順利、平安的心情。必須是精神上感到安定、安心且有信任感時，「愛」才會成立。舉例來說，父親對女兒愛是「愛する」，而不說成是「恋する」。

（○）恋に落おちる	（×）愛に落ちる：陷入愛河
（○）恋は盲目もうもく	（×）愛は盲目：愛情是盲目的
（×）恋を告つげる	（○）愛を告げる：告白
（×）恋を育はぐくむ	（○）愛を育む：培養感情
（×）親子おやこの恋	（○）親子の愛：親子之間的愛
（×）自然しぜんへの恋	（○）自然への愛：對大自然的愛
（×）恋の結晶けっしょう	（○）愛の結晶：愛情結晶（夫婦倆共同生的 孩子）
（×）恋の巣す	（○）愛の巣：（和情人同住的）愛的小窩
（×）恋の鞭むち	（○）愛の鞭：愛的體罰

人生

タイプ type	類型 同 好このみ 例 彼女はまさに僕の〜だ。她正好是我喜歡的那一類型。｜どんな男性だんせいが好このみですか。妳喜歡哪一型的男性呢？
相性 あいしょう	八字；性情相投 表現 〜がいい/合う[悪い/合わない]：處得很好／合得來〔處得不好／合不來〕
ウインク wink	秋波；眼色 表現 〜する：送秋波、使眼色
キス kiss	親吻 表現 チュー：啾（親吻聲）｜チューして：親一下｜口付くちづけ：接吻
初体験 しょたいけん	初次（性）經驗；初夜
セックス sex	性行為 同 エッチする（取変態Hentai第一個英文字「H」而稱之） 表現 エッチな話：情色之事
ナンパ	搭訕 説明 語源為軟派なんぱ。指男性向不熟識的女性搭話進行勾引。女性勾引男性的情況時，則稱為逆ぎゃくナン。 表現 かわいい子を〜する：搭訕美女｜硬派こうは：（喜歡舞刀弄槍、熱血的）強硬派
女たらし おんな	花花公子 同 助平すけべい　口語 すけべ
ツバメ	年長女人的情夫 説明 ツバメ的本義為「燕」，由於明治時代的女性解放運動者平塚雷鳥稱呼比她年輕五歲的男友奧村博史為「若い〜」（年輕的燕子），因此ツバメ就有了這樣的引申含意。 表現 若い〜：小白臉、小狼狗

ヒモ	吃軟飯的
同棲 どうせい	男女同居
援助交際 えんじょこうさい	援助交際 說明 也可以簡稱為「援交」。
二股をかける ふたまた	劈腿；腳踏兩條船
浮気する うわき	愛情不專一；偷吃 表現 浮気者うわきもの：（男）拈花惹草的人、 （女）水性楊花的人
不倫 ふりん	不倫；外遇 表現 〜の関係かんけいを持もつ：有外遇關係
絶交する ぜっこう	絕交；斷交 說明 君きみとは今日限きょうかぎり絶交だ。從今天 起，我要和你絕交！
別れ わか	分手 表現 別れる動：分手
仲たがい なか	失和；鬧翻 表現 仲がこわれる：關係失和｜うまくいかなくな る：處得不順
けんか	吵架 表現 〜をする動：吵架｜兄弟きょうだいげんか：兄 弟鬩牆｜争あらそう：爭吵
口げんか くち	口角 同 言い争あらそい：吵嘴
夫婦げんか ふうふ	夫妻吵架 表現 〜は犬も食くわない：床頭吵床尾和
口答え くちごた	回嘴；頂嘴
かんしゃく	火氣；肝火 表現 〜を起おこす：大動肝火

いたずら	惡作劇；捉弄
	表現 〜をする **動**：惡作劇　**同** 悪わるふざけ
ふる	甩掉
ふられる	被甩掉
	同 失恋しつれんする
心変わりする こころ が	變心
仲直り なかなお	重修舊好；復合

恋愛 れんあい	戀愛
	表現 〜結婚－けっこん：戀愛結婚
プロポーズ propose	求婚
	表現 〜を受ける：答應求婚
婚約 こんやく	婚約；訂婚
	表現 〜者－しゃ：未婚妻／夫
縁談 えんだん	親事；說媒
	表現 〜をまとめる：提親｜〜がまとまる：談成親事
見合い み あ	相親
	表現 〜する：去相親｜〜結婚－けっこん：相親結婚
仲人 なこうど	媒人；介紹人
	同 媒酌人ばいしゃくにん　**表現** 〜を立てる：選定媒人｜〜をする：當媒人
結婚 けっこん	結婚
	表現 身みを固かためる：定下來｜できちゃった〜：先有後婚；奉子成婚｜偽装ぎそう〜：假結婚
婚礼用品 こんれいようひん	婚禮用品
結婚指輪 けっこんゆび わ	結婚戒指

大安 たいあん	**大安（日）** （説明）為大安吉日たいあんきちじつ的略語。指旅行、結婚等活動的吉日，依照飯店或結婚禮堂的不同，有的從一年前就開始預約。
結婚式 けっこんしき	**結婚典禮** （表現）〜場−じょう：婚禮場地
三々九度 さんさん く ど	**三三九度（婚禮儀式）** （説明）在神社舉行結婚典禮（神前結婚しんぜんけっこん）時，有三次喝酒的杯儀式。最初的兩杯酒只需輕碰嘴唇，第三杯就要一口氣喝掉。
新郎 しんろう	**新郎** （同）花婿はなむこ／お婿むこさん
新婦 しん ぷ	**新娘** （同）花嫁はなよめ／お嫁よめさん
招待 しょうたい	**邀請；招待** （表現）〜状−じょう：喜帖｜〜客−きゃく：賓客｜来賓らいひん：來賓
ご祝儀 しゅう ぎ	**禮金** （表現）〜を包つつむ：包禮金
芳名帳 ほうめいちょう	**禮金簿；簽到簿** （例）〜にお名前を記帳きちょうしてください。 請在禮金簿上簽名。

▲ 祝儀袋しゅうぎぶくろ

席次表 せき じ ひょう	**座位表** （説明）為了讓參加婚宴的賓客們知道自己的喜宴座位而事先製作的座位表。
披露宴 ひ ろうえん	**婚宴；喜宴** （表現）〜に呼よぶ：邀請參加喜宴｜〜に招待する：招待喜宴
お色直し いろなお	①婚禮中換裝　②婚禮後，新娘換上便服
ウエディングドレス wedding dress	結婚禮服

燕尾服 えんびふく	燕尾服
タキシード tuxedo	（男用）晚宴服；無尾晚禮服
ウエディングケーキ wedding cake	結婚蛋糕
キャンドルサービス candle-light service	點蠟燭儀式
フラワーアレンジメント flower arrangement	花藝；花卉佈置
花束 はなたば	花束 表現 ブーケbouquet：捧花
引き出物 ひ　　でもの	主人回贈給賓客的禮品
新婚旅行 しんこんりょこう	新婚旅行 表現 ハネムーンhoneymoon：蜜月
結婚記念日 けっこんきねんび	結婚紀念日
金婚式 きんこんしき	金婚紀念 表現 銀婚式ぎんこんしき：銀婚紀念
おしどり夫婦 　　　　ふうふ	鴛鴦佳偶
良妻賢母 りょうさいけんぼ	賢妻良母
恐妻家 きょうさいか	妻管嚴（怕太太的先生）
愛妻家 あいさいか	模範丈夫（疼老婆的先生）
未亡人 みぼうじん	遺孀 表現 やもめ：寡婦 ｜ 男やもめ：鰥夫
妊娠 にんしん	懷孕 表現 〜3か月−さんかげつ：懷孕三個月 ｜ 〜させる： 使別人懷孕 ｜ 子こを身みごもる：有了身孕
出産 しゅっさん	生產 表現 〜予定日−よていび：預產期 ｜ 子を産うむ：生 孩子

三角関係 さんかくかんけい	三角關係 表現 〜を清算せいさんする：了結／斷絕三角關係
後妻 ごさい	續弦；繼室
別居 べっきょ	分居 表現 家庭内かていない〜：家庭內分居（夫妻雖然同住一屋，但吃飯和睡覺都分開的分居狀態）｜家庭内離婚かていないりこん：家庭內離婚（雙方有離婚之意圖，但因經濟或孩子等因素不得已仍須同住一屋的狀態）
離婚 りこん	離婚 表現 〜届－とどけ：離婚協議書｜熟年じゅくねん〜：中老年離婚｜成田なりた〜：成田離婚（比喻一下飛機就離婚；閃電離婚）｜〜調停－ちょうてい：離婚調解
慰謝料 いしゃりょう	贍養費
養育費 よういくひ	養育費
再婚 さいこん	再婚

同性愛 どうせいあい	同性戀
ゲイ gay	男同性戀 説明 在言論媒體或節目中，不稱為ゲイ、ホモ，而是稱呼為男性同性愛者だんせいどうせいあいしゃ。
レズビアン lesbian	女同性戀
性同一性障害 せいどういつせいしょうがい	性別認同障礙
LGBT エルジービーティ	女、男同性戀、雙性戀及跨性別者 説明 取英文Lesbian（女同性戀）Gay（男同性戀）Bisexuality（雙性戀）Transgender（跨性別者）的第一個英文字母組合而成，來總稱這個族群。日語亦稱為「性的少數者せいてきしょうすうしゃ」。在美國已被廣泛使用，最近在日本這個詞的使用也變多了，也有男同性戀者使用LGBT這個詞。

02

人生

人際關係

人間 にんげん	人；世間 口語 人ひと：人 例 あいつはなかなかの〜だ。那傢伙可真是個不簡單的人。｜あの人は〜ができている。他是位氣宇非凡的人。｜人間にんげん/じんかん到いたる処ところ青山せいざんあり。人間無處不青山（比喻：男子漢四海為家的情懷）。 表現 〜万事−ばんじ塞翁さいおうが馬：人間萬事有如塞翁失馬，禍福未知
人間関係 にんげんかんけい	人際關係
老若男女 ろうにゃくなんにょ	男女老少
未成年者 み せいねんしゃ	未成年者
成人 せいじん	成人
先輩 せんぱい	前輩
後輩 こうはい	後輩 表現 先輩と〜の間柄あいだがら：前輩和後輩的關係
上司 じょう し	上司；主管 同 上役うわやく
部下 ぶ か	部下；部屬
年上 としうえ	比自己年長的人
年下 としした	比自己年輕、年幼的人
独身 どくしん	單身者

夫婦 ふうふ	夫妻 表現 ～円満−えんまん：圓滿夫妻 | 仮面かめん～：貌合神離的夫妻
既婚者 きこんしゃ	已婚者
配偶者 はいぐうしゃ	配偶；另一半

友達 ともだち	朋友 同 友人ゆうじん　表現 ただの～：只是普通朋友
親友 しんゆう	好朋友；密友 説明 同おなじ釜かまの飯めしを食くった仲なかだ。同吃一鍋飯的好交情。
幼なじみ おさな	從小一起長大的朋友；兒時玩伴 同 竹馬ちくばの友とも：青梅竹馬的朋友
旧友 きゅうゆう	舊識

同級生 どうきゅうせい	同班同學
同窓生 どうそうせい	同屆學生
同期 どうき	同年級；同梯 説明 日本不使用同期同窓（同班同學）的表現。
同い年 おな　　どし	同年（紀）
仲間 なかま	夥伴；一夥
相棒 あいぼう	搭檔
連れ合い つ　　あ	同伴；伴侶 説明 使用在對別人稱呼自己的丈夫或妻子時。連れ指「一起去的人、一起行動的人、同事或同伴」。 例 去年きょねん、～に死しに別わかれてしまって寂さびしい人生じんせいを送おくっています。 自從去年老伴離開人世之後，就過著寂寞的生活。

相手 あい て	對象；對方
同胞 どうほう	同胞
隣人 りんじん	鄰居 □語 隣となり／お隣りさん　表現 向むこう三軒さんげん両隣りょうどなり：左鄰右舍
知り合い し　あ	認識的人
知人 ち じん	熟人
顔なじみ かお	熟面孔 表現 なじみの客きゃく／おなじみさん：熟客／熟人｜行いきつけの店みせ：常去光顧的店
顔見知り かお み し	相識；熟人 表現 ～の犯行はんこう：熟人犯行
紳士 しん し	紳士；成年男性的敬稱 説明 在廁所的入口處，也可以看到寫著殿方とのがた的字樣。
淑女 しゅくじょ	淑女；成年女性的敬稱
他人 た にん	他人；別人 □語 よその人ひと　表現 よそ様さま/人様ひとさま：別人／旁人｜よその家いえ：別人家｜よその子こ：別人家的孩子｜よその国くに：他國｜赤あかの～：陌生人｜第三者だいさんしゃ：第三人｜部外者ぶがいしゃ：局外人 例 よその人のあとについて行ってはいけません。不可以跟陌生人走。｜人様のことはわからない。別人的事情我不清楚。
ライバル rival	對手；敵人
競争相手 きょうそうあい て	競爭對手 表現 ～を蹴落けおとす：擊敗競爭對手

一般稱謂

- **〜君**
  くん

  「君」指可以使用在長輩呼叫晚輩的時候、學校的同年級同學之間、公司裡的男同事之間，但〜さん就沒有性別或年齡的限制，都可以使用。

- **〜ちゃん**

  在日本，即使是小孩子直接稱呼其名字還是很失禮的，所以要在名字後方加上〜ちゃん或〜君。ちゃん是含有親暱感的語氣，主要使用在小孩子及女學生之間，或是年長者稱呼晚輩的時候。

- **お兄さん／お姉さん**
  にい　　　　　ねえ

  お兄さん和お姉さん只可以拿來稱呼自己的親哥哥或姊姊，不像台灣一樣只要是比自己年長的人都可以叫「〜大哥」。一樣地，弟和妹也是只能使用在自己的親弟妹上。

- **〜先生**
  せんせい

  博士、教授、老師等全部稱為先生。助理教授、師父、醫師、律師等，也都是先生。其後方不加上様さま。

- **〜先輩／社長／部長**
  せんぱい　しゃちょう　ぶちょう

  在學校或公司等地方稱呼長輩時，會在姓或名字的後方加上先輩，或直接稱呼先輩。若是稱呼公司的上司時，就要省略掉様稱呼社長或部長，例如佐藤部長，名字和職稱要一起使用。

家族與親屬

親族 しんぞく	親屬
親戚 しんせき	親戚 圓 親類しんるい　表現 遠とおい〜より近ちかくの他人たにん：遠親不如近鄰
血縁関係 けつえんかんけい	血緣關係 表現 近親きんしん：近親｜肉親にくしん：血親｜血筋ちすじ：血脈｜血族けつぞく：血緣親屬
家族 かぞく	家人；家庭 表現 核かく〜：小家庭｜大だい〜：大家族｜扶養ふよう〜：扶養親屬

身内 みうち	自己人；自家人
同居人 どうきょにん	同住者；同居人 **説明** 指家庭中夫妻親子同住，而非男女同居的情況。
家庭 かてい	家庭 **表現** 母子ぼし〜：單親（媽媽）家庭｜父子ふし〜：單親（爸爸）家庭｜一人親ひとりおや〜：單親家庭｜新婚しんこん〜：新婚家庭
所帯 しょたい	家庭；家務 **表現** 〜を持つ：養家活口｜〜染－じみる：黃臉婆｜男所帯おとこじょたい：光棍 ⇔ 女所帯おんなじょたい：單身女子
世帯 せたい	家庭；一戶 **表現** 高齡者こうれいしゃ〜：老年家庭｜独身どくしん〜：單人家庭｜二世帯住宅にせたいじゅうたく：日本特有建築型式，即一棟房子可以住兩戶家族（三代）。
ファミリー family	家庭；家人
親 おや	父母親；始祖 **説明** 花牌或撲克牌的「莊家」也稱之為親。 **表現** 〜のすねをかじる：啃老｜結婚してもまだ〜のすねをかじっている：結了婚還在靠父母養｜〜の七光ななひかり：靠著父母的光環｜〜バカ：溺愛孩子的傻父母｜生うみの〜より育そだての親：生育之恩不如養育之恩｜〜思－おもう心こころにまさる親心おやごころ：爹娘想子長江水，子想爹娘扁擔長｜〜孝行－こうこう：孝順父母｜片かた〜：單親（喪親）
父 ちち	父親
母 はは	母親
パパ	爸爸

ママ	媽媽

お父さん
とう

爸爸

説明 為鄭重稱呼父親的名稱。也是一般孩子稱呼或指名自己的父親，最常使用的表現。在有孩子的家庭裡，妻子稱呼自己的丈夫時，也會講 お父さん。同時也是意指擔任父親職位一職的人，也可以使用在父親稱呼自己的情況下。當提到對方或第三者的父親時，也可以使用 お父さん。在熟識的人之間，提及自己的父親時，不講 父 而是講 お父さん。

例 ～、行ってまいります。爸爸，我出門囉！｜～はいつ出張から帰るの？爸爸什麼時候才出差回來？｜～、ご飯ですよ。爸，吃飯了喔！｜あいつもいい～になったなあ。那傢伙也成為一個好父親了呢！｜～は怒ってるんだぞ。爸爸在生氣了喔！｜～は元気ですか。令尊最近好嗎？｜～はまだ帰っていません。父親還沒回來喔！

お母さん
かあ

母親

説明 為鄭重稱呼母親的名稱。也是一般孩子稱呼或指名自己的母親，最常使用的表現。在有孩子的家庭裡，丈夫稱呼自己的妻子時，也會講お母さん。此話也有意指擔任母親職位一職的人，也可以使用在母親稱呼自己的情況下。當提到對方或第三者的母親時，也要使用お母さん。在熟識的人之間，提及自己的母親時，不講母而是講お母さん。

例 ～、ただ今。媽，我回來囉！｜君の～、何してるの？你媽媽在做什麼呢？｜～にやってもらいなさい。請母親幫忙吧！｜～も知りませんよ。媽媽也不知道喔！｜～によろしくお伝えください。請代我向母親問好。｜～は買い物に出かけています。母親現在出去買東西。

私
わたくし

我（謙稱）

説明 使用在正式的場合或和長輩談話的時候。あたくし 主要則為女性使用，屬非鄭重的表現。

私 わたし	我 **說明** 為最普遍的第一人稱表現，比起 わたくし 更能使用在沒有顧慮的場合上。あたし 主要為女性使用，屬非鄭重的表現。
僕 ぼく	我（男性自稱） **說明** 為男生稱呼自己的用詞，主要是拿來對自己的同輩或晚輩使用。雖然比俺更為鄭重，但和長輩說話時，就要使用 わたし 或 わたくし。
俺 おれ	我（男性自稱） **說明** 為男性和同事或晚輩說話時，所使用的一人稱表現。是比 ぼく 更粗魯的表現。 **例** 〜が何なんとかしよう。我來想想辦法吧！｜〜とお前まえの仲なかじゃないか。這不就是本大爺和你這傢伙的交情嗎？
私たち わたし	我們 **說明** 降低自己地位的謙讓語表現為 わたくしども。

あなた	你 **說明** 為「君」的尊敬語，使用在雙方關係有些微距離的同輩或晚輩上，通常對長輩不這麼使用。另外，也可以使用在親密的男女稱呼對方的時候，特別是夫妻之間，妻子稱呼丈夫的情況。在小說等文體中，有時也會用漢字寫成 貴方、貴男、貴女。
君 きみ	你（上對下） **說明** 男性對同輩或同輩以下者的親密稱呼。有時候也可以拿來稱呼小男孩，例如「〜、名前は何というの？」（孩子，你叫什麼名字？）。 **例** 〜と僕の間柄あいだがら：你和我之間的關係。｜〜も一緒いっしょに来こないか。你不一起來嗎？
お前 まえ	你（上對下） **說明** 男性對同輩或同輩以下者的親密稱呼。屬較粗魯的口氣。

人生

あなたがた	各位
	說明 為 あなた 的複數。較為粗魯的表現是 あなたたち 或 君たち，再更粗魯一點的表現是 君ら 或 おまえら。

兄 あに	哥哥
	說明 為稱呼自己哥哥的用語，稱呼的時候要講 お兄にいさん。在日本，不會使用 お兄さん 來稱呼比自己年長但沒血緣關係的熟識男性。但是可以使用在向不認識的年輕男子搭話的時候，例如「お兄さん、これもうちょっとまけてちょうだい。（小哥，這個算便宜一點吧）」。
	例 うちの〜は高校こうこうで英語えいごを教おしえています。我哥哥在高中教英文。｜あなたはお兄にいちゃんなんだから、泣いちゃだめよ。你已經是哥哥了，所以不可以哭喔！

姉 あね	姊姊
	說明 為稱呼自己姊姊的用語，稱呼的時候要講 おねえさん。在日本，不會用 おねえさん 來稱呼比自己年長但沒血緣關係的熟識女性。但是可以使用在向不認識的女性搭話的時候，例如「おねえさん、これいくら？（小姐，這個多少錢？）」。向年紀較大的女性搭話時，盡量別使用 おばさん（大嬸），最好是稱呼 おねえさん。
	例 うちの〜は結婚けっこんしてもう子供こどもが３人もいます。我姊姊已婚，而且已經生了三個小孩。｜あなたはもっとおねえちゃんの言うことを聞かないとだめよ。你不好好聽姊姊的話可不行喔！

弟 おとうと	弟弟
	說明 不使用在稱呼上，主要使用在向對方提及自己弟弟的時候，例如「うちの〜（我弟弟）」。

妹 いもうと	妹妹
	說明 不使用在稱呼上，主要使用在向對方提及自己妹妹的時候，例如「うちの〜（我妹妹）」。

兄弟 きょうだい	兄弟；弟兄；姊妹；兄弟姊妹 **説明** 當其意思為「兄弟姐妹」時，可以寫成平假名的 きょうだい，也可以寫成 兄妹 或 姉弟，讀音全部念為 きょうだい。
姉妹 し まい	姊妹

子供 こ ども	兒童；小孩 **表現** うちの〜：我家的孩子
息子 むす こ	兒子 **説明** 向他人提及自己的兒子時，會使用うちの〜 或 うちのせがれ（小犬），更謙虛一點的表現可以使用愚息ぐそく。提及他人的孩子時，要講 〜さん，更尊敬一點的表現可以使用ご子息しそく。
娘 むすめ	女兒 **説明** 向他人提及自己的女兒時，會講 うちの〜。當提及他人的女兒時，會使用 お嬢じょうさん。
長男 ちょうなん	長子 **同** 一番上いちばんうえの息子　**表現** 次男じなん／二番目にばんめの息子：次子／第二個兒子｜三男さんなん／三番目さんばんめの息子：三子／第三個兒子
長女 ちょうじょ	長女 **同** 一番上の娘　**表現** 次女じじょ／二番目の娘：次女／第二個女兒｜三女さんじょ／三番目の娘：三女／第三個女兒
ひとり息子 むす こ	獨生子
ひとり娘 むすめ	獨生女
末っ子 すえ こ	老么

夫婦 ふう ふ	夫妻

夫 おっと	**丈夫** **説明** 如果是有小孩的家庭，妻子稱呼丈夫時，會講 パパ 或 お父さん。妻子向熟識的人提及自己的丈夫時，會使用旦那だんな，若是向不熟識的人或在較正式的場合上介紹自己的丈夫，就會使用主人しゅじん，向有孩子的朋友提及自己的丈夫時，會講 パパ 或 お父さん。
亭主 ていしゅ	**主人；丈夫** **表現** ご〜：一家之主（敬稱）｜〜持－もち：有夫之婦｜〜関白－かんぱく：大男人 ⇔ かかあ天下でんか：大女人｜〜の好すきな赤烏帽子あかえぼし：老公的話有如聖旨
旦那 だん な	**老爺；先生** **説明** 向對方提及自己丈夫的謙遜表現。提及對方的丈夫時，則要講 だんな様。 **表現** うちの〜が…：我先生他啊…｜おたくの〜様が…：府上的先生他…
妻 つま	**妻子** **説明** 在有孩子的家庭中，丈夫稱呼妻子時，會講 ママ 或 お母さん。丈夫向熟識的人提及自己的妻子時，會使用妻；向不熟識的人提及自己的妻子時，可以使用 家内かない、かみさん、嫁よめさん、女房にょうぼう。ワイフ 的說法則幾乎沒有人使用了。
奥さん おく	**太太** **表現** 奥様おくさま：太太（尊稱）
家内 か ない	**内人** **説明** 向對方提及自己妻子的謙虛表現。 **表現** うちの〜が…：我內人她啊…｜家のことは〜に任まかせてあります。家裡的事情一律都是內人在處理。

人生

女房 にょうぼう	老婆 **[說明]** 為和他人談話時，指稱自己妻子的用語。主要是親密指稱自己已過中年的妻子。 **[表現]** 〜の尻しりに敷しかれる：怕老婆｜〜と畳たたみは新あたらしい方が良い：老婆和草蓆都是新的好｜〜の妬やく程ほど亭主ていしゅもてもせず：沒有辦法讓老婆吃醋的老公（比喻實際上老公沒有老婆想像中的有魅力）｜〜の悪いは六十年ろくじゅうねんの不作ふさく：娶錯老婆要落魄六十年＝悪妻あくさいは百年ひゃくねんの不作：娶到惡妻一輩子落魄
婿 むこ	女婿 **[表現]** 〜に入はいる：入贅｜〜を取とる：招贅｜〜養子－ようし：贅婿
嫁 よめ	媳婦 **[表現]** 〜に行く：嫁出去｜〜をもらう：娶媳婦｜秋茄子あきなすび〜に食くわすな：別給媳婦吃秋天的茄子，比喻「苛待媳婦」或「疼愛媳婦」。
おじいさん	爺爺 **[說明]** 向他人提及自己的祖父時，會講祖父そふ。丈夫的祖父稱為夫方おっとがたの祖父。
おばあさん	奶奶 **[說明]** 向他人提及自己的祖母時，會講祖母そぼ。丈夫的祖母稱為夫方おっとがたの祖母。
おじ	叔；伯；舅輩 **[說明]** 父母的兄弟、姑丈、姨丈等，全部稱為 おじ。稱呼他們的時候，要講 おじさん。
おば	嬸；伯母；姑；姨輩 **[說明]** 父母的姊妹全部稱為 おば。稱呼她們的時候，要講 おばさん。
いとこ	表兄弟姊妹 **[表現]** また〜：父母親堂／表兄弟姊妹的孩子

甥 おい	姪子；外甥
姪 めい	姪女；外甥女
孫 まご	孫子 表現 初はつ〜：長孫｜〜ができる：有了孫子

舅 しゅうと	公公；岳父 説明 媳婦稱呼公公或女婿稱呼岳父時，要講 おとうさん。
姑 しゅうとめ	婆婆；岳母 説明 媳婦稱呼婆婆或女婿稱呼岳母時，要講 おかあさん。
小舅 こ しゅうと	①大伯；小叔；舅子　②大姑；小姨子 説明 為指稱配偶兄弟姊妹的表現，稱呼他們的時候，如果對方比自己年紀大，就使用 おにいさん 或 おねえさん，如果對方年紀較小，就以○○さん 的方式，稱呼其名字。

せいかくとかんじょう

個性與情感

03

個性・人品

性格 せいかく	**個性** 表現 ～がいい[悪い]：個性很好〔很差〕｜明あかるい～：個性開朗｜彼とは～が合あわない：跟他個性合不來
人柄 ひとがら	**人格；人品** 表現 ～がいい：人品很好〔很差〕｜～を見る：觀察人品
品 ひん	**品格；氣質** 表現 ～がいい[悪い]：有氣質〔沒氣質〕｜上品じょうひんだ：優雅、高雅｜下品げひんだ：低級、沒格調
キャラクター character	**個性** 表現 ～グッズgoods／～商品しょうひん：個性小物／個性商品
長所 ちょうしょ	**優點** 表現 ～を生いかす：發揮優點｜～は短所：優點就是缺點 同 取とり柄え　例 体からだが丈夫じょうぶなだけが取り柄だ。只有身體強壯算是可取之處。
短所 たんしょ	**缺點** 同 あら｜あらを探さがす：吹毛求疵 表現 ～を改あらためる：改正缺點 例 怒おこりっぽいのが彼の～だ。暴躁易怒是他的缺點。
メリット merit	**優點；優勢** 同 利点りてん：優點
デメリット demerit	**缺點；弱勢** 同 欠点けってん：缺點｜欠点をつかれる：被抓住弱點｜欠点を補おぎなう：補足缺失

弱点 じゃくてん	**弱點** 同 ウイークポイントweak point：弱點；缺點｜アキ レス腱けん：阿基里斯腱（喻致命的弱點） 例 ここが彼のアキレス腱だ。這是他致命的弱點。
泣き所 な どころ	**要害** 表現 弁慶べんけいの〜：強者的要害、弱點，指脛骨 ｜〜をつく：命中要害
引け目 ひ め	**自卑感；（自己的）弱點** 表現 〜を感かんじる：感到自卑

個性類型

外向的だ がいこうてき	外向的
積極的だ せっきょくてき	積極的
気前がいい き まえ	大方的
情熱的だ じょうねつてき	熱情的
はつらつとしている	精力充沛
堂々としている どうどう	堂堂正正
快活だ かいかつ	爽朗
活発だ かっぱつ	活潑
明るい あか	開朗的 同 朗ほがらかだ｜陽気ようきだ 表現 気持きもち が〜人：心胸開朗的人｜〜雰囲気ふんいきの人：令 人感到很開朗的人
人あたりがいい ひと	和藹可親
ユーモアがある humor	具有幽默感

楽天的だ らくてんてき	樂天的；樂觀的
さっぱりしている	爽快；俐落
さばけている	通情達理
淡泊だ たんぱく	淡泊；恬淡 園 さっぱりしている｜あっさりしている｜クール だ

内向的だ ないこうてき	內向的
消極的だ しょうきょくてき	消極的
気が弱い き よわ	懦弱的
無口だ むくち	不多話；沈默的
行儀がいい ぎょう ぎ	有規矩的；有禮貌的
おとなしい	乖巧的；老實的；溫順的
物静かだ ものしず	文靜的
従順だ じゅうじゅん	柔順的
淡々としている たんたん	漠然；冷淡的
感情的だ かんじょうてき	感性的
理性的だ り せいてき	理性的
平凡だ へいぼん	平凡
非凡だ ひ ぼん	不平凡
すばしこい	俐落；敏捷 口語 すばしっこい

正面的個性

善良だ ぜんりょう	善良 表現 ～市民しみん：善良的市民
気だてがいい き	脾氣好的；性情溫和的
優しい やさ	溫柔的
柔和だ にゅうわ	溫和；和藹
物柔らかだ ものやわ	溫和；穩重 表現 柔軟じゅうなんだ：柔軟｜態度たいどが柔やわらかい：態度溫和｜物腰ものごしが柔らかい：舉止穩重
和やかだ なご	和藹；祥和 同 穏おだやかだ｜温厚おんこうだ
ソフトだ soft	柔軟 表現 ソフトな物腰：和藹的待人態度｜人あたりがソフトな人：待人接物很柔軟的人
丸い まる	圓滑；圓滿 表現 ～感じの人：令人感到很圓滑的人 例 彼女はこのごろ性格が丸くなった。她最近個性變圓滑了。
思いやりがある おも	體貼；有同理心 同 あたたかい｜情じょうが深ふかい｜徳とくが篤あつい
謙虚だ けんきょ	謙虛
礼儀正しい れいぎただ	有禮貌的
寛大だ かんだい	寬容；寬大為懷 同 心が広ひろい｜度量どりょうが大きい｜豪放磊落ごうほうらいらくだ｜太っ腹ふとっぱらだ
包容力がある ほうようりょく	有包容力 同 懐ふところが深ふかい

純粋だ じゅんすい	純真；天真 **表現** すなおだ/うぶだ：直率／清純｜純朴じゅんぼく だ：淳樸
素直だ すなお	直率；坦白
無邪気だ むじゃき	天真無邪 **同** あどけない｜天真爛漫てんしんらんまんだ **表現** 無邪気に笑わらう：天真地笑｜無邪気な子供こ ども：天真無邪的孩子
親切だ しんせつ	親切 **反** 不ふ～：不親切
気さくだ き	坦率 **表現** 気さくな人：坦率的人
率直だ そっちょく	率直
素朴だ そぼく	單純；樸實 **表現** 素朴な疑問ぎもん：單純的疑問｜素朴な味あ じ：樸實的味道｜素朴な生活せいかつ：單純的生活 ｜素朴な人柄ひとがら：樸實的人品
人間的だ にんげんてき	有人情味 **同** 人柄ひとがらがいい｜人間臭くさい｜人間味にん げんみがある
肯定的だ こうていてき	肯定的；正面的
楽観的だ らっかんてき	樂觀的
協力的だ きょうりょくてき	合群；合作的
まじめだ	認真的
勤勉だ きんべん	勤勞的；勤勉的
正直だ しょうじき	正直的；正派的 **表現** 馬鹿ばか～：誠實過頭、死腦筋

主体性がある <small>しゅたいせい</small>	有自主性
利口だ <small>り こう</small>	聰明伶俐 回 頭がいい｜賢かしこい｜聡明そうめいだ
はきはきしている	乾脆；爽快
しっかりしている	認真；牢靠 例 彼は若わかいのに〜。他雖然很年輕卻非常認真可靠。 表現 しっかり者もの：可靠的人｜しっかり者の奥おくさん：可靠人的太太
立派だ <small>りっ ぱ</small>	傑出的
えらい	了不起的；出色的
公平だ <small>こうへい</small>	公道；公平的
口が堅い <small>くち　かた</small>	口風緊的
分別がある <small>ふんべつ</small>	有判斷力的
教養がある <small>きょうよう</small>	有教養
要領がいい <small>ようりょう</small>	精明的 表現 〜人：精明的人

凛々しい <small>り り</small>	威嚴可敬的 回 堂々どうどうとしている
たくましい	強壯；魁梧的 回 力強ちからづよい
勇ましい <small>いさ</small>	勇敢；勇猛的 回 勇敢ゆうかんだ｜勇気ゆうきがある
勇敢だ <small>ゆうかん</small>	勇敢的

頼もしい たの	可靠的 表現 夫おっとが頼もしく見える：丈夫看起來很可靠
潔い いさぎよ	清高的；純潔的
大らかだ おお	落落大方；從容不迫 回 鷹揚おうようだ｜おっとりしている

落ち着いている お　つ	冷靜
勇気がある ゆう　き	有勇氣
がまん強い づよ	堅忍不拔；有耐心的
粘り強い ねば　づよ	不屈不撓；有毅力的
芯が強い しん　つよ	意志堅強的
几帳面だ き ちょうめん	一板一眼的
慎重だ しんちょう	謹慎的
ゆったりとしている	悠閒從容
ひたむきだ	埋頭苦幹的；一心一意地

負面的個性

意地が悪い い じ　わる	居心不良 表現 意地悪いじわる：刁難、捉弄｜意地：心地｜意地が汚きたない：貪婪、欲求不滿｜意地っ張ぱり：固執、倔強
とげとげしい	尖酸帶刺的；刻薄的
ずるい	狡猾的

個性與情感表現

驕慢だ <small>きょうまん</small>	傲慢
憎らしい <small>にく</small>	可恨的；討厭的 説明 在會話中常用的 憎たらしい 是 憎らしい 的強調表現。
卑怯だ <small>ひ きょう</small>	懦弱
臆病だ <small>おくびょう</small>	疑心；多疑
卑屈だ <small>ひ くつ</small>	低聲下氣；卑微
無礼だ <small>ぶ れい</small>	無禮
ぶしつけだ	粗野無禮；冒冒失失
不埒だ <small>ふ らち</small>	蠻橫無理 同 不届ふとどきだ：不禮貌；不講理
高慢だ <small>こうまん</small>	高傲；傲慢 同 横柄おうへいだ
生意気だ <small>なま い き</small>	狂妄；自大
図々しい <small>ずうずう</small>	厚臉皮的 同 面つらの皮かわが厚あつい：忝不知恥
ふてぶてしい	目中無人的 同 厚あつかましい
猫をかぶっている <small>ねこ</small>	表裡不一；假裝老實（通常指女性） 同 取とり澄すましている：假裝斯文｜何なに喰くわぬかおをする：裝作若無其事的樣子
ひねくれる	彆扭 表現 ひねくれた性格せいかく：個性彆扭
うそつきだ	撒謊
猛々しい <small>たけだけ</small>	兇猛可怕；厚顏無恥 同 獰猛どうもうだ　表現 盗人ぬすっと～：惡人先告狀；做賊的喊捉賊

荒い あら	粗暴；粗野 ⊜乱暴らんぼうだ
強情だ ごうじょう	倔強；頑固
しつこい	煩人；糾纏不清
気が強い き　　つよ	強勢的
プライドが高い pride　　　　　たか	自尊心強的
傷つきやすい きず	容易受傷害的
神経が細かい しんけい　　こま	心思細膩
繊細だ せんさい	纖細
デリケートだ delicate	敏感；纖細
神経質だ しんけいしつ	神經質 ⊜ヒステリックだ：歇斯底里的
気難しい き　むずか	不好相處的；難取悅的
けちだ	小氣；吝嗇 ⊜せこい：小氣的
すれている	世故；滑頭
むごい	殘酷的；悽慘的
冷たい つめ	冷淡的 ⊜冷淡れいたんだ
冷静だ れいせい	冷靜
非常識だ ひ　じょうしき	沒常識；荒唐
不まじめだ ふ	不認真；不正經 ⊜かわいくない〔俗語〕

個性與情感表現

ばかだ	**愚蠢；糊塗** 說明 雖然日語中，比較沒有罵人的話，但 ばか、ばか者もの、ばかたれ 等就是最具代表性的粗話。漢字寫作「馬鹿」。在關西地方則稱為 あほう。 表現 馬鹿馬鹿しい：荒謬、胡鬧｜馬鹿丁寧ばかだていねいだ：過度、不自然的有禮｜愚おろかだ：愚笨｜まぬけだ：呆瓜
要領が悪い ようりょう　わる	笨拙的
教養がない きょうよう	沒教養
だらしない	**沒規矩；不像樣** 說明 指生活態度或工作方式無法乾淨俐落。外表上表現出邋遢、散亂的樣子，內在則形容拖泥帶水或沒出息的樣子。 表現 だらしなく口を開けて寝ている：嘴開開不像樣地睡著｜〜服装ふくそう：邋遢的衣服｜金錢に〜：用錢無度、馬虎｜時間に〜人：虛度光陰之人
ルーズだ loose	**散漫** 說明 最近的年輕人也會說成 アバウトだ。 表現 ルーズな生活せいかつ：散漫的生活｜時間じかんにルーズな人：沒有時間觀念的人｜時間にアバウトな人：沒有時間觀念的人｜数字にアバウトな人：沒有數字觀念的人
怠惰だ たい だ	懶惰
怠慢だ たいまん	懈怠
いい加減だ か げん	隨便；含糊
柔弱だ にゅうじゃく	柔弱；軟弱 同 意気地いくじがない
分別がない ふんべつ	沒有判斷能力；不明事理

主体性がない しゅたいせい	不獨立
無愛想だ ぶ あいそう	愛理不理；冷淡 回 ぶっきらぼうだ｜むっつりしている｜つっけんどんだ 表現 言葉使ことばづかいがつっけんどんだ：①冷言冷語；②說話很莽撞
否定的だ ひ ていてき	否定的；負面的
悲観的だ ひ かんてき	悲觀的
不公平だ ふ こうへい	不公平的
非協力的だ ひ きょうりょくてき	不合群的

おしゃべりだ	聒噪；話多；多嘴
口が軽い くち　かる	口風不緊；嘴快
怒りっぽい おこ	易怒的
そそっかしい	冒失的；迷糊的
気まぐれだ き	善變；反覆無常

個性與情感表現

各種個性的人

- ◆ 甘あまえん坊ぼう：愛撒嬌的孩子
- ◆ 臆病者おくびょうもの：疑心病重的人
- ◆ 恥はずかしがり屋や：靦腆、怕生的人
- ◆ はにかみ屋や：扭扭捏捏、容易害臊的人
- ◆ 寂さびしがり屋や：容易感到寂寞的人

- ◆ 弱虫よわむし：膽小鬼
- ◆ こわがり屋や：沒膽量的人

- ◆ わからず屋や：不懂事的人
- ◆ 怒おこりん坊ぼう：易怒的人
- ◆ 嘘うそつき：説謊、謊言
- ◆ 欲張よくばり：貪心、貪得無厭
- ◆ 意地悪いじわる：刁難；捉弄；壞心眼

- ◆ けちん坊ぼう：守財奴
- ◆ やきもち焼やき：吃醋
- ◆ 意気地いくじなし：沒志氣；懦夫
- ◆ 問題児もんだいじ：問題兒童
- ◆ ひょうきん者もの：耍寶的人

- ◆ いたずらっ子こ／いたずら坊主ぼうず：頑皮的小孩／搗蛋鬼
- ◆ 腕白小僧わんぱくこぞう／きかん坊ぼう：調皮的小孩／調皮鬼
- ◆ あわて者もの／あわてん坊ぼう：冒失鬼／慌張鬼
- ◆ 寝坊助ねぼすけ／朝寝坊あさねぼう：愛睡懶覺的人／愛賴床、早上起不來的

- ◆ 野次馬やじうま：起鬨；看熱鬧的人
- ◆ 大酒飲おおざけのみ：酒鬼
- ◆ 猫舌ねこじた：怕燙的人
- ◆ がんばり屋や：努力打拼的人
- ◆ 笑わらい上戸じょうご：笑點低的人
- ◆ 能天気のうてんき：有勇無謀；漫不經心的人
- ◆ 極楽ごくらくトンボ：逍遙自在的人

- ◆ 飲のんべえ：酒鬼
- ◆ 食くいしん坊ぼう：愛吃鬼
- ◆ 泣なき虫むし：愛哭鬼

- ◆ 愛妻家あいさいか：疼愛太太的人
- ◆ 愛犬家あいけんか：愛狗人士
- ◆ 愛猫家あいびょうか：愛貓人士
- ◆ 金満家きんまんか：大富豪；大財主
- ◆ 資産家しさんか：財主、資產家
- ◆ 艶福家えんぷくか：享艷福的男人
- ◆ 好事家こうずか：好事者；愛好風雅的人；有特殊癖好的人

- ◆ 健啖家けんたんか：大胃王
- ◆ 美食家びしょくか：美食家
- ◆ 社交家しゃこうか：社交家
- ◆ 発展家はってんか：花花公子；花天酒地的人
- ◆ 専門家せんもんか：專家

- ◆ 素封家そほうか：世代的財主、大地主
- ◆ 努力家どりょくか：認真努力的人
- ◆ 大家たいか：大師
- ◆ 篤志家とくしか：慈善家
- ◆ 冒険家ぼうけんか：冒險家

- ◆ 法律家ほうりつか：法律專家
- ◆ 野心家やしんか：野心勃勃的人
- ◆ 楽天家らくてんか：樂天派
- ◆ 理論家りろんか：理論派
- ◆ 愛煙家あいえんか：癮君子

- ◆ 勉強家べんきょうか：努力用功的人
- ◆ 毒舌家どくぜつか：毒舌派
- ◆ 敏腕家びんわんか：能者；有本事的人
- ◆ 夢想家むそうか：幻想家
- ◆ 雄弁家ゆうべんか：雄辯家

03

個性與情感表現

3-2 感情和思考

喜怒哀樂

喜ぶ よろこ	喜悅 例 彼は首席卒業しゅせきそつぎょうをとても喜んだ。他以第一名的成績畢業，為此感到十分喜悅。
うれしい	開心（的） 例 試験しけんに合格ごうかくしたことがうれしくて夜よるも眠ねむれなかった。因為通過考試了，晚上開心得睡不著覺。
楽しむ たの	享樂；享受 表現 青春せいしゅんを〜：享受青春
楽しい たの	快樂（的） 表現 〜旅行りょこう：很快樂的旅行 例 夏休なつやすみを楽しく過すごす。快樂地度過暑假。

あこがれる	憧憬；嚮往 例 子供のころから芸能界げいのうかいにあこがれてきた。自幼時就對演藝圈十分憧憬。
うらやましい	羨慕 例 ぼくは勉強ができる君が〜。我很羨慕你這麼會讀書。
うらやむ	令人稱羨 同 うらやましがる 例 あの二人は人も〜仲なかです。那兩人的關係好到令人稱羨。｜他人たにんの成功せいこうをうらやましがる。別人的成功令人稱羨。
嫉妬する しっと	嫉妒 同 焼やき餅もちを焼やく 例 うちの課かには若わかい女性じょせいが多いので、女房にょうぼうが焼き餅を焼いている。我們部門的年輕女性很多，害我老婆經常吃醋。

妬む ねた	嫉妒；眼紅 同 やっかむ 例 仲間なかまの出世しゅっせを～。對夥伴的成功十分眼紅。

笑う わら	笑 表現 笑い顔がお／笑顔えがお：笑臉／笑容
ほほえむ	微笑 例 運命うんめいの女神めがみはいずれに～か。命運的女神會對向一方微笑呢？
ほほえましい	令人會心一笑；使人發笑的 表現 ～情景じょうけい：令人會心一笑的情景｜～話：讓人會心一笑的話
ほほがゆるむ	放鬆；變得開心 表現 なつかしさに～：臉上緊張的表情因想念之情而開心起來｜思いがけない大漁たいりょうに～：意外的大豐收讓人鬆了一口氣
顔をほころばせる かお	笑逐顏開 例 成功せいこうして本当ほんとうにうれしかったと～。終於成功了，開心得笑逐顏開。
目尻を下げる め じり　さ	入迷；出神 例 あいつは自分じぶんの恋人こいびとの話になると、すぐに～んだよ。那傢伙一談到自己的情人就出神了。
目を細める め　　ほそ	瞇著眼；笑瞇瞇 例 孫まごのしぐさを目を細めて見る。笑瞇瞇地望著小孫子的一舉一動。
相好を崩す そうごう　　くず	笑容滿面 例 いつもしかつめらしい顔をしている祖父そふも、孫の話になると相好を崩して聞いている。就算是總板著一張臉的祖父，一說到孫子就立刻變得笑容滿面。

03

個性與情感表現

ほくそ笑む （え）	竊笑；偷笑 例 犯人はんにんたちはひそかにほくそ笑み、乾杯かんぱいしているに違ちがいない。犯人們一定在暗地裡竊喜，開心地舉杯慶祝呢！
苦笑する （く しょう）	苦笑 同 苦笑にがわらいする 例 痛いたい所ところをつかれて思わず苦笑した。被戳到痛處，不由得露出了苦笑。
爆笑する （ばくしょう）	爆笑；大笑 表現 爆笑の渦うず：捧腹大笑
あざ笑う （わら）	嘲笑 同 せせら笑う｜鼻はなで笑う：嗤之以鼻

せせら笑い （わら）	冷笑；嘲笑 同 嘲笑ちょうしょう
しのび笑い （わら）	偷笑 例 下手へたな演技えんぎに客席きゃくせきのあちこちから〜がもれてきた。看到那麼差勁的演技，觀眾席處處都傳出了偷笑聲。
思い出し笑い （おも だ わら）	回想某事情時自己發笑 表現 〜をする（動）：回想事情時發笑
含み笑い （ふく わら）	抿嘴笑；淺笑 表現 〜を浮かべる：含著淺笑
泣き笑い （な わら）	破涕為笑；笑中有淚 表現 〜をする（動）：破涕為笑
作り笑い （つく わら）	裝笑；強顏歡笑 表現 〜をする／〜を浮かべる：強顏歡笑／擠出笑容
照れ笑い （て わら）	不好意思地笑了 表現 〜をする／〜を浮かべる：害羞地笑／浮現一絲害羞的笑

薄ら笑い うす わら	皮笑肉不笑；冷笑 🈳說明 給人輕蔑感覺的笑容。 🈳表現 〜を浮うかべる 🅜：輕蔑地笑
泣く な	哭泣 🈳表現 泣きべそをかく：哭喪的臉｜泣き虫むし：愛哭 鬼｜泣き顔がお：哭泣的臉
目頭を熱くする め がしら あつ	熱淚盈眶
目頭を押さえる め がしら お	強忍淚水 🈳說明 目頭めがしら為「眼角、眼頭」之意。
号泣する ごうきゅう	號啕大哭、痛哭
すすり泣く な	啜泣
涙ぐむ なみだ	含淚；淚眼
涙にむせぶ なみだ	泣不成聲；抽泣
泣き崩れる な くず	放聲大哭
しゃくり上げる あ	抽抽搭搭地哭
嗚咽する お えつ	嗚咽
むせび泣く な	抽泣
うれし泣き な	喜極而泣
もらい泣き な	同情而哭；陪著哭
悔し涙 くや なみだ	悔恨的淚水；不甘心的淚水
うそ泣き な	假哭

個性與情感表現

男泣き <small>おとこ な</small>	男兒淚 表現 友人ゆうじんの急逝きゅうせいに～する：因為友人的猝逝，使他流下了男兒淚｜～に泣く：流下男兒淚

各種 "笑" 的表現

再多記一點！！

- にっこり　　　　　嫣然一笑、微微一笑
- にこにこ　　　　　笑咪咪
　　　　　　　　　　＊いつもにこにこ笑っている：總是笑嘻嘻的
- にやっと　　　　　會心一笑；默默地笑
- くすくす　　　　　吃吃地憋笑
- げらげら　　　　　哈哈大笑
- にやにや　　　　　（想起什麼可笑之事）獨笑；嗤笑
- アハハ　　　　　　哇哈哈（哈哈大笑）

各種 "哭" 的表現

- おぎゃあおぎゃあ　哇哇的嬰兒啼哭聲
- えーんえーん　　　小孩哭聲
- めそめそ　　　　　啜泣
- しくしく　　　　　抽抽搭搭地哭
- おいおい　　　　　哇哇大哭

悲しむ <small>かな</small>	悲傷 例 友達ともだちの死しを～。為友人的去世而感到悲傷。
悲しい <small>かな</small>	悲傷的 表現 うら～：悲從中來｜もの～：不由得地感傷
胸が張り裂ける <small>むね は さ</small>	痛徹心扉

断腸の思いだ <small>だんちょう おも</small>	心碎；肝腸寸斷
沈痛だ <small>ちんつう</small>	沈痛 表現 沈痛なおももち：沉痛的神色
悲痛だ <small>ひ つう</small>	悲痛 表現 悲痛な叫さけび声ごえをあげる：悲痛不已而放聲大喊
嘆かわしい <small>なげ</small>	可嘆的
わびしい	冷清的；孤單的；淒涼的 表現 ～季節きせつ：孤單的季節
やるせない	悶悶不樂的 表現 ～人生じんせい：鬱悶的人生
絶望する <small>ぜつぼう</small>	絕望
失望する <small>しつぼう</small>	失望
落胆する <small>らくたん</small>	灰心；氣餒
がっかりする	失望 同 気を落とす
肩を落とす <small>かた お</small>	垂頭喪氣 表現 がっくりする：頹喪無力 例 大敗たいはいにがっくりする。因為慘敗而垂頭喪氣。｜親友しんゆうの死しにショックでがっくりした。受到好友往生的打擊，非常的頹喪。
目の前が暗くなる <small>め まえ くら</small>	眼前一黑 同 お先さき真まっ暗くらだ
飽きる <small>あ</small>	厭煩；膩 例 「ドラゴン・タトゥーの女」は何度なんど見みても飽きない。《龍紋身的女孩》這部電影，不論看幾遍都不會膩。

個性與情感表現

うんざりする	令人厭煩；倒胃口
恥ずかしい は	不好意思的；丟臉的 例 過去かこを思おもえばあまりにも〜。一回想到過去的事，就覺得非常難為情。｜おまえ、弟おとうととけんかするのは恥ずかしくないかい？你啊！和弟弟吵架不覺得慚愧嗎？
哀れだ あわ	哀愁；悲哀
かわいそうだ	可憐
気の毒だ き　どく	遺憾；憐憫；為他人感到可憐
不憫だ ふびん	可憐；可憫 表現 不憫に思う：感到悲憫｜不憫なやつ：可憐的人
痛々しい いたいた	心痛 例 松葉杖まつばづえにすがって歩あるく姿すがたが〜。拄著枴杖的樣子看得令人心痛。
惨めだ みじ	覺得悲慘的 表現 敗戦後はいせんごの惨めな生活せいかつ：戰敗後的悲慘生活｜惨めな思いをする：有種悲慘的感覺 例 慰なぐさめられてかえって惨めな思いをした。被安慰反而會覺得自己很悲慘。
怒る おこ	生氣 表現 カンカンに〜：大發雷霆
腹を立てる はら　た	發怒；生氣 例 あまりのいたずらに腹を立てた父親ちちおやは子供こどもをどなりつけた。父親因誇張的惡作劇而生氣，斥責了孩子。
頭に来る あたま　く	光火；火大 例 真夜中まよなかのいたずら電話でんわは全まったく〜。三更半夜的惡作劇電話令人大為光火。

つむじを曲_まげる	鬧脾氣 **表現** つむじ曲がり：脾氣拗；乖癖的人 **例** 彼は自分じぶんだけのけ者にされてしまった と、つむじを曲げている。他因為被大家排除在外 而鬧脾氣。
しゃくに障_{さわ}る	激怒；動肝火；令人生氣
かちんと来_くる	被惹惱；被惹火 **例** あの男の傲慢ごうまんな態度たいどにはかちんと 来たね。被那個男人高傲的態度惹火了。
むかつく	不高興；生氣 **例** 顔を見るだけで〜。光看到他的臉就非常不爽。
切_きれる	忍無可忍；抓狂
腹の虫が治まらない _{はら} _{むし} _{おさ}	怒火中燒 **例** 謝あやまられたぐらいでは〜。 只憑道歉根本無法平息怒火。
八つ当たりする _や _あ	出氣；遷怒 **例** 家族かぞくに〜。對家人亂發脾氣。

個性與情感表現

ひとのからだ

人體

04

身體各部位及生理現象

体 からだ	**身體** 表現 〜が丈夫じょうぶだ：身體強健｜〜の調子ちょうしが悪わるい：身體不舒服｜〜がいうことをきかない：不理會身體發出的訊息｜〜が弱よわい：身體虛弱｜〜が続つづかない：不持久（〜がもたない＝體力不佳）｜〜があく：無事一身輕｜〜で覚おぼえる：親身體驗、學習會某事｜〜に障さわる：對身體有不良影響｜〜を売うる：賣身｜〜を壊こわす：弄壞身體｜〜を張はる：奮不顧身；拼了命的
肉体 にくたい	**肉體；身體** 例 健全けんぜんな精神せいしんは健全な〜に宿やどる。健全的精神寓於健康的身體。
身体 しんたい	**身體** 表現 〜髪膚－はっぷこれを父母ふぼに受うく：身體髮膚受之父母
全身 ぜんしん	**全身** 同 からだ中じゅう
五体 ごたい	**全身** 説明 五体是指頭部、雙手、雙腳身體的五個部分。 表現 〜満足－まんぞく：全身（肢體）健全
胴体 どうたい	**軀體；胴體** 表現 胴長どうなが：身體長
上半身 じょうはんしん	上半身
下半身 か はんしん	下半身
右半身 みぎはんしん	右半身
左半身 ひだりはんしん	左半身

04

人體

頭

頭 あたま	頭 **說明** 動物的頭也稱為頭。 **表現** 〜を刈かる：理髮｜〜を洗あらう：洗頭｜〜が いい[悪い]：頭腦很好〔差〕、聰明〔笨〕｜〜が 重おもい：頭暈｜〜が痛いたい：頭痛｜〜を使つか う：用腦筋思考
後頭部 こうとう ぶ	後腦勺
髪の毛 かみ け	頭髮 **表現** 髪を伸のばす：頭髮長長｜髪が抜ぬける：掉髮
つむじ	髪流的中心 **表現** 〜を曲まげる：鬧彆扭；發脾氣｜〜曲まがり： 彆扭；乖癖｜左巻ひだりまき：反應遲頓、很笨的人

臉

顔 かお	臉；容貌
童顔 どうがん	娃娃臉

丸顔 まるがお	圓臉
細おもて ほそ	瘦長的鵝蛋臉
うりざね顔 がお	瓜子臉 **說明** 標準的美女臉型。
平べったい顔 ひら　　　　がお	扁平臉
馬面 うまづら	馬臉；長臉
サル顔 がお	猴子臉

イヌ顔 （がお）	狗臉 **説明** 像柯利牧羊犬（Collie）一樣，長長的臉孔。
しょうゆ顔 （がお）	偶像臉（指男性） **説明** 臉部瘦長、眼睛細長、鼻形秀氣，為典型的日本人臉孔。
ソース顔 （がお）	輪廓深、類似西洋人的臉 **説明** 雖然是日本人，但輪廓深遂五官又突出的西方臉孔。
素顔 す がお	未上妝的臉；素臉
紅顔 こうがん	紅潤的臉 **表現** 〜の美少年びしょうねん：面色紅潤的美少年
厚顔 こうがん	厚臉皮 **表現** 〜無恥-むち：厚顔無恥
しかめっ面 つら	愁眉苦臉；苦瓜臉
笑顔 え がお	笑臉
泣き顔 な がお	哭臉
寝顔 ね がお	睡著的臉
横顔 よこがお	側臉、側面

額 ひたい	額頭 **同** おでこ **表現** おでこが広ひろい[狭せまい]人：額頭很高〔低〕的人
眉間 み けん	眉心；眉間 **表現** 〜にしわを寄せる：皺起眉頭
こめかみ	太陽穴

04

人體

ほお	臉頰 表現 ～がこけている：面頰削瘦｜～がふっくらしている：臉頰胖嘟嘟的
頰骨 ほほぼね	顴骨 表現 ～が出ている人：顴骨特別突出的人
首 くび	脖子；頸部 表現 ～をかしげる：側著脖子、歪頭
うなじ	頸項 表現 うなだれる：低頭、垂頭｜うなずく：頷首 同 首筋くびすじ｜襟首えりくび
あご	下巴 表現 上うわ～：上顎｜下した～：下顎｜～がはずれる：（驚訝狀）下巴掉下來｜しゃくれた～：戽斗臉

眼睛

目 め	眼睛 表現 片かた～：單眼｜両りょう～：雙眼
目を開ける め　あ	張開眼睛 表現 薄目うすめを開ける：半睜眼
目をつぶる め	閉上眼睛
まぶしい	眩目；刺眼
瞬く まばた	眨眼
ウインクする	單眼眨眼；使眼色
眠そうな目をする ねむ　　　め	看起來睡眼惺忪的
目がいい め	眼力好；視力好

目が悪い め　　わる	眼力不好；視力不好 表現 目が悪くなる：眼力變差
目がつぶれる め	失去視力；眼盲
目にしみる め	薰眼 表現 煙けむりが〜：煙薰到眼睛

眼 まなこ	眼球；眼睛
瞳 ひとみ	瞳孔
瞳孔 どうこう	瞳孔
黒目 くろめ	眼珠
白目 しろめ	眼白
眼球 がんきゅう	眼球
眼窩 がんか	眼窩
視神経 ししんけい	視神經
網膜 もうまく	視網膜
角膜 かくまく	角膜
虹彩 こうさい	虹膜
結膜 けつまく	結膜
毛様体 もうようたい	睫狀體；睫狀肌
水晶体 すいしょうたい	水晶體
硝子体 しょうしたい	（眼球裡的）玻璃體

人體

目の縁 め　ふち	眼周 表現 花粉症かふんしょうで〜がかゆい：花粉症發作使眼睛很癢
目尻 め　じり	外眼角；眼尾
まゆ毛 げ	眉毛
まつ毛 げ	睫毛
まぶた	眼皮；眼瞼 表現 二重ふたえ〜：雙眼皮｜一重ひとえ〜：單眼皮

有關眼睛・視覺的擬態語

再多記一點!!

- **くりくり**　　　圓溜溜地
  *目をくりくりさせる：眼睛圓溜溜地轉

- **きょろきょろ**　慌張地東張西望
  *物珍ものめずらしそうにきょろきょろする：
  　劉姥姥逛大觀園一般地東張西瞧

- **ぎょろぎょろ**　專心凝視；瞪著眼睛掃視
  *ぎょろぎょろとにらみ回まわす：眼神直勾勾地來回盯著

- **しげしげ**　　　仔細端詳
  *子供こどもの寝顔ねがおをしげしげと見つめる：
  　仔細端詳著孩子睡著的臉

- **とろんと**　　　（因發睏、酒醉）兩眼惺忪
  *とろんと眠ねむそうな目をする：一副睡眼惺忪的樣子

- **ぱちくり**　　　受驚嚇時張大眼睛貌
  *びっくりして目をぱちくりする：驚訝地直眨眼

- **ぱっちり**　　　水汪汪的大眼
  *目のぱっちりしたかわいい子：大眼汪汪可愛的小孩

- **しょぼしょぼ**　雙眼矇矓
  *寝不足で目がしょぼしょぼしている：睡眠不足使得兩眼
  　無神

目やに め	眼屎 **表現** 〜がたまる：眼屎很多
涙腺 るいせん	涙腺
涙 なみだ	眼涙；涙水 **表現** 〜が出でる：流涙｜〜を流ながす：流涙｜〜をぬぐう：拭去眼涙｜〜をこらえる：忍住涙水｜感激かんげきの〜：感激的涙水｜血ちの〜：血涙｜うれし〜：喜悅的眼涙｜くやし〜：不甘心的眼涙
目頭 め がしら	眼頭 **表現** 〜が熱くなる：熱涙盈眶｜〜をぬらす：濕了眼睛｜〜を押ぉさえる：強忍涙水

耳朵

耳 みみ	耳朵 **表現** 外耳道がいじどう：外耳｜中耳ちゅうじ：中耳｜内耳ないじ：內耳｜三半規管さんはんきかん：三半規管｜蝸牛かぎゅう：耳蝸
耳の穴 みみ あな	指耳道口附近
耳たぶ みみ	耳垂
鼓膜 こまく	鼓膜
耳小骨 じ しょうこつ	耳小骨 **表現** つち骨こつ：槌骨｜きぬた骨：砧骨｜あぶみ骨：鐙骨
耳あか みみ	耳垢 **表現** 〜をとる：挖耳垢

鼻子

鼻 <small>はな</small>	鼻子 <small>表現</small> 〜が詰つまる：鼻塞｜〜をかむ：擤鼻涕
においをかぐ	聞、嗅味道 <small>說明</small> におい的漢字寫作匂い，表示香氣；當寫成漢字臭い時，則表示臭味或不好聞的味道。
鼻の穴 <small>はな あな</small>	鼻孔
鼻毛 <small>はな げ</small>	鼻毛 <small>表現</small> 〜を抜ぬく：拔鼻毛
鼻すじ <small>はな</small>	鼻樑
鼻くそ <small>はな</small>	鼻屎 <small>表現</small> 〜をほじる：挖鼻孔
鼻水 <small>はなみず</small>	鼻水 <small>表現</small> 〜が出でる：流鼻水
鼻腔 <small>び こう</small>	鼻腔 <small>說明</small> 醫學界讀作びくう。
鼻中隔 <small>び ちゅうかく</small>	鼻中膈 <small>說明</small> 鼻腔中央的軟骨板

嘴巴

口 <small>くち</small>	嘴巴；口腔 <small>表現</small> 〜を開あける：張嘴｜〜を閉とじる：閉嘴｜〜をすぼめる：嘟嘴｜〜をとがらす：噘嘴
口蓋 <small>こうがい</small>	上顎
口の中 <small>くち なか</small>	口腔
くちびる	嘴唇 <small>表現</small> 上うわ〜：上唇｜下した〜：下唇

口臭 こうしゅう	口臭 **表現** 〜がする：有口臭｜口からにおいがする：口中有異味
歯 は	牙齒 **表現** 上うえの〜：上排牙齒｜下したの〜：下排牙齒
噛む か	咀嚼
永久歯 えいきゅうし	恆齒
親知らず おやし	智齒 **例** 〜が生はえ始める。開始長智齒。
奥歯 おくば	臼齒
小臼歯 しょうきゅうし	小臼齒
大臼歯 だいきゅうし	大臼齒
八重歯 やえば	虎牙
犬歯 けんし	犬齒 **同** 糸切り歯いときりば
前歯 まえば	門牙
乳歯 にゅうし	乳牙
出っ歯 でぱ	暴牙
歯茎 はぐき	牙齦 **表現** 〜がただれる：牙齦長膿
歯並び はなら	齒列 **表現** 〜がいい：齒列長得很好｜〜を矯正きょうせいする：矯正齒列
舌 した	舌頭

のど	喉嚨 **表現** 〜がかわく：喉嚨乾、口渴
声 こえ	聲音 **表現** 高たかい〜：高聲｜低ひくい〜：低聲｜地声じごえ：真音；原本的聲音｜裏声うらごえ：假音｜裏声で話はなす：用假音說話｜裏声で歌うたう：用假音唱歌｜だみ声ごえ：沙啞的聲音
のどちんこ	懸雍垂；（俗）小舌 **同** 口蓋垂こうがいすい **表現** 為口語的表現，一般女性比較不使用這樣的俗稱。
のどぼとけ	喉結
咽頭 いんとう	咽頭
喉頭 こうとう	喉頭
声帯 せいたい	聲帶
つば	唾液、口水 **表現** 〜を吐はく：吐口水｜〜を飛とばす：噴口水
あくび	呵欠 **表現** 〜をする：打呵欠｜〜が出でる：打呵欠｜〜をこらえる：忍住不打呵欠
しゃっくり	打嗝

胸部

胸 むね	胸
息 いき	氣息 **表現** 〜をする：呼吸｜〜を吐く：吐氣｜〜を吸すう：吸氣｜呼吸こきゅうする：呼吸

肺 はい	肺
気管支 き かん し	支氣管
肺活量 はいかつりょう	肺活量
乳房 ち ぶさ	乳房
乳首 ち くび	乳頭 圓 乳頭にゅうとう
乳 ちち	乳房 表現 ～を吸すう：吸奶 ｜ ～を飲ませる：哺乳、餵 母奶

手・手臂

手 て	手
手首 て くび	手腕
右利き みぎ き	右撇子
左利き ひだり き	左撇子
両手利き りょう て き	左右手可並用
手のひら て	手掌；手心 表現 ～を返す：反掌
手の甲 て こう	手背
握りこぶし にぎ	拳頭
手の指 て ゆび	手指 説明 一般稱之為指ゆび。 表現 五本の指：五支手指 ｜ 指紋しもん：指紋

親指 おやゆび	拇指
人差し指 ひと さ ゆび	食指
中指 なかゆび	中指
薬指 くすりゆび	無名指
小指 こ ゆび	小指
爪 つめ	指甲 表現 ～を切る：剪指甲｜～を伸ばす：留指甲｜～ が伸びる：指甲留長｜～がはがれる：指甲剝落

腕 うで	手腕
肘 ひじ	手肘；胳膊 表現 ～を曲まげる：彎曲手肘｜～を伸のばす：伸直 手肘
脇 わき	腋下
脇毛 わき げ	腋毛
脇臭 わき が	狐臭

身體

肩 かた	肩膀 表現 ～が凝こる：肩膀痠痛｜～が張はる：肩膀僵硬
腰 こし	腰 表現 ～が曲まがる：腰彎了
腹 はら	腹；肚子 口語 おなか
下腹 したはら	下腹部 說明 使用在專業用語時，則稱為下腹部かふくぶ。

脇腹 わきばら	腹部兩側
へそ	肚臍 表現 ～の緒お：臍帶｜臍帶血さいたいけつ：臍帶血
みぞおち	心口；胸口
背中 せ なか	背部；背脊

皮膚 ひ ふ	皮膚
肌 はだ	肌膚
毛 け	毛髮 表現 うぶ毛げ：胎毛、汗毛
毛穴 け あな	毛孔
鳥肌 とりはだ	雞皮疙瘩 表現 ～が立つ：起雞皮疙瘩
筋肉 きんにく	肌肉 表現 力ちからこぶ：二頭肌（手臂用力時隆起的肌肉）
ぜい肉 にく	贅肉 表現 ～が付く：長出贅肉｜～が取れる：贅肉消除｜～を取る：甩掉贅肉

脚・腿

脚 あし	腿
足 あし	腳
尻 しり	臀部 說明 俗語稱之為けつ，女性不使用。

股 また	胯襠；胯下 表現 〜を開く：張開胯下｜股間こかん/〜ぐら：胯下間／兩腿之間
太もも ふと	大腿 表現 ももの付け根：大腿根部
内もも うち	大腿內側
膝 ひざ	膝蓋 表現 〜まずく：跪下
脛 すね	脛骨
ふくらはぎ	小腿肚
ひかがみ	膝窩 説明 指膝蓋彎曲時，膝蓋後側凹進去的部分。
足首 あしくび	腳脖子
踵 かかと	後腳跟
つま先 さき	腳尖
くるぶし	腳踝
土踏まず つち ふ	腳掌；腳心 説明 腳掌中間凹下去的部分。
足の指 あし　ゆび	腳趾 表現 足の親指おやゆび：腳拇趾｜足の人差ひとさし指ゆび：腳食趾｜足の中指なかゆび：腳中趾｜足の薬指くすりゆび：腳無名趾｜足の小指こゆび：腳小趾
足の爪 あし　つめ	腳指甲
足の甲 あし　こう	腳背
足の裏 あし　うら	腳掌；腳底板

骨頭

骨 ほね	骨
骨髄 こつずい	骨髄
軟骨 なんこつ	軟骨
頭蓋骨 ず がいこつ	頭蓋骨
背骨 せ ぼね	背脊骨；脊柱
脊椎 せきつい	脊椎骨 表現 〜動物－どうぶつ：脊椎動物
腰骨 ようこつ	腰骨 口語 腰こしの骨ほね
骨盤 こつばん	骨盆
あばら骨/ろっ骨 ぼね こつ	排骨；肋骨
関節 かんせつ	關節
靭帯 じんたい	韌帶 表現 筋すじ／腱けん：筋／腱｜アキレスAchilles腱： 阿基里斯腱

身體組織・器官

循環器 じゅんかん き	循環器官
心臓 しんぞう	心臓
血 ち	血 表現 〜が出でる：流血了｜〜が止とまる：血止住了
血液 けつえき	血液

血管 けっかん	血管
動脈 どうみゃく	動脈
静脈 じょうみゃく	靜脈
赤血球 せっけっきゅう	紅血球
白血球 はっけっきゅう	白血球
血小板 けっしょうばん	血小板
ヘモグロビン hemoglobin	血紅素
リンパ腺 lymph　　せん	淋巴腺 表現 リンパ液えき：淋巴液
消化器 しょうかき	消化器官
内臓 ないぞう	內臟
食道 しょくどう	食道
胃 い	胃 同 胃袋いぶくろ：胃
胃粘膜 いねんまく	胃黏膜
胃酸 いさん	胃酸
肝臓 かんぞう	肝臟 同 肝きも：肝
膵臓 すいぞう	胰臟
脾臓 ひぞう	脾臟
胆囊 たんのう	膽囊

胆汁 たんじゅう	膽汁
腸 ちょう	腸 回 はらわた
十二指腸 じゅうに し ちょう	十二指腸
小腸 しょうちょう	小腸
盲腸 もうちょう	盲腸
虫垂 ちゅうすい	闌尾 表現 ～炎－えん：盲腸炎
大腸 だいちょう	大腸
結腸 けっちょう	結腸 表現 上行じょうこう～：升結腸｜橫行おうこう～：橫結腸｜下行かこう～：降結腸｜S狀エスじょう～/S字エスじ～：乙狀結腸
直腸 ちょくちょう	直腸

肛門 こうもん	肛門 回 けつの穴あな
大便 だいべん	大便 回 便べん：大小便｜うんこ／糞くそ：糞便 表現 ～をする 動：排便｜うんこをする：大便 動｜うんこをもらす：滲便；拉屎
便意をもよおす べん い	感到便意
小便 しょうべん	小便 回 尿にょう：小便｜おしっこ：（幼兒語）尿尿 表現 ～をする 動：小便｜おしっこをする 動：尿尿｜おしっこをもらす：尿床
尿意をもよおす にょう い	感到尿意

ちびる	尿滴滴答答地漏出
おなら	放屁 表現 〜をする 動：放屁｜〜が出る：放屁｜ブー：噗〜（放屁聲）

泌尿器 ひにょうき	泌尿器官
腎臓 じんぞう	腎臟
膀胱 ぼうこう	膀胱
生殖器 せいしょくき	生殖器 表現 性器せいき：性器官｜陰部いんぶ：陰部（ちんこ/おちんちん〔幼兒語〕陰莖；まんこ/おまんこ：〔幼兒語〕女生陰部）｜陰茎いんけい：陰莖｜陰嚢いんのう：陰囊｜睾丸こうがん：睾丸（金玉きんたま）｜子宮しきゅう：子宮｜卵巣らんそう：卵巢｜膣ちつ：陰道｜陰毛いんもう：陰毛
前立腺 ぜんりつせん	前列腺
精液 せいえき	精液 表現 夢精むせい：夢遺
生理 せいり	月經；生理 表現 月経げっけい：月經｜おりもの：月經；白帶

分泌物 ぶんぴつぶつ	分泌物
老廃物 ろうはいぶつ	老廢物質
排泄物 はいせつぶつ	排泄物
垢 あか	汗垢 表現 〜がたまる：汗垢很多｜〜を落おとす：去除汗垢

汗 あせ	汗 **表現** 〜をかく：出汗｜〜を流す：流汗｜冷ひや〜：冷汗｜脂あぶら〜：油汗｜玉たまの〜：汗珠

夢 ゆめ	夢 **表現** 〜をみる：做夢｜甘あまい〜：香甜美夢
舟をこぐ ふね	打瞌睡 **說明** 因為打瞌睡的模樣就像划船一樣前後擺動，因而衍生這種表現法。
居眠りをする い ねむ	打盹
狸寝入り たぬき ね い	假睡；裝睡 **說明** 指明明沒在睡覺卻裝作在睡覺的模樣 たぬき寝入りをする。
白河夜船 しらかわ よ ぶね	熟睡 **說明** 意指睡太熟就連發生什麼事情都不記得的情況。白川是東京北部的地名。謊稱自己遊歷過京都的某個人，被問及名勝景點白川的問題時，以為白川是某一條河，就回答自己晚上搭船經過不太清楚。形容「好像懂、實際卻不懂」，或者是「熟睡中不知道發生了什麼事情」。
正夢 まさゆめ	與事實相符的夢；夢境成真
縁起のいい夢 えん ぎ　　　　ゆめ	吉兆之夢 **說明** 從正月第一個晚上到第二天早晨所做的一年的第一個夢，就稱之為初夢はつゆめ。在日本，從以前就被認為只要夢到「一富士いちふじ（富士山）、二鷹にたか（老鷹）、三さんなすび（茄子）」的夢，就代表運勢會很好。
悪夢 あくむ	惡夢 **表現** 〜にうなされる／金縛かなしばりにあう：惡夢纏身／動彈不得
いびきをかく	打呼

歯ぎしりをする <small>は</small>	磨牙
寝言をいう <small>ね ごと</small>	說夢話
うわ言をいう <small>ごと</small>	囈語；說夢話；（喻）胡說八道

外觀

姿/かっこう すがた	姿態／模樣
外見/見かけ がいけん　み	外貌／第一眼
イケメン	帥哥；花美男
ブス	醜女

04

人體

柄 がら	體格；人品 表現 大柄おおがらな男：身材魁梧的男人
骨格 こっかく	骨骼；骨架 表現 ～ががっちりしている：身材十分結實
体つき/体格 からだ　　たいかく	體形／體格
ナイスバディー nice body	窈窕
スタイルがいい style	身材姣好
カッコイイ	帥氣；酷 表現 也可用來形容車子或衣服等方面。
がっちりしている	精壯；結實
男らしい おとこ	有男人味的；有男子氣概 同 男性的だんせいてきだ｜雄々おおしい｜男臭おとこくさい 表現 男っぽい的意義為「像男人一樣」，也可以對女性使用。

女らしい おんな	有女人味的 説明 女っぽい的意義則為「像女人一樣」，是用來形容男性。
すらっとしている	苗條
ぽちゃっとしている	身材有點肉的

体重 たいじゅう	體重 表現 〜を量はかる：量體重｜〜が増ふえる[減へる]：體重增加〔減少〕
太る ふと	胖 表現 3キロ太った：胖了三公斤
太っている ふと	胖胖的
でぶ	胖子 表現 肥満ひまん：肥胖
やせる	瘦 表現 5キロやせた：瘦了五公斤
やせている	瘦瘦的 表現 がりがりに〜：骨瘦如柴
脚線美 きゃくせん び	美腿；腳的曲線美 表現 〜がきれいだ：腿型很美

身長 しんちょう	身高 同 背せ/せい
背が高い せ たか	高挑 同 背が大きい　表現 背が低い/背が小さい：個子矮／個子小
ちび	小個兒；小傢伙
裸 はだか	赤裸；裸體 表現 〜になる：赤裸；脫光

裸足 はだし	赤腳；光腳 表現 〜になる：赤腳 | 〜で歩く：光著腳走
素手 すで	赤手；徒手 表現 〜でうなぎをつかむ：徒手捉鰻魚

容貌

白髪 しらが	白髮 表現 ロマンスグレーromance gray：中年男子的花白頭髮；成熟有魅力的中年男子
若白髪 わかしらが	少年白（髮）
天然パーマ てんねん permanent	自然捲 同 縮ちぢれ毛げ | くせ毛げ
ごま塩頭 しおあたま	頭髮斑白
はげ	禿 表現 〜る/〜になる：禿／禿了頭
毛が抜ける け ぬ	掉髮
毛が生える け は	頭髮生長
髪が濃い かみ こ	頭髮茂密；毛髮濃密
髪が薄い かみ うす	頭髮稀少；髮量稀疏
茶髪 ちゃぱつ	褐色頭髮；或指漂染的頭髮
赤毛 あかげ	紅髮
金髪 きんぱつ	金髮
黒髪 くろかみ	黑髮 表現 緑みどりの〜：烏黑的秀髮

顔色 かおいろ	臉色 表現 ～がよくない：臉色不好｜～が悪い：臉色很 差｜～を変かえる：臉色變了
色白だ いろじろ	皮膚白皙
色黒だ いろぐろ	皮膚黝黑
浅黒い あさぐろ	微黑 例 彼は日に焼けた～はだをしている。他有著被太 陽曬過的微黑膚色。
どす黒い ぐろ	紫黑色；暗紅色 例 彼はどこか悪いのか、～顔をしていた。他是怎 麼了，一張豬肝色的臉？
健康的だ けんこうてき	健康地
病的だ びょうてき	病懨懨地

ひげ	鬍子；鬍鬚 表現 ～ぼうぼうの顔：長了滿臉的鬍子｜無精ぶしょ う～：頹廢、懶得整理的鬍子
ひげを生やす は	蓄鬍
ひげを剃る そ	刮鬍子
口ひげ くち	嘴巴上方的鬍子
あごひげ	長在下巴的鬍子
ほおひげ	落腮鬍 表現 ～をはやした人：留著落腮鬍的人
もみあげ	鬢角 表現 ～を長く伸ばす：蓄留長長的鬢角

目つき め	眼神 表現 〜が悪い：眼神不懷好意｜〜がやさしい：眼神和善｜きつい〜：嚴厲的眼神
目がつり上がっている め　　あ	眼睛往上吊（生氣）；發火
目が垂れている め　た	眼角下垂
目鼻立ち め はな だ	五官；眉宇 表現 〜の整ととのった男性：五官端正的男性
鷲鼻 わしはな	鷹勾鼻
だんご鼻 はな	大蒜鼻 同 だんごっぱな

えくぼ	酒窩
そばかす	雀斑
しみ	（臉上的）斑點 表現 〜ができる：長斑
しわ	皺紋
ほくろ	黑痣
あざ	痣；胎記；青腫 表現 青〜：藍色的胎記 例 ぶつけたところが〜になる。撞到的地方瘀青了。
入れ墨 い　　ずみ	刺青 例 〜を入れた人は入浴にゅうよくをお断ことわりします。 這裡拒絕有刺青的客人入浴。

和身體部位有關的日本諺語

再多記一點！！

- **頭隠して尻隠さず**
  あたまかく　　　しりかく

  鴕鳥心態。只把頭部藏起來，屁股卻顯露在外面。表示嘲弄只將自己一部分的罪過或缺點隱藏起來，卻自以為已經全部掩蓋的愚蠢行為。

- **頭でっかち尻すぼみ**
  あたま　　　　　しり

  表示起頭大尾巴小，虎頭蛇尾。意思是一開始氣勢很旺，但最後是以無力收場。

- **顔で笑って心で泣く**
  かお　わら　　こころ　な

  臉在笑、心在哭。表示在傷心難過的時候，臉部的表情和態度還是不變，讓他人察覺不出來有異狀。

- **目は口ほどに物を言う**
  め　くち　　　　もの　い

  比起言語，眼神更能互相掌握對方的心思。意思為眼神和言語一樣重要。

- **目には目を、歯には歯を**
  め　　　め　　は　　　は

  以眼還眼，以牙還牙。自己所遭受的苦難，以同樣的方式報復對方。

- **二階から目薬**
  にかい　　　めぐすり

  如同「在二樓幫樓下的人點眼藥水」或「坐在大廳打掃院子」，意指事情沒有按照自己的期望進行，而感到煩悶或沒那麼有效果。

- **のどもと過ぎれば熱さ忘れる**
  す　　　　　あつ　わす

  只要經過喉嚨就忘記了會燙。表示痛苦也會經由時間的沖淡而逐漸遺忘。

- **口八丁手八丁**
  くちはっちょうて はっちょう

  形容一個人口才好，本領也高。

- **口は禍のもと**
  くち　わざわい

  禍從口出。無心講出來的話會招來誤會，甚至可能招來難以想像的災難。意思為必須謹言慎行。

- **物言えば唇寒し秋の風**
  もの い　　　くちびるさむ　あき　かぜ

  意思是講了他人的閒話後，連自己也感到不是滋味。或是講出了沒用的廢話後，招來禍端。

- **濡れ手で粟**
  ぬ　て　　あわ

  用濕手抓栗米。意思為輕鬆獲得許多利益。

- 後足で砂を掛ける
  あとあし　すな　か

  過河拆橋。狗或貓大小便完後，會用後腳將沙子掩蓋糞便，意思是忘記他人的恩情，要離開時還留下麻煩。

- 背に腹は換えられぬ
  せ　はら　か

  肚子是無法用背來替換的。表示為了顧全大局，犧牲其他事情也是沒有辦法的事情。

- 臍で茶を沸かす
  へそ　ちゃ　わ

  捧腹大笑。表示太好笑了讓人無法不大笑，或指事情白癡到令人無可奈何。具有嘲弄的意味。也可以講成 臍が茶を沸かす。

和身體部位有關的日本慣用語

- 口が肥える
  くち　こ

  吃慣美食，對食物很挑剔。

  例 あの人は舌が肥えているから、なまじっかの料理では満足しないだろう。
  他對美食很挑剔，隨隨便便的食物無法滿足他。

- 口が軽い
  くち　かる

  口風不緊

  例 あんな口が軽い人には、うかつなことが言えない。
  他這個人口風不緊，凡事不要輕易告訴他。

- 開いた口が塞がらない
  あ　　　くち　ふさ

  （嚇得）目瞪口呆

  例 あまりのばかさかげんに、開いた口が塞がらなかった。
  愚蠢得讓人目瞪口呆。

- 口を酸っぱくする
  くち　す

  苦言相勸

  例 車に注意しなさいと、子供に口を酸っぱくして言って聞かせている。
  苦口婆心一直提醒孩子要注意車子。

- 嘴が黄色い
  くちばし　きいろ

  年紀小、尚未成熟。乳臭未乾。

  例 あいつは嘴が黄色いくせに生意気なことを言う。
  他明明乳臭未乾還一副趾高氣昂的樣子。

- 足を運ぶ
  はこ

  特地去拜訪。到某處去。

  例 何度も足を運んで、やっと面会が許された。
  造訪了好幾次，終於得以會面。

- **足が棒になる**　　　　　　　脚累得疼痛、抬不起來
  あし　ぼう
  - 例　一日中立ちっ放しで、足が棒になった。
  站了一整天，都鐵腿了。

- **足を洗う**　　　　　　　　　脫離某種生活或斷絕往來
  あし　あら
  - 例　やくざの世界から足を洗って、まじめに生きる。
  金盆洗手不再涉入黑道，從此認真地過活。

- **腕が立つ**　　　　　　　　　工夫深厚；有兩把刷子
  うで　た
  - 例　腕が立つコックをレストランに雇う。
  聘請底子深厚的主廚來餐廳。

- **腕に縒りをかける**　　　　　充滿自信地表現自己的技術
  うで　よ
  - 例　腕に縒りをかけて作った料理。
  大顯身手作出料理。

- **手がかかる**　　　　　　　　費時費力；費神照料
  - 例　日本料理は簡単なようで、作るのに手がかかる。
  日本料理看來簡單，做起來卻很費工。

- **顔が潰れる**　　　　　　　　丟臉；名譽受損。
  つぶ
  - 例　子供の不始末で、親の顔が潰れる。
  孩子疏忽闖了禍，使父母蒙羞。

- **顔に泥を塗る**　　　　　　　蒙羞；名譽受損
  かお　どろ　ぬ
  - 例　友人の裏切り行為で、顔に泥を塗られる。
  朋友背叛的行為，使得名譽盡失。

- **肩を落とす**　　　　　　　　感到失望；意志消沈
  かた　お
  - 例　入学試験が不合格と決まり、がっくりと肩を落とす。
  入學考試不及格，沮喪到谷底。

- **肩を並べる**　　　　　　　　並駕齊驅；勢均力敵
  かた　なら
  - 例　両チームが肩を並べて首位を争う。
  兩隊實力不相上下地在爭奪冠軍寶座。

- **肝に銘ずる**　　　　　　　　　銘記在心，絕不忘記。
  _{きも}　_{めい}
  例 恩師の言葉を肝に銘じて、学問に励む。
  不忘恩師的諄諄教誨，勵志向學。

- **肝を潰す**　　　　　　　　　　嚇破了膽
  _{きも}　_{つぶ}
  例 いきなりどなりつけられて、肝を潰した。
  突然被大聲責罵，嚇破了膽。

- **首を切る**　　　　　　　　　　解雇；解職。
  _{くび}　_き
  例 合理化の名目で、大量に従業員の首を切る。
  以正當的理由大量解雇員工。

- **首を長くする**　　　　　　　　心急、迫不及待
  _{くび}　_{なが}
  例 病弱の母親が、息子の大学卒業を首を長くして待っている。
  孱弱的母親殷切期盼兒子早日大學畢業。

- **心を乱す**　　　　　　　　　　擾亂心神
  _{こころ}　_{みだ}
  例 くだらないことに心を乱されている自分が恥ずかしい。
  因為無聊的事心煩意亂，真是慚愧。

- **心を入れ替える**　　　　　　　心情煥然一新；洗心革面
  _{こころ}　_い　_か
  例 今年は心を入れ替えて頑張ろう。
  今年要洗心革面，繼續努力！

けんこう

健康

05

醫療機構

医療施設 いりょうしせつ	醫療設施
医療機関 いりょうきかん	醫療機關
病院 びょういん	醫院
大学病院 だいがくびょういん	大學附設醫院
総合病院 そうごうびょういん	綜合醫院
付属病院 ふぞくびょういん	附設醫院
診療所 しんりょうじょ	診所
クリニック clinic	診所；醫療所
町医者 まちいしゃ	開業醫師；地方醫師
開業医 かいぎょうい	私人開業醫師
産院 さんいん	生產醫院
助産院 じょさんいん	助產院；助產中心
勤務医 きんむい	值班醫師
保健所 ほけんじょ	衛生所
赤十字 せきじゅうじ	紅十字 表現 日本赤十字社にほんせきじゅうじしゃ：日本紅十字會
診察室 しんさつしつ	診療室；診間

05

健康

待合室 まちあいしつ	候診室
病棟 びょうとう	病房大樓
病室 びょうしつ	病房
手術室 しゅじゅつしつ	手術室
リカバリールーム recovery room	恢復室
ICU アイシーユー	加護病房
ナースステーション nurse station	護理站
医局 い きょく	醫療部 説明 在大學醫院裡醫生聚集的地方。

緊急醫療

救急室 きゅうきゅうしつ	急診室
救急車 きゅうきゅうしゃ	救護車 説明 日本消防隊、救護車的緊急電話是119番ばん。
救急医療 きゅうきゅう い りょう	急救；急診
救急救命士 きゅうきゅうきゅうめい し	急救師
救急隊 きゅうきゅうたい	急救團隊
応急処置 おうきゅうしょ ち	緊急處置
重態・重体 じゅうたい じゅうたい	病情危急；傷重 表現 〜に陥おちいる：陷入病危局面
重症 じゅうしょう	重症 表現 〜患者−かんじゃ：重症患者

重傷 じゅうしょう	重傷 例 交通事故こうつうじこで～を負おった。因車禍而身負重傷。
軽症 けいしょう	輕微傷病
軽傷 けいしょう	輕傷

意識不明 い しき ふ めい	意識不清
昏睡状態 こんすいじょうたい	昏迷狀態
危篤状態 き とくじょうたい	危急狀態
脳死状態 のう し じょうたい	腦死狀態
植物人間 しょくぶつにんげん	植物人
後遺症 こう い しょう	後遺症 表現 ～が出る：產生後遺症

醫療人員

医師・医者 い し いしゃ	醫生；醫師 口語 お医者さん｜醫生 表現 医者にかかる：看醫生
主治医 しゅじ い	主治醫師；經常去看診的醫生
かかりつけ医 い	家庭醫師（常去看診的醫生） 口語 かかりつけのお医者さん｜かかりつけの先生｜ファミリードクターfamily doctor
専門医 せんもん い	專科醫師 表現 ～の診察しんさつを受うける：接受專科醫師的診察
担当医 たんとう い	主治醫師

家庭医 <small>か てい い</small>	家庭醫師
女医 <small>じょ い</small>	女醫師 **口語** 〜さん
研修医 <small>けんしゅう い</small>	實習醫師
インターン <small>intern</small>	實習醫師
漢方医 <small>かんぽう い</small>	中醫師
歯科医 <small>し か い</small>	牙醫師 **口語** 歯医者はいしゃさん
鍼灸師 <small>しんきゅう し</small>	針灸師
マッサージ師 <small>massage し</small>	按摩師
柔道整復師 <small>じゅうどうせいふく し</small>	柔道整骨師 **說明** 針對 打僕だぼく・捻挫ねんざ・脱臼だっきゅう・骨折こっせつ 等進行整復治療的人,具有國家考試資格。而利用手技及輔助道具調整骨骼的 整体師せいたいし 則只具有民間資格。
やぶ医者 <small>い しゃ</small>	蒙古大夫 **說明** 源自於古代用咒術治療疾病的「野巫やぶ」。漢字寫作藪医者。
にせ医者 <small>い しゃ</small>	冒牌醫生

看護師 <small>かん ご し</small>	護士 **表現** 〜長-ちょう:護士長 | 准じゅん〜:準看護員 **說明** 以前日本的男性護士稱為「看護士かんごし」,但現在已經都統稱為「看護師」;而准看護師則是於護理專科畢業後、通過都道府縣護士考取得證照資格者。在一般醫療人員之間,則稱呼為ナースnurse。

助産師 じょさんし	助產士
臨床検査技師 りんしょうけんさぎし	臨床檢查師
放射線技師 ほうしゃせんぎし	放射師
栄養士 えいようし	營養師
歯科衛生士 しかえいせいし	牙科保健師
作業療法士 さぎょうりょうほうし	職能治療師 **說明** 職能治療是運用某種目的性、功能性的活動，達到治療的目的，治療過程較具成就感及娛樂性。
理学療法士 りがくりょうほうし	物理治療師 **說明** 物理治療則是利用運動或聲、光、電、熱、水等儀器作為治療方式或媒介的醫療行為。
ケースワーカー caseworker	社會工作者 **說明** 為社會福利工作的專業人士，專門為精神上、肉體上或社會上有問題的人們提供諮商，並且指導他們如何解決問題。
介護福祉士 かいごふくしし	專業看護師 **說明** 指協助老人或殘障人士自力生活的專業人士。
ケアマネージャー care manager	看護個案管理人 **說明** 指在《介護保險制度》中，負責養護的規畫、聯繫，以及和業者調解等工作的專業人士。
ヘルパー helper	助手；助理 **說明** 指被派遣到家庭裡協助身體不便的老人們做家事、用餐、洗澡等事情的看護員，又稱作ホームヘルパー。
ホスピス hospice	安寧照顧

診療科別

内科 ないか	內科
外科 げか	外科 **表現** 胸部きょうぶ〜：胸腔外科｜心臓しんぞう〜：心臓外科｜乳腺にゅうせん〜：乳房外科｜脳神経のうしんけい〜：腦神經外科（=脳外科のうげか）
小児科 しょうにか	小兒科
産婦人科 さんふじんか	婦產科
皮膚科 ひふか	皮膚科
眼科 がんか	眼科
耳鼻咽喉科 じびいんこうか	耳鼻喉科
泌尿器科 ひにょうきか	泌尿科
精神神経科 せいしんしんけいか	神經科學暨精神科 **表現** 精神科せいしんか：精神科｜神経科しんけいか：神經內科
整形外科 せいけいげか	骨科
リハビリテーション科 rehabilitation　　　　か	復健科
形成外科 けいせいげか	整形外科 **表現** 美容外科びようげか：美容外科
歯科 しか	牙科
口腔外科 こうくうげか	口腔外科 **説明** 口腔一般讀作「こうこう」，但在醫療用語上，則讀作「こうくう」。
放射線科 ほうしゃせんか	放射科

臨床病理科 りんしょうびょうりか	臨床病理科

就診・住院・出院

医者にかかる いしゃ	看病 表現 〜に診みてもらう：去看病；意義同受診じゅしんする
通院 つういん	定期回診 表現 〜治療−ちりょう：病人定期回診治療
患者 かんじゃ	患者；病人
急患 きゅうかん	急診患者
外来 がいらい	門診病人 表現 〜患者−かんじゃ：門診病人↔入院患者にゅういんかんじゃ：住院病人
受付 うけつけ	掛號
初診 しょしん	初診
再診 さいしん	複診
往診 おうしん	到府看診；外診 表現 〜を頼たのむ：請醫生出外看診

健康保険証 けんこう ほ けんしょう	健保卡
診察券 しんさつけん	掛號證
病歴 びょうれき	病歴表
カルテ Karte	病歴表 表現 電子でんし〜：電子病歴
診断書 しんだんしょ	診斷書 表現 健康けんこう〜：健康診斷書

インフォームドコンセント informed consent	書面同意 説明 醫生會先向患者說明治療的目的、內容甚至治療風險,讓患者了解並同意之後再進行治療。這在日本已義務化。
セカンドオピニオン second opinion	第二意見醫療諮詢

入院 にゅういん	住院 表現 〜患者－かんじゃ:住院患者	〜手続－てつづき:住院手續
退院 たいいん	出院
付き添い つ　そ	看護
見舞い み　ま	探病 表現 お〜に行く:前往探病
面会謝絶 めんかいしゃぜつ	謝絕訪客
回診 かいしん	醫生巡視病房;查房

檢查與診療

検査 けん　さ	檢查 表現 〜する:進行檢查	〜を受うける:接受檢查
診察 しんさつ	診療 表現 〜する:進行診療	〜を受ける:接受診療 | 問診もんしん:問診	触診しょくしん:觸診	聴診ちょうしん:聽診	視診ししん:視診	打診だしん:扣診	指診ししん:指診	内診ないしん:內診
診断 しんだん	診斷 表現 〜を下くだす:作診斷
健康診断 けんこうしんだん	健康檢查 表現 〜を受うける:接受健康檢查

人間ドック にんげん dock	短期住院進行的全身健康檢查 **表現** 〜に入る：到醫院接受全身健檢
身体検査 しんたいけん さ	身體檢查
血液検査 けつえきけん さ	血液檢查
抗原抗体検査 こうげんこうたいけん さ	抗原、抗體檢查
尿検査 にょうけん さ	尿液檢查
便検査 べんけん さ	糞便檢查
内視鏡検査 ない し きょうけん さ	內視鏡檢查
組織検査 そ しきけん さ	病理組織檢查
レントゲン検査 Röntgen　　けん さ	X光檢查 **表現** レントゲン写真を撮とる：拍攝X光片｜息を吐いてください：請呼氣｜息を吸ってください：請吸氣｜息を止めてください：請憋氣
CT検査 シーティーけん さ	電腦斷層檢查
MRI検査 エムアールアイけん さ	磁核共振檢查
PET検査 ペット けん さ	正子斷層掃描檢查
超音波検査 ちょうおん ぱ けん さ	超音波檢查 **同** エコー検査echoけんさ
心電図検査 しんでん ず けん さ	心電圖檢查
聴力検査 ちょうりょくけん さ	聽力檢查
視力検査 し りょくけん さ	視力檢查
眼底検査 がんていけん さ	眼底鏡檢查

喀痰検査 かくたんけん さ	痰液檢查
血圧 けつあつ	血壓 表現 〜を測はかる：量血壓｜〜が高い[低い]：血壓高〔低〕
脈拍 みゃくはく	脈搏 表現 脈を取とる：測量脈搏｜脈が速はやい：脈搏快｜脈が弱よわい：脈搏弱 回 脈みゃく 例 脈が飛とぶ：脈搏跳動不規律

疾病與症狀

病気 びょうき	疾病；老毛病 表現 ～にかかる：生病｜～が治なおる：康復｜～を治なおす：治療疾病｜～がうつる：染上疾病｜～をうつす：傳染疾病
病 やまい	疾病 説明 為日本的固有語詞，是略為古老的表現。 表現 ～に倒たおれる：病倒
疾病 しっぺい	疾病
病原菌 びょうげんきん	病菌；病毒 表現 黄色おうしょくブドウ球菌きゅうきん：金黃葡萄球菌｜ペニシリン耐性菌Penicillinたいせいきん：盤尼西林抗藥菌｜インフルエンザ菌Influenzaきん：流感菌｜化膿性連鎖球菌かのうせいれんさー：化膿性鏈球菌｜肺炎球菌はいえんー：肺炎球菌｜大腸菌だいちょうきん：大腸桿菌｜病原性大腸菌びょうげんせいーO157オーいちごーなな：出血性大腸桿菌O157｜緑膿菌りょくのうきん：綠膿桿菌｜クレブシエラKlebsiella：克雷伯氏菌｜サルモネラSalmonella：沙門氏桿菌｜マイコプラズマMycoplasma：黴漿菌
細菌 さいきん	細菌 口語 ばいきん
ウイルス virus	病毒 表現 ～に感染かんせんする：感染病毒
症状 しょうじょう	症狀 表現 ～が出る：出現症狀｜～が起こる：發生症狀
炎症 えんしょう	發炎 表現 を起こす：引起發炎

05

健康

痛み _{いた}	疼痛 **表現** 鈍痛どんつう：隱隱作痛｜激痛げきつう：劇痛 ｜焼やけるような〜：灼熱般地痛｜裂さけるよう な〜：撕裂般地痛｜するどい〜：刺痛

描述疼痛的表現

再多記一點！！

- ◆ 痛みは突然とつぜんに起おこりました。　　　　突然就痛了起來。
- ◆ 痛みは2〜3日前にさんにちまえからです。　　2〜3天前開始痛的。
- ◆ がまんできないぐらいの痛みです。　　　　　痛到受不了了。
- ◆ だんだん痛くなってきました。　　　　　　　越來越痛了。
- ◆ さっきよりはだいぶ楽らくになりました。　　比剛才好很多了。
- ◆ 痛みの程度ていどはほとんど変かわりません。　疼痛程度幾乎沒什麼改變。
- ◆ こんな痛みは初めてです。　　　　　　　　　第一次這麼痛。
- ◆ 今までにもこのような痛みはありました。　　以前沒有這麼痛過。

熱 _{ねつ}	發燒
微熱 _{び ねつ}	輕微發燒
平熱 _{へいねつ}	正常體溫
発熱する _{はつねつ}	發熱
熱が出る _{ねつ　で}	發燒
熱がある _{ねつ}	有發燒
熱が高い _{ねつ　たか}	高燒
だるい	全身無力；懶倦 **口語** かったるい **例** だるくて体に力がありません。病懨懨的全身無力。

寒気がする さむけ	發冷、畏寒
悪寒がする お かん	打寒顫、冷顫

腦神經系統的症狀與疾病

頭痛 ず つう	頭痛
偏頭痛 へん ず つう	偏頭痛 **說明** 也可以寫成片頭痛へんずつう。

描述頭痛的表現　　　　　　　　　　　　　　　　　再多記一點！！

- 軽かるい頭痛がします。　　　　　　　　　　頭有點痛。
- 頭が割われるように痛みます。　　　　　　　頭像要爆炸般的痛。
- がーんと殴なぐられたような痛さです。　　　痛到受不了了，好像被人重重
　　　　　　　　　　　　　　　　　　　　　　揍了一拳般地疼痛。
- 頭が重おもく、何となくぼーっとしています。頭很重，總覺得頭暈腦脹的。
- 頭を打うちました。　　　　　　　　　　　　撞到頭了。
- 頭に物ものが当あたりました。　　　　　　　頭撞到東西了。

片麻痺 へん ま ひ	半身麻痺 **表現** 麻痺する **動**：麻痺
半身不随 はんしん ふ ずい	半身不遂
ふるえ	發抖 **例** 高熱で〜がくる。因發高燒而發抖。
けいれん	痙攣 **表現** 〜が起こる：產生痙攣｜〜を起こす：引發痙攣

脳しんとう <small>のう</small>	腦震盪
脳腫瘍 <small>のうしゅよう</small>	腦腫瘤
脳出血 <small>のうしゅっけつ</small>	腦出血
脳卒中 <small>のうそっちゅう</small>	腦中風
くも膜下出血 <small>まくかしゅっけつ</small>	蜘蛛膜下腔出血
三叉神経痛 <small>さんさしんけいつう</small>	三叉神經痛
顔面神経麻痺 <small>がんめんしんけいまひ</small>	顏面神經麻痺
失語症 <small>しつごしょう</small>	失語症

精神方面的症狀與疾病

ホームシック <small>home sick</small>	思鄉病 表現 ～にかかる：患思鄉病
仮病 <small>けびょう</small>	裝病
不定愁訴 <small>ふていしゅうそ</small>	病因不明的不適症狀 說明 雖然有各種自覺症狀，但病因仍不明確。通常為「自律神經失調」或「更年期障礙」所引起的倦怠、頭重、心悸等不適。
ストレス <small>stress</small>	壓力 表現 ～がたまる：累積壓力
発作 <small>ほっさ</small>	發作 表現 ～を起こす：發作起來
アルコール中毒 <small>alcohol ちゅうどく</small>	酒精中毒
自律神経失調症 <small>じりつしんけいしっちょうしょう</small>	自律神經失調症

過換気症候群 かかんきしょうこうぐん	過度換氣症候群 **口語** 過呼吸症候群かこきゅうしょうこうぐん
パニック症候群 panic しょうこうぐん	恐慌症候群
過食症 かしょくしょう	過食症
拒食症 きょしょくしょう	厭食症
肥満症 ひまんしょう	肥胖症
不眠症 ふみんしょう	失眠症
睡眠時無呼吸症候群 すいみんじむこきゅうしょうこうぐん	睡眠呼吸中止症
赤面恐怖症 せきめんきょうふしょう	臉紅恐懼症
対人恐怖症 たいじんきょうふしょう	社交恐懼症
誇大妄想 こだいもうそう	誇大妄想症
夢遊病 むゆうびょう	夢遊症
躁うつ病 そう びょう	躁鬱症
うつ病 びょう	憂鬱症
神経衰弱 しんけいすいじゃく	神經衰弱 **表現** 〜にかかる：罹患神經衰弱
統合失調症 とうごうしっちょうしょう	精神分裂症 **表現** 在以前稱之為精神分裂病せいしんぶんれつびょう，但為了避免誤會而更改了疾病名稱。
健忘症 けんぼうしょう	健忘症
ぼけ	失智；頭腦遲鈍 **表現** 〜る **動**：失智；腦筋變差　**同** 恍惚こうこつ **說明** 為負面意義的表現，在最近不常被使用。

認知症 にんちしょう	認知症 **表現** 痴呆症ちほうしょう的說法最近已不被使用。
アルツハイマー病 Alzheimer びょう	阿茲海默症
パーキンソン病 Parkinson びょう	帕金森氏症

有關精神狀況的描述

再多記一點！！

◆ 精神的にストレスがたまっています。　　精神上承受著極大的壓力。

◆ 何なんとなく気分がすぐれません。　　不知為什麼心情好不起來。

◆ 朝起きても新聞しんぶんを読む気分になりません。
　　　　　　　　　　　　　　　　　　早上起床時沒有看報的心情。

◆ 何なにもしないのに体が疲れてしかたがありません。
　　　　　　　　　　　　　　明明沒什麼事，身體卻疲憊不
　　　　　　　　　　　　　　堪。

◆ 何なんにもやる気が起こりません。　　完全提不起勁。

◆ 今いままで楽しんでいたことが楽しくなくなりました。
　　　　　　　　　　　　　　本來很喜歡的事，卻忽然變得很
　　　　　　　　　　　　　　無趣。

◆ 毎日、生活が憂鬱ゆううつです。　　每天都覺得日子過得很鬱悶。

◆ 生活が不安ふあんでしかたがありません。　對生活有強烈的不安。

◆ 学校に行きたくありません。　　不想上學。

◆ まわりの人の目や言葉が気になります。　在意起周遭人們的眼神和談話。

◆ 人とうまくやっていく自信がありません。沒有自信和別人和睦相處。

◆ 電車や人ごみの中で、急に息が苦しくなるときがあります。
　　　　　　　　　　　　　　在電車上或擁擠的地方，有時會
　　　　　　　　　　　　　　忽然喘不過氣來。

◆ 人生がいやになってきました。　　開始對人生感到厭煩。

◆ 生活が馬鹿ばからしくなってきました。　覺得生活了無意義。

◆ 細こまかい事が気になってしかたがありません。
　　　　　　　　　　　　　　為了一點雞毛蒜皮的小事情耿耿
　　　　　　　　　　　　　　於懷。

- 火の元もとや戸締とじまりを何度も確認しないと気がすみません。
  不斷確認瓦斯爐火和窗戶鎖。
- 毎日、恐おそろしくてたまりません。　毎天充滿恐懼。
- いらいらして仕事が手につきません。　總覺得很焦慮，無法靜下心來好好
  工作。
- 怒りっぽくなりました。　情緒變得很易怒。
- 涙もろくなりました。　變得容易感傷流淚。
- 人の悪口わるぐちが頭の中で聞こえます。　會覺得聽到別人在說自己的壞話。
- まわりの人にうわさされているような気がします。
  感覺周圍的人都在傳自己的謠言。
- 誰かが見張みはっているような感じがします。
  覺得好像有人在監視自己。
- 誰が電話を盗聴とうちょうしているような気がします。
  總覺得電話有被誰盜聽。
- 朝、早く目が覚めてしまいます。　早上很早就醒了。
- 夜、全然寝つけません。　晚上完全睡不著覺。
- 夜中よなかに何度も目を覚まします。　半夜會不斷的醒來。
- 最近、よく悪い夢を見ます。　最近經常作惡夢。
- 酒を飲まないと眠れません。　一定要喝酒才睡得著。

眼睛的症狀與疾病

近視 きん し	近視
遠視 えん し	遠視
乱視 らん し	亂視
斜視 しゃ し	斜視
弱視 じゃく し	弱視
視力低下 し りょくてい か	視力減低 表現 目がかすんで見える：視力模糊

色覚異常 しきかく いじょう	色覺異常 **表現** 色盲しきもう是帶有歧視意味的用語，現在很少使用。
飛蚊症 ひぶんしょう	飛蚊症
老眼 ろうがん	老花眼
白内障 はくないしょう	白內障
緑内障 りょくないしょう	青光眼
視神経炎 ししんけいえん	視神經炎
眼瞼炎 がんけんえん	眼瞼炎
結膜炎 けつまくえん	結膜炎
ものもらい	麥粒腫；針眼 **表現** きたない手で目をこすったので、～ができた：用不乾淨的手揉眼睛而長針眼了
夜盲症 やもうしょう	夜盲症 回 とり目
雪目 ゆきめ	雪盲症

關於眼睛症狀的描述　　　　　　　　　　　再多記一點！！

- 目にゴミが入ったようです。　　　　　好像有異物跑到眼睛裡。
- 目に洗剤せんざいが入ってしまいました。　清潔劑不小心跑到眼睛裡去了。
- 痛くて目が開けられません。　　　　　痛得睜不開眼睛。
- 目の中がごろごろします。　　　　　　眼睛有異物感。
- 目のふちがかゆいです。　　　　　　　眼睛周圍很癢。

- 目が疲つかれます。 眼睛疲勞。
- 目の充血じゅうけつがとれません。 眼睛一直充血著。
- 目をこすったら真っ赤まっかになりました。 揉了以後眼睛變得很紅。
- 目やにが出ます。 有眼屎。
- まぶたが腫はれてきました。 眼皮腫腫的。

- 目がかすみます。 眼睛濛濛的看不太清楚。
- 目の中に光ひかった物が見えます。 眼睛裡頭有東西在發亮。
- 光を見ると虹にじのような輪わが見えます。 對著光的話，會看到好像有彩虹一樣的一圈。

- 近くがよく見えません。 近的東西看不清楚。
- 遠くがよく見えません。 遠的東西看不清楚。

- 物が二重にじゅうに見えます。 看東西似乎有疊影。
- 物がゆがんで見えます。 看到東西似乎有扭曲變形。
- メガネの度どが合いません。 眼鏡度數不合。
- 目をぶつけてしまいました。 打到眼睛。

耳朵的症狀與疾病

めまい	暈眩
乗物酔い のりもの よ	暈車、船…等 表現 車くるま酔い：暈車｜飛行機ひこうき酔い：暈機｜船ふな酔い：暈船
難聴 なんちょう	耳背；重聽
耳鳴り みみ な	耳鳴
中耳炎 ちゅう じ えん	中耳炎

關於耳朵症狀的描述

- 耳をちょっと触さわっただけで痛みます。　輕輕碰到耳朵就會痛。
- 耳の中がずきずき痛みます。　　　　　　　耳朵裡感覺會一陣陣的痛。
- 耳鳴みみなりがします。　　　　　　　　　有耳鳴。
- 耳の中が詰つまったような感じがします。　耳朵裡好像有什麼塞住的感覺。
- 耳から膿うみが出てきました。　　　　　　耳朵流膿了。

- 耳に水が入りました。　　　　　　　　　　耳朵裡進水了。
- 耳の中に何か入っているようなんです。　　覺得耳朵好像有異物。
- 耳にけがをしました。　　　　　　　　　　耳朵受傷了。
- 耳かきで耳に傷きずをつけてしまいました。用掏耳朵的時候不小心傷到耳朵。

- 自分の声が大きく聞こえます。　　　　　　自己的聲音聽起來特別大聲。

- 耳が聞こえにくくなりました。　　　　　　越來越聽不清楚聲音。
- ほほを殴られて鼓膜が破れました。　　　　臉被揍了一拳以致鼓膜破裂。

呼吸系統症狀與疾病

のどが痛い いた	喉嚨痛
のどが腫れる は	喉嚨腫
咳が出る せき　で	咳嗽
痰が出る たん　で	喉嚨有痰
痰がからむ たん	痰卡在喉嚨裡
痰を吐く たん　は	吐痰
くしゃみが出る で	打噴嚏 表現 ハックション：哈啾

鼻水が出る はなみず　で	流鼻水 表現 鼻水をたらす：流鼻水
扁桃腺炎 へんとうせんえん	扁桃腺發炎 表現 扁桃腺が腫はれる：扁桃腺腫｜扁桃腺に膿うみ がつく：扁桃腺化膿
咽喉頭炎 いんこうとうえん	咽喉炎
鼻血 はなぢ	鼻血 表現 〜が出る：流鼻血｜〜が止まる：止住鼻血
蓄膿症 ちくのうしょう	鼻蓄膿
鼻中隔湾曲症 びちゅうかくわんきょくしょう	鼻中膈彎曲
花粉症 かふんしょう	花粉症
アレルギー性鼻炎 allergy　　せいびえん	過敏性鼻炎

口・鼻・喉嚨症狀的描述

再多記一點！！

* 鼻をかむと痛みを感じます。　　　　　　　擤鼻涕時會痛。
* ひんぱんに鼻血が出ます。　　　　　　　　經常流鼻血。
* 黄色い鼻水はなみずが出ます。　　　　　　流黄色的鼻涕。
* 鼻が詰つまります。　　　　　　　　　　　鼻塞。
* 鼻の上の方から額ひたいにかけて痛みます。鼻子上面到額頭的地方會痛。

* 口内炎こうないえんができました。　　　　得了口腔炎。
* 口臭こうしゅうが強いです。　　　　　　　口臭很嚴重。
* 舌したが腫はれて物が食べられません。　　因為舌頭腫起來無法進食。
* 口の角かどにできものができました。　　　嘴角長了東西。
* 首のリンパ腺せんが腫れています。　　　　喉嚨的淋巴腺腫起來了。

* 扁桃腺へんとうせんが腫れています。　　　扁桃腺腫起來了。

◆ 物を飲み込むとのどが痛みます。	喝東西的時候喉嚨會痛。
◆ のどに何か詰まっているような感じがします。	喉嚨裡頭有東西卡住的感覺。
◆ のどに魚さかなの骨ほねがささりました。	被魚刺刺到喉嚨了。
◆ 声がかれます。	聲音沙啞、啞掉了。

口腔牙齒症狀與疾病

口内炎 こうないえん	口腔潰瘍（包括口腔黏膜、舌黏膜） 表現 ～ができる：嘴巴裡有破洞了
歯痛 は いた	牙齒痛 表現 歯が痛い：牙齒痛
虫歯 むし ば	蛀牙 表現 ～ができる：得了蛀牙｜～を抜ぬく：拔掉蛀牙
歯周病 し しゅうびょう	牙周病 表現 歯から血ちが出でる：牙齒出血
入れ歯 い ば	假牙 同 義歯ぎし　表現 ～を入れる：裝假牙
歯石 し せき	牙結石 表現 ～をとる：清除牙結石

呼吸器官・胸腔症狀與疾病

胸がどきどきする むね	心臟噗通噗通跳
息が詰まる いき つ	喘不過氣來
息が止まる いき と	呼吸停止
息切れがする いき ぎ	氣喘；呼吸困難
風邪 か ぜ	感冒 表現 ～をひく：得了感冒

インフルエンザ influenza	流行性感冒
肺炎 はいえん	肺炎
肺結核 はいけっかく	肺結核
ぜんそく	氣喘
SARS サーズ	SARS（嚴重急性呼吸系統綜合症） 囘 新型肺炎しんがたはいえん
気管支炎 き かん し えん	支氣管炎
乳腺症 にゅうせんしょう	乳腺炎
乳ガン にゅう	乳癌

健康

胸腔症狀的描述　　　　　　　　　　再多記一點！！

- 焼やけるような痛みです。　　　　　　像火燒般的痛。
- 締しめつけられるような痛みです。　　好像被勒住的痛。
- 圧迫あっぱくされるような痛みです。　如受到壓迫般的痛。
- ちくちくと刺さすような痛みです。　　有如針扎般的痛。
- 何かはっきりしない痛みです。　　　　説不上來的悶痛。
- 寝ているとき急に痛み出しました。　　睡眠當中突如其來的疼痛。
- 運動をしているとき急に痛み出しました。　運動時出現的疼痛。
- 安静あんせいにしているとき急に痛み出しました。
　　　　　　　　　　　　　　　　　　靜止不動時忽然痛起來。
- 重い物を持とうとしたとき急に痛み出しました。
　　　　　　　　　　　　　　　　　　提重物時忽然痛起來。
- 息いきをすったり吐いたりすると痛みます。　吸氣和呼氣的時候會痛。
- 咳せきをすると痛みます。　　　　　　咳嗽的時候會痛。
- 何もしていなくても痛みます。　　　　什麼都不做也會痛。

- 背中のほうに痛みが響ひびきます。　　　　背部痛得屬害。
- 食べ物を飲み込こむときに痛みます。　　　吞嚥時感覺會痛。
- 脈みゃくが速くなったり、呼吸こきゅうが苦しくなったりします。
　　　　　　　　　　　　　　　　　　　　心跳加快、呼吸困難。
- 乳房にゅうぼうにしこりを感じます。　　　乳房脹痛。

外科症狀與疾病

けがをする	受傷 表現 けがをしたところ：剛受了傷
傷を負う きず　お	負傷 表現 傷がつく：受傷 ｜ 傷が化膿かのうする：傷口化膿 ｜ 傷が治なおる：傷口復元 ｜ 傷跡きずあと：傷痕
切り傷 き　きず	割傷
すり傷 きず	擦傷 同 擦過傷さっかしょう
ねんざ	扭傷 例 スケートで転んで、足首あしくびを〜した。因溜冰跌倒而扭傷了腳踝。
打ち身 う　み	瘀青；跌打損傷 同 打撲傷だぼくしょう
脱臼 だっきゅう	脱臼
骨折 こっせつ	骨折 表現 骨ほねが折おれる：骨折
筋肉痛 きんにくつう	肌肉痠痛
ぎっくり腰になる ごし	閃到腰
神経痛 しんけいつう	神經痛
関節炎 かんせつえん	關節炎

五十肩 ごじゅうかた	五十肩
腰痛 ようつう	腰痛
リューマチス rheumatism	風濕 同 リューマチ｜リウマチ
たこ/まめ	繭；厚皮／水泡 表現 まめができる：長水泡
肉離れ にくばな	肌肉拉傷（筋膜損傷） 例 ～を起こす：引起肌肉拉傷。

外科症狀的描述

再多記一點!!

- ひどく痛みます。　　　　　　　　　劇痛。
- 鈍痛どんつうです。　　　　　　　　隱隱作痛。
- 力が入らなくなってしまいました。　無法施力、使不上力氣（無法出力）。
- しびれます。　　　　　　　　　　　麻痺。
- 感覚かんかくがありません。　　　　失去知覺。
- 腫はれてきました。　　　　　　　　腫起來了。
- 変形へんけいしてきました。　　　　變形了。
- 動きが悪くなってきました。　　　　動作得不順暢、不靈活。
- 強く打ちました。　　　　　　　　　強烈撞擊。
- 捻挫ねんざしました。　　　　　　　扭傷。
- 足首あしくびをくじきました。　　　腳踝挫傷。
- 骨折こっせつをしたようです。　　　好像骨折了。
- 骨ほねにひびが入ったようです。　　骨頭好像裂開了。
- 脱臼だっきゅうしました。　　　　　脫臼了。
- 刃物はもので切りました。　　　　　被鋒利的東西割傷了。
- すりむきました。　　　　　　　　　擦傷了（磨破皮了）
- とげを刺さしました。　　　　　　　被刺到了。
- 爪つめをはがしてしまいました。　　指甲剝落了。

- ◆ 血豆ちまめができました。　　　　　　長血泡。
  　　　　　　　　　　　　　　　　　　　＊被撞或夾到而產生的顆粒瘀血

- ◆ ドアに指をはさみました。　　　　　　手指頭被門夾到。

- ◆ 突き指つきゆびをしてしまいました。　手指挫傷（吃蘿蔔）了。

- ◆ 足がつりました。　　　　　　　　　　腳抽筋（痙攣）。

- ◆ こぶができました。　　　　　　　　　腫了一個包。

- ◆ 犬に嚙かまれました。　　　　　　　　被狗咬了。

- ◆ 猫ねこに引っ掻ひっかかれました。　　被貓抓傷了。

- ◆ けんかをしました。　　　　　　　　　跟人打架了。

- ◆ 交通事故こうつうじこにあいました。　發生交通事故。

消化器官的症狀與疾病

げっぷ	飽嗝 表現 〜が出でる：打飽嗝
もどす	嘔吐 表現 嘔吐おうとする｜吐はく
吐き気がする は　　け	噁心
二日酔いをする ふつ か よ	宿醉
便秘する べん ぴ	便秘
下痢する げ　り	腹瀉
食あたりをする しょく	食物中毒 同 腹はらをこわす｜腹の調子ちょうしがおかしい
腹痛 ふくつう	腹痛 表現 〜を起こす：發生腹痛｜腹が痛い：肚子痛｜腹がしくしく痛い：肚子微微抽痛｜横よこっ腹ばらが引きつれるように痛い：肚子的兩側好像抽筋一般的痛

胸やけがする むね	胸口灼熱；火燒心
胃がもたれる い	消化不良感到胃不舒服
胃酸過多 い さん か た	胃酸過多
食欲減退 しょくよくげんたい	食慾不振
消化不良 しょう か ふりょう	消化不良

食中毒 しょくちゅうどく	食物中毒
食道炎 しょくどうえん	食道炎
胃炎 い えん	胃發炎
ポリープ polyp	息肉 表現 胃〜：胃息肉｜大腸〜：大腸息肉
胃潰瘍 い かいよう	胃潰瘍
十二指腸潰瘍 じゅう に し ちょうかいよう	十二指腸潰瘍
良性腫瘍 りょうせいしゅよう	良性腫瘤
悪性腫瘍 あくせいしゅよう	惡性腫瘤
胃ガン い	胃癌 表現 初期しょきガン：癌症初期｜進行しんこうガン：癌症中期｜国立こくりつがんセンター：國立癌症中心 説明 平假名寫作がん。如果寫成片假名ガン，則帶有「強調癌症很恐怖」的語感。
腸炎 ちょうえん	腸炎 表現 急性大腸炎きゅうせいだいちょうえん：急性大腸炎

健康

腹部症狀的描述

* おなかが痛いです。　　　　　　　　肚子很痛。
* 痛みは空腹時〈うふくじ〉に強いです。　空腹的時候比較痛。
* 食べ物を食べると痛くなります。　　吃了東西就會痛。
* 吐き気がします。　　　　　　　　　噁心想吐。
* 嘔吐おうとしました。　　　　　　　有嘔吐。

* 下痢をしています。　　　　　　　　拉肚子。
* 便秘をしています。　　　　　　　　有便秘。
* 背中のほうが痛いです。　　　　　　背後的地方會痛。
* 便に血が混まじります。　　　　　　糞便中有血。
* 尿の色が赤いです。　　　　　　　　尿的顏色很深。

* お腹が痛くなる前に、刺身さしみなどの生 ものを食べました。
　　　　　　　　　　　　　　　　　肚子痛之前，曾吃了生魚片之類
　　　　　　　　　　　　　　　　　生冷的東西。
* 体重が減りました。　　　　　　　　體重減輕了。
* １か月に３kgは減ったと思います。　一個月大概掉了3公斤。

大腸ガン だいちょう	大腸癌
虫垂炎 ちゅうすいえん	盲腸炎、闌尾炎 **説明** 確切來說，闌尾炎和盲腸炎是不一樣的，但將闌尾炎講成盲腸炎もうちょうえん的情況卻很多。
赤痢 せき り	痢疾
コレラ cholera	霍亂
ヘルニア hernia	疝氣 **表現** そけい〜：腹股溝疝氣

肝・膽・胰臟的症狀與疾病

黄疸 おうだん	黃疸
腹水 ふくすい	腹水
脂肪肝 し ぼうかん	脂肪肝
肝硬変 かんこうへん	肝硬化
肝炎 かんえん	肝炎 表現 A型エーがた〜：A型肝炎｜B型ビーがた〜：B型肝炎｜C型シーがた〜：C型肝炎
キャリア carrier	帶原者
肝臓ガン かんぞう	肝癌
胆嚢炎 たんのうえん	膽囊炎
胆石症 たんせきしょう	膽結石
膵炎 すいえん	胰臟炎

05

健康

關於肝功能症狀的表現

再多記一點！！

◆ 酒に弱くなりました。	酒量變差了。
◆ 皮膚ひふのかゆみがあります。	皮膚癢。
◆ 手のひらが赤くなってきました。	手掌變紅了。
◆ 胸に小さな赤い斑点はんてんが出てきました。	胸部有小小的紅色斑點。
◆ 尿にょうの色が濃こくなってきました。	尿的顏色很黃。
◆ 尿に泡が立つようになりました。	尿液有泡泡。
◆ 便べんの色が黒くなってきました。	糞便顏色越來越黑。
◆ 便の色が白くなってきました。	糞便顏色越來越白。

- 体がおかしくなる前に風邪薬かぜぐすりなどを服用ふくようしていました。
  在還沒生病之前，先服用感冒藥。
- 以前から肝臓かんぞうが悪いと言われていました。　以前曾被説過肝臟不好。
- 家族かぞくに肝臓の悪い人がいます。　家族中有人肝臟不好。
- 酒をたくさん飲みます。　喝很多酒。
- 手術しゅじゅつをしたときに、輸血ゆけつを受けたことがあります。
  手術時曾經輸過血。

生活習慣造成的疾病‧循環系統的症狀與疾病

生活習慣病 せいかつしゅうかんびょう	生活習慣病
メタボリック症候群 metabolic　しょうこうぐん	代謝症候群
糖尿病 とうにょうびょう	糖尿病 表現 〜性網膜症ーせいもうまくしょう：糖尿性視網膜病變｜〜性腎症ーせいじんしょう：腎性糖尿
高脂血症 こうしけつしょう	高血脂症
高尿酸血症 こうにょうさんけつしょう	高尿酸血症
痛風 つうふう	痛風
動脈硬化症 どうみゃくこうかしょう	動脈硬化
高血圧症 こうけつあつしょう	高血壓
低血圧症 ていけつあつしょう	低血壓
動悸 どうき	心悸 表現 〜がする：心悸 説明 心臟的跳動很厲害，胸口跳動起伏貌。
息切れがする いきぎ	氣喘；呼吸困難

胸痛 きょうつう	胸痛
狭心症 きょうしんしょう	狭心症
心臓弁膜症 しんぞうべんまくしょう	心臟瓣膜疾病 表現 僧帽弁狭窄症そうぼうべんきょうさくしょう：二尖瓣狹窄｜三尖弁閉鎖不全症さんせんべんへいさふぜんしょう：三尖瓣閉鎖不全｜心房中隔欠損症しんぼうちゅうかくけっそんしょう：心房中膈缺損症｜心室中隔欠損症しんしつちゅうかくしょう：心室中膈缺損症
心筋梗塞 しんきんこうそく	心肌梗塞
不整脈 ふ せいみゃく	心律不整 表現 心房細動しんぼうさいどう：心房顫動｜心室細動しんしつさいどう：心室顫動
日射病 にっしゃびょう	中暑

05

🏥

健
康

描述生活習慣病症狀的表現

再多記一點！！

◆ 足や手がむくみます。	手腳浮腫。
◆ 顔がむんできました。	臉腫了起來。
◆ だるくて体に力がはいりません。	全身無力、懶洋洋的。
◆ 体重が減りました[増えました]。	體重減輕〔體重增加〕。
◆ 尿の量が増えました。	尿量變多了。
◆ よく水を飲むようになりました。	水喝得比較多了。
◆ できものがよくできます。	常長一些小疙瘩（小腫包）。
◆ 外陰部がいいんぶがかゆいです。	外陰部很癢。
*手足てあしのしびれがあります。	手腳發麻。
◆ よく、足がつったりします。	腳常常抽筋。
◆ 視力しりょくが衰おとろえてきました。	視力越來越差。
◆ 精力せいりょくが減退げんたいしました。	精神越來越差。

其他內科疾病

膠原病 こうげんびょう	膠原病
甲状腺機能亢進症 こうじょうせん き のうこうしんしょう	甲狀腺機能亢進 同 バセドー病Basedowびょう
甲状腺機能低下症 こうじょうせん き のうていか しょう	甲狀腺機能低下 同 橋本病Hashimotoびょう
敗血症 はいけつしょう	敗血症
貧血 ひんけつ	貧血 表現 鉄欠乏性てつけつぼうせい〜：缺鐵性貧血

皮膚的症狀與疾病

やけど	燒燙傷 表現 〜をする 動：燒燙傷
しもやけ	凍傷 說明 凍傷とうしょう中較輕微情況稱之為しもやけ。 主要發生在手指或腳尖上。
水疱 すいほう	水泡
かさぶた	痂 表現 〜ができる：結痂
膿 うみ	膿
ぐりぐり	皮膚上的疙瘩（頸部淋巴腺炎）
いぼ	疣
あせも	痱子
はたけ	疥癬

おでき	皮膚的疙瘩 同 できもの｜はれもの
湿疹 しっしん	濕疹
発疹 はっしん	長疹子；出疹子 説明 也可以講成ほっしん。
じんましん	蕁麻疹
アレルギー allergy	過敏 表現 〜体質たいしつ：過敏體質｜食物しょくもつ〜：食物過敏
特異体質 とく い たいしつ	特殊體質
アトピー性皮膚炎 atopy　　せい ひ ふ えん	過敏性皮膚炎
接触性皮膚炎 せっしょくせい ひ ふ えん	接觸性皮膚炎
帯状疱疹 たいじょうほうしん	帶狀泡疹
単純疱疹 たんじゅんほうしん	單純性泡疹
ヘルペス herpes	泡疹
乾癬 かんせん	乾癬
にきび	面皰；青春痘 表現 〜ができる：長痘子｜〜をつぶす：擠痘痘
魚の目 うお　　め	雞眼
水虫 みずむし	香港腳
ふけ	頭皮屑
円形脱毛症 えんけいだつもうしょう	圓形禿

皮膚症狀的描述

* 体にぶつぶつができました。　　　　　　　身體長了一顆一顆的東西。
* ここが腫はれてきました。　　　　　　　　這邊腫起來了。
* ここが赤くなってきました。　　　　　　　這裡紅紅的。
* 発疹がでてきました。　　　　　　　　　　長疹子了。
* 水泡すいほうができました。　　　　　　　長水泡了。
* かゆくてしかたがありません。　　　　　　癢得受不了。
* ここが化膿かのうしてしまったようです。　這裡已經化膿了。
* やけどをしました。　　　　　　　　　　　燙傷了。
* じんましんができているようなのです。　　可能是得了蕁麻疹。
* 湿疹しっしんができているようなのです。　可能是得了濕疹。
* 水虫みずむしがひどいです。　　　　　　　嚴重的香港腳。
* 虫むしに刺さされたあとが腫れました。　　被蟲咬到，然後腫了起來。
* 日焼ひやけしたあとがひりひりします。　　曬太陽之後就微微的刺痛。
* にきびがひどいです。　　　　　　　　　　嚴重的青春痘。
* うおのめが痛いです。　　　　　　　　　　長了雞眼很痛。
* いぼをとってください。　　　　　　　　　請幫我把疣去掉。
* しもやけになってしまいました。　　　　　凍傷了。
* 股またの間あいだがかゆいんです。　　　　胯下很癢。
* ふけで悩なやんでいます。　　　　　　　　頭皮屑的問題很困擾。
* 脂肪しぼうのかたまりのようなものができました。
　　　　　　　　　　　　　　　　　　　　　好像長了脂肪塊。
* ペニシリンに対たいしてアレルギーがあります。
　　　　　　　　　　　　　　　　　　　　　對盤尼西林過敏。
* 注射ちゅうしゃでアレルギーを起こしたことがあります。
　　　　　　　　　　　　　　　　　　　　　有時候會對打針過敏。
* 食物しょくもつのアレルギーがあります。　對某些食物過敏。

腎臓・泌尿・生殖系統的症狀與疾病

頻尿 ひんにょう	頻尿
血尿 けつにょう	血尿
蛋白尿 たんぱくにょう	蛋白尿
尿失禁 にょうしっきん	尿失禁
膀胱炎 ぼうこうえん	膀胱炎
腎盂腎炎 じん う じんえん	腎盂炎
腎結石 じんけっせき	腎結石
腎不全 じん ふ ぜん	腎衰竭
前立腺肥大 ぜんりつせん ひ だい	前列腺肥大
前立腺ガン ぜんりつせん	前列腺癌
勃起不全 ぼっ き ふ ぜん	勃起不全

いんきん	股癬
尿道炎 にょうどうえん	尿道炎
性病 せいびょう	性病
梅毒 ばいどく	梅毒
淋病 りんびょう	淋病
尖形コンジローム せんけい condyloma	尖圭濕疣（菜花）
エイズ AIDS	愛滋病

05
健康

毛ジラミ け	陰蝨
痔 じ	痔瘡 表現 いぼ〜：內外痔｜切きれ〜：肛裂

泌尿系統症狀的描述

再多記一點！！

* 膀胱ぼうこうのあたりが痛みます。　　　　膀胱周圍感到疼痛。
* 背中に放散ほうさんするような痛みです。　背部有放射狀的疼痛。
* 何となく下腹部かふくぶに不快感ふかいかんがあります。
　　　　　　　　　　　　　　　　　　　　　下腹部不知為何總感覺不舒服。
* 排尿時はいにょうじに痛みがあります。　　排尿時有疼痛感。
* 排尿後はいにょうごに尿道にょうどうの奥おくが焼やけるような痛みです。
　　　　　　　　　　　　　　　　　　　　　排尿後尿道內有灼熱感。
* 尿が出にくいのです。　　　　　　　　　　排尿困難。
* 残尿感ざんにょうかんがあります。　　　　有殘尿感。
* トイレが近いです。　　　　　　　　　　　頻尿。
* 尿が濁にごっているようです。　　　　　　尿液混濁。
* 尿が赤いような感じがします。　　　　　　尿液顏色赤黃。
* 痔じが痛みます。　　　　　　　　　　　　痔瘡疼痛。
* 排便後はいべんごにちり紙に血がつきます。　排便後衛生紙上擦到血跡。

私密難以啟齒的症狀

* 最近、知らない人とセックスをしました。　最近有和不認識的人發生性
　　　　　　　　　　　　　　　　　　　　　關係。
* 尿に膿がまじります。　　　　　　　　　　尿中有黏液。
* 毛ジラミにかかったようです。　　　　　　好像得了陰蝨。
* ペニスの先にぶつができました。　　　　　陰莖前端長了一粒東西。
* ペニスの先からうみが出てきました。　　　陰莖前端流出黏液。

◆ ペニスの先がかゆいです。	陰莖前端很癢。
◆ 性器から出血します。	生殖器出血。
◆ 陰部が炎症を起こしています。	陰道發炎。
◆ 性病せいびょうの心配があって病院に来ました。	因為擔心染上性病而前來就診。
◆ エイズの抗体検査こうたいけんさをしてください。	請接受愛滋病的檢測。

婦科・產科症狀與疾病

基礎体温 き そ たいおん	基礎體溫
生理痛 せい り つう	生理痛
生理不順 せい り ふ じゅん	生理期不順
不正出血 ふ せいしゅっけつ	不正常出血
性交後出血 せいこう ご しゅっけつ	性交後出血
月経過多 げっけい か た	經血過多
つわり	孕吐；害喜 **表現** ～がひどい：嚴重孕吐
外陰部掻痒症 がいいん ぶ そうようしょう	外陰部搔癢
トリコモナス膣炎 trichomonas　　ちつえん	陰道滴蟲感染
膣カンジダ症 ちつ candida　しょう	陰道念珠菌感染
子宮膣部びらん し きゅうちつ ぶ	子宮頸糜爛
更年期障害 こうねん き しょうがい	更年期障礙
しこり	腫塊；硬塊

子宮内膜症 しきゅうないまくしょう	子宮內膜異位症
子宮筋腫 しきゅうきんしゅ	子宮肌瘤
子宮ガン しきゅう	子宮癌
卵巣ガン らんそう	卵巢癌
妊娠中毒症 にんしんちゅうどくしょう	妊娠毒血症
むくみ	浮腫 表現 足がむくんでいる：腳浮腫
不妊症 ふにんしょう	不孕症
妊娠中絶 にんしんちゅうぜつ	人工流產 表現 赤ちゃんをおろす：墮胎
子宮外妊娠 しきゅうがいにんしん	子宮外孕
帝王切開 ていおうせっかい	剖腹生產
早産 そうざん	早產
流産 りゅうざん	流產
胞状奇胎 ほうじょうきたい	葡萄胎

女性特有的症狀描述　　　　　再多記一點!!

- 下腹部かふくぶのあたりが痛みます。　　　　　下腹部一帶有點痛。
- 何となく下腹部に不快感ふかいかんがあります。　下腹部感到不適。
- 下腹部にしこりがあります。　　　　　　　　下腹部有摸到硬塊。
- 排尿するときにおなかの下の方が痛みます。　排尿時，下腹部會痛。
- 陰部いんぶがかゆいです。　　　　　　　　　陰部搔癢。

◆ 陰部が炎症を起こしています。	陰部發炎。
◆ おりものがくさいです。	分泌物有異味。
◆ 黄色いおりものが増えました。	黄色的分泌物變多。
◆ 生理痛せいりつうがひどいです。	生理痛很嚴重。
◆ 生理ではないのに、出血があります。	有非月經的出血。
◆ 生理のときに出血が多いのです。	生理期的出血量很大。
◆ 生理が遅れています。	生理期延後。
◆ 生理が不順ふじゅんです。	生理期不順。
◆ 性交時せいこうじに痛みがあります。	性行為時感到疼痛。

乳房的症狀

◆ 乳房にゅうぼうにしこりがあるんですが。	乳房有摸到硬塊。
◆ 乳房に痛みがあるんですが。	乳房會痛。
◆ 乳房に湿疹しっしんがあるんですが。	乳房長了濕疹。

懷孕

◆ 妊娠にんしんしているかもしれませんので、検査をしてください。	
	有可能懷孕了，請幫我檢查。
◆ 避妊薬ひにんやくがほしいです。	我想要避孕藥。
◆ 生理せいりが〇〇日遅れているのですが。	生理期晚了〇〇天。
◆ このところ、生理がありません。	最近月經沒有來。
◆ 基礎体温きそたいおんが高いのですが。	基礎體溫偏高。
◆ 最後の月経げっけいは〇月〇〇日に始まりました。	
	最後一次月經是從〇月〇日開始的。
◆ 妊娠の〇〇か月〇週ですが、妊娠検診を受けたいのですが。	
	目前懷孕〇月〇週，想接受產前檢查。

- つわりがひどいのですが。 害喜（孕吐）得很厲害。
- できれば台湾に帰ってお産をしたいのですが。 可能的話希望能回台灣生產。
- 日本でお産をしたいと思います。 希望在日本生產。
- もし妊娠していたら、おろしてください。 如果懷孕了，我想要拿掉（人工流產）。
- 〇時間前じかんまえに陣痛じんつうが始まりました。 〇小時前，開始陣痛。

小兒科症狀與疾病

はしか	麻疹 同 麻疹ましん
風疹 ふうしん	德國麻疹
水痘 すいとう	水痘
おたふくかぜ	流行性腮腺炎 説明 おたふく 是指「醜女」。
突発性発疹 とっぱつせいほっしん	突發性發疹
百日咳 ひゃくにちぜき	百日咳
猩紅熱 しょうこうねつ	猩紅熱 同 溶連菌感染症ようれんきんかんせんしょう
マイコプラスマ肺炎 Mycoplasma　はいえん	黴漿菌肺炎
手足口病 て あしくちびょう	手足口病 説明 是一種在手掌、腳掌、口腔內起小紅斑、小水泡的幼兒疾病。屬於病毒感染，傳染力較強，常見小規模流行於幼兒及兒童之間。
プール熱 pool　ねつ	咽頭結膜熱 同 咽頭結膜熱いんとうけつまくねつ

リンゴ病 びょう	傳染性紅斑症；蘋果病 回 伝染性紅斑でんせんせいこうはん
腸重積症 ちょうじゅうせきしょう	腸套疊
臍ヘルニア さい	臍疝氣
小児麻痺 しょうにまひ	小兒麻痺 回 ポリオpolio
川崎病 かわさきびょう	川崎症
白血病 はっけつびょう	白血病
血友病 けつゆうびょう	血友病
ダウン症候群 Down　しょうこうぐん	唐氏症
進行性筋ジストロフィー しんこうせいきん dystrophy	進行性肌肉萎縮症
登校拒否症 とうこうきょ ひ しょう	拒學症
チック tic	妥瑞症
夜尿症 や にょうしょう	小兒夜尿症
自閉症 じ へいしょう	自閉症
ひきこもり	繭居族；有隱蔽傾向
てんかん	癲癇
熱性けいれん ねっせい	熱痙攣

健康

幼兒常見症狀描述

- 子供の様子がおかしいです。　　　　　　　　　小孩有點異狀。
- 顔色かおいろがよくありません。　　　　　　　臉色不太好。
- ミルクを思うように飲みません。　　　　　　　牛奶喝的比預期少。
- 何回かもどしました。　　　　　　　　　　　　已經吐了好幾次。
- 食欲しょくよくがありません。　　　　　　　　沒有食慾。
- 体中に発疹が出ています。　　　　　　　　　　全身起疹子。
- 熱が下がりません。　　　　　　　　　　　　　高燒不退。
- 引きつけを起こしました。　　　　　　　　　　發生痙攣現象。
- 下痢が続いています。　　　　　　　　　　　　持續的腹瀉。
- 緑色の便が出ます。　　　　　　　　　　　　　大便是綠色的。
- 高いところから落ちて頭を強く打ちました。　　從高處跌落，頭部受到很大的撞擊。

- ころんで頭を強く打ちました。　　　　　　　　摔倒，頭撞了好大一下。
- かぜをひいたようですが。　　　　　　　　　　好像感冒了。
- 何日も咳せきが止まりません。　　　　　　　　已經咳了好幾天。
- のどがゼーゼーいっています。　　　　　　　　喉嚨發出呼嚕呼嚕的聲響。
- 呼吸こきゅうをするとヒューヒューする音が聞こえます。

　　　　　　　　　　　　　　　　　　　　　　呼吸時有咻咻聲。
- 息づかいが苦しそうです。　　　　　　　　　　呼吸很困難的樣子。
- 扁桃腺がひどく腫れています。　　　　　　　　扁桃腺腫得很厲害。
- 目を痛がっています。　　　　　　　　　　　　眼睛痛。
- あせもがひどいです。　　　　　　　　　　　　痱子的情形很嚴重。
- 皮膚炎がなかなか治りません。　　　　　　　　皮膚炎一直好不了。
- 湿疹がひどいんです。　　　　　　　　　　　　得了嚴重的濕疹。
- おしっこの回数が多いようです。　　　　　　　排尿次數變得頻繁。

其他疾病

伝染病 でんせんびょう	傳染病
法定伝染病 ほうていでんせんびょう	法定傳染病 **表現** 学校伝染病：コレラ, 細菌性赤痢, 腸チフス, パラチフス, 痘瘡, ペスト, 発疹チフス, 猩紅熱, ジフテリア, 流行性脳脊髄膜炎, 日本脳炎。 校園傳染病：痢疾、細菌性赤痢、腸傷寒、副傷寒、痘瘡、黑死病、斑疹傷寒、猩紅熱、白喉、流行性腦脊髓膜炎、日本腦炎
結核 けっかく	結核
ハンセン氏病 Hansen　し びょう	漢生氏病；麻瘋病 **說明** 要特別注意，在日本，らい病（癩病）是帶有歧視語感的用語，所以通常不會使用。
風土病 ふう ど びょう	地方病；風土病 **說明** 某個地區因地質或氣候而導致的特定疾病。
破傷風 は しょうふう	破傷風
ツツガムシ病 びょう	恙蟲病

治療

治療する ち りょう	治療
化学療法 か がくりょうほう	化學治療
放射線療法 ほうしゃせんりょうほう	放射線治療
レーザー療法 laser　りょうほう	雷射治療
食事療法 しょく じ りょうほう	飲食療法

05

健康

心理療法 しんりりょうほう	心理療法
物理療法 ぶつりりょうほう	物理療法
はり	針 表現 ～を打つ：打針
灸 きゅう	針灸 表現 灸をすえる：針灸治療
リハビリテーション rehabilitation	復健
人工透析 じんこうとうせき	血液透析；洗腎

手術する しゅじゅつ	手術 表現 ～を受ける：接受手術
麻酔 ますい	麻酔 表現 全身ぜんしん～：全身麻酔｜局部きょくぶ～：局部麻酔｜～をかける：施打麻酔｜～がかかる：麻藥發揮了作用｜～からさめる：麻酔退去
殺菌する さっきん	殺菌
消毒する しょうどく	消毒 表現 アルコール消毒：酒精消毒
アルコール綿 alcohol　めん	酒精棉
輸血 ゆけつ	輸血
血液型 けつえきがた	血型
献血 けんけつ	捐血
臓器移植 ぞうきいしょく	器官移植
心臓移植 しんぞういしょく	心臓移植

腎臓移植 <small>じんぞう いしょく</small>	腎臟移植
角膜移植 <small>かくまく いしょく</small>	角膜移植
アイバンク <small>eye bank</small>	（角膜移植的）角膜庫、眼庫
骨髄バンク <small>こつずい</small>	骨髓庫
ドナー <small>donor</small>	捐贈者

注射 <small>ちゅうしゃ</small>	注射；打針 表現 ～を打つ 動：打針｜～を打たれる：接受注射
静注 <small>じょうちゅう</small>	靜脈注射 説明 為静脈注射じょうみゃくちゅうしゃ的略語。
筋注 <small>きんちゅう</small>	肌肉注射 説明 筋肉注射きんにくちゅうしゃ
点滴 <small>てんてき</small>	點滴 表現 不稱作リンゲル。
アンプル <small>ampoule</small>	安瓿（安瓶）；藥劑瓶
ブドウ糖 <small>とう</small>	葡萄糖
生食 <small>せいしょく</small>	生理食鹽水 説明 生理的食塩水せいりてきしょくえんすい
予防注射 <small>よ ぼうちゅうしゃ</small>	預防針
ワクチン <small>vaccine</small>	疫苗
ツベルクリン <small>tuberculin</small>	結核菌素 表現 ～反応－はんのう：肺結核皮下測試｜～注射： 結核菌素試驗注射

05

健康

醫療用品

医薬品 いやくひん	醫藥用品 表現 ジェネリックgeneric〜：成藥
薬 くすり	藥
薬品 やくひん	藥品 表現 〜会社−がいしゃ：藥廠、藥商
薬物 やくぶつ	藥物 表現 〜依存−いぞん：藥物依賴
特効薬 とっこうやく	特效藥
毒薬 どくやく	毒藥 表現 猛毒もうどく：劇毒
劇薬 げきやく	強效藥；烈性藥（用法、用量必須特別謹慎）

薬局 やくきょく	藥局
薬剤師 やくざいし	藥劑師 表現 薬師こくし是以前舊式的表現。
処方箋 しょほうせん	處方箋
調剤 ちょうざい	配藥 表現 薬を調合ちょうごうする：調配藥方
薬効 やっこう	藥效 表現 薬がよく効きく：很有藥效、藥效好
副作用 ふくさよう	副作用 表現 〜を起こす：發生副作用
漢方薬 かんぽうやく	中藥
煎じ薬 せん　ぐすり	煎藥

薬草 やくそう	藥草

麻黄 ま おう	麻黃
生姜 しょう が	生薑
ナツメ	大棗
甘草 かんぞう	甘草
桂枝 けい し	桂枝
人参 にんじん	人蔘

日本使用的漢方藥・中藥　　　再多記一點！！

* 葛根湯かっこんとう　　　　　　　葛根湯
* 八味地黄丸はちみじおうがん　　　　八味地黄丸
* 小柴胡湯しょうさいことう　　　　　小柴胡湯
* 小青竜湯しょうせいりゅうとう　　　小青龍湯
* 当帰芍薬散とうきしゃくやくさん　　當歸芍藥散
* 加味逍遥散かみしょうようさん　　　加味逍遙散
* 半夏瀉心湯はんげしゃしんとう　　　半夏瀉心湯
* 補中益気湯ほちゅうえっきとう　　　補中益氣湯
* 六君子湯りっくんしとう　　　　　　六君子湯
* 麻子仁丸ましにんがん　　　　　　　麻子仁丸
* 十全大補湯じゅうぜんたいほとう　　十全大補湯
* 牛黄清心丸ごおうせいしんがん　　　牛黄清心丸

外用薬 がいようやく	外用藥
軟膏 なんこう	軟膏
ぬり薬 ぐすり	塗劑
貼り薬 は　　ぐすり	貼藥 説明 一般很少會稱為パス，主要僅用於商品名稱的サロンパス。液體的肌肉痠痛藥アンメルツ也是商品名稱。
湿布薬 しっぷやく	濕式藥布
目薬 め　ぐすり	眼藥水 表現 ～をさす：點眼藥水 説明 不會稱為がんやく。
座薬 ざ　やく	栓劑 表現 ～を入れる：塞栓劑
浣腸 かんちょう	浣腸 表現 ～をする 動：浣腸
ナプキン napkin	衛生棉

内服薬 ないふくやく	內服藥 同 飲のみ薬ぐすり
薬を飲む くすり　　の	吃藥
薬を服用する くすり　　ふくよう	服藥
粉薬 こなぐすり	藥粉
顆粒 か　りゅう	顆粒；藥丸
錠剤 じょうざい	藥錠
カプセル capsule	膠囊

糖衣錠 とういじょう	糖衣錠
舌下錠 ぜっかじょう	舌下錠
水薬 すいやく	藥水；糖漿 同 シロップsyrup

かぜ薬 ぐすり	感冒藥
総合感冒薬 そうごうかんぼうやく	綜合感冒藥
解熱鎮痛剤 げねつちんつうざい	解熱鎮痛藥
咳止め せきど	止咳藥
うがい薬 ぐすり	漱口劑
睡眠薬 すいみんやく	安眠藥
胃腸薬 いちょうやく	腸胃藥
消化薬 しょうかやく	助消化藥
虫下し むしくだ	驅蟲劑
便秘薬 べんぴやく	便秘藥
下痢止め げりど	止瀉藥
抗生物質 こうせいぶっしつ	抗生素 説明 不會稱作マイシン。
解毒剤 げどくざい	解毒劑
抗ガン剤 こう　　　ざい	抗癌劑
抗ヒスタミン剤 こう histamine　　ざい	抗組織胺劑

ステロイド剤 steroid　　　　ざい	類固醇
利尿剤 り にょうざい	利尿劑
降圧剤 こうあつざい	降血壓劑
昇圧剤 しょうあつざい	升壓劑
強心剤 きょうしんざい	強心劑
精力剤 せいりょくざい	精力飲 回 強壮剤きょうそうざい
栄養剤 えいようざい	營養劑；維他命補充品 回 ビタミン剤vitaminざい
酔い止め よ　　ど	解酒劑
避妊薬 ひ にんやく	避孕藥 表現 ピルpill：藥丸｜経口けいこう〜：口服避孕藥
育毛剤 いくもうざい	生髮劑 回 発毛剤はつもうざい
バイアグラ viagra	威而鋼

食前 しょくぜん	飯前
食後 しょく ご	飯後
食間 しょくかん	兩餐之間
寝る前 ね　　まえ	睡前
1日3回 いちにちさんかい	一天三次

醫療器具

聴診器 ちょうしん き	聽診器 表現 〜をあてる：聽診
注射器 ちゅうしゃ き	針筒 表現 注射針ちゅうしゃばり：注射針頭 ｜ 針を刺さす： 打針
縫合糸 ほうごう し	縫合線 表現 糸で縫ぬう：用線縫（傷口） 例 頭にけがをして5針ごはり縫ぬいました。 頭受傷了，縫了五針。
体温計 たいおんけい	體溫計 表現 体温を計はかる：量體溫
舌圧子 ぜつあつ し	壓舌板
メス mes	手術刀 表現 〜で切る：用手術刀切開
鉗子 かん し	手術鉗
カテーテル katheter	導管 表現 〜を入れる：插入導管 說明 吸取異物的工具。
救急箱 きゅうきゅうばこ	急救箱
ピンセット pincette	鑷子 表現 〜でつまむ：用鑷子夾
ガーゼ gauze	紗布 表現 〜をあてる：蓋上紗布
包帯 ほうたい	繃帶 表現 〜を巻まく：包上繃帶
綿棒 めんぼう	棉花棒

健康

三角巾 さんかくきん	三角巾 表現 〜をあてる：以三角巾包紮
絆創膏 ばんそうこう	OK繃 表現 〜を貼はる：貼上OK蹦
バンドエイド Band-Aid	急救貼布；OK繃
水枕 みずまくら	冰枕 表現 〜をする：使用冰枕
担架 たん か	擔架
ギプス gips	石膏 表現 〜を巻く：裹上石膏
松葉杖 まつ ば づえ	拐杖 表現 〜をつく：撐拐杖
車いす くるま	輪椅
義足 ぎ そく	義肢（足）
義手 ぎ しゅ	義肢（手）

介護用品 かい ご ようひん	看護用品
ウォッシュレット	免治馬桶 表現 温水洗浄便座おんすいせんじょうべんざ：溫水洗 淨馬桶
便器 べん き	便盆 表現 ポータブルトイレ：攜帶式廁所
尿瓶 し びん	尿瓶；尿壺

有關身體不適的擬態語

- **がんがんする**　強烈的抽痛
  - ＊頭ががんがん痛い。頭一陣陣地抽痛。

- **ずきずきする**　陣陣抽痛；刺痛
  - ＊風邪を引いたのかふしぶしがずきずきする。
    不知道是不是感冒了，感覺全身陣陣地抽痛。

- **ちくちくする**　刺痛
  - ＊下腹がちくちく痛い。下腹部感覺一陣陣刺痛。

- **きりきりする**　絞痛
  - ＊おなかがすくと、わき腹ばらがきりきり痛む。
    肚子餓的時候，肚子側邊就覺得絞痛。

- **ひりひりする**　火辣辣的刺痛
  - ＊虫に刺されたところがひりひりする。
    被蟲咬到了好刺痛。
  - ＊すりむけたところがひりひりする。
    擦傷的地方覺得好刺痛。
  - ＊セーターを素肌すはだの上に着たらひりひりする。
    身上單穿毛衣覺得好刺痛。

- **むかむかする**　噁心；反胃
  - ＊飲み過ぎてむかむかする。喝太多酒了，覺得噁心反胃。

- **むずむずする**　刺刺癢癢的
  - ＊皮膚が乾燥して体がむずむずする。
    皮膚乾燥、身體覺得刺刺癢癢的。
  - ＊頭がむずがゆい。覺得頭刺刺癢癢的。

- **くらくらする**　暈眩
  - ＊高層ビルから下を見下ろすと頭がくらくらする。
    從高樓大廈往下看覺得頭暈目眩。

- **どきどきする**　噗通噗通地
  - ＊胸がどきどきと震ふるえる。心臟噗通噗通的跳動。

- **かさかさする**　乾燥；乾巴巴的
  - ＊冬は空気が乾かわいているので、肌はだがかさかさしてかゆくなる。冬天的空氣很乾，皮膚都覺得又乾又癢。

- **ハアハアする**　氣喘如牛
  - ＊駅の階段かいだんを上のぼるとハアハアと息切れがする。
    爬上月台的樓梯，氣喘如牛到快喘不過氣來。

05

健康

しょくせいかつ

飲食生活

06

飲食生活

食生活 しょくせいかつ	飲食生活
食べる た	吃 **説明** 指把食物放入口中嚼食吞嚥的行為。在日語中，吃藥不會講成「薬を～」，喝酒不會講成「酒を～」。
食事する しょく じ	用餐、吃飯
～食 しょく	～餐 **例** 私は１日２に～しか食べません。我一天只吃兩餐。
お食事 しょく じ	餐點、餐食 **例** ～はなさいましたか。請問您吃飽了嗎？ **説明** 但不同於台灣，在日本通常不會使用「食事しましたか」來向他人打招呼。
召し上あがる め　あ	用餐 **例** 遠慮えんりょをなさらないで、たくさん召し上がってください。 千萬別客氣，請盡量用。
いただきます	我要開動了 **説明** 在和日本人一起用餐時，如果什麼話也不說，會被認為是沒有禮貌的人。不管是在家裡、在外面接受招待，或是自己付錢和朋友或熟人一起吃飯時，都一定要說いただきます。
ごちそうさまでした	感謝招待；吃飽了 **説明** 用餐完畢的寒暄語。

06

飲食生活

飲む <small>の</small>	**喝；飲** 例 そんなに水をがぶがぶ〜から、汗がでるんですよ。這麼大口大口喝水，等下會一直出汗喔！｜旅行中も忘れずに薬を飲んでください。旅行中也請別忘了吃藥。｜急いで食べたので、スイカの種を飲んでしまった。因為吃得太急，不小心把西瓜子吞下去了。 說明 指將水、酒或其他飲料放入口中的動作，或是指直接吞嚥固體藥物的動作。
飲みに行く <small>の　　い</small>	**去喝酒** 說明 指「去喝酒」的意思。 例 今日ちょっと飲みに行かない？今天要不要去小酌一下？
食べに行く <small>た　　い</small>	**去〜吃飯、用餐** 說明 指「出去吃」的意思。 例 渋谷にとてもおいしいイタリア料理りょうりの店があるから、今度こんど食べに行こうよ。澀谷有一間很美味的義大利餐廳，下次一起去吃嘛！
もう少しください <small>すこ</small>	**再給我一些** 例 このつきだしおいしいんで、〜。這道小菜很好吃，請再給我一些。
おかわり	**再一碗（杯）** 例 〜いかがですか。需要再來一碗嗎？｜〜ください。請再給我一碗。
一口 <small>ひとくち</small>	**一口** 例 よろしかったら、〜お召しあがりになってください。方便的話，請嚐一口看看。 說明 指稍微動嘴的意思。或指「很少的量」。
朝飯 <small>あさめし</small>	**早飯** 例 〜、食べた？早餐吃了嗎？｜朝ご飯、食べた？早飯吃了嗎？｜朝は食べましたか。早上吃過了嗎？ 說明 朝飯為非鄭重的語氣，因此女性不可使用。女性一般會講朝ご飯あさごはん。

朝食 ちょうしょく	早餐
ブレックファスト breakfast	早餐
朝餉 あさげ	早餐 **説明** 為早餐的舊式表現。因為此種表現的語感很好聽，所以最近經常被使用在「～に飲むみそ汁」等商品名稱上。

▲ 典型的日式早餐
住宿日本的旅館時，可以常見這類的早餐。包含飯、味噌湯、海苔、納豆、醃漬蔬菜、生雞蛋、烤魚等。

昼食 ちゅうしょく	中餐；午餐
ランチ lunch	中餐；午餐
昼飯 ひるめし	中餐；午餐 **説明** 女性會講昼ひるご飯はん。
夕食 ゆうしょく	晚餐
ディナー dinner	晚餐
晩餐 ばんさん	晚餐 **表現** ～会－かい：晚餐餐會 **例** ～会に招まねかれたのはいいんですけど、あいにく着ていく服がないんです。很開心接到晚宴的邀約，但很不巧沒有適合穿去出席的衣服。
夕飯 ゆうめし	晚餐 **説明** 女性會講夕ゆうご飯はん。
宴会 えんかい	餐會；宴會 **例** このところ～続つづきで、胃いがおかしくなりました。最近連續參加了幾場宴會，胃開始有點不舒服起來。
間食 かんしょく	點心
夜食 や しょく	宵夜

飲食生活

おやつ	點心、零食 例 お三時さんじにしましょう。三點來吃點心吧！ 説明 おやつ的由來是以前的人們會在八やつ時どき（下午三點）的時候吃點心。
外食 がいしょく	外食 例 給料きゅうりょうも入ったし、久ひさしぶりに豪華ごうかに〜でもしようか。薪水也發了，久違的去外面豪華的大吃一頓吧。

グルメ gourmet	美食家 同 口が肥こえている人：很講究口味的人
グルメ街 がい	美食街
デパ地下 ち か	百貨地下街 説明 為デパートの地下的略語。
食道楽 しょくどうらく	美食家
食いしん坊 く ぼう	愛吃；貪吃的人
大食家 たいしょく か	大食客；大胃王 同 大食おおぐい
食べ過ぎる た す	吃太多
飲み過ぎる の す	喝太多
飽食 ほうしょく	飽餐
小食 しょうしょく	食量小 例 〜は長生ながいきのしるしといいます。食量小可以說是長壽的象徵。
腹八分目 はらはちぶん め	八分飽 例 「食事は〜に」とよく言いますが、どうしてもおなかいっぱい食べてしまいます。雖然常說「飯吃八分飽」就好，但不論如何就是會吃得很飽。
菜食主義 さいしょくしゅ ぎ	蔬食主義

ベジタリアン vegetarian	素食者
肉食主義 にくしょくしゅぎ	肉食主義
食欲 しょくよく	食慾 表現 ～がない：沒有食慾
好き嫌い す　きら	（對食物的）好惡、喜惡
料理の腕前 りょうり　　うでまえ	烹飪技術 例 君はかなり～がいいねぇ。你的烹飪技術真是厲害啊。
辛党 からとう	嗜吃辣的人 同 左党さとう 例 ほほー、～ですね。喔～你很能吃辣耶。
甘党 あまとう	嗜吃甜食的人 例 私はどちらかというと～の方なんです。 我算是偏愛吃甜食的人。
食費 しょくひ	伙食費 表現 食事代しょくじだい：餐飲費
エンゲル係数 Engel　　けいすう	恩格爾係數 説明 「恩格爾係數」是指家庭消費支出中，用於飲食類支出所占百分比（食品費支出÷消費支出總額×100％＝恩格爾係數）。生活水準愈高者，其恩格爾係數愈低。
断食 だんじき	斷食；禁食 表現 絶食ぜっしょく：絕食
テーブルマナー table manners	餐桌禮儀 表現 食事作法しょくじさほう：用餐的規矩、禮節

飲食生活

形容味道

味 あじ	味道
おいしい	好吃的；美味的
うまい	好吃的 例 なんて～料理だろう。多麼好吃的料理啊！
まずい	難吃的 例 そばがのびてまずくなってしまった。蕎麥麵煮糊了，變得好難吃。
舌鼓を打つ したつづみ　う	好吃得令人咂嘴 例 珍しいごちそうに舌鼓を打ちました。食物好吃得令人津津有味。 説明 請注意：不要把舌鼓念成したづつみ。
味わう あじ	品味、品嚐 表現 日本料理を～：品嚐日本料理
ほっぺたが落ちそうだ お	好吃到臉頰都快掉下來了 例 あまりのおいしさに～。實在好吃到臉頰都快掉下來了。
味付けをする あじ つ	調味
下味をつける したあじ	做菜前事先調味；用鹽、醬油醃製入味
味見をする あじ み	試味道

味が薄い あじ　うす	味道很淡 説明 水っぽい是指水分很多、味道很淡的飲料類，不會用來形容食物。
味が濃い あじ　こ	味道很濃
酸味 さん み	酸味
酸っぱい す	酸的

辛み から	辣味；鹹味 **說明** 在一般的會話中，不會特別去區分「鹹」或「辣」，全部以からい來表示。
辛い から	辣的；鹹的 **例** 今日の味噌汁はちょっと辛い。今天的味噌湯有點鹹。
塩辛い しおから	非常的鹹 **口語** しょっぱい
甘み あま	甜味
甘い あま	甜的
甘ったるい あま	甜膩的 **例** ～汁粉しるこを食べたせいなのか胸焼むねやけがします。大概是吃了甜膩的年糕紅豆湯，現在胃很不舒服。
甘酢っぱい あま ず	酸酸甜甜的
苦み にが	苦味
苦い にが	苦的
ほろ苦い にが	微苦的 **例** やはり北海道ほっかいどうのビールはほろ苦さがたまりませんね。北海道啤酒那微苦的滋味，果然讓人難以抵抗啊！
渋い しぶ	澀的
えぐい	澀的；口感刺激的；嗆喉嚨的 **例** この竹の子はえぐくて食べられません。這個竹筍澀得讓人食不下嚥。
あぶらっこい	油膩的

06

飲食生活

くどい	味道過於濃厚的 例 このレストランの味は〜なくておいしいです。 這家餐廳的口味不會太重，非常好吃。 說明 指調味料、食物顏色加得太多，以致味道令人不舒服。
しつこい	重口味的 說明 味道過重，吃完後味道還留在嘴裡的感覺。 例 〜料理の後はさっぱりしたデザートがほしいですね。重口味的料理之後，就想來道清爽的甜點呢。
まろやかだ	醇厚的；芳醇的 例 このワインはとてもまろやかな味がしますね。 這瓶葡萄酒的味道非常濃醇呢。
ジューシーだ juicy	充滿汁液的；多汁的 例 あのレストランはやわらくてジューシーな飛とび切きり上等じょうとうな肉を出してくれるので満足です。因為吃到那家餐廳柔軟多汁的特級肉料理，而非常滿足。
生臭い なまぐさ	腥臭的；腥味重的
さっぱりしている	爽口；清爽 例 西洋料理ながら、しょうゆをベースにしてさっぱりした食べやすい味に仕上しあげました。雖然是西洋料理，卻以醬油為基底，烹調出清爽易入口的好味道。
あっさりしている	淡泊；清淡 例 年をとったせいか、洋食ようしょくよりはあっさりとした日本料理を好このむようになりました。不知道是不是因為上了年紀，現在比起西洋料理，更喜歡清淡的日本料理。
香ばしい こう	芳香的；（煎、炒食物的）香 例 〜新茶しんちゃのかおりが漂ただよってきた。新茶的芳香飄了過來。
こくがある	很有味道；味道深奧的 說明 主要用來形容飲料。 表現 こくのある酒：味道濃厚絕妙的酒

出がらし で	變淡 表現 〜のお茶：泡過之後變淡的茶；泡得無味的茶
気が抜ける き　ぬ	失去風味；走味 例 気が抜けたビールなんか飲めたものではありません。已經沒氣的啤酒真讓人喝不下去。

食物

食べ物 た　もの	食物 説明 食物しょくもつ是較為死板的表現，在會話中不太常使用。另外，食くい物もの是較沒教養的表現，女性最好不要使用。
ごちそう	好飯菜；款宴；餐會
食糧 しょくりょう	糧食
食料品 しょくりょうひん	食品；食材
食品 しょくひん	食品
加工食品 か こうしょくひん	加工食品
インスタント食品 instant　しょくひん	速食品
レトルト食品 retort　しょくひん	調理包食品
冷凍食品 れいとうしょくひん	冷凍食品
健康食品 けんこうしょくひん	健康食品
遺伝子組換食品 い でん し くみかえしょくひん	基因改造食品
機能性食品 き のうせいしょくひん	機能食品
自然食品 し ぜんしょくひん	天然食品

06

🍽️

飲食生活

輸入食品 ゆにゅうしょくひん	進口食品
真空パック しんくうpack	真空包
主食 しゅしょく	主食
副食 ふくしょく	副食
おかず	副菜；配菜 **說明** 為會話體的表現。
惣菜 そうざい	配菜；飯菜 **說明** 為書面體的表現，一般在百貨公司等的小菜賣場中，都可以常見惣菜的用法。
代用食 だいようしょく	代替食品
非常食 ひじょうしょく	急難食品；防災食物
常食 じょうしょく	常吃的食物；主食 **例** アジアの国々は米を〜にしている国が多い。亞洲國家多以米飯作為主食。
名物 めいぶつ	名產 **例** 〜にうまい物なし。所謂的名產沒有一樣是好吃的。
特産品 とくさんひん	特產
弁当 べんとう	便當 **表現** ほか弁べん：現做的熱便當｜駅弁えきべん：車站便當；鐵路便當
味自慢 あじじまん	自豪的味道
お袋の味 ふくろ あじ	媽媽的味道
試食 ししょく	試吃

▲ 弁当

試飲 しいん	試喝；試飲
賞味期限 しょうみきげん	食用期限 **說明** 賞味期限標示在比較慢腐壞掉的食品（品質的維持期間大約會超過五天）。與其相比，消費期限しょうひきげん是指在標記的那天以前必須要全部吃完，一般指海鮮、便當、小菜等比較快腐壞掉的食物（品質的維持期限是包含製造日的五天以內）。 **表現** 〜を切らす：到了食用期限｜〜が切れる：過了食用期限
製造年月日 せいぞうねんがっぴ	製造日期

各種餐飲店

飲食店 いんしょくてん	餐飲店
レストラン restaurant	餐廳
定食屋 ていしょくや	定食店
食べ物屋 た ものや	小吃店 **說明** 食くい物屋ものや是比較沒禮貌的表現。 **例** 今度、定年退職したら、〜でも始めようかと思ってるんだ。在考慮退休之後，是不是該來開間小吃店。
食堂 しょくどう	食堂；餐廳
日本料理屋 に ほんりょうりや	日本料理店
中華料理屋 ちゅうかりょうりや	中華料理店 **說明** 一般不會稱為中国料理屋。規模較大的餐飲店，可以稱為中華飯店ちゅうかはんてん或菜館さいかん。
韓国料理屋 かんこくりょうりや	韓國料理店
洋食屋 ようしょくや	西餐廳

社員食堂 しゃいんしょくどう	員工餐廳
学生食堂 がくせいしょくどう	學生餐廳
教職員食堂 きょうしょくいんしょくどう	教職員餐廳
飯場 はん ば	礦工或工地的宿舍、工寮
ファミリーレストラン family restaurant	家庭式餐廳
ファーストフード店 fast food 　　　　　　てん	速食店
喫茶店 きっ さ てん	茶館；提供茶、點心等的咖啡廳 口語 サテン
コーヒーショップ coffee shop	咖啡廳
カフェ cafe	咖啡廳；酒吧
ビアホール beer hall	啤酒屋 同 ビヤホール
ビアガーデン beer garden	啤酒花園 同 ビヤガーデン
バー bar	酒吧
カクテルバー cocktail bar	雞尾酒吧
ショットバー shot bar	酒吧（專提供杯酒）
ゲイバー gay bar	同志酒吧 表現 おかまバー：女裝吧
ホストバー host bar	男公關酒吧
クラブ club	俱樂部；酒店 表現 ナイトnight〜：夜間俱樂部｜ホストhost〜：男公關俱樂部

キャバレー cabaret	夜總會
キャバクラ cabaret club	女公關酒店；酒家 説明 接待女性喝酒的日式音樂茶座，是同時具有夜總會的大眾性和俱樂部高級性的混合式酒吧。
飲み屋 の や	小酒亭 同 赤あかちょうちん
居酒屋 い ざ か や	居酒屋 説明 指可以享受到簡單料理和便宜酒類的大眾性酒館。酒屋さかや是指賣酒的地方。
屋台 や たい	路邊攤
一杯飲み屋 いっぱい の や	小酒亭
スナック snack	快餐店 説明 指可以吃到簡易料裡的酒吧。

バイキング Viking	西式自助餐 同 〜料理りょうり
スモーガスボード smorgasbord	北歐式自助餐館 説明 提供北歐式的正餐前的開胃菜（魚、乳酪和涼菜等）的餐館。
食べ放題 た ほうだい	吃到飽
飲み放題 の ほうだい	無限暢飲
大盛り おお も	大碗；大份量
おしぼり	濕毛巾（擦手用）
割り箸 わ ばし	免洗筷
ナプキン napkin	餐巾 表現 紙かみ〜：餐巾紙

飲食生活

出前 で まえ	外送 <kbd>表現</kbd> 〜カバン[おか持ち]：外送箱（送外賣的提盒） <kbd>例</kbd> 寿司 4 人前よにんまえ、〜お願いします。請外送四人份的壽司。
持ち帰り も　　かえ	外帶 <kbd>同</kbd> テイクアウト <kbd>例</kbd> お〜ですか。請問要外帶嗎？｜ここでお召し上がりですか。請問是內用嗎？
割り勘 わ　　かん	各付各的；平均分攤
会計 かいけい	買單；結帳 <kbd>例</kbd> お〜お願いします。請結帳。 <kbd>說明</kbd> 在餐館裡，會使用「お愛想あいそしてください」或「お勘定かんじょうしてください」。
ウエーター waiter	服務生
ウエートレス waitress	女服務生
コック kok	廚師
料理長 りょう り ちょう	主廚 <kbd>同</kbd> コック長ちょう

6-2 料理

各種料理

料理 りょう り	料理
日本料理 に ほんりょう り	日本料理 **說明** 不會講成日食或日式，漢字也不念為にっぽんりょうり。如果講成日食にっしょく，就是指「日蝕」，即月亮進入太陽和地球之間，遮住太陽的現象。
中華料理 ちゅう か りょう り	中華料理
韓国料理 かんこくりょう り	韓式料理
西洋料理 せいようりょう り	西式料理
フランス料理 France　　りょう り	法國料理
イタリア料理 Italy　　りょう り	義大利料理 **說明** 精簡後，可以稱為イタメシ（俗話）。
スタミナ料理 stamina　　りょう り	精力料理；營養充足的飯菜 **說明** 在日本，如果提到補充精力的料理，一般是指ウナギ（鰻魚）、スッポン（鱉）、焼き肉（日式烤肉）等。
一品料理 いっぴんりょう り	單品料理
アラカルト à la carte	單點 **說明** 指點餐時，從菜單中挑選自己喜歡的菜。即分別從多項前菜、主菜、甜點等多道餐點中，自組成一整套的餐。
伝統料理 でんとうりょう り	傳統料理

メニュー menu	菜單；菜色
定食 ていしょく	定食；套餐 **表現** 日替ひがわり〜：每日套餐｜焼やき肉にく〜：燒肉定食｜鶏とりの唐揚からあげ〜：炸雞塊定食｜サバの味噌煮みそに〜：味噌鯖魚定食｜塩鮭しおざけ〜：鹽味鮭魚定食

日本料理

しゃぶしゃぶ	涮涮鍋 **說明** 指將切薄片的牛肉和蔬菜等在滾燙的湯裡稍微燙過後，再沾醬料來吃的鍋物料理。是第二次世界大戰後才開始出現的料理。しゃぶしゃぶ的名字由來就是從「肉片在熱水中燙熟的樣子」而來。
すき焼き や	壽喜燒 **說明** 在少量湯汁中加入牛肉、豆腐、蔥等材料，待其煮熟後食用；是類似火鍋的鍋物料理。すき焼き的名字由來，是在鋤すき（鋤頭）的刃上面烤肉的意思。すき焼き需要使用很多醬油，所以吃起來很鹹，能夠緩和這種鹹度的食材就是生雞蛋。但生雞蛋遇到熱會凝固，因此不要將食材放在生雞蛋液裡太久，只要沾一下生雞蛋就可以拿來吃了。
おでん	關東煮 **說明** 台灣俗稱的「黑輪」即是從日語的おでん變音而來。但兩邊的料有一些差異，例如台灣的關東煮中有豬血糕。在台灣吃おでん時，因為湯的量很多所以可以只喝湯，但在日本吃おでん時，主要只吃湯裡的食材，所以湯的量並不多。

鍋物 なべもの	火鍋 **說明** 是日本最具代表性的冬季料理。鍋料理指的就是在大鍋裡加入食材與湯頭，一邊煮一邊吃的料理。其種類如下： *湯豆腐ゆどうふ：在加入昆布的湯頭裡倒入豆腐，等煮熟後再沾醬料來吃的火鍋。 *水炊みずたき：水煮雞肉鍋。在湯裡加入剁成大塊的雞肉和蔬菜，煮熟後就可以吃的火鍋。 *ちり鍋：魚、豆腐、蔬菜等在鍋裡煮熟後，再沾ポン酢ず（酸橘醋）來吃的料理。 *寄よせ鍋：砂鍋料理。將肉、魚、蔬菜、豆腐等食材倒入鍋中，帶其煮熟後就可以吃的鍋物。 *牡蠣かきの土手鍋どてなべ：指將一層厚厚的味噌塗抹於鍋子的內緣，再加入牡蠣和蔬菜的鍋物料理。 *ちゃんこ鍋：指在大鍋中加入切成大塊的魚、雞肉、豆腐、蔬菜等的鍋物料理。因為是相撲選手們很喜愛的料理，所以相當有名。 *もつ鍋なべ：用牛的小腸或大腸等內臟煮成的鍋物，是博多名鍋。
天ぷら てん	天婦羅
とんかつ	炸豬排 **表現** ヒレかつ：炸豬里肌
鉄板焼き てっぱん や	鐵板燒 **說明** 在鐵板上將油加熱，再將自己喜歡的食材放在鐵板上煎。
お好み焼き この や	大阪燒 **說明** 在麵糊中加入簡單的食材，然後在鐵板上煎。
もんじゃ焼き や	文字燒
茶碗蒸し ちゃわん む	茶碗蒸

飲食生活

生卵 なまたまご	生蛋 表現 生麥なまむぎ・生米なまごめ・生卵なまたまご （註：日文的繞口令）
ゆで卵 たまご	白煮蛋 表現 半熟はんじゅく：半熟｜固かたゆで：煮到凝固狀
温泉卵 おんせんたまご	溫泉蛋 表現 將雞蛋放入65〜68℃的熱水中煮30分左右，煮好的雞蛋蛋黃是半熟的，蛋白則是半凝固狀態。
目玉焼き めだまや	荷包蛋
卵焼き たまごや	煎蛋
オムレツ omelet	西式煎蛋；煎蛋捲
スクランブルエッグ scrambled eggs	西式炒蛋

▲ 卵焼き

活魚 かつぎょ	生魚料理 同 活き造りいきづくり
刺身 さしみ	生魚片 表現 〜の盛り合わせ：綜合生魚片
寿司 すし	壽司 說明 漢字也可以寫作「鮨」。
にぎり	握壽司 表現 にぎりずし
回転寿司 かいてんずし	迴轉壽司
さびぬき	不加芥末 例 マグロ、〜で1つください。 一個金槍魚壽司，不加芥末。
赤身 あかみ	紅肉魚；瘦肉的部分

▲ 刺身

▲ にぎり

中トロ ちゅう	中肚肉 [說明] 脂肪較多、顏色略紅的部分，とろ指的則是「鮪魚肚肉」。
大トロ おお	肚肉（油脂最多的部分） [說明] 是鮪魚生魚片中脂肪分布最多的部位，其價格也最昂貴。
白身 しろ み	白色部分的肉；白肉魚 [表現] 白身魚－ざかな：白身魚，其價格也最貴。 [例] 今日は白いところをちょっとにぎってください。今天請幫我上一些白肉魚的壽司。

生魚片壽司的材料

再多記一點！！

● マグロ　鮪魚

鮪魚肉質中，油質較多、整體看來稍微白一點的部位，稱為トロ；在中間一點的地方，顏色稍微紅一點的部位稱為 中ちゅうトロ。

● タイ　鯛魚

在櫻花盛開的時期所捕的鯛魚，不只味道鮮美顏色也很鮮明。它清爽又清淡的味道是白肉生魚片中的最上等。

● ブリ　鰤魚

鰤魚會依照其生長程度的不同，其名字也會跟著不同，有時也稱「青鮒」。它和鯛魚一樣，都被認為是可以帶來好運的魚類。

● ヒラメ　比目魚

是最具代表性的高級魚類，不只略帶有香氣，肉質也有彈性，是白肉魚中味道最好的。特別是邊緣的部分最好吃。

06

飲食生活

● サバ　青花魚

秋天到冬天這段時間為生產期，是從以前人們就相當喜歡吃的大眾化魚類。因為與其他魚肉相比，青花魚不但較容易腐壞，肉質也容易破碎，所以都是使用食用醋或鹽巴調味食用。

● イワシ　沙丁魚

冬季為盛產期，不管是日本的哪個地方，都廣受到人們的喜愛，做成生魚片也很好吃。是屬於脂肪較多的魚肉。

● コハダ　斑鰶

一年之中的任何時候都可以吃得到，價格也相當便宜。稍微用食用醋醃製，就相當有味道。它和青花魚一樣表面會發光，所以也被人稱為 ひかりもの。

● イカ　魷魚

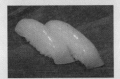

春天到夏天這段時間為盛產期，因為肉質較厚，嚼起來味道很好。

● タコ　章魚

選擇腳粗一點的比較好，可以拿來生吃或用水汆燙後食用。和魷魚一樣，在嘴中咀嚼的時候，味道最好。

● エビ　蝦子

味道微甜，很有嚼勁。最近盛行用養殖的方式，所以一年中任何時候都可以吃得到，野生的蝦子4月～10月為盛產期。

● アマエビ　甜蝦

為甜味較重的蝦子，也有肉質顏色是透明且偏藍的蝦子。

● アカガイ　赤貝肉

略帶有腥味，吃起來味道很特殊。

- **ホタテガイ　扇貝（干貝）**
  味道微甜，很有嚼勁。烤來吃風味絕佳。

- **ウニ　海膽**
  雖然依產地得不同，其顏色和味道也略有差異，但日本國產的價格是最貴的。如果是進口的顏色則較深，卵也較大，但價格很便宜。

- **イクラ　鮭魚卵**
  鮭魚卵相當受日本人喜愛，但有點不合台灣人的口味。

- **ひも　赤貝唇（繩狀扇貝）**
  因為像赤貝肉等的貝類，其邊緣較結實的肉和繩子很相似，因此得名。

のり巻_まき	海苔捲壽司
鉄火巻_{てっか　ま}き	鐵火卷壽司（鮪魚） **說明** 是以鮪魚的紅肉部位和芥末為材料，所做的海苔壽司。
ちらしずし	散壽司 **說明** 是利用煎魚、煎蛋和調味過的蔬菜等的壽司材料，和飯一起吃的料理。
かっぱ巻_まき	河童捲壽司（小黃瓜） **說明** 以小黃瓜為材料所做的海苔壽司。
いなりずし	稻荷壽司；豆皮壽司
うなぎの蒲焼_{かば　や}き	蒲燒鰻魚

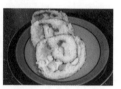

▲ 太巻ふとまき
關西地區所稱呼的のりまき，就是指太巻き，其所使用的材料有玉子焼、高野豆腐こうやどうふ、かんぴょう、しいたけ、きくらげ、でんぶ、おぼろ、焼きあなご、キュウリ、三みつ葉ば等，亦稱「花壽司」。

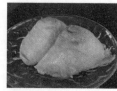

▲ いなりずし

煮魚 に ざかな	煮魚
焼き魚 や ざかな	烤魚
煮こごり に	肉凍；魚凍 **說明** 將煮好的魚肉湯汁凝固起來的料理。

麵類 めんるい	麵類
麵 めん	麵 **表現** 麵の玉たま：麵球
そば	蕎麥麵 **表現** 〜をすする：吸食蕎麥麵 **說明** 在算蕎麥麵的時候，有湯的蕎麥麵會講1杯、2杯；沒有湯的蕎麥麵（ざるそば：盛在笊籬裡的麵條、もりそば：盛在蒸籠裡的麵條）則會講1枚、2枚。 **例** ざる〜1枚とかけ〜1杯ください。請給我竹簍蕎麥麵和熱蕎麥湯麵各一份。
そばつゆ	蕎麥麵醬汁；麵條滷湯
そば湯 ゆ	蕎麥麵湯

かけそば	熱蕎麥湯麵 **說明** 沒有加任何湯料的便宜蕎麥麵。如果是烏龍麵，就稱為かけうどん。
もりそば	蕎麥冷麵 **說明** 曾經，店家盛裝在方形的「せいろ（蒸籠）」裡，上面灑紫菜絲的料理明確地稱為「ざるそば（竹簍蕎麥麵）」；用圓形的「蒸籠」盛裝，且沒有灑紫菜絲的料理則稱之為「もりそば（蕎麥冷麵）」。但現今「ざるそば」、「もりそば」、「せいろそば（蒸籠蕎麥麵）」多混為使用，不論方圓、是否灑上紫菜絲，已經沒有太大的區別了。

月見そば つき み	生蛋蕎麥麵 **說明** 有生雞蛋放在麵條上方的蕎麥麵。
天ぷらそば てん	天婦羅蕎麥麵 **說明** 上面放有炸蝦的蕎麥麵。
山菜そば さんさい	山菜蕎麥麵 **說明** 麵條上方放有山野菜的蕎麥麵。
きつねそば	豆皮蕎麥麵
たぬきそば	炸麵球蕎麥麵 **說明** きつね是加入油炸豆腐；たぬき則是加入油炸小麵球。
うどん	烏龍麵
冷や麦 ひ むぎ	涼麵條 **說明** 「冷や麦」和「そうめん」的差別在於「冷や麦」的麵條較粗。
冷麺 れいめん	冷麵；涼麵 **說明** 冷麵原本是朝鮮的食物，但是在日本岩手縣盛岡的冷麵也相當知名。
すいとん	麵疙瘩

飲食生活

ラーメン	拉麵
	說明 日本ラーメン不是泡麵，而是生的麵條。可依照喜好的不同，添加蔥、筍片、玉米、奶油、叉燒肉等食材。
	例 味噌みそにチャーシューとメンマをのせてください。味噌拉麵請幫我放叉燒和筍乾。
インスタントラーメン instant	泡麵
	說明 如同看到杯裝泡麵就會稱為「カップ麵めん」一樣，像照片裡這樣袋裝的泡麵，近來也開始被人們稱之為「袋麵ふくろめん」。 
カップラーメン cup	杯麵

日本拉麵

再多記一點！！

- 醤油しょうゆラーメン　　醬油拉麵
- 味噌みそラーメン　　味噌拉麵
- 塩しおラーメン　　鹽味拉麵
- 豚骨とんこつラーメン　　豚骨（豬骨）拉麵
- 旭川あさひかわラーメン　　旭川拉麵
  ＊北海道・旭川地方的知名拉麵（屬醬油系）
- 札幌さっぽろラーメン　　札幌拉麵
  ＊北海道・札幌地方的知名拉麵（屬味噌系）
- 函館はこだてラーメン　　函館拉麵
  ＊北海道・函館地方的知名拉麵（屬鹽味系）
- 博多はかたラーメン　　博多拉麵
  ＊九州・博多地方的知名拉麵（屬豚骨系）
- 尾道おのみちラーメン　　尾道拉麵
  ＊廣島・尾道地方的知名拉麵（屬魚醬系）

ご飯 （はん）	飯 同 ライスrice
固めのごはん （かた）	偏硬的飯
軟らかめのごはん （やわ）	偏軟的飯
冷飯 （ひやめし）	冷飯
おこげ	鍋巴
赤飯 （せきはん）	紅豆飯
おこわ	紅豆糯米飯 例 ～を炊たく。做紅豆糯米飯。
麦飯 （むぎめし）	麥飯
おにぎり	飯糰

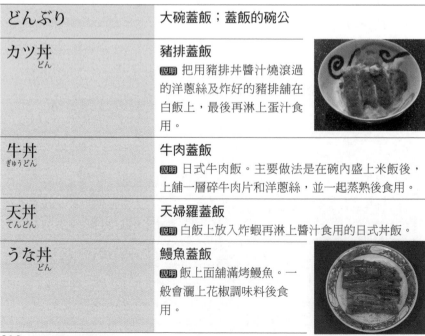

▲ おにぎり
前面的黃色醃漬蘿蔔稱之為「たくあん」。

どんぶり	大碗蓋飯；蓋飯的碗公
カツ丼 （どん）	豬排蓋飯 說明 把用豬排丼醬汁燒滾過的洋蔥絲及炸好的豬排舖在白飯上，最後再淋上蛋汁食用。
牛丼 （ぎゅうどん）	牛肉蓋飯 說明 日式牛肉飯。主要做法是在碗內盛上米飯後，上舖一層碎牛肉片和洋蔥絲，並一起蒸熟後食用。
天丼 （てんどん）	天婦羅蓋飯 說明 白飯上放入炸蝦再淋上醬汁食用的日式丼飯。
うな丼 （どん）	鰻魚蓋飯 說明 飯上面舖滿烤鰻魚。一般會灑上花椒調味料後食用。

飲食生活

鉄火丼 てっかどん	**生鮪魚蓋飯** 說明 因為紅色的生鮪魚肉就像爐火（鉄火てっか）一樣，因而稱之。「鉄火丼」就是將醃過的生鮪魚片舖在白飯上面食用的一道佳餚。
親子丼 おやこどん	**親子蓋飯；雞肉蓋飯** 說明 以雞肉、蛋汁、洋蔥等覆蓋在飯上，再以碗盛裝而成的丼物。
粥 かゆ	**稀飯；粥** 口語 お粥 表現 おかあさん、おなかの調子がよくないので、お〜を作ってちょうだい。媽媽，我肚子不舒服，請幫我煮一些粥。
アワビ粥 かゆ	**鮑魚粥**
おじや	**雜燴粥；菜粥** 同 雑炊ぞうすい
おもゆ	**米湯；白稀飯** 說明 即「重湯おもゆ」。
しるこ	**年糕紅豆湯**
餅 もち	**年糕；麻糬**
漬け物 つもの	**醬菜** 表現 かす漬け：酒粕醬菜｜ぬか漬け：米粕醬菜｜みそ漬け：味噌醬菜｜塩漬け：鹽漬醬菜｜一夜漬いちやづけ／浅漬あさづけ：將根莖蔬菜用一整晚的時間醃漬而成的醬菜／用酒麴、薄鹽醃的蘿蔔 口語 お新香しんこう：醃好的醬菜
たくあん	**醃蘿蔔乾**

らっきょう	辣韭；野韭
福神漬け ふくじん づ	福神漬；什錦醬菜 **說明** 將「白蘿蔔、茄子、蓮藕、菜豆、生薑、紫蘇、香菇」等七種食材剁碎後用鹽水醃製，然後將鹽分去除，接著使用料理酒、糖、食用醋等進行調味，最後浸泡在醬油中。

會席料理

再多記一點！！

　　正統的日本料理，大致可分為：本膳料理、懷石料理與會席料理三大類別。会席料理かいせきりょうり是指一次將所有的料理擺在幾個桌子上，本膳ほんぜん料理的簡化版是其始祖，一般而言它和宴會料理的菜餚是差不多的。会席料理同時具有依照菜單依序上菜的懷石料理風格，以及一次將所有的菜擺在幾個餐桌上的本膳料理風格。懷石料理的上菜順序如下：

[1] 先付け
さきづ

以三珍海味為主要食材所製作而成的下酒菜。是菜單中最早出現的料理，也可以稱為お通とおし或向むこう付づけ。

[2] 前菜
ぜんさい

相當於西式料理的開胃小菜（hors d'oeuver）。為了增進食慾，提供符合當季食材的料理。照片裡的小菜是用芝麻鹽所做的豆腐和蒸蛋。

[3] 吸い物
す　もの

湯物；清湯。湯汁清澈，通常盛裝在日本漆器碗中。

[4] お造り
つく

屬於方言，指的新鮮的魚肉。以前是兩種生魚片各放五片，最近魚的種類已變得較為多樣化。

[5]	焼き物 　や　　もの	利用鹽和醬油調味，再烤製而成的魚或肉。

[6]	煮物 に　もの	以當季蔬菜為中心，將魚、肉、蔬菜等分別煮熟後，再裝入碗盤裡。又稱為 炊たき合あわせ。

[7]	揚げ物 あ　　もの	油炸物，最好是趁熱食用。

[8]	酢の物 す　　もの	稱為酢拌涼菜，是可以轉換心情，清理口中味道的食物。在海藻中加入食用醋，吃起來冰冰涼涼的，同時也散發出甜味。碗裡的食用醋是可以喝的。

[9]	香のもの こう	也可以稱為お新香しんこう，為蔬菜醃漬物。

[10]	ご飯 　　はん	酒喝完後，就會送飯上來了。可能會是壽司或拌飯，也可能會以**雑炊ぞうすい**（什錦雜燴粥）或麵類來代替米飯。

[11]	果物或菓子 くだもの　　かし	以前雖然沒有餐後甜點，但現在飯後通常會有當季的水果或傳統餅乾當作點心。

一定要注意的日本用餐禮儀

[1] 如果菜餚裝在大的碗盤裡，通常旁邊都會附有一雙公用的筷子（取とり箸はし），要先用那雙公用筷子夾菜到自己的盤子（取とり皿さら）裡再拿來吃。這個時候，不可以使用自己的筷子來夾菜，如果沒有公用筷，就要把自己的筷子倒過來拿，用沒碰到嘴巴的那一端夾菜。

[2] 如果要夾菜給對方，不可以用自己的筷子夾菜到對方面前，而是要請對方用公筷把菜夾走。因為日本有個習俗是：人過世之後，必須由兩個人一起將去世者的骨頭夾入罈子裡。

[3] 吃飯的碗稱為**茶碗**ちゃわん，在用餐的時候要用左手拿碗。

[4] 日本的料理沒有將飯菜混在一起吃的習慣。一般在吃蓋飯或咖哩飯的時候，也不會拌在一起吃。

中華料理

広東料理 カントンりょうり	廣東料理
北京料理 ペキンりょうり	北京料理
上海料理 シャンハイりょうり	上海料理
四川料理 しせんりょうり	四川料理
台湾料理 たいわんりょうり	台灣料理
中華そば ちゅうか	中式拉麵
ジャージャー麺 めん	炸醬麵 **說明** 為中國北京的一種地方特色食品，因拌麵的醬經過炒炸故名「炸醬」。將鹹味的肉和豆瓣醬一起拌炒後，淋在麵條上方，最後再放上切成細絲的小黃瓜或豆芽菜後就可以吃了。在台灣，除了炸醬外，通常會加上豆乾丁一起攪拌來吃。另外，在日本吃炸醬麵時，不會像在台灣一樣要先攪拌過後再吃。

06

飲食生活

チャンポン	長崎拉麵（台灣音譯為「強棒拉麵」） **說明** 長崎的什錦拉麵。在用豬骨熬出的湯頭裡加入麵條，再將拌炒好的海鮮、洋蔥、高麗菜、豆芽菜等配料，放在麵條上方。
五目チャンポン _{ごもく}	綜合蔬菜炒長崎拉麵 **說明**「五目」就是「什錦～」的意思。
五目チャーハン _{ごもく}	綜合蔬菜炒飯
五目焼きそば _{ごもくや}	綜合蔬菜炒麵
五目あんかけそば _{ごもく}	綜合蔬菜燴麵
冷やし中華 _{ひ ちゅうか}	中華涼麵
坦々麵 _{たんたんめん}	擔擔麵 **說明** 是中國四川料理中的一種，將剁碎的蒜、生薑、蔥和辣椒粉一起炒過後加入湯裡，再加入肉末、芝麻醬、花椒、辣油、青蔥來調味。這道料理可說是油香麻辣。
天津麵 _{てんしんめん}	天津麵 **說明** 湯頭是用醬油調味，將蟹肉等配料用蛋汁略為拌炒凝固後，放在蕎麥麵條上食用的料理。如果將相同的配料放在飯上面，就是天津丼。
棒々鶏 _{バンバンジー}	棒棒雞 **說明** 四川名菜。
餃子 _{ぎょうざ}	餃子 **表現** 焼き～：煎餃｜水すい～：水餃 **說明** 只說「餃子」通常是指煎餃。沾著醬油、芥末、辣油、醋一起吃。

冷菜 れいさい	冷盤；涼拌菜 **表現** クラゲの〜：涼拌海蜇皮｜海産物かいさんぶつ と野菜やさいの〜マスタードソース和あえ：芥末海 鮮生菜沙拉
麻婆豆腐 マーボーどうふ	麻婆豆腐
レバニラ炒め いた	豬肝炒韭菜
東坡肉 トンポーロー	東坡肉
酢豚 すぶた	糖醋豬肉
八宝菜 はっぽうさい	八寶菜
回鍋肉 ホイコーロー	回鍋肉
肉団子 にくだんご	獅子頭
エビのチリソース炒め いた	乾燒蝦仁
シューマイ	燒賣
春巻 はるまき	春捲
肉まん にく	肉包 **説明** 肉包是使用豬肉作的， 所以在關西地方稱之為「ブ タまん」。（在大阪等關西 地區提到肉時，主要是指牛 肉）「〜まん」即「〜まんじゅう」的略稱。
あんまん	豆沙包
おこげ	鍋粑
チャーハン	炒飯 **説明** 類似台灣的炒飯。同時，會利用瓷製調羹「れ んげ」來舀炒飯吃。

フカヒレ	魚翅
満漢全席 まんかんぜんせき	滿漢全席
北京ダック ペキン	北京烤鴨

常見台灣小吃

再多記一點!!

- フライドチキン　雞排 （ジーパイ）
- 臭豆腐しゅうどうふ　臭豆腐 （チョウドウフ）
- 牛肉麺ぎゅうにくめん　牛肉麵 （ニュウロウミェン）
- 巨大台湾きょだいたいわんソーセージ　大香腸 （ダーシャンチャン）
- 腸詰ちょうづめに台湾たいわんソーセージ
大腸包小腸 （ダーチャンバオシャオチャン）
- カキのオムレツ　蚵仔煎 （クーズージェン）
- 醤油煮込しょうゆにこみ　滷味 （ルーウェイ）
- 魯肉飯ルーローハン　滷肉飯 （ルーロウファン）
- 肉入にくいりもち　肉圓 （ロウユェン）
- さつまあげ　甜不辣 （ティェンブーラー）
- 台湾鶏肉たいわんとりにくのからあげ　鹽酥雞 （イェンスージー）
- カキ入いり台湾たいわんソーメン　蚵仔麵線 （クーズーミェンシェン）
- 冷ひやし中華ちゅうか　涼麵 （リャンミェン）
- 台湾たいわんグレープ　潤餅 （ルンビン）
- 肉にくちまき　肉粽 （ロウツォン）
- 炒いためビーフン　炒米粉 （チャオミーフェン）
- タンツーメン　擔仔麵 （ダンズーミェン）
- えび入いりかきあげ　蝦捲 （シャージュェン）

知名韓式料理 再多記一點！！

- **韓定食** かんていしょく　韓式定食
- **焼肉** やきにく　燒肉
- ビビンバ　韓式拌飯
- ヘジャンクク　解酒肉骨湯
- センソンチゲ　燗魚泡菜鍋
- キムチ　韓式泡菜
- 水 みず キムチ　水泡菜
- コプチャンチョンゴル　牛腸火鍋

- ユッケジャン　辣牛肉湯
- カルビタン　清燉牛肋骨湯
- ポシンタン　狗肉補身湯
- キムチチゲ　泡菜豆腐鍋
- クッパ　豬肉湯飯
- プデチゲ　部隊鍋
- オイキムチ　小黃瓜泡菜
- カクテギ　醃蘿蔔塊

西式料理

スープ soup	湯 表現 ポタージュ potage：濃湯｜コンソメ consommé：清湯
前菜 ぜんさい	前菜
メーンディッシュ main dish	主菜
ステーキ steak	牛排 表現 ハンバーグ hamburg〜：漢堡肉牛排｜ヒレ filet〜：菲力牛排｜テンダーロイン tenderloin〜：菲力牛排｜サーロイン sirloin〜：沙朗牛排
焼き具合 や　ぐあい	（牛排）熟度 表現 ウエルダン well-done：全熟｜ミディアム medium：五分熟｜レア rare：三分熟 例 ステーキの〜はいかがなさいますか。您的牛排要幾分熟？｜よく焼いてください。請煎熟一點。
グラタン gratin	焗烤料理

飲食生活

シチュー stew	燉飯或燉菜 表現 ビーフbeef〜：燉牛肉｜クリームcream〜：奶油燉菜
スパゲッティ spaghetti	義大利麵
ナポリタン napolitain	蕃茄義大利麵
ミートソース meat sauce	肉醬
カルボナーラ carbonara	培根蛋義大利麵
イカスミ	墨魚麵
ピザ pizza	披薩

カレーライス curry rice	咖哩飯
カツカレー cutlet curry	咖哩豬排
ハヤシライス hash rice	茄汁牛肉燴飯 說明 利用剁碎的洋蔥、牛肉、蔬菜等食材製作成味道濃郁的醬汁，然後將醬汁淋在白飯上面。

▲ カツカレー

オムライス omelette rice	蛋包飯
チキンライス chicken rice	雞肉炒飯
ピラフ pilaf	肉飯；肉菜燴飯

トースト toast	吐司麵包
ピザトースト pizza toast	吐司烤披薩

ガーリックトースト garlic toast	大蒜麵包
フレンチトースト French toast	法國麵包

付け合わせ つ　あ	小菜；配菜 同 サイドディッシュ side dish
デザート dessert	甜點；餐後點心
サラダ salad	沙拉 表現 野菜やさい～：生菜沙拉｜海鮮かいせん～：海鮮沙拉｜シーザー caesar ～：凱薩沙拉

速食

ファーストフード fast food	速食
ハンバーガー hamburger	漢堡
ホットドッグ hot dog	熱狗
チリドッグ chili dog	辣熱狗
フライドチキン fried chicken	炸雞
フライドポテト fried potato	炸薯條
フレンチフライ french fries	炸薯條
サンドイッチ sandwich	三明治
ハムサンド ham sandwich	火腿三明治
クラブサンド club sandwich	總匯三明治 說明 利用雞肉、火腿、生菜等材料，將麵包疊成三層的大三明治。

▲ ケンタッキーフライドチキン

飲食生活

カツサンド cutlet sandwich	炸豬排三明治
たまごサンド sandwich	煎蛋三明治
ミックスサンド mixed sandwich	綜合三明治 説明 像是火腿三明治或雞蛋三明治等，由種類不同的食材混合在一起的三明治。

常見的速食店

- マクドナルド　　　　　　　麥當勞（McDonald's）
  * 東京地區唸作 マック, 大阪地區則唸成 マクド。
  * マクドナルドのドライブスルー：麥當勞得來速（McDrive）
- ロッテリア　　　　　　　　儂特利（Lotteria）
- バーガーキング　　　　　　漢堡王（Burger King）
- ウェンディーズ　　　　　　溫蒂漢堡（Wendy's）
- モスバーガー　　　　　　　摩斯漢堡（Mos Burger）
- ケンタッキーフライドチキン　肯德基（Kentucky Fried Chicken）
  * 一般都説 ケンタッキー，但年輕人或大阪人會講 ケンタ。而名古屋、九州地區的人則會講成 ケンチキ。
- サブウェイ　　　　　　　　Subway潛艇堡（Subway）
- ミスターピザ　　　　　　　Mister披薩（Mister Pizza）
- ピザハット　　　　　　　　必勝客（Pizza Hut）
- ドミノピザ　　　　　　　　達美樂披薩（Domino's Pizza）
- スカイラーク　　　　　　　加州風洋食館（Skylark）
- シズラー　　　　　　　　　時時樂（Sizzler）
- アウトバックステーキハウス　澳美克牛排屋（Outback Steakhouse）
- ココス　　　　　　　　　　COCO'S家庭餐廳（COCO'S）
- TGIフライデー　　　　　　T.G.I Friday's美式餐廳（T.G.I. Friday's）

- スターバックスコーヒー　　星巴克咖啡（Starbucks Coffee）
  ＊也唸作 スタバ。
- ミスタードーナツ　　　　　Mister Donut甜甜圈（Mister Donut）
  ＊也唸作 ミスド。
- ダンキンドーナツ　　　　　Dunkin' Donuts甜甜圈 （Dunkin' Donuts）

飲料

飲み物 の　もの	飲料 **說明** 飲料水いんりょうすい是指飲める水（可以喝的水；飲用水）。
水 みず	水；水分
ミネラルウオーター mineral water	礦泉水
湯 ゆ	熱水 **口語** お湯
氷 こおり	冰；冰塊
炭酸水 たんさんすい	氣泡水
炭酸飲料 たんさんいんりょう	氣泡飲料；碳酸飲料
コーラ cola	可樂 **表現** コカCoca〜：可口可樂｜ペプシPEPSI〜：百事可樂
ジンジャーエール ginger ale	薑汁汽水
ジュース juice	果汁 **表現** オレンジ〜：柳橙汁｜リンゴ〜：蘋果汁｜トマト〜：蕃茄汁｜グレープフルーツ〜：葡萄柚汁
豆乳 とうにゅう	豆漿

牛乳 ぎゅうにゅう	牛奶 表現 低脂肪乳ていしぼうにゅう：低脂牛奶｜コーヒー牛乳：咖啡牛奶
コーヒー coffee	咖啡 表現 〜を入れる：倒咖啡 説明 日文漢字可寫作珈琲。
レギュラーコーヒー regular coffee	現煮咖啡（非即溶式）

▲ スターバックスコーヒー

缶コーヒー かんcoffee	罐裝咖啡
インスタントコーヒー instant coffee	即溶咖啡
アイスコーヒー ice coffee	冰咖啡
ミルクコーヒー milk coffee	牛奶咖啡
ウィンナーコーヒー Vienna coffee	維也納咖啡
カフェカプチーノ café cappuccino	卡布奇諾咖啡
エスプレッソ espresso	義式濃縮咖啡
アイリッシュコーヒー irish coffee	愛爾蘭咖啡
カフェオレ café au lait	咖啡歐蕾（咖啡加熱牛奶）
カフェラッテ caffe latte	拿鐵咖啡（加了牛奶的咖啡）
コーヒー豆 まめ	咖啡豆 表現 〜豆を挽ひく：磨咖啡豆
モカ mocha	摩卡咖啡
キリマンジャロ Kilimanjaro	吉力馬札羅咖啡 説明 產於坦尚尼亞山岳草原地帶，中度〜深度烘培，香酸俱佳。

ブルーマウンテン blue mountain	藍山咖啡
(お)茶 ちゃ	茶；熱茶 表現 お茶を入いれる：泡茶｜お茶にする：休息一下 例 じゃあ、このへんでお茶にしましょうか。 那麼，在這邊稍事休息吧！
麦茶 むぎちゃ	麥茶
緑茶 りょくちゃ	綠茶
玉露 ぎょくろ	玉露綠茶 說明 為最高級的綠茶。稍苦又帶有甜味。
煎茶 せんちゃ	煎茶 說明 是一種加工綠茶，和玉露綠茶、茶葉はぢゃ（用嫩葉製成的茶）相比，屬於中級的普通綠茶。
番茶 ばんちゃ	粗茶；品質差的茶 表現 番茶も出花でばな：①粗茶新沏也香　②妙齡無醜女
ほうじ茶 ちゃ	烘培茶（焙製的粗茶葉） 說明 將茶葉和次級的茶梗在大火下烘烤，使它散發出獨特的香味。
紅茶 こうちゃ	紅茶
高麗人参茶 こうらいにんじんちゃ	高麗人蔘茶
はと麦茶 むぎちゃ	苡仁茶
タピオカティー tapioca tea	珍珠奶茶
ウーロン茶 ちゃ	烏龍茶
ハーブティー herb tea	花草茶

06

飲食生活

グァバ茶 ちゃ	芭樂葉茶 說明 有抑止血糖上升的功效。其中，以蕃爽麗茶ばんそうれいちゃ最為有名。

酒

酒 さけ	酒 口語 お酒
酒に強い さけ　つよ	酒量好
酒に弱い さけ　よわ	酒量差
酒が飲めない さけ　の	不太能喝酒

おごる	請客；出錢 例 今日はぼくが〜よ。今天我請客！
おごられる	被請客 說明 否定的意味。 例 ぼくは人に〜のは嫌だから、割り勘にしようよ。 我不太喜歡被請客，我們還是各付各的吧。
おごってもらう	受對方招待 說明 肯定的意味。 例 君に〜と、あとが大変たいへんだからな。 要是被你招待，之後可就麻煩了。

酒の席 さけ　せき	酒宴
飲酒 いんしゅ	喝酒
飲み過ぎ の　　す	飲酒過量；喝太多
暴飲 ぼういん	暴飲；豪飲

一気飲み いっき の	一口氣喝光
大酒飲み おおざけ の	愛喝酒且酒量大的人
酒のつまみ さけ	下酒菜
珍味 ちん み	珍饈；頂級美食 **表現** 山海さんかいの～：山珍海味｜世界三大～：世界三大珍饈：松露（トリュフtruffe）、鵝肝（フォアグラfoie gras）、魚子醬（キャビアcaviar）

酔う よ	喝醉；醉酒 **表現** 酒に～：喝醉酒
酔っ払い よ ぱら	喝醉酒
千鳥足 ち どりあし	腳步踉蹌
悪酔いする わる よ	酩酊大醉；醉得不省人事
二日酔い ふつか よ	宿醉
迎え酒 むか ざけ	為解宿醉而喝的酒；回頭酒
食前酒 しょくぜんしゅ	餐前酒
二次会 に じかい	續攤；第二攤 **表現** 一次会いちじかい：首攤｜三次会さんじかい：三次會、續第三攤｜四次会よじかい：續第四攤
度数 ど すう	酒精濃度 **例** この酒の～はどれぐらいですか。這種酒的酒精濃度多少？
アルコール alcohol	酒精

日式下酒菜

● 焼き鳥　　　　　雞肉串
や　とり

＊原本焼き鳥是指將雞肉、鴨子、野雞、鵪鶉或麻
雀等拿來做烤肉串,但依現在『狩獵法』的規定很
多都已經被禁止捕獵,因此現代人口中所講的烤肉
串,大多是指雞肉串或是將豬肉、牛內臟插在竹籤
上烤的 もつ焼き。內臟依其部位的不同,肝稱為
レバー;心臟稱為ハツ;大腸稱為シロ;腎臟稱為マメ。

＊つくね:燒雞丸
在剁碎的魚肉或雞肉中加入雞蛋和片栗粉(太白粉),然後揉成像丸子一
樣的形狀再烹煮而成。

＊ねぎま:用雞肉和蔥所做的烤肉串
ねぎま的ま並不是指放在雞肉之間的意思,而是指鮪魚(まぐろ)。原本
的ねぎま是使用鮪魚做烤肉串,而非雞肉。

● ししゃも　　　　　烤柳葉魚

＊在北海道抓到的公魚或類似的小魚燒烤後食用,
選肚子裡面有卵的比較好吃。

● あさりバター　　　奶油蛤蠣

＊指用奶油所蒸的蛤蠣,香氣濃郁,依照店家料理
方式的不同,也會有加蒜味的蛤蠣料理。也有用
日本酒清蒸的「酒蒸さけむし」。

● 川エビの唐揚げ　　炸小蝦
かわ　　　から あ

＊將溪裡所撈獲的小蝦,在油鍋裡炸過後再灑上鹽
巴食用,吃起來酥脆、香氣四溢。

● 手羽先　　　　　　炸雞翅
て ば さき

＊手羽先是指雞翅膀的部位,一般稱呼時不會講手
羽先唐揚げ,而是簡稱手羽先。

- **とりわさ**　　　芥末生雞肉
  ＊將略燙過的雞胸肉（外熟內生）沾芥末和醬油最
  　後灑上蔥花食用。

- **もろきゅう**　　　酒醪味噌黃瓜
  ＊在小黃瓜上淋上**もろみ**（在製造醬油等過程中，
  　雖然已發酵但仍保持豆子的型態，類似豆醬）來
  　吃的料理。

- **枝豆**　　　毛豆
  えだまめ
  ＊將還沒熟的碗豆類連殼一起煮熟，然後沾鹽巴或
  　黑胡椒一起吃。是一道夏天的啤酒下酒菜。

- **肉じゃが**　　　馬鈴薯燉肉
  にく
  ＊是將豬肉、地瓜、洋蔥等食材中加入醬油和調味
  　酒一起燉煮的料理。被稱為**お袋の味**（媽媽的
  　味道），很受大眾的喜愛。

- **冷や奴**　　　冷豆腐；涼拌豆腐
  ひ　やっこ
  ＊在冰冰涼涼的豆腐上，搭配上醬油、生薑、蔥、
  　柴魚片等材料做成的小菜。

- **揚げ出し豆腐**　　日式炸豆腐
  あ　だ　とうふ
  ＊將裹好太白粉的豆腐下鍋油炸後，在炸好的豆腐
  　上淋上用醬油、料理酒所調製的醬汁來食用的一
  　道小菜。

- **しめ鯖**　　　醋漬鯖魚
  さば
  ＊指用醋和醬油所醃製的鯖魚。也被拿來使用在壽
  　司的材料上。

- **いくらおろし**　蘿蔔鮭魚卵
  *おろし是指磨碎的白蘿蔔，いくらおろし是指在白蘿蔔泥上擺上鮭魚卵，可以加醬油來吃。也可以在蘿蔔泥上方擺上**なめこ**的菇類，稱為**なめこおろし**。

★**基本下酒菜　つきだし、お通し**

　一般只要點酒來喝，都會有稱為**つきだし**或**お通とおし**的簡單下酒菜。這是為了讓等待上菜的客人在喝酒時嘴巴不無聊，特地送上來的小菜。其份量相當少，而且也不是免費的，在客人結帳的時候，會多加300～500日圓左右的基本費用。

日本酒 に ほんしゅ	清酒；日本酒 說明 用米做的發酵酒，也稱做清酒せいしゅ。
燒酎 しょうちゅう	燒酒
蔵元 くらもと	釀酒處；酒莊
純米酒 じゅんまいしゅ	純米酒 說明 分為純米酒、純米吟釀酒じゅんまいぎんじょうしゅ、純米大吟釀酒じゅんまいだいぎんじょうしゅ。有加入釀造酒精的酒，商標上會寫著本釀造ほんじょうぞう、吟釀ぎんじょう、大吟釀だいぎんじょう等字樣。
熱燗 あつかん	熱清酒；燙酒 說明 把酒杯燙熱後再喝的酒。燗かん指將酒裝入酒瓶等容器中加熱的溫酒。 例 ～を１本、つけてください。請幫我開一瓶熱清酒。｜お燗してください。請幫我溫酒。
冷酒 れいしゅ	冷清酒 同 冷ひや 例 お酒は冷やでください。請給我冷清酒。

▲岩手県いわてけん的地方酒（地酒じざけ）──「醉仙すいせん」

コップ酒 _{ざけ}	**單杯清酒；用大杯喝酒** 表現 コップ酒をあおる：大口喝下杯酒 說明 指用杯子喝清酒。
升酒 _{ますざけ}	**用方形木盒盛的清酒** 說明 喝酒時為了不讓酒灑出來，近年來很多酒吧會將裝有酒的杯子放入木製容器中。

ビール _{beer}	**啤酒** 說明 日本的啤酒，尤其是アサヒ（asahi）、キリン（kirin）、サッポロ（sapporo）、サントリー（Suntory）等特別有名。
ビンビール	**瓶裝啤酒**
カンビール _{can}	**罐裝啤酒**
生ビール _{なま}	**生啤酒** 說明 日本是以ジョッキ（jug是有把的大玻璃杯）的大小來點酒的（大だいジョッキ、中ちゅうジョッキ、小しょうジョッキ）。
黒ビール _{くろ}	**黑啤酒**
スタウト _{stout}	**英式黑啤酒** 說明 酸味和苦味較重的英國式黑啤酒。
ラガー _{lager}	**拉格啤酒；窖藏啤酒** 說明 指將發酵過的啤酒煮沸，去除酶的淡啤酒。一般被人稱為ビール的酒，比較可以長期保存。

洋酒 _{ようしゅ}	**洋酒**
シャンパン _{champagne}	**香檳** 同 シャンペン

ウイスキー whiskey	威士忌 表現 スコッチscotch〜：蘇格蘭威士忌｜バーボン bourbon〜：波本威士忌
ハイボール highball	威士忌調酒 說明 指威士忌加入可樂或蘇打水的一種調酒。
ブランデー brandy	白蘭地
ラム酒 rum　しゅ	蘭姆酒 說明 以甘蔗為原料製成的蒸餾酒。
コニャック cognac	干邑白蘭地 說明 指在法國干邑或附近地區生產的白蘭地。 表現 レミーマルタンRemy Martin：人頭馬干邑
リキュール liqueur	利口酒 說明 具甜味而芳香的烈酒。
カンパリ campari	金巴利酒 說明 產於義大利的低度酒。
カクテル cocktail	調酒；雞尾酒 表現 ジントニックGin and Tonic：琴湯尼｜ジンフィズGin Fizz：琴費士｜ジンライムGin Lime：琴萊姆｜ウォッカVodka：伏特加｜モスコミュールMoscow mule：莫斯科騾子｜スクリュードライバーScrew Driver：螺絲起子｜ソルティードッグSalty Dog：鹽狗｜ブラディーメリーBloody Mary：血腥瑪麗｜マンハッタンManhattan：曼哈頓｜サイドカーSide car：側車｜マティーニMartini：馬丁尼｜ダイキリDaiquiri：黛克瑞｜マルガリータMargarita：瑪格麗特｜カルーアミルクKahlua Milk：卡魯娃奶酒｜グラスホッパーGrasshopper：綠色蚱蜢
ジン Gin	琴酒
ワイン／ブドウ酒 wine　　　しゅ	紅酒／葡萄酒 表現 赤ワイン：紅酒｜白ワイン：白酒｜ボジョレーヌーボーBeaujolais Nouveau：薄酒萊

アワ酒 しゅ	小米酒	
紹興酒 しょうこうしゅ	紹興酒	
高粱酒 コーリャンしゅ	高梁酒	
台湾ビール たいわん	台灣啤酒	▲ 台湾ビール

人参酒 にんじんしゅ	人蔘酒
梅酒 うめしゅ	青梅酒
どぶろく	日本濁酒

水割り みずわ	在酒裡加水（沖淡） 表現 お湯割ゆわり：加熱水｜ウーロン割り：加烏龍茶｜ソーダ割り：加蘇打水
オンザロック on the rocks	加冰塊的威士忌酒
ストレート straight	不加任何東西、純飲 説明 指不在酒中摻水或冰塊直接地喝。

日本的酒

★日本酒的種類

日本酒也可以單純稱為**お酒**或**清酒せいしゅ**，但幾乎不使用「**マサムネ**」一詞。在日本各個地區都有屬於本地的酒，將其稱之為**地酒じさけ**，其種類有如繁星一樣多。雖然有些地酒是必須要到當地才可以喝得到，但有些酒館有在販賣各地區的地酒，因此在都市裡也可以喝到各式各樣的酒。

- **本醸造酒**
  ほんじょうぞうしゅ

  添加米、酵母、少量的醸造酒精（每一公噸白米120公升以下）所製成的，是典型的日本酒風味。通常在喝的時候，可以感受到溫潤的口感與清爽的感覺。稍微熱過再喝風味更佳，而且大多適用於日本料理上。

- **吟醸酒**
  ぎんじょうしゅ

  將精米研磨一半以上之後，再以低溫發酵製成，其風味含有特殊的果香與細膩的口感。如果將**吟醸酒**冷卻至10度左右再喝，味道與香氣達到均衡，堪稱是極品。如果同時搭配上清淡、清爽的食物（如生魚片、醃漬物、魚板等），那就成為絕配了！

- **純米酒**
  じゅんまいしゅ

  只利用水、米和酵母所製作的香醇酒。因為純米酒帶有酸味，本身酒的風味也很好，不管是加熱過後再喝還是冷卻過後再喝都可以，而且和任何下酒菜都很搭。和味道較重的料理（熬製品、烤鰻魚、醬類、起司等）一起吃也很適合。

★喝日本酒的方法

把日本酒冷卻後再喝的方法稱為**ひや**；加熱過後再喝則稱為**あつかん**。一般夏天會使用**ひや**；寒冷的冬天會使用**あつかん**。雖然**ひや**是使用一般的杯子來喝，但用**あつかん**喝的時候是先將酒裝在**とっくり**瓶中（用來隔水加熱的陶製酒器）加熱後，在倒入稱為**おちょこ**的小清酒杯中再喝。如果在比較用心一點酒館裡點**ひや**，他們會把酒裝在木製的方型容器（**升ます**）裡給客人喝，這便稱為**升酒**。

★喝燒酒的方法

日本人喝燒酒（**燒酎しょうちゅう**）時，不會直接拿來喝。大部分都是先在燒酒中加入稱為**サワー**的碳酸飲料再喝。**サワー**也有很多種類，尤其是檸檬**サワー**和梅子**サワー**（**梅割り**）最受到女性喜愛。有些人也會加入烏龍茶來喝，而且大多是先加冰塊稀釋過後再飲用。

香菸

タバコ tabaco	菸；香菸 表現 タバコを吸う：吸菸｜タバコをやめる：戒菸
紙巻きタバコ かみ ま	紙捲菸
葉巻きタバコ は ま	菸草
パイプ pipe	菸斗
キセル khsier	菸管；菸袋
フィルター filter	濾嘴
両切り りょう ぎ	無濾嘴的香菸
マッチ match	火柴
ライター lighter	打火機
灰皿 はい ざら	菸灰缸
吸い殻 す がら	菸蒂
ヘビースモーカー heavy smoker	重菸癮者

ふかしタバコ	吐菸；噴菸 説明 指不把煙吸進肺裡，而是在嘴巴含住再吐出來 的一種方法，抽空煙。
歩きタバコ ある	邊走路邊吸菸
くわえタバコ	叼煙；含菸
寝タバコ ね	睡前菸；在床上抽菸 例 ～は火事の元ですから絶対にしないでください。 睡前煙極易造成火災，請千萬別在床上吸菸。

喫煙 きつえん	抽菸；吸菸
間接喫煙 かんせつきつえん	二手菸
禁煙 きんえん	禁菸
嫌煙権 けんえんけん	菸害防制權（拒吸二手菸的權利）
ぽい捨て 　す	隨手丟菸蒂 例 都心での吸い殻の～は、条例じょうれいで禁止されています。法令規定禁止在市中心亂丟菸蒂。

日本香菸

　　日本香菸產業在1985年民營化。目前公私合營的「日本菸草產業公司（**日本たばこ産業株式会社**，簡稱ＪＴ）」，簽下日本產香菸全量出售的契約後，開始獨占香菸市場。ＪＴ不只出產香菸，也著手於醫療器材、醫療相關的醫藥品、加工食品、飲料等的製造上，但販賣商品的92%仍是香菸。其人氣商品如下：

ピース PEACE　　　　　　　　　　ホープ HOPE
ハイライト Hi-light　　　　　　　　キャビン CABIN
キャスター CASTER　　　　　　　　セブンスター SEVEN STARS
メビウス MEVIUS

外國品牌的香菸

ラーク LARK　　　　　　　　　　　ケント KENT
マールボロ Marlboro　　　　　　　　ダンヒル DUNHILL
クール KOOL　　　　　　　　　　　セーラム SALEM
キャメル CAMEL　　　　　　　　　ウィンストン Winston
バージニア・スリム Virginia Slims
パーラメント PARLIAMENT
ラッキー・ストライク LUCKY STRIKE
フィリップ・モリス PHILIP MORRIS

各種西點

菓子 か し	點心；甜點 口語 お菓子
洋菓子 よう が し	西式甜點
ケーキ cake	蛋糕 表現 デコレーションdecoration〜：裝飾蛋糕｜バースデーbirthday 〜：生日蛋糕｜生なまクリームcream〜：鮮奶油蛋糕｜クリスマスChristmas〜：耶誕蛋糕
パイ pie	派 表現 アップルapple〜：蘋果派｜カスタードクリームcustard cream〜：卡士達派｜パンプキンpumpkin〜：南瓜派
ホットケーキ hot cake	薄煎餅
ウエハース wafers	威化夾心酥
クッキー cookie	餅乾
ドーナツ doughnut	甜甜圈
ツイストドーナツ twist doughnut	麻花狀的甜甜圈
ビスケット biscuit	餅乾；烤小圓麵包
クラッカー cracker	薄脆餅乾
サブレー sablé	奶油酥餅
マシュマロ marshmallow	棉花糖
ムース mousse	慕斯（多泡沫的奶油甜點）

飲食生活

西式糕餅的種類

- パウンドケーキ pound cake 　磅蛋糕（用糖、奶油、麵粉各一磅製成）
- ロールケーキ roll cake 　蛋糕卷
- チーズケーキ cheesecake 　起司蛋糕
- マドレーヌ madeleine 　烤貝殼蛋糕（瑪德蓮）
- マーブルケーキ marble cake 　大理石蛋糕
- ショコラ chocolat 　巧克力蛋糕
- シュークリーム chou cream 　鮮奶油泡芙
- スイートポテト sweet potato 　紅薯
- モンブラン Mont Blanc 　蒙布朗
- パンケーキ pancake 　薄烤餅
- シフォンケーキ chiffon cake 　戚風蛋糕
- カップケーキ cupcake 　杯子蛋糕
- マロングラッセ marrons glacés 　糖漬栗子
- ティラミス tiramisu 　提拉米蘇
- スフレ soufflé 　舒芙蕾
- バウムクーヘン Baumkuchen 　年輪蛋糕
- タルト tarte 　水果塔
- ワッフル waffle 　格子鬆餅

あめ	糖果
わたあめ	棉花糖
水飴 みずあめ	麥芽糖
キャンデー candy	糖果；硬糖 表現 ペパーミント peppermint〜：薄荷糖
キャラメル caramel	牛奶糖
ヌガー nougat	牛軋糖

ドロップ drop	荷蘭糖球
のど飴 あめ	喉糖
ショウガ飴 あめ	薑糖
ガム gum	口香糖 表現 チューインchewing～：泡泡糖｜キシリトールxylitol～：木糖醇口香糖
チョコレート chocolate	巧克力
スナック snack	小點心
ポテトチップ potato chip	洋芋片
かっぱえびせん	蝦味先
ポップコーン popcorn	爆米花
かき氷 ごおり	刨冰 表現 フルーツ～：綜合水果刨冰｜あずき氷：紅豆刨冰
アイスクリーム ice cream	冰淇淋
ソフトクリーム soft cream	霜淇淋
シャーベット sherbet	冰沙 表現 メロン～：哈密瓜冰沙｜オレンジ～：柳橙冰沙
アイスキャンデー ice candy	冰棒 説明 不會稱為ハード。
プディング pudding	布丁 同 プリン 表現 カスタードcustard～：卡士達布丁

ババロア bavarois	巴巴露亞（水果奶凍） 說明 在牛奶、雞蛋、鮮奶油煮好的材料中，加入水果汁、明膠，再放入冰箱冷藏凝固的一種甜點。
フルーツポンチ fruit punch	水果雞尾酒
パフェ parfait	聖代（法式杯子甜點） 表現 チョコレート～：巧克力聖代｜フルーツ～：水果聖代
ゼリー jelly	果凍 表現 イチゴ～：草莓果凍｜ブドウ～：葡萄果凍
焼きリンゴ や	烤蘋果

日式傳統點心

和菓子 わ が し	日式點心
餡 あん	餡料；內餡 同 あんこ 表現 白あん：白豆沙｜黒あん：黑豆沙｜こしあん：豆沙餡｜つぶあん：紅豆餡
桜餅 さくらもち	櫻花葉麻糬 說明 將揉好的麵糰推平後包入紅豆餡，再用櫻花樹的葉子包起來最後再蒸熟。
柏餅 かしわもち	柏葉麻糬 說明 用槲櫟的樹葉包的紅豆餡麻糬，在端午節吃。

おはぎ	**萩大福（紅豆糯米糰）** 說明 將粳米和糯米揉成圓形，再包入紅豆餡或豆粉所製作成的糕點。在「秋天彼岸」（秋分前後各三天）時供奉給佛祖的稱為おはぎ；在「春天彼岸」（春分前後各三天）時供奉的則稱為ぼたもち（牡丹餅），兩者指的都是同一種食物。
大福 だいふく	**大福糕** 說明 包紅豆餡的圓形糯米糕。 同 大福もち
羊羹 ようかん	**羊羹** 表現 水羊羹みずー：水羊羹
饅頭 まんじゅう	**包子；豆沙** 表現 栗饅頭：栗子包子
最中 も なか	**豆沙餡薄糯米皮點心** 表現 最中の月つき：豆沙餡薄糯米皮點心（＝最中） 說明 餅皮是由糯米粉加水混合而成的，然後再烤過的餅皮之間放入豆沙餡。是中秋節食用的和菓子。
今川焼き いまがわ や	**今川燒** 說明 先把用水調過的麵糊倒入模型中，然後放入紅豆餡烘烤，這種點心稱為大判燒おおばんやき。因為最早是從江戶時代神田今川橋かんだ・いまがわばし附近的店家開始販賣，因此才以「今川」稱呼它。類似台灣的車輪餅。
たい焼き や	**鯛魚燒**
落雁 らくがん	**落雁糕** 說明 將炒過的糕粉、黃豆粉和糖粉、糖漿混和後拌勻，接著壓入木雕模型讓其自行乾燥凝固的甜點。

どら焼き や	銅鑼燒 說明 將麵糊烤成圓盤狀，把兩片合在一起，然後在中間放入紅豆餡所製成的點心，因為外型和鑼很相似，所以稱為銅鑼燒。	
だんご	糰子；丸子 說明 將用穀粉製作成的麵糊揉成丸子的形狀，然後用蒸的或煮的方式製成。吃的時候，一般會包紅豆餡或沾黃豆粉來吃。	
磯辺餅 いそ べ もち	海苔年糕（磯邊燒） 說明 將烤好的年糕塗上照燒醬，再用海苔包起來的點心，「磯辺」就是指海苔。	
安倍川餅 あ べ かわもち	安倍川麻糬 說明 指將烤好的麻糬浸在熱水中後，再灑上豆粉或砂糖的點心。	
おこし	爆米香 說明 大阪名產鹹味爆米花。	
せんべい	仙貝；米果 說明 在麵粉中加水攪拌，將麵糊攤平後進行烘烤，然後再使用醬油或糖等添加其風味。せんべい主要是指関東かんとう地方所烘烤的厚片醬油味餅乾。	
柿の種 かき たね	小顆粒仙貝 說明 細長型的米果，外型像甜柿的種子，帶有辣味。	

あられ	**碎米果；顆粒米果** 説明 將小塊的糕餅拿來烘烤或油炸所製成的鹹味點心，因為外型和雪珠（あられ）很類似，所以如此稱之。	
かきもち	**烤年糕片** 説明 將扁平的糕餅拿來烘烤或油炸，也稱為おかき。	
みつまめ	**蜜豆湯；蜜豆冰** 説明 是在煮好的碗豆中放入寒天、湯圓、水果，然後淋上黑糖蜜的甜點。	
あんみつ	**餡蜜（豆沙水果蜜豆湯）** 説明 加入冰淇淋、寒天、橘瓣再添上紅豆餡的甜味點心。	
汁粉 しるこ	**紅豆麻糬湯（無顆粒，僅紅豆沙）**	
ぜんざい	**年糕紅豆湯（有顆粒）** 説明 紅豆麻糬湯（汁粉しるこ）的一種，在麻糬裡加入濃稠的豆沙餡，關西的吃法則是加入紅豆沙。	
ところてん	**長條涼粉** 説明 將石花菜等含有寒天成分的海藻煮過後溶解，倒入容器中使其凝固所製成。吃的時候，會加入醬油、醋、芥末等食用。	
花林糖 かりんとう	**油炸甜麵條** 説明 將麵粉和麥芽糖拌在一起，帶其乾燥後下鍋油炸，最後灑上糖的好吃零嘴。	

飲食生活

甘納豆 あまなっとう	甜花豆；甜大豆 **說明** 將煮熟的豆子或紅豆放在蜂蜜水中熬煮，最後再和糖拌在一起所製成的點心。	

南蛮菓子 なんばん が し	外國甜點、西洋甜點 **說明** 為室町時代むろまち（1336～1573年）由南蠻人（葡萄牙人、西班牙）傳來的點心。有像金米糖こんぺいとう（星星糖）、カルメラ（澎糖。金黃色的糖裡加入蘇打再稍微烘烤製成的點心）、カステラ（長崎蛋糕）、ボーロ（將麵粉、雞蛋、糖混合後進行烘烤的球形餅乾）等。

月餅 げっぺい	月餅
杏仁豆腐 あんにんどう ふ	杏仁豆腐

麵包

パン	麵包
食パン しょく	吐司麵包
パンの耳 みみ	吐司邊
クルトン croûton	麵包丁 **說明** 濃湯中常出現的炸小麵包塊。
フランスパン France	法國麵包
ロールパン roll	餐包捲 **表現** バターロールbutter roll：奶油餐包捲｜ハードロールhard roll：硬式餐包捲｜ソフトロールsoft roll：軟式餐包捲

コッペパン coupé	熱狗麵包 **說明** 外型像地瓜一樣略呈橢圓形狀，底部扁平的麵包。
クロワッサン croissant	可頌麵包
バゲット baguette	棍子麵包
ガーリックパン garlic	大蒜麵包
マフィン muffin	瑪芬蛋糕（英式杯狀小鬆餅）
ラスク rusk	薄片麵包
バンズ buns	小圓麵包 **說明** 常使用在漢堡上的小圓形麵包。
乾パン かん	口糧麵包
菓子パン か　し	甜餡麵包
ジャムパン jam	果醬麵包
チョコレートパン chocolate	巧克力麵包
クリームパン cream	奶油麵包
あんパン	紅豆麵包
メロンパン melon	波蘿麵包 **說明** 有哈密瓜味道的波蘿麵包。
カレーパン curry	咖哩麵包

飲食生活

蔬菜

野菜 _{やさい}	青菜；蔬菜 表現 八百屋やおや：蔬果店
ニンジン	紅蘿蔔
ダイコン	白蘿蔔
カイワレダイコン	蘿蔔嬰 表現 切干きりぼしダイコン：蘿蔔乾
カブ	蕪菁；大頭菜
ゴボウ	牛蒡
ラディッシュ _{radish}	小而圓的蘿蔔
キュウリ	小黃瓜 表現 ピクルスpickles：美式醃黃瓜
ナス	茄子 表現 ヘタ：蒂
カボチャ	南瓜
ウリ	瓜類
トウガン	冬瓜
ズッキーニ _{zucchini}	櫛瓜；美洲南瓜
カンピョウ	瓢瓜乾；胡瓜乾（干瓢）
ジャガイモ	洋芋；馬鈴薯

サツマイモ	甘藷；地瓜
ナガイモ	日本山藥
ヤマイモ	（日本產的）薯蕷 回 ヤマノイモ
サトイモ	里芋、小芋頭
ネギ	蔥 表現 万能ばんのう〜：萬能蔥；珠蔥
ワケギ/アサツキ	分蔥（慈蔥）／細香蔥
タマネギ	洋蔥
ニラ	韭菜
モヤシ	豆芽菜 表現 大豆だいず〜：黃豆芽 說明 豆まめモヤシ就是豆芽菜。
トマト tomato	蕃茄
ピーマン piment	青椒
トウガラシ	辣椒
青トウガラシ あお	青辣椒
シシトウガラシ	翡翠辣椒（獅子唐辛子） 回 シシトウ
ホウレンソウ	菠菜
白菜 はくさい	白菜 表現 〜の芯しん：白菜菜心
キャベツ cabbage	高麗菜；包心菜
レタス lettuce	萵苣；美生菜

チシャ	萵苣 説明 最近講サンチュ也可以通。
チンゲンサイ	青江菜
クウシンサイ	空心菜
トウミョウ	豆苗
ニガウリ	苦瓜
シャンツァイ	香菜
シュンギク	春菊 説明 台灣叫做「茼蒿」也叫做「菊菜」。
レンコン	蓮藕
アスパラガス asparagus	蘆筍
セロリ celery	芹菜
カリフラワー cauliflower	白色花椰菜
ブロッコリー broccoli	青花椰菜
ミツバ	水菜
パセリ parsley	巴西利；荷蘭芹
アロエ aloe	蘆薈
クレソン cresson	西洋菜；水芹

山菜 さんさい	山菜
フキ	蜂斗菜（蕗菜）；款冬

ウド	食用土當歸 表現 ～の大木たいぼく：大而無用的人；大草包
タラノメ	楤木芽
セリ	芹菜；水芹
ゼンマイ	紫萁
ワラビ	蕨菜
ヨモギ	艾草
クズ	葛草
ナズナ	薺菜
アブラナ	油菜 同 菜なの花はな
カラシナ	芥菜
ジュンサイ	水蓮；蓴菜
オクラ okra	秋葵
高麗人参 こうらいにんじん	高麗人蔘
タケノコ	竹筍

キノコ	菇類
マツタケ	松茸

シメジ	玉蕈；鴻喜菇 **説明** 為香菇和蘑菇的一種。	
シイタケ	香菇；椎茸 **表現** 干し～：乾香菇	
ナメコ	朴蕈；滑菇；珍珠菇	▲ シメジ
マッシュルーム mushroom	蘑菇	
エリンギ eryngii	杏鮑菇	
ヒラタケ	平菇；鮑魚菇	
エノキダケ	金針菇	
キクラゲ	木耳	
マンネンタケ	靈芝	
メシマコブ	桑黃；女島瘤菇	
アガリクス agaricus	洋菇；蘑菇	
トリュフ truffe	松露	

穀物

大豆 だい ず	黃豆；大豆
小豆 あずき	紅豆
インゲンマメ	四季豆
エンドウマメ	豌豆
ソラマメ	蠶豆

▲ 枝マメ

枝マメ えだ	毛豆；青豆 表現 マメのサヤ：豆莢
イネ	稻子
コメ	米 表現 新米しんまい：新米 | 古米こまい：舊米 | 機能性米きのうせいまい：機能 説明 比較有名的米品牌有コシヒカリ（越光米）、 ササニシキ（笹錦米）、あきたこまち（秋田小町 米）等。
餅米 もちごめ	糯米
玄米 げんまい	糙米
麦 むぎ	麥 同 オオムギ
小麦 こむぎ	小麥
ホップ hop	啤酒花
雑穀 ざっこく	雜糧
アワ（粟）	小米 表現 濡ぬれ手でで粟あわ（一攫千金いっかくせんきん）：比喩不費吹灰之力就能獲得許多利益。不勞而獲。
ヒエ（稗）	日本稗粟

ソバ	蕎麥
サトウキビ	甘蔗
キビ	黍、稷
トウキビ	玉蜀黍

飲食生活

トウモロコシ	玉米

水果

果物 くだもの	水果 同 水菓子みずがし
フルーツ fruit	水果
種 たね	子、種子
皮 かわ	皮 表現 〜をむく：剝皮、削皮
ヘタ	蒂 表現 柿の〜：柿子的蒂｜トマトの〜：蕃茄蒂頭

熟れている う	成熟 表現 よく熟れたミカン：成熟的橘子
熟している じゅく	熟成 表現 よく熟したスイカ：熟成的西瓜 説明 通常熟れている和熟している使用在相同的意思上。

リンゴ	蘋果
ナシ（梨）	梨子
カキ（柿）	柿子 表現 干ほし柿がき：柿子乾｜渋柿しぶがき：澀柿子｜甘柿あまがき：甜柿子
ブドウ（葡萄）	葡萄 表現 干し〜：葡萄乾｜〜の房ふさ：葡萄串
イチゴ（苺）	草莓 表現 ヘビ〜：蛇苺｜ヤマ〜：覆盆子

ラズベリー raspberry	覆盆子；懸鉤子
ブルーベリー blueberry	藍莓
サクランボ	櫻桃
モモ（桃）	桃子 表現 白桃はくとう：白桃｜黄桃おうとう：黄桃
スモモ	李子
アンズ	杏桃 説明 杏桃的核仁就是「杏仁」。
ビワ	琵琶
イチジク	無花果
ザクロ	石榴
ウメ	梅子
ユスラウメ	山櫻
柑橘類 かんきつるい	柑橘類
ミカン	橘子 表現 夏なつ〜：夏日柑橘
オレンジ orange	柳橙
グレープフルーツ grapefruit	葡萄柚 説明 葡萄柚的語源是來自葡萄牙語zamboaザボン。
レモン lemon	檸檬 説明 呈橢圓形，皮粗且厚，果肉呈淺黃色，有籽。
ライム lime	萊姆 説明 外型比檸檬圓，果皮較薄且光滑，淡綠色果肉，大多無籽。

06

🍽

飲食生活

ユズ	日本柚子；桔子
カボス	酸桔 說明 為小型蜜橘類的一種，酸味很強。
シークヮーサー	日本香檬；山桔子 說明 沖繩特產的蜜橘。以沖繩的話來解釋シー是指酸味；クヮーサー指可以吃的東西。
カリン	光皮木瓜；木梨 說明 不同於平時吃的papaya（番木瓜）。

クリ	栗子 表現 生栗なまぐり：生的栗子
クルミ	核桃
アーモンド _{almond}	杏仁
ピーナッツ _{peanuts}	花生、土豆
ドングリ	橡樹子；橡實
ギンナン	銀杏
ナツメ	棗子

スイカ	西瓜 表現 種たねなし～：無子西瓜
メロン _{melon}	哈密瓜；香瓜 表現 マスクメロンmuskmelon：網紋香瓜
マクワウリ	甜瓜
キウイ _{kiwi}	奇異果
グアバ _{guava}	芭樂

パイナップル pineapple	鳳梨
パパイア papaya	木瓜
マンゴー mango	芒果
マンゴスチン mangosteen	山竹
ココナッツ coconut	椰子
バナナ banana	香蕉
アボカド avocado	酪梨
シャカトウ	釋迦
レンブ	蓮霧
リュウガン	龍眼
ライチ litchi	荔枝
ドリアン durian	榴槤

肉類

肉 にく	肉；肉類 表現 肉のかたまり：肉塊
牛肉 ぎゅうにく	牛肉 同 ビーフ beef
和牛 わ ぎゅう	日本國產牛、和牛 説明 其中松阪牛まつさかうし、近江牛おうみうし、神戸牛こうべうし（但馬牛たじまうし）等較出名。
国産牛肉 こくさんぎゅうにく	國產牛肉

飲食生活

アメリカ産牛肉 <small>さんぎゅうにく</small>	美國牛肉
オージービーフ <small>Aussie beef</small>	澳洲牛肉
牛ひき肉 <small>ぎゅう　　にく</small>	牛絞肉
牛コマ <small>ぎゅう</small>	切片牛肉；牛肉片
生肉 <small>なまにく</small>	生肉
カルビ	小排骨；帶肉肋骨；牛五花 圓 骨付ほねつきあばら肉、ばら肉
リブロース <small>rib roast</small>	烤肋排
ロース <small>roast</small>	里脊肉
ヒレ <small>filet</small>	（豬、牛等的）里脊肉片；牛柳；腰內肉 説明 肉質精瘦柔軟，油花極少。
サーロイン <small>sirloin</small>	沙朗 説明 牛的後腰肉，脂肪較菲力高。
ハラミ	牛肚
テール	牛尾
コンビーフ <small>corned beef</small>	罐頭鹽醃牛肉
ローストビーフ <small>roast beef</small>	烤牛肉

もつ	（雞、豬、牛的）內臟
ハチノス	牛胃；蜂巢胃 説明 牛的第二個胃。
せんまい	牛胃；重瓣胃 説明 牛的第三個胃。
牛の小腸 <small>うし　　しょうちょう</small>	牛小腸 説明 大腸為「ホルモン」。

ハツ	牛心
はらわた	內臟；大腸及小腸的總稱
ビーフジャーキー beef jerky	牛肉乾
レバー liver	肝
レバ刺し さ	生肝
肉刺し にく さ	生（牛）肉片

豚肉 ぶたにく	豬肉 同 ポークpork
合いびき あ	牛豬肉綜合絞肉
豚コマ ぶた	豬肉片 同 豚小間切ぶたこまぎれ：豬肉 碎片
バラ肉 にく	五花肉 同 三枚肉さんまいにく
ソーセージ sausage	香腸
ウインナソーセージ Vienna sausage	臘腸；維也納香腸
サラミ salami	義式蒜味臘腸
ハム ham	火腿 表現 生なま〜：生火腿
金華ハム きんか	金華火腿

飲食生活

ベーコン bacon	培根
ラード lard	豬油
イノシシ	山豬、野豬 説明 以前日本有禁止食用動物的肉的詔令，因此將豬肉別稱為山鯨やまくじら，現在則較常以植物的牡丹（モタン）來稱呼豬肉。另外像鹿肉稱為「モミジ（紅葉）」，馬肉稱為「サクラ（櫻花）」。

ラム lamb	羔羊肉
羊肉 ひつじにく	羊肉 説明 在炭火上放上烤肉架，再將羊肉和蔬菜放上去烤熟，這種料理稱為ジンギスカン料理（成吉思汗），類似蒙古烤肉。北海道的名產。
馬肉 ば にく	馬肉 同 サクラ肉
馬刺し ば さ	馬肉生魚片
鯨肉 げいにく	鯨魚肉 説明 最具代表性的料理就是「鯨くじらの竜田揚たつたあげ」。｜竜田揚げ：將用醬油和味酥調味過的雞肉和魚肉裏粉之後，再下鍋油炸的炸物。

鳥・鶏 とり　　とり	雞；雞肉
鳥肉 とりにく	雞肉
チキン chicken	雞
ブロイラー broiler	肉雞 説明 烤肉用的處女雞。
若鳥 わかどり	幼雞 説明 出生3～5個月未下過蛋的母雞。

胸肉 むねにく	雞胸肉
手羽肉 て ば にく	雞翅肉
手羽先 て ば さき	雞翅
鳥もも肉 とり　　にく	雞腿肉
鳥皮 とりかわ	雞皮
砂肝 すなぎも	雞胗
軟骨 なんこつ	軟骨
卵 たまご	蛋 **表現** 〜を割わる：打蛋｜〜をかける：加蛋｜生卵な またまご：生蛋 **説明** 對應的漢字可以寫作「玉子」。
ウズラの卵 　　　　たまご	鵪鶉蛋
卵白 らんぱく	蛋白 **同** 白身しろみ
卵黄 らんおう	蛋黃 **同** 黄身きみ
カラザ chalaza	蛋黃的繫帶
卵の殻 たまご　から	蛋殼

地鳥 じ どり	當地產的雞種 **説明** 漢字也可寫作「地鶏」。另外，秋田的比内鶏 ひないどり、名古屋コーチン、宮崎地鶏……等都很 有名。
烏骨鶏 う こっけい	烏骨雞
七面鳥 しちめんちょう	火雞

飲食生活

カモ	野鴨
アヒル	家鴨
キジ	放山雞；野雞
ガチョウ	鵝
フォアグラ foie gras	鵝肝
食用ガエル しょくよう	食用田雞

魚貝類

魚介類 ぎょかいるい	魚貝類（海鮮類） **説明** 日文的漢字是魚介類，要特別注意。
魚 さかな	魚
海水魚 かいすいぎょ	海水魚
サケ（鮭）	鮭魚 **同** サーモン　**口語** しゃけ
イシモチ	白姑魚；白口魚
アジ（鯵）	竹筴魚 **表現** ～のたたき：蔥拌竹筴魚泥冷盤
マグロ（鮪）	鮪魚 **表現** ～のぬた：醋味噌拌鮪魚
タイ（鯛）	鯛魚 **表現** イシガキダイ：斑石鯛｜イシダイ：石鯛｜クロダイ：黑鯛｜～の尾頭付おかしらつき：一整尾的鯛魚 **説明** 通常會先烤過後再使用在祭祀或喜慶場合上，因為めでたい（值得祝賀）一詞中，含有「タイ」兩個字。

サバ（鯖）	青花魚 説明 しめさば：将魚身跟魚骨分開（三枚おろし）後，用鹽抹過，等數小時後再用醋、砂糖、薑等調味食用的魚肉料理（亦可寫作〆さば）。
カツオ（鰹）	鰹魚 表現 ～のたたき：蔥拌鰹魚泥冷盤（將鰹魚連皮用火烤過，再灑上蔥、薑末等辛香料，是四國高知縣的著名生魚片料理。亦稱土佐作とさつくり）
ヒラメ	比目魚
カレイ	鰈魚 表現 ～の煮付につけ：紅燒鰈魚｜マコガレイ：真子鰈｜イシガレイ：石鰈魚
タラ（鱈）	鱈魚 表現 ～の味噌漬みそづけ：鱈魚漬味噌
スケトウダラ	狹鱈；明太魚
サンマ（秋刀魚）	秋刀魚 表現 ～の塩焼しおやき：鹽烤秋刀魚
サヨリ	針魚；鱵魚
イワシ（鰯）	沙丁魚 表現 ～のつみれ：沙丁魚丸子
カタクチイワシ	日本鯷魚
アンチョビー anchovy	鯷魚 説明 日本鯷魚科的一種。
ニシン	鯡魚；太平洋鯡
サバヒー	虱目魚
ブリ（鰤）	鰤魚；青魽魚 表現 ～の味噌煮みそに：味噌煮青魽魚｜はまち：鰤魚（幼魚）

飲食生活

カンパチ	紅魽魚
コハダ	鯯魚
サワラ（鰆）	魠𩺊魚
クロソイ	黑曹以魚
ホッケ	花鯽魚
トビウオ	飛魚
ハタハタ	神魚；日本叉牙魚
アイナメ	鰡魚；大瀧六線魚
ハゼ	彈塗魚
タチウオ（太刀魚）	白帶魚
キス	鱚魚
スズキ	鱸魚
イサキ	雞魚；三線雞魚
ヒラマサ	黃尾鰤魚
ボラ	烏魚 **表現** からすみ：烏魚子
マンボウ	翻車魚；曼波魚
サメ（鮫）	鯊魚
ウナギ（鰻）	鰻魚 **表現** ～の蒲焼かばやき：蒲燒鰻
アナゴ	星鰻

ハモ	灰海鰻
アンコウ	鮟鱇魚 表現 アンキモ：鮟鱇魚肝
エイ	魟魚 表現 ガンギ〜：雁木魟
カサゴ	石狗公
フグ	河豚 表現 〜ちり：河豚什錦火鍋｜〜さし：河豚生魚片 ｜トラ〜：虎河豚 說明 蒸河豚稱為「鉄てっちり」。鉄是從河豚的外號 ——「鉄砲てっぽう」簡略而來的。漢字雖寫作河豚， 但因為其語感不好的關係，一般餐館幾乎不使用。 在フグ的原產地西日本，會寫作フク，意指「會招 來福氣（福ふく）的魚類」。
カワハギ	剝皮魚

淡水魚 たんすいぎょ	淡水魚 說明 一般稱之為川魚かわうお，它的料理就稱為川魚料 理。
コイ（鯉）	鯉魚 表現 〜の洗あらい：鯉魚生魚片（切成薄片的鯉魚 肉，用熱水輕輕燙過後，再立即以冷水降溫，吃時 沾上一點味噌混合醬汁。）
ウグイ	珠星三塊魚
アユ	香魚
ヤマメ	山女魚
イワナ	紅點鮭

06

🍽️

飲食生活

マス	鱒魚
ニジマス	虹鱒
ヒメマス	紅鱒
ワカサギ	公魚；若鷺
シラウオ	銀魚；白魚
フナ（鮒）	鯽魚 表現 ～の甘露煮かんろに：**鯽魚**
ナマズ	鮎魚
ドジョウ	泥鰍 表現 柳川やながわ：柳川泥鰍鍋（在淺陶鍋中，以泥鰍、削成薄片的牛蒡、蛋一起煮成的鍋物，即稱為「柳川鍋」。後來泥鰍慢慢也會用烤饅魚來取代。）

貝 かい	貝；貝類
貝殻 かいがら	貝殼
ハマグリ	蛤蠣
アサリ	海瓜子
シジミ	蜆
アワビ	鮑魚
サザエ	海螺；蠑螺 表現 ～の壺焼つぼやき：壺烤海螺
カキ（牡蠣）	牡蠣 表現 生牡蠣なまがき：生蠔
ホタテガイ	扇貝

タイラガイ	平貝 同 タイラギ
ムール貝 moule がい	淡菜；孔雀蛤 説明 是一種學名為「貽貝」的貝類。
ホッキガイ	北寄貝 説明 適合作成壽司或生食。
ホヤ	海蛸；海章魚 表現 エボヤ：棒狀海蛸
アカガイ	赤貝
トリガイ	鳥蛤
アオヤギ	青柳貝 説明 因貝肉常常像吐舌頭般地露在殼外面，所以也 叫「傻瓜蛤」。

イカ	烏賊；花枝；透抽 同 スミイカ：墨魚
ヤリイカ	槍烏賊
ホタルイカ	螢烏賊 説明 其透明的身體會發光。
タコ	章魚 表現 テナガダコ：長腳章魚
イイダコ	短蛸；短爪章魚
カニ	螃蟹 表現 ～味噌みそ：蟹黃；蟹膏
ワタリガニ	渡蟹；梭子蟹
ズワイガニ	松葉蟹 説明 在北陸地方稱之為「越前えちぜんガニ」；在山 陰地方則稱為「松葉まつばガニ」。

飲食生活

タラバガニ	鱈場蟹
毛ガニ け	毛蟹
エビ	蝦 **表現** アミ：日本毛蝦
アマエビ	甜蝦
伊勢エビ い せ	伊勢龍蝦 **表現** 大正〜：大正蝦
クルマエビ	明蝦
ロブスター lobster	龍蝦；大螯蝦
シャコ	蝦蛄
ナマコ	海參
クラゲ	海蜇；水母
スッポン	鱉

▲ ナマコ

海藻 かいそう	海藻；海菜 回 海草かいそう
ワカメ	海帶
コンブ	昆布
ヒジキ	羊栖菜 **說明** 屬於褐藻類，鈣質含量居海藻類食物之冠。
モズク	海蘊；藻付 **說明** 為褐藻的一種，類似髮菜，有助於養顏美容。

海苔 のり	海苔；海菜 **表現** 味付あじつけのり：加味 海苔｜岩いわのり：岩海苔 **說明** 浅草あさくさのり很有名。
アオノリ	青海苔

魚卵 ぎょらん	魚卵 **同** 魚の卵さかなのたまご
明太子 めんたいこ	明太子 **說明** 明太子是黃線狹鱈的卵，經過加鹽、紅辣椒粉等調味料浸漬加工而成。
筋子 すじこ	鹹鮭魚卵 **說明** 全部用鹽巴醃漬而成。
イクラ ikra	鮭魚卵 **說明** 是每一顆卵分別用鹽巴醃漬。
ウニ	海膽
キャビア caviar	魚子醬
カラスミ	烏魚子
このわた	海參腸
白子 しらこ	白子；魚精囊
練り製品 ね せいひん	魚漿製品
かまぼこ	魚板
鳴門巻き なるとま	鳴門卷 **說明** 為了在一面上表現出旋渦的圖樣，將以食用色素著色的魚品放入魚板中所製成。鳴門是以旋渦湖出名的四國地區的地名。

▲ ウニ

▲ かまぼこ

06

飲食生活

はんぺん	**山藥魚板** 說明 將山藥磨成泥後加入剁碎的魚肉裡，然後製成半月形或三角形的形狀蒸熟食用。	
ちくわ	**竹輪** 說明 將壓碎的魚肉做成管狀插在竹籤上，接著拿去烤或蒸的魚板。因為切好的形狀和竹子很相似，所以漢字寫作「竹輪」。	
さつまあげ	**綜合炸魚片；甜不辣** 說明 將魚肉磨碎後和胡蘿蔔、牛蒡、麵粉拌在一起，然後油炸製成。在日本不會稱這個為天ぷら，要特別注意。	
つみれ	**魚丸子** 說明 將海鮮肉剁碎後和麵粉糊一起捏成丸子，然後再蒸熟食用。	
こんにゃく	**蒟蒻** 說明 將蒟蒻的地下莖製成粉末後，加入鹼粉和水蒸煮後製作而成。咬起來有彈性味道也很好。	
しらたき	**長條蒟蒻；蒟蒻絲** 說明 外型像線一樣，細細長長的蒟蒻。	
魚肉ハム ぎょにく	**魚肉火腿**	▲ しらたき
ふくろ	**油豆腐袋** 說明 在油豆腐裡加入磨碎的肉、蔬菜、年糕等配料。吃的時候容易噴出熱湯，所以最好是待涼一會兒再食用。	

すじ	牛筋

	説明 雖然東京和大阪所稱呼的名字相同，但使用的材料卻不一樣。東京使用的材料是白肉海鮮軟骨較多的部分；大阪則是將牛肉串起來煮熟。

其他食材

豆腐 とうふ	豆腐
木綿豆腐 もめんとうふ	木棉豆腐；傳統豆腐 説明 在豆漿裡加入凝固劑，製作而成的硬豆腐。
絹ごし豆腐 きぬ とうふ	嫩豆腐 説明 將黏稠的豆漿直接製作成柔軟的豆腐。
ゴマ豆腐 とうふ	芝麻豆腐 説明 在昆布湯頭中加入白芝麻粉製成的豆腐。
卵豆腐 たまごとうふ	雞蛋豆腐 説明 在純豆腐中加入雞蛋蒸成。
高野豆腐 こうやとうふ	凍豆腐 説明 將豆腐切成小塊冰凍後製成。 同 凍こおり豆腐
油揚げ あぶらあ	油豆腐 口語 あぶらげ
がんもどき	油豆腐包 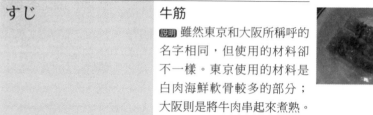 説明 在碎豆腐中加入切細的蔬菜和海帶，然後拿去油炸。因為味道和がん（雁子）肉很相似，所以才取がんもどき這個名字。在關西地區稱為飛竜頭ひりょうず。
おから	豆腐渣 口語 卯うの花はな

飲食生活

調味料

缶詰 かんづめ	罐頭
瓶詰 びんづめ	瓶裝罐頭
調味料 ちょう み りょう	調味料 表現 化学 かがく〜：化學調味料 説明 最具代表性的化學調味料品牌就是味 あじ の素 も と。
だし汁 じる	高湯
ブイヨン bouillon	（肉類的）清湯
ルー roux	湯塊；濃縮調味塊 説明 在西式料理中，為了讓湯頭濃稠就會使用這個材料。
オイスターソース oyster sauce	蠔油 同 牡蠣油 かきあぶら
砂糖 さ とう	砂糖 同 シュガー sugar 表現 グラニュー糖：精製細砂糖｜角砂糖 かくざとう：方糖｜ざらめ砂糖：粗砂糖｜氷砂糖 こおりざとう：冰糖
塩 しお	鹽 表現 粗塩 あらじお：粗鹽｜岩塩 がんえん：岩鹽｜食卓塩 しょくたくえん：餐桌鹽｜ごま塩 しお：芝麻鹽
酢 す	醋 表現 合わせ酢 ず：調和醋｜二杯酢 にはいず：兩杯醋｜三杯酢 さんばいず：三杯醋
ポン酢 ず	酸橘醋
酢みそ す	醋味噌

味醂 みりん	味醂
醤油 しょうゆ	醤油 **表現** 薄口うすくち〜：淡色醬油｜濃口こいくち〜：深色醬油｜減塩醬油げんえんじょうゆ：薄鹽醬油｜さしみ〜：生魚片用醬油（=たまり） **説明** 在生魚片店或日式料理店等地方，通常將醬油稱之為むらさき。
味噌 み そ	味噌 **表現** 白〜：白味噌（屬豆麴製成的「豆味噌」）｜赤〜：紅味噌（屬麥麴製成的「麥味噌」，具代表性的有田舍味噌、仙台味噌、江戶味噌）｜合わせ〜：綜合味噌（不同種類混合在一起的味噌）
トウバンジャン	豆瓣醬
ＸＯジャン エックスオー	XO醬
テンメンジャン	甜麵醬
唐辛子みそ とうがら し	辣味噌
ソース sauce	醬汁；醬料 **表現** ウスターWorcester〜：英式辣醬油｜とんかつ〜：豬排醬
ケチャップ ketchup	番茄醬
マヨネーズ mayonnaise	美乃滋 **表現** マヨラー：美乃滋愛好者
ドレッシング dressing	沙拉醬 **表現** フレンチFrench〜：法式沙拉醬｜イタリアンItalian〜：義式沙拉醬｜サウザンドアイランドthousand island〜：千島醬
沙茶醬 サーチャージャン	沙茶醬

飲食生活

香辛料 こうしんりょう	香料 同 スパイス spice
胡椒 こ しょう	胡椒 同 ペッパー pepper
からし	芥末
マスタード mustard	黃芥末 同 洋ようがらし
唐辛子 とうがら し	辣椒
七味唐辛子 しち み とうがら し	七味辣椒粉 同 七味しちみ｜七色なないろ唐辛子 説明 一般在吃烏龍麵或蕎麥麵時，會使用到。
山椒 さんしょう	山椒；花椒
わさび	山葵 説明 山葵（わさび）不等於芥末（からし）的意思。
ショウガ	生薑
ハーブ herb	香草；草本植物；藥草 表現 〜ティー：花草茶
タイム thyme	百里香
セージ sage	鼠尾草
ローズマリー rosemary	迷迭香
コリアンダー coriander	香菜；芫荽 同 香菜シャンツァイ
ハッカ	薄荷 同 ペパーミント peppermint
ゴマ	芝麻 表現 〜の葉：芝麻葉｜エ〜：紫蘇

ニンニク	大蒜 **表現** 〜の茎くき：大蒜莖
トウガラシ	辣椒 **同** シシトウ **説明** 乾燥的辣椒稱之為鷹の爪たかのつめ。
タバスコ Tabasco	辣椒調味汁
ラー油 ゆ	辣油
カレー粉 こ	咖哩粉
片栗粉 かたくり こ	太白粉 **説明** 日式熟太白粉（木薯粉），和台灣的生太白粉 不太一樣。
小麦粉 こ むぎ こ	麵粉
パン粉 こ	麵包粉
天ぷら粉 てん こ	天婦羅粉

06

飲食生活

油 あぶら	油 **表現** 食用しょくよう〜：食用油
サラダオイル salad oil	沙拉油
ゴマ油 あぶら	芝麻油；香油
オリーブ油 olive ゆ	橄欖油
ジャム jam	果醬（含有果膠）
マーマレード marmalade	果醬（特指柑橘類） **説明** 帶碎果皮的橘子或檸檬果醬。
蜂蜜 はちみつ	蜂蜜

ピーナッツバター peanut butter	花生醬
乳製品 にゅうせいひん	乳製品
バター butter	奶油
チーズ cheese	起司 表現 スライスsliced〜：切片起司｜とろける〜：乳酪絲
ヨーグルト yogurt	優格 表現 飲む〜：優酪乳（飲用優格）

6-4 料理和烹調

烹調方法

料理する りょう り	料理；做菜
調理する ちょう り	調理；烹調
作る つく	製作；做菜；烹飪
作り方 つく かた	作法

煮もの に	煮物；燉煮的食物
炒めもの いた	炒類 **說明** 指在鍋子裡加入少許食用油加熱後，再把食材放入一起加熱拌炒。
焼きもの や	燒烤類；油煎類
揚げもの あ	炸物；油炸類
生もの なま	生食；生鮮食物 **說明** 指生魚、點心類。

米をとぐ こめ	淘米；洗米 **表現** 米のとぎ汁じる：洗米水
ご飯を炊く はん た	煮米飯
蒸らす む	蒸煮
水気を切る みず け き	除去水氣；瀝乾

06

飲食生活

剥く む	剝；削 **表現** クリの皮を〜：剝栗子皮｜ニンニクの皮を〜：剝大蒜皮｜リンゴの皮を〜：削蘋果皮
切る き	切 **表現** 豚肉を〜：切豬肉｜ニンジンを〜：切紅蘿蔔
包丁を入れる ほうちょう　い	下刀；切東西 **同** 切れ目を入れる **例** 老人向けには食べやすいように細かく包丁を入れてあげてください。為了讓老人家容易入口，請切細一點。 ▲ 包丁を入れる
切り離す き　はな	切開
三枚におろす さんまい	三枚取法 **說明** 指用刀子將魚分解成左魚身、右魚身跟魚骨三部分。
ウロコを落とす お	去鱗片

刻む きざ	切細；剁碎 **表現** キャベツを〜：將高麗菜切碎
みじん切りにする ぎ	切碎
ぶつ切りにする ぎ	切成丁
乱切りにする らん　ぎ	隨意切成不規則形；滾刀切法
大振りに切る おお ぶ　　　き	切成稍大的尺寸
千切りにする せん ぎ	切成細絲
輪切りにする わ　ぎ	切成圓片
斜めに切る なな　　　き	斜切

厚めに切る あつ　き	厚切；切厚片
薄めに切る うす　き	薄切；切薄片

粉にする こな	磨成粉
粉をこねる こな	揉麵
練る ね	揉（麵粉）；熬製
粉をまぶす こな	灑粉；舖粉
おろす	切下來
すりつぶす	磨碎、研磨 [説明] 另一個字する也有「磨碎」的意思。

漬ける つ	醃漬
塩漬けにする しお　づ	鹽漬
もむ	揉；搓揉
こす/濾過する ろ　か	過濾
かきまぜる	攪拌；混合
まぜる	混合

中まで火を通す なか　　ひ　とお	煮熟
炒める いた	炒 [表現] 野菜を～：炒青菜
温める あたた	溫熱；加熱

蒸す む	**蒸熱** 回 ふかす 表現 サツマイモを〜：蒸地瓜｜冷たいご飯を蒸して食べる：將冷飯蒸熱後再吃｜タオルを〜：蒸毛巾 説明 指利用水蒸氣加熱食物或「物品」。
ふかす	**蒸煮** 表現 ジャガイモを〜：蒸馬鈴薯 説明 利用強力的熱氣將食物煮熟。它和蒸す不一樣，ふかす只能用來蒸熱食物。
蒸らす む	**燜煮** 表現 炊きたてのご飯を〜：將剛煮好的飯再燜一下 説明 指利用剩餘的蒸氣燜熱食物。 例 鍋なべの蓋ふたをとらずに五分間蒸らしてから、皿さらに盛もり付つけます。鍋蓋蓋著再燜五分鐘之後就可以裝盤了。
湯がく ゆ	**汆燙；過水** 回 さっとゆでる
焼く や	**烤；煎** 表現 フライパンに油を引いて〜：在平底鍋中放點油開始煎
あぶる	**炙燒**
炒る い	**乾炒** 表現 ごまを〜：炒芝麻｜豆を〜：炒香豆子｜卵を〜：乾炒蛋 説明 指將食材放入鍋中，開火加熱至水分消失為止。不會說野菜を炒る。
揚げる あ	**油炸**
煮る に	**煮**
煮付ける につ	**紅燒；乾燒**

煮詰める につ	把水分、湯汁煮乾、收乾
煮込む にこ	煮熟 表現 とろ火びで〜：以文火燉煮
ゆでる	水煮
灰汁を取る あく と	撈去湯渣

和える あ	拌 表現 さっと〜：稍微拌一下
冷凍する れいとう	冷凍
解凍する かいとう	解凍
添える そ	配上；添加；點綴
盛りつける も	盛盤；裝盤

烹調器具

飲食生活

釜 かま	爐灶；飯鍋 表現 ご飯はんを炊たく：煮白飯
鍋 なべ	鍋 表現 深い〜：深鍋｜浅い〜：淺鍋
鍋敷き なべ し	鍋墊
圧力鍋 あつりょくなべ	壓力鍋
ふた	蓋子；鍋蓋
フライパン frypan	平底鍋
フライ返し がえ	鍋鏟

裏返す _{うらがえ}	翻面
しゃもじ	飯勺 表現 ご飯をよそう：盛飯
お玉 _{たま}	湯勺 表現 〜でおつゆをすくう：用湯勺舀湯
包丁 _{ほうちょう}	菜刀 表現 出刃でば〜：切肉刀 ｜ 刺身さしみ〜：生魚片刀 ｜ 菜切なきり〜：切菜刀
果物ナイフ _{くだもの}	水果刀
まな板 _{いた}	砧板 表現 〜にのせて切る：放在砧板上切
調理ばさみ _{ちょうり}	廚房用剪刀 表現 〜で肉を切る：用廚房剪刀把肉剪開
皮むき _{かわ}	削皮器 表現 〜で皮をむく：拿削皮器削皮
缶切り _{かんき}	開罐器 表現 〜でふたを開あける：用開罐器將罐頭打開
栓抜き _{せんぬ}	開瓶器 表現 コルクの〜：開軟木塞的開瓶器
串 _{くし}	竹籤

はかり	秤；磅秤 表現 〜で重おもさを量はかる：用磅秤量重量
計量カップ _{けいりょうcup}	量杯
大さじ _{おお}	大匙
小さじ _こ	小匙
泡立て器 _{あわだき}	攪拌器；起泡器

下ろし金 お　がね	刨絲器；磨泥板
ざる	竹編的篩子 **説明** 用來盛裝食物或瀝除水分的竹編容器，寫作「笊」。
ふるい	篩子 **表現** 〜にかける：①過篩　②選拔
蒸し器 む　き	蒸籠 **同** 蒸籠せいろう
レモンしぼり lemon	擠汁器
網 あみ	網子
水差し みず さ	水壺
やかん	金屬製茶壺
かめ	瓶；缸；甕
壺 つぼ	壺；罐；罈子

餐具

器 うつわ	器皿；容器
食器 しょっ き	餐具
陶器 とう き	陶器
磁器 じ き	瓷器
漆器 しっ き	漆器
茶碗 ちゃわん	飯碗

飲食生活

丼 どんぶり	碗公；蓋飯碗 表現 ご飯をどんぶりに盛もる：把飯裝到碗公裡
皿 さら	盤子 表現 大皿おおざら：大盤｜小皿こざら：小盤｜取とり皿ざら：小碟子｜〜に料理を盛る：將料理裝盤｜〜を割わる：打破盤子 説明 在計算盤子的個數時，要使用1枚いちまい、2枚にまい…。
ボウル bowl	碗
箸 はし	筷子 表現 箸使はしつかい：用筷子的方式｜箸使いがへただ：不太會使用筷子 説明 數筷子的方法：1膳いちぜん、2膳にぜん…
スプーン spoon	湯匙 同 さじ
ナイフ knife	餐刀
フォーク fork	餐叉
コップ kop	杯子 説明 沒有手把的杯子是コップ，有手把的是カップ。 コップ1杯の水（○）　　カップ1杯の水（×） コップ1杯のコーヒー（×）　カップ1杯のコーヒー（○）
カップ cup	茶杯；茶碗 表現 コーヒー〜：咖啡杯｜マグ〜：馬克杯｜計量けいりょう〜：量杯｜優勝ゆうしょう〜：優勝獎杯
杯／盃 さかずき さかずき	酒杯 表現 〜を上げる：舉杯
グラス glass	玻璃杯
紙コップ かみ kop	紙杯 説明 不會講紙カップ，要特別注意。

ジョッキ jug	大啤酒杯
コーヒーカップ coffee cup	咖啡杯 説明 不會講コーヒーコップ，要特別注意。
ティーセット tea set	茶具；茶組

お膳 ぜん	放飯菜的方盤；飯菜
盆 ぼん	茶盤；托盤
テーブルマット table mat	餐桌墊
ようじ	牙籤 同 つまようじ
ストロー straw	吸管

廚房家電用品

冷蔵庫 れいぞうこ	冰箱
冷凍庫 れいとうこ	冷凍庫
電気釜 でんきがま	電子鍋 同 電気炊飯器－すいはんき
食器乾燥機 しょっきかんそうき	烘碗機
食器洗い機 しょっきあらき	洗碗機 同 食洗機しょくせんき
フードプロセッサー food processor	食物調理機
ジューサー juicer	果汁機
ミキサー mixer	攪拌器 表現 ハンドミキサーhand mixer：手持式攪拌器

飲食生活

ガスレンジ gas range	瓦斯爐
電気コンロ でん き	電爐
電気鍋 でん き なべ	電鍋、電火鍋
IHクッキングヒーター アイエイチ cooking heater	IH 調理爐
ホットプレート hot plate	加熱台
強火 つよ び	大火 表現 魚さかなを～で焼やく：用大火燒魚
中火 ちゅう び	中火 表現 ～で煮にる：用中火煮
弱火 よわ び	小火 同 とろ火び 表現 とろ火で煮詰める：用小火煮到收汁
電子レンジ でん し range	微波爐
チンする	微波食物 説明 因為微波爐結束運作時，會發出「チン」一聲，所以才衍生出這個說法。
グリル grill	燒烤爐
オーブン oven	爐；灶；烤箱
トースター toaster	烤麵包機
コーヒーメーカー coffee maker	煮咖啡機
ポット pot	熱水瓶
魔法瓶 ま ほうびん	真空保溫瓶

廚房其他用品

プラスチック容器 plastic　ようき	塑膠容器 說明 指塑膠容器品牌Tupperware時則唸成タッパー。
アルミホイル aluminium foil	鋁箔紙
ラップ wrap	保鮮膜 表現 ～をかける：包保鮮膜
クッキングシート cooking sheet	調理紙

エプロン apron	圍裙 表現 ～をかける：穿上圍裙
ゴム手袋 てぶくろ	塑膠手套
布巾 ふきん	乾布 表現 ふきんで食器しょっきをふく：用乾布擦碗
脱臭剤 だっしゅうざい	除臭劑
たわし	菜瓜布；菜瓜刷 表現 亀かめの子こだわし：菜瓜刷
スポンジ sponge	海綿
ゴミ袋 ぶくろ	垃圾袋

各種營養素

栄養素 えいようそ	營養素
栄養価 えいようか	營養價值
無機物 むきぶつ	無機物質
有機物 ゆうきぶつ	有機物質

06

飲食生活

ミネラル mineral	礦物質
塩分 えんぶん	鹽分
ヨード Jod	碘
鉄分 てつぶん	鐵質
グルタミン酸 glutamine　さん	麩醯胺酸；谷氨酸
ジアスターゼ Diastase	澱粉酶
タンパク質 　　　しつ	蛋白質 回 プロテインprotein
グルテン gluten	麩質
コラーゲン collagen	膠質；膠原蛋白
脂肪 し ぼう	脂肪
炭水化物 たんすい か ぶつ	碳水化合物
ブドウ糖 　　　とう	葡萄糖
糖分 とうぶん	糖分
果糖 か とう	果糖
麦芽糖 ばく が とう	麥芽糖
乳糖 にゅうとう	乳糖
オリゴ糖 oligo　　とう	寡糖
キシリトール xylitol	木糖醇
グリコーゲン glycogen	肝醣

ペクチン pectin	果膠
脂肪酸 しぼうさん	脂肪酸 表現 飽和ほうわ〜：飽和脂肪酸｜不飽和ふほうわ〜：不飽和脂肪酸
DHA ディーエイチエイ	DHA（不飽和脂肪酸） 同 ドコサヘキサエン酸docosahexaenoicさん
乳酸 にゅうさん	乳酸
乳酸菌 にゅうさんきん	乳酸菌
イノシン酸 inosine　さん	肌苷酸
アミノ酸 amino　さん	胺基酸 表現 必須ひっす〜：必需胺基酸｜トリプトファンtryptophan：色胺酸｜メチオニンmethionine：蛋胺酸｜リシンlysine：離胺酸｜ロイシンleucine：白胺酸｜イソロイシンisoleucine：異白胺酸｜フェニルアラニンphenylalanine：苯丙胺酸｜バリンvaline：纈胺酸｜トレオニンthreonine：羥丁胺酸
タウリン taurine	牛磺酸
アスパラギン酸 asparagine　さん	天門冬氨酸
配糖体 はいとうたい	配糖體；糖苷
クエン酸 さん	檸檬酸
ビタミン vitamin	維他命
スタミナ stamina	持久力、耐久力
熱量 ねつりょう	熱量

06

飲食生活

カロリー calorie	卡路里 表現 高こう〜：高卡路里｜低てい〜：低卡路里
酸性 さんせい	酸性
中性 ちゅうせい	中性
アルカリ性 alkali　　せい	鹼性
カフェイン kaffein	咖啡因
カプサイシン capsaicin	辣椒素
ポリフェノール polyphenol	多酚
タンニン tannin	單寧酸
カテキン catechin	兒茶素
カロチン carotene	胡蘿蔔素
メラニン melanin	黑色素

ファッション

衣著・時尚

07

流行

ファッション <small>fashion</small>	流行;時尚
ファッションショー <small>fashion show</small>	時尚秀
ファッションデザイナー <small>fashion designer</small>	流行設計師
パタンナー <small>patterner</small>	服裝打版師
スタイリスト <small>stylist</small>	設計師
ファッションモデル <small>fashion model</small>	時尚模特兒
マネキン <small>mannequin</small>	人體模型
流行 <small>りゅうこう</small>	流行 **表現** ～遅－おくれの服:退流行的服飾 **例** へそ出だしルック、すでに～遅れ。 露出肚臍的打扮已經退流行了。
かっこいい	帥氣;有型
おしゃれ	時髦;時尚

服裝

服 <small>ふく</small>	服裝;服飾 **同** 洋よう～ **表現** ～を着きる:穿衣 | ～を脱ぬぐ:脱衣 **例** 行儀ぎょうぎよく食たべないと洋～が汚よごれますよ。 不好好吃飯的話,會把衣服弄髒喔!

衣服 い ふく	衣服
着物 き もの	和服 圓 和服わふく 說明 狹義指日本傳統服飾，但在一般的會話中，則是指「衣服」。 例 毎日会社に着ていく〜を選ぶのに苦労くろうします。每天挑選上班穿的衣服真的很累。

再多記一點！！

日本和服的相關用語

- **振袖**ふりそで　　　　未婚女性所穿的袖襬很長的和服。
- **袴**はかま　　　　　　指在衣服上面再加一件的外衣，幅度很大可以從腰部蓋到腳踝，類似褲裙的下身衣物。
- **羽織**はおり　　　　　衣服外面再穿一件的短裃外出服。
- **紋付**もんつき　　　　繡有家紋的正式禮裝。
- **帯**おび　　　　　　　繫在和服腰部的帶子。
- **ちゃんちゃんこ**　　一般指小孩子穿的內裡鋪棉的無袖外衣。
- **どてら**　　　　　　做得比一般的和服要長一點、大一點的棉質衣服。可以當作禦寒用的睡衣，也可稱之為**丹前**たんぜん。

着衣 ちゃく い	衣著；穿衣 說明 多用於書面體表現，一般會話不常使用。 例 被害者ひがいしゃの〜に乱みだれは認みとめられなかった。 未發現被害者的衣著有被弄亂的跡象。
衣装 い しょう	服裝；打扮
衣類 い るい	衣飾；服飾
服装 ふくそう	服裝

ウエア wear	穿著；服裝 表現 アンダーunder〜：内衣褲｜スポーツsports〜：運動服｜ホームhome〜：家居服
アパレル apparel	服裝；服飾 表現 〜産業さんぎょう：服裝產業
身なり み	裝束；打扮 表現 〜を整ととのえる：打扮整齊｜〜に構かまわない人：不在意打扮的人｜さっぱりした〜：打扮得清清爽爽
お召し物 め　もの	衣著 例 奥様おくさま、素敵すてきな〜でございますね。太太，您這身打扮真漂亮。
正装 せいそう	盛裝穿著
よそ行き ゆ	外出服；正式服裝 表現 〜に着がえる。換上外出服。
一張羅 いっちょう ら	唯一的好衣服
晴れ着 は　ぎ	盛裝；華服
礼服 れいふく	禮服
喪服 も ふく	喪服
フォーマルウエア formalwear	正式服裝
ふだん着 ぎ	日常穿的衣服
平服 へいふく	便服
カジュアルウエア casual wear	休閒服
運動着 うんどう ぎ	運動服
私服 し ふく	個人服裝；便服

07

衣著・時尚

夏物 なつもの	夏裝 同 夏服なつふく
冬物 ふゆもの	冬裝 同 冬服ふゆふく
制服 せいふく	制服 例 お仕着せの社内旅行しゃないりょこうはいつも同じ場所ばしょで変かわり映ばえがしない。員工旅遊統一穿制服，還每次都去相同景點，真的很無趣。 說明 お仕着しきせ：指江戶時代老闆按季節發給工人穿的衣服，為制服（ユニフォーム）的一種。在現代其原本的意義「制服」已不被人使用，而是被當作是「形式上的事」或「已被規定好的事物」的意思。
ユニフォーム uniform	制服 說明 以前寫作ユニホーム。
学生服 がくせいふく	學生服 說明 在學生們之間，稱之為学ラン。
詰め襟 つ　えり	立領
セーラー服 sailor　ふく	水手服
作業着 さぎょうぎ	工作服 同 作業衣さぎょうい
作務衣 さむえ	工作服
野良着 のらぎ	（農民的）田間工作服
事務服 じむふく	上班制服
白衣 はくい	白衣；白領 表現 〜の天使てんし：（護士的美稱）白衣天使
上っ張り うわ　ば	罩衣；工作衫 說明 為避免弄髒自己的衣服所穿著的工作外衣。
割烹着 かっぽうぎ	烹飪用白罩衣 說明 從事家務、料理的時候，外面再穿一件的長袖外袍。

古着 ふる ぎ	舊衣；二手衣
貸衣装 かし いしょう	租借服
着る き	穿；著
着替える き が	換衣服；更衣
着替え き が	更衣
試着する し ちゃく	試穿
色直し いろなお	婚禮中的換裝 **説明** 舉行婚禮後，新娘脫下禮服換上便服。
薄着 うすぎ	穿著單薄 **例** 〜して風邪かぜを引ひいてしまいました。 穿太少結果不小心感冒了。
厚着 あつ ぎ	穿很多
着太り き ぶと	穿很多而顯得很胖
着やせ き	穿著顯瘦
着崩れ き くず	穿在身上的衣服變得凌亂
着の身着のまま き み き	只穿著身上的衣服；身無他物 **例** 夕ゆうべ隣となりの家いえから火ひが出でて，〜で焼やけ出だされてしまいました。昨晚鄰居家發生火災，什麼都沒帶就這樣逃了出來。

紳士服 しん しふく	紳士服；男裝
婦人服 ふ じんふく	仕女服；女裝
子供服 こ どもふく	童裝
既製服 き せいふく	成衣 **同** レディーメードready-made

オーダーメード order made	訂製服

ズボン	褲子；西裝褲；內褲 **表現** ～をはく[脱ぬぐ]：穿〔脱〕褲子
半ズボン はん	短褲 **同** 短パン
長ズボン なが	長褲
ジーンズ jeans	牛仔褲
スキニージーンズ skinny jeans	窄管牛仔褲
ストレッチパンツ stretch pants	直筒褲

スカート skirt	裙子 **表現** ～をはく[脱ぬぐ]：穿〔脱〕裙子
ミニスカート miniskirt	迷你裙
ロングスカート long skirt	長裙
タイトスカート tight skirt	窄裙
フレアスカート flared skirt	波浪裙
プリーツスカート pleats skirt	百褶裙

ドレス dress	洋裝；禮服
イブニングドレス evening dress	晚禮服；晚宴服
カクテルドレス cocktail dress	晚會用小禮服
チャイナドレス Chinese dress	唐裝；旗袍

マタニティードレス maternity dress	孕婦裝

スーツ suit	男士西裝；西服 同 背広せびろ
ワンピース one-piece	一件式連身洋裝
ツーピース two-piece	兩件式西裝 說明 長褲配外套。
スリーピース three-piece	三件式西裝 說明 包括長褲、背心、外套。
上着 うわぎ	上衣
ジャケット jacket	夾克
ブラウス blouse	女上衣；女性襯衫 說明 是指前面沒有開口、從頭套下的女用上衣。

シャツ shirt	襯衫
ワイシャツ white shirts	白襯衫
ポロシャツ polo shirts	POLO衫
開襟シャツ かいきん	開襟衫
Tシャツ ティーshirts	T恤
丸首シャツ まるくび	圓領衫
セーター sweater	毛衣
カーディガン cardigan	（前胸開釦的）針織衫；羊毛衫
ロールネック roll neck	翻領上衣

衣著・時尚

タートルネック turtle neck	套頭毛衣；高領上衣 圓 とっくり
ハイネック high neck	高領
Vネック ブイ neck	V領

オーバー over	大衣 説明 オーバーコート的略語。
コート coat	外套
トップコード topcoat	大衣 説明 春秋季穿的輕便外套或大衣。
トレンチコート trench coat	風衣 説明 從軍用雨衣改良而成的雙排釦風衣。
ダスターコート duster coat	長大衣
ダッフルコート duffle coat	粗呢大衣；毛呢大衣
ライナー付きコート liner っ	有內裡的外套
ショートコート short coat	短外套
レインコート raincoat	雨衣
ジャンパー jumper	運動外套
革ジャン かわ	皮夾克

寝巻き ね ま	睡衣
パジャマ pajamas	兩件式睡衣
ガウン gown	（室內穿的）寬大長衣

タンクトップ tank top	無袖背心；坦克背心

靴下 くつした	襪子 表現 〜をはく[脱ぐ]：穿〔脱〕襪子｜〜に穴あなが あく：襪子破洞
ストッキング stocking	長襪；褲襪 表現 〜が伝線でんせんする：絲襪脫線了
ソックス socks	襪子
ルーズソックス loose socks	泡泡襪

貼身衣物

下着 したぎ	內衣褲；貼身衣物 同 肌着はだぎ
男性肌着 だんせいはだぎ	男性汗衫
パンツ pants	褲子、西裝褲、內褲 表現 〜をはく[脱ぐ]：穿〔脱〕褲子 説明 男性用的稱之為パンツ；女性用的稱之為パン ティー。
ブリーフ briefs	短內褲
トランクス trunks	男用短褲；泳褲
ランニングシャツ running shirt	運動衫
アンダーシャツ undershirt	內衣 説明 特指男子、兒童的汗衫、內衣。
腹巻 はらまき	腹帶；肚圍 説明 指為了防止肚子著涼，圍在腹部周圍的布巾。

女性肌着 じょせいはだぎ	女性貼身襯衣

衣著・時尚

ランジェリー lingerie	（西式）女性貼身內衣褲
スリップ slip	（有肩帶的）連身長襯裙
ネグリジェ négligé	女性長晨衣；室內便服
ショーツ shorts	短褲
パンティー pantie	女性短褲；內褲
ブラジャー brassiere	胸罩 表現 ～をする：穿胸罩｜シリコンブラsilicon bra：隱形胸罩（矽膠材質）
タイツ tights	緊身襪；緊身褲
キャミソール camisole	女用貼身無袖背心 説明 在台灣一般稱「小可愛」。
ガードル girdle	束腹
ボディースーツ bodysuit	塑身衣、連身衣

鞋子

はき物 もの	鞋類 表現 靴をはく[脱ぐ]：穿〔脱〕鞋子
靴 くつ	鞋子 表現 ～一足－いっそく：一雙鞋｜～の片方かたほう：單支鞋
運動靴 うんどうぐつ	運動鞋
スニーカー sneaker	（帆布面的）膠底鞋；運動鞋
スパイク spike	釘鞋
ハイヒール high heeled shoes	高跟鞋

ローヒール low heeled shoes	低跟鞋
スリッパ slipper	室內拖鞋
サンダル sandal	（附有帶子的）涼鞋
わらじ	草鞋
ブーツ boots	靴子
長靴 ながぐつ	長筒靴
登山靴 と ざんぐつ	登山靴
防寒靴 ぼうかんぐつ	防寒靴

靴のサイズ くつ　　　size	鞋子的尺寸 **説明** 日本鞋子尺寸的說法為24.5にじゅうよんてんご、 25.0にじゅうご、25.5にじゅうごてんご。
靴がきつい くつ	鞋子太緊
靴がぶかぶかだ くつ	鞋子太鬆
靴ひも くつ	鞋帶
靴底 くつぞこ	鞋底
靴べら くつ	鞋拔
靴墨 くつずみ	擦鞋油
靴ブラシ くつ	鞋刷

07

衣著・時尚

300　史上最強日語單字

配件

カバン	包包；皮包
ランドセル ransel	小學生書包
ハンドバッグ handbag	手提包；手提袋
ショルダーバッグ shoulder bag	肩背包
デイパック day pack	雙肩後背包
アタッシュケース attaché case	手提箱
スーツケース suitcase	行李箱
眼鏡 め がね	眼鏡 **表現** 遠近両用えんきんりょうよう〜：遠近兩用眼鏡｜老眼鏡ろうがんきょう：老花眼鏡｜拡大鏡かくだいきょう：放大鏡｜度どの強い[弱い]メガネ：度數深〔淺〕的眼鏡｜度が合う[合わない]：度數相符〔不合〕｜メガネをかける[はずす]：戴眼鏡〔摘下眼鏡〕
レンズ lens	鏡片
フレーム frame	鏡框
眼鏡ケース め がね case	眼鏡盒
コンタクトレンズ contact lens	隱形眼鏡 **表現** ハードレンズhard lens：硬式隱形眼鏡｜ソフトレンズsoft lens：軟式隱形眼鏡｜カラーcolorレンズ：有色隱形眼鏡｜使つかい捨てるレンズ：拋棄式隱形眼鏡｜2週間使い捨てレンズ：雙週拋隱形眼鏡｜〜洗浄液せんじょうえき：隱形眼鏡清潔液｜〜をはめる[はずす]：戴上〔拿下〕隱形眼鏡

サングラス sunglasses	太陽眼鏡 表現 ～をかける：戴太陽眼鏡

帽子 ぼう し	帽子 表現 ～をかぶる[脱ぐ]：戴〔脱〕帽子
野球帽 や きゅうぼう	棒球帽
登山帽 と ざんぼう	登山帽
スキー帽 ski　ぼう	滑雪帽
麦わら帽子 むぎ　　ぼう し	草帽；藤編帽
ベレー帽 beret　ぼう	貝蕾帽
帽子のつば ぼう し	帽沿 表現 つばの広い帽子をかぶる。戴寬邊帽子。

財布 さい ふ	錢包
小銭入れ こ ぜに い	零錢包
ベルト belt	腰帶；皮帶 表現 ～をしめる[はずす]：繫〔鬆開〕皮帶
腕時計 うで ど けい	手錶 表現 時計をはめる[はずす]：戴上〔取下〕錶
時計の針 とけい　　はり	指針 表現 秒針びょうしん：秒針 | 長針ちょうしん：長針 | 短針たんしん：短針
ネクタイ necktie	領帶 表現 ～をしめる[はずす]：繫上〔鬆開〕領帶
ネクタイピン necktie pin	領帶夾 同 タイピン 表現 タイピンをとめる[はずす]：別上〔拿下〕領帶 夾

衣著・時尚

蝶ネクタイ ちょう necktie	領結
カフスボタン cuffs button	袖扣
手袋 て ぶくろ	手套 表現 ～をはめる[はずす]：戴〔脱〕手套
革手袋 かわ て ぶくろ	皮手套
ミトン mitten	連指手套；露指長手套
マフラー muffler	禦寒用圍巾 表現 ～をする[取る]：戴〔取下〕圍巾
スカーフ scarf	領巾；裝飾用圍巾
ハンカチ handkerchief	手帕 同 ハンケチ
傘 かさ	傘 表現 ～をさす：撐傘｜～を広げる：打開傘｜～を たたむ：收起傘｜～の骨ほね：傘骨｜～の柄え：傘 柄
折りたたみ傘 お かさ	折傘
日傘 ひ がさ	陽傘
ステッキ stick	手杖 同 杖つえ 表現 杖をつく：拄手杖

飾品與珠寶

アクセサリー accessory	配件；飾品
イヤリング earring	耳環 表現 ～をする[はずす]：戴〔取下〕耳環 説明 耳飾みみかざりは舊式的表現。

ピアス pierce	穿式耳環 表現 ～（の穴）を開ける：穿耳洞 | 耳みみ～：耳環 | ヘソ～：肚臍環 | 舌した～：舌環
指輪 ゆびわ	戒指 表現 ～をはめる[はずす]：戴上〔取下〕戒指
ネックレス necklace	項錬 表現 ～をする[はずす]：戴上〔取下〕項錬 説明 首飾くびかざり是舊式的表現。
ブローチ brooch	胸針 表現 ～をつける[はずす]：別〔取下〕胸針
バッジ badge	徽章 表現 ～をつける：別徽章
ブレスレット bracelet	手鐲 表現 ～をする[はずす]：戴上〔取下〕手鐲 説明 腕輪うでわ是舊式的表現。
アンクレット anklet	腳錬；腳鐲
リボン ribbon	緞帶；絲帶 表現 ひもを結ぶ[解く]：打上〔解下〕緞帶
ヘアバンド hair band	髮飾（綁髮用的） 表現 ～をする[取る]：綁上〔取下〕髮飾
ヘアピン hairpin	髮夾 表現 ～をする[取る]：夾上〔取下〕髮夾
かんざし	髮簪 表現 ～をさす[解く]：插上〔取下〕髮簪
安全ピン あんぜん	安全別針 表現 ～をとめる[はずす]：別上〔取下〕安全別針
貴金属 き きんぞく	貴金屬
宝石 ほうせき	寶石

07

衣著・時尚

メノウ	瑪瑙
琥珀 こ はく	琥珀
水晶 すいしょう	水晶
金 きん	金子；黃金 表現 純金じゅんきん：純金｜24金にじゅうよんきん：24K金｜18金じゅうはちきん：18K金
プラチナ platina	白金
銀 ぎん	銀
めっき	鍍金

誕生石

再多記一點！！

- **誕生石** たんじょうせき　　　　誕生石
- **ガーネット** garnet　　　　石榴石（1月）
- **アメシスト** amethyst　　　　紫水晶（2月）
  ＊也可寫作紫水晶 むらさきずいしょう。
- **アクアマリン** aquamarine　　　海藍寶石（3月）
- **ブラッドストーン** bloodstone　　血石髓（3月）
- **珊瑚** さんご　　　　珊瑚（3月）
- **ダイヤモンド** diamond　　　鑽石（4月）
- **クォーツ** quartz　　　　石英（水晶）（4月）
- **エメラルド** emerald　　　祖母綠（5月）
- **ひすい**　　　　翡翠（5月）
- **真珠** しんじゅ　　　　珍珠（6月）
- **ムーンストーン** moonstone　　月光石（6月）
- **アレクサンドライト** alexandrite　紫翠玉；亞歷山大石（6月）

- **ルビー** ruby 　　　　　　　紅寶石（7月）
- **カーネリアン** carnelian 　　紅玉髓（7月）
- **ペリドット** peridot 　　　　橄欖石（8月）
- **サードオニキス** sardonyx 　紅縞瑪瑙（8月）
- **サファイア** sapphire 　　　藍寶石（9月）
- **オパール** opal 　　　　　　蛋白石（10月）
- **トルマリン** tourmaline 　　電氣石；碧璽（10月）
　　　　　　　　　　　　　　　＊也寫作 電気石 でんきせき。
- **トパーズ** topaz 　　　　　　黃玉；拖帕石（11月）
- **シトリン** citrine 　　　　　黃水晶（11月）
　　　　　　　　　　　　　　　＊也寫作 黄水晶 きずいしょう。
- **トルコ石** turquoiseいし 　　土耳其石（12月）
- **ラピスラズリ** lapis lazuli 　青金石（12月）

布料材質

素材 そ ざい	素材；材質
天然繊維 てんねんせん い	天然繊維
合成繊維 ごうせいせん い	合成繊維 表現 化学繊維 かがくせんい
布 ぬの	布料
服地 ふく じ	西裝料子 表現 生地 きじ
表地 おもて じ	面料；表布
裏地 うら じ	衣服裡層布料
純毛 じゅんもう	純毛（的料子）

ウール wool	羊毛
アンゴラ angora	安哥拉羊毛
カシミア cashmere	喀什米爾羊毛
綿 めん	棉
シルク silk	絲
絹 きぬ	絲綢
麻 あさ	麻
アクリル acryl	壓克力纖維
アセテート acetate	聚酯纖維（醋酸人造絲）
レーヨン rayon	人造纖維；縲縈
ナイロン nylon	尼龍
ビニール vinyl	乙烯基（防水材質）
ポリエステル polyester	聚酯纖維
ウレタン urethane	聚氨酯
混紡 こんぼう	混紡
ダウン down	羽絨 表現 ～ジャケットdown jacket：羽絨外套
キルティング quilting	針腳

各種布料・材質

- **ベルベット** velvet　　　　　　　天鵝絨；絲絨
- **オックスフォード** Oxford　　　牛津布（十字花樣的棉布）
- **ボイル** voile　　　　　　　　　薄紗；巴里紗
- **ダンガリー** dungaree　　　　　斜紋布；粗棉布
- **コーデュロイ** corduroy　　　　燈心絨
- **ローン** lawn　　　　　　　　　亞麻布；細麻布
- **ファイユ** faille　　　　　　　　羅緞
- **シャンタン** Shantung　　　　　山東柞絲綢
- **ギャバジン** gabardine　　　　　軋別丁（斜紋防水布料）
- **サージ** serge　　　　　　　　　斜紋嗶嘰
- **ツイード** tweed　　　　　　　　粗花呢
- **フランネル** flannel　　　　　　法蘭絨
- **アストラカン** astrakhan　　　　小羊皮；仿羔皮織物
- **レース** lace　　　　　　　　　　蕾絲
- **ジョーゼット** Georgette　　　　喬其紗（極薄且透明的細紗）
- **ギンガム** gingham　　　　　　　格紋棉布
- **デニム** denim　　　　　　　　　丹寧
- **ピケ** piqué　　　　　　　　　　網眼布
- **シャンブレー** chambray　　　　條紋格子布
- **シフォン** chiffon　　　　　　　雪紡布
- **クレープ** crepe　　　　　　　　縐綢
- **ポンジー** pongee　　　　　　　府綢
- **カージー　（カルゼ）** kersey　粗絨布
- **バーズアイ** bird's eye　　　　　圓點花紋
- **ドスキン** doeskin　　　　　　　仿麂皮織物
- **メルトン** melton　　　　　　　美爾敦毛呢
- **ホームスパン** homespun　　　　仿手織粗線呢

07

衣著・時尚

皮革

皮 かわ	皮
毛皮 け がわ	毛皮；皮革
人工皮革 じんこう ひ かく	人工皮革
合成皮革 ごうせい ひ かく	合成皮革
牛革 ぎゅうかわ	牛皮
豚革 ぶたかわ	豬皮
ワニ革 がわ	鱷魚皮
バックスキン buckskin	鹿皮
ムートン mouton	羊皮

衣服各部位的名稱

襟 えり	領子 同 カラーcollar
ポケット pocket	口袋 表現 胸〜：胸前口袋｜ズボンの後ろ〜：褲子後面口袋
袖 そで	袖子 表現 長なが〜：長袖｜半はん〜：短袖｜ノースリーブno sleeve：無袖
ボタン button	鈕扣；扣子 表現 〜をつける：縫釦子｜〜がとれる：扣子掉了｜〜の穴：鈕扣孔｜〜をかける[はずす]：扣上〔解開〕扣子

ファスナー _{fastener}	拉錬 回 ジッパーzipper 表現 社会の窓：（俗稱）褲子的拉錬｜社会の窓が開いている：褲子拉錬沒拉
マジックテープ _{magic tape}	魔鬼粘
プリーツ _{pleats}	（衣服上的）褶子

R寸

サイズ _{size}	尺寸 表現 ラージlarge：大（L）｜ミディアムmedium：中（M）｜スモールsmall：小（S） 例 ひとつ下の～はありませんか。這襪子有再小一號的尺寸嗎？｜ひとつ上の～はありませんか。有更大一點的尺寸嗎？
大きい _{おお}	大的
小さい _{ちい}	小的
長い _{なが}	長的 表現 丈たけが～：長度很長
短い _{みじか}	短的 表現 裾すそが～：衣服下襬太短
太い _{ふと}	寬的；粗的
細い _{ほそ}	緊的；細的 表現 ズボンが細くなった：褲子變緊了
厚い _{あつ}	厚的
薄い _{うす}	薄的

ぴったりだ	剛好；合身

きつい	（衣物）緊的 表現 服が〜：衣服太緊｜靴が〜：鞋子太緊｜ベル トが〜：皮帶太緊
ゆったり	寬鬆 表現 〜とした服：寬鬆的衣服
ぶかぶか	太鬆；鬆垮 同 だぶだぶ 表現 〜な服：鬆垮垮的衣服
派手だ は で	華麗
地味だ じ み	樸素
似合う に あ	適合；相配 表現 似合わない：不合適、不搭

裁縫

試着室 し ちゃくしつ	試穿間；試衣室 表現 試着する：試穿 例 この服、試着してもいいですか。這件衣服可以 試穿看看嗎？
寸法 すんぽう	尺碼 表現 〜を取とる：量尺寸｜〜を直なおす：改尺碼 ｜〜直し：改衣服（的人、店）
肩幅 かたはば	肩寬
胸囲 きょう い	胸圍
ウエスト waist	腰圍
ヒップ hip	臀圍
丈 たけ	長度；尺寸 表現 スカートの〜：裙長｜袖そで〜：袖長｜〜を詰 つめる：改短長度

ほつれる	脱線 **表現** 袖口そでぐちが〜：袖口脱線了
ほころびる	開口；破掉 **例** 縫ったところがほころびてきた。已經補過的地方又破洞了。
ミシン	縫紉機
つぎを当てる <ruby>あ</ruby>	縫補丁 **表現** ほころんだ服に〜：把開線的衣服補好｜靴下に〜：補襪子
かがる	織補 **表現** ボタンの穴あなを〜：縫鈕扣眼
まつる	縫合（布邊） **表現** ズボンのすそを〜：縫好襯衫下緣
縫う <ruby>ぬ</ruby>	縫；刺繡 **表現** 縫い合わせる：縫合｜縫い込む：縫進去、縫布邊｜縫い付ける：縫上去
糸切りばさみ <ruby>いと</ruby><ruby>き</ruby>	剪布刀
裁断ばさみ <ruby>さいだん</ruby>	裁縫用剪刀
縫い目 <ruby>ぬ</ruby> <ruby>め</ruby>	針腳；接縫
仮縫 <ruby>かりぬい</ruby>	粗縫；略縫；暫時縫上 **表現** 仮縫いする：大略縫一下
指ぬき <ruby>ゆび</ruby>	頂針（避免婦女縫紉時刺傷手指） **表現** 〜をはめる：戴上頂針
仕立てる <ruby>した</ruby>	裁縫；製衣 **表現** 仕立屋したてや：洋裁店
あつらえる	訂做；訂製
アイロンをかける	熨衣服 **表現** 服を焦こがす：熨焦衣服

衣著・時尚

しわ	皺褶 表現 〜になる：皺起來｜〜を伸ばす：熨平皺褶
織る お	織；編 表現 織物おりもの：織品
編む あ	編 表現 編物あみもの：編織物
ニット knit	針織品；針織衣
アップリケ appliqué	貼花、繡花
刺繡 し しゅう	刺繡 表現 〜をする 動：刺繡｜〜台－だい：刺繡框
針 はり	針 表現 刺繡針ししゅうばり：繡花針｜待ち針まちばり：作記號用的珠針
糸 いと	線
毛糸 け いと	毛線

洗臉

歯ブラシ は	牙刷 **表現** 電動でんどう〜：電動牙刷
歯磨き は みが	牙膏 **表現** 歯を磨く：刷牙
ひげそり	刮鬍刀 **表現** ひげをそる：刮鬍子
カミソリ	剃髮刀
電気カミソリ でん き	電動剃刀
石けん せっ	香皂；肥皂 **表現** 顔かおを洗あらう：洗臉
手ぬぐい て	手巾；毛巾
タオル towel	毛巾 **表現** 顔を拭ふく：擦臉｜バス〜：浴巾
シャンプー shampoo	洗髮精 **表現** 髪を洗う：洗頭髮
リンス rinse	潤絲精 **表現** 髪をすすぐ：沖淨頭髮
ヘアドライヤー hair dryer	吹風機
シャワー shower	蓮蓬頭 **表現** 〜を浴あびる：洗澡
ヘアブラシ hairbrush	髮梳
くし	梳子 **表現** 髪をとかす：把頭髮梳順（梳頭髮）

07

衣著・時尚

爪切り つめ き	指甲剪
爪やすり つめ	磨指甲刀；磨甲器
耳掻き みみ か	掏耳棒
鼻毛切り はな げ き	鼻毛剪

化妝

化粧する け しょう	化妝
厚化粧 あつ け しょう	濃妝 表現 化粧を濃こくする：化濃妝
薄化粧 うす け しょう	淡妝 表現 化粧を薄うすくする：化淡妝
化粧を直す け しょう　なお	補妝
化粧を落とす け しょう　お	卸妝
化粧が落ちる け しょう　お	脫妝

乾燥肌 かんそうはだ	乾燥肌膚 表現 荒あれ性しょう：乾性
脂性肌 し せいはだ	油性肌膚 表現 脂性あぶらしょう：油性
敏感肌 びんかんはだ	敏感肌膚
混合肌 こんごうはだ	混合肌膚

化粧品 け しょうひん	化妝品

メークアップベース make-up base	妝前乳、隔離霜
ファンデーション foundation	粉底
パウダー powder	蜜粉
白粉 おしろい	化妝用香粉 表現 ～をつける：擦粉
ほお紅 べに	腮紅
アイライン eyeline	眼線 表現 ～を引ひく：畫眼線
アイシャドー eye shadow	眼影 表現 ～をつける：畫眼影
マスカラ mascara	睫毛膏
つけまつげ	假睫毛 表現 ～をつける：戴假睫毛
口紅 くちべに	口紅 表現 ～をつける：擦口紅
紅筆 べにふで	唇筆
化粧水 け しょうすい	化妝水
ローション lotion	乳液 表現 ～をつける：擦乳液
美白液 び はくえき	美白乳液
クレンジングクリーム cleansing cream	洗面乳
クレンジングオイル cleansing oil	卸妝油
クレンジングジェル cleansing gel	潔膚凝膠
モイスチャークリーム moisture cream	保濕霜

衣著・時尚

ハンドクリーム <small>hand cream</small>	護手霜
マニキュア <small>manicure</small>	手部保養；指甲美容 表現 ～をする[落とす]：擦〔卸〕指甲油｜手の爪の 手入れ：保養手指甲｜足の爪の手入れ：保養腳趾 甲
ペディキュア <small>pedicure</small>	足部保養；修腳
除光液 <small>じょこうえき</small>	去光水
香水 <small>こうすい</small>	香水 表現 ～をつける：擦香水
オーデコロン <small>eau de cologne</small>	古龍水
日焼け止め <small>ひ や ど</small>	防曬乳
カラミンローション <small>calamine lotion</small>	藥用止癢水（卡拉明洗劑）
コットン <small>cotton</small>	化妝棉
油取り紙 <small>あぶら と がみ</small>	吸油面紙
ちり紙 <small>がみ</small>	衛生紙 同 ちり紙し
ティッシュ <small>tissue</small>	面紙
ウエットティッシュ <small>wet tissue</small>	濕紙巾

整理頭髪

床屋 <small>とこ や</small>	理髪店 表現 ～へ行く：上理髪店 説明 理髪に行く是錯誤的表現方式。

美容院 び よういん	美容院
理容師 り よう し	理容師 **口語** 床屋さん
美容師 び よう し	美容師

バリカン	推刀 **說明** 語源來自於法國製造公司的名字（Barriquand et Marre）。1883年法國企業將這個產品帶來日本，所以才把推刀稱為 バリカン。
刈る か	修短 **表現** 頭を〜：把頭髮修短
切る き	剪頭髮
剃る そ	剃掉 **表現** ひげを〜：刮鬍子
頭を洗う あたま あら	洗頭 **表現** シャンプーshampooする：洗頭
パーマ permanent wave	燙髮 **表現** 〜をかける：燙頭髮 **動**｜ストレートstraight〜：離子燙、燙直

07

◆

衣著・時尚

髮型

ヘアスタイル hairstyle	髮型 **同** 髪型かみがた
カット cut	剪；修剪
シャギーカット shaggy cut	羽毛剪（打薄；層次剪）
長髪 ちょうはつ	長髪

オールバック <small>all back</small>	背頭（頭髮全部往後梳）
おかっぱ	妹妹頭；西瓜皮
ショートカット <small>short cut</small>	短髮
スポーツ刈り <small>sports　　が</small>	小平頭；三分頭
刈り上げ <small>か　あ</small>	男性的頭髮推高
角刈り <small>かく　が</small>	四角平頭
軍人刈り <small>ぐんじん　が</small>	軍人髮型；三分頭
坊主刈り <small>ぼうず　が</small>	光頭；平頭 表現 坊主頭ぼうずあたまにする：理光頭
スキンヘッド <small>skinhead</small>	平頭
トラ刈り <small>が</small>	剪得參差不齊的平頭

セット <small>set</small>	設計；造型 表現 髪を～する：設計髮型
髪を染める <small>かみ　そ</small>	染髮 說明 不會使用「髪を染色せんしょくする」的表現。
毛染め <small>け　ぞ</small>	染髮劑 同 ヘアカラーhair color
白髪染め <small>しら　が　ぞ</small>	白髮染劑
カーラー <small>curler</small>	燙頭髮 表現 ホット～：熱燙｜カールアイロン：電棒｜ヘアーアイロン：離子夾
かつら	假髮 表現 ～をつける(かぶる)：戴假髮｜～をはずす：取下假髮

襟足 えりあし	後頸上的髮際
分け目 わ め	（頭髮的）分線 **表現** ～をつける：分髮線｜髪を左に分ける：左邊旁分

整髪料 せいはつりょう	造型產品；美髮產品 **表現** ～をつける：使用美髮產品
ポマード pomade	髮油；髮蠟
ヘアトニック hair tonic	生髮水；養髮露
ヘアムース hair mousse	慕斯
ヘアジェル hair gel	髮膠
ヘアリキッド hair liquid	整髮液
ヘアスプレー hair spray	造型噴霧

07

衣著・時尚

知名品牌

アディダス Adidas	愛迪達	ナイキ Nike	Nike
プーマ PUMA	PUMA	オメガ OMEGA	OMEGA
カシオ CASIO	卡西歐	カルティエ Cartier	卡地亞
ブルガリ BVLGARI	寶格麗	スウォッチ Swatch	swatch
タグホイヤー TAG Heuer	豪雅表	フォリフォリ Folli Follie	Folli Follie
ロレックス ROLEX	勞力士	エルメス HERMES	愛馬仕
グッチ GUCCI	古馳	コーチ COACH	COACH
シャネル CHANEL	香奈兒	ジェイクルー J.CREW	J. CREW
セリーヌ CELINE	CELINE	ダンヒル Dunhill	登喜路
ティファニー TIFFANY	蒂芬妮	ティンバーランド Timberland	Timberland
バーバリー BURBERRY	BURBERRY		
ヒューゴボス HUGO BOSS	HUGO BOSS	パパス Papas	Papas
フェンディ FENDI	芬迪	プラダ PRADA	普拉達
ヴェルサーチ VERSACE	凡賽斯	ユニクロ Uniqlo	優衣庫
ラコステ Lacoste	鱷魚牌	ワコール Wacoal	華歌爾
ロエベ LOEWE	LOEWE	カネボウ Kanebo	佳麗寶
アナスイ ANNA SUI	安娜蘇	資生堂 SHISEIDO	資生堂
ランコム LANCOME	蘭蔻	ポーラ POLA	寶露

ビルケンシュトック BIRKENSTOCK		勃肯
シュウウエムラ shu uemura		植村秀
カルバンクライン Calvin Klein		卡文克萊
クリスチャン ディオール Christian Dior		克莉絲汀・迪奧
ジョルジオアルマーニ GIORGIO ARMANI		亞曼尼
イヴサンローラン YVES SAINT LAURENT		聖羅蘭
バナナリパブリック BANANA REPUBLIC		BANANA REPUBLIC
フェラガモ Salvatore Ferragamo		費洛加蒙
ルイヴィトン LOUIS VUITTON		路易・威登
ラルフローレン Ralph Lauren		Ralph Lauren

すまい

居住・住宅

08

居住地區

住む す	居住 例 私は東京に住んでいます。我住在東京。 説明 「私は東京に住みます」不是指「現在」正住在東京，而是指「將來」會住在東京。
都会 と かい	都會；大城市 表現 大だい〜：大都會
都市 と し	都市 表現 工業こうぎょう〜：工業都市｜商業しょうぎょう〜：商業都市
衛星都市 えいせい と し	衛星都市 表現 ベッドタウンbed town：居住城鎮
住宅地 じゅうたく ち	住宅區
高級住宅街 こうきゅうじゅうたくがい	高級住宅區
山の手 やま て	山手區；高級住宅區 説明 有很多上班族居住的高台地帶住宅區。在東京則是指「四谷よつや、渋谷しぶや、目黒めぐろ、世田谷せたがや」等附近。 表現 山手線やまてせん：山手線
下町 したまち	老街；老社區 説明 指海邊或江邊工商業發達的地區。在東京則是指東京灣附近的上野うえの、浅草あさくさ、神田かんだ、日本橋にほんばし、深川ふかがわ等地區。
スラム街 slum がい	貧民區 表現 貧民街ひんみんがい：貧民區
郊外 こうがい	近郊；市外郊區

田舎 いなか	鄉間；鄉下 説明 指自己出生的故鄉、老家，或指父母或祖父母的出生地。 例 正月には～へ帰る。過年要回鄉下。
村 むら	村子；村莊
山村 さんそん	山村
漁村 ぎょそん	漁村
農村 のうそん	農村

居住型態

家 いえ	家
住宅 じゅうたく	住宅
住居 じゅうきょ	住所、住宅

団地 だんち	住宅區 説明 指「經規劃且集體建構的住宅區或工業區」。
アパート apartment house	公寓 説明 日本人所說的アパート，就是指一般的集合式住宅（低層小住宅，類似小套房）。
マンション mansion	大樓；大廈 表現 高層こうそう～：高樓大廈 説明 日本人所說的マンション就是指一般的公寓。
ワンルーム one room	套房 説明 也可以稱為ワンルームマンション。宿舍、寄宿的一人房要稱為一人部屋ひとりべや；独房どくぼう指的則是監獄中只關一個受刑人的「獨房」。

社宅 しゃたく	員工住宅；員工宿舍
寄宿舎 き しゅくしゃ	學生或員工的低廉宿舍
寮 りょう	宿舍 表現 全寮制ぜんりょうせいの高校：完全住宿制高中 ｜～生活－せいかつ：宿舍生活｜会社の独身どくしん～：公司的單身員工宿舍
下宿 げ しゅく	供食宿的公寓 表現 ～人：租房子的人
相部屋 あい べ や	同住一間房；同室
間借りする ま が	租房子
居候 する い そうろう	借住；寄住 表現 親類しんるいの家に居候(を)する。寄宿在親戚家裡。

家屋 か おく	房屋
日本家屋 に ほん か おく	日式房屋
三合院 さんごういん	三合院
洋館 ようかん	西式建築
屋敷 や しき	宅邸；公館 說明 也指蓋房屋的地基。
邸宅 ていたく	宅邸；公館
豪邸 ごうてい	豪宅
本宅 ほんたく	本館；主要住所 同 本邸ほんてい
別宅 べったく	行館；本宅之外的另一居所 同 別邸べってい

一戸建て いっ こ だ	獨棟樓房；透天厝 同 一軒家いっけんや
二階建て に かい だ	兩層樓建築 同 二階家にかいや
下駄履き住宅 げ た ば じゅうたく	商業住宅 說明 一樓作為商店、辦公室用，二樓以上作為住宅的建築物。
集合住宅 しゅうごうじゅうたく	集合住宅 說明 一般公寓、社區、高層純住宅大廈皆屬於集合住宅。
二世帯住宅 に せ たいじゅうたく	雙家庭住宅 說明 雖然父母和子女、孫子三代同居，但房子裡各有兩個玄關和廚房，是為了讓兩代可以獨立生活的日式現代住宅。
文化住宅 ぶん か じゅうたく	文化住宅 說明 為關西地方木製的兩層集合住宅的俗稱。指1950～60年代的高度成長期時，主要在關西地方所建設的公寓大廈的稱呼。建築方式以屋頂鋪上瓦片，木造的牆壁外側再施以水泥粉刷的兩層樓建築，建築呈長條狀，每樓並列著一間間地獨立住戶。
長屋 なが や	長型房屋；大雜院 說明 指可以分隔間、放置各種家具的長形房屋。
平屋 ひら や	平房 說明 只有一層的民宅。
地下 ち か	地下樓層 表現 半はん～：半地下樓層

房屋租賃

不動産 ふ どうさん	不動產
不動産屋 ふ どうさん や	不動產公司 同 ～さん

仲介業者 ちゅうかいぎょうしゃ	仲介業者
土地ブローカー と ち broker	土地代理人
契約する けいやく	簽契約
登記書 とう き しょ	（土地）登記書
契約書 けいやくしょ	契約書；合約

建て売り た う	成屋出售
分譲住宅 ぶんじょうじゅうたく	按戶出售的住宅
持ち家 も いえ	自有房產
新築 しんちく	新成屋 **說明** 指蓋好未滿一年，仍沒人居住的建築物。 **例** この物件ぶっけんは〜家屋かおくです。這幢物件是新成屋。
中古 ちゅう こ	中古屋 **例** この建物たてものは築十年ちくじゅうねんです。這棟房子的屋齡是十年。

貸家 かし や	出租的房屋
家賃 や ちん	房租
管理費 かん り ひ	管理費
共益費 きょうえき ひ	公共管理費 **說明** 指居住在共同住宅的居住者所要共同負擔的費用（戶外燈、電梯等的公用費用）。
大家 おお や	房東
借り家 か や	租來的房子

店子 たなこ	房客
引っ越し ひ　こ	搬家；搬遷 **說明** 転居てんきょ是書面體的表現，在寫書信或明信片時若提到搬家一事時，都是使用這個詞。
引っ越しセンター ひ　こ　center	搬家公司

不動產用語

再多記一點！！

- **2LDK**

  LDK是「Living・Dining・Kitchen」的簡寫。所以2LDK是指兩個房間、客廳、廚房和餐廳。

- **専有面積**せんゆうめんせき

  專有面積就是指包含廚房、浴室、廁所等生活必需空間的大小。3.3㎡為一坪，指兩個塌塌米的寬度。不包含陽台的空間。一塊塌塌米的大小大約是長1.8m，寬是長的一半90㎝。六塊塌塌米（稱為六畳ろくじょう）的大小，大約是三坪。

- **敷金**しききん

  指簽約時，交給屋主保管的保證金，一般是房租的兩個月份。雖然解約時會退還，但要是搬家的時候有沒支付的房租，或因承租人的疏失弄髒或損壞房屋時，屋主會先扣除欠繳的房租或修理的費用後，再退還剩餘的金額。

- **礼金**れいきん

  只為了答謝屋主借出房屋，所支付給屋主的答謝金，一般是月租的兩個月份。

- **仲介手数料**ちゅうかいてすうりょう

  支付給不動產仲介公司的手續費，通常是月租的一個月份。

- **前家賃**まえやちん

  因為是提前繳交一個月份的房租，所以稱為前家賃。下個月的房租要在前一個月的月底前繳交。

- **敷**しき**２、礼**れい**２**

  意指需要繳交「保證金兩個月份」和「答謝金兩個月份」。

住宅工程

木造 もくぞう	木造（的東西） 表現 ～平屋建－ひらやだて：木造平房
モルタル mortar	水泥砂漿 表現 ～作りの家：水泥砌成的房子
コンクリート concrete	混凝土 表現 打うちっ放ぱなし～：清水混凝土 説明 清水混凝土是建築物完成的方式之一。指混凝土澆置完畢之後，便不在表面再塗沙漿打底貼瓷磚、石頭等裝飾物。
プレハブ prefab	裝配式；組合式 説明 為プレハブ住宅的略語。
バラック barrack	營房；軍營

施工する しこう	施工 説明 最近已習慣被念成せこう。
足場 あしば	鷹架 表現 ～を組くむ：組鷹架
改装 かいそう	改裝；整修 表現 店内～につき休業：整修內部，停止營業
リフォーム reform	改裝
補修工事 ほしゅうこうじ	修繕工程
竣工検査 しゅんこうけんさ	竣工驗收
手抜き工事 てぬきこうじ	偷工減料
突貫工事 とっかんこうじ	趕工；一氣呵成的工程

基本設備

電気 でん き	電力；用電
ガス gas	瓦斯
水道 すいどう	自來水管 表現 上じょう〜：上水道、水管
下水 げ すい	下水道
光熱費 こうねつ ひ	電力瓦斯費
公共料金 こうきょうりょうきん	公共費用

冷房 れいぼう	冷氣 表現 〜を入れる：開冷氣｜〜を切る：關冷氣
暖房 だんぼう	暖氣 表現 床ゆか〜：地板暖氣
セントラルヒーティング central heating	中央空調
防火 ぼう か	防火 表現 〜設備－せつび：防火設備
防水 ぼうすい	防水
防音 ぼうおん	隔音
防湿 ぼうしつ	防潮
耐震 たいしん	耐震
断熱 だんねつ	絕熱；隔熱 表現 外そと〜：隔熱外牆

停電 ていでん	停電；斷電 表現 〜する 動：停電

漏電 ろうでん	漏電 表現 ～する 動：漏電
断水 だんすい	斷水 表現 ～する 動：斷水
水漏れ みずも	漏水
ガス漏れ gas　も	瓦斯外洩 表現 ～する 動：瓦斯外洩

房間

部屋 へ や	房間
洋室 ようしつ	西式房間
和室 わ しつ	和式房間；和室
書斎 しょさい	書房；書齋
居間 い ま	起居室
座敷 ざ しき	客廳；招待客人的場所
板の間 いた　ま	舖木地板的房間
応接間 おうせつ ま	接待室；客廳 説明 如果是日本式的房間就稱為「客間きゃくま」。
寝室 しんしつ	寢室
子供部屋 こ ども べ や	小孩房
勉強部屋 べんきょう べ や	讀書房
仕事部屋 し ごと べ や	工作室

納戸 なんど	儲藏室
物置 ものおき	小倉庫；壁櫥
階段 かいだん	樓梯；階梯
踊り場 おど ば	樓梯中間的平面處；平台
～階 かい	～樓 説明 如果是NHK等的電視台，「10樓」會念成じっかい；但一般日本人是講じゅっかい。
押し入れ お い	壁櫥 表現 収納しゅうのうスペース：收納空間
ロフト loft	閣樓（經常被作為畫室、工作室） 同 屋根裏部屋やねうらべや
台所 だいどころ	廚房 同 勝手 かって
キッチン kitchen	廚房
洗面所 せんめんじょ	洗臉台
トイレ	廁所；馬桶 説明 お手洗いは男女都可使用的表現。便所べんじょ一般不被使用在會話中，有些年紀較大的女性也會講ご不浄ふじょう。厠かわや和雪隠せっちん是長輩用語，一般年輕人不會這麼說。 表現 ～の水を流す：沖馬桶｜～が詰まる：馬桶阻塞 同 お手洗い｜便所｜ご不浄｜厠｜雪隠
浴室 よくしつ	浴室
バスルーム bathroom	浴室 同 バスbath 表現 バス、トイレ付きの部屋：附浴室和廁所的房子

風呂場 ふろば	浴室；澡間；浴池 說明 大眾浴池不稱為風呂場，而是稱為風呂屋。 表現 風呂に入る：去洗澡｜風呂から上がる：洗好澡

階下 かいか	樓下；一樓 口語 下の部屋　表現 上の部屋：樓上的房間
地下室 ちかしつ	地下室
車庫 しゃこ	車庫 同 ガレージ　表現 車を～に入れる：把車開入車庫
ガレージ garage	車庫
バルコニー balcony	露台 說明 建築物向外突出的部分，通常沒有屋頂，設有 手扶欄杆。台底通常就是樓下的屋頂處。
ベランダ veranda	陽台 說明 建築物向外突出的部分。通常設有屋頂。下雨 時亦能披曬衣物。
庭園 ていえん	庭院
庭 にわ	院子
中庭 なかにわ	中庭
裏庭 うらにわ	後院
倉庫 そうこ	倉庫
離れ はな	分棟；子建物

建築物構造

門 もん	門

08

居住・住宅

玄関 げんかん	玄關
表札 ひょうさつ	門牌
チャイム chime	門鈴 説明 呼よび鈴りんは舊式表現，平常比較不使用。
ドア door	門 同 扉とびら
裏口 うらぐち	後門 表現 勝手口かってぐち：後門
入口 いりぐち	入口
出口 で ぐち	出口

下駄箱 げ た ばこ	鞋櫃
傘立て かさ た	傘筒；傘架
郵便受け ゆうびん う	信箱 同 郵便ポスト｜ポスト
廊下 ろう か	走廊
縁側 えんがわ	外廊
洗面台 せんめんだい	洗臉台
浴槽 よくそう	浴缸 口語 風呂桶ふろおけ
蛇口 じゃぐち	水龍頭 同 水道の栓せん　表現 〜を閉める：關上水龍頭｜〜 をひねる：打開水龍頭
換気扇 かん き せん	抽風機

流し台 なが だい	流理台 同 流し　説明 不會講成シンク台。
排水溝 はいすいこう	排水溝
浄化槽 じょうかそう	汙水處理槽

窓 まど	窗戶
ガラス glass	玻璃 表現 曇くもり〜：毛玻璃
窓枠 まどわく	窗框 同 桟さん
障子 しょうじ	紙拉窗；紙拉門
網戸 あみど	紗窗 表現 取り外しのできる〜：可拆式紗窗
防虫網 ぼうちゅうもう	防蟲網
雨戸 あまど	防雨雙層窗；防雨套窗
樋 とい	（用竹子或木頭製成的）導水管、導雨管
シャッター shutter	百葉窗 表現 〜をおろす：拉下百葉窗
床 ゆか	地板
畳 たたみ	榻榻米
壁 かべ	牆壁
天井 てんじょう	天花板
柱 はしら	柱子

08

居住・住宅

屋根 や ね	屋頂
かわら	屋瓦 表現 ～ぶきの家：磚瓦屋頂的房子｜わらぶきの 家：稻草屋頂的房子
煙突 えんとつ	煙囪
塀 へい	土牆；圍牆
垣根 かき ね	籬笆；圍牆 同 囲かこい

8-2 家電用品

家庭電器產品

★「廚房家電用品」請參考CH6-4的282頁

家電製品 か でんせいひん	電器用品
テレビ television	電視 表現 液晶えきしょう～：液晶電視｜薄型うすがた～：平面電視｜壁掛かべかけ～：壁掛式電視｜プラズマ～：電漿電視
リモコン remote control	遙控器
ビデオデッキ video deck	錄放影機 表現 錄画ろくが：錄影｜予約錄画よやくろくが：預約錄影｜停止画面ていしがめん：靜止畫面｜一時停止いちじていし：暫停｜再生さいせい：播放｜巻まき戻もどし：倒轉｜早送はやおくり：快轉｜取とり出だし：退出｜コマ送おくり：格放
ビデオテープ video tape	錄影帶
DVD ディーブイディー	DVD 表現 ～レコーダー：DVD錄影機｜～プレイヤー：DVD播放機
オーディオ audio	音響
アンプ amp	擴大機 說明 アンプリファイア（amplifier）的略稱。
チューナー tuner	調撥器；調撥頻率裝置
CD シーディー	CD 表現 ～に焼やく：燒錄CD｜～プレーヤー：CD播放機｜ポータブルportable～：CD隨身聽

08

居住・住宅

ミニコンポ mini component	迷你型立體音響組合
ラジカセ radio cassette	收錄音機
ウオークマン Walkman	隨身聽
ヘッドホンステレオ headphone stereo	隨身聽
i-Pod アイポッド	i-Pod（數位音樂播放器）

ヒーター heater	電暖器
ファンヒーター fan heater	暖風扇
ストーブ stove	暖爐
エアコン air conditioner	冷氣機
空気清浄機 くう き せいじょう き	空氣清淨機
扇風機 せんぷう き	電風扇
温風機 おんぷう き	暖風機
加湿器 か しつ き	加濕機
除湿器 じょしつ き	除濕機
掃除機 そう じ き	吸塵器
洗濯機 せんたく き	洗衣機
乾燥機 かんそう き	烘乾機
湯沸かし器 ゆ わ き	熱水器
電気カーペット でん き carpet	電熱毯

電器設備

電源 でんげん	電源
乾電池 かんでん ち	乾電池 表現 電池が切れる：電池沒電 説明 不會講成バッテリーbattery。バッテリーは指一般的蓄電池。
スイッチ switch	開關 表現 ～を入れる[切る]：打開〔關閉〕開關｜～をオン[オフ]にする：打開〔關閉〕開關
コンセント concent	插座 表現 二股ふたまた～：單一插座接兩插頭｜～にプラグを差さす：將插頭插入插座中
ソケット socket	插座；插口
プラグ plug	插頭
電線 でんせん	電線
ヒューズ fuse	保險絲 表現 ～が飛とぶ：保險絲燒斷了｜～を取とり替かえる：更換保險絲
ヒューズ箱 ばこ	電箱
たこ足配線 あしはいせん	單一插座多個插頭的線路
変圧器 へんあつ き	變壓器
電流 でんりゅう	電流
電圧 でんあつ	電壓 説明 日本的電壓是110伏特。
直流 ちょくりゅう	直流電
交流 こうりゅう	交流電

08

居住・住宅

取り付け工事 と　　つ　こうじ	安裝工程
説明書 せつめいしょ	説明書 回 手引てびき書しょ｜手引てびき 表現 取扱とりあつかい～：使用說明書 例 最近の取説とりせつは昔と比べてずいぶん見やすく薄くなっている。 最近的說明書比以前的簡單明瞭多了。
マニュアル manual	使用手冊
保証書 ほ　しょうしょ	保證書
故障する こ　しょう	故障
壊れる こわ	損壞
駄目になる だ　め	無法使用 例 この製品せいひんはどれぐらい連続れんぞくして使うと～んですか。這個產品大概連續使用多久就會無法使用呢（使用壽命是多久呢）？
いかれる	不好用；老舊 例 うちのテレビはもう長年ながねん使っているんでいかれてしまった。我家的電視已經使用很久，現在非常老舊了。
修理 しゅう　り	維修

部品 ぶ　ひん	零件
日本製 に　ほんせい	日本製
台湾製 たいわんせい	台灣製 表現 国産こくさん：國產
外国製 がいこくせい	外國製
アメリカ製 せい	美國製

家具

家具 か ぐ	家具
調度品 ちょう ど ひん	日常用品
婚礼家具 こんれい か ぐ	結婚用品、家具
インテリア interior	室內裝潢；室內布置
ソファー sofa	沙發
クッション cushion	靠墊
ベッド bed	床
ダブルベッド double bed	雙人床
セミダブルベッド semi-double bed	標準雙人大床
シングルベッド single bed	單人床
二段ベッド に だんbed	（有上下舖的）雙層床

椅子 い す	椅子
机 つくえ	桌子；書桌
パソコン用デスク よう desk	電腦桌
本立て ほん た	書架；書檔
本棚 ほんだな	書櫃

食器棚 しょっきだな	餐具櫃
引き出し ひ　だ	抽屜
食卓 しょくたく	餐桌
テーブル table	桌子
クロゼット closet	衣櫃
洋服だんす ようふく	衣櫥
たんす	衣櫃；五斗櫃
ハンガー hanger	衣架 **説明** 雖然也可以講成えもんかけ，但一般年輕人不這麼表達。

鏡 かがみ	鏡子
鏡台 きょうだい	梳妝台
三面鏡 さんめんきょう	三面鏡
座布団 ざ　ぶ　とん	坐墊
カーペット carpet	地毯
じゅうたん	毛毯
ブラインド blind	百葉窗；遮光簾 **表現** 〜を上げる[下ろす]：把百葉窗收上去〔放下來〕
カーテン curtain	窗簾

すだれ	竹簾子 表現 ～を掛ける[下ろす]：把竹簾子捲起來〔放下來〕
壁紙 かべがみ	壁紙 表現 ～を貼る：貼壁紙

時鐘

時計 と けい	時鐘；手錶 表現 ～が止まる：時鐘停了｜ねじを巻く/ゼンマイを巻く：上發條／上發條
置時計 おき ど けい	座鐘 反 掛け時計
柱時計 はしら ど けい	掛鐘 同 掛け時計
鳩時計 はと ど けい	咕咕鐘
砂時計 すな ど けい	沙漏
からくり時計 ど けい	機關時鐘
アナログ時計 analog ど けい	機械錶；針錶
デジタル時計 digital ど けい	電子錶；數字錶
クオーツ quartz	石英錶

▲からくり時計
時間一到，時鐘便會發出音樂，同時時鐘裡的娃娃或小動物也會跳起舞來。

照明

照明 しょうめい	照明；燈具 表現 ～をつける[消す]：開燈〔關燈〕
電球 でんきゅう	電燈泡

居住・住宅

電灯 でんとう	電燈
蛍光灯 けいこうとう	日光燈
シャンデリア chandelier	（樹枝狀或花形的）吊燈
電気スタンド でん き stand	檯燈
誘蛾灯 ゆう が とう	捕蚊燈

寝具

寝床 ね どこ	睡床；臥具 **說明** 就寝時用的寝具。（狹義的說，就是指床） **表現** ～に入はいる(もぐり込こむ)：鑽入棉被裡｜～を敷しく：鋪棉被；鋪床｜～からはい出す：爬出棉被
寝具 しん ぐ	寝具
布団 ふ とん	被褥；棉被 **表現** ～を敷く[たたむ]：鋪床〔收床〕｜羽布団はねぶとん：羽毛被
敷きぶとん し	墊被
掛けぶとん か	蓋被
毛布 もう ふ	毛毯；毯子
枕 まくら	枕頭
シーツ sheet	床單；被單
ベッドカバー bed cover	床罩
マットレス mattress	床墊

購物・消費

09

09

購物・消費

購物方式

買い物 か　もの	買東西 同ショッピングshopping
買う か	購買 例 衝動買しょうどうがい：衝動購物｜まとめ買がい：一次買足｜買いだめ：囤貨｜買い置おき：預先買來放著
求める もと	購買；尋求
購入する こうにゅう	購買；買進
売る う	賣；販售 表現 大安売おおやすうり：超低價便宜賣｜叩たたき売り：廉價拍賣、賤價出售｜切きり売り：零賣｜量はかり売り：散裝秤重賣 說明 以売っている的型態來使用。
通信販売 つうしんはんばい	郵購 口語 通販つうはん 例 通販で健康器具けんこうきぐを買ったけど、使い物にならなかった。雖然郵購了健康器材，但根本沒有用。
仕入れる し　い	進貨；採購 表現 問屋とんやから商品を～：從批發商進貨
卸す おろ	卸貨；批發 表現 商品を～：批發商品
客 きゃく	客戶；顧客 口語 お客さん｜お客様
常連客 じょうれんきゃく	常客 口語 なじみの客

お得意さま とくい	貴賓；客戶；主顧 表現 得意客とくいきゃく：客戶
一見さん いちげん	初次光臨的客人；生客（不熟的客人） 同 一見の客 例 京都きょうとの料亭りょうていは〜お断ことわりのところが多いです。京都有許多高級日本料理店都不接受不熟的客人。
行きつけの店 い　　　　　みせ	常去光顧的店

購物常用會話

◆ これいくらですか。	這個多少錢？
◆ これください。	請給我這個。
◆ これとこれをください。	請給我這個和那個。
◆ そのままください。	這樣就好了。
◆ これを見みせてください。	請給我看一下好嗎？
◆ 高たかいです。	好貴喔。
◆ まけてください。	算便宜一點吧。
◆ 安やすくなりますか。	可以便宜一點嗎？
◆ 見みているだけです。	我只是看看而已。
◆ 何なにをお探さがしですか。	您想看什麼樣的產品呢？
◆ ご予算よさんはおいくらぐらいですか。	您的預算是多少？
◆ こちらのものはいかがですか。	這個您覺得怎麼樣？
◆ ほかのものをお持もちいたしましょうか。	我拿別款的給您看看好嗎？
◆ どなたがお使つかいになるのですか。	請問是哪位要使用的？
◆ ご自宅用じたくようですか。	您是要自己使用的嗎？
◆ ご贈答用ぞうとうようですか。	您是要送人的嗎？
◆ お包つつみしましょうか。	要為您包起來嗎？
◆ お持もち帰かえりですか。	您要外帶的嗎？
◆ お届とどけしましょうか。	要我為您送過去嗎？

09

購物・消費

店家

店 みせ	店
商店 しょうてん	商店
売店 ばいてん	賣店；商店
キオスク kiosk	販售亭；書報攤
商店街 しょうてんがい	商店街
地下街 ち か がい	地下街
ショッピングセンター shopping center	購物中心
ショッピングモール shopping mall	購物商場
デパート department store	百貨公司 説明 百貨店ひゃっかてん是舊式的表現，一般會話中不太使用。
専門店 せんもんてん	專賣店
スーパーマーケット supermarket	超級市場 口語 スーパー
コンビニ	便利商店 表現 セブンイレブンSeven Eleven：7-11｜ファミリーマートFamily Mart：全家便利商店｜ローソンLAWSON：LAWSON｜ミニストップMINI STOP：mini stop｜am/pmエーエム・ピーエム：am/pm 説明 コンビニ為コンビニエンス・ストア（convenience store）的略語。

チェーン店 _{chain　てん}	連鎖店
フランチャイズ _{franchise}	加盟店；經銷店

小売店 _{こうりてん}	零售店
問屋 _{とんや}	批發商（店） 回 卸おろし
100円ショップ _{ひゃくえん}	百元商店 説明 亦可稱為「百均ひゃっきん」，這是年輕人的對百元商店的稱呼，這是從「百円均一ひゃくえんきんいつ」這個字來的略稱。 表現 ショップ99きゅうきゅう：99元商店；號稱比100円ショップ更便宜的「生鮮食品99元便利商店」。
アウトレット _{outlet}	暢貨中心
雑貨屋 _{ざっかや}	雜貨店

市場 _{いちば}	市場 説明 「市場」有兩種念法，如果指的是進行實際商品買賣的特定場所，就念成しじょう；如果指的是許多販賣食材的小店聚集的地方，就念成いちば。
卸売り市場 _{おろしう　しじょう}	批發市場
水産物市場 _{すいさんぶついちば}	水產品市場 回 魚市場うおいちば｜魚河岸うおがし
青果市場 _{せいかいちば}	蔬果市場 回 青物市場あおものいちば
免税品店 _{めんぜいひんてん}	免稅品店
ディスカウントストア _{discount store}	折扣商品
リサイクルショップ _{recycle shop}	二手商品店

骨董市 こっとういち	骨董品市場
のみの市 いち	跳蚤市場
フリーマーケット flea market	舊貨市場 口語 フリマ
見本市 み ほんいち	商品展覽會；產品發表會
朝市 あさいち	早市
夜店 よ みせ	夜市
屋台 や たい	路邊攤

魚屋 さかな や	鮮魚店 說明 不說成うおや。
八百屋 や お や	蔬果店 同 青果店せいかてん
果物屋 くだもの や	水果店
米屋 こめ や	米店
たばこ屋 や	菸攤
酒屋 さか や	酒商；賣酒的店家 表現 酒場さかば：酒館
肉屋 にく や	肉店；肉舖 同 精肉店せいにくてん
本屋 ほん や	書店 同 書店しょてん
古本屋 ふるほん や	舊書店；舊書攤
菓子屋 か し や	點心舖 口語 お～｜お～さん

パン屋 や	麺包店
ケーキ屋 cake　や	糕餅店；烘焙店
花屋 はな や	花店 圓 生花店せいかてん
金物屋 かなもの や	五金行
文房具屋 ぶんぼう ぐ や	文具店 圓 文具店ぶんぐてん
カメラ屋 camera　や	相機店
時計屋 と けい や	鐘錶行
宝石店 ほうせきてん	銀樓；珠寶店 圓 貴金属店ききんぞくてん
薬局 やっきょく	藥局 口語 薬屋くすりやさん
化粧品店 け しょうひんてん	美妝店
クリーニング屋 cleaning　や	洗衣店 口語 洗濯屋せんたくやさん｜～さん
家具店 か ぐてん	家具行 口語 家具屋さん
電気屋 でん き や	電器行
靴屋 くつ や	鞋店
衣料品店 い りょうひんてん	服飾店 口語 洋服屋ようふくやさん
洋品店 ようひんてん	舶來品店；委託行
ブティック boutique	精品店

購物・消費

骨董品店 こっとうひんてん	骨董店 口語 骨董品屋さん
みやげ物店 ものてん	紀念品商店
ギフトショップ gift shop	禮品店
ファンシーショップ fancy shop	個性精品店
おもちゃ屋 や	玩具店

商人

商人 しょうにん	商人 同 あきんど
商売人 しょうばいにん	商人；內行人
店長 てんちょう	店長
店員 てんいん	店員
販売員 はんばいいん	販賣人員
サクラ	充場面用的客人；打手

營業

営業日 えいぎょう び	營業時間；營業日
定休日 ていきゅう び	公休日
年中無休 ねんじゅう む きゅう	全年無休
営業時間 えいぎょう じ かん	營業時間
営業中 えいぎょうちゅう	營業中

準備中 じゅん び ちゅう	準備中
夜間営業 や かんえいぎょう	夜間營業 表現 24時間にじゅうよじかん営業：24小時營業
開店時間 かいてん じ かん	開店時間
閉店時間 へいてん じ かん	打烊時間
本日開店 ほんじつかいてん	今日營業
本日休業 ほんじつきゅうぎょう	今日公休
売場 うり ば	賣場
セール sale	折扣；打折
大売り出し おおう だ	大拍賣 表現 飛ぶように売れる：瘋狂大特賣
売り切れ う き	賣完；售罄 表現 ～る：賣完 例 特売品は～です。特價品已被搶購一空。
特売品 とくばいひん	特賣商品
目玉商品 め だましょうひん	焦點商品；強打商品 表現 本日の～：本日焦點商品
おまけ	附贈品；免費奉送；減價 表現 雑誌の～：雜誌贈閱的附錄或小別冊
景品 けいひん	贈品
サービス service	贈品；特價品（半買半送）
アフターサービス after service	售後服務
ショーウインドー show window	櫥窗擺設；櫥窗陳列 表現 ウインドーショッピングwindow shopping：瀏覽櫥窗、純逛街

購物・消費

包装 ほうそう	包裝
プレゼント present	禮品 例 ～用に包つつんでください。這是要送人的，請幫我包裝。
ビニール袋 vinyl ぶくろ	塑膠袋
ポリ袋 ぶくろ	（一般菜市場買菜、買生鮮食材或小吃店包麵包熱湯帶走用的那種）塑膠袋 同 レジ袋ぶくろ：（一般到大賣場或便利商店買東西，跟商家買來裝物品的）手提塑膠袋
紙袋 かみぶくろ	紙袋 同 手てさげ袋：手提袋

商品

商品 しょうひん	商品 同 無印むじるし～
ノーブランド商品 no brand しょうひん	無品牌商品；無印商品
有名ブランド ゆうめい brand	知名品牌
輸入品 ゆ にゅうひん	進口商品
国産品 こくさんひん	國產品；國貨
免税品 めんぜいひん	免稅品
専売品 せんばいひん	專賣商品；獨賣商品
寡占 か せん	獨占；壟斷
在庫 ざい こ	庫存
注文する ちゅうもん	訂購；訂貨

取りよせる と	索取；訂購；叫貨
出荷する しゅっか	出貨
入荷する にゅうか	到貨
配達する はいたつ	配送
送料 そうりょう	運費
カタログ catalog	商品目錄
見本 みほん	樣品
品質 ひんしつ	品質
不良品 ふりょうひん	瑕疵商品
欠陥商品 けっかんしょうひん	故障商品
クレーム claim	客訴；抱怨 回 苦情くじょう 表現 ～をつける／苦情を言う 動：抱怨／說明不滿 ｜～がつく：有要求賠償損失的權利
リコール recall	撤回；回收；下架
回収する かいしゅう	回收
返品する へんぴん	退貨
返金する へんきん	退還貨款
交換する こうかん	交換商品
新品 しんぴん	新品

購物・消費

中古品 ちゅう こ ひん	二手貨；中古商品
非売品 ひ ばいひん	非賣品
本物 ほんもの	真品
偽物 にせもの	贗品；仿冒品；山寨品
偽ブランド にせ brand	山寨名牌

價格

価格 か かく	價格 表現 〜を見積みつもる：估價
料金 りょうきん	費用 表現 〜を払う：付費｜水道〜：水費｜電話〜：電話費
値段 ね だん	價格；價錢
定価 てい か	定價
正札 しょうふだ	價格標
値引き ね び	降價；減價 表現 〜引びき：打〜折 例 五割ごわり〜で売る。以五折賣出。
値上げ ね あ	漲價
値下げ ね さ	降價；減價
言い値 い ね	喊價；開價
ふっかけ	漫天喊價；獅子大開口 表現 ぼる：敲竹槓 例 飲み屋でひどくぼられた。在小酒館被狠狠敲了一頓竹槓。

付款

支払う しはら	支付；付款 **表現** お支払い：付款、結帳 **例** お支払いは現金ですか、カードですか。請問是要付現或刷卡呢？
レジ	收銀台；收銀員 **例** 〜でお支払いください。請至收銀台結帳。
会計 かいけい	算帳；買單 **同** 勘定かんじょう **例** お〜お願いします。請幫我結帳。
伝票 でんぴょう	帳單
請求書 せいきゅうしょ	帳單；付款通知單；請款單
レシート receipt	發票；收據
領収書 りょうしゅうしょ	發票；收據證明 **同** 領収証りょうしゅうしょう
本体価格 ほんたいかかく	主體價格；未稅價
消費税 しょうひぜい	消費稅
税込み ぜいこ	含稅 **例** これは〜の値段ですか。這是含稅的價格嗎？
税別 ぜいべつ	稅外加 **同** 税抜ぜいぬき

カード card	信用卡
デビットカード debit card	轉帳卡

クレジットカード credit card	信用卡 **表現** ビザカードVisa card：Visa卡｜マスターカードMaster card：萬事達卡｜アメックスカードAmex card：美國運通卡
サイン sign	簽名
お釣り	找錢；零錢 **同** 釣つり銭せん
割り勘	各付各的；平均分攤 **同** 頭割あたまわり
つけ	後結；簽帳 **例** この店は〜がきく。這家店是可以簽帳後再統一結算的。
着払い	貨到付款
後払い	後付款；賒購
受取人払い	收件者支付
一括払い	一次付清
分割払い	分期付款
仮払い	暫付；暫付款
手数料	手續費
頭金	頭期款 **同** 手付金てつけきん
契約金	簽約金
立て替え	墊付的款項（短期墊款） **説明** 日本人稱為「立替費」，在台灣則稱為「代付款」。

きょういく

教育與知識

10

教育

教育 きょういく	教育
義務教育 ぎ む きょういく	義務教育 説明 日本的義務教育制度是小學六年，國中三年的 6・3制ろくさんせい。
学問 がくもん	學業 表現 〜の神様かみさま：學問之神（學問之神乃指保 佑考試合格的神－菅原道真すがわらのみちざね。而 供奉道真公みちざねこう的則是大阪天満宮てんまんぐ う）。
学業 がくぎょう	學問；學識
勉強 べんきょう	學習；認真念書 表現 〜の虫むし：書蟲、書呆子
研究 けんきゅう	研究
学習 がくしゅう	學習
独学 どくがく	自學（不靠老師與學校） 表現 一人で勉強する：一個人獨自學習
留学 りゅうがく	留學 表現 駅前えきまえ〜：去上車站前的英語補習班｜語 学ごがく〜：為了學習某種語言而前往海外學習的長 期或短期留學 説明 語学研修ごがくけんしゅう（語言進修）則是指企 業為了提高員工對職務的了解，主動性地派遣員工 進行語言的學習與進修。
教える おし	教導

教わる おそ	習得；受人指導
習う なら	學習
知識 ち しき	知識
知恵 ち え	智慧
知る し	知道；認識 **表現** 知らない：不知道、不清楚
わかる	知道；了解；理解 **表現** わからない：不懂
理解する り かい	了解
納得する なっとく	信服；同意
悟る さと	領悟

再多記一點！！

知る 和 わかる

　　知る和**わかる** 在中文的意思都是「知道」，但在日文中 **知る** 指的是自己經由某一經驗所得到的知識或情報，例如從別人那聽說的或從書中學來的；**わかる**則是指由自己的大腦所理解或領悟的知識。

例 私は田中さんを知っています。でも彼の考えていることはわかりません。
我認識田中先生，但我不知道他在想什麼。

どうして彼のことを<u>知った</u>のですか。　　（○）
どうして彼のことを<u>わかった</u>のですか。　　（×）

☆知る 一般是以「～を知っている」的型態來使用。

台湾のことをよく<u>知っています</u>。　　　　（○）
台湾のことをよく<u>知ります</u>。　　　　　　（×）
田中さんの電話番号を<u>知っていますか</u>。　（○）
田中さんの電話番号を<u>知りますか</u>。　　　（×）
彼は人を使うコツをよく<u>知っています</u>。　（○）
彼は人を使うコツをよく<u>知ります</u>。　　　（×）

☆わかる一般是以「～がわかる」的型態來使用。和～がわかっている在語感上有些微的差異。

日本語が<u>わかりますか</u>。　（○）
日本語が<u>わかってますか</u>。　（×）

はい、<u>わかります</u>。　　　（○）
はい、<u>わかっています</u>。　（△）

☞～がわかっている在語感上有「希望不要再問這種理所當然的事」的意味。

☆在熟識的人之間，如果要互相確認某些事情時，可以使用「わかっている」。
あしたのデート、<u>わかっている</u>？　（○）
あしたのデート、<u>わかる</u>？　　　　（×）

うん、<u>わかってるよ</u>。　（○）
うん、<u>わかるよ</u>。　　　（×）

研修 けんしゅう	研習；培訓
入学 にゅうがく	入學
入学式 にゅうがくしき	入學典禮

学士入学 がくしにゅうがく	學士插班
学生証 がくせいしょう	學生證
学籍番号 がくせきばんごう	學號 説明 日本不會像台灣一樣這麼重視學號，也不太會去問對方的學號是幾號。

進級 しんきゅう	升級；進級
進学 しんがく	升學
飛び級 と きゅう	跳級
編入 へんにゅう	插班
転校 てんこう	轉學
落第 らくだい	落榜 表現 ～生－せい：落榜生
留年 りゅうねん	留級 表現 ～生－せい：留級生 例 去年一年間、遊んでばかりいたのでダブっちゃったよ。去年一整年玩得太兇，結果被留級了。
休学 きゅうがく	休學 表現 ～届－とどけを出す：提出休學申請
停学 ていがく	停學（處分） 表現 ～を受ける：受到停學處分｜～をくらう：遭到停學處分
退学 たいがく	退學 表現 ～させられる／～をくらう：被退學／遭到退學｜～届－とどけを出す：提出退學申請
中退 ちゅうたい	中輟

復学 ふくがく	復學 說明 在日語中沒有復学生的說法，因為日本幾乎沒有復學的學生，所以不會對再度復學的人稱復学生。
卒業延期 そつぎょうえんき	延期畢業 同 卒延そつえん 例 せっかく就職が内定ないていしたのに、単位が足りなくて卒延だよ。好不容易在求職中得到公司內定，卻因為學分不足而得延後畢業了。
卒業 そつぎょう	畢業 表現 大卒だいそつ：大學畢業｜高卒こうそつ：高中畢業｜中卒ちゅうそつ：國中畢業
卒業試験 そつぎょうしけん	畢業考 同 卒試そつし 表現 卒試に受かる[落ちる]：通過〔未通過〕畢業考
卒業論文 そつぎょうろんぶん	畢業論文 同 卒論そつろん 表現 卒論を出す：提出畢業論文｜卒論が通とおる：畢業論文通過
卒業証書 そつぎょうしょうしょ	畢業證書 表現 〜をもらう：拿到畢業證書
卒業式 そつぎょうしき	畢業典禮
修了 しゅうりょう	修習完畢
学位 がくい	學位 表現 学士がくし：學士｜修士しゅうし：碩士｜博士はくし／はかせ：博士｜〜を取る：取得學位

學校

学校 がっこう	學校 表現 〜法人ーほうじん：學校法人

生徒 せいと	學生 說明 指小學生或國中生。
学生 がくせい	學生 說明 指高中生或大學生。

国公立 こっこうりつ	國公立
私立 しりつ	私立 說明 和市立的發音一樣，所以為了區別開來，私立 念成私立わたくしりつ；市立則念成市立いちりつ。
男女共学 だんじょきょうがく	男女合校 說明 也可以簡單稱為共学。
男子校 だんしこう	男校
女子校 じょしこう	女校

男子学生 だんしがくせい	男學生 說明 日本人不會講男学生。如果是國小男生會說男 子児童だんしじどう；如果是國、高中男學生則說男 子生徒だんしせいと。
女子学生 じょしがくせい	女學生 說明 雖然也會講女学生じょがくせい，但這是比較舊 式的表現。如果在國小就講女子児童；如果在國、 高中就講女子生徒。

全日制 ぜんにちせい	全天制 說明 三年之間，課程都排在白天的高中。
定時制 ていじせい	定時制 說明 在晚上、上午或下午等固定時間上課的高中。
全寮制 ぜんりょうせい	全住宿制
有名校 ゆうめいこう	明星學校

名門校 めいもんこう	名校
学区 がっく	學區

小学校 しょうがっこう	小學；國小
小学生 しょうがっせい	小學生
中学校 ちゅうがっこう	中學；國中
中学生 ちゅうがっせい	中學生；國中生
高等学校 こうとうがっこう	高中 [說明] 可以簡稱為高校こうこう。
高校生 こうこうせい	高中生
短期大学 たんきだいがく	短期大學 [同] 短大たんだい
大学 だいがく	大學 [說明] 東京六大学とうきょうろくだいがく：東京六大大學（包含：東京大学、慶応義塾けいおうぎじゅく、早稲田わせだ大学、明治めいじ大学、立教りっきょう大学、法政ほうせい大学）
大学生 だいがくせい	大學生
大学院 だいがくいん	研究所；碩士班
大学院生 だいがくいんせい	研究生；碩士生
研究生 けんきゅうせい	研修生；進修生；旁聽生
聴講生 ちょうこうせい	特准旁聽生

新入生 しんにゅうせい	新生

教育與知識

同級生 どうきゅうせい	同班同學
上級生 じょうきゅうせい	高年級生
下級生 か きゅうせい	低年級生
転校生 てんこうせい	轉學生
卒業生 そつぎょうせい	畢業生
総代 そうだい	總代表
同期生 どう き せい	同年級同學；同一級次的同學
同窓生 どうそうせい	同年級同學
カリキュラム curriculum	課程大綱
科目 か もく	科目
必修 ひっしゅう	必修
選択 せんたく	選修
教養 きょうよう	通識課程
専門 せんもん	專攻；專業；學術專長 同 専攻せんこう
理科系 り か けい	理工科 同 理系りけい
文化系 ぶん か けい	文科 同 文系ぶんけい

教育與知識

科系名稱

再多記一點！！

- **学部** がくぶ　　　學院、學系
- **医学部** い－　　　醫學院
- **薬学部** やく－　　　藥學系
- **看護学部** かんご－　護理系
- **獣医学部** じゅうい－　獸醫系
- **畜産学部** ちくさん－　畜産系
- **農学部** のう－　　　農學院
- **水産学部** すいさん－　水産學系
- **工学部** こう－　　　工學院
- **経済学部** けいざい－　經濟學系
- **経営学部** けいえい－　管理學系
- **商学部** しょう－　　商學院

- **法学部** ほう－　　　法學院
- **社会学部** しゃかい－　社會學系
- **政治学部** せいじ－　　政治學系
- **文学部** ぶん－　　　文學院
- **人文学部** じんぶん－　人文學系
- **外国語学部** がいこくご－　外語學院
- **教育学部** きょういく－教育學院
- **体育学部** たいいく－　體育學院
- **音楽学部** おんがく－　音樂學系
- **芸術学部** げいじゅつ－藝術學院

ゼミ seminar	專題研討會 說明 讓學生以小組形式進行報告及討論。
スクーリング schooling	（函授生之）短期在校授課
通信教育 つうしんきょういく	函授教學
放送大学 ほうそうだいがく	空中大學
サイバー大学 cyber　　だいがく	網路大學
専門学校 せんもんがっこう	專門學校
研究所 けんきゅうじょ	研究中心；研究室

塾 じゅく	補習班 **說明** 教授兒童、學生學問或技術的私設學校。也可講成私塾しじゅく，在過去則稱為寺子屋てらこや（學堂）。有書道しょどう〜、算盤そろばん〜、英語そろばん〜、進学しんがく〜、学習がくしゅう〜等。
予備校 よ びこう	升學補習班 同 進学しんがく予備校
日本語学校 に ほん ご がっこう	日語學校 **說明** 除非是學校的校名，否則日本人不會講成日本語学院。
英会話学校 えいかい わ がっこう	英文會話班（教室）
料理学校 りょう り がっこう	料理教室 同 調理師学校ちょうりしがっこう
自動車学校 じ どうしゃがっこう	駕訓班 同 自動車教習所じどうしゃきょうしゅうじょ
留学センター りゅうがく center	留學中心；語言中心

學校設施

教室 きょうしつ	教室
体育館 たいいくかん	體育館
実験室 じっけんしつ	實驗室
職員室 しょくいんしつ	教員休息室
保健室 ほ けんしつ	保健室
廊下 ろう か	走廊 **表現** 渡わたり〜：連接兩棟建築物的走廊
図書館 と しょかん	圖書館

司書 し しょ	圖書館員；圖書管理員
貸し出しカウンター か だ counter	借還書櫃台 表現 貸し出し中ちゅう：借出中
返却する へんきゃく	歸還

教職員

学長 がくちょう	大學校長；院長 説明 雖然某一些的綜合大學校長被稱為総長そうちょう，但通常都是稱為学長。
教授 きょうじゅ	教授
准教授 じゅんきょうじゅ	副教授 説明 以前雖然稱為助教授じょきょうじゅ，但從2007年春天起便改成這樣的稱呼了。
講師 こう し	講師
専任講師 せんにんこう し	專任講師
非常勤講師 ひ じょうきんこう し	外聘講師；兼任講師
助手 じょしゅ	（大學的）助教
大学職員 だいがくしょくいん	大學職員
校長 こうちょう	校長 表現 副ふく～／教頭きょうとう：副校長／教務主任
教師 きょう し	教師
先生 せんせい	老師 表現 国語の～：國文老師｜幼稚園の～：幼稚園老師｜鬼おに～：魔鬼老師

教員 きょういん	教師 回 教諭きょうゆ：日本中、小學的正式老師 表現 小学校教諭：小學老師｜中学校教諭：國中老師｜高校教諭：高中老師
用務員 ようむいん	校工；工友

家庭教師 かていきょうし	家庭教師
恩師 おんし	恩師
担当 たんとう	任教；任職
担任 たんにん	級任老師；班導師 表現 ～の先生：級任老師

應考・測驗

受験 じゅけん	應考
受験生 じゅけんせい	應考生
受験票 じゅけんひょう	准考證
受験番号 じゅけんばんごう	准考證號碼
願書 がんしょ	申請書；報名表 表現 ～を出す：提出申請書、送出報名表
競争率 きょうそうりつ	競爭率
センター試験 しけん	基本學力測驗
入試 にゅうし	入學考 表現 入学試験にゅうがくしけん：入學測驗

教育與知識

合格 ごうかく	合格；錄取 **表現** 補欠ほけつ〜：備取｜試験に受うかる：通過測驗、考上
不合格 ふ ごうかく	不合格；未錄取 **表現** 試験に落おちる：落榜、未考上
推薦入学 すいせんにゅうがく	推薦入學
裏口入学 うらぐちにゅうがく	走後門入學
試験 し けん	測驗；考試 **表現** 〜を受ける：應考
再試 さい し	重考
追試 つい し	補考
模擬試験 も ぎ し けん	模擬考 **同** 模試もし
中間試験 ちゅうかん し けん	期中考
期末試験 き まつし けん	期末考
小テスト しょう	小考
抜き打ち試験 ぬ う し けん	臨時考
口頭試問 こうとう し もん	口試
実技試験 じつ ぎ し けん	實作測驗（術科考試）
筆記試験 ひっき し けん	筆試
知能テスト ち のう	智力測驗
国家試験 こっか し けん	國家考試；國考

検定試験 けんてい し けん	檢定考
がり勉 べん	死讀書的學生；書呆子 説明 嘲弄只認真於學校課業的人。
勉強家 べんきょう か	勤奮用功的人
一夜漬け いち や づ	臨陣磨槍；臨時抱佛腳
泥縄式勉強 どろなわしきべんきょう	臨陣磨槍；臨渴掘井 説明 為「泥棒どろぼうを捕とらえて縄なわをなう」 的略語，意指事情發生了以後，才慌忙尋找對策。 表現 泥縄式の受験勉強じゅけんべんきょう：臨時抱佛 腳用功讀書
山をかける やま	猜題 表現 山がはずれる[あたる]：沒猜中〔命中〕考題
しくじる	考試失常；考差了
試験にすべる し けん	考不及格
暗記する あん き	默背；熟記 表現 丸まる～する：全部背下來
カンニングする cunning	作弊
カンニングペーパー cunning paper	小抄
問題 もんだい	題目 表現 問とい：題目｜設問せつもん：出題｜質問しつも ん：問題
答え こた	答案 表現 解答かいとう：解答｜～る：回答
問題用紙 もんだいようし	題目紙

答案用紙 とうあんようし	答案紙
主観式 しゅかんしき	主觀式
客観式 きゃっかんしき	客觀式
○×問題 まるばつもんだい	是非題
マークシート mark sheet	答案卡
解答欄 かいとうらん	作答欄位
採点 さいてん	計分；評分 表現 点数てんすうをつける：得分｜下駄げたをはかせる：加分｜点数が甘あまい：輕鬆得分、給分寬鬆｜点数が辛からい：給分嚴格
模範解答 も はんかいとう	標準答案
正解 せいかい	正確答案
成績 せいせき	成績；分數 表現 ～をつける：評分、打分數｜～がいい[悪い]：成績好〔差〕
評価する ひょう か	評分、評定
成績票 せいせきひょう	成績單 說明 雖然以前的小學是以5（秀）・4（優）・3（美）・2（良）・1（可）這五個階段來評分，但最近很多學校會以3（優れている）・2（ふつう）・1（やや劣る）這三個標準來評分。
満点 まんてん	滿分
零点 れいてん	零分
A+ エープラス	A+

B- ビーマイナス	B-
オールA all	所有科目都拿A
不合格点 ふ ごうかくてん	不及格分數
再履修 さい り しゅう	重修
ビリ	最後一名；倒數第一名
単位 たん い	學分 表現 ～を取とる：拿學分｜～を落おとす：沒拿到學分
ダブルメジャー	（台灣普遍的大學修學分制度）雙主修 表現 ダブルスクール：雙重校籍（在日本就讀大學或短大的同時，利用晚上空餘時間固定上另一具有校籍的專修學校學習一些會計、電腦資訊、外語、公務人員考試等科目的制度）

課程

授業 じゅぎょう	上課；課程 表現 ～を受ける：上課｜～を登録とうろくする：登錄課程、選課｜～をさぼる：翹課
時間割 じ かんわり	功課表、時間表
～時限 じ げん	第～節（堂）課 同 ～時間目じかんめ 表現 1時間目：第一節（堂）課｜2時間目：第二節（堂）課｜3時間目：第三節（堂）課
講義 こう ぎ	講解；講義
講座 こう ざ	講座
休講 きゅうこう	停課

名簿 めい ぼ	名單；點名簿 説明 如果提到名簿順めいぼじゅん，就是指「あいう えお」排序或「ABC」排序。
出席 しゅっせき	出席；點名 表現 ～を取る：點名｜～簿－ぼ：點名簿
欠席 けっせき	缺席
遅刻 ち こく	遲到
早退 そうたい	早退
代返 だいへん	代點名 説明 點名時，代替缺席者回答。 例 クラスメートに～を頼む。拜託同學代點名。

予習 よ しゅう	預習
復習 ふくしゅう	複習
練習 れんしゅう	練習
宿題 しゅくだい	回家作業
課題 か だい	題目
レポート report	報告
筆記 ひっ き	筆記
ノートを取る note と	作筆記
タイトル title	標題 同 題だい
序論 じょろん	序論 同 序文じょぶん：序言

本論 ほんろん	主題；正文
結論 けつろん	結論；結語
参考文献 さんこうぶんけん	參考文獻
教科書 きょうかしょ	教科書
教材 きょうざい	教材
参考書 さんこうしょ	參考書
入門書 にゅうもんしょ	入門書
専門書 せんもんしょ	專業用書
問題集 もんだいしゅう	問題集；題庫
ワークブック workbook	筆記本
辞書 じしょ	字典；辭典 例 〜をひいてみましょう。查辭典看看吧！
辞典 じてん	字典；辭典 表現 日中にちちゅう〜：日中字典｜英和えいわ〜：英日辭典 説明 為書面體的表現，會話中日本人不會講「日中辭書」或「英和辞書」，要特別注意。
百科事典 ひゃっかじてん	百科辭典

校園生活

学年 がくねん	**學年；學級** 表現 何年生なんねんせい：幾年級？｜１年生いちねんせい：一年級｜２年生にねんせい：二年級｜３年生さんねんせい：三年級｜４年生よねんせい：四年級｜５年生ごねんせい：五年級｜６年生ろくねんせい：六年級
組 くみ	**〜班；〜組** 表現 １年１組いちねんいちくみ：一年一班｜２年４組にねんよんくみ：二年四班｜３年A組さんねんエーぐみ：三年A班 説明 如果要講用羅馬字母取名的班級，就要念成A組エーぐみ、B組ビーぐみ、C組シーぐみ、D組ディーぐみ，注意此時的發音是ぐみ。
クラス class	**班；班級**
学級委員 がっきゅう い いん	**班級委員；班級幹部**
生徒会 せい と かい	**學生會** 例 〜長－ちょう：學生會長
学期 がっ き	**學期** 表現 前期ぜんき：上學期｜後期こうき：下學期 例 １いち〜：第一學期｜２に〜：第二學期｜３さん〜：第三學期
新学期 しんがっ き	**新學期**
休み やす	**放假；休息** 表現 夏なつ〜：暑假｜冬ふゆ〜：寒假｜春はる〜：春假
休み時間 やす じ かん	**下課時間（兩堂課之間的休息時間）**
昼休み ひるやす	**午休**
放課後 ほう か ご	**放學後**

教育與知識

登校 とうこう	上學；到校
下校 げこう	放學
見学 けんがく	觀摩；參觀
林間学校 りんかんがっこう	森林學校 説明 暑假為中小學生舉辦的暑期戶外夏令營。
臨海学校 りんかいがっこう	海濱夏令營 説明 日本中、小學生在暑假時期會前往海邊接受運動、遊戲、動植物採集等戶外課程的臨時學校。
修学旅行 しゅうがくりょこう	校外教學
オリエンテーション orientation	新生訓練；迎新宿營
部活 ぶかつ	社團活動 説明 サークル 內部比較沒有上下關係，平時的活動也比較輕鬆。部活ぶかつ則有顧問或老師在指導，平日練習也比サークル嚴格許多。
サークル circle	社團 表現 同好会どうこうかい：同好會｜愛好会あいこうかい：愛好會
部室 ぶしつ	社團活動室
学園祭 がくえんさい	校慶；園遊會
合コン ごう	聯誼
立て看 た かん	直立式看板 説明 MT稱為ゼミの研修けんしゅう或ゼミの合宿がっしゅく。
学費 がくひ	學費 表現 ～振ふり込こみ用紙ようし：學費繳費單
授業料 じゅぎょうりょう	學費

奨学金 しょうがくきん	獎學金
学級崩壊 がっきゅうほうかい	學級崩壞現象 **說明** 指日本1995年起，學生在課堂上恣意妄為，如：四處走動、聊天等，導致老師無法繼續講課。或者學生行為脫序，導師難以管教，班級長時間無法正常運作的情況。
学校恐怖症 がっこうきょう ふ しょう	上學恐懼症
登校拒否 とうこうきょ ひ	拒絕上學
引きこもり ひ	繭居；隱蔽；（長期關在房內）閉門不出
過保護 か ほ ご	過度保護
えこひいきする	偏袒；偏心
いじめ	霸凌
非行問題 ひ こうもんだい	偏差行為問題
落ちこぼれ お	落後；吊車尾
カウンセリング counseling	諮詢中心；諮商中心
PTA ピーティーエー	家長教師協會 同 保護者会ほごしゃかい
教育ママ きょういく	望子成龍的母親

科目

再多記一點!!

- **国語**こくご　　　國語
- **算数**さんすう　　算數
　＊**数学**すうがく 數學
- **道徳**どうとく　　道德
- **図工**ずこう　　　製圖
- **古典**こてん　　　古典文
- **漢文**かんぶん　　漢文
- **数学**すうがく　　數學
- **化学**かがく　　　化學
- **地理**ちり　　　　地理
- **歴史**れきし　　　歷史
- **日本史**にほんし　日本史
- **倫理**りんり　　　生活倫理
- **保健体育**ほけん−　健康教育

- **理科**りか　　　　理化
- **社会**しゃかい　　社會
- **体育**たいいく　　體育
- **音楽**おんがく　　音樂
- **家庭科**かていか　家政
- **現代国語**げんだい−　現代文
- **外国語**がいこくご　外語
- **生物**せいぶつ　　生物
- **物理**ぶつり　　　物理
- **地学**ちがく　　　地球科學
- **世界史**せかいし　世界史
- **哲学**てつがく　　哲學
- **美術**びじゅつ　　美術
- **ホームルーム**　　導師時間
　homeroom

文具與事務用品

文具 ぶんぐ	文具 同 文房具ぶんぼうぐ
事務用品 じむようひん	辦公用品
住所録 じゅうしょろく	通訊錄
名刺入れ めいしいれ	名片簿；名片夾
名簿 めいぼ	名冊
書類箱 しょるいばこ	文件箱；檔案盒
ノート note	筆記本 同 帳面ちょうめん
大学ノート だいがくnote	大學生筆記本 説明 指B5尺寸的橫式講義用筆記本。
ルーズリーフ loose-leaf	活頁 説明 可以隨意裝拆內頁的筆記本。
バインダー binder	檔案固定夾
ファイル file	檔案夾；資料夾
手帳 てちょう	記事本
メモ用紙 memo ようし	計算紙；草稿紙 表現 メモ帳ちょう：備忘本
見出し みだ	便利貼；分類索引卡
ポストイット Post-it	便利貼

帳簿 ちょう ぼ	記帳本 **表現** 〜をつける：記帳 | 〜をつき合わせる：對帳
日記帳 にっ き ちょう	日記本 **表現** 絵日記えにっき：圖畫日記 | 日記をつける：寫 日記

はんこ	印章 **表現** 三文判さんもんばん：粗糙的圖章 **說明** シャチハタは日本文具公司「Shachihata」的產 品，它是事先刻好再販售的連續印章（原子章）。 **例** シャチハタは不可です。不可使用連續印章。
朱肉 しゅにく	紅印泥
日付印 ひ づけいん	日期印章
スタンプ stamp	印章；紀念圖章 **表現** 〜台だい：印台

筆記具 ひっ き ぐ	筆記用具；文具用品
筆箱 ふでばこ	鉛筆盒
万年筆 まんねんひつ	鋼筆
ペン pen	鋼筆；筆
ボールペン ball pen	原子筆
鉛筆 えんぴつ	鉛筆
シャープペンシル sharp pencil	自動鉛筆 **表現** 替かえ芯しん：筆芯、替芯
色鉛筆 いろえんぴつ	彩色鉛筆
マジック（インキ）	簽字筆；麥克筆；螢光筆

サインペン sign pen	簽字筆
水性ペン すいせい	水性筆
油性ペン ゆせい	油性筆
蛍光ペン けいこう	螢光筆
筆ペン ふで	毛筆
ボードマーカー board marker	白板筆
チョーク chalk	粉筆
ホワイトボード white board	白板
黒板 こくばん	黑板
黒板消し こくばん け	板擦
インク ink	墨水
消しゴム け	橡皮擦
下敷き した じ	墊板
物差し もの さ	直尺 回 定規じょうぎ
巻き尺 ま じゃく	捲尺 回 メジャーmeasure
三角定規 さんかくじょう ぎ	三角尺
分度器 ぶん ど き	量角器
コンパス compass	指南針;羅盤

接着剤 せっちゃくざい	接著劑（樹脂、黏膠等）
ボンド Bond	強力黏著劑
糊 のり	漿糊 表現 液状えきじょうのり：膠水｜固形こけいのり：口紅膠
セロテープ cellotape	透明膠帶
両面テープ りょうめんtape	雙面膠
ガムテープ gum tape	封箱膠帶
ホチキス Hotchkiss	釘書機 表現 〜の針はり：訂書針
パンチ punch	打洞機
修正液 しゅうせいえき	修正液
ルーペ Lupe	放大鏡 同 虫眼鏡むしめがね
紙 かみ	紙張
裏紙 うらがみ	背面可以利用的紙；影印回收紙
コピー機 copy　　き	影印機 表現 コピーcopy：影印｜両面りょうめんコピー：雙面影印｜片面かためんコピー：單面影印
コピー用紙 copy　　ようし	影印紙 表現 A4エーよん：A4｜B4ビーよん：B4｜B5ビーご：B5
白紙 はくし	白紙

画用紙 がようし	圖畫紙
スケッチブック sketchbook	素描本
段ボール だん	紙箱

はさみ	剪刀
書類ばさみ しょるい	紙夾；資料夾
クリップ clip	迴紋針
押しピン お　　pin	圖釘
鉛筆削り えんぴつけず	削鉛筆機 表現 鉛筆を削る：削鉛筆
ナイフ knife	刀片
シュレッダー shredder	碎紙機
電卓 でんたく	電子計算機
そろばん	算盤

物理學名詞

物理学 ぶつりがく	**物理學** **表現** 理論りろん〜：理論物理學｜実験じっけん〜：實驗物理｜数理すうり〜：數理物理｜計算けいさん〜：計算物理｜素粒子そりゅうし〜：基本粒子物理｜高エネルギーこうenergy〜：高能物理｜核かく〜：核子物理｜原子げんし〜：原子物理｜分子ぶんし〜：分子物理｜高分子こうぶんし〜：高分子物理｜物性ぶっせい〜：物性物理｜固体こたい〜：固體物理｜表面ひょうめん〜：表面物理｜応用おうよう〜：應用物理｜低温ていおん〜：低溫物理｜プラズマplasma〜：電漿物理
天文学 てんもんがく	**天文學** **表現** 天体物理学てんたいぶつりがく：天體物理學｜宇宙物理学うちゅうぶつりがく：宇宙物理學｜地球物理学ちきゅうぶつりがく：地球物理學
物理化学 ぶつりかがく	**物理化學**
力学 りきがく	**力學** **表現** 古典こてん〜：古典力學｜解析かいせき〜：解析力學｜材料ざいりょう〜：材料力學｜構造こうぞう〜：構造力學｜流体りゅうたい〜：流體力學｜土質どしつ〜：土壤力學｜水すい〜：水力學｜剛体ごうたい〜：剛體力學｜電気でんき〜：電力學｜熱ねつ〜：熱力學｜統計とうけい〜：統計力學｜波動はどう〜：波動力學｜量子りょうし〜：量子力學｜ニュートンNewton〜：牛頓力學原理
音響学 おんきょうがく	**聲學；音響學**
光学 こうがく	**光學**

電磁気学 でんじきがく	電磁學

結晶 けっしょう	結晶
アモルファス amorphous	非晶體
非結晶性半導体 ひ けっしょうせいはんどうたい	非晶型半導體
薄膜 はくまく	薄膜 **表現** アルミホイルaluminium foil：鋁箔｜金箔きんぱく：金箔｜銀箔ぎんぱく：銀箔｜透過膜とうかまく：滲透膜｜半透膜はんとうまく：半透膜｜被膜ひまく：被膜
金属 きんぞく	金屬 **表現** メタルmetal：金屬｜軽けい〜：輕金屬｜重じゅう〜：重金屬
合金 ごうきん	合金 **表現** アロイalloy：合金｜真鍮しんちゅう：黃銅｜はんだ：焊錫｜ジュラルミンduralumin：鋁合金｜ステンレスstainless：不鏽鋼｜ニクロムNichrome：鎳鉻合金｜ブロンズbronze：青銅｜青銅せいどう：青銅｜ホワイトゴールドwhite gold：白金｜アマルガムamalgam：汞合金｜超ちょう〜：超合金

力 ちから	力
抗力 こうりょく	抗力
接触力 せっしょくりょく	接觸力
浮力 ふりょく	浮力
張力 ちょうりょく	張力

10

教育與知識

表面張力 ひょうめんちょうりょく	表面張力
弾力 だんりょく	彈力
摩擦力 ま さつりょく	摩擦力
遠心力 えんしんりょく	離心力
求心力 きゅうしんりょく	向心力
保存力 ほ ぞんりょく	守恆力
重力 じゅうりょく	重力
万有引力 ばんゆういんりょく	萬有引力
エネルギー energy	能量 **表現** 位置いち〜：位能｜運動うんどう〜：動能｜熱ねつ〜：熱能
周期 しゅう き	週期
単振動 たんしんどう	簡諧運動
バネ	彈簧
振り子 ふ こ	單擺
物体の運動 ぶったい うんどう	物體運動 **表現** 二次元運動にじげんうんどう：平面運動｜等速直線運動とうそくちょくせんうんどう：等速度直線運動｜等速円運動とうそくえんうんどう：等速度圓周運動｜放物体運動ほうぶつたいうんどう：拋物線運動（拋體運動）
運動第一法則 うんどうだいいちほうそく	牛頓第一運動定律 **表現** 慣性かんせいの法則：慣性定律

教育與知識

運動第二法則 うんどうだいにほうそく	牛頓第二運動定律（加速度定律） **表現** 運動方程式うんどうほうていしき：運動方程式（F = ma）
運動第三法則 うんどうだいさんほうそく	牛頓第三運動定律 **表現** 作用さよう・反作用はんさようの法則：作用力與反作用力定律
速度 そくど	速度
加速度 かそくど	加速度
自由落下 じゆうらっか	自由落體
ベクトル vector	向量
スカラー scalar	純量
質点 しつてん	質點
動力学 どうりきがく	動力學
運動量 うんどうりょう	動量 **表現** 線せん〜：線動量｜角かく〜：角動量
モーメント moment	力矩 **表現** 回転かいてん〜：轉力｜ねじり〜：扭力
トルク torque	力矩、力偶

エントロピー entropy	熵（熱力學函數）
カロリー calorie	卡路里 **說明** 熱量單位。
ジュール joule	焦耳 **說明** 功或能的單位。
仕事 しごと	（物理）功

仕事率 し ごとりつ	（物理）功率
ワット watt	瓦特 說明 功率的單位。

光 ひかり	光
音 おと	聲音
波動 は どう	波
横波 よこなみ	橫波
縦波 たてなみ	縱波
周波数 しゅう は すう	頻率
波長 は ちょう	波長
スネルの法則 Snell ほうそく	司乃耳定律 說明 折射定律。
弦 げん	弦
干渉 かんしょう	干涉
振幅 しんぷく	振幅
振動数 しんどうすう	振動數
伝播速度 でん ぱ そく ど	傳播速度
屈折 くっせつ	折射
反射 はんしゃ	反射 表現 固定端こていたん〜：固定端反射	自由端じゆうたん〜：自由端反射
位相 い そう	相位

ドップラー効果 Doppler こうか	都卜勒效應
理想気体 りそうきたい	理想氣體
圧力 あつりょく	壓力
アボガドロ数 Avogadro すう	亞佛加厥常數
アボガドロの法則 Avogadro ほうそく	亞佛加厥定律 **説明** 同温どうおん・同圧どうあつのもとでは同体積どうたいせきの気体中きたいちゅうには同数どうすうの分子ぶんしが含ふくまれる。當溫度和壓力固定的時候，相同體積內的分子數是固定的。
ボイル・シャルルの法則 Boyle Charles ほうそく	波以耳・查理定律 **説明** 気体きたいの体積たいせきは圧力あつりょくに反比例はんぴれいし、絶対温度ぜったいおんどに比例ひれいする。定量氣體的體積，和壓力成反比，和絕對溫度成正比。
比熱 ひねつ	比熱 **表現** モル〜：莫耳比熱｜定圧ていあつモル〜：定壓莫耳比熱｜定積ていせきモル〜：定容莫耳比熱
熱量 ねつりょう	熱能
電磁気 でんじき	電磁
電気 でんき	電 **表現** 陽よう〜：正電｜陰いん〜：負電｜静せい〜：靜電
電流 でんりゅう	電流
電荷 でんか	電荷
電場 でんば	電場

電圧 でんあつ	電壓
電力 でんりょく	電力
電極 でんきょく	電極
導線 どうせん	導線
電気回路 でん き かい ろ	電路
抵抗 ていこう	阻力
直列 ちょくれつ	串聯
並列 へいれつ	並聯
クーロンの法則 Coulomb　　　ほうそく	庫倫定律 説明 電荷でんかを帯おびた粒子間りゅうしかんに働はたらく力は、二つの粒子りゅうしの電荷の積せきに比例し、粒子間の距離きょりの二乗じじょうに反比例する。在帶有電荷的粒子間作用的力量，和兩電荷的乘積成比例，和粒子間距離的平方成反比。
オームの法則 Ohm　　　　ほうそく	歐姆定律 説明 回路かいろに流れる電流でんりゅうは電圧に比例し、抵抗ていこうに反比例する。在迴路中流動的電流大小，和電壓成比例和電阻成反比。
磁気力 じ きりょく	磁力
磁場 じ ば	磁場
磁石 じ しゃく	磁鐵
電磁波 でん じ は	電磁波

放射線 ほうしゃせん	放射線
エックス線 X　せん	X光線
ガンマ線 gamma　せん	伽瑪射線
赤外線 せきがいせん	紅外線 **表現** 遠赤外線えんせきがいせん：遠紅外線
紫外線 し がいせん	紫外線
可視光線 か し こうせん	可見光線
スピン spin	自旋；自轉
質量 しつりょう	質量
分子 ぶん し	分子
原子 げん し	原子
原子核 げん し かく	原子核
中性子 ちゅうせい し	中子
陽子 よう し	質子
電子軌道 でん し き どう	電子軌道
電子 でん し	電子
素粒子 そ りゅう し	基本粒子

クオーク quark	夸克（基本粒子，是構成物質的基本單位） 表現 アップup～(u)：上夸克｜ダウンdown～(d)：下夸克｜チャームcharm～(c)：魅夸克｜ストレンジstrange～(s)：奇夸克｜トップtop～(t)：頂夸克｜ボトムbottom～(b)：底夸克
レプトン lepton	輕子 表現 電子(e–)：電子｜ミュー粒子(μ–)：微粒子muon｜タウ粒子(τ–)：濤子tau｜電子ニュートリノ(ve)：電子微中子｜ミューニュートリノ(vμ)：μ子微中子｜タウニュートリノ(vτ)：濤微中子
ゲージ粒子 gauge りゅうし	規範子 表現 フォトンphoton(γ)：光子｜グルーオンgluon(g)：膠子｜ウイークボソンweak boson(w±, z0)：玻色子｜重力子：重力子
スーパーカミオカンデ Super-Kamiokande	微中子偵測器
ニュートリノ neutrino	微中子
中間子 ちゅうかん し	介子
バリオン baryon	重子

測量儀器

計測機器 けいそく き き	測量儀器
測定 そくてい	測量；檢測
マイクロメーター micrometer	測微器
ノギス Nonius	游標尺
オシロスコープ oscilloscope	示波器

バネばかり	彈簧秤
天秤 てんびん	天秤
天秤さお てんびん	天秤桿
天秤皿 てんびんざら	天秤承盤
重り おも	砝碼；秤砣
てこ	槓桿 表現 ～の作用さよう：槓桿作用｜～の支点してん：槓桿支點
金属棒 きんぞくぼう	金屬棒
気体定数 き たいていすう	氣體常數
重力定数 じゅうりょくていすう	重力常數
ファラデー定数 Faraday　　　ていすう	法拉第常數
ボルツマン定数 Boltzmann　　ていすう	波茲曼常數
プランク定数 Planck　　　ていすう	普朗克常數

世界知名的物理學家

再多記一點！！

- **ピタゴラス** Pythagoras 　　　畢達哥拉斯（BC 580?～BC 500?）
- **アルキメデス** Arkhimedes 　　阿基米德（BC 287?～BC 212）
- **グーテンベルグ** Gutenberg 　　古騰堡（1397～1468）
- **コペルニクス** Copernicus 　　哥白尼（1473～1543）
- **ガリレイ** Galilei 　　　　　　伽利略（1564～1642）
- **パスカル** Pascal 　　　　　　帕斯卡（1623～1662）
- **ボイル** Boyle 　　　　　　　波以耳（1627～1691）
- **ニュートン** Newton 　　　　　牛頓（1642～1727）
- **ベルヌーイ** Bernoulli 　　　　白努利（1700～1782）
- **ガウス** Gauss 　　　　　　　高斯（1777～1855）
- **ワット** Watt 　　　　　　　瓦特（1736～1819）
- **ノーベル** Nobel 　　　　　　諾貝爾（1833～1896）
- **ベル** Bell 　　　　　　　　貝爾（1847～1922）
- **エジソン** Edison 　　　　　　愛迪生（1847～1931）
- **ディーゼル** Diesel 　　　　　狄塞爾（1858～1913）
- **フォード** Ford 　　　　　　　亨利・福特（1863～1947）
- **キュリー夫人** Curieふじん 　　居禮夫人（1867～1934）
- **アインシュタイン** Einstein 　愛因斯坦（1879～1955）
- **湯川秀樹** ゆかわひでき 　　　湯川秀樹（1907～1981）

10-4 化學

化學名詞

化学 か がく	化學 **說明** 因為發音和科學かがく一樣，為了做區分，化學也可以講成ばけがく。
無機化学 む き か がく	無機化學
有機化学 ゆう き か がく	有機化學
周期表 しゅう き ひょう	週期表 **說明** 也稱為「元素周期率表げんそしゅうきりつひょう」。用日語的背誦方法是「水兵すいへいリーベボクの船ふね…（H.He.Li.Be.B.C.N.O.F.Ne…）」
金属元素 きんぞくげん そ	金屬元素 **表現** アルカリalkali〜：強鹼金屬元素
非金属元素 ひ きんぞくげん そ	非金屬元素
原子番号 げん し ばんごう	原子數
原子量 げん し りょう	原子量
水素 すい そ	氫
ヘリウム helium	氦
リチウム lithium	鋰
ベリリウム beryllium	鈹
ホウ素 そ	硼

炭素 <small>たん そ</small>	碳
窒素 <small>ちっ そ</small>	氮
酸素 <small>さん そ</small>	氧
フッ素 <small>そ</small>	氟
ネオン <small>neon</small>	氖
ナトリウム <small>natrium</small>	鈉 <small>表現</small> 水酸化すいさんか〜：氫氧化鈉
マグネシウム <small>magnesium</small>	鎂
アルミニウム <small>aluminium</small>	鋁
ケイ素 <small>そ</small>	矽
シリコン <small>silicon</small>	矽膠
リン	磷
硫黄 <small>い おう</small>	硫 <small>表現</small> 硫化鉄りゅうかてつ：硫化鐵｜硫化銅りゅうかどう：硫化銅
塩素 <small>えん そ</small>	氯 <small>表現</small> 塩化水素：氯化氫
アルゴン <small>argon</small>	氬
カリウム <small>Kalium</small>	鉀
カルシウム <small>calcium</small>	鈣
スカンジウム <small>scandium</small>	鈧
チタン <small>Titan</small>	鈦

バナジウム vanadium	釩
クロム Chrom	鉻 **表現** 三価さんか〜：三價鉻 ｜ 六価ろっか〜：六價鉻
マンガン Mangan	錳

酸 さん	酸
アルカリ alkali	鹼、強鹼
塩基 えん き	鹼
みょうばん	明礬
イオン化傾向 ion　　かけいこう	離子化傾向 **説明** 背誦方法是「貸かそうかな、まぁあてにするな、ひどすぎる借金しゃっきん」｜K（カリウム）、Ca（カルシウム）、Na（ナトリウム）、Mg（マグネシウム）、Zn（亜鉛）、Cr（クロム）、Fe（二価の鉄）、Cd（カドミウム）、Co（コバルト）、Ni（ニッケル）、Sn（スズ）、Pb（鉛）、Fe（三価の鉄）、H（水素）、Cu（銅）、Ag（銀）、Hg（水銀）、Au（金）。
陽イオン よう ion	陽離子
陰イオン いん ion	陰離子
錯イオン さく ion	錯離子
多原子イオン た げんし ion	多原子離子
中和反応 ちゅう わ はんのう	中和反應
無機化合物 む き か ごうぶつ	無機化合物
有機化合物 ゆう き か ごうぶつ	有機化合物

塩酸 えんさん	鹽酸
酢酸 さくさん	醋酸
硝酸 しょうさん	硝酸
リン酸 さん	磷酸
炭酸 たんさん	碳酸
硫酸 りゅうさん	硫酸
亜硫酸 あ りゅうさん	亞硫酸
次亜塩素酸 じ あ えん そ さん	次氯酸
クロム酸 chrom　　さん	鉻酸
蓚酸 しゅうさん	草酸；乙二酸

無色無臭 む しょく む しゅう	無色無臭
比重 ひ じゅう	比重 表現 ～が大きい[小さい]：比重大〔小〕｜水より軽かるい：較水為輕
融点 ゆうてん	熔點
沸点 ふってん	沸點
溶液 ようえき	溶液
溶媒 ようばい	溶劑
溶質 ようしつ	溶質

數學名詞

縦 たて	直
横 よこ	横
長さ なが	長度
高さ たか	高度
深さ ふか	深度
広さ ひろ	寬度；幅面
幅 はば	寬度
重さ おも	重量
厚さ あつ	厚度
太さ ふと	粗細
嵩 かさ	容積；體積
周り まわ	周長
高低 こうてい	高低
面積 めんせき	面積
体積 たいせき	體積
容積 ようせき	容積

左側邊欄：**10 教育與知識**

距離 きょり	距離

再多記一點!!

關於比較的表現

- **AはBと等ひとしくない** A不等於B
- **AはBより大おおきい** A比B大
- **AはBより小ちいさい** A比B小

速度 そくど	速度
時速 じそく	時速
秒速 びょうそく	秒速
音速 おんそく	音速

線 せん	線
点線 てんせん	虛線
波線 はせん	波狀線
直線 ちょくせん	直線
曲線 きょくせん	曲線
放物線 ほうぶつせん	拋物線
垂直線 すいちょくせん	垂直線
平行線 へいこうせん	平行線

教育與知識

対角線 たいかくせん	對角線
線グラフ せん graph	線圖
折線グラフ おれせん	折線圖
円グラフ えん	圓餅圖
棒グラフ ぼう	直線圖
式 しき	算式、公式
座標 ざ ひょう	座標
座標平面 ざ ひょうへいめん	座標平面
X 軸 エックスじく	X軸
Y軸 ワイじく	Y軸
関数 かんすう	函數
三角関数 さんかくかんすう	三角函數 表現 sin（サイン）：sin｜cos（コサイン）：cos｜tan（タンジェント）：tan
底辺 ていへん	底邊
斜辺 しゃへん	斜邊
方程式 ほうていしき	方程式 表現 二次にじ～：二次方程式｜～を解とく：解方程式
代数 だいすう	代數

因数分解 いんすうぶんかい	**因式分解** 説明 $x^2+2xy+y^2 = (x+y)^2$ エックスじじょう　プラス　に エックスワイ　プラス　ワイじじょう　イコール　かっこ エックスプラスワイ　のじじょう
三平方の定理 さんへいほう　　ていり	**三角形公式** 説明 直角三角形ちょっかくさんかっけいにおいて、斜 辺の平方は、他たの二辺の平方の和わに等ひとし い。在一個直角三角形中，斜邊平方等於其他兩邊 （兩股）的平方和。

整数 せいすう	整數
分数 ぶんすう	分數
小数 しょうすう	小數
偶数 ぐうすう	偶數
奇数 き すう	奇數

四捨五入 し しゃ ご にゅう	四捨五入
切り捨て き　　す	捨去
切り上げ き　　あ	進位
以上 い じょう	以上
以下 い か	以下
未満 み まん	未滿
パーセント percent	百分比
平均 へいきん	平均

一部 いち ぶ	部分
全部 ぜん ぶ	全部
全体 ぜんたい	全體；整體
部分 ぶ ぶん	部分
過半数 か はんすう	過半數 **表現** 〜に満みたない：未過半數｜〜を獲得かくとくする：得到過半
微分 び ぶん	微分
積分 せきぶん	積分
最大公約数 さいだいこうやくすう	最大公約數
最小公倍数 さいしょうこうばいすう	最小公倍數
正比例 せい ひ れい	正比
反比例 はん ぴ れい	反比

鋭角 えいかく	鋭角
鈍角 どんかく	鈍角
直角 ちょっかく	直角
内角 ないかく	內角
外角 がいかく	外角

九九乘法表及其唸法

九九 くく　九九乘法

1×1＝1 いんいちがいち　　1×2＝2 いんにがに　　1×3＝3 いんさんがさん
1×4＝4 いんしがし　　1×5＝5 いんごがご　　1×6＝6 いんろくがろく
1×7＝7 いんしちがしち　　1×8＝8 いんはちがはち　　1×9＝9 いんくがく

2×1＝2 にいちがに　　2×2＝4 ににんがし　　2×3＝6 にさんがろく
2×4＝8 にしがはち　　2×5＝10 にごじゅう　　2×6＝12 にろくじゅうに
2×7＝14 にしちじゅうし　　2×8＝16 にはちじゅうろく　　2×9＝18 にくじゅうはち

3×1＝3 さんいちがさん　　3×2＝6 さんにがろく　　3×3＝9 さざんがく
3×4＝12 さんしじゅうに　　3×5＝15 さんごじゅうご　　3×6＝18 さぶろくじゅうはち
3×7＝21 さんしちにじゅういち　3×8＝24 さんぱにじゅうし　　3×9＝27 さんくにじゅうしち

4×1＝4 しいちがし　　4×2＝8 しにがはち　　4×3＝12 しさんじゅうに
4×4＝16 ししじゅうろく　　4×5＝20 しごにじゅう　　4×6＝24 しろくにじゅうし
4×7＝28 ししちにじゅうはち　4×8＝32 しはさんじゅうに　　4×9＝36 しくさんじゅうろく

5×1＝5 ごいちがご　　5×2＝10 ごにじゅう　　5×3＝15 ごさんじゅうご
5×4＝20 ごしにじゅう　　5×5＝25 ごごにじゅうご　　5×6＝30 ごろくさんじゅう
5×7＝35 ごしちさんじゅうご　5×8＝40 ごはしじゅう　　5×9＝45 ごっくしじゅうご

6×1＝6 ろくいちがろく　　6×2＝12 ろくにじゅうに　　6×3＝18 ろくさんじゅうはち
6×4＝24 ろくしにじゅうし　　6×5＝30 ろくごさんじゅう　　6×6＝36 ろくろくさんじゅうろく
6×7＝42 ろくしちじゅうに　　6×8＝48 ろくはしじゅうはち　　6×9＝54 ろっくごじゅうし

7×1＝7 しちいちがしち　　7×2＝14 しちにじゅうし　　7×3＝21 しちさんにじゅういち
7×4＝28 しちしにじゅうはち　7×5＝35 しちごさんじゅうご　　7×6＝42 しちろくしじゅうに
7×7＝49 しちしちしじゅうく　　7×8＝56 しちはごじゅうろく　　7×9＝63 しちろくろくじゅうさん

8×1＝8 はちいちがはち　　8×2＝16 はちにじゅうろく　　8×3＝24 はちさんにじゅうし
8×4＝32 はちしさんじゅうに　8×5＝40 はちごしじゅう　　8×6＝48 はちろくしじゅうはち
8×7＝56 はちしちごじゅうろく　8×8＝64 はっぱろくじゅうし　　8×9＝72 はっくしちじゅうに

9×1＝9 くいちがく　　9×2＝18 くにじゅうはち　　9×3＝27 くさんにじゅうしち
9×4＝36 くさんじゅうろく　　9×5＝45 くごしじゅうご　　9×6＝54 くろくごじゅうし
9×7＝63 くしちろくじゅうさん　9×8＝72 くはしちじゅうに　　9×9＝81 くくはちじゅういち

word tip

半径 はんけい	半徑
直径 ちょっけい	直徑

加減乗除

加減乗除 か げんじょうじょ	加減乘除
足す た	加
足し算 た　　ざん	加法 說明 8＋2＝10 はち たす には じゅう
引く ひ	減
引き算 ひ　　ざん	減法 說明 8－2＝6 はち ひく には ろく
掛ける か	乘
掛け算 か　　ざん	乘法 說明 8×2＝16 はち かける には じゅうろく
割る わ	除
割り切れる わ　　き	除盡
割り算 わ　　ざん	除法 說明 8÷2＝4 はち わる には よん
鶴亀算 つるかめざん	雞兔同籠問題 說明 為數學四則運算,先提示鶴和龜總共的數目和 腳的總數,接著再分別求出各自的數量。
植木算 うえ き ざん	植樹問題 說明 為數學四則運算,求出以固定的間隔種樹時, 依照樹木和間隔數的關係,計算出總共需種植幾棵 樹的問題。

圖形・立體表現

幾何学 き か がく	幾何學
図形 ず けい	圖形
平面 へいめん	平面圖
立体 りったい	立體圖
円 えん	圓；圓形
楕円形 だ えんけい	橢圓形
扇形 おうぎがた	扇形
三角形 さんかくけい	三角形 表現 正せい〜：正三角形｜二等辺にとうへん〜：等腰三角形｜直角ちょっかく〜：直角三角形
四角形 し かくけい	四角形
正方形 せいほうけい	正方形
長方形 ちょうほうけい	長方形
平行四辺形 へいこうし へんけい	平行四邊形
五角形 ご かくけい	五邊形
六角形 ろっかくけい	六邊形
八角形 はっかくけい	八邊形
菱形 ひしがた	菱形
台形 だいけい	梯形

球 きゅう	球體
立方体 りっぽうたい	立方體
直方体 ちょくほうたい	長方體 **説明** 由六個長方形構成的柱體。
三角錐 さんかくすい	三角錐
四角錐 しかくすい	四角錐
円錐 えんすい	圓錐
三角柱 さんかくちゅう	三角柱
四角柱 しかくちゅう	四角柱
円柱 えんちゅう	圓柱

10

教育與知識

標點符號

再多記一點！！

記号 きごう　　　　　　符號　　**句読点** くとうてん　　句點和逗點

。〔まる〕　　　　　　句點　　．〔ピリオド period〕　句號
、〔てん〕　　　　　　頓點　　，〔コンマ comma〕　逗號
・〔中黒 なかぐろ〕　　間隔號　：〔コロン colon〕　冒號
；〔セミコロン semicolon〕分號
／〔斜線 しゃせん〕　　斜線（就是 http://www 裡的「/」slash）

' '〔クォーテーションマーク quotation mark〕引號
　＊也稱為 引用符 いんようふ（引用符號）

" "〔ダブルクォーテーションマーク double quotation mark〕　雙引號
　＊也稱為 二重引用符 にじゅういんようふ（雙重引用符號）

（　）〔かっこ〕　　　　　　括號
　　＊也稱為小しょうかっこ（小括弧）。此外，｛　｝為中ちゅうかっこ（中括
　　弧，然中文應為「大括弧」），〔　　〕為大だいかっこ（大括弧，然中文應
　　為「中括弧」）。
　　＊【　】為墨付すみつきかっこ（方頭括號），〈　〉為山やまかっこ（單書名
　　號）。

「　」〔かぎかっこ〕　　　　　單引號
『　』〔二重かぎかっこ〕　　　雙引號

○〔まる〕　　　　　　　　　　圈圈
　　　　　　　　　　　　　　　＊隱藏符號的○○讀成 まるまる。

△〔さんかく〕　　　　　　　　三角形
□〔しかく〕　　　　　　　　　四角形
×〔ばつ〕　　　　　　　　　　打叉（也可稱為 ぺけ。隱藏符號的××讀成 ば
　　　　　　　　　　　　　　　つばつ。）

…〔てんてんてん〕　　　　　　點點
‥〔傍点ぼうてん〕　　　　　　強調記號
点てん　　　　　　　　　　　　點　＊点を打うつ：標上一個點；指出缺點
線せん　　　　　　　　　　　　線　＊線を引ひく：畫線
下線かせん　　　　　　　　　　底線；專名號，私名號

矢印やじるし　　　　　　　　　箭頭
↑〔上矢印うえやじるし〕　　　指上箭頭　↓〔下矢印したやじるし〕指下箭頭
←〔左矢印ひだりやじるし〕　　指左箭頭　→〔右矢印みぎやじるし〕指右箭頭

々〔漢字かんじ繰くり返かえし記号きごう〕　　　　漢字的重複符號
ゝ〔ひらがな繰り返し記号〕　　　　　　　　平假名的重複符號
ゞ〔ひらがな濁点だくてん繰り返し記号〕　　　平假名濁音的重複符號
ヽ〔かたかな繰り返し記号〕　　　　　　　　片假名的重複符號
ヾ〔かたかな濁点だくてん繰り返し記号〕　　　片假名濁音的重複符號

＃〔シャープsharp〕　　　　　　　　　　　　井字號
＊〔アスタリスクasterisk〕　　　　　　　　星號
※〔米印こめじるし〕　　　　　　　　　　　米字號
！〔エクスクラメーションマークexclamation mark〕驚嘆號
　　＊又稱感嘆號 感嘆符かんたんふ
？〔クエスチョンマークquestion mark〕問號
　　＊又稱疑問號 疑問符ぎもんふ

歴史名詞

歴史 れき し	歴史 表現 〜に残のこる：記載於歴史｜〜に名なを残す： 於歴史上留名
歴史上 れき し じょう	史上；歴史上
歴史観 れき し かん	歴史觀
歴史歪曲 れき し わいきょく	歴史扭曲
世界史 せ かい し	世界史
史学 し がく	史學
考古学 こう こ がく	考古學
年表 ねんぴょう	年表
世紀 せい き	世紀
半世紀 はんせい き	半世紀
古代 こ だい	古代
近代 きんだい	近代
中世 ちゅうせい	中世
近世 きんせい	近世

10

教育與知識

世界四大文明 せかいよんだいぶんめい	世界四大古文明
メソポタミア文明 Mesopotamia　ぶんめい	美索不達米亞古文明
エジプト文明 Egypt　ぶんめい	埃及文明
黄河文明 こうがぶんめい	黃河（中國）文明；中國古文明
インダス文明 Indus　ぶんめい	印度文明
紀元前 きげんぜん	西元前
先史時代 せんしじだい	史前時代
原始時代 げんしじだい	原始時代
旧石器時代 きゅうせっきじだい	舊石器時代
新石器時代 しんせっきじだい	新石器時代
縄文時代 じょうもんじだい	繩文時代 説明 大約一萬年前～公元前三世紀的8000年間。
弥生時代 やよいじだい	彌生時代 説明 公元前三世紀～三世紀的500～600年間。
吉野ヶ里遺跡 よしのがりいせき	吉野里遺址 説明 指位於九州佐賀縣（佐賀県さがけん）的日本最大的彌生時代遺址。
原人 げんじん	原始人 表現 ペキン～：北京原人
ピテカントロプス Pithecanthropus	猿人
出土品 しゅつどひん	出土古物

教育與知識

遺跡 いせき	遺跡；遺址
発掘 はっくつ	發掘；挖掘
磨製石器 ませいせっき	磨製石器 說明 表面經過人工研磨加工而成的石器，如斧、刀、鐮等。
農耕文化 のうこうぶんか	農耕文化 說明 是指由農民在長期農業生產中形成的一種風俗文化。
竪穴住居 たてあなじゅうきょ	穴居
土器 どき	土器
ろくろ	陶輪 說明 製作圓形陶器的木製旋轉圓盤。 表現 ～を回まわす：轉動陶輪
鼎 かなえ	鼎 表現 ～の軽重けいじゅうを問う：問鼎之輕重
埴輪 はにわ	土俑 說明 在古墓的周圍，被當作陪葬品埋在地底下的圓柱或土製的人像、動物像。
甲骨文字 こうこつもじ	甲骨文
象形文字 しょうけいもじ	象形文
邪馬台国 やまたいこく	邪馬台國 說明 指在二世紀後半～三世紀這段時間曾在日本出現過的國家。
卑弥呼 ひみこ	卑彌呼女王 說明 邪馬台國的女王。

大和政権 やまとせいけん	**大和政權** 說明 指四世紀時由在大和地區亂設立小國家的幾個豪族勢力聯合起來所建立的政權。大和政權在五世紀時已統治了日本大部分地區。
渡来人 とらいじん	**渡來人** 說明 指四世紀～七世紀來到日本定居的百濟人或中國人。他們將先進的學藝、技術、文化等帶來日本，讓日本在政治和文化的發展上有很大的發展。
神武天皇 じんむてんのう	**神武天皇** 說明 被記錄於古事記和日本書記等日本神話中的初代天皇。關於他是否實際存在於歷史上，有存在論和否定論這兩種說法。據說在公元前660年，他在大和的橿原神宮かしはらじんぐう登基。
聖徳太子 しょうとくたいし	**聖德太子** 說明 西元574～622年，以推古すいこ天皇的身分攝政，制定冠位十二階、憲法十七條，更派遣小野妹子おののいもこ到中國隋朝傳播國教，同時吸收廣闊的學識、皈依佛教，建法隆寺ほうりゅうじ、四天王寺してんのうじ等許多佛教寺院，致力於振興佛教。
冠位十二階 かんいじゅうにかい	**日本官位十二階** 說明 由聖德太子所制定的日本第一個官位制度，是經由高句麗和百濟傳來日本的。
十七条の憲法 じゅうしちじょう　けんぽう	**十七條憲法** 說明 由聖德太子所制定的憲法，與今日的憲法不同，主要講述官僚、貴族們的道德性規範。
遣隋使 けんずいし	**遣隋使** 說明 指聖德太子派遣到中國隋朝的大和調停使節。在600～618年的十八年間，總共派遣了五次以上。其中，607年小野妹子おののいもこ的派遣最為有名。隋朝滅亡後，由遣唐使繼承任務。

遣唐使
けんとうし

遣唐使

說明 指在奈良なら、平安へいあん時代，日本派遣到唐朝的官方使節。以敬獻國書、物品與吸收唐朝文化為目的，從630年開始到894年終止為止，總共派遣了十六次使節。「日本」這個名稱也是從此時開始使用的。

法隆寺
ほうりゅうじ

法隆寺

說明 指位於奈良縣斑鳩町的寺院，亦稱斑鳩寺。七世紀初由聖德太子所建立的，為目前現存於世界的最古老木雕建築物。

飛鳥時代
あすかじだい

飛鳥時代

說明 指六世紀後半～七世紀，以奈良盆地南部的飛鳥地區當作都成的時代。以文化性角度來看，是指佛教傳入開始一直到大化革新（645年）為止；以政治性的角度來看，是指聖德太子攝政就任後的593年一直到遷都平安京（710年）為止。

白鳳文化
はくほうぶんか

白鳳時代

說明 指在飛鳥時代時所發展的文化。是受到唐朝文化影響很深的文化，特別是在法隆寺的建築、佛像等的佛教藝術層面上。

大化の改新
たいか　　かいしん

大化革新

說明 指在大化時代的645年（大化元年）時，所執行的中央集權化等的國政改革。中大兄皇子なかのおおえのおうじ（日後的天智てんじ天皇）和中臣鎌足なかとみのかまたり發動政變，讓蘇我そが氏統治走向終結，為古代政治歷史上的一大改革。

白村江の戦い
はくそんこう　　たたか

白村江之戰

說明 是中國唐朝、新羅聯軍與日本、百濟聯軍於663年在韓半島（推定在東津江下流）所發生的一次戰役。戰役的結果為百濟的滅亡和新羅統一三國的結局告終。百村江一詞也經常以訓讀「はくすきのえ」的方式來表現。

藤原京 ふじわらきょう	**藤原京** 説明 指694年開始到710年遷都平城京為止的十六年間，一直是飛鳥時代的首都。指被奈良縣橿原市的大和三山やまとさんざん圍繞的地區。
平城京 へいじょうきょう	**平城京** 説明 指日本某時的首都，也被人稱為奈良の都みやこ。是以唐朝首都長安為榜樣所興建而成的。推斷當時的人口有二十萬人。從710年元明げんめい天皇從藤原京遷都於此，直到784年桓武かんむ天皇遷都至長岡京為止，此處是天平てんぴょう文化繁榮的中心地帶。
平安京 へいあんきょう	**平安京** 説明 指八世紀末到九世紀初，模仿唐朝首都長安的型態，在現在的京都市區所興建的都成。是794年桓武天皇從長岡京遷都過來的。雖然在応仁の乱おうにんのらん時成為了廢墟，但在1869年（明治2年）遷都東京為止，平安京仍是相當重要的首都。
古事記 こ じ き	**古事記** 説明 指712年太安万侶おおのやすまろ獻給元明天皇的日本最早的歷史書籍。共分為上（神話時代的故事）、中（記載神武天皇到応神おうじん天皇的事跡）、下（記載仁德にんとく天皇到推古すいこ天皇的事跡）三冊。
日本書紀 に ほんしょ き	**日本書紀** 説明 為720年所完成的記述日本最古老正史內容的歷史書籍。記載著日本神話時代到持統じとう天皇時代的歷史。
最澄 さいちょう	**最澄法師** 説明 是767～822年平安時代的僧侶，為日本天台宗的開祖。

空海 くうかい	**空海大師** 説明 為774〜835年弘法大師こうぼうだいし的諡號，日本佛教真言宗的開山祖師。其書法功底強也廣為人知。
菅原道真（天満宮） すがわらのみちざね　　てんまんぐう	**菅原道真（天滿宮）** 説明 為845〜903年平安時代前期的學者兼政治家，長於漢詩、短歌，死後被日本人尊為學問之神天滿天神てんまんてんじん。
古今和歌集 こ きん わ か しゅう	**古今和歌集** 説明 是日本最早的敕撰和歌集（和歌集）。905年由醍醐だいご天皇下令所編撰而成的。裡面收錄了很多以理智性、技巧性、情趣性為基礎的歌曲。
源氏物語 げん じ ものがたり	**源氏物語** 説明 為平安時代中期女作家紫式部むらさきしきぶ所寫的長篇小說，為典型的王朝故事。日本文學史上最高的巨作。
竹取物語 たけとりものがたり	**竹取物語** 説明 是用假名寫的日本最早的小說，作者和寫作時期不詳。是講述砍柴的老人在竹子中發現公主輝夜姬（かぐや姬）的故事。
枕草子 まくらのそう し	**枕草子** 説明 是10世紀末〜11世紀初由女作家清少納言せいしょうなごん所寫的散文集，內容主要是對日常生活的觀察和隨想，包含對自然或人生的感想。和源氏物語一起被列為王朝女流文學作品之雙璧。
土佐日記 と さ にっき	**土佐日記** 説明 是紀貫之きのつらゆき將自己從土佐（今高知縣こうちけん）出發到京都這段旅程中所發生的事件和感觸寫成的日記，在935年成書。這一時代的男性都是以漢文來寫日記的，他卻佯裝成女性使用平假名著書。
院政 いんせい	**院政；院中執政** 説明 指平安時代時上皇（上皇じょうこう）取帶天皇在「院」中執政的政治形態。

平 清盛 たいらのきよもり	**平清盛** 説明 為1118～1181年日本平安時代後期的武將，繼承父親的地位和遺產後，開始介入政治。大舉清掃反對勢力，以武士的身分成為第一任太政官的最高長官。
中尊寺 ちゅうそん じ	**中尊寺** 説明 是位在日本岩手縣西磐井郡平泉町的天台宗東北とうほく大本山寺院。因為和奧州藤原おうしゅうふじわら三代有有密切關聯，因此而出名。除了集平安時代的美術、工藝、建築等特色為一身的金色堂こんじきどう以外，還包括其他許多的文化財，所以被指定為國家特別的遺址。
今昔物語 こんじゃくものがたり	**今昔物語** 説明 為1120年以後完成的民間故事集。是由混合漢字和片假名的簡潔文章所組成。佛教性、教育性的意味濃厚，書中出現了各地區和各階層的人們，描繪出人類各種面貌。
鎌倉幕府 かまくらばく ふ	**鎌倉幕府** 説明 源頼朝みなもとのよりとも在鎌倉所建立的日本最早的武家政權。從1185～1333年為止約150年間，確立了封建國家體制。
源 頼朝 みなもとのよりとも	**源頼朝** 説明 為1147～1199年鎌倉幕府的初代將軍。在全國設置守護しゅご（負責維持治安的軍政指揮官）和地頭じとう（指管理土地、徵收租稅的管理職務），奠定武家政治的基礎。
元寇 げんこう	**元寇** 説明 指1274年和1281年元朝（蒙古）兩次派軍攻打日本而引發的戰爭，蒙古軍因暴風雨失去大部分的艦船，最後失敗退軍收場。
親鸞 しんらん	**親鸞** 説明 1173～1262年鎌倉時代初期的僧侶，為淨土真宗じょうどしんしゅう的開祖。

教育與知識

日蓮 にちれん	日蓮 **說明** 為1222～1282年鎌倉時代的僧侶，日蓮宗にちれんしゅう的開祖。
徒然草 つれづれぐさ	徒然草 **說明** 為吉田兼好よしだけんこう所著的隨筆文，主題環繞無常、死亡、自然美等，被認為是隨筆文學的巨作。
建武新政 けんむのしんせい	建武新政 **說明** 鎌倉幕府滅亡後（1333年），後醍醐ごだいご天皇重新即位，開始直接進行統治，但後來因足利尊氏あしかがたかうじ等的武士階層人士叛亂，不到兩年的時間政權便宣告瓦解。
足利尊氏 あしかがたかうじ	足利尊氏 **說明** 為鎌倉時代後期到南北朝なんぼくちょう時代相當活躍的武將，室町幕府第一代的征夷大将軍せいいたいしょうぐん。正式的名字為源尊氏みなもとのたかうじ。
征夷大将軍 せい い たいしょうぐん	征夷大將軍 **說明** 原本是平安時代初期為了討伐不服從朝廷的北方民族，所派遣過去的將軍職稱，但在幕府時代時，擁有政治實權的幕府主權者接下這一職位，之後變成代代世襲制。
足利義満 あしかがよしみつ	足利義滿 **說明** 為1358～1408年室町幕府時代的第三任將軍，統一南北朝，確立幕府權力。1397年在京都建立金閣寺。
金閣寺 きんかく じ	金閣寺 **說明** 為位於京都北山的鹿苑寺ろくおんじ通稱。屬於臨済宗りんざいしゅう相国寺しょうこくじ派的寺院，因為寺院中有金閣，所以被稱為金閣寺。1994年時被指定為聯合國教科文組織世界文化遺產。

銀閣寺 ぎんかくじ	**銀閣寺** 〔說明〕為位於京都左京区的慈照寺じしょうじ通稱，是銀閣寺相国寺派的寺院。因為寺院中有銀閣，所以被稱為銀閣寺。因為是代表東山ひがしやま文化的名院，因此聲名大噪。創立者是室町幕府第八代將軍—足利義正あしかがよしまさ。
倭寇 わこう	**倭寇** 〔說明〕指13～16世紀侵犯韓半島和中國大陸沿岸地區的掠奪性日本海盜。
応永の外寇 おうえい　がいこう	**應永外寇** 〔說明〕指的是1419年（応永26年）所發生的朝鮮軍進攻日本對馬島（対馬つしま）的事件。常受到來自日本的倭寇襲擊的朝鮮，派出了約兩百艘軍船攻打倭寇的根據地對馬島。因為此事件導致朝鮮和日本之間的貿易一時中斷，但在1423年重新開放，一直到16世紀為止貿易的來往都很頻繁。
三浦の乱 サンポ　らん	**三浦之亂** 〔說明〕朝鮮為了和日本進行貿易，開放了的三個港口（釜山的釜山浦、鎮海的乃而浦〈薺浦〉、蔚山的鹽浦），在那裡長期居住的日本人因不滿嚴格的貿易管制，所以引發了暴動（1510年）。被鎮壓之後，朝鮮和日本之間的貿易逐漸衰退。
戦国時代 せんごくじだい	**戰國時代** 〔說明〕指1493～1573年，從明応めいおう政變（1493年）開始到室町時代第十五代將軍足利義昭あしかがよしあき被織田信長おだのぶなが流放（1573年），室町幕府正式滅亡為止的時代。因為各地不斷引發戰亂，形成長期性紛爭的狀態，但並不是指每天都是戰爭的狀態。
大名 だいみょう	**諸侯** 〔說明〕原本意思是指地方行使權利的人，但在戰國時代時地方割據，形成分權性的小封建國家，所以也指古代封建領主。

武田信玄 たけ だ しんげん	武田信玄 說明 指1521〜1573年優秀的軍事戰略家，在礦山開發或治水上都有很不錯的實績。現在仍是受大家歡迎的戰國時代武將之一。常聽見的「風林火山ふうりんかざん」（其急如風、其徐如林、侵略如火、不動如山）這四個字，便是從信玄使用的軍旗上來的。
上杉謙信 うえすぎけんしん	上杉謙信 說明 指1530〜1578年和武田信玄一起成為戰國最強雙璧的戰國時代武將，其中以川中島かわなかじま之戰最為有名。在戰國武將中，具備優秀的指揮統帥能力，後人稱為「軍神」。
織田信長 お だ のぶなが	織田信長 說明 為1534〜1582年從戰國時代開始到安土桃山あづちももやま時代的武將，1573年將足利義昭あしかがよしあき將軍流放、使室町幕府滅亡，奠定戰國統一的基礎。像瓦解寺院等的中世紀權位、同時推廣貿易等，堅決執行革新化的諸多事業。
豊臣秀吉 とよとみひでよし	豐臣秀吉 說明 1536〜1598年安土桃山時代的武將，雖然是尾張おわり（現在的名古屋）農民的兒子，後來成為織田信長的家臣，深得信長賞識，之後漸漸顯露頭腳。織田信長死後，完成全國統一的大業。晚期引發文禄慶長の役ぶんろくけいちょうのえき，結果因戰績不如預期病倒，最後在伏見城身亡。
安土桃山時代 あづち ももやま じ だい	安土桃山時代 說明 指在1573年至1603年約30年間，織田信長和豐臣秀吉握有日本統治權的時代。是結合織田信長居住的安土城あづちじょう和豐臣秀吉居住的伏見城ふしみじょう（位於後人稱為ももやま的丘陵地），所取的名稱。特別是指豐臣秀吉支配全國的後半期，被稱為桃山時代。在統合全國性軍事的同時，實施兵農分離及確立收穫量體制，讓日本社會從中世紀邁向近代。在文化上，留下了許多寺院、城廓建築及壁畫巨作，也是茶道集大成之時期。

教育與知識

江戸時代
えどじだい

江戸時代
說明 從德川家康とくがわいえやす在江戸（江戸，現在的東京）開設幕府的1603年開始，到德川慶喜とくがわよしのぶ把政權還給天皇的大政奉還たいせいほうかん（1867年）為止，指江戸幕府統治日本的265年間。又稱為德川時代。

江戸幕府
えどばくふ

江戸幕府
說明 由德川家康所創設的武家政權。接連鎌倉幕府、室町幕府的日本歷史上第三個幕府。江戸幕府的支配體制是由中央政府的幕府和地方政府的「藩」，一起治理國家的雙重幕藩ばくはん體制。地方是由將軍所任命的領主擔任藩一職。

德川家康
とくがわいえやす

德川家康
說明 1542～1616年，從戰國時代開始到安土桃山時代，是江戸時代初期的戦国大名せんごくだいみょう及江戸幕府的第一任將軍。經過了関ヶ原戦役的勝利後，在1603年成為征夷大將軍（征夷大将軍），並在江戸設立幕府。即使卸去了將軍一職，仍以重要人物之姿握有實權，將豐臣氏滅亡後，完成統一。

関ヶ原の戦い
せきがはら　たたか

關原之戰
說明 指安土桃山時代的公元1600年，發生於美濃國（美濃国みののくに）關原地區（関ヶ原せきがはら）的一場戰役，由德川家康所帶領的東軍擊退了石田三成所帶領的西軍，取得了統治權。一般此戰也被譽為「天下分け目の戦てんかわけめのたたかい（決定天下的戰爭）」。

加藤清正
かとうきよまさ

加藤清正
說明 1562～1611年是安土桃山時代開始，到江戸時代前期的武將。自他小時候，就開始服侍豐臣秀吉，並在各地發揮其武功。在織田信長死後，完成了全國統一的大業，同時也是文禄慶長の役（壬辰倭亂）的先鋒。在關原之戰中，支持德川一方贏得勝利，後來當上肥後熊本ひごくまもと的領主。加藤清正在朝鮮也是著名的打虎武將。

德川家光 とくがわいえみつ	**德川家光** 說明 1604～1651年，江戶幕府的第三代將軍。他以「參勤交代（參勤交代制）的整頓、鎮壓基督教、實行鎖國」等政策，確立了幕府的支配體制。
参勤交代 さんきんこうたい	**參勤交代** 說明 是日本江戶時代一種制度，各地方的領主需要前往江戶替幕府執行政務一段時間，然後返回自己領土執行政務。原則上各領主以每一年為單位來往江戶和所屬的領地。雖然往返的交通費和在江戶居住的經費大大威脅了領主們的財政狀況，但卻對日本交通的發達和全國文化的交流等各方面，帶來很大的影響。
キリシタン大名 だいみょう	**天主教大名；天主教諸侯** 說明 指天主教傳來以後接受洗禮、成為信徒的領主。比較有名的人物有：大友義鎮おおともよししげ（大友宗麟）、有馬晴信ありまはるのぶ、大村純忠おおむらすみただ、高山右近たかやまうこん、小西行長こにしゆきなが等人。但後來因為豐臣秀吉和德川家康所頒布的禁教令，開始對天主教徒進行迫害。
島原の乱 しまばら　らん	**島原之亂** 說明 指從1637年延續到次年，在肥前島原ひぜんしまばら（長崎縣）和肥後天草ひごあまくさ（熊本縣）所發生的農民叛亂及宗教戰爭。因為幕府鎮壓基督教、逮捕大名，讓農民軍起身抗義，但終究還是被幕府的大軍所殲滅。此後，幕府所頒布的禁教政策變得更為嚴格。
士農工商 し のうこうしょう	**士農工商** 說明 為江戶時代的基本身分制度，指組成社會身分階層的武士、農民、技術者、商人等。
朝鮮通信使 ちょうせんつうしんし	**朝鮮通信使** 說明 每當江戶幕府更換將軍時，從朝鮮王派遣來江戶幕府的祝賀使節。在1607年到1811年間，共拜訪了日本十二次。

教育與知識

元禄時代
げんろく じ だい

元禄時代

説明 指以元禄げんろく年間為中心，由第五代將軍德川綱吉とくがわつなよし所統治的，約三十年間（1680～1709年）。可以說是幕府政治的安定期，將初期的武力主義改為尊重法律及道德的文治主義，同時也是幕府財政陷入危機的時期。另一方面，此時產業發展快速，以及貨幣經濟的發展，都市的生活水準向上提升。特別是以大阪和京都為中心，繁衍出光明、生氣勃勃的元禄文化。

德川綱吉
とくがわつなよし

德川綱吉

說明 1646～1709年，江戶幕府第五代將軍。下令實施改鑄貨幣、生靈憐憫令等暴政，但在那種政治之下，卻繁衍出了元禄文化。他的綽號為「犬公方いぬくぼう（狗將軍）」。

生類憐みの令
しょうるいあわれ　　　れい

生類憐憫令

說明 1687年江戶幕府第五代將軍德川綱吉，因為自己是屬狗的關係，在愛護狗的同時還下達愛護動物的法令，生靈憐憫令就是這一法令的總稱。是禁止殺害狗、貓、鳥等動物的法令，如果有違反者就會被流放甚至處死。此一法令在1709年德川綱吉死後，由第六代將軍廢止。

德川光圀
とくがわみつくに

德川光圀

說明 為1628～1700年，日本江戶時代前期的水戶藩主，鼓勵留學、並編纂《大日本史》。他被人民稱為「水戶黃門みとこうもん」，是少見的明君。

東海道
とうかいどう

東海道

說明 為江戶時代的五海道ごかいどう（五條主要道路）之一。為從江戶到達京都的太平洋沿岸道路，過去有53個驛站。五海道是指以江戶為起點出發的東海道とうかいどう、中山道なかせんどう、甲州街道こうしゅうかいどう、奧州街道おうしゅうかいどう、日光街道もっこうかいどう等的五條陸地交通道路。1601年德川家康為了能方便支配全國，開始興建連接江戶的五條道路。在每一里（約3.93km）設立路牌，並且每隔一定的距離設立驛站。

奥の細道
おく ほそみち

奥之細道

說明 「奧之細道」含有「道路深處裡的細長之路」的意義。1702年俳聖 ── 松尾芭蕉まつおばしょう記載這段旅程所見所聞及沿途景色，撰寫成旅遊紀行，為日本古典中紀行文體之代表作。

浮世絵
うきよえ

浮世繪

說明 為江戶時代時所繪製的風俗畫、手繪畫或版畫，內容主要是描繪妓院、戲劇、相撲等人們的日常生活或景物風光。浮世うきよ一詞有「俗塵」的意思。特別是被稱為錦絵にしきえ的彩色印刷版畫，對當時法國的印象派有深遠的影響。較有名的畫家有鈴木春信すずきはるのぶ、喜多川歌麿きたがわうたまろ、東洲斎写楽とうしゅうさいしゃらく、安藤広重あんどうひろしげ、葛飾北斎かつしかほくさい等人。

大岡忠相
おおおかただすけ

大岡忠相

說明 為1677～1751年，江戶時代中期，在幕府的行政與司法上最高的負責人；因為他公正的審判以及優異的行政能力，讓他名聲遠播。現在以「大岡越前守おおおかえちぜんのかみ」之名廣為人知。

小林一茶
こばやしいっさ

小林一茶

說明 1763～1827年，代表江戶時代的俳句詩人，本名「彌太郎」。他運用方言及俗語，反映出民間的不幸與坎坷，表現出他曲折、鮮明的特殊作風。

蘭学
らんがく

蘭學；荷蘭學術

說明 指的是在江戶時代時，經荷蘭人傳入日本的歐洲學術、文化、技術的總稱。

安政の五カ国条約
あんせい ご こくじょうやく

安政條約；五國通商條約

說明 為1858年江戶幕府的最高職位長井伊直弼いいなおすけ，分別與美國、荷蘭、俄國、英國、法國等五國簽訂通商條約的總稱。決定開放函館はこだて、兵庫ひょうご、神奈川かながわ、長崎ながさき、新潟にいがた等五個港口。因為此條約是沒等到天皇的許可所簽訂的，因此被稱為「安政假條約」。之後，尊皇攘夷そんのうじょうい的運動便變得更加劇烈。

尊王攘夷 そんのうじょうい	**尊王攘夷** 説明 日本江戶時代末期（幕末時期），上至朝廷、下至庶民百姓們都廣泛在討論，尊崇天皇、擊退外敵的一種思想，也成為推動倒幕運動的一個口號。
大政奉還 たいせいほうかん	**大政奉還** 説明 指發生於1867年11月9號，德川第十五代將軍德川慶喜とくがわよしのぶ，推出征夷大將軍之位，並將政權還給朝廷的事件。在江戶幕府滅亡的同時，起於鎌倉幕府的武家政治也宣告結束。這讓曾經處於兩極狀態的日本國家體制，更確立了權力的所在，在當時得到許多國家的好評。
明治時代 めいじ じだい	**明治時代** 説明 指1868年建立明治政府開始，到1912年明治天皇死亡為止的時代。是結束以江戶幕府為中心的封建體制，以統一國家之姿走向近代世界列強行列的時期。
日本統治時代 に ほん とうち じだい	**日據時代** 説明 指1895年到1945年間，日本殖民台灣的時代。

再多記一點！！

日據時代歷任台灣總督一覽

*前期武官總督時代

① 樺山資紀かばやますけのり　　② 桂太郎かつらたろう
③ 乃木希典のぎまれすけ　　　　④ 児玉源太郎こだまげんたろう
⑤ 佐久間左馬太さくまさまた　　⑥ 安東貞美あんどうさだよし
⑦ 明石元二郎あかしもとじろう

*文官總督時代

⑧ 田健治郎でんげんじろう　　　⑨ 内田嘉吉うちだかきち
⑩ 伊沢多喜男いざわたきお　　　⑪ 上山滿之進かみやままんのしん
⑫ 川村竹治かわむらたけじ　　　⑬ 石塚英蔵いしづかえいぞう

⑭ **太田政弘**おおたまさひろ　　　⑮ **南弘**みなみひろし
⑯ **中川健蔵**なかがわけんぞう

*後期武官總督時代

⑰ **小林躋造**こばやしせいぞう　　　⑱ **長谷川清**はせがわきよし
⑲ **安藤利吉**あんどうりきち

日本與台灣之間相關的事件

● **台湾出兵**たいわんしゅっぺい (1874)　　　　　　牡丹社事件
對中日雙方皆稱臣的琉球王國漁船的漁民因遭遇颱風漂流至台灣求援，反遭原住
民所殺。因此，日方出兵台灣，與原住民戰鬥的事件。

● **下関条約**しものせきじょうやく (1895)　　　　　馬關條件
清朝在甲午戰爭戰敗後，於此條約中將台灣割讓給日本。

● **乙未戦争**いつびせんそう (1895)　　　　　　　乙未戰爭
日軍登陸台灣後，受到各路義勇兵頑強抵抗，歷經近九個月的征戰，最終平定台
灣全島的戰役。

● **苗栗事件**びょうりつじけん (1913)　　　　　　苗栗事件
苗栗事件是由客家人羅福星預謀進行的抗日活動。但羅福星在起義之前便因消息
走漏而在淡水遭到拘補處刑。苗栗事件亦是當年度所有反抗事件的總稱：

*関帝廟事件かんていびょうじけん　起義人：李阿齊
*東勢角事件とうせいかくじけん　起義人：賴來
*大湖事件たいこじけん　起義人：張火爐
*南投事件なんとうじけん　起義人：沈阿榮

● **西来庵事件**せいらいあんじけん (1915)　　　　　西來庵事件
退職台警余清芳利用宗教催眠煽動信眾，於噍吧哖（現今台南玉井）一帶引發的
抗日事件。

● **霧社事件**むしゃじけん (1930)　　　　　　　霧社事件
於現今的南投所發生的由賽德克族馬赫坡社的頭目莫那魯道モーナ・ルダオ所率
領，最大規模的原住民抗日暴動。

● **皇民化教育**こうみんかきょういく (1936)　　　　皇民化運動
日本在台實施的「日本人化」政策。具體內容為推行日語教育，禁止台人以母語
交談、更改為日本姓氏、敬愛日章旗、唱日本國歌、興建神社等同化性行動。

しごと

工作與職業

11

各種職業

職業 しょくぎょう	職業 口語 ご~は何ですか：您從事什麼行業？
仕事 しごと	工作 例 お~は何ですか。請問從事什麼工作？｜どんなお~をなさっているんですか。請問從事什麼性質的工作？
職種 しょくしゅ	業種
ホワイトカラー white-collar	白領階級 説明 「白領」是指以提供腦力勞動，來獲得報酬的工人，其中包括管理者階層。
グレーカラー gray-collar	灰領階級 説明 「灰領」一詞起源於美國，通常指銷售、營業等服務類別，同時具有高知識及高操作技能的人才。
ブルーカラー blue-collar	藍領階級 説明 「藍領」則是指以提供體力勞動，來獲取報酬的工人。

商売 しょうばい	生意；買賣 表現 ~が軌道きどうに乗のる：生意上軌道
事業 じぎょう	事業 表現 ~に失敗しっぱいする：事業失敗
ビジネス business	商業；商務 表現 ベンチャーventure~：風險事業 例 ~と割わり切きって仕事をする。單純把工作當做一種交易。
家業 かぎょう	家業；家族產業 表現 ~を継つぐ：繼承家業　口語 家いえの仕事

本職 ほんしょく	本行；正職
定職 ていしょく	固定工作 表現 ～につかずに遊あそんでいる：沒有固定工作，遊手好閒
天職 てんしょく	天職 例 女優じょゆうは彼女の～だ。女演員是她的天職。
内職 ないしょく	①副業；兼職　②開會或上課時做其他的事 説明 （一）利用本職的空檔進行其他工作。（俗話中，上課、會議時，假裝很認真在參與，但私底上在作別的事。這時在做的事可稱之為「内職」。） （二）主婦填補家計，或是學生為了賺學費及生活費的家庭副業。（後者來說，通常是指打工。） 口語 英語えいごの授業中じゅぎょうちゅうに数学すうがくの宿題しゅくだいを～していて先生に怒おこられた。在上英文課的時候做數學作業而被老師罵。
副業 ふくぎょう	副業
サイドビジネス side business	副業；兼職

企業家 きぎょうか	企業家
実業家 じつぎょうか	實業家
事業家 じぎょうか	事業家
自営業者 じえいぎょうしゃ	自營（工商）業者 説明 自営じえい：獨資經營
自由業 じゆうぎょう	自由業

政治家 せいじか	政治家
議員 ぎいん	議員

官吏 かん り	官吏；官職
公務員 こう む いん	公務人員 表現 国家こっか〜：國家公務人員｜地方ちほう〜： 地方公務人員 口語 役人やくにん：官員
税理士 ぜい り し	稅務師
会計士 かいけい し	會計師 表現 公認こうにん〜：公認會計師
行政書士 ぎょうせいしょ し	行政代書
司法書士 し ほうしょ し	司法代書
会社員 かいしゃいん	公司職員
セールスマン salesman	業務人員
サラリーマン salaried man	上班族；薪水階級 同 勤つとめ人にん：薪水階級對自己的謙稱｜月給取 げっきゅうとり：領薪水的 表現 脱だつサラ：脫離上班族，自行創業｜サラ金： 上班族融資借貸 說明 體力勞動者，即使領的是月薪也不可稱為サラ リーマン。勤労者きんろうしゃ則是書面體表現。
ビジネスマン businessman	從事貿易經營的人；商人

事務員 じ む いん	辦公員；內勤人員
調査員 ちょう さ いん	調查員
研究員 けんきゅういん	研究員
警備員 けい び いん	警衛人員
秘書 ひ しょ	祕書

受付 うけつけ	①櫃台詢問處　②收發室 例 私は会社の～をしています。我在公司擔任櫃台人員。
アシスタント assistant	助理
経営コンサルタント けいえい consultant	經營管理顧問
スーパーバイザー supervisor	監督人；總監；指導者
バイヤー buyer	採購
ディーラー dealer	經銷商；業者
証券アナリスト しょうけん analyst	證券分析師
ファンドマネージャー fund manager	基金經理人
プログラマー programmer	程式設計師
エンジニア engineer	工程師
システムエンジニア systems engineer	系統工程師
オペレーター operator	操作員；技工
技術者 ぎ じゅつしゃ	技術師
技能工 ぎ のうこう	技工
工員 こういん	工人
作業員 さ ぎょういん	作業員
修理工 しゅう り こう	修理工人

配管工 はいかんこう	配線工
ボイラー工 boiler　こう	鍋爐技師

デザイナー designer	設計師 表現 インテリアinterior〜：室內設計師｜グラフィックgraphic〜：平面設計師｜ディスプレーdisplay〜：空間展示設計師
コーディネーター coordinator	協調人員；統籌者 表現 ファッションfashion〜：時尚統籌
カラリスト colorist	配色員；色彩規畫師
コピーライター copywriter	文案撰寫人員；廣告文案員
イラストレーター illustrator	插畫家
漫画家 まんがか	漫畫家

建築家 けんちくか	建築家 表現 建築士けんちくし：建築師
設計士 せっけいし	設計師
大工 だいく	木匠
左官 さかん	水泥匠
鍛冶屋 かじや	鐵匠
とび職 しょく	建築工人
日雇い労働者 ひやと　ろうどうしゃ	計日作業員 表現 肉体労働者にくたいろうどうしゃ：勞力工人
土方 どかた	土木工人

11

工作與職業

漁師 りょう し	漁夫
農民 のうみん	農民 回 百姓ひゃくしょう
庭師 にわ し	園丁；園藝師 回 植木屋うえきや｜ガーデナーgardener
調理師 ちょう り し	廚師 説明 領有國家專業證照的廚師。 表現 料理長りょうりちょう：料理長、主廚 回 コックcook｜料理人りょうりにん
ウエイター waiter	男服務生；男侍者
ウエイトレス waitress	女服務生；女侍者
パティシエ pâtissier	甜點師傅
水商売 みずしょうばい	八大行業者
ホステス hostess	女公關；女性服務員
ホスト host	男公關
マダム madame	酒店的女老板；貴婦
バーテンダー bartender	調酒師；酒保 説明 也可以簡單稱為バーテン。
マネージャー manager	經理人；經紀人
支配人 し はいにん	（商店、飯店中的）經理
便利屋 べん り や	專職送貨員；快遞員
葬儀屋 そう ぎ や	葬儀社

就職

求人 きゅうじん	徵人；求才 表現 ～広告：徵才廣告
求職 きゅうしょく	求職
面接 めんせつ	面試
履歴書 りれきしょ	履歷表
雇用 こよう	雇用
採用 さいよう	錄取；任用 表現 正社員せいしゃいんとして～される：被採用為 正式職員
就職 しゅうしょく	就職 表現 ～試験を受ける：參加就業考試
見習い みなら	見習；研習；實習 表現 ～看護師かんごし：實習護士
試用期間 しようきかん	試用期
研修 けんしゅう	培訓；進修

職場人事相關用語

働く はたら	工作；勞動
労働 ろうどう	勞動；工作
勤務 きんむ	執行勤務；工作
夜勤 やきん	夜班

残業 ざんぎょう	加班 表現 サービスservice〜：無薪加班
昇進 しょうしん	升職；晉升 表現 彼かれは部長ぶちょうに〜した：他晉升為部長。
転勤 てんきん	轉調工作
赴任 ふにん	上任 表現 単身たんしん〜：單獨上任（指自己一個人被調職到別的城市工作，也住在那裡，家人則留在原來的城市）｜商社しょうしゃの駐在員ちゅうざいいんとしてタイペイに〜した：以公司的派駐員身分前往台北上任｜〜先−さき：赴任地點
出張 しゅっちょう	出差
出勤 しゅっきん	出勤；上班
退社 たいしゃ	①下班　②向公司辭職 表現 五時半に〜する：五點半下班
欠勤 けっきん	缺勤；請假 表現 無断むだん〜：曠職
早退 そうたい	早退
従業員 じゅうぎょういん	工作人員；員工
社員 しゃいん	公司員工
正社員 せいしゃいん	正式員工
職員 しょくいん	職員
臨時職員 りんじしょくいん	臨時職員
アルバイト arbeit	工讀生；兼職人員 説明 也可以簡單稱為バイト。

パートタイマー part timer	計時人員 口語 パート

報酬 ほうしゅう	工資；酬勞
賃金 ちんぎん	薪資
給料 きゅうりょう	薪水；給薪 表現 ～日－び：發薪日
年俸 ねんぽう	年收入
月給 げっきゅう	月薪
週給 しゅうきゅう	週薪
日給 にっきゅう	日薪
時給 じ きゅう	時薪
出来高払い で き だかばら	論件計酬 表現 出来高できだか：成交額
手当 て あて	補助；津貼
ボーナス bonus	獎金；紅利
一時金 いち じ きん	獎金；補助金；（一次領完的）退職金

労働時間 ろうどう じ かん	工作時間
勤務時間 きん む じ かん	上班時間
休暇 きゅう か	休假 表現 有給ゆうきゅう～：有給假 ｜ 年次ねんじ～：年休 ｜ 月次げつじ～：月休 ｜ 夏期かき～：暑休 ｜ リフレ ッシュrefresh～：提神假 ｜ 育児いくじ～：育嬰假

週休二日制 しゅうきゅうふつ か せい	周休二日制
フレックスタイム制 flextime　　　　せい	彈性上班制
タイムカード time card	出勤卡 表現 ～を押おす：打卡

公司與廠商

職場 しょく ば	職場 同 仕事場しごとば
勤務先 きん む さき	上班地點 同 勤つとめ先さき
法人 ほうじん	法人 表現 財団ざいだん～：財團法人｜社団しゃだん～：社團法人｜公益こうえき～：公益法人｜学校がっこう～：學校法人｜医療いりょう～：醫療法人｜宗教しゅうきょう～：宗教法人｜独立行政どくりつぎょうせい～：獨立行政
会社 かいしゃ	公司
株式会社 かぶしきかいしゃ	股份公司
有限会社 ゆうげんがいしゃ	有限公司
親会社 おやがいしゃ	母公司；總公司
子会社 こ がいしゃ	子公司；分公司
関連会社 かんれんがいしゃ	關係企業
外資系会社 がい し けいがいしゃ	外商公司
本社 ほんしゃ	總公司

支社 ししゃ	分公司
支店 してん	分店
営業所 えいぎょうしょ	營業所
代理店 だいりてん	經銷商

財閥 ざいばつ	財閥
企業 きぎょう	企業 表現 大だい～：大企業｜中小ちゅうしょう～：中小企業｜零細れいさい～：零星企業｜独占どくせん～：獨占企業
多国籍企業 たこくせききぎょう	多國企業
商社 しょうしゃ	貿易公司 表現 総合そうごう～：綜合貿易公司、綜合商社
商工会議所 しょうこうかいぎしょ	工商總會

工場 こうじょう	工廠 説明 如果講成こうば，就是指小村莊裡的工廠。
町工場 まちこうば	地方工廠
下請工場 したうけこうじょう	承包工廠；加工廠；配件廠 表現 仕事しごとを下請したうけに出だす。把工作轉包出去。
製作所 せいさくしょ	製作所
作業場 さぎょうば	作業所
現場 げんば	現場
工業団地 こうぎょうだんち	工業園區

公司組織

組織 そしき	公司組織
職位 しょくい	職位
地位 ちい	地位；位階
肩書き かたがき	職銜；職稱
上司 じょうし	上司 同 上役うわやく
部下 ぶか	部下、下屬

会長 かいちょう	會長；董事長
社長 しゃちょう	社長；總經理
副社長 ふくしゃちょう	副社長；副總經理
頭取 とうどり	（銀行）總經理、董事長；（劇場）總管
管理職 かんりしょく	管理階級 同 役職やくしょく
会社役員 かいしゃやくいん	公司職員
取締役 とりしまりやく	董事 表現 代表だいひょう～：公司負責人
専務 せんむ	專務 表現 専務取締役：專務董事
常務 じょうむ	常務 表現 ～取締役：常務董事
部長 ぶちょう	部長；經理
課長 かちょう	課長

次長 じ ちょう	次長
係長 かかりちょう	係長、股長
室長 しつちょう	室長
主任 しゅにん	主任
代理 だい り	代理
平社員 ひらしゃいん	一般職員 [説明] 平ひら：普通的、沒有特別職務的～
支店長 し てんちょう	分店長
工場長 こうじょうちょう	廠長

經營

経営 けいえい	經營
資本 し ほん	資本
業績 ぎょうせき	業績
顧客 こ きゃく	顧客
取引先 とりひきさき	客戶；交易戶
弊社 へいしゃ	敝公司
貴社 き しゃ	貴公司 [同] 御社おんしゃ
事業 じ ぎょう	事業
公益事業 こうえき じ ぎょう	公益事業

入札 にゅうさつ	（交易、工程的）投標 表現 校舎こうしゃの工事こうじは〜によって決められる。校舎的工程依投標來決定。
請負 うけおい	承包 表現 〜業者－ぎょうしゃ：承包商
下請け したうけ	發包 表現 〜業者：發包業者
外注 がいちゅう	外包 表現 〜に出す：發外包 ｜ 部品ぶひんの製造せいぞうを〜する：零件製造發外包
設備投資 せつびとうし	設備投資
合理化 ごうりか	合理化
経費削減 けいひさくげん	經費削減；經費緊縮
競争力 きょうそうりょく	競爭力

特許 とっきょ	專利
ライセンス license	執照；（貿易上進出口的）許可證
登録商標 とうろくしょうひょう	註冊商標
信用格付 しんようかくづけ	信用分級 説明 格付かくづけ：分等級
企業買収 きぎょうばいしゅう	企業收購
合併 がっぺい	合併 表現 大型おおがた〜：大型合併案 ｜ 吸収きゅうしゅう〜：吸收合併
経営統合 けいえいとうごう	經營整合
合弁事業 ごうべんじぎょう	合營企業；共同經營

公司部門

事務 じ む	事務；內勤 表現 〜をとる：辦公
営業 えいぎょう	業務、營業
経理 けい り	經理（管理財會業務）
財務 ざい む	財務
会計 かいけい	會計
総務 そう む	總務
人事 じん じ	人事
庶務 しょ む	庶務；總務
労務 ろう む	勞務；工務
法務 ほう む	法務
広報 こうほう	廣告行銷 表現 〜活動−かつどう：廣宣活動
宣伝 せんでん	宣傳
経営企画 けいえい き かく	經營企畫
商品開発 しょうひんかいはつ	商品開發
販売促進 はんばいそくしん	促銷
流通 りゅうつう	通路；流通

11

工作與職業

工廠與製造

作業 さ ぎょう	作業；工作
流れ作業 なが さ ぎょう	生產線作業
組み立て く た	組裝 表現 自動車じどうしゃ〜：車輛組裝｜電気機器でんきき〜：電子機器組裝｜機械きかい〜：機械組裝
加工 か こう	加工 表現 金属きんぞく〜：金屬加工
大量生産 たいりょうせいさん	大量生產
過剰生産 か じょうせいさん	生產過剩
量産体制 りょうさんたいせい	量產體制
在庫調整 ざい こ ちょうせい	庫存調整
実動率 じつどうりつ	實際勞動率
稼動率 か どうりつ	設備稼動率
操業短縮 そうぎょうたんしゅく	作業時間縮短
品質管理 ひんしつかん り	品質管理
不合格品 ふ ごうかくひん	不合格品
技術提携 ぎ じゅつていけい	技術合作
最先端技術 さいせんたん ぎ じゅつ	尖端技術
オリジナル製品 original せいひん	原創品
メイドインジャパン Made in Japan	日本製 同 国産こくさん

メイドインタイワン Made in Taiwan	台灣製 回 台湾産たいわんさん
メイドインユーエスエイ Made in USA	美國製 回 アメリカ産

退休・離職

定年 ていねん	在法律規定的退職年齡退休 表現 〜退職−たいしょく：退休離職
退職 たいしょく	離職；退休
退職金 たいしょくきん	離職金；退休金
依願退職 い がんたいしょく	自願提出離職
早期退職 そう き たいしょく	提前離職；優退
肩たたき かた	勸退
辞職 じ しょく	辭職
辞任 じ にん	辭去；辭職

リストラ restructuring	炒魷魚；裁員 説明 リストラクチュアリング 的略語。原本的意思是指企業重整，但在日本指的是裁員。
辞表 じ ひょう	辭職書；辭呈 表現 〜を出す：提出辭呈 ｜ 〜を受理じゅりする：受理辭呈
転職 てんしょく	換工作
脱サラ だつ	脫離上班族
失職 しっしょく	離職；失業

首になる <ruby>くび</ruby>	被解雇
解雇 <ruby>かい こ</ruby>	解雇 表現 ～する：解雇｜～される：遭到解雇
失業 <ruby>しつぎょう</ruby>	失業 表現 ～者－しゃ：失業者｜～率－りつ：失業率
免職 <ruby>めんしょく</ruby>	免職；革職
懲戒免職 <ruby>ちょうかいめんしょく</ruby>	革職處分
罷免 <ruby>ひ めん</ruby>	罷免
休職 <ruby>きゅうしょく</ruby>	停職
無職 <ruby>む しょく</ruby>	失業；沒有工作
プータロー	港口卸載貨物的日薪工作者；無固定工作閒晃度日的人；無頭路（台語）
フリーター freeter	打工族；飛特族 説明 即 "freeter"，由 "free" 和 "arbeiter" 組合而成的和製英語。指沒有固定工作，只以到處兼職打工維生的人。
ニート NEET	尼特族；無所事事 説明 "Not in Education, Employment or Training" 指無就業、無接受就職訓練、無就學的年輕族群。

勞資問題

経営陣 <ruby>けいえいじん</ruby>	經營團隊
経営者 <ruby>けいえいしゃ</ruby>	經營者
雇い主 <ruby>やと ぬし</ruby>	雇主

労働者 ろうどうしゃ	勞工
使用者 しようしゃ	雇主
組合 くみあい	工會
争議 そうぎ	爭議
ストライキ strike	①罷工　②罷課 表現 ストを起こす：發動罷工 説明 也可以簡稱為スト。
サボタージュ sabotage	偷懶；怠工 説明 也可以簡單稱為サボ。
座り込み すわ　こ	靜坐
交渉 こうしょう	交渉
調停 ちょうてい	調停
仲裁 ちゅうさい	仲裁
妥協 だきょう	妥協
決裂 けつれつ	決裂；破裂

工作與職業

こうつう

交通

12

交通用語

交通 こうつう	交通 表現 ～手段－しゅだん：交通方式 （＝乗のり物もの）
運送 うんそう	運送
乗る の	乗坐；搭乗
降りる お	下來；降落
乗せる の	裝載；載運 表現 乗客を～：載客人
載せる の	裝載；載運 表現 棚たなに荷物を～：把行李放在架子上
降ろす お	卸下；使放下
乗車 じょうしゃ	乗車
下車 げ しゃ	下車 表現 台湾新幹線たいわんしんかんせんに乗のって台中 タイチュンで～する：坐高鐵在台中下車
乗り換え の か	換乗；轉乗
乗り換える の か	轉車；換車 表現 松山空港まつやまくうこうへ行くには，忠孝復興 ちゅうこうふっこう駅で内湖線ないこせんに乗り換え てください：前往松山機場，請在忠孝復興站轉乗 內湖線
乗り継ぐ の つ	換乗前往 例 札幌さっぽろからプサンまでは直行便がないの で、羽田はねだか福岡ふくおかで乗り継がなければ なりません。札幌到釜山沒有直飛的班機，只能到 羽田或福岡轉機。

乗り遅れる の　おく	耽誤；沒趕上 例 空港までの道が事故のために渋滞じゅうたいして いて、飛行機に乗り遅れてしまいました。到機場 的路上發生事故嚴重塞車，結果沒趕上飛機。
乗り過ごす の　す	坐過頭 例 うっかり寝てしまい、降りる駅を乗り過ごして しまいました。 在車上不小心睡著，結果坐過站了。
乗り物に酔う の　もの　よ	暈（交通工具如車、船） 表現 車酔くるまよい：暈車
駆け込み乗車 か　こ　じょうしゃ	硬闖、強行進入車廂；趕公車、火車 例 危あぶないですから、〜はおやめください。 因為十分危險，請勿強行進入車門。

発車 はっしゃ	開車；發車
停車 ていしゃ	停車
出発 しゅっぱつ	出發
到着 とうちゃく	到達；抵達
遅れ おく	誤點；延誤
運休 うんきゅう	停開；停駛 例 大雪おおゆきのため〜になる。因為下大雪而停 駛。
時刻表 じ こくひょう	時刻表 説明 一般標示火車進站時間的表格稱為 時刻表，用 斜線繪製火車在各站運行狀況的圖則稱 ダイヤ。
行き先 い　さき	目的地 表現 〜行い/ゆき：往…方向｜新宿行き：往新宿方向 説明 いきさき也可以唸成ゆきさき。
路線図 ろ せん ず	路線圖

所要時間 しょようじかん	所需時間
右側通行 みぎがわつうこう	右側通行
左側通行 ひだりがわつうこう	左側通行 説明 日本的車子和鐵路都是靠左側行駛的。
ラッシュアワー rush hour	（上下班）交通擁擠時間；尖峰時間 例 ～にぶつからないように、毎朝まいあさ1時間いちじかん早はやく家いえを出でます。 為了避開尖峰時間，每天早上都提早一個小時出門。
すし詰め づ	擠得滿滿的；擁擠不堪 同 ぎゅうぎゅう詰づめ 例 毎日～の電車での通勤なので、会社に着くまでに疲れてしまいます。 每天都得搭擁擠的電車上班，到公司就已經疲累不堪了。
着ぶくれラッシュ き	穿得鼓鼓的擠電車 例 冬ふゆになると～で、車内しゃないは身動みうごきができないぐらいです。 到了冬天都會穿得鼓鼓的擠電車，在車內幾乎都動彈不得。
時差通勤 じ さ つうきん	時差通勤法
時差通学 じ さ つうがく	時差上學法

12

交通

交通預付卡

- **プリペイドカード** prepaid card　　儲值卡

- **JR 北海道　キタカ (Kitaca)**　　北海道旅客鐵道IC卡
  ＊キタカ是由 北のカード和 来たか（你來了啊？）所合併的名稱。

- **JR 東日本　スイカ (Suica)**　　東日本旅客鐵道IC卡
  ＊為 Super Urban Intelligent Card 的簡寫，內含有 **スイスイ行ける**（可以愉快前往的）**ICカード** 的意思。

- **JR 東海　トイカ (TOICA)**　　東海旅客鐵道IC卡
  ＊即**東海**とうかい**のICカード**的意思。

- **JR 西日本　イコカ (ICOCA)**　　西日本旅客鐵道IC卡
  ＊為 IC Operating Card 的簡寫，和關西方言 **行こうか**（一起去，好嗎？）的發音很相近。

- **JR 九州　スゴカ (SUGOCA)**　　九州旅客鐵道IC卡
  ＊為 Smart Urban Going Card 的簡寫，和九州方言 **すごか**（好厲害！）發音一樣的名稱。

- **関東地方の私鉄各社　パスモ (PASMO)**
  　　　　　　　　　鐵路・公共汽車通用IC卡

- **関西地方の私鉄各社　ピタパ (PiTaPa)**
  　　　　　　　　　後付式讀寫電子錢包

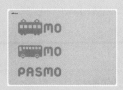

▲Suica　　　　　▲ICOCA　　　　　▲PASMO

鐵路・地下鐵

鉄道 てつどう	鐵路 **表現** 〜を敷しく：鋪鐵路
鉄道オタク てつどう	鐵道迷 **說明** 也可簡單稱為鉄てつオタ。 **口語** 鉄てっちゃん（男）、鉄子てつこ（女）
汽車 きしゃ	蒸汽火車 **表現** 機関車きかんしゃ：火車頭 | 蒸気機関車じょう きー：蒸汽火車頭 **說明** 火車的聲音唸作シュッシュッポッポ（咻咻碰 碰）。
列車 れっしゃ	列車
電車 でんしゃ	電車 **表現** 〜に乗る：搭電車 | 〜とホームの間が広くあ いている：電車與月台邊的間隙很寬

地下鉄 ちかてつ	地下鐵
路面電車 ろめんでんしゃ	路面電車
ディーゼルカー Diesel car	柴油汽車
客車 きゃくしゃ	客運列車
食堂車 しょくどうしゃ	餐車
寝台車 しんだいしゃ	臥舖列車
貨車 かしゃ	貨車；貨運列車
貨物列車 かもつれっしゃ	貨車；貨運列車

▲ 地下鉄（銀座線）
為1927年（昭和2年）日本最早開通的地鐵，距離是從浅草行駛到上野。

ラッセル車 Russel　　しゃ	除雪列車
特急 とっきゅう	特急；特快車
快速 かいそく	快速；高速
急行 きゅうこう	急行；快車
各駅停車 かくえきていしゃ	各站停車（的慢車）；普通列車 口語 鈍行どんこう
臨時列車 りんじ れっしゃ	加開列車；臨時列車
夜行列車 や こうれっしゃ	夜間列車
始発 し はつ	首班車；起站 表現 明あけ方がたまで遊あそんで〜で家いえに帰かえる：玩到黎明破曉時分，才搭首班車回家
終電 しゅうでん	末班電車 表現 夜よる遅おそくまで飲のんで，〜に乗のり遅おくれる：喝酒喝到了三更半夜，結果錯過了末班車。
運転士 うんてん し	駕駛員
機関士 き かんし	列車駕駛員
車掌 しゃしょう	車掌
乗務員 じょう む いん	（列車、機內的）服務員
ワンマン運転 one man　　うんてん	單人駕駛
乗客 じょうきゃく	乘客

車両 しゃりょう	車廂 表現 前の～：前一節車廂｜後ろの～：後一節車廂 ｜4両編成よんりょうへんせいの列車：由四個車廂組 成的列車｜女性専用じょせいせんよう～：女性專用 車廂
つり革 かわ	拉環；把手 説明 環狀的扶手。 表現 この先さき揺ゆれますので，お立たちの方かた は～におつかまりください。：接下來會搖晃得很 厲害，請站立的乘客抓緊拉環。
手すり て	扶手 説明 讓站著的乘客抓的長扶手。
網棚 あみだな	網架；置物架 表現 ～に載のせる：放在置物架上｜～からおろ す：從置物架取下

席 せき	位子 表現 ～をつめる：擠出位子
割り込み わ　こ	插隊 口語 横入よこはいり
座席 ざ せき	座位
窓側の席 まどがわ　　せき	靠窗座位
通路側の席 つう ろ がわ　　せき	靠走道座位
優先席 ゆうせんせき	博愛座
空席 くうせき	空位
満席 まんせき	滿座；客滿
指定席 し ていせき	指定席
自由席 じ ゆうせき	自由席；自由座位

一等席 いっとうせき	頭等座
グリーン車 green　　しゃ	頭等車廂 説明 JR集團的旅客車輛中，因為設備好和服務周到，所以會加收特別費用。
禁煙席 きんえんせき	禁菸座位
喫煙席 きつえんせき	吸菸座位
シートベルト seat belt	安全帶 表現 ～を締しめる[はずす]：繫上〔解開〕安全帶
リクライニングシート reclining seat	可倒臥的座椅 説明 指椅背可以向後傾斜的座位。

車站

駅 えき	車站 説明 在日本乘客數最多的站就是新宿しんじゅく駅，平均一天有322萬人搭乘地鐵。這也是世界上搭乘人次最高的。日本發車數最多的站則是東京とうきょう駅，一天大約有4,000班。

▲ 東京駅とうきょうえき
為仿造荷蘭阿姆斯特丹站的超豪華鋼筋磚頭構造的三層建築物，位於皇居こうきょ的丸まるの内うち方向。

停車場 ていしゃじょう	停車場；停車格 説明 為舊式的用語，不常被使用於會話中。
始発駅 し はつえき	起始站
終着駅 しゅうちゃくえき	終點站 口語 終点しゅうてん
乗り換え駅 の　か　えき	轉乘站
無人駅 む じんえき	無人車站

ターミナル terminal	①航廈　②終站；總站 [表現] 空港くうこう～ビル：機場大樓
駅舎 えきしゃ	火車站
駅構内 えきこうない	站內；站區
地下道 ち か どう	地下道
跨線橋 こ せんきょう	（橫架在鐵路上的）天橋
案内所 あんないじょ	詢問處；旅客服務處
遺失物取扱所 い しつぶつとりあつかいじょ	失物招領中心
コインロッカー coin locker	投幣式寄物櫃；投幣式置物箱
待合室 まちあいしつ	候車室
改札口 かいさつぐち	剪票口；收票閘門 [表現] 自動じどう～：自動收票口、自動閘門
ホーム form	月台 [同] プラットホーム｜のりば [説明] 月台也稱為「プラット ホーム（platform）」。「ホ ーム」則是這個字的簡稱。 在會話中，習慣上不會說 「フォーム」，而都是說「ホーム」。 [表現] 相対式そうたいしき～：對面分離式月台｜島式 しましき～：單一中島式月台 ▲ ホーム
ホームドア form door	月台門 [説明] ホームドア（月台門）是和製英語。請參考上 方「ホーム」單字所附的照片。「月台門」是為了 預防發生乘客從月台跌落等事故，在首都圈進出人 口較為繁多的大站所設置的與列車進出口之間的隔 門。

駅長 えきちょう	站長
助役 じょやく	副站長；協助站長處理事務的人
駅員 えきいん	站務人員

車票

切符 きっぷ	（車）票 表現 乗車券じょうしゃけん：乗車券｜一日いちにち乗車券：一日乗車券
運賃 うんちん	（車）資 同 交通費こうつうひ
きっぷ売り場 う ば	售票處
自動券売機 じ どうけんばい き	自動售票機
定期券 てい き けん	定期券
回数券 かいすうけん	回數票

上り のぼ	上行 表現 ～列車：上行列車
下り くだ	下行 表現 ～列車：下行列車
片道 かたみち	單程 表現 ～切符－きっぷ：單程車票
往復 おうふく	來回 表現 ～三時間かかる：來回需要3個小時

途中下車 と ちゅう げ しゃ	中途下車 表現 ～前途無効－ぜんとむこう：必須在指定的車站下車，不能在半途下車（指出站、進出車站的閘口），否則那張票將視同無效。

精算 せいさん	精算車費；補票 **表現** 〜窓口－まどぐち：精算窗口｜乘のり越こし料金りょうきんを〜する：補繳坐過站的車資
払い戻し はら　もど	退費

キセル	違規乘車；坐霸王車 **表現** 〜をする **動**：違規乘車 **說明** 指攜帶接近上車站和下車站的車票，在中途免費搭車。此用法是從兩端都是金屬製的煙台キセル (khsier) 而來的。
無賃乗車 む ちんじょうしゃ	搭霸王車 **同** ただ乗り

鐵路・鐵軌

交通

線路 せん ろ	鐵軌、軌道
単線 たんせん	單軌
複線 ふくせん	雙軌 **表現** 複々線ふくふくせん：雙複線；四線
レール rail	軌道
枕木 まくら ぎ	枕木
ポイント point	（鐵路）轉轍器 **表現** 〜を切きり替かえる：切換軌道、轉轍
軌道 き どう	軌道 **表現** 広軌こうき：寬軌｜標準軌ひょうじゅんき：標準軌｜狹軌きょうき：窄軌

架線 か せん	架線

パンタグラフ pantagraph	集電弓

タブレット tablet	單軌鐵路的路牌；通行告示牌
信号機 しんごうき	鐵路信號機 表現 手信号てしんごう：手動信號
入れ換え作業 いかさぎょう	轉軌、分路作業

トンネル tunnel	隧道 説明 在日本的鐵路隧道中，最長的就是連接本州ほんしゅう和北海道ほっかいどう的津軽海峡線つがるかいきょうせん和青函せいかん隧道（世界最長）。長度是53.85km，海底長度是23.3km。
橋 はし	橋 表現 ～を渡わたる：過橋
鉄橋 てっきょう	鐵橋
橋梁 きょうりょう	橋樑 説明 日本最長的鐵路大橋是東北新幹線とうほくしんかんせん的第一北上川だいいちきたかみがわ橋樑，長度是3,868m。

踏切 ふみきり	平交道 表現 ～を渡る：穿越平交道｜開あかずの～：（需長時間等候的）平交道 説明 開かずの踏切指在都會地區由於電車的通行量相當地多，1小時裡只有幾分鐘能夠通行的平交道。	 ▲ 踏切
高架線 こうかせん	高架線 説明 在都會地區為了避免與平路交會搶地，因此架高建成立體交匯狀的列車線路。	

立体交差 りったいこうさ	立體交匯
脱線 だっせん	列車脫軌
転覆 てんぷく	翻覆；翻車 **表現** 列車が〜する：列車翻覆

日本的嚴重鐵道意外事件

● 三河島みかわしま**事故**じこ

發生於西元1962年5月3日，造成160人死亡、296人受傷的事件。事故肇發於一輛下行的載貨列車於常磐線三河島車站內因未遵守交通號誌脫軌衝撞一台下行列車，在慘劇造成後另一台上行列車又衝撞下行列車的雙重慘劇。

● 鶴見つるみ**事故**

發生於西元1963年11月9日，造成161人死亡、120人受傷的事件。一台下行的載貨列車於東海道本線鶴見車站及新子安車站之間脫軌衝撞上行的橫須賀線列車，然後首節車廂又衝撞上下行橫須賀線電車的雙重慘劇。

● 信楽高原鐵道しがらきこうげんてつどう**列車衝突事故**

發生於西元1991年5月14日，造成42人死亡、614人受傷的事件。一台接駁至陶藝慶典活動的臨時列車，在滋賀縣甲賀市與一台普通列車正面相撞的慘劇。

● 福知山ふくちやま**線列車脫線転覆事故**

又稱「（JR宝塚たからづか線脫線転覆事故）」。發生於西元2005年4月25日，造成107人死亡、562人受傷的事件。JR西日本福知山線（JR寶塚線）的通勤列車在進入塚口站到尼崎站之間的一處彎道，因駕駛員的超速駕駛致使列車脫軌翻覆，最前方的兩節車廂更嚴重撞毀了鐵道兩旁的公寓。該鐵路彎道的行駛上限速度應只能是70km/h，但當時駕駛員卻以116km/h的時速行駛進入該路段。

12

交通

各種車輛

車 <small>くるま</small>	車 **表現** 〜を拾ひろう：（在馬路上）叫車
自動車 <small>じ どうしゃ</small>	汽車
軽自動車 <small>けい じ どうしゃ</small>	小型汽車
四輪駆動車 <small>よんりん く どうしゃ</small>	四輪驅動車 **口語** 四駆よんく ｜ 4 WDよんタブリューディ
スポーツカー <small>sports car</small>	跑車
オープンカー <small>open car</small>	敞篷車
バン <small>van</small>	貨車 **表現** ライト〜：小型客貨車
ライトバン <small>light van</small>	小貨車
ハイブリッド車 <small>hybrid しゃ</small>	油電混合車
天然ガス自動車 <small>てんねん じどう しゃ</small>	瓦斯車
貨物車 <small>か もつしゃ</small>	大貨車
トラック <small>truck</small>	卡車 **表現** 大型おおがた〜：大卡車 ｜ 小型こがた〜：小貨車
ダンプカー <small>dump car</small>	自動傾卸貨車
ミキサー車 <small>mixer しゃ</small>	水泥車
クレーン車 <small>crane しゃ</small>	吊車；起重車
トレーラー <small>trailer</small>	拖車

搭乗計程車時的常用表現

- タクシー！　　　　　　　　　　　　　　　計程車！
- ここまで行きたいんですが。　　　　　　　我想去這個地方。
- 羽田空港まで行ってください。　　　　　　麻煩到羽田機場。
- いくらぐらいですか。　　　　　　　　　　大概要多少錢呢？
- どれぐらいかかりますか。　　　　　　　　大概需要多久呢？

- 急いそいでください。　　　　　　　　　　請開快一點。
- 急いでいるんですが。　　　　　　　　　　我趕時間。
- あまり飛とばさないでください。　　　　　請不要開這麼快。
- ゆっくり行ってください。　　　　　　　　請開慢一點。
- メーターを倒たおしてください。　　　　　麻煩請按錶。

- ボリュームをちょっと下さげてください。　音量請轉小一點。
- 窓まどを開あけてもいいですか。　　　　　可以開一下窗戶嗎？
- 近道ちかみちを行ってください。　　　　　請走捷徑。
- どのように行きますか。　　　　　　　　　請問您要怎麼走？
- よく分からないので、おまかせします。　　我不太清楚，您決定就好。

- 大通おおどおりを右（左）に曲まがってください。
　　　　　　　　　　　　　　　　　　　　　從這條大馬路右（左）轉。
- 次つぎの信号しんごうを右（左）に曲がってください。
　　　　　　　　　　　　　　　　　　　　　在下個紅綠燈右（左）轉。
- 右（左）の路地ろじを入ってください。　　請右（左）轉進巷子。
- まっすぐ行ってください。　　　　　　　　請直走。
- ここで停とめてください。　　　　　　　　在這邊停就可以了。

- この先さきで停めてください。　　　　　　到前面停車。
- 駅の前で停めてください。　　　　　　　　麻煩在車站前面停。
- ここでちょっと待っていてください。　　　請在這裡等我一下。
- ちょっと手伝ってください。　　　　　　　可以幫我一下嗎？
- 荷物を載のせてください。　　　　　　　　這裡有行李要載。

- トランクを開あけてください。　　　　　　請幫我開後車廂。
- おつりはいいです。　　　　　　　　　　　不用找零了。

12

交通

タクシー taxi	計程車
タクシー乗り場 の　　ば	計程車招呼站
タクシードライバー taxi driver	計程車司機
運転手 うんてんしゅ	司機；駕駛人 説明 口語是使用～さん來稱呼司機。
空車 くうしゃ	空車 説明 如果是已載有乘客的車，以司機用語來說則稱 為実車じっしゃ。
基本料金 き ほんりょうきん	基本車資 同 初乗はつのり料金
割増料金 わりましりょうきん	加成車資 表現 夜間やかん・早朝料金そうちょうりょうきん：夜 間・晨間加成
メーター meter	車表 表現 ～を倒たおす：按表計費
相乗り あい の	共乘 表現 タクシーに～する：共乘計程車
バス bus	公車；巴士 表現 路線ろせん～：固定路線 公車｜高速こうそく～：高速 巴士｜観光かんこう～：観光 巴士

▲ 都とバスは「都營巴士」的簡稱，屬於東京都交通局內的「自動車部」（都營地下鐵為「電車部」）。營業範圍主要是東京都特別區、青梅市。

バスターミナル bus terminal	巴士總站
停留所 ていりゅうじょ	公車站 口語 バス停てい
自転車 じ てんしゃ	腳踏車

スクーター scooter	機車；速可達
オートバイ	摩托車 回 バイク

駕駛

自動車学校 じどうしゃがっこう	駕訓班
路上教習 ろじょうきょうしゅう	路面駕駛訓練
仮免許 かりめんきょ	臨時駕照 回 仮免かりめん
運転免許証 うんてんめんきょしょう	駕駛執照、駕照
初心者運転 しょしんしゃうんてん	初學者駕駛 回 車の免許
若葉マーク わかば mark	初學者綠葉符號 說明 指為了告知開車人是初學者，在車上貼的標示，通常是取得駕駛執照未滿一年的駕駛人使用。標示的左邊是黃色，右邊是綠色，看起來很像葉子的新芽（若葉）。亦稱初心者しょしんしゃマーク。
ペーパードライバー paper driver	有執照但無實際駕駛經驗者

▲若葉マーク

国産車 こくさんしゃ	國產車
外車 がいしゃ	進口車
アメ車 America しゃ	美國車
マイカー my car	自用車 說明 現在已經是幾乎人人有車的時代，這個語詞已幾乎不再使用。

レンタカー rent-a-car	租賃車 表現 〜を借かりる：租車
新車 しんしゃ	新車
ポンコツ	老爺車；破舊車 同 〜車：破車
中古車 ちゅうこしゃ	中古車
洗車 せんしゃ	洗車
ワックスがけ wax	打蠟
車検 しゃけん	車檢 表現 〜を受ける：進行驗車
運転 うんてん	駕駛 表現 代行だいこう〜：代理駕駛
走る はし	（車、船）行駛 例 高速道路こうそくどうろを時速じそく100ひゃっキロ で〜：在高速公路上以時速100公里行駛。
ドライブ drive	駕駛；兜風 表現 箱根はこねに〜する：去箱根兜風
走行 そうこう	行車 表現 〜中に変なにおいがする：車輛行駛中發出怪味
交通渋滞 こうつうじゅうたい	塞車；交通阻塞 表現 〜に巻まき込こまれる：陷入堵塞的車陣當中
ノロノロ運転 うんてん	龜速行駛
スピードの出し過ぎ だ す	超速
制限速度 せいげんそくど	速限 表現 〜を守まもる：遵守行車速限｜時速じそく40キ ロ：時速40公里

車間距離 しゃかんきょり	車距 表現 ～をあける：拉開車距
車線 しゃせん	車道 表現 走行そうこう～：行車車道｜追越おいこし～：超車道｜～を変更へんこうする：變換車道｜～を守まもる：遵守車道
駐車場 ちゅうしゃじょう	停車場 同 パーキングparking
ガソリンスタンド gasoline stand	加油站 表現 ガソリン：汽油｜ガソリンを入れる：加油｜満まんタン：加滿 例 満タンにしてください。請加滿。

12

交通

信号 しんごう	交通號誌
信号無視 しんごう む し	闖紅燈 表現 ～をする動：闖紅燈
赤信号 あかしんごう	①紅燈　②危險信號 例 ～を無視むしして通とおりを渡る。不顧紅燈地穿越馬路。
青信号 あおしんごう	①綠燈　②通行信號
黄信号 き しんごう	黃燈

有料道路 ゆうりょうどう ろ	收費道路
高速道路 こうそくどう ろ	高速公路 説明 日本最長的高速公路是東北自動車道とうほくじどうしゃどう，長度是679.5km。日本最長的道路隧道是関越かんえつ隧道上行線，長度11,055m；日本最長的道路橋是東京湾とうきょうわんアクアライン的アクアブリッジ，長度是4,424m。

通行料 つうこうりょう	過路費 囫 東京ゲートブリッジは、〜はかかりません。 "Tokyo Gate Bridge" 不收過路費。
料金所 りょうきんじょ	收費站
トールゲート tollgate	收費閘門
中央分離帯 ちゅうおうぶんりたい	中央分隔島
路肩 ろ かた	路肩 表現 車くるまが故障こしょうしたので〜に停とめる： 由於車子故障，所以停在路肩
安全地帯 あんぜんちたい	安全地帶

交通事故

交通事故 こうつうじ こ	交通事故
自動車事故 じ どうしゃじ こ	汽車事故；車禍 表現 死亡しぼう：死亡｜負傷ふしょう：受傷｜後遺 傷害こういしょうがい：後遺症
人身事故 じんしんじ こ	人身事故 説明 造成人傷亡的事故，特指交通事故。
事故現場 じ こげんば	事故現場
スピード違反 speed いはん	違反速限
接触事故 せっしょくじ こ	擦撞事故
衝突事故 しょうとつじ こ	衝撞事故 表現 正面しょうめん〜：迎面對撞｜玉突きたまつ き〜：由後方撞上
追突事故 ついとつじ こ	追撞事故 表現 追突する／おカマを掘ほる 俗：追撞／kiss｜追 突される／おカマを掘られる：被撞

大破する <small>たい は</small>	嚴重毀損 例 事故で車体しゃたいが〜。車體因事故嚴重損毀。
ひき逃げ <small>に</small>	肇事逃逸 表現 〜した車くるまは、真まっ赤かなスポーツカーだったそうだ。肇事逃逸的車子聽說是純紅色的跑車。
飲酒運転 <small>いんしゅうんてん</small>	酒後駕車 口語 酔よっぱらい運転
居眠り運転 <small>い ねむ うんてん</small>	昏睡駕車
代行運転 <small>だいこううんてん</small>	代理駕駛 表現 〜を頼む：委託代理駕駛
交通取り締まり <small>こうつう と し</small>	交通取締
ネズミ捕り <small>と</small>	抓超速 說明 指一般交通警察站在道路一旁的遮蔽處，使用測速器抓超速駕駛。 例 あそこの道路どうろは、ときどき〜をやっているから，スピードの出だし過すぎには気きをつけた方ほうがいいよ。在那邊的路上常常會有警察躲在那邊抓超速喔，小心不要開得太快。
駐車違反 <small>ちゅうしゃ い はん</small>	違規停車
不法駐車 <small>ふ ほうちゅうしゃ</small>	違法停車
追い越し <small>お こ</small>	超車 表現 この先さきはカーブが続つづくので〜禁止区間きんしくかんです：因為接下來是一連串的彎路，所以這個區段禁止超車。
白バイ <small>しろ</small>	警用摩托車
パトカー <small>patrol car</small>	警車 說明 為パトロール・カー的略語。

汽車配件

エンジン engine	引擎 **表現** 〜をかける：發動引擎 ｜ 〜がかからない：引擎發不動
エンスト engine stop	引擎熄火 **表現** 〜を起こす：引擎熄火
ブレーキ brake	剎車 **表現** 急きゅう〜をかける：緊急剎車 ｜ 〜を踏ふむ：踩剎車 ｜ 〜がきかない：剎車剎不住
アクセル accelerator	加速器 **表現** 〜を踏む：踩加速
ギア gear	排檔 **表現** 〜を入れる：進檔
クラッチ clutch	離合器 **表現** 〜を踏む：踩離合器
オートマチック車 automatic しゃ	自排車 **口語** 〜マ
マニュアル車 manual しゃ	手排車
ハンドル handle	方向盤 **表現** 〜をにぎる：手握方向盤 ｜ 〜を切る：轉方向盤
クラクション klaxon	喇叭 **表現** 〜を鳴ならす：按喇叭
バックミラー back mirror	後視鏡
サイドミラー side mirror	側邊後照鏡
ワイパー wiper	雨刷 **表現** 〜が動うごかない：雨刷不動
バッテリー battery	電池、電瓶 **表現** 〜が上あがる：電池沒電

オーバーヒート overheat	過熱 表現 〜する 動：過熱
タイヤ tire	輪胎 表現 〜が道から外れた：輪胎滾出路面｜〜を交換こうかんする：換輪胎｜〜に空気くうきを入いれる：輪胎灌氣
パンク puncture	爆胎 表現 〜する 動：爆胎
ボンネット bonnet	引擎蓋 表現 〜から煙けむりが出る：從引擎蓋冒出煙來
ラジエーター radiator	散熱片；冷卻器 表現 〜から水がもる：散熱器漏水了
バンパー bumper	保險桿 表現 〜がへこむ：保險桿凹下去了
ヘッドライト headlight	車前大燈 口語 前照灯ぜんしょうとう 表現 〜がつかない：前大燈不亮｜〜が消えない：大燈無法熄掉
テールライト taillight	尾燈 同 尾灯びとう
マフラー muffler	排氣管 表現 〜から煙けむりが出る：排氣管冒煙
ファンベルト fan belt	風扇皮帶 表現 〜が切れる：風扇皮帶斷掉
方向指示器 ほうこうしじき	方向燈 表現 〜がつかない：方向燈不亮
トランク trunk	後車廂 表現 〜が開かない：後車廂打不開
カーナビ car navigation	汽車導航系統 説明 「カーナビゲーション・システム」的略稱。
ナンバープレート number plate	車牌

ご当地ナンバー とうち	當地車號

日本的汽車車牌 (ナンバープレート)

再多記一點!!

　　車牌號碼上方的文字（地名）和數字，分別代表著這台車子所登錄的「陸運支局名字」和「車子的種類」。若是一般汽車的情況，地名後面出現的第一個數字，如果是1或4，表示自家用的貨車；2是營業用的汽車；3,5,7是自家用車；8是自家用特種汽車。個人計程車和自家用車一樣是使用3或5。

　　在號碼牌的顏色上，如果是工作用車，就是「綠底白字」；只要是工作用車以外的車輛，都是「白底綠字」。さ・す・せ・そ・た・ち・つ・て・と・な・に・ぬ・ね・の・は・ひ・ふ・ほ・ま・み・む・め・も・や・ゆ・ら・り・る・ろ是自家用車；あ・い・う・え・か・き・く・け・こ・を 是營業用車；出租用車則是使用れ或わ。

交通標誌

交通標識 こうつうひょうしき	交通標誌
止まれ と	停止 表現 一旦停止いったんていし：停車再開｜停止線ていしせん：停止線
徐行 じょこう	（電車、汽車等）慢行 例 学校前・〜せよ。經過學校前要慢行。
直進 ちょくしん	直行
右折 うせつ	右轉
左折 させつ	左轉

右折禁止 うせつきんし	禁止右轉
左折禁止 させつきんし	禁止左轉
Uターン禁止 ゆー　　　きんし	禁止迴轉
追越禁止 おいこしきんし	禁止超車
進入禁止 しんにゅうきんし	禁止進入
通行禁止 つうこうきんし	禁止通行 表現 すべての車両〜：所有車輛禁止通行
駐車禁止 ちゅうしゃきんし	禁止停車
迂回せよ うかい	繞道；繞路
スリップ注意 slip　　　ちゅうい	小心路滑
落石注意 らくせきちゅうい	注意落石
一方通行 いっぽうつうこう	單側通行
行き止まり い　　ど	此路不通
前方カーブ ぜんぽうcurve	前方轉彎
静かに しず	肅靜
警笛鳴らせ けいてきな	請鳴警示聲
工事中 こうじちゅう	施工中

12

交通

機場

空港 くうこう	**機場** 説明 雖然也有飛行場ひこうじょう一詞，但很少被人們使用。順帶一提，テレサ・テン（鄧麗君）在日本有一首知名歌曲，日文名亦為《空港（1974年）》，中文歌名為《情人的關懷》。
国際空港 こくさいくうこう	**國際機場** 表現 東京〜（羽田空港）：東京國際機場（羽田機場）｜成田〜（成田空港）：成田國際機場（成田機場）｜大阪〜（伊丹空港・大阪空港）：大阪國際機場（伊丹機場・大阪機場）｜関西〜（関西空港）：關西國際機場（關西機場）｜中部〜（セントレア・中部空港）：中部國際機場（中央機場・中部機場）
ローカル空港 local　　くうこう	**地方機場** 同 地方空港ちほうくうこう
ハブ空港 hub　くうこう	**轉運機場；樞紐機場**
エアポート airport	**機場** 説明 順帶一提，欧陽菲菲（オウヤンフイフイ）在日本有一首知名歌曲，日文名為《雨のエアポート（1971）》，中文歌名為《雨中旅程》。
エアターミナル air terminal	**機場航廈；機場航站**
航空会社 こうくうがいしゃ	**航空公司**
国際線 こくさいせん	**國際線**
国内線 こくないせん	**國內線**

全球主要航空公司

- 日本にほん航空 Japan Airlines (JAL)　　　　　　　　　　　日本航空 (JL)
- 全日空ぜんにっくう All Nippon Airways (ANA)　　　　　　全日空航空 (NH)
- エアニッポン Air Nippon (ANK)　　　　　　　　　　　　日空航空 (EL)
- 日本にほんエアコミューター Japan Air Commuter (JAC)
　　　　　　　　　　　　　　　　　　　　　　　　　　日本空中通勤 (JN)
- 日本にほんアジア航空 Japan Asia Airways (JAA)　　　　日本亞細亞航空 (EG)
- チャイナ エアライン CHINA AIRLINES　　　　　　　　中華航空 (CI)
- エバー航空 Eva Airways　　　　　　　　　　　　　　長榮航空 (BR)
- キャセイパシフィック CATHAY PACIFIC AIRWAYS　　國泰航空 (CX)
- アエロフロートロシア国際航空 Aeroflot-Russian International Airlines
　　　　　　　　　　　　　　　　　　　　　　　　　　俄羅斯航空 (SU)
- モンゴル国営航空 MIAT Mongolian Airlines　　　　　蒙古航空 (OM)
- 中国国際航空公司 Air China International　　　　　　中國國際航空 (CA)
- 中国東方航空 CHINA EASTERN AIRLINES　　　　　　中國東方航空 (MU)
- 中国南方航空 CHINA SOUTHERN AIRLINES　　　　　中國南方航空 (CZ)
- 中国西南航空 CHINA SOUTHWEST AIRLINES　　　　中國西南航空 (WH)
- 大韓だいかん航空 Korean Air　　　　　　　　　　　　大韓航空 (KE)
- アシアナ航空 Asiana Airlines　　　　　　　　　　　　韓亞航空 (OZ)
- コンチネンタル航空 Continental Airlines　　　　　美國大陸航空公司 (CO)
- シンガポール航空 SINGAPORE AIRLINES　　　　　　新加坡航空 (SQ)
- タイ国際航空 Thai Airways International　　　　　　泰國航空 (TG)
- ガルーダインドネシア航空 Garuda Indonesia　　　　印尼航空 (GA)
- マレーシア航空 Malaysia Airlines　　　　　　　　　馬來西亞航空 (MH)
- ベトナム航空 VIETNAM AIRLINES　　　　　　　　　越南航空 (VN)
- フィリピン航空 Philippines Airlines　　　　　　　　菲律賓航空 (PR)
- エア・インディア Air India　　　　　　　　　　　　印度航空 (AI)
- トルコ航空 TURKISH AIRLINES　　　　　　　　　　土耳其航空 (TK)
- 英国航空 BRITISH AIRWAYS　　　　　　　　　　　英國航空 (BA)
- エールフランス国営航空 AIR FRANCE　　　　　　　法國航空 (AF)
- ルフトハンザドイツ航空 Lufthansa AG　　　　　　　德國漢莎航空 (LH)
- KLMオランダ航空 KLM Royal Dutch Airlines　　　荷蘭皇家航空 (KL)

12

交通

- **アリタリア航空** Alitalia　　　　　　　　　義大利航空（AZ）
- **イベリア・スペイン航空** IBERIA Airline　　西班牙國家航空（IB）
- **スカンジナビア航空** Scandinavian Airlines System　北歐航空（SK）
- **アメリカン航空** American Airlines　　　　美國航空（AA）
- **デルタ航空** Delta Air Lines　　　　　　　達美航空（DL）
- **ノースウエスト航空** NORTHWEST AIRLINES　西北航空（NW）
- **ユナイテッド航空** United Air lines　　　　聯合航空（UA）
- **エア・カナダ** AIR CANADA　　　　　　　加拿大航空（AC）
- **カンタスオーストラリア航空** Qantas Airways　澳洲航空（QF）
- **ニュージーランド航空** Air New Zealand　　紐西蘭航空（NZ）
- **ヴァリグブラジル航空** VARIG Brasil Airlines　巴西航空（RG）

飛行機 ひこうき	飛機 表現 ジェット機Jetき：噴射機｜ジャンボ機Jumbo き：巨無霸飛機｜プロペラ機propellerき：螺旋槳飛機｜セスナ機Cessnaき：塞斯納飛機
航空機 こうくうき	飛機；飛行器
旅客機 りょかくき	客機
貨物機 かもつき	貨機
エアバス Airbus	空中巴士
ボーイング Boeing	波音公司生產的波音飛機
管制塔 かんせいとう	管制塔台
便 びん	～班；航次 表現 ～名－めい：班次名稱｜乗り継ぎ～：轉機航班｜直行ちょっこう～：直飛航班｜定期ていき～：固定航班｜不定期ふていき～：不定期航班｜チャーターcharter～：包機航班｜臨時りんじ～：臨時航班

フライトスケジュール flight schedule	班機時刻表
欠航 けっこう	停飛；停航 表現 〜する 動：停飛
離陸 り りく	起飛 例 定刻ていこくどおりに〜する。預定降落於成田機場。
着陸 ちゃくりく	著陸 例 あと15分ふんほどで成田空港なりたくうこうに〜予定ーよていだ。大概再過15分鐘，預定降落於成田機場。
オーバーラン overrun	滑行超過跑道
滑走路 かっそうろ	跑道 表現 進入路しんにゅうろ：進道｜誘導路ゆうどうろ：滑行道
駐機場 ちゅう き じょう	停機坪
格納庫 かくのうこ	機棚；飛機棚
整備士 せい び し	維修技師；機師
空港業務スタッフ くうこうぎょう む staff	機場地勤人員

ヘリコプター helicopter	直升機
ヘリポート heliport	直升機坪
グライダー glider	滑翔機
飛行船 ひ こうせん	飛船
気球 き きゅう	熱氣球 同 バルーンballoon

交通

機場手續用語

ビザ visa	**簽證** 回 査証さしょう 囫 アメリカに行いくために申請しんせいしていた留学りゅうがく〜がやっと下おりた。為了去美國留學的簽證總算發下來了。
パスポート passport	**護照** 回 旅券りょけん 囫 旅先たびさきで〜をなくしてしまった。完蛋了，在旅行地把護照弄丟了。
渡航目的 と こうもくてき	**搭機目的** 囫 今度こんどのイギリスへの〜は何なんですか。這次到英國的目的是甚麼呢。
出入国カード しゅつにゅうこくcard	**出入國表格**
出国手続き しゅっこく て つづ	**出境手續**
入国手続き にゅうこく て つづ	**入境手續**
入国審査 にゅうこくしん さ	**入境審查**
税関申告 ぜいかんしんこく	**海關申報**
検疫 けんえき	**檢疫**
チェックイン check-in	**報到；登記手續**
手荷物 て に もつ	**手提行李；隨身行李** 表現 〜一時預－いちじあずかり所しょ：行李寄物所
タグ tag	**行李標籤；行李牌**
別送品 べっそうひん	**另寄行李；後送行李** 説明 所謂的「別送品」指的是「搬遷時的行李」或是在旅行地用不著，但不需要隨身攜帶的東西、土產之類，在當地利用郵局或宅配寄回國的物品。

空港税 くうこうぜい	機場稅
搭乗券 とうじょうけん	登機證
搭乗口 とうじょうぐち	登機口
タラップ trap	登機梯
搭乗手続き とうじょうてつづ	登機手續
キャンセル cancel	取消機位
キャンセル待ち cancel　ま	機位候補；候位
トランジット transit	過境 (説明) 過境時，不能離開機場。過境轉機時，需持有第三國（即轉機地點）的過境簽證（通過査証〈トランジットビザ〉）才能通過海關。 (例) 日本にほんの地方空港ちほうくうこうからヨーロッパに向むかう時ときは，韓国かんこくのインチョン空港くうこうで～すると便利べんりです。從日本的地方機場要飛到歐洲時，一般在韓國的仁川機場過境較為便利。
乗り継ぎ の　つ	轉機 (説明) 也可用「コネクト (connect)」的說法。 (例) 飛行機ひこうきの到着とうちゃくが遅おくれて～便びんに間まに合あいませんでした。因為飛機抵達遲到了，沒有趕上轉乘的飛機。
リコンファーム reconfirm	再次確認 (同) 予約よやくの再確認さいかくにん
航空券 こうくうけん	機票
eチケット イーticket	電子機票
格安航空券 かくやすこうくうけん	超低價機票

ディスカウントチケット discount ticket	折扣票；優惠票
エコノミークラス economy class	經濟艙
ビジネスクラス business class	商務艙 同 エグゼクティブクラス executive class
ファーストクラス first class	頭等艙

飛機上

パイロット pilot	機長；飛機駕駛員 同 操縦士 そうじゅうし
機長 き ちょう	機長 同 キャプテン captain
操縦室 そうじゅうしつ	駕駛艙 同 コックピット cockpit
操縦桿 そうじゅうかん	操縱桿 表現 ～を握 にぎる：握住操縱桿
航空機関士 こうくう き かん し	飛航工程師
客室乗務員 きゃくしつじょう む いん	乘務員
パーサー purser	座艙長
キャビンアテンダント Cabin attendant	空服員；空姐；空少 説明 一般簡稱為「CA」。近年來「スチュワーデス」 一詞已逐漸被「キャビンアテンダント」給取代。

ラック rack	置物架；（行李）網架
トイレ toilet	洗手間 表現 使用中 しようちゅう：使用中｜あき：可使用

機内食 き ないしょく	機上餐點 例 小ちいさなお子こさまのための〜を準備じゅんびしてありますので、搭乗前とうじょうまえに予約よやくしてください。我們有為了小孩子準備的機上餐點，請在搭乘前跟我們預約。
機体 き たい	機體；機身
機首 き しゅ	機首
翼 つばさ	機翼 表現 主翼しゅよく：主翼 ｜ 尾翼びよく：尾翼
昇降舵 しょうこう だ	升降舵
方向舵 ほうこう だ	方向舵
ジェットエンジン jet engine	噴射引擎
プロペラ propeller	螺旋槳
フライトレコーダー flight recorder	飛行記錄器；黑盒子 同 ブラックボックス black box

飛行中

飛ぶ と	飛行；飛翔
高度 こう ど	高度 表現 〜を上げる[下げる]：提高〔降低〕高度
追い風 お かぜ	順風 表現 〜に乗る：乘著順風
向かい風 む かぜ	逆風 表現 〜を受ける：朝向逆風
旋回 せんかい	盤旋

機内アナウンス き ない	機內廣播
シートベルトサイン seat belt sign	安全帶指示燈 表現 ～がつく[消える]：安全帶指示燈亮起〔熄滅〕
救命胴衣 きゅうめいどう い	救生衣
酸素マスク さん そ mask	氧氣面罩 表現 ～を口に当てる：將氧氣面罩罩於口鼻
非常口 ひ じょうぐち	逃生口

再多記一點！！

機內廣播

- 皆様みなさま、本日ほんじつもエバー航空こうくうをご利用りょうください
いましてありがとうございます。この飛行機ひこうきはタイペイ・松
山ソンシャン空港くうこう行ゆきBR189便びんです。

  各位旅客您好，感謝您搭乘本日長榮航空公司由台北松山機場出發的
  BR189號班機。

- ただ今いまから非常用出口ひじょうようでぐちと、非常用設備ひじょうよう
せつびの使つかい方かたをご説明せつめい申もうし上あげます。

  現在開始，我們將為您介紹緊急逃生門及緊急求生設備的使用說明方
  法。

- シートベルト着用ちゃくようサインが点灯てんとうしましたら、速すみや
かにシートベルトを腰こしの低ひくい位置いちでしっかりとお締しめく
ださい。

  當安全帶的指示燈號亮起時，請儘速繫上您的安全帶。

- 酸素マスクは上うえの棚たなの中なかにあり、酸素が必要ひつような時と
きに自動的じどうてきに下おりてまいります。マスクが下りてきました
ら、強つよく引ひき寄よせ、鼻はなと口くちに当あてて、ゴムひもを頭
あたまにかけてお使つかいください。

在您的座位上方設有一個氧氣面罩，必要時會自動落下。當氧氣罩落下後，請將它罩在您的口鼻處，並將帶子向後套在您的頭上。

- 救命胴衣きゅうめいどういは皆さまのお座席の下にございます。ご使用になる時は、頭からかぶり両腕りょううでを通とおした後あと、ひもを下に引ひいてください。救命胴衣は機内きないでは膨らまさないようにしてください。

  救生衣就在您的座位的下方，使用時，請從您身體的上方套入，兩手穿過之後，將救生衣上的繩子向下拉即會自動充氣。請在離開飛機之後才將救生衣充氣。

- 詳くわしい内容ないようは、お座席の前のポケットの「安全あんぜんのしおり」をご覧らんください。

  詳細的內容，請看您座椅前方袋子中的「安全手冊」。

交通

ニアミス near miss	（空中）不正常接近 説明 指飛機在空中有碰撞的危險。
乱気流 らん き りゅう	亂流 表現 ～にあう：遇到亂流
エアポケット air pocket	空氣槽洞；氣井 説明 指飛機在空中飛行時，無法以肉眼發現、急遽移動的大量氣流。 表現 ～に落ちる：落入氣井
錐もみ状態 きり じょうたい	盤旋下降狀態 例 飛行機は～で墜落ついらくした。 飛機以迴旋下降的狀態墜落。
ダッチロール Dutch roll	不穩定的螺旋飛行狀態
落ちる お	墜落
パラシュート parachute	降落傘；跳傘 同 落下傘らっかさん

緊急脱出 きんきゅうだっしゅつ	緊急逃生
脱出シュート だっしゅつ chute	逃生滑道
救命ボート きゅうめいboat	救生艇
不時着 ふ じ ちゃく	緊急迫降 圓 不時着陸 囫 故障でアトランタ国際空港に〜する。飛機因為故障，緊急迫降亞特蘭大國際機場。

時差 じ さ	時差 囫 台湾たいわんと日本との〜は何時間なんじかんですか？台灣和日本的時差是多少？
時差ぼけ じ さ	時差症狀 囫 初はじめての海外出張かいがいしゅっちょうでしたが、〜がひどくて仕事しごとになりませんでした。第一次海外出差的時候，因為嚴重的時差症狀導致無法工作。
標準時 ひょうじゅん じ	標準時間 表現 グリニッジGreenwich〜：格林威治標準時間
現地時間 げん ち じ かん	當地時間 圓 ローカルタイム local time 囫 日本の午後6時は台湾の〜で何時ですか。日本下午六點是台灣當地時間的幾點呢？

再多記一點！！

日本標準時間

　　表示標準時間的「子午線しごせん」又稱為經線，以通過「英國格林威治天文台」的「本初子午線」為基準，測定東西方各180度。在日本兵庫縣（兵庫県ひょうごけん）的明石（明石あかし）有「東經135度」的經線通過，因此這個地方被定為是標準時間。由於經度每隔15度，就是一個小時的時差，因此日本和格林威治標準時間的時差是 GMT+9小時，台灣則是 GMT+8小時（台灣比格林威治時間快了8小時），所以日本比台灣快一個小時。

港口

船 ふね	船；船隻
船舶 せんぱく	船舶
港 みなと	港；港灣
波止場 は と ば	碼頭 回 桟橋さんばし｜埠頭ふとう
ウォーターフロント waterfront	河濱；海濱 說明 指海邊的土地，最近和都市再開發議題有密切關聯，越來越受到全國的重視。尤其是東京的お台場だいば最為有名。
防波堤 ぼう は てい	防波堤 例 ～を築きずく。築防波堤。
岸壁 がんぺき	岩壁
テトラポッド tetrapod	消波塊 說明 指被放置在海岸或江邊的混凝土塊。
船着き場 ふなつ ば	港口
渡し場 わた ば	渡口；渡船頭 回 渡し
ドック dock	碼頭；船塢
造船所 ぞうせんじょ	造船廠；船塢

▲ウォーターフロント

12

交通

灯台 とうだい	燈塔 例 その半島はんとうの先端せんたんに〜がある。半島的頂端有燈塔。 例 〜下暗-もとくらし。當局者迷，旁觀者清。

各種船隻

船の切符 ふね きっぷ	船票
乗船 じょうせん	搭船；上船 例 横浜から〜する。從橫濱搭船。
上船 じょうせん	上船
下船 げせん	下船 例 〜して陸路りくろを行く。下船後走陸路。
船室 せんしつ	船艙 表現 二等にとう〜：二等艙
進水式 しんすいしき	下水典禮
処女航海 しょじょこうかい	處女航
客船 きゃくせん	客船；客輪 表現 豪華ごうか〜：豪華客輪
貨客船 か きゃくせん	客貨兩用船
貨物船 か もつせん	貨船；貨輪
漁船 ぎょせん	漁船
商船 しょうせん	商船
捕鯨船 ほ げいせん	捕鯨船

タンカー tanker	油船；油輪 例 アラビアから～で石油せきゆを運はこんでくる。 從阿拉伯用油輪運送石油。
フェリー ferry	渡船；渡輪
水中翼船 すいちゅうよくせん	水中翼船
ホーバークラフト Hovercraft	氣墊船
快速船 かいそくせん	快艇
ヨット yacht	遊艇
ボート boat	船；船隻
モーターボート motorboat	汽艇
ポンポン蒸気 じょうき	蒸汽鐵皮船
屋形船 やかたぶね	帶篷頂的遊船；屋型小船 説明 內部舖有塌塌米可以在裡面舉行宴會。從江戶時代就開始使用這種船隻遊憩，現在則使用在觀賞煙火或其他各種活動上。 ▲ 屋形船
帆掛け船 ほ か　　ぶね	帆船
渡し船 わた　　ぶね	渡船
丸木船 まる き ぶね	獨木舟
筏 いかだ	筏、竹筏

交通

航海用語

船長 せんちょう	船長
船員 せんいん	船員 回 船乗ふなのり
航海士 こうかい し	航海員
甲板長 かんぱんちょう	水手長；甲板長
乗組員 のりくみいん	船務人員 例 彼は英国海軍えいこくかいぐんの潜水艦せんすいかん〜だった。他曾經是英國海軍的潛水艦船員。
船頭 せんどう	①船老大；日本船長的稱呼　②水手
航海地図 こうかい ち ず	航海地圖
甲板 かんぱん	甲板
コンパス compass	指南針；指北針 例 〜の針はりが北きたをさす。指北針指向北方。
いかり	錨 表現 〜を下おろす：下錨 ｜ 〜を上げる：收錨；起錨 出航
右舷 う げん	右舷
左舷 さ げん	左舷
舵 かじ	舵 表現 〜を取る：掌舵 ｜ 面舵おもかじ：右舵、外舵 ｜ 取り〜：左轉
櫓 ろ	船櫓 表現 〜をこぐ：搖櫓、划船
出航 しゅっこう	出航

停泊 ていはく	停泊；下錨
救命具 きゅうめいぐ	救生器材
浮き袋 う　ぶくろ	救生圈 例 ～をつけて泳およぐ。套上救生圈游泳。
ローリング rolling	船隻左右搖晃 同 横揺よこゆれ
ピッチング pitching	船隻上下顛簸 同 縦揺たてゆれ
波がうねる なみ	波濤洶湧
沈む しず	沉沒 例 タイタニック号ごうは氷山ひょうざんにぶつかって沈んだ。鐵達尼號撞到冰山沉沒了。

12

交通

街道景物與設施

繁華街 はん か がい	繁華街道；鬧區 例 駅えきの東側ひがしがわには～が広ひろがっている。在車站的東側有一大片繁華街。
中心街 ちゅうしんがい	鬧區；要道、主要幹道 例 福岡ふくおかの～といえば，やはり天神てんじんです。說到福岡的鬧區，當然就是天神了。
歓楽街 かんらくがい	熱鬧街、不夜城 表現 不夜城ふやじょう：不夜城
盛り場 さか ば	繁華地帶
遊郭 ゆうかく	紅燈區；花街柳巷 同 花街かがい／はなまち
アーケード arcade	有拱廊的商店街；長廊商場
ビル building	大廈；大樓 表現 超高層ちょうこうそう～：摩天大樓 説明 日本最高的大樓是1993年興建的横浜ランドマークタワー（横濱地標大廈），共七十層，高度有296公尺。
ドア door	門 表現 入口：入口｜出口：出口｜非常口：逃生口｜自動～：自動門｜回転～：旋轉門
エレベーター elevator	電梯 表現 ボタンを押す：按電梯 例 3階、押してください。請幫我按三樓。
エスカレーター escalator	手扶梯；電扶梯

塔 とう	塔；高塔
鉄塔 てっとう	鐵塔
給水塔 きゅうすいとう	（自來）水塔
広告塔 こうこくとう	屋頂大型廣告看板；大型圓柱廣告
ネオンサイン neon sign	霓虹燈 口語 ネオン
垂れ幕 た　　まく	（由高大建築物垂下的）巨型帷幕廣告
横断幕 おうだんまく	橫幅標語
看板 かんばん	招牌；看板 表現 立たて〜：立型看板
タワー tower	塔
火の見やぐら ひ　み	瞭望台；高台

公衆トイレ こうしゅう toilet	公共廁所 表現 有料ゆうりょう〜：收費公廁 例 〜はどこですか。請問洗手間在哪裡？
くずかご	垃圾桶 同 ゴミ箱ばこ
自動販売機 じ どうはんばい き	自動販賣機 同 自販機じはんき
街路灯 がい ろ とう	路燈；街燈
街路樹 がい ろ じゅ	路樹；行道樹 同 並木なみき
広場 ひろ ば	廣場
公園 こうえん	公園

噴水 ふんすい	噴泉；噴水池
ベンチ bench	長椅
原っぱ はら	（住宅中的）草地
空き地 あ　ち	空地
歩道橋 ほ どうきょう	天橋 同 陸橋りっきょう
ガード girder	鐵橋 表現 〜をくぐる：通過／穿 越鐵橋

▲ 歩道橋

電信柱 でんしんばしら	電線桿
電線 でんせん	電線 表現 〜が切れる：電線斷了｜〜が垂たれ下がる： 電線垂下來｜高圧こうあつ〜：高壓電線
マンホール manhole	下水道口 表現 〜のふた：下水道蓋子｜〜に落ちる：掉到下 水道裡
側溝 そっこう	路旁水溝
どぶ	水溝；下水道 表現 〜川がわ：陰溝 例 〜が詰つまる。下水道堵塞。

歩く ある	步行；行走
ぶらつく	散步；信步而行
ぶらぶらする	閒逛；閒晃 説明 指沒有特定目的的行走，或指悠閒行走、蹓躂 的樣子。 例 この辺をぶらぶらしてくる。在這附近閒晃。

行く （い）	前往；去〜 **表現** 買い物に〜：去買東西｜風呂に〜：去洗澡｜旅行に〜：去旅行｜墓参はかまいりに〜：去掃墓｜動物園に〜：去動物園
行き来する （い）（き）	來來往往 **表現** 通とおりは人の行いき来きがなかった：馬路上沒什麼人潮
往来する おうらい	通行；往來
行ったり来たりする （い）（き）	來來去去 **例** 彼かれは部屋へやの中なかを行ったり来たりしていた。他在房間裡走來走去。
行って来る （い）（く）	去去就來；出發去〜

案内 あんない	指示；導覽 **表現** 道みち〜する：指路
案内図 あんない ず	導覽圖
住居表示 じゅうきょひょう じ	住址指示 **説明** 指為了容易尋找地址或方便郵件配送，所標示在每個住家的號碼。例如，在西蒲田七丁目３番６号（西蒲田７－３－６）的這個地址中，鄰里的名字是「西蒲田七丁目」，「３番」是區碼，「６号」則是居住編號。
現在地 げんざい ち	目前所在地
目印 め じるし	目標；記號 **例** 駅えきを降おりると大おおきな赤あかい建物たてものが見みえますからそれを〜来きてください。 出了車站可以看見一個大的紅色建築物地標，請來那個地方。

大田区
西蒲田七丁目
3
Nishi-
kamata
7-chome

▲住居表示

12

交通

道 みち	道路 表現 ～を聞く：問路 例 すみません、ちょっと～をおたずねします。 不想意思，可以向您問路一下嗎？
道に迷う みち まよ	迷路
方向音痴 ほうこうおんち	路痴

各種道路

道路 どう ろ	道路
通り とお	大街；馬路
通り道 とお みち	通路；經過的路 例 学校への～にある駄菓子屋だがしやでよく買かい食ぐいしたものだ。到學校的路上都會經過一家糖果店，所以常買來吃。
大通り おおどお	大道；大馬路 同 表おもて通り
裏通り うらどお	後街；後巷 同 裏道うらみち
ロータリー rotary	圓環
路地 ろ じ	巷子 同 横丁よこちょう 例 この～は通とおり抜ぬけられません。這條巷子走不出去（死巷）。
インターチェンジ interchange	交流道 例 どこの～から東名高速とうめいこうそくに入ったらいいのですか？哪一個交流道可以上東名高速公路呢？
ジャンクション junction	（在道路的多線並行區間的）交會點

交差点 こうさてん	十字路口、交叉路口 表現 立体交差りったいこうさ：立體交叉道
四つ角 よ　かど	十字路口 同 十字路じゅうじろ｜四つ辻よつつじ
三叉路 さんさろ	三叉路口 同 三みつまた
二また ふた	雙岔路 同 Y字路ワイじろ
脇道 わきみち	分岔路；抄小道
角 かど	街角、路口 同 まがり〜：馬路轉角
T字路 ティーじろ	T字路 同 丁字路ていじろ
ガードレール guardrail	護欄 例 脇見運転わきみうんてんをしていて〜に衝突しょうとつしてしまった。開車不專心所以撞到了護欄。

横断歩道 おうだんほどう	斑馬線；行人穿越道 表現 〜を渡る：過行人穿越道
歩道 ほどう	人行道
歩行者 ほこうしゃ	行人 表現 〜天国－てんごく：徒步區
人道 じんどう	人行道
車道 しゃどう	車道
迂回 うかい	繞路；迂迴 表現 遠回とおまわりする：繞遠路
回り道 まわ　みち	繞道；繞圈子
抜け道 ぬ　みち	捷徑；抄近路

12

交通

近道 ちかみち	捷徑
坂 さか	坡；坡道 〔同〕〜道−みち 〔表現〕上のぼり坂ざか：上坡 | 下くだり坂ざか：下坡

各種標示

再多記一點！！

- **押**おす 　　　　　　　推
- **引**ひく 　　　　　　　拉
- **危険** きけん 　　　　危険！
- **注意** ちゅうい 　　　注意！
- **工事中** こうじちゅう 　施工中

- **作業中** さぎょうちゅう 　作業中
- **ペンキ塗**ぬ**りたて** 　油漆未乾
- **足下注意**あしもとちゅうい 　留心腳步
- **頭上注意**ずじょうちゅうい 　留意上方、小心撞頭
- **立入禁止**たちいりきんし 　禁止進入

- **猛犬注意**もうけんちゅうい 　內有惡犬
- **訪問**ほうもん**お断**ことわ**り** 　謝絕參觀
- **近**ちか**づくな** 　　　　請勿靠近
- **火気厳禁**かきげんきん 　嚴禁煙火
- **火の用心**ひのようじん 　注意用火安全

- **横断禁止**おうだんきんし 　禁止穿越
- **立小便禁止**たちしょうべん− 　禁止如廁
- **消火栓**しょうかせん 　消防栓
- **高圧線**こうあつせん 　高壓電線
- **本日休診**ほんじつきゅうしん 　今日休診

- 禁煙区域きんえんくいき　　　禁菸區
- 入場無料にゅうじょうむりょう　免費入場
- 飲料水いんりょうすい　　　　飲用水
- 飲のめない　　　　　　　不可飲用
- 夜間営業やかんえいぎょう　　夜間營業

- 張はり紙がみ禁止　　　　　禁止張貼
- 関係者以外出入禁止かんけいしゃいがいでいりー
　　　　　　　　　　　　　　非工作人員請勿進入
- 危険物搬入厳禁きけんぶつはんにゅうげんきん
　　　　　　　　　　　　　　嚴禁危險物品
- 手てを触ふれるな。　　　　請勿觸碰
- ゴミを捨すてるな。　　　　請勿在此丟棄垃圾

- 芝生しばふに立たち入いらないこと。
　　　　　　　　　　　　　　請勿進入草坪
- 土足厳禁どそくげんきん　　禁止穿鞋進入

12

交通

位置

位置 い ち	位置 例 部屋へやの模様替もようがえをしてベッドの〜を変かえました。室內的家具擺置換了，所以床的位置也變了。 例 最近さいきんのスマートフォンはかけた人ひとの〜情報じょうほうが，わかるようになっています。最近的智慧型手機可以追蹤到打電話的人的所在位置。
場所 ば しょ	地點
所 ところ	地方；地點；位置
ここ	這裡
そこ	那裡（表距離聽者較近的場所，比ここ遠一些、比あそこ近些） 例 本なら〜にあります。書在那裡。
あそこ	那裡 例 ほら〜に彼がいるよ。看，他在那裡喔！
こちら/こっち	這邊／這邊（口語）
そちら/そっち	那邊／那邊（口語）
あちら/あっち	（較遠處的）那邊／那邊（口語）
向こう側 む がわ	對面 同 向かい側
反対側 はんたいがわ	另外一邊

この辺 へん	這附近；這一帶 例 ～の地理ちりに詳くわしいですか。這附近的地理情況你熟嗎？
その辺 へん	那附近；那一帶
あの辺 へん	（較遠處的）那附近；那一帶
こちらへ	往這邊 例 ～どうぞ。請往這邊走。
そちらへ	往那邊
あちらへ	往（較遠處的）那邊
そば	旁邊；附近 例 そんな遠とおくにいないで，もう少し僕ぼくの～に来きてよ。不要離那麼遠嘛，再往我旁邊靠過來一點。

近く ちか	附近的 例 僕ぼくの家いえはこの～なんだ。我家就在這附近。
遠く とお	遠方的
近い ちか	近的
遠い とお	遠的 例 まだ着つかないの？君きみのアパートはずいぶん駅えきから～ね。怎麼還沒到呢？你的公寓離車站非常遠呢。
隣 となり	隔壁；鄰居 表現 ～近所ーきんじょ：街坊鄰居
横 よこ	旁邊

交通

前 まえ	前面 例 よそ見みしないでしっかりと〜を見みて歩あるきなさい。不要東看西看，好好地看前面走。｜家いえの〜に空あき地ちがある：家門前有空地
後ろ うし	後面
前と後ろ まえ　うし	前後 回 前後ぜんご
一番前 いちばんまえ	最前面
一番後ろ いちばんうし	最後面
間 あいだ	之間；中間 表現 ここにあった本ほんの〜にお金かねを挟はさんでおいたんだけど，知しらない？：在這裡的書中間有夾著錢，你不知道嗎？
中 なか	裡面；中間 例 冷蔵庫れいぞうこの〜に入いれておいたケーキ，誰だれが食たべたの？。放在冷藏庫的蛋糕被誰吃掉的？
中央 ちゅうおう	中央；中間
真ん中 ま　なか	正中間 例 道みちの〜で急きゅうに車くるまが動うごかなくなって困こまったよ。在道路的正中央突然車子不能動了，感到很困擾。
表 おもて	正面；表層
裏 うら	背面；內層 表現 〜書－がき：（文件、支票、信件的）背書｜〜口－ぐち：後門；便門｜〜手－て：背面；後面｜〜庭－にわ：後院 例 小切手こぎっての〜に署名しょめいする。在支票後面簽名。

上 うえ	**上面；表面** 例 東京とうきょうスカイツリーの～から見みおろすと，家いえがマッチ箱ばこのように見えます。從東京晴空塔上面往下看，可以看到房子就好像火柴盒的排列著。 例 ～にセーターを着る。上面穿件毛衣。
下 した	**下面；後面；低下** 例 ～にシャツを着る：下面穿著襯衫
外 そと	**外面**
中 なか	**中間；裡面**
奥 おく	**裡面；內面；深處** 表現 引き出しの～：抽屜裡面｜心の～：心靈深處
内 うち	**裡面**
外側 そとがわ	**外側** 例 箱の～に色を塗ぬる。在箱子外面塗上顏色。
内側 うちがわ	**內側** 例 まもなく電車でんしゃがまいります。危あぶないですから白線はくせんの～に下さがってってお待まちください。電車即將到站，為了您的安全，請在白線內側候車。
左 ひだり	**左邊** 表現 ～利きき：左撇子
右 みぎ	**右邊** 表現 ～に曲まがる：向右轉｜～利きき：右撇子
左右 さゆう	**左右**
両側 りょうがわ	**兩側** 例 日光街道にっこうかいどうの～には樹齢じゅれい何百年なんびゃくねんもの大おおきな杉すぎの木きが，ずらっと立たち並ならんでいます。日光街道的兩側有著樹齡好幾百年的大杉木連綿並立著。

12

交通

片側 かたがわ	一側 表現 〜通行：單向通行

周辺 しゅうへん	周邊；周圍 表現 駅えき〜：車站周邊｜〜情報：周邊資訊
周り まわ	周圍；附近
周囲 しゅうい	周圍
四方 しほう	四面八方；四周
隅 すみ	角落 表現 〜から〜まで：各個角落 例 書類しょるいの隅々すみずみまで目めを通とおす。 把文件從頭到尾過目一遍。
四隅 よすみ	四個角落
縁 ふち	邊緣 同 端はし
ほとり	〜畔；〜邊 表現 川の〜：池畔、河畔

方向

方向 ほうこう	方向
向き む	座向；朝向 表現 南みなみ〜の窓：向南敞開的窗戶
方角 ほうがく	方向；方位
東西南北 とうざいなんぼく	東西南北
東 ひがし	東 表現 〜側−がわ：東側｜東部とうぶ：東部

西 にし	西 **表現** 〜側ーがわ：西側 ｜ 西部せいぶ：西部
南 みなみ	南 **表現** 〜側ーがわ：南側 ｜ 南部なんぶ：南部
北 きた	北 **表現** 〜側ーがわ：北側 ｜ 北部ほくぶ：北部
東南 とうなん	東南
西南 せいなん	西南
東北 とうほく	東北 **表現** 〜本線ーほんせん：東北本線（從東京站開始直至岩手縣的盛岡站，東日本JR的鐵路幹線）｜〜新幹線ーしんかんせん：東北新幹線（來往東京車站至新青森車站的新幹線高速鐵路路線）
西北 せいほく	西北
北北東 ほくほくとう	北北東
北北西 ほくほくせい	北北西

時計回りに と けいまわ	順時針方向 **反** 反はん〜：逆時針方向
逆に ぎゃく	相反地
反対に はんたい	反方向；另一邊
ななめに	斜；斜邊 **表現** 〜横切よこぎる：斜斜地穿過 ｜ ななめ：斜邊、側邊 ｜ ななめ後ろ：斜後方 ｜ ななめ前：
まっすぐ	筆直地

交通

空間 くうかん	空間 表現 ～芸術－げいじゅつ：空間藝術
水平 すいへい	水平
垂直 すいちょく	垂直
正面 しょうめん	正面 表現 ～玄関－げんかん：正門
側面 そくめん	側面

げいじゅつ

藝術和文化

13

藝術作品

文化 ぶん か	文化 **表現** 〜財−ざい：文化財｜〜祭−さい：文化祭（在高中、大學等由學生們策畫舉辦的，如：戲劇表演、研究發表等與文化相關的活動，類似台灣的校慶）
芸術 げいじゅつ	藝術
展示会 てん じ かい	展覽會 **例** この〜は3月27日まで続く予定だ。這個展覽會預定將舉辦到3月27日為止。
発表会 はっぴょうかい	發表會
品評会 ひんぴょうかい	評選會 **表現** 農産品のうさんぴんの〜：農產品評選會
博覧会 はくらんかい	博覽會
作品 さくひん	作品 **表現** 佳作かさく：佳作｜秀作しゅうさく：優秀作品；優選
傑作 けっさく	傑作 **例** あの絵画かいがは印象派美術いんしょうはびじゅつの〜である。這副畫是印象派美術的傑作。
駄作 だ さく	劣作 **例** この本は〜にすぎない。這只不過是本劣著而已。
贋作 がんさく	偽作
にせ作 さく	仿冒之作
盗作 とうさく	盜用之作

13

藝術和文化

文學用語

文学 ぶんがく	文學 **表現** 児童じどう〜：兒童文學｜〜芸術活動家－げいじゅつかつどうか：文藝工作者
現代文学 げんだいぶんがく	現代文學 **例** その教授きょうじゅは〜に詳しい。那位教授熟悉現代文學。
古典文学 こ てんぶんがく	古典文學
口承文学 こうしょうぶんがく	口傳文學 **説明** 別稱「民間文學」，是以口頭創作、傳播的一種文學形式。
漢文学 かんぶんがく	漢學；漢文學 **例** 漢詩かんしや〜を勉強する。學習漢詩與漢學。

詩 し	詩
散文詩 さんぶん し	散文詩
叙事詩 じょじ し	敘事詩 **表現** 古いフランスの〜：古老的法國敘事詩 **説明** 敘事詩是講述故事的詩，通常戲劇性不強，採用押韻的形式。敘事詩包括了史詩、敘事歌、田園詩等。
叙情詩 じょじょう し	抒情詩 **表現** 英国の〜人：英國抒情詩人 **説明** 抒情詩是詩歌的一種，表達詩人本人主觀的感情與思想。
漢詩 かん し	漢詩；中國古詩

小説 しょうせつ	小說 例 ～を脚色きゃくしょくする。把小說改編成劇本。
長編 ちょうへん	長篇
短編 たんぺん	短篇 表現 モーパッサンMaupassant～小説－しょうせつ：莫泊桑短篇小説
推理小説 すいり しょうせつ	推理小說
時代小説 じ だいしょうせつ	古裝小說
大衆小説 たいしゅうしょうせつ	大眾小說
歴史小説 れきし しょうせつ	歷史小說
ポルノ小説 porno しょうせつ	情色小說
翻訳物 ほんやくもの	翻譯書
外国小説 がいこくしょうせつ	外國小說

評論 ひょうろん	評論 表現 映画～：影評
エッセイ essay	散文；短文 例 彼女の～と日記にっきが雑録ざつろくとして出版された。她的散文和日記以雜誌的方式出版了。
随筆 ずいひつ	隨筆 例 白洲正子しらすまさこの～『かくれ里ざと』が有名だ。白洲正子的隨筆『窮鄉僻壤』很有名。

神話 しん わ	神話
民話 みん わ	民間故事 説明 日本民話依照內容或形式，分為「昔話むかしばなし」「伝説でんせつ」「世間話せけんばなし」三種，也屬於口傳文學。

藝術和文化

伝記 でん き	傳記 表現 偉人いじんの〜：偉人傳記
自伝 じ でん	自傳
日記 にっ き	日記 表現 『アンネの〜』：安妮的日記（由安妮・法蘭克所寫，摘錄她在納粹占領荷蘭的時期所寫的日記內容）
児童文学 じ どうぶんがく	兒童文學
童話 どう わ	童話
絵本 え ほん	繪本 表現 6300点てんの〜を収蔵しゅうぞうする美術館：收藏6,300本繪本的美術館
漫画 まん が	漫畫 表現 4よんコマ〜：四格漫畫 ｜ 国際漫画賞こくさいまんがしょう：國際漫畫獎
テーマ Thema	主題 表現 〜パーク：主題公園 ｜ 〜ソング：主題曲
主題 しゅだい	主題
登場人物 とうじょうじんぶつ	主要人物；劇中人物
主人公 しゅじんこう	主角
あらすじ	故事概要 表現 映画の〜：電影的概要
ハッピーエンド happy end	圓滿結尾；幸福的結局

書籍・刊物

出版物 しゅっぱんぶつ	出版品

書籍 しょせき	書籍
本 ほん	書、書籍 表現 豆まめ〜：如手掌大小般的袖珍書本，也稱「芥子本けしぼん」 例 〜にはない知識。書本裡沒有的知識。
図書 としょ	圖書
定期刊行物 ていきかんこうぶつ	定期刊物
雑誌 ざっし	雜誌 表現 少年向むきの〜：少年雜誌｜女性ファッション誌し：女性時尚雜誌
月刊誌 げっかんし	月刊
週刊誌 しゅうかんし	週刊
季刊誌 きかんし	季刊
年鑑 ねんかん	年鑑
図鑑 ずかん	圖鑑 表現 人類じんるいの進化大しんかだい〜：人類進化大圖鑑｜よくわかる元素げんそ〜：一看就懂的元素圖鑑

全集 ぜんしゅう	全集 表現 漱石そうせき〜：夏目漱石全集
文庫本 ぶんこぼん	文庫本 説明 日本的文庫本是小型規格的平裝書籍，通常一般版本的書籍在推出兩年半至三年間會推出文庫本。文庫本比一般版本售價更便宜，也較容易攜帶。
単行本 たんこうぼん	單行本 說明 指相對於雜誌、全集（套書）、叢書，單獨一本發行的書籍。

藝術和文化

ジャンル genre	類別；領域 表現 ～別べつ：主題分類
フィクション fiction	虛構（小說）；文學類書籍
ノンフィクション nonfiction	非虛構（小說）；非文學類書籍

出版用語

出版 しゅっぱん	出版
出版社 しゅっぱんしゃ	出版社
印刷 いんさつ	印刷
印刷所 いんさつじょ	印刷廠
発行 はっこう	發行
発行部数 はっこう ぶ すう	發行量（冊數）

著者 ちょしゃ	作者；著者
著書 ちょしょ	寫作；著作
編集 へんしゅう	編輯
編集者 へんしゅうしゃ	編輯者；編輯人員
締め切り し　　き	截稿 例 原稿げんこうの～日びが迫せまってきた。要接近截稿日期了。
原稿 げんこう	原稿；書稿
原稿料 げんこうりょう	稿費；稿酬

印税 いんぜい	版稅 例 著者に〜を払う。付版稅給作者。
著作権 ちょさくけん	著作權；版權
知的所有権 ち てきしょゆうけん	智慧財產權
割付け わり つ	版面設計 同 レイアウト 例 紙面しめんの〜をする。編排版面。
段落 だんらく	段落
校閲 こうえつ	校閱；校稿 例 原稿を〜する。校稿。
校正 こうせい	校對；校正 表現 初校しょこう：初校｜再校さいこう：再校／二校 ｜三校さんこう：三校｜四校よんこう：四校
ゲラ刷り galley　ず	校對用的稿件 例 〜を校正する。校對樣張。
注 ちゅう	加註；註解 説明 漢字也可以寫作「註」。 例 難解なんかいな語句ごくに〜をつける。在難懂的 詞句上加上註解。
脚注 きゃくちゅう	文後註解
ページ page	〜頁；頁次 説明 也可以寫成漢字「頁」。
目次 もく じ	目次；目錄
索引 さくいん	索引
初版 しょはん	初版 例 本書ほんしょは〜で五千冊売ごせんさつうれた。這 本書首刷賣了五千本。

藝術和文化

重版 じゅうはん	**再版；翻印** [説明] 和初版使用相同的版、開數、裝訂法。重版時，基本上ISBN號碼也不會更改。
再版 さいはん	**再版** [説明] 一般來說，有修改部分內容再次印刷出版就稱「再版」，亦稱為 重刻じゅうこく。
絶版 ぜっぱん	**絕版** [表現] 〜になる：已經絕版了
乱丁 らんちょう	**裝訂錯誤**
落丁 らくちょう	**落頁；掉頁** [例] 乱丁、〜はお取り替えします。若有缺頁或裝訂錯誤可以更換。

新刊 しんかん	**新出版；新書**
改訂版 かいていばん	**改版**
ベストセラー best-seller	**暢銷書**
自費出版 じ ひ しゅっぱん	**自費出版**

読者 どくしゃ	**讀者** [表現] 目の肥こえた〜：有選擇能力、眼光高的讀者
書店 しょてん	**書店** [表現] オンライン〜：網路書店 | 中古ちゅうこ〜：二手書店
本屋 ほん や	**書店**
貸本屋 かしほん や	**租書店**
古本屋 ふるほん や	**舊書店；二手書店**

古本 ふるほん	舊書；二手書
古書 こ しょ	古書

執筆 しっぴつ	執筆；寫作 例 原稿の〜を断ことわる。拒絕寫稿。
著す あらわ	著作
作家 さっ か	作家 表現 人気にんき〜：暢銷作家
文筆家 ぶんぴつ か	作家；寫作者 同 物書ものかき
小説家 しょうせつ か	小説家
エッセイスト essayist	散文家 同 随筆家ずいひつか
詩人 し じん	詩人

世界童話・寓言

グリム童話 Grimm　　　どう わ	格林童話
白雪姫 しらゆきひめ	白雪公主
ジャックと豆の木 Jack　　　　まめ き	傑克與魔豆
ブレーメンの音楽隊 Bremen　　　おんがくたい	不來梅的樂隊
赤ずきんちゃん あか	小紅帽與大野狼
カエルの王子様 おう じ さま	青蛙王子
オオカミと七匹の子やぎ ななひき こ	大灰狼與七隻小羊

13

藝術和文化

ヘンゼルとグレーテル Hansel　　　　　Gretel	糖果屋
アンデルセン童話 Andersen　　　　どう わ	安徒生童話
はだかの王様 　　　　おうさま	國王的新衣
人魚姫 にんぎょひめ	人魚公主
マッチ売りの少女 match　　う　　　しょうじょ	賣火柴的少女
親指姫 おやゆびひめ	拇指姑娘
みにくいあひるの子 　　　　　　　　こ	醜小鴨
イソップ童話 Aesop　　　どう わ	伊索寓言
ウサギとカメ	龜兔賽跑
いなかのネズミと都会のネズミ 　　　　　　　　と かい	鄉下老鼠與城市老鼠
アリとキリギリス	螞蟻與蟋蟀
北風と太陽 きたかぜ　　たいよう	北風與太陽
金の卵を産むガチョウ きん　たまご　う	生金蛋的鵝
眠れる森の美女 ねむ　　もり　びじょ	睡美人
長ぐつをはいたネコ なが	穿長靴的貓
おやゆび小僧 　　　　こ ぞう	大拇指男孩
三匹の子豚 さんびき　こ ぶた	三隻小豬
シンデレラ Cinderella	灰姑娘

クルミ割り人形 （わ）（にんぎょう）	胡桃鉗
ノートルダムのせむし男 Notre-Dame（おとこ）	鐘樓怪人
不思議な国のアリス （ふ し ぎ）（くに）Alice	愛麗絲夢遊仙境
ピノキオ Pinocchio	小木偶
アリババと40人の盗賊 Ali Baba（よんじゅうにん）（とうぞく）	阿里巴巴與四十大盜
アラビアンナイト Arabian Nights	一千零一夜 説明 原本的名字是「千夜一夜物語せんやいちやものがたり」。
シンドバッドの冒険 Sindbad（ぼうけん）	辛巴達歷險記
アラジンと魔法のランプ Aladdin（まほう）lamp	阿拉丁神燈
美女と野獣 （びじょ）（やじゅう）	美女與野獸
ピーターパン Peter Pan	彼得潘與溫蒂

日本童話

桃太郎 （もも た ろう）	桃太郎 故事大綱 敘述從桃子裡出生的桃太郎和狗、猴子、野雞一起擊退妖怪的故事。
一寸法師 （いっすんぼう し）	一寸法師 故事大綱 故事大綱是個子只有拇指般大的一寸法師，把碗當作船、筷子當作划槳，千里迢迢趕到京都擊退妖怪。
浦島太郎 （うらしま た ろう）	浦島太郎 故事大綱 講述漁夫浦島太郎跟著烏龜到達海底龍宮過生活，當他重新回到地面上時，已經過了數百年的故事。

金太郎 きんたろう	金太郎 故事大綱 傳說中的金太郎來到了位於相模的足柄山中，和熊等的動物結為好友，長大後成為力量強大的壯士。
かぐや姫 ひめ	竹取公主 故事大綱 在竹子裡被人發現的輝夜姬，才三個月就成長成美麗的少女，雖然得到了貴族公子們的求愛，但在8月15號晚上飛往月亮的故事。
舌切り雀 したきり すずめ	剪舌麻雀 故事大綱 壞心的老奶奶把麻雀的舌頭剪掉然後趕出去，擔心麻雀情況的善良老爺爺到麻雀家裡探病，然後得到了裝著玉的箱子；忌妒心很重的壞心老奶奶也去麻雀家，得到了一個箱子回來，但一打開箱子卻是一些毒蛇猛類和妖怪。
花咲爺 はなさかじじい	開花爺爺 故事大綱 正直的老爺爺在自己家養的小狗的幫助下，得到了寶物也讓枯萎的樹木重新開花。隔壁貪心的老爺爺也跟著效法，但卻失敗的故事。
おむすびころりん	老鼠與飯糰 故事大綱 描寫老爺爺不小心掉落的飯糰滾到老鼠洞裡的故事。
ぶんぶく茶釜 ちゃがま	分福茶釜 故事大綱 講述某集狸貓在寺廟裡為了報恩變身成鍋，被識破後而去的故事。
鶴の恩返し つる おんがえ	鶴的報恩 故事大綱 曾得到老夫婦幫助的鶴為了報恩，便化成女子來到老夫婦家織布的故事。

世界經典文學

青い鳥 あお とり	青鳥
アルプスの少女ハイジ Alps しょうじょHeidi	阿爾卑斯山的少女海蒂

アンクルトムの小屋 Uncle Tom こや	湯姆叔叔的小屋
ウィリアム・テル William Tell	威廉泰爾
王子と乞食 おうじ こじき	乞丐王子
オズの魔法使い Oz まほうつか	綠野仙蹤
オペラ座の怪人 Opera ざ かいじん	歌劇魅影
海底二万マイル かいてい にまん mile	海底兩萬哩
怪盗ルパン かいとう Lupin	怪盜魯邦
ガリバー旅行記 Gulliver りょこうき	格列佛遊記
かもめのジョナサン Jonathan	天地一沙鷗
岩窟王 がんくつおう	基度山恩仇記
最後の授業 さいご じゅぎょう	最後一課
三銃士 さんじゅうし	三劍客
シートン動物記 Seton どうぶつき	西頓動物記
ジェーン・エア Jane Eyre	簡愛
ジキル博士とハイド氏 Jekyll はかせ Hyde し	傑克與海德、變身怪醫
シャーロックホームズの冒険 Sherlock Holmes ぼうけん	福爾摩斯
ジャングルブック Jungle Book	泰山；森林王子
十五少年漂流記 じゅうごしょうねんひょうりゅうき	十五少年漂流記
宝島 たからじま	金銀島

透明人間 _{とうめいにんげん}	隱形人
トムソーヤの冒険 _{Tom Sawyer　　　ぼうけん}	湯姆歷險記
ドラキュラ _{Dracula}	吸血鬼；德古拉公爵
ドン・キホーテ _{Don　　Quixote}	唐吉軻德
ナルニア国物語 _{Narnia　　こくものがたり}	納尼亞傳奇
ニルスの不思議な旅 _{Nils　　ふ し ぎ　たび}	尼爾斯歷險記；騎鵝歷險記
80日間世界一周 _{はちじゅうにちかん せ かいいっしゅう}	環遊世界八十天
ファーブル昆虫記 _{Fabre　　こんちゅう き}	法布爾昆蟲記
フランケンシュタイン _{Frankenstein}	科學怪人
フランダースの犬 _{Flanders　　いぬ}	龍龍與忠狗
マザー・グース _{Mother　　Goose}	鵝媽媽
窓際のトットちゃん _{まどぎわ}	窗邊的小荳荳
メリー・ポピンズ _{Mary　　Poppins}	歡樂滿人間
ライ麦畑でつかまえて _{むぎばたけ}	麥田捕手
ロビンソン・クルーソー _{Robinson　　Crusoe}	魯賓遜漂流記
ロビンフッドの冒険 _{Robin Hood　　ぼうけん}	羅賓漢
若草物語 _{わかくさものがたり}	小婦人

世界名作家和作品

ウィリアム・シェークスピア William　　　　　Shakespeare	威廉・莎士比亞 **說明** 稱「莎翁」，是英國文學史上最傑出的戲劇家。 **作品** ヘンリーHenry四世よんせい：亨利四世｜ジュリアス・シーザーJulius Caesar：凱撒大帝｜真夏まなつの夜よの夢ゆめ：仲夏夜之夢｜ベニスVeniceの商人しょうにん：威尼斯商人｜ロミオRomeoとジュリエットJuliet：羅密歐與茱麗葉｜マクベスMacbeth：馬克白｜ハムレットHamlet：哈姆雷特｜オセロOthello：奧賽羅｜リヤ王Learおう：李爾王
スタンダール Stendhal	斯湯達爾 **說明** 十九世紀的法國作家。 **作品** 赤あかと黒くろ：紅與黑
ゲーテ Goethe	歌德 **說明** 歌德出生於德國的法蘭克福，他除了有詩歌、戲劇和小說等創作外，也是一位科學家。 **作品** 若わかきウェルテルWertherの悩なやみ：少年維特的煩惱｜ファウストFaust：浮士德
ヴィクトル・ユゴー Victor　　　　Hugo	維克多・雨果 **說明** 法國浪漫主義作家的代表人物。 **作品** レ・ミゼラブルLes Miserables：悲慘世界（＝ああ無情むじょう）
エドガー・アラン・ポー Edgar　　　Allan　　　Poe	埃德加・愛倫・坡 **說明** 美國作家、詩人、編者與文學評論家，被尊崇是美國浪漫主義運動要角之一，以懸疑、驚悚小說最負盛名。 **作品** 黒猫くろねこ：黑貓｜モルグ街Morgueがいの殺人事件さつじんじけん：莫格街謀殺案｜黄金虫こがねむし：金甲蟲

チャールズ・ディケンズ
Charles　　　　　　　Dickens

查爾斯・狄更斯

說明 英國維多利亞時期的著名小說家。

作品 二都物語にともものがたり：雙城記｜
オリバー・ツイストOliver Twist：孤雛淚
｜デビッド・カッパーフィールドDavid
Copperfield：塊肉餘生錄｜クリスマスキ
ャロルChristmas Carol：聖誕夜怪譚

イワン・ツルゲーネフ
Ivan　　　　　　　Turgenev

伊凡・屠格涅夫

說明 俄國現實主義小說家、詩人和劇作
家。

作品 父ちちと子こ：父與子｜猟人日記り
ょうじんにっき：獵人筆記｜初恋はつこ
い：初戀｜ルージンRudin：羅亭｜貴族
きぞくの巣す：貴族之家｜その前夜ぜん
や：前夜

エミリー・ブロンテ
Emily　　　　　　　Bronte

艾蜜莉・勃朗特

說明 著名的英國女作家與詩人。

作品 嵐が丘あらしがおか：咆嘯山莊

フョードル・ドストエフスキー
Fyodor　　　　　　Dostoevskii

杜斯妥也夫斯基

說明 俄國作家。經常描繪生活在社會底
層卻都有著不同於常人想法的角色。

作品 カラマーゾフKaramazoviの兄弟きょ
うだい：卡拉馬佐夫兄弟｜罪つみと罰ば
つ：罪與罰｜白痴はくち：白癡｜悪霊あ
くりょう：群魔

レフ・トルストイ
Lev　　　　　　　Tolstoi

列夫・托爾斯泰

說明 俄國小說家、評論家、劇作家和哲
學家。

作品 イワンIvanの馬鹿ばか：傻子伊凡｜
戦争せんそうと平和へいわ：戰爭與和平
｜アンナ・カレーニナAnna Karenina：安
娜・卡列尼娜

ハーマン・メルビル Herman　　　Melville	赫爾曼・梅維爾 說明 美國小說家、散文家和詩人。 作品 白鯨はくげい：白鯨記
エミール・ゾラ Emile　　Zola	艾米利・左拉 說明 十九世紀法國最重要的作家之一。 作品 居酒屋いざかや：小酒館
ルイス・キャロル Lewis　　Carroll	路易士・卡洛爾 說明 英國作家、數學家、邏輯學家與攝影家。 作品 不思議ふしぎの国くにのアリスAlice：愛麗絲夢遊仙境｜鏡かがみの国のアリス：愛麗絲鏡中奇緣
フランシス・バーネット Frances　　　Burnett	霍森・柏內特 說明 英國家喻戶曉的劇作家和女作家，她筆下的兒童文學尤其受到推崇。 作品 小公子しょうこうし：小王子｜小公女しょうこうじょ：小公主｜秘密ひみつの花園はなぞの：祕密花園
ギー・ド・モーパッサン Guy　　de　　Maupassant	莫泊桑 說明 十九世紀後半期法國優秀的批判現實主義作家。一生創作了6部長篇小說和356多篇中短篇小說，文學成就以短篇小說最為突出，被譽為「短篇小說之王」。 作品 脂肪しぼうの塊かたまり：脂肪球｜女おんなの一生いっしょう：女人的一生｜ピエールPierreとジャンJean：兩兄弟
アントン・チェーホフ Anton　　Chekhov	契訶夫 說明 俄國的世界級短篇小說巨匠，注重描寫俄國人民的日常生活，忠實反映出當時俄國社會現況。 作品 かもめ：海鷗｜三人姉妹さんにんしまい：三姉妹｜桜さくらの園その：櫻桃園

オー・ヘンリー O　　　Henry	**歐・亨利** 説明 美國小說家。與莫泊桑、契訶夫並稱「世界三大短篇小說之王」。 作品 賢者けんじゃの贈おくり物もの：珍貴的禮物｜最後さいごの一葉いちよう：最後一葉｜二十年後にじゅうねんご：二十年後
ロマン・ロラン Romain　　Rolland	**羅曼・羅蘭** 説明 二十世紀的法國著名作家、音樂評論家，為1915年的諾貝爾文學獎得主。 作品 ジャン・クリストフ Jean-Christophe：約翰・克利斯多夫
アンドレ・ジード Andre　　Gide	**安德烈・保羅・吉約姆** 説明 法國作家，1947年諾貝爾文學獎得主。 作品 狭せまき門もん：窄門
マルセル・プルースト Marcel　　Proust	**馬塞爾・普魯斯特** 説明 法國意識流作家。 作品 失うしなわれた時ときを求もとめて：追憶似水年華
ルーシー・モンゴメリ Lucy　　Montgomery	**露西・莫德・蒙哥馬利** 説明 加拿大女作家。 作品 赤毛あかげのアン Anne：清秀佳人
ウィリアム・サマセット・モーム William　　Somerset　　Maugham	**威廉・薩默塞特・毛姆** 説明 英國現代小說家、劇作家。 作品 人間にんげんの絆きずな：人性枷鎖｜月つきと六ろくペンス pence：月亮與六便士
トーマス・マン Thomas　　Mann	**湯瑪斯曼** 説明 德國作家，1929年獲得諾貝爾文學獎。 作品 魔まの山やま：魔山

ヘルマン・ヘッセ Hermann　Hesse	赫爾曼・赫塞 **說明** Hermann Hesse德國詩人、小說家。1946年獲得諾貝爾文學獎。 **作品** デミアン：徬徨少年時｜シッダールタ：流浪者之歌｜車輪しゃりんの下した：車輪下
フランツ・カフカ Franz　Kafka	法蘭茲・卡夫卡 **說明** 二十世紀奧地利德語小說家，猶太人。文筆明淨而想像奇詭，常採用寓言體。 **作品** 変身へんしん：變形記｜流刑地りゅうけいちにて：在流放地
デイヴィッド・ローレンス David　Lawrence	大衛・勞倫斯 **說明** 二十世紀英國作家，主要成就包括小說、詩歌、戲劇、散文、遊記和書信。 **作品** チャタレー夫人Chatterleyふじんの恋人こいびと：查泰萊夫人的情人
アーネスト・ヘミングウェー Ernest　Hemingway	歐尼斯特・海明威 **說明** 美國記者和作家，是美國「迷失的一代」（Lost Generation）作家中的代表人物，作品中對人生、社會都表現出了迷惘和彷徨。 **作品** 日ひはまた昇のぼる：妾似朝陽又照君｜老人ろうじんと海うみ：老人與海｜武器ぶきよさらば：戰地春夢｜誰たがために鐘かねは鳴なる：戰地鐘聲｜キリマンジャロKilimanjaroの雪ゆき：雪山盟
ボリス・パステルナーク Boris　Pasternak	巴斯特納克 **說明** 俄國名作家。 **作品** ドクトルジバゴDoctor Zhivago：齊瓦哥醫生

サンテグジュペリ Saint-Exupéry	安東尼・聖艾修伯里 **說明** 法國作家、飛行員，1900年6月29日生於法國里昂。 **作品** 星ほしの王子おうじさま：小王子
マーガレット・ミッチェル Margaret　　　　Mitchell	瑪格麗特・米契爾 **說明** 美國女作家。 **作品** 風かぜと共ともに去さりぬ：飄（亂世佳人）
ジョン・スタインベック John　　Steinbeck	約翰・史坦貝克 **說明** 二十世紀美國最知名、閱讀得最廣的作家之一與社會活動家。 **作品** 怒いかりの葡萄ぶどう：憤怒的葡萄｜エデンEdenの東ひがし：伊甸園東｜二十日鼠はつかねずみと人間にんげん：人鼠之間
エーリッヒ・ケストナー Erich　　　　Kastner	埃利希・克斯特納 **說明** 西德戰後兒童文學之父。 **作品** 飛とぶ教室きょうしつ：飛行教室｜エミールEmilと探偵たんていたち：小偵探愛彌兒｜二人ふたりのロッテLottie：雙胞胎麗莎與羅蒂｜点子てんこちゃんとアントンAnton：小不點與安東
ジョージ・オーウェル George　　Orwell	喬治・歐威爾 **說明** 英國左翼作家，新聞記者和社會評論家。 **作品** 動物農場どうぶつのうじょう：動物農莊
シモーヌ・ド・ボーボワール Simone　　de　　Beauvoir	西蒙・波娃 **說明** 法國存在主義作家，女權運動的創始人之一，也是存在主義大師沙特的伴侶。 **作品** 第二だいにの性せい：第二性

アルベルト・カミュ Albert　　　　　Camus	卡繆 **説明** 法國小說家、哲學家、戲劇家、評論家。 **作品** 異邦人いほうじん：異鄉人
フランソワーズ・サガン Francoise　　　　Sagan	莎崗 **説明** 法國知名女小說家、劇作家、編輯，以中產階級愛情故事的主題聞名。 **作品** 悲かなしみよこんにちは：日安憂鬱
魯迅 ろじん	魯迅 **説明** 本名周樹人，以筆名魯迅聞名於世，為現代文學家、思想家、革命家。其雜文、短篇小說、評論等作品，對於五四運動以後的中國文學具有深刻的影響。 **作品** 阿Q正伝あきゅうせいでん：阿Q正傳｜狂人日記きょうじんにっき：狂人日記｜吶喊とっかん：吶喊
ヒュー・ロフティング Hugh　　　　Lofting	修・羅夫亭 **説明** 羅夫亭出生於英國Maidenhead，自幼喜愛動物。在前往非洲作戰時，把寫給子女的家書，變成敘述一位聽懂動物語言，為動物治病的醫生——杜立德一系列有趣的故事，受到廣泛的歡迎，至今再版不絕。 **作品** ドリトル先生DolittleせんせいアフリカAfricaゆき：杜立德醫生非洲歷險記｜ドリトル先生航海記－こうかいき：杜立德醫生航海記
J・K・ローリング Joanne Kathleen Rowling	J・K・羅琳 **説明** 生於英國格洛斯特郡。1990年，她在前往倫敦旅途中遇到火車故障讓她突然迸發了靈感，從此連續寫出一系列的小說，成為歷史上第一個收入超過十億美元的作家。

藝術和文化

作品 ハリー・ポッターシリーズHarry Potter series：哈利波特系列 | ハリー・ポッターと賢者けんじゃの石いし：神秘的魔法石 | ハリー・ポッターと秘密ひみつの部屋へや：消失的密室 | ハリー・ポッターとアズカバンAzkabanの囚人しゅうじん：阿茲卡班的逃犯 | ハリー・ポッターと炎ほのおのゴブレットgoblet：火盃的考驗 | ハリー・ポッターと不死鳥ふしちょうの騎士団きしだん：鳳凰會的密令 | ハリー・ポッターと謎なぞのプリンスprince：混血王子的背叛 | ハリー・ポッターと死しの秘宝ひほう：死神的聖物

日本古典文學

日本書紀 に ほんしょ き	日本書紀 說明 是日本留傳至今最早之正史，由舍人親王等人所撰，於西元681年～720年（養老4年）完成，記述「神代」乃至「持統天皇時代」的歷史。
古事記 こ じ き	古事記 說明 元明天皇命太安万侶 おおのやすまろ 編纂的日本古代史，和銅五年（712年）1月28日完成，為日本最早的歷史書籍。內容大略分成：「本辭」「帝紀」兩個部分。
万葉集 まんようしゅう	萬葉集 說明 日本現存最早的日語詩歌總集，收錄由4世紀至8世紀4,500多首長歌、短歌，按內容分為雜歌、相聞、輓歌等。
古今和歌集 こ きん わ か しゅう	古今和歌集 說明 日本最早的敕撰和歌集，由醍醐天皇下令，以紀貫之為首的宮廷詩人編成，共收和歌一千餘首（多為短歌）。

竹取物語 たけとりものがたり	**竹取物語** 説明 主角是「かぐや姫」，是日本最早的物語作品。
土佐日記 と さ にっき	**土佐日記** 説明 為紀貫之以女性口吻所著之日記文學。
枕草子 まくらのそう し	**枕草子** 説明 日本平安時代女作家——清少納言的散文集。內容主要是對日常生活的觀察和隨想，包含四季、自然景象、草木，和宮中所見的節會、男女之情以及個人好惡等。
源氏物語 げん じ ものがたり	**源氏物語** 説明 日本女作家紫式部的長篇小說，也是世界上最早的長篇寫實小說。
伊勢物語 い せ ものがたり	**伊勢物語** 説明 平安時代初期成立的歌物語。
平家物語 へい け ものがたり	**平家物語** 説明 成書於日本鎌倉時代的軍記物語，記敘了1156年至1185年間「源氏」與「平氏」的政權爭奪。
歎異抄 たん に しょう	**歎異抄** 説明 鎌倉時代後期的佛教書，由親鸞聖人徒弟——唯円（ゆいえん）所著，其內容是記錄親鸞聖人關於念佛的言行，許多人藉此了解親鸞聖人的思想。
徒然草 つれづれぐさ	**徒然草** 説明 法師——吉田兼好著，日本中世文學隨筆體的代表作之一，與清少納言的《枕草子》、鴨長明的《方丈記》被譽為日本三大隨筆之一。主題環繞無常、死亡、自然美等等。
おくのほそ道 みち	**奧之細道** 説明 十七世紀俳句師人松尾芭蕉所著之紀行文集（旅遊日誌），日本旅行文學的經典之作。記述松尾芭蕉與弟子河合曾良於元祿2年（1689年）從江戶（東京）出發，遊歷東北、北陸至大垣（岐阜縣）間的見聞。序文是「月日は百代の過客にして…（日月是百代之過客）」。

日本作家與作品

森鷗外 もりおうがい	**森鷗外** 作品 青年せいねん：青年｜舞姫まいひめ：舞姫｜雁かり：雁｜阿部一族あべいちぞく：阿部一族
二葉亭四迷 ふたばていしめい	**二葉亭四迷** 作品 浮雲うきぐも：浮雲
夏目漱石 なつめそうせき	**夏目漱石** 作品 吾輩わがはいは猫ねこである：我是貓｜坊ぼっちゃん：少爺｜草枕くさまくら：草枕｜三四郎さんしろう：三四郎｜こころ：心｜それから：之後
尾崎紅葉 おざきこうよう	**尾崎紅葉** 作品 金色夜叉こんじきやしゃ：金色夜叉｜多情多恨たじょうたこん：多情多恨
樋口一葉 ひぐちいちよう	**樋口一葉** 作品 たけくらべ：比肩｜にごりえ：濁江｜十三夜じゅうさんや：十三夜
島崎藤村 しまざきとうそん	**島崎藤村** 作品 夜明け前よあけまえ：黎明前
有島武郎 ありしまたけお	**有島武郎** 作品 生うまれ出いづる悩なやみ：與生俱來的煩惱｜カインの末裔まつえい：該隱的末裔｜或ある女おんな：一個女人
志賀直哉 しがなおや	**志賀直哉** 作品 城の崎きのさきにて：城崎｜暗夜行路あんやこうろ：暗夜行路
谷崎潤一郎 たにざきじゅんいちろう	**谷崎潤一郎** 作品 刺青いれずみ：刺青｜痴人ちじんの愛あい：痴人之愛｜細雪ささめゆき：細雪｜春琴抄しゅんきんしょう：春琴抄
山本有三 やまもとゆうぞう	**山本有三** 作品 路傍ろぼうの石いし：路傍之石

芥川龍之介 あくたがわりゅう の すけ	芥川龍之介 作品 羅生門らしょうもん：羅生門｜鼻はな：鼻｜芋粥いもがゆ：芋粥｜歯車はぐるま：齒輪｜蜘蛛くもの糸いと：蜘蛛之絲
宮沢賢治 みやざわけん じ	宮澤賢治 作品 銀河鉄道ぎんがてつどうの夜よる：銀河鐵道之夜｜注文ちゅうもんの多おおい料理店りょうりてん：預約特別多的餐廳｜風かぜの又三郎またさぶろう：風又三郎
江戸川乱歩 え ど がわらん ぽ	江戶川亂步 作品 二銭銅貨にせんどうか：兩分銅幣｜心理試験しんりしけん：心理測驗｜屋根裏の散歩者やねうらのさんぼしゃ：閣樓裡的散步者｜人間椅子にんげんいす：人間椅子｜パノラマ島とう奇譚きたん：帕諾拉馬島綺談
川端康成 かわばたやすなり	川端康成 作品 雪国ゆきぐに：雪國｜伊豆いずの踊子おどりこ：伊豆的舞孃
小林多喜二 こ ばやし た き じ	小林多喜二 作品 蟹工船かにこうせん：蟹工船
井伏鱒二 い ぶせますじ	井伏鱒二 作品 黒くろい雨あめ：黑雨｜山椒魚さんしょううお：山椒魚
壺井栄 つぼ い さかえ	壺井榮 說明 日本鄉土女作家及詩人。 作品 二十四の瞳にじゅうしのひとみ：二十四之瞳
太宰治 だ ざいおさむ	太宰治 作品 人間失格にんげんしっかく：人間失格｜斜陽しゃよう：斜陽
安部公房 あ べ こうぼう	安部公房 作品 砂すなの女おんな：砂丘之女｜他人たにんの顔かお：他人的臉

井上靖 いのうえやすし	**井上靖** **作品** 闘牛とうぎゅう：鬥牛｜天平てんぴょうの甍いらか：天平之甍｜氷壁ひょうへき：冰壁｜蒼あおき狼おおかみ：蒼狼
三島由紀夫 みしまゆきお	**三島由紀夫** **作品** 仮面かめんの告白こくはく：假面的告白｜禁色きんじき：禁色｜潮騒しおさい：潮騒｜金閣寺きんかくじ：金閣寺｜宴うたげのあと：宴之後｜憂国ゆうこく：憂國｜サド侯爵夫人こうしゃくふじん：沙德侯爵夫人｜豊饒ほうじょうの海うみ：豐饒之海
松本清張 まつもとせいちょう	**松本清張** **作品** 西郷札さいごうさつ：西郷紙幣｜或ある「小倉日記こくらにっき」伝でん：某「小倉日記」傳｜点てんと線せん：點與線｜眼めの壁かべ：眼之壁｜砂すなの器うつわ：砂之器｜日本にほんの黒くろい霧きり：日本的黑霧
鮎川哲也 あゆかわてつや	**鮎川哲也** **作品** 黒くろいトランク：黑色皮箱
遠藤周作 えんどうしゅうさく	**遠藤周作** **作品** 白しろい人ひと：白色人種｜海うみと毒薬どくやく：海與毒藥｜沈黙ちんもく：沉默｜キリストの誕生たんじょう：基督的誕生｜イエスの生涯しょうがい：耶穌的生涯
吉行淳之介 よしゆきじゅんのすけ	**吉行淳之介** **作品** 娼婦しょうふの部屋へや：娼婦的房間｜砂すなの上うえの植物群しょくぶつぐん：砂上的植物群
仁木悦子 にきえつこ	**仁木悦子** **作品** ネコは知しっていた：貓知道
石原慎太郎 いしはらしんたろう	**石原慎太郎** **作品** 太陽たいようの季節きせつ：太陽的季節｜狂くるった果実かじつ：瘋狂的果實｜化石かせきの森もり：森林化石｜青年せいねんの樹き：青年之樹｜青春せいしゅんとはなんだ：青春是什麼｜弟おとうと：弟弟

大江健三郎 おお え けんざぶろう	大江健三郎 **作品** 死者ししゃの奢おごり：死者的傲氣｜われらの時代じだい：我們的時代｜個人的こじんてきな体験たいけん：個人的體驗｜万延元年まんえんがんねんのフットボール：萬延元年足球隊｜同時代どうじだいゲーム：同時代的遊戲
村上龍 むらかみりゅう	村上龍 **作品** 限かぎりなく透明とうめいに近ちかいブルー：接近無限透明的藍
村上春樹 むらかみはる き	村上春樹 **作品** 風かぜの歌うたを聴きけ：聽風的歌｜羊ひつじをめぐる冒険ぼうけん：尋羊冒險記｜世界せかいの終おわりとハードボイルド・ワンダーランド：世界末日與冷酷異境｜ノルウェイNorwayの森もり：挪威的森林｜ダンス・ダンス・ダンス：舞・舞・舞｜国境こっきょうの南みなみ、太陽たいようの西にし：國境之南太陽之西｜ねじまき鳥どりクロニクル：發條鳥年代記｜スプートニクの恋人こいびと：人造衛星情人｜海辺うみべのカフカ：海邊的卡夫卡｜東京奇譚集とうきょうきたんしゅう：東京奇譚集
吉本ばなな よしもと	吉本芭娜娜 **作品** キッチンkitchen：廚房｜哀かなしい予感：哀愁的預感｜白河夜船しらかわよぶね：白河夜船

中國古典文學

中国神話 ちゅうごくしん わ	中國古代神話 **説明** 指中國自古以來人們憑想像出關於大自然、神明等的故事。
伝説 でんせつ	傳說 **説明** 指曾經實際存在的英雄事蹟及故事。
詩経 し きょう	詩經 **説明** 是中國北方最早的詩歌總集。

楚辞 そ じ	楚辭 説明 收錄中國戰國時期楚地詩歌的詩集（南方文學總集）
易経 えききょう	易經
山海経 せんがいきょう	山海經
孝経 こうっきょう	孝經
礼記 らい き	禮記
書経 しょきょう	尚書
春秋 しゅんじゅう	春秋
春秋三伝 しゅんじゅうさんでん	春秋三傳 表現 左氏伝さしでん：左傳 ｜ 公羊伝くようでん：公羊傳 ｜ 穀梁伝こくりょうでん：穀梁傳 説明 注釋《春秋》的書籍。
史記 し き	史記 説明 與《漢書》、《後漢書》、《三國志》合稱「前四史」。司馬遷しばせん所著。
戦国策 せんごくさく	戰國策 説明 劉向りゅうきょう所編撰成冊。
漢書 かんじょ	漢書 説明 又名《前漢書》。班固はんこ所著。
三国志歴史書 さんごくしれきししょ	三國志 説明 陳寿ちんじゅ（陳壽）所著。
後漢書 ご かんしょ	後漢書 説明 南朝宋范曄はんよう所著。
資治通鑑 し じ つ がん	資治通鑑 説明 司馬光しばこう所編。

文献通考 ぶんけん つこう	文獻通考 説明 馬端臨ばたんりん所編撰完成。
論語 ろんご	論語
孫子 そんし	孫子
老子道徳経 ろうし どうとくきょう	老子道德經
鬼谷子 きこくし	鬼谷子
孟子 もうし	孟子
荘子 そうじ	莊子
管子 かんし	管子
列子 れっし	列子
韓非子 かんぴし	韓非子
墨子 ぼくし	墨子
三国志演義 さんごくし えんぎ	三國演義 説明 羅貫中らかんちゅう所著。當日本人只講三国志時，通常指的是羅貫中寫的古典小說《三國演義》，而非正史的《三國志》。
水滸伝 すいこでん	水滸傳 説明 施耐庵したいあん所著。
西遊記 さいゆうき	西遊記 説明 吳承恩ごしょうおん所著。
金瓶梅 きんぺいばい	金瓶梅 説明 蘭陵笑笑生らんりょうしょうしょうせい所著。
封神演義 ふうしんえんぎ	封神演義 説明 通說為許仲琳きょちゅうりん所著。

聊斎志異 りょうさいしい	聊齋誌異 說明 蒲松齡ほしょうれい所著。
儒林外史 じゅりんがいし	儒林外史 說明 描寫康熙、乾隆期間科舉制度下讀書人的功名和生活。吳敬梓ごけいし所著。
紅楼夢 こうろうむ	紅樓夢 說明 在學術研究上稱為「紅學」，別稱「石頭記：せきとうき/いしき」。曹雪芹そうせっきん所著。
鏡花縁 きょうかえん	鏡花緣 說明 長篇神魔小說。李汝珍りじょちん所著。
官場現形記 かんじょうげんけいき	官場現形記 說明 諷刺官場黑暗腐敗的小說。李宝嘉りほうか所著。
老残遊記 ろうざんゆうき	老殘遊記 說明 劉鶚りゅうがく所著。
三俠五義 さんきょうごぎ	三俠五義 說明 講述宋代包公審案的故事。石玉崑せききょくこん所著。

中國文學體裁

賦 ふ	漢賦
楽府 がふ	樂府
五言古詩 ごごんこし	五言古詩
駢文 べんぶん	駢文
唐詩 とうし	唐詩 表現 絶句ぜっく：絕句	律詩りっし：律詩
変文 へんぶん	變文

宋詞 そうし	宋詞 **表現** 五代詞ごだいし：五代詞｜長短句ちょうたんく：長短句
元曲 げんきょく	元曲
八股文 はっこぶん	八股文
現代詩 げんだいし	現代新詩

中國知名詩人

曹操 そうそう	曹操
陶淵明 とうえんめい	陶淵明
孟浩然 もうこうねん／もうこうぜん	孟浩然
王昌齢 おうしょうれい	王昌齢
李白 りはく	李白 **表現** 詩仙しせん：詩仙
王維 おうい	王維
杜甫 とほ	杜甫 **表現** 詩聖しせい：詩聖
劉禹錫 りゅううしゃく	劉禹錫
白居易 はくきょい	白居易 **表現** 琵琶行びわこう：琵琶行｜長恨歌ちょうこんか：長恨歌
柳宗元 りゅうそうげん	柳宗元
杜牧 とぼく	杜牧

藝術和文化

李商隱 り しょういん	李商隱

中國知名詞人

温庭筠 おんていいん	温庭筠
李煜 り いく	李煜 表現 李後主りこうしゅ：李後主
柳永 りゅうえい	柳永
蘇軾 そ しょく	蘇軾 表現 蘇東坡そとうば：蘇東坡｜水調歌頭すいちょうかとう：水調歌頭
黄庭堅 こうていけん	黄庭堅
秦観 しんかん	秦觀
周邦彦 しゅうほうげん	周邦彦
李清照 り せいしょう	李清照
陸游 りくゆう	陸游
辛棄疾 しん き しつ	辛棄疾

中國知名元曲作家

関漢卿 かんかんけい	關漢卿
馬致遠 ば ち えん	馬致遠

台灣作家與作品

胡適 こ せき/フーシー	胡適 **作品** 中国哲学史大綱ちゅうごくてつがくしたいこう：中國哲學史大綱｜白話文学史はくわぶんがくし：白話文學史
林語堂 りん ご どう	林語堂 **作品** 北京好日ペキンこうじつ：京華煙雲｜我が国土こくど、我が国民こくみん：吾國與吾民
徐志摩 じょ し ま/シュイチーモー	徐志摩 **作品** 志摩チーモーの詩し：志摩的詩｜翡冷翠フィレンツエの一夜いちや：翡冷翠的一夜
柏楊 はくよう	柏楊 **作品** 醜みにくい中国人ちゅうごくじん：醜陋的中國人｜異域いいき：異域
邱永漢 きゅうえいかん	邱永漢 **作品** 金銭読本きんせんどくほん：金錢讀本｜食しょくは広州こうしゅうに在あり：食在廣州
林良 りんりょう	林良 **作品** 小太陽しょうたいよう：小太陽
黄春明 おうしゅんめい	黄春明 **作品** さよなら・再見ツァイチェン：莎喲娜啦・再見
白先勇 はくせんゆう	白先勇 **作品** 孽子げつこ：孽子｜玉卿嫂ぎょくきょうそう：玉卿嫂
瓊瑤 けいよう/チョンヤオ	瓊瑤 **作品** 還珠姫かんじゅひめ：還珠格格
三毛 さんもう	三毛 **作品** 哭泣的駱駝こくきゅうてきらくだ：哭泣的駱駝｜サハラ物語ものがたり：撒哈拉的故事
廖輝英 りょう き えい	廖輝英 **作品** 油蔴菜籽ゆまさいし：油蔴菜籽

13

藝術和文化

龍応台 りゅうおうたい	龍應台 **作品** 大江大海タイコウタイカイ・一九四九せんきゅうひゃくじゅうく：大江大海・一九四九｜野火集やかしゅう：野火集
李昂 り こう	李昂 **作品** 人みな香挿す北港ほくこうの炉ろ：北港香爐人人插｜夫殺おっとごろし：殺夫
張大春 ちょうだいしゅん	張大春 **作品** 張大春集ちょうだいしゅんしゅう：張大春集
朱天心 しゅてんしん	朱天心 **作品** 古都こと：古都
幾米 ジミー・リャオ	幾米 **作品** 君きみのいる場所ばしょ：向左走・向右走｜ほほえむ魚さかな：微笑的魚｜地下鉄ちかてつ：地下鐵
張曼娟 ちょうまんけん	張曼娟 **作品** 朝読10分あさどくじゅっぷん・成長故事集せいちょうこじしゅう：晨讀10分鐘・成長故事集
九把刀 ギデンズ・コー	九把刀 **作品** あの頃ころ、君きみを追おいかけた：那些年，我們一起追的女孩

繪畫

絵 え	繪；畫 表現 塗ぬり〜：著色畫｜挿さし〜：插畫
絵を描く え か	畫圖；繪圖 説明 描かく 也可以念成描えがく。
画家 が か	畫家
アトリエ atelier	畫室；工作室 例 〜に閉とじこもる。閉關在工作室裡。

絵画 かい が	繪畫
油絵 あぶら え	油畫 例 レンブラントの〜の特徴とくちょうは、ストーリー・テラー的てきな絵画である。林布蘭油畫的特徴是「善於説故事」。
抽象画 ちゅうしょう が	抽象畫
前衛画 ぜんえい が	前衛畫
水彩画 すいさい が	水彩畫 例 〜の描かき方かたを基礎きそから学まなぶ。從基礎開始學習水彩畫的畫法。
水墨画 すいぼく が	水墨畫
西洋画 せいよう が	西洋畫
東洋画 とうよう が	東洋畫

絵の具 え ぐ	繪畫顏料 表現 〜皿ざら：調色盤｜〜を溶とかす：調和顏料

13

藝術和文化

絵筆 え ふで	畫筆 例 ～に親したしむ。經常提筆畫畫。
パレット palette	調色盤
額縁 がくぶち	畫框
キャンバス canvas	油畫布 例 姉は～一面いちめんに絵の具を塗ぬりたてた。姐姐把顏料塗好一整面。
画用紙 が よう し	圖畫紙
スケッチブック sketchbook	素描本 例 公園では、～を広ひろげて写生しゃせいをしている人が多かった。 公園裡，打開素描本寫生的人很多。
イーゼル easel	畫架 例 彼女は～の前に座っている。她坐在畫架前面。
デッサン dessin	（繪圖、雕刻的）草圖；素描 例 レオナルド・ダ・ヴィンチが描いた大量たいりょうの解剖図かいぼうず～画が：達文西繪製的大量解剖圖的素描。
スケッチ sketch	素描
イラスト illustration	插畫 例 毎年たくさんの日本人～レーターが入選にゅうせんしている「ボローニャ国際絵本原画展えほんげんがてん」。每年都有許多日本插畫家入選的「波隆納國際插畫展」。
挿絵 さし え	插圖 例 ～を入れる。加上插圖。
原画 げん が	繪畫原稿
下絵 した え	草稿；草圖 例 ～を描く。畫底稿。

画廊 （が ろう）	畫廊 例 パリ、ピエール〜で最初の個展こてんを開催かいさいする。在巴黎皮耶藝廊舉行首次個人特展。
ギャラリー gallery	藝廊；美術陳列室 例 〜には５０点ごじゅってんの作品を展示てんじしています。在畫廊展出50件作品。
個展 （こ てん）	獨立個展

其他美術

彫刻 （ちょうこく）	雕刻 表現 彫刻家：雕刻家
版画 （はん が）	版畫 表現 版画家：版畫家 例 先週の3連休中に小田急おだきゅう美術館へ「レンブラント〜展」を見に行った。上禮拜的三天連假中，我在小田急美術館看了「林布蘭版畫特展」。
工芸 （こうげい）	工藝 表現 工芸家：工藝家
陶芸 （とうげい）	陶藝 表現 陶芸家：陶藝家
書道 （しょどう）	書道；書法 表現 書道家：書法家
筆 （ふで）	①毛筆　②文筆 例 〜で字じを書かく。用毛筆寫字。｜〜を染そめる。試筆；初次寫作。
文鎮 （ぶんちん）	紙鎮；文鎮
硯 （すずり）	硯台
水差し （みず さ）	提水罐；提水壺 例 〜から水をつぐ。從水壺裡倒水。

藝術和文化

墨 すみ	墨；墨條
半紙 はん し	（習字、寫書信用的）日式半張大紙 **表現** 書道しょどう〜：書法用紙

藝術的流派

ゴシック Gothic	歌德式（的）；哥德式建築 **表現** 〜様式の修道院しゅうどういん：哥德式的修道院
ルネサンス Renaissance	文藝復興 **例** 〜建築の特徴としては、透視図法とうしずほうを空間表現くうかんひょうげんの手段しゅだんとして用もちいたことなどが指摘してきされる。文藝復興建築的特徵之一是：利用透視法來表現空間…等等。
バロック baroque	巴洛克
ロココ rococo	洛可可
新古典主義 しん こ てんしゅ ぎ	新古典主義
ロマン主義 roman　　しゅ ぎ	浪漫主義 **例** 〜は、啓蒙主義けいもうしゅぎからの「揺ゆり戻もどし」であると言うことができる。 浪漫主義可說是對於啟蒙主義的反動。
印象派 いんしょう は	印象派 **例** モネの芸術は〜を代表している。 莫內的藝術為印象派的代表。
シュールレアリスム surréalisme	超現實主義

西方畫家與作品

- **ボッティチェリ**　　　　　波提切利 (1445-1510)
  Botticelli
  ＊ヴィーナスVenusの誕生たんじょう：維納斯的誕生

- **レオナルド・ダ・ビンチ**　李奧納多・達文西 (1452-1519)
  Leonardo da Vinci
  ＊モナリザMona Lisa：蒙娜麗莎的微笑｜最後さいごの晩餐ばんさん：最後的晩餐｜受胎告知じゅたいこくち：受胎告知

- **ミケランジェロ**　　　　　米開朗基羅 (1475-1564)
  Michelangelo
  ＊アダムAdamの創造そうぞう：創造亞當｜ダビデDavid：大衛雕像｜最後の審判しんぱん：最後的審判

- **ミレー**　　　　　　　　　米勒 (1814-1875)
  Millet
  ＊晩鐘ばんしょう：晚禱｜種たねまく人：播種者｜落穗拾おちぼひろい：拾穗

- **ゴヤ**　　　　　　　　　　哥雅 (1746-1828)
  Goya
  ＊裸はだかのマハMaja：裸女瑪哈｜カルロス４世Charlesよんせいの家族かぞく：查理四世家族

- **ラファエロ**　　　　　　　拉斐爾 (1483-1520)
  Raffaello
  ＊小椅子こいすの聖母せいぼ：椅中聖母｜ベルヴェデーレの聖母：草地上的聖母

- **レンブラント**　　　　　　林布蘭 (1606-1669)
  Rembrandt
  ＊夜警やけい：夜巡｜デルフトのファン・デル・メール博士はかしの解剖講義かいぼうこうぎ：杜爾博士的解剖學課｜放蕩息子ほうとうむすこの帰還きかん：浪子回頭

- **マネ**　　　　　　　　　　馬內 (1832-1883)
  Manet
  ＊笛ふえを吹ふく少年しょうねん：吹笛子的少年｜草上そうじょうの昼食ちゅうしょく：草地上的午餐

- **ドガ**　　　　　　　　　　竇加 (1834-1917)
  Degas
  ＊踊おどり子こ：舞蹈課｜競馬場けいばじょうの馬車ばしゃ：賽馬場的馬車

- **セザンヌ**　　　　　　**塞尚** (1839-1906)
  Cezanne
  - ＊カード遊あそびをする人々：玩紙牌的人｜サント・ヴィクトワール山
    Sainte-Victoireさん：聖維克多山

- **モネ**　　　　　　　　**莫内** (1840-1926)
  Monet
  - ＊睡蓮すいれん：睡蓮｜日傘ひがさをさす婦人ふじん：撑傘的女人｜印象いん
    しょう・日ひの出で：印象・日出

- **ロダン**　　　　　　　**羅丹** (1840-1917)
  Rodin
  - ＊考える人：沉思者｜カレーCalaisの市民しみん：卡來市民

- **ゴッホ**　　　　　　　**梵谷** (1853-1890)
  Gogh
  - ＊アルルArlesのはね橋ばし：有婦女在洗衣服的阿爾吊橋｜ひまわり：向日
    葵｜糸杉いとすぎと星ほしの見える道：有柏樹的星夜路｜自画像じがぞ
    う：自畫像｜星月夜ほしづきよ：星夜

- **ダリ**　　　　　　　　**達利** (1904-1989)
  Dali
  - ＊アンダルシアAndalucíaの犬いぬ：安達魯西亞之犬｜黄金時代おうごんじだ
    い：黄金時代｜ゆでたインゲン豆まめのある柔やわらかい構造こうぞう：
    內戰的預感─柔軟的建築結構和煮熟的蠶豆｜記憶の固執こしつ：記憶的永
    恆

- **ゴーガン**　　　　　　**保羅・高更** (1848-1903)
  Gauguin
  - ＊黄色きいろいキリストChrist：黄色基督｜タヒチTahitiの女たち：大溪地女
    人

- **ルノアール**　　　　　**雷諾瓦** (1841-1919)
  Renoir
  - ＊舟遊ふなあそびする人びとの昼食ちゅうしょく：船上的午宴｜ムーラン・
    ド・ラ・ギャレットLe Moulin de la Galetteの舞踏場ぶとうじょう：煎餅磨坊
    的舞會｜ピアノに寄よる娘むすめたち：鋼琴前的少女

- **ムンク**　　　　　　　**孟克** (1863-1944)
  Munch
  - ＊叫さけび：吶喊

- **ロートレック**　　　　**羅德列克** (1864-1901)
  Lautrec
  - ＊ムーランルージュMoulin Rougeにて：紅磨坊酒店

- **ルソー**　　　　　　　　　　　**盧梭** (1844-1910)
  Rousseau
  ＊眠ねむれるジプシーgypsy女：沉睡的吉普賽女郎｜田舎いなかの結婚式けっこんしき：鄉村婚禮

- **マチス**　　　　　　　　　　　**馬諦斯** (1869-1954)
  Matisse
  ＊ダンスdance：舞蹈

- **シャガール**　　　　　　　　　**夏卡爾** (1887-1985)
  Chagall
  ＊７本指ななほんゆびの自画像じがぞう：有七根手指頭的自畫像

- **ピカソ**　　　　　　　　　　　**畢卡索** (1881-1973)
  Picasso
  ＊アビニョンAvignonの娘むすめたち：亞維農的少女｜ゲルニカGuernica：格爾尼卡

- **モジリアニ**　　　　　　　　　**莫迪利亞尼** (1884-1920)
  Modigliani
  ＊大きな帽子ぼうしのジャンヌ・エビュテルヌ Jeanne Hebuterne：戴大帽子的珍妮｜黒いネクタイnecktieの娘：繫黑領帶的女人

13

藝術和文化

13-4 音樂

音樂用語

音楽 おんがく	音樂
曲 きょく	樂曲；曲子
曲名 きょくめい	曲名
作曲 さっきょく	作曲
編曲 へんきょく	編曲
作詞 さっし	作詞
歌詞 か し	歌詞
音楽家 おんがく か	音樂家
作曲家 さっきょく か	作曲家
作詞家 さっし か	作詞家
指揮者 し きしゃ	指揮家
声楽家 せいがく か	聲樂家
ピアニスト pianist	鋼琴家
バイオリニスト violinist	小提琴家
ディスクジョッキー disk jockey	DJ

歌 うた	歌；歌曲 **表現** ～を歌う：唱歌
旋律 せんりつ	旋律
メロディー melody	旋律
リズム rhythm	節奏；韻律 **例** ～に合あわせて踊おどる。隨著節奏跳舞。
テンポ tempo	節拍；節奏；速度 **例** 私はどちらかというと、バラードballadeより～の速はやい曲きょくが好すきです。如果要問我喜歡哪一種？比起抒情的慢歌，我還是比較喜歡節奏快的歌曲。
ハーモニー harmony	合音
リフレーン refrain	副歌
音楽会 おんがくかい	音樂會
コンサート concert	演唱會、音樂會 **例** 最近は子どもと一緒に楽たのしめる～が増ふえてきました。最近，可以親子同樂的親子音樂會越來越多了。
演奏会 えんそうかい	演奏會
アンコール encore	安可；要求再加演 **說明** 指演奏員應觀眾的要求再演，或指觀眾要求再來一次的呼聲。
リクエスト request	點播
クラシック classic	古典 **表現** ～メドレー：古典音樂組曲、集錦
序曲 じょきょく	序曲

藝術和文化

行進曲 こうしんきょく	進行曲 同 マーチmarch
組曲 くみきょく	組曲
交響曲 こうきょうきょく	交響曲 同 シンフォニーsymphony
協奏曲 きょうそうきょく	協奏曲 同 コンチェルトconcerto
狂想曲 きょうそうきょく	狂想曲 同 カプリッチオcapriccio
ソナタ sonata	奏鳴曲 表現 バッハの無伴奏むばんそうチェロ～：巴哈無伴奏大提琴奏鳴曲
夜想曲 や そうきょく	小夜曲 同 ノクターン

世界作曲家和知名樂章

再多記一點!!

- **パッヘルベル**　　　　**帕海貝爾** (1653-1706)
  Pachelbel
  ＊カノンCanon：卡農

- **ビバルディ**　　　　**維瓦第** (1678-1741)
  Vivaldi
  ＊四季 しき：四季

- **バッハ**　　　　**巴哈** (1685-1750)
  Bach
  ＊G線上せんじょうのアリア：G弦之歌｜ブランデンブルク協奏曲
  Brandenburg きょうそうきょく：布蘭登堡協奏曲｜マタイ受難曲Matthaeus
  じゅなんきょく：馬太受難曲

- **ヘンデル**　　　　**韓德爾** (1685-1759)
  Händel
  ＊オラトリオ・メサイアOratorio Messiah：彌賽亞｜管弦楽曲 かんげんがくきょく・水上 すいじょうの音楽 おんがく：管弦樂曲・水上音樂｜王宮おうきゅうの花火はなびの音楽：皇家煙火

- **ハイドン**　　　　　　　　　　**海頓** (1732-1809)
  Haydn
  - ＊弦樂四重奏曲皇帝げんがくしじゅうそうきょくこうてい：弦樂四重奏曲皇帝
    ｜オラトリオ・天地創造てんちそうぞう：神劇・創世紀

- **モーツァルト**　　　　　　　　**莫札特** (1756-1791)
  Mozart
  - ＊アイネクライネナハトムジークEine kleine Nachtmusik：第十三首小夜曲｜
    トルコ行進曲Turkey こうしんきょく：土耳其進行曲｜魔笛まてき：魔笛｜フ
    ィガロFigaroの結婚けっこん：費加洛婚禮

- **ロッシーニ**　　　　　　　　　**羅西尼** (1792-1868)
  Rossini
  - ＊ウィリアムテル序曲Willherm Tel じょきょく：威廉泰爾序曲｜セビリア
    Sevilleの理髪師りはつし：塞維里亞的理髮師

- **ベートーベン**　　　　　　　　**貝多芬** (1770-1827)
  Beethoven
  - ＊エリーゼ Eliseのために：給愛麗絲｜ピアノ協奏曲第5番皇帝こうてい：第
    五號鋼琴協奏曲・皇帝｜ピアノソナタ第8番 悲愴ひそう：第八號鋼琴奏鳴
    曲・悲愴｜ピアノソナタ第14番 月光げっこう：第十四號鋼琴奏鳴曲・月
    光｜交響曲第3番 英雄えいゆう：第三號交響曲・英雄｜交響曲第5番 運命
    うんめい：第五號交響曲・命運｜交響曲第6番田園でんえん：第六號交響
    曲・田園｜交響曲第9番 合唱がっしょう：第九號交響曲・合唱

- **メンデルスゾーン**　　　　　　**孟德爾頌** (1809-1847)
  Mendelssohn
  - ＊真夏まなつの夜よるの夢ゆめ：仲夏夜之夢｜バイオリン協奏曲E短調：E小調
    小提琴協奏曲

- **ウェーバー**　　　　　　　　　**韋伯** (1786-1826)
  Weber
  - ＊魔弾まだんの射手 しゃしゅ：魔彈射手｜オベロンOberon：奧伯龍

- **シューベルト**　　　　　　　　**舒伯特** (1797-1828)
  Schubert
  - ＊野のバラ：野玫瑰｜子守歌こもりうた：搖籃曲｜ます：鱒魚｜美しき水車
    小屋すいしゃごやの娘：美麗的磨坊少女

- **ショパン**　　　　　　　　　　**蕭邦** (1810-1849)
  Chopin
  - ＊ノクターン：夜曲｜別わかれの曲：離別曲｜子犬こいぬのワルツwaltz：
    小狗圓舞曲

- **シューマン**　　　　　　　　　**舒曼** (1810-1856)
  Schumann
  - ＊子供こどもの情景じょうけい：兒時情景

13

藝術和文化

- **リスト**　　　　　　　　　　李斯特 (1811-1886)
  Liszt
  ＊ハンガリーHungarian狂詩曲きょうしきょく：匈牙利狂想曲

- **ヴェルディー**　　　　　　　威爾第 (1813-1901)
  Verdi
  ＊アイーダAida凱旋行進曲がいせんこうしんきょく：阿伊達凱旋進行曲｜ラ・
  トラビアータLa Traviata乾杯かんぱいの歌：茶花女・飲酒歌

- **ヨハン・シュトラウス**　　小約翰・史特勞斯 (1825-1899)
  Johann Strauss
  ＊美しく青あおきドナウDonau：藍色多瑙河

- **フォスター**　　　　　　　　佛斯特 (1826-1864)
  Foster
  ＊懐なつかしきケンタッキーKentuckyの我わが家や：肯塔基老家鄉｜草競馬
  くさけいば：康城賽馬｜おおスザンナOh! Susanna：噢！蘇珊娜｜オールド
  ブラックジョーOld Black Joe：老黑爵

- **ブラームス**　　　　　　　　布拉姆斯 (1833-1897)
  Brahms
  ＊ハンガリー舞曲ぶきょく第5番：第五號匈牙利舞曲｜大学祝典序曲だいが
  くしゅくてんじょきょく：學院節慶序曲

- **バダルジェフスカ**　　　　芭達潔芙絲卡（波蘭女鋼琴家）(1834-1861)
  Badarczewska
  ＊乙女おとめの祈いのり：少女的祈禱

- **ビゼー**　　　　　　　　　　比才 (1838-1875)
  Bizet
  ＊カルメンCarmen：卡門｜アルルArlesの女：阿萊城姑娘

- **チャイコフスキー**　　　　柴可夫斯基 (1840-1893)
  Chaikovskii
  ＊白鳥はくちょうの湖みずうみ：天鵝湖｜くるみ割わり人形にんぎょう：胡桃
  鉗｜交響曲第6番 悲愴：第六號交響曲悲愴｜眠ねむれる森もりの美女びじ
  ょ：睡美人｜交響曲第5番D短調：第五號交響曲D小調

- **ドボルザーク**　　　　　　德弗札克 (1841-1904)
  Dvorák
  ＊新世界しんせかいより：新世界（第九號交響曲）

- **プッチーニ**　　　　　　　　普契尼 (1858-1924)
  Puccini
  ＊蝶々夫人ちょうちょうふじん：蝴蝶夫人

音階 おんかい	音階 **説明** 唱名是ハニホヘトイロハ（Do, Re, Mi, Fa, Sol, La, Si, Do）。 **表現** ハ長調はちょうちょう：C大調｜ホ短調ほたんちょう：E小調｜嬰ハ短調えいはたんちょう：升F小調｜ロ短調ろたんちょう：B小調
楽譜 がくふ	樂譜
五線紙 ごせんし	五線譜
音符 おんぷ	音符 **説明** 常被俗稱為オタマジャクシ（蝌蚪）。

再多記一點！！

音符

ト音記号おんきごう	高音譜記號
ヘ音記号おんきごう	低音譜記號
（♯）シャープsharp	升記號 ＊也稱作嬰記号えいきごう
（♭）フラットflat	降記號 ＊也稱作変記号へんきごう
ドレミファソラシド	Do Re Me Fa So La Si Do
全音符ぜんおんぷ	全音符
二分音符にぶおんぷ	二分音符
四分音符しぶおんぷ	四分音符
八分音符はちぶおんぷ	八分音符
十六分音符じゅうろくぶおんぷ	十六分音符
付点四分音符ふてんしぶおんぷ	附點四分音符
付点八分音符ふてんはちぶおんぷ	附點八分音符

13

藝術和文化

休符きゅうふ	休止符
全休符ぜんきゅうふ	全休止符
二分休符にぶきゅうふ	二分休止符
四分休符しぶきゅうふ	四分休止符
八分休符はちぶきゅうふ	八分休止符
十六分休符じゅうろくぶきゅうふ	十六分休止符
付点二分休符ふてんはちぶきゅうふ	附點二分休止符
連音符れんおんぷ	連續音符
二連符にれんぷ	二連音符
三連符さんれんぷ	三連音符
四連符よんれんぷ	四連音符
2／4拍子よんぶんのにびょうし	2／4拍 （以四分音符為一拍，每小節有二拍）
3／4拍子よんぶんのさんびょうし	3／4拍 （以四分音符為一拍，每小節有三拍）
6／8拍子はちぶんのろくびょうし	6／8拍 （以八分音符為一拍，每小節有六拍）

歌曲

歌曲 か きょく	**歌曲**
童謡 どうよう	**童謠** 例 子供たちが一緒に〜を歌う。小朋友們一起唱童謠。
民謡 みんよう	**民謠**
アリラン	**韓國阿里郎** 説明 韓國民謠。
歌謡曲 か ようきょく	**歌謠曲**
演歌 えん か	**演歌** 例 最近さいきんの若者わかものは〜に全まったく興味きょうみがありません。 最近的年輕人對演歌完全沒興趣。

流行歌 りゅうこう か	流行歌曲
ナツメロ	金曲老歌 説明 為懐なつかしのロディー的略語。
バラード ballade	敘事曲

ポップス pops	流行音樂 例 若い人は〜が好きだ。年輕人喜歡流行音樂。
ジャズ jazz	爵士樂 表現 モダン〜：現代爵士｜〜歌手：爵士歌手
ロック rock	搖滾樂
ロックンロール rock'n'roll	搖滾樂
ロカビリー rockabilly	鄉村搖滾樂
ラップ rap	饒舌樂
カンツォーネ canzone	義大利民謠
シャンソン chanson	香頌
ブルース blues	藍調
ゴスペル gospel	福音音樂；黑人靈歌
オペラ opera	歌劇
合唱 がっしょう	合唱 表現 混声こんせい〜：混聲合唱
独唱 どくしょう	獨唱
ソロ solo	獨唱；獨奏 表現 ピアノ〜：鋼琴獨奏

藝術和文化

コーラス chorus	合唱團
ソプラノ soprano	女高音
メゾソプラノ mezzosoprano	次女高音
アルト alto	①女低音　②中音部
テナー tenor	①男高音　②高音樂器
バリトン baritone	①男中音　②中音樂器
バス bass	①男低音　②低音樂器　③低音大提琴 例 ふとい～で歌う。用渾厚的男低音唱歌。

卡拉OK

カラオケ	卡拉OK
カラオケボックス	卡拉OK包廂
玄人 くろうと	內行人；行家 反 素人
素人 しろうと	外行人；業餘愛好者 反 玄人
のど自慢 じ　まん	①善於唱歌的人　②業餘歌唱比賽
十八番 じゅうはちばん	拿手歌；拿手的事情 同 おはこ
音痴 おん　ち	音痴；五音不全

歌手與樂團

アニマルズ	The Animals	動物合唱團
エルトン・ジョン	Elton John	艾爾頓・強
エルビス・プレスリー	Elvis Presley	貓王
カーペンターズ	Carpenters	木匠兄妹
コニー・フランシス	Connie Francis	康妮・法蘭西斯
サザンオールスターズ	Southern All Stars	南方之星
サイモンとガーファンクル	Simon and Garfunkel	賽門與葛芬柯
ジャネット・ジャクソン	Janet Jackson	珍娜・傑克森
ジェームス・ブラウン	James Brown	詹姆斯・布朗
ジョージ・マイケル	George Michael	喬治・麥可
ジョン・レノン	John Lennon	約翰・藍儂
スティービー・ワンダー	Stevie Wonder	史蒂夫・汪達
チャゲ＆飛鳥	Chage & Aska	恰克與飛鳥
ニール・セダカ	Neil Sedaka	尼爾・薩達卡
ビーチ・ボーイズ	The Beach Boys	海灘男孩
ビートルズ	The Beatles	披頭四
ビリー・ボーン	Billy Vaughn	比利・沃恩
ピンク・フロイド	Pink Floyd	平克・佛洛依德
ピンクレディ	Pink Lady	粉紅淑女
フランク・シナトラ	Frank Sinatra	法蘭克・辛納屈
ベンチャーズ	The Ventures	投機者樂團
ポール・アンカ	Paul Anka	保羅・安卡
ボブ・ディラン	Bob Dylan	巴布・狄倫
マイケル・ジャクソン	Michael Jackson	麥可・傑克森
マドンナ	Madonna	瑪丹娜
マライア・キャリー	Mariah Carey	瑪麗亞・凱莉
リッキー・マーティン	Ricky Martin	瑞奇・馬汀
レイ・チャールズ	Ray Charles	雷・查爾斯
ローリング・ストーンズ	The Rolling Stones	滾石合唱團
レッド・ツェッペリン	Led Zeppelin	齊柏林飛船
グレン・ミラー	Glenn Miller	格林・米勒

13

藝術和文化

日本人人都知道的100首歌曲

[01] **青い目の人形** 藍眼睛的洋娃娃
（作詞：野口雨情／作曲：本居長世）
＊青い目をした　お人形は　アメリカ生まれの　セルロイド…

[02] **青い山脈** 青色山脈（作詞：西條八十／作曲：服部良一）
＊若く明るい　歌声に　なだれは消える　花も咲く…

[03] **あおげば尊し** 仰望尊敬（作詞・作曲不詳）
＊あおげば尊とうとし　我わが師しの恩おん…

[04] **赤いくつ** 紅色的鞋子（作詞：野口雨情／作曲：本居長世）
＊赤いくつ　はいてた　女の子　異人いじんさんに　つれられて
行っちゃった…

[05] **赤とんぼ** 紅蜻蜓（作詞：三木露風／作曲：山田耕筰）
＊夕焼ゆうやけ　小焼こやけの　赤とんぼ　負おわれて　見たのは
いつの日か

[06] **朝だ元気で** 早上有朝氣（作詞：八十島稔／作曲：飯田信夫）
＊朝だ　朝だよ　朝日がのぼる　空にまっ赤な　日がのぼる…

[07] **朝はどこから** 早晨從哪來呢（作詞：森まさる／作曲：橋本国彦）
＊朝はどこから　来るかしら　あの空越えて　雲越えて　光の国から
来るかしら…

[08] **あの子はたあれ** 那個孩子是誰呢
（作詞：細川雄太郎／作曲：海沼実）
＊あの子はたあれ　たれでしょね　なんなんなつめの　花の下…

[09] **あの町この町** 那個町這個町（作詞：野口雨情／作曲：中山晋平）
＊あの町まち　この町　日が暮れる　日が暮れる…

[10] **あめふり** 下雨了（作詞：北原白秋／作曲：中山晋平）
＊雨雨　降れ降れ　母さんが　蛇の目で　お迎い　嬉しいな
ぴっちぴっち　ちゃっぷちゃっぷ　らんらんらん…

[11] **雨ふりお月さん** 雨中的月亮（作詞：野口雨情／作曲：中山晋平）
＊雨ふりお月さん　雲のかげ　お嫁に行くときゃ　だれと行く…

[12] **アルプス一万尺**いちまんしゃく　阿爾卑斯一萬尺
（作詞不詳／美國民謠）
＊アルプス一万尺　小槍こやりのうえで　アルペン踊りを
さあ踊りましょ…

[13] **あんたがたどこさ** 你所在的田莊（作詞・作曲不詳）
＊あんたがたどこさ　肥後ひごさ　肥後どこさ　熊本くまもとさ…

[14] **家路**〈いえじ〉　回家的路（作詞：堀内敬三／作曲：ドボルザーク）
＊遠き山に日は落ちて　星は空をちりばめぬ…

[15] **一月一日**　一月一日（作詞：千家尊福／作曲：上真行）
＊年のはじめの　ためしとて　終りなき世の　めでたさを…

[16] **五木**〈いつき〉**の子もり歌**　五木的搖籃曲（熊本縣搖籃曲）
＊おどま　盆ぼんぎり盆ぎり　盆から先ゃ　居おらんど…

[17] **一寸法師**〈いっすんぼうし〉　一寸法師
（作詞：厳谷小波／作曲：田村虎蔵）
＊指に足りない　一寸法師　小さい体に　大きな望み　お椀わんの舟に
箸の櫂かい…

[18] **うさぎとかめ**　兔子與烏龜
（作詞：石原和三郎／作曲：納所弁次郎）
＊もしもし　かめよ　かめさんよ　世界のうちに　おまえほど　歩みの
のろいものはない…

[19] **うさぎのダンス**　兔子舞（作詞：野口雨情／作曲：中山晋平）
＊ソソラソラソラ　うさぎのダンス　タッラタ　ラッタラッタ　ラッタ
ラッタラッタラ

[20] **歌の町**　歌之町（作詞：勝承夫／作曲：小村三千三）
＊よい子が住んでる　よい町は　楽しい楽しい　歌の町　花屋はチョキ
チョキチョッキンナ…

[21] **うみ**　海（作詞：林柳波／作曲：井上武士）
＊海はひろいな　大きいな　月がのぼるし　日がしずむ…

[22] **海**　海（作詞・作曲不詳）
＊松原まつばらとおく　きゆるところ　白帆しらほのかげは　うかぶ…

[23] **浦島太郎**〈うらしまたろう〉　浦島太郎（作詞：乙骨三郎／作曲不詳）
＊むかしむかし　浦島は　助けたかめに　連れられて　竜宮城りゅうぐう
じょうへ来て見れば　絵にもかけない　美しさ…

[24] **うれしいひな祭り**　快樂的女兒節
（作詞：サトウハチロー／作曲：河村光陽）
＊あかりをつけましょ　ぼんぼりに　お花をあげましょ　桃の花…

[25] **お馬**　馬（作詞：林柳波／作曲：松島つね）
＊お馬の親子は　仲よしこよし　いつでもいっしょに　ぽっくりぽっく
り　歩く…

[26] **大きな栗**くり**の木の下で**　大栗子樹下（作詞・作曲不詳）
＊大きな栗の木の下で　あなたとわたし　楽しく遊びましょう…

[27] **おおスザンナ**　噢！蘇珊娜
（日文譯詞：津川主一／作曲：フォスター）
＊私ゃアラバマからルイジアナへ　バンジョーを持って　でかけたところです…

[28] **おおブレネリ**　噢！布列雷尼（作詞：松田稔／瑞士民謠）
＊おおブレネリ　あなたのおうちはどこ　わたしのおうちは　スイッツランドよ…

[29] **おお牧場**まきば**は緑**みどり　綠色的大牧場
（日文譯詞：中田羽後／波希米亞民謠）
＊おお牧場は緑　草の海　風が吹くよ　おお牧場は緑　良く茂ったものだ　ホイ…

[30] **おさるのかごや**　猴子的籠子（作詞：山上武夫／作曲：海沼実）
＊エッサ　エッサ　エッサホイ　サッサ　おさるのかごやだ
ホイサッサ…

[31] **お正月**　正月（作詞：東くめ／作曲：滝廉太郎）
＊もういくつねると　お正月　お正月には　たこあげて　こまをまわして　遊びましょう…

[32] **おたまじゃくしはかえるの子**　蝌蚪是青蛙的小孩
（作詞：永田哲夫・東辰三／美國民謠）
＊おたまじゃくしは　かえるの子　なまずの子では　ないわいな
それがなにより　しょうこには　やがて手が出る　足が出る…

[33] **おぼろ月夜**づきよ　朦朧的月夜（作詞：高野辰之／作曲：岡野貞一）
＊菜なの花ばたけに　入り日うすれ　見わたす山のは　かすみ深し…

[34] **お山の杉**すぎ**の子**　山中的小杉木
（作詞：吉田テフ子／作曲：佐々木すぐる）
＊むかしむかしの　その昔　椎しいの木林ばやしのすぐそばに　小さなお山があったとさ　あったとさ…

[35] **おもちゃのマーチ**　玩具進行曲
（作詞：海野厚／作曲：小田島樹人）
＊やっとこやっとこ　くりだした　おもちゃのマーチが　らったった…

[36] **およげ！たいやきくん**　游泳吧！鯉魚燒君
（作詞：高田ひろお／作曲：佐瀬寿一）
＊まいにち　まいにち　ぼくらは　てっぱんの　うえで　やかれていやになっちゃうよ…

[37] **かあさんの歌** 母親之歌 （作詞・作曲：窪田聡）
＊かあさんは　夜なべをして　手ぶくろ　編あんでくれた…

[38] **かかし** 稲草人 （作詞・作曲不詳）
＊山田やまだ の中の　一本足のかかし　天気のよいのに　みの笠かさ
着けて…

[39] **かごめかごめ** 籠中鳥 （作詞・作曲不詳）
＊かごめ　かごめ　かごの中の鳥は　いついつ　出やる…

[40] **肩たたき** 搥搥肩膀 （作詞：西條八十／作曲：中山晋平）
＊母さん　お肩をたたきましょう　タントン　タントン　タントントン…

[41] **かなりや** 金絲雀 （作詞：西條八十／作曲：成田為三）
＊歌を忘れた　かなりやは　後ろの山に　捨てましょか　いえ
いえそれはなりませぬ…

[42] **かもめの水兵さん** 海鷗海軍先生
（作詞：武内俊子／作曲：河村光陽）
＊かもめの水兵さん　ならんだ水兵さん　白い帽子　白いシャツ
白い服…

[43] **からすの赤ちゃん** 烏鴉的小孩 （作詞・作曲：海沼実）
＊からすの赤ちゃん　なぜ泣くの　こけこっこの　おばさんに　赤いお
ぼうしほしいよ…

[44] **かわいいかくれんぼ** 可愛的捉迷藏
（作詞：サトウハチロー／作曲：中田喜直）
＊ひよこがね　お庭でぴょこぴょこ　かくれんぼ　どんなに上手に
かくれても…

[45] **汽車** 火車 （作詞：乙骨三郎／作曲：大和田愛羅）
＊今は山中やまなか　今は浜はま　今は鉄橋てっきょうわたるぞと…

[46] **汽車ポッポ** 火車嘟嘟 （作詞：富原薫／作曲：草川信）
＊汽車　汽車　ポッポ　ポッポ　シュッポ　シュッポ　シュッポッポ
ぼくらをのせて…

[47] **きよしこの夜** 平安夜 （作詞：由木康／作曲：グルーバー）
＊きよしこの夜　星はひかり　すくいのみ子は　み母の胸に
眠りたもう　ゆめやすく…

[48] **金魚きんぎょの昼寝ひるね** 金魚的午覺
（作詞：鹿島鳴秋／作曲：弘田龍太郎）
＊赤いべべ着た　かわいい金魚　おめめをさませば　ごちそうするぞ…

13

藝術和文化

[49]　**靴が鳴**なる　鞋聲迴盪（作詞：清水かつら／作曲：弘田龍太郎）
　　　＊お手手 ててつないで　野道 のみちを行 ゆけば　みんなかわいい　小鳥
　　　になって…

[50]　**金太郎** きんたろう　金太郎（作詞：石原和三郎／作曲：田村虎蔵）
　　　＊まさかりかついで　金太郎　くまにまたがり　お馬のけいこ　はいし
　　　どうどう　はいどうどう　はいし　どうどう　はいどうどう…

[51]　**グッド　バイ**　Good-bye（作詞：佐藤義美／作曲：河村光陽）
　　　＊グッドバイ　グッドバイ　グッドバイバイ　父さん　おでかけ
　　　手を　あげて電車に　乗ったら　グッドバイバイ…

[52]　**クラリネットをこわしちゃった**　弄壞了單簧管
　　　（日文譯詞：石井好子／法國童謠）
　　　＊ぼくのだいすきな　クラリネット　パパからもらった　クラリネット
　　　とっても大事に　してたのに　こわれてでない　音がある…

[53]　**こいのぼり**　鯉魚旗（作詞：近藤宮子／作曲不詳）
　　　＊屋根より高い　こいのぼり　大きい　まごいは　お父さま　小さい
　　　ひごいは子どもたち…

[54]　**鯉**こいのぼり　鯉魚旗（作詞不詳／作曲：弘田龍太郎）
　　　＊いらかの波と　雲の波　かさなる波の　なか空ぞらを　たちばなかお
　　　る　朝風に…

[55]　**荒城**こうじょうの月　荒城之月（作詞：土井晩翠／作曲：滝廉太郎）
　　　＊春高楼 はるこうろうの　花の宴 えん　めぐる盃 さかずき　かげさして…

[56]　**黄金虫**こがねむし　黄金蟲（作詞：野口雨情／作曲：中山晋平）
　　　＊黄金虫は金持ちだ　金蔵 かねぐら建てた　蔵くら建てた…

[57]　**故郷**こきょうの空　故郷的天空（作詞：大和田建樹／蘇格蘭民謠）
　　　＊夕空ゆうぞらはれて　あきかぜふき　つきかげ落ちて　鈴虫すずむし
　　　なく…

[58]　**この道**　這條道路（作詞：北原白秋／作曲：山田耕筰）
　　　＊この道はいつか来た道　ああ　そうだよ　あかしやの花が咲いてる…

[59]　**子もり歌**　搖籃曲（作詞・作曲不詳）
　　　＊ねんねん　ころりよ　おころりよ　ぼうやは　良よい子だ　ねんねし
　　　な…

[60]　**さくら**　櫻花（作詞・作曲不詳）
　　　＊さくら　さくら 野山 のやまも里 さとも　見わたすかぎり　かすみか雲
　　　か…

[61] **さっちゃん** 小幸（作詞：阪田寛夫／作曲：大中恩）
＊さっちゃんはね　さち子っていうんだ　ほんとはね　だけど ちっちゃ
いから自分のこと　さっちゃんって呼ぶんだよ　おかしいな　さっち
ゃん…

[62] **里さとの秋** 郷里的秋天（作詞：斎藤信夫／作曲：海沼実）
＊静かな静かな　里の秋　お背戸 せどに木の実の　落ちる夜 よは…

[63] **四季の歌** 四季之歌（作詞・作曲：荒木とよひさ）
＊春を愛する人は　心清き人　スミレの花のような　ぼくの友だち…

[64] **しゃぼん玉だま** 泡泡（作詞：野口雨情／作曲：中山晋平）
＊しゃぼん玉飛んだ　屋根まで飛んだ　屋根まで飛んで
こわれて消えた…

[65] **証城寺しょうじょうじの狸囃子たぬきばやし** 證城寺的狸囃子
（作詞：野口雨情／作曲：中山晋平）
＊しょうしょう証城寺　証城寺の庭は　つつ月夜だ　みんな出て　来い
来い来い…

[66] **ジングルベル** Jingle Bell　聖誕鐘聲
（日文譯詞：堀内敬三／美國民謡）
＊雪の中　鈴音 すずおとたかく　とぶように　そりは走る　風を切り雪
をつき…

[67] **ずいずいずっころばし** 插手指遊戲歌（作詞・作曲不詳）
＊ずいずい　ずっころばし　ごまみそ　ずい　茶つぼに　おわれて
とっぴんしゃん…

[68] **スキー** 滑雪（作詞：時雨音羽／作曲：平井康三郎）
＊山はしろがね　朝日を浴あびて　すべるスキーの　風きる速さ…

[69] **雀すずめの学校** 雀鳥的學校
（作詞：清水かつら／作曲：弘田龍太郎）
＊ちいちいぱっぱ　ちいぱっぱ　雀の学校の先生は　むちを振り振り
ちいぱっぱ…

[70] **砂山すなやま** 砂山（作詞：北原白秋／作曲：中山晋平）
＊海は荒海あらうみ　向うは佐渡さどよ　すずめ啼なけ啼け…

[71] **背せいくらべ** 比身高（作詞：海野厚／作曲：中山晋平）
＊柱はしらのきずは　おととしの　五月五日 ごがついつかの　背くらべ…

[72] **線路は続くよどこまでも** 連綿不斷的鐵軌
（作詞：佐木敏／美國民謡）
＊線路は続くよ　どこまでも　野をこえ　山こえ　谷こえて…

13

藝術和文化

[73] **ぞうさん** 大象 （作詞：まどみちお／作曲：團伊玖磨）
＊ぞうさん ぞうさん お鼻が 長いのね そうよ 母さんも
長いのよ…

[74] **大黒**だいこく**さま** 大黑天先生
（作詞：石原和三郎／作曲：田村虎蔵）
＊大きな袋を かたにかけ 大黒さまが 来かかると ここに因幡
いなばの白うさぎ 皮をむかれて 赤はだか…

[75] **たき火** 營火 （作詞：巽聖歌／作曲：渡辺茂）
＊かきねの かきねの まがりかど たきびだ たきびだ おちばたき

[76] **チューリップ** 鬱金香 （作詞：近藤宮子／作曲：井上武士）
＊さいた さいた チューリップの花が ならんだ ならんだ あか
しろきいろ…

[77] **蝶々**ちょうちょう 蝴蝶 （作詞：野村秋足／西班牙民謠）
＊ちょうちょう ちょうちょう 菜の葉にとまれ 菜の葉に飽あいたら
桜にとまれ…

[78] **ちんから峠**とうげ Chinkara山頂上
（作詞：細川雄太郎／作曲：海沼実）
＊ちんからほい ちんからほい ちんから峠の おうまはほい
やさしい おめめで…

[79] **月の沙漠**さばく 月之沙漠
（作詞：加藤まさを／作曲：佐々木すぐる）
＊月の沙漠を はるばると 旅のらくだが ゆきました…

[80] **てるてる坊主**ぼうず 晴天娃娃
（作詞：浅原鏡村／作曲：中山晋平）
＊てるてる坊主 てる坊主 あした天気に しておくれ いつかの夢の
空のよに…

[81] **どこかで春が** 春天在某處 （作詞：百田宗治／作曲：草川信）
＊どこかで春が 生まれてる どこかで水が 流れ出す…

[82] **仲よし小道** 好朋友的小路 （作詞：三苫やすし／作曲：河村光陽）
＊仲よし小道は どの道 いつも学校へ みよちゃんと ランドセル
しょって元気よく…

[83] **七つの子** 七隻小烏鴉 （作詞：野口雨情／作曲：本居長世）
＊からすなぜなくの からすは山に かわいい七つの 子があるから
よ…

[84] 花　花（作詞：武島羽衣／作曲：滝廉太郎）
　　＊春のうららの隅田川すみだがわ　のぼりくだりの船人 ふなびとが…

[85] はなさかじじい　讓花開的老爺爺
　　（作詞：石原和三郎／作曲：田村虎蔵）
　　＊うらの畑で ぽちがなく 正直じいさん 掘ったれば 大判　小判が ザクザク
　　クザクザク…

[86] 浜千鳥はまちどり　海鳥（作詞：鹿島鳴秋／作曲：弘田龍太郎）
　　＊青い月夜の 浜辺には 親を探して 鳴く鳥が 波の国から 生まれでる…

[87] 浜辺はまべの歌　濱邊之歌（作詞：林古渓／作曲：成田為三）
　　＊あした浜辺を　さまよえば　昔のことぞ　忍しのばるる…

[88] 春よ来い　春天快來（作詞：相馬御風／作曲：弘田龍太郎）
　　＊春よ来い　早く来い　歩きはじめた　みいちゃんが　赤いはなおの
　　じょじょはいて…

[89] ほたるの光　螢火蟲之光（作詞：稲垣千頴／蘇格蘭民謡）
　　＊ほたるの光　窓の雪　ふみ読む月日つきひ　重ねつつ　いつしか年も
　　すぎの戸を…

[90] 真白ましろき富士の根　純白的富士山山根
　　（作詞：三角錫子／作曲：ガードン）
　　＊真白き富士の根　緑の江の島　仰ぎ見るも　今はなみだ…

[91] 待ちぼうけ　空等（作詞：北原白秋／作曲：山田耕筰）
　　＊待ちぼうけ　待ちぼうけ　ある日せっせと　野良 のらかせぎ　そこへ
　　うさぎが飛んで出て…

[92] まつぼっくり　松球（作詞：広田孝夫／作曲：小林つや江）
　　＊まつぼっくりが　あったとさ　高いおやまに　あったとさ　ころころ
　　ころころあったとさ…

[93] みかんの花咲く丘おか　開著橘子花的山丘
　　（作詞：加藤省吾／作曲：海沼実）
　　＊みかんの花が　咲いている　思い出の道　丘の道…

[94] 緑のそよ風　綠色的微風（作詞：清水かつら／作曲：草川信）
　　＊緑のそよ風　いい日だね　ちょうちょも　ひらひら　豆の花…

[95] めだかの学校　青鱂的學校（作詞：茶木滋／作曲：中田喜直）
　　＊めだかの学校は　川の中　そっとのぞいて　みてごらん　そっとのぞ
　　いて　みてごらん…

藝術和文化

[96] 夕日　夕陽（作詞：葛原しげる／作曲：室崎琴月）
　　＊ぎんぎん　ぎらぎら　夕日が沈む　ぎんぎん　ぎらぎら　日が沈む…

[97] 夕焼小焼ゆうやけこやけ　晩霞餘暉
　　（作詞：中村雨紅／作曲：草川信）
　　＊夕焼小焼で　日が暮れて　山のお寺の　鐘かねがなる…

[98] 雪　雪（作詞・作曲不詳）
　　＊雪やこんこ　あられやこんこ　降っては降っては　ずんずん積もる…

[99] 雪の降る街を　降雪的城鎮（作詞：内村直也／作曲：中田喜直）
　　＊雪の降る街を　雪の降る街を　想い出だけが　通りすぎてゆく…

[100] ゆりかごのうた　搖籃曲（作詞：北原白秋／作曲：草川信）
　　＊ゆりかごのうたを　カナリヤが歌うよ　ねんねこ　ねんねこ　ねんねこよ…

演奏樂器

演奏 えんそう	演奏 例 クラリネット協奏曲を〜する。演奏單簧管協奏曲。
オーケストラ orchestra	交響樂團 例 〜を結成けっせいする。組成交響樂團。
管弦楽団 かんげんがくだん	管弦樂團
合奏 がっそう	合奏
二重奏 に じゅうそう	二重奏 表現 デュエットduet：二重奏
三重奏 さんじゅうそう	三重奏
四重奏 し じゅうそう	四重奏
五重奏 ご じゅうそう	五重奏
室内楽 しつないがく	室內樂

楽器 がっき	樂器
弦楽器 げんがっき	弦樂器
管楽器 かんがっき	管樂器
打楽器 だがっき	打擊樂器
バイオリン violin	小提琴 表現 ～を弾く：拉小提琴
ビオラ viola	中提琴
チェロ cello	大提琴
コントラバス contrabass	低音提琴
ギター guitar	吉他 表現 ～を弾く：彈吉他
マンドリン mandolin	曼陀鈴
ハープ harp	豎琴 表現 ～を弾く：彈豎琴
ハーモニカ harmonica	口琴 表現 ～を吹く：吹口琴
フルート flute	長笛 例 ～で歌の伴奏をする。用長笛為歌曲伴奏。
サックス saxophone	薩克斯風
トランペット trumpet	小喇叭
クラリネット clarinet	單簧管；豎笛
トロンボーン trombone	長號；伸縮喇叭

藝術和文化

ピッコロ piccolo	短笛
オカリナ ocarina	陶笛
ファゴット fagotto	低音管
イングリッシュホルン English horn	號角、英國管
オーボエ oboe	雙簧管
チューバ tuba	低音號
ピアノ piano	鋼琴 表現 ～をひく：彈鋼琴
オルガン organ	風琴 表現 電子～：電子風琴｜パイプpipe～：管風琴｜～をひく：彈風琴
アコーディオン accordion	手風琴
シンセサイザー synthesizer	電子琴
ドラム drum	鼓 表現 ～をたたく：打鼓
シロホン xylophone	木琴 同 木琴もっきん 表現 木琴をたたく：敲木琴
カスタネット castanets	響板 例 ～を打うち鳴ならす。敲打響板。
シンバル cymbals	鈸；銅鈸
タンバリン tambourine	鈴鼓
ティンパニー timpani	定音鼓
トライアングル triangle	三角鐵

電影用語

映画 えい が	電影 **表現** 銀幕ぎんまく：銀幕｜〜マニア：電影迷
映画祭 えい が さい	電影節
映画館 えい が かん	電影院；劇院 **說明** 日本人不會將電影院稱之為劇場げきじょう，雖然字典中有收錄這個意思。
上映 じょうえい	上映
封切り ふう ぎ	首映；首輪 **表現** 封切ふうぎられる：已上檔｜封切館ふうぎりかん：首輪劇院
興行 こうぎょう	上檔、放映 **表現** 興行収入こうぎょうしゅうにゅう：票房
券 けん	票券 **同** 映画の切符きっぷ
前売券 まえうりけん	預售票 **表現** 前売まえうりを買かう：購買預售票
当日券 とうじつけん	現場票
立ち席 た せき	站票、立席 **同** 立たち見席みせき
早朝割引 そうちょうわりびき	早場優惠
成人映画 せいじんえい が	成人電影
学生割引 がくせいわりびき	學生優惠 **同** 学割がくわり

映画監督 えいがかんとく	電影導演
演出家 えんしゅつか	製片；導演
出演者 しゅつえんしゃ	演員
脚本 きゃくほん	腳本
脚本家 きゃくほんか	編劇
製作 せいさく	製片
撮影所 さつえいじょ	片廠
スタジオ studio	攝影棚
ロケ location	外景拍攝 例 その場面ばめんはローマで～撮影さつえいされた。這場戲是在羅馬出外景拍攝的。
台本 だいほん	劇本
せりふ	台詞 例 ～がうまい。台詞很熟練。
演技 えんぎ	演技
スクリーン screen	螢幕
字幕 じまく	字幕 例 その映画になぜ日本語～がないのですか？那部電影為什麼沒有日文字幕？
吹き替え ふ か	配音 例 そのテレビ番組は日本語に～になっている。那個電視節目是用日語配音。
スター star	明星巨星

俳優 はいゆう	演員
男優 だんゆう	男演員 表現 主演しゅえん〜：男主角
女優 じょゆう	女演員 表現 主演しゅえん〜：女主角
主役 しゅやく	主角
脇役 わきやく	配角 例 〜をつとめる。飾演配角。
アカデミー賞 Academy　しょう	奧斯卡金像獎
ノミネート nominate	提名 表現 〜する 動：提名｜〜される：獲得提名

電影類型

藝術和文化

洋画 ようが	外國電影；洋片
邦画 ほうが	日本電影、日片
台湾映画 たいわんえいが	台灣電影、台片
コメディー comedy	喜劇片
ホラー映画 horror　えいが	驚悚片
アクション映画 action　えいが	動作片
SF映画 エスエフえいが	科幻片
アニメーション animation	動畫片

戲劇院

劇場 げきじょう	劇場；演藝廳 説明 通常是指上演戲劇的地方。
観客 かんきゃく	觀眾
客席 きゃくせき	觀眾席；座位 表現 2階席にかいせき：二樓觀眾席
上演 じょうえん	上演；上映
演劇 えんげき	戲劇
悲劇 ひ げき	悲劇
喜劇 き げき	喜劇
ミュージカル musical	音樂劇 例 ～で大役たいやくを演えんじる。在音樂劇中挑大樑。
リハーサル rehearsal	排演
稽古 けい こ	排練、練習（技術、技藝、武術等）
メイク make	化妝；梳妝
楽屋 がく や	後台
舞台 ぶ たい	舞台 表現 初舞台はつぶたいを踏ふむ：首次踏上舞台｜～に立つ：站上舞台
スポットライト spotlight	聚光燈 表現 ～をあびる：站在聚光燈下

花道 はなみち	登台的走道 說明 指歌舞伎劇院中，位於觀眾席之間和舞台相連的通道，是演員登上舞台的通路，同時也被當作舞台的一部分使用。
カーテンコール curtain call	謝幕

西洋電影片名

再多記一點！！

黄金狂時代 おうごんきょうじだい　　　淘金記（1925・美國）

戦艦ポチョムキン せんかん Potemkin　　波坦金戰艦（1925・俄羅斯）

西部戦線異常 せいぶせんせんいじょう なし　西線無戰事（1930・美國）

モロッコ Morocco　　　　　　　　　摩洛哥（1930・美國）

街 まちの灯 ひ　　　　　　　　　　城市之光（1931・美國）

望郷 ぼうきょう　　　　　　　　　望郷（1937・法國）

風 かぜと共 ともに去 さりぬ　　　亂世佳人（1939・美國）

駅馬車 えきばしゃ　　　　　　　驛馬車（1939・美國）

怒 いかりの葡萄 ぶどう　　　　　憤怒的葡萄（1940・美國）

市民 しみんケーン　　　　　　　大國民（1941・美國）

カサブランカ Casablanca　　　　北非諜影（1942・美國）

天井桟敷 てんじょうさじきの人々　天堂的孩子（1945・法國）

郵便配達 ゆうびんはいたつは二度ベルを鳴 ならす

　　　　　　　　　　　　　　郵差總按兩次鈴（1946・美國）

荒野 こうやの決闘 けっとう　　　俠骨柔情（1946・美國）

自転車泥棒 じてんしゃどろぼう　單車失竊記（1948・義大利）

第三 だいさんの男　　　　　　　黑獄亡魂（1949・英國）

欲望 よくぼうという名 なの電車 でんしゃ 慾望街車（1951・美國）

ライムライト Limelight　　　　　舞台春秋（1952・美國）

殺人狂時代 さつじんきょうじだい　凡杜爾先生（1947・美國）

禁 きんじられた遊 あそび　　　　禁忌的遊戲（1952・法國）

雨 あめに唄 うたえば　　　　　　萬花嬉春（1952・美國）

百万長者 ひゃくまんちょうじゃと結婚する方法

　　　　　　　　　　　　　　願嫁金龜婿（1953・美國）

13

藝術和文化

ナイアガラ Niagara　　　　　　　　　　　飛瀑怒潮（1953・美國）

ローマRomaの休日きゅうじつ　　　　　　　羅馬假期（1953・美國）

裏窓うらまど　　　　　　　　　　　　　　後窗（1954・美國）

ダイヤルDial Mを廻まわせ！　　　　　　　電話謀殺案（1954・美國）

帰かえらざる河かわ　　　　　　　　　　　大江東去（1954・美國）

グレン・ミラーGlenn Miller物語ものがたり　葛倫米勒傳（1954・美國）

七年目しちねんめの浮気うわき　　　　　　龍鳳配（1955・美國）

エデンEdenの東ひがし　　　　　　　　　　天倫夢覺（1954・美國）

慕情ぼじょう　　　　　　　　　　　　　　生死戀（1954・美國）

理由りゆうなき反抗はんこう　　　　　　　阿飛正傳（1955・美國）

知りすぎていた男　　　　　　　　　　　擒兇記（1954・美國）

80日間世界一周はちじゅうにちかんせかいいっしゅう

　　　　　　　　　　　　　　　　　　　環遊世界八十天（1954・美國）

十戒じっかい　　　　　　　　　　　　　　十誡（1955・美國）

ニューヨークNew Yorkの王様おうさま　　　紐約之王（1954・美國）

戦場せんじょうにかける橋はし　　　　　　桂河大橋（1954・美國）

南太平洋みなみたいへいよう　　　　　　　南太平洋（1955・美國）

お熱あついのがお好き　　　　　　　　　　熱情如火（1954・美國）

ベン・ハーBen-Hur　　　　　　　　　　　賓漢（1955・美國）

勝手かってにしやがれ　　　　　　　　　　斷了氣（1959・法國）

サイコPsycho　　　　　　　　　　　　　　驚魂記（1960・美國）

太陽たいようがいっぱい　　　　　　　　　陽光普照（1960・法國、義大利）

アパートApartの鍵かぎがします　　　　　公寓春光（1954・美國）

ウエストサイドWest Side物語　　　　　　西城故事（1955・美國）

ティファニーTiffanyで朝食ちょうしょくを　第凡內早餐（1961・美國）

アラビアArabiaのロレンスLawrence　　　阿拉伯的勞倫斯（1962・英國）

鳥とり　　　　　　　　　　　　　　　　　鳥（1963・美國）

シャレードCharade　　　　　　　　　　　謎中謎（1963・美國）

007・ロシアRussiaより愛あいをこめて　007情報員續集（1963・英國）

　　＊ゴールドフィンガーGoldfinger：金手指（1964）｜007は二度死ぬ：雷霆谷
　　（1967）｜女王陛下じょおうへいかの007：女王密使（1969）｜ダイヤモン
　　ド Diamondsは永遠 えいえんに：金剛鑽（1971）｜私を愛したスパイspy：海
　　底城（1977）

シェルブール Cherbourg の雨傘 あまがさ　　　秋水伊人（1964・法國）

グレートレース Great Race　　　　　　　瘋狂大賽車（1965・美國）

サウンド・オブ・ミュージック Sound of Music

真善美（1965・美國）

ドクトル・ジバゴ Doctor Zhivago　　齊瓦哥醫生（1965・美國）

男と女　　　　　　　　　　　　　男歡女愛（1966・法國）

俺たちに明日 あす はない　　　　　　我倆沒有明天（1967・美國）

卒業 そつぎょう　　　　　　　　　　畢業生（1967・美國）

ロミオ Romeo とジュリエット Juliet　　羅密歐與茱麗葉（1968・英國、
　　　　　　　　　　　　　　　　　義大利）

真夜中 まよなか のカウボーイ Cowboy　　午夜牛郎（1969・美國）

明日に向 むかって撃 うて！　　　　虎豹小霸王（1969・美國）

ひまわり　　　　　　　　　　　　向日葵（1970・義大利）

ゴッドファーザー Godfather　　　　教父（1972・美國）

追憶 ついおく　　　　　　　　　　往日情懷（1973・美國）

パピヨン Papillon　　　　　　　　惡魔島（1973・法國）

スティング Sting　　　　　　　　刺激（1973・美國）

燃 もえよドラゴン dragon　　　　　龍爭虎鬥（1973・香港、美國）

タワーリング・インフェルノ Towering Inferno

火燒摩天樓（1974・美國）

ジョーズ Jaws　　　　　　　　　大白鯊（1975・美國）

ロッキー Rocky　　　　　　　　洛基（1976・美國）

スターウォーズ Star Wars　　　星際大戰（1977～・美國）

　＊帝国 ていこく の逆襲 ぎゃくしゅう：帝國大反擊（1980）｜ジェダイ Jedi の復讐
　　ふくしゅう：絕地大反攻（1983）｜クローン Clones の攻擊 こうげき：複製人全
　　面進攻（2002）

クレイマー、クレイマー Kramer Vs. Kramer 克拉瑪對克拉瑪（1979・美國）

炎 ほのお のランナー runner　　　烈火戰車（1981・英國）

インディージョーンズ Indiana Jones　印第安那瓊斯（1981～・美國）

戦場 せんじょう のメリークリスマス Merry Christmas

俘虜（1983・英國、日本）

ネバーエンディング・ストーリー Neverending Story

大魔域（1984・法國、英國）

ターミネーター Terminator　　　魔鬼終結者（1984～・美國）

藝術和文化

ゴーストバスターズ Ghostbusters　　　　　　　魔鬼剋星（1984〜・美國）

バック・トゥ・ザ・フューチャー Back to the Future

　　　　　　　　　　　　　　　　　　　　　回到未來（1985〜・美國）

プラトーン Platoon　　　　　　　　　　　　　前進高棉（1986・美國）

ラストエンペラー Last Emperor　　　　　　　末代皇帝（1987・義大利、英

　　　　　　　　　　　　　　　　　　　　　國、美國）

危険きけん な情事じょうじ　　　　　　　　　致命的吸引力（1987・美國）

ダイ・ハード Die Hard　　　　　　　　　　　終極警探（1988〜・美國）

ダンス・ウィズ・ウルブズ Dances with Wolves

　　　　　　　　　　　　　　　　　　　　　與狼共舞（1990・美國）

プリティ・ウーマン Pretty Woman　　　　　麻雀變鳳凰（1990・美國）

ホーム・アローン Home Alone　　　　　　　小鬼當家（1990〜・美國）

羊ひつじたちの沈黙ちんもく　　　　　　　沉默的羔羊（1991・美國）

ジュラシック・パーク Jurassic Park　　　　侏儸紀公園（1993〜・美國）

フォレスト・ガンプ Forrest Gump　　　　　阿甘正傳（1994・美國）

キャスパー Casper　　　　　　　　　　　　鬼馬小精靈（1995・美國）

タイタニック Titanic　　　　　　　　　　　鐵達尼號（1997・美國）

ブエノスアイレス Buenos Aires　　　　　　春光乍洩（1997・香港、日本）

ゴジラ Godzilla　　　　　　　　　　　　　酷斯拉（1998・美國）

マトリックス Matrix　　　　　　　　　　　駭客任務（1999〜・美國）

指輪ゆびわ物語　　　　　　　　　　　　　魔戒（2001〜・美國）

　　　＊旅 たび の仲間 なかま：魔戒現身（2001）｜二ふたつの塔とう：雙城奇謀
　　　（2002）｜王おうの帰還きかん：王者再臨（2003）

ハリー・ポッター Harry Potter　　　　　　哈利波特（2001〜・美國）

卡通動畫

白雪姫しらゆきひめ　　　　　　　　　　　白雪公主

ピノキオ Pinocchio　　　　　　　　　　　小木偶

ファンタジア Fantasia　　　　　　　　　　幻想曲

ダンボ Dumbo　　　　　　　　　　　　　小飛象

バンビ Bambi　　　　　　　　　　　　　　小鹿斑比

シンデレラ Cinderella	灰姑娘
不思議ふしぎの国くにのアリス Alice	愛麗絲夢遊仙境
ピーター・パン Peter Pan	彼得・潘
わんわん物語	小姐與流氓
眠ねむれる森もりの美女びじょ	睡美人
美女びじょと野獣やじゅう	美女與野獸
101匹ひゃくいっぴきわんちゃん	１０１忠狗
ライオン・キング Lion King	獅子王
トイ・ストーリー Toy Story	玩具總動員
バグズ・ライフ Bug's Life	蟲蟲危機
ターザン Tarzan	泰山
モンスターズ・インク Monsters, inc	怪獸電力公司
ダイナソー Dinosaur	恐龍
リトル・マーメイド Little Mermaid	小美人魚
アンツ Antz	小蟻雄兵
ファインディング・ニモ Finding Nemo	海底總動員
鉄腕てつわんアトム	原子小金剛
ポケモン	神奇寶貝
風かぜの谷たにのナウシカ	風之谷
天空てんくうの城しろラピュタ	天空之城
となりのトトロ	龍貓
魔女まじょの宅急便たっきゅうびん	魔女宅急便
おもひでぽろぽろ	點點滴滴的回憶
紅くれないの豚ぶた	紅豬
平成狸合戦へいせいたぬきがっせんぽんぽこ	平成狸合戰
もののけ姫ひめ	魔法公主
千せんと千尋ちひろの神隠かみかくし	神隱少女
ハウルの動うごく城しろ	霍爾的移動城堡
ゲド戦記せんき	地海戰記
崖がけの上うえのポニョ	崖上的波妞
コクリコ坂ざかから	來自紅花坂

13

藝術和文化

日本漫畫

サザエさん	海螺小姐
どらえもん	哆啦A夢
クレヨンしんちゃん	蠟筆小新
ルパン三世さんせい	魯邦三世
スラムダンク Slam Dunk	灌籃高手
ドラゴンボール Dragon Ball	七龍珠
ワンピース ONE PIECE	海賊王
鋼はがねの錬金術師れんきんじゅつし	鋼之煉金術師
ドクタースランプ	機器娃娃丁小雨
ナルト	火影忍者
ベルサイユの薔薇ばら	凡爾賽玫瑰
ちびまる子こちゃん	櫻桃小丸子
美味おいしんぼ	美味大挑戰
釣つりバカ日誌にっし	釣魚迷日記
サラリーマン金太郎きんたろう	上班族金太郎
名探偵めいたんていコナン	名偵探柯南

世界知名電影明星和導演

アーサー・ミラー Arthur Miller	阿瑟・米勒
アーノルド・シュワルツェネッガー Arnold Schwarzenegger	阿諾・史瓦辛格
アラン・ドロン Alain Delon	亞蘭・德倫
アル・パチーノ Al Pacino	艾爾・帕西諾
アルフレッド・ヒッチコック Alfred Hitchcock	艾佛瑞・希區考克
アレック・ボールドウィン Alec Baldwin	亞歷・鮑德溫
アンジェリーナ・ジョリー Angelina Jolie	安潔莉娜・裘莉
アンソニー・ホプキンス Anthony Hopkins	安東尼・霍普金斯
アンディ・ガルシア Andy Garcia	安迪・賈西亞

アントニオ・バンデラス	Antonio Banderas	安東尼奧・班德拉斯
イアン・ハート	Ian Hart	伊恩・哈特
イライジャ・ウッド	Elijah Wood	伊萊亞・伍德
ウィル・スミス	Will Smith	威爾・史密斯
エリザベス・テイラー	Elizabeth Taylor	伊麗莎白・泰勒
エリザベス・ハーレー	Elizabeth Hurley	伊麗莎白・赫莉
オーソン・ウェルズ	Orson Welles	奧森・威爾斯
オードリー・ヘプバーン	Audrey Hepburn	奧黛莉赫本
オーランド・ブルーム	Orlando Bloom	奧蘭多・布魯
オリビア・デ・ハビランド	Olivia De Havilland	奧莉維・黛・哈佛蘭
オリヴィア・ハッセー	Olivia Hussey	奧莉薇・荷西
カトリーヌ・ドヌーブ	Catherine Deneuve	凱薩琳・丹妮芙
キアヌ・リーブス	Keanu Reeves	基努・李維
キャサリン・ロス	Katharine Ross	凱薩琳・露絲
キャメロン・ディアス	Cameron Diaz	卡麥蓉・狄亞
クリント・イーストウッド	Clint Eastwood	克林・伊斯威特
グレゴリー・ペック	Gregory Peck	葛雷哥萊・畢克
グレース・ケリー	Grace Kelly	葛麗絲・凱莉
ケイト・ブランシェット	Cate Blanchett	凱特・布蘭琪
ゲイリー・オールドマン	Gary Oldman	蓋瑞・歐德曼
ゲイリー・クーパー	Gary Cooper	賈利・古柏
ケーリー・グラント	Cary Grant	卡萊・葛倫
ケビン・コスナー	Kevin Costner	凱文・柯斯納
ジーナ・デイビス	Geena Davis	吉娜・戴維斯
ジェームズ・ウッズ	James Woods	詹姆斯・伍德
ジェームズ・カーン	James Caan	詹姆斯・肯恩
ジェームズ・キャメロン	James Cameron	詹姆斯・柯麥隆
ジェームズ・ディーン	James Dean	詹姆士・狄恩
ジェーン・フォンダ	Jane Fonda	珍・芳達
ジェシカ・ラング	Jessica Lange	潔西卡・蘭芝
シャーリー・マクレーン	Shirley MacLaine	莎莉・麥克琳

13

藝術和文化

ジャック・ニコルソン	Jack Nicholson	傑克・尼克遜
ジャック・レモン	Jack Lemmon	傑克・李蒙
ジャン・ギャバン	Jean Gabin	尚・嘉賓
ジャン＝ポール・ベルモンド	Jean-Paul Belmondo	楊波・貝蒙
ジュリア・ロバーツ	Julia Roberts	茱莉亞・羅勃茲
ジュリー・アンドリュース	Julie Andrews	茱莉・安德絲
ジョージ・クルーニー	George Clooney	喬治・克隆尼
ショーン・コネリー	Sean Connery	史恩・康納萊
ジョン・ウェイン	John Wayne	約翰・韋恩
ジョン・トラボルタ	John Travolta	約翰・屈伏塔
シルヴェスター・スタローン	Sylvester Stallone	席維斯・史特龍
スティーブ・マックィーン	Steve McQueen	史提夫・麥昆
スティーヴン・スピルバーグ	Steven Spielberg	史蒂芬・史匹柏
スティーヴン・ドーフ	Stephen Dorff	史蒂芬・杜夫
ソフィア・ローレン	Sophia Loren	蘇菲亞・羅蘭
ソフィー・マルソー	Sophie Marceau	蘇菲・瑪索
ダスティン・ホフマン	Dustin Hoffman	達斯汀・霍夫曼
ダニエル・ラドクリフ	Daniel Radcliffe	丹尼爾・雷德克里夫
チャーリー・チャップリン	Charles Chaplin	查爾斯・卓別林
チャールトン・ヘストン	Charlton Heston	卻爾登・希斯頓
ティム・ロス	Tim Roth	提姆・羅斯
ティル・シュワイガー	Til Schweiger	提爾・史威格
デミ・ムーア	Demi Moore	黛咪・摩兒
トニー・カーティス	Tony Curtis	東尼・寇蒂斯
トビー・マグワイア	Tobey Maguire	陶比・麥奎爾
ドリュー・バリモア	Drew Barrymore	茱兒・芭莉摩
トム・ハンクス	Thomas Hanks	湯姆・漢克斯
ナタリー・ウッド	Natalie Wood	娜塔莉・伍德
ニコール・キッドマン	Nicole Kidman	妮可・基嫚
バーブラ・ストライサンド	Barbra Streisand	芭芭拉・史翠珊
ハリソン・フォード	Harrison Ford	哈里遜・福特
ハル・ベリー	Halle Berry	荷莉・貝瑞

ハンフリー・ボガート	Humphrey Bogart	亨佛萊・鮑嘉
ビーゴ・モーテンセン	Viggo Mortensen	維果・莫天森
ヴィヴィアン・リー	Vivien Leigh	費雯・麗
ヒュー・ジャックマン	Hugh Jackman	休・傑克曼
ブラッド・ピット	Brad Pitt	布萊德・彼特
ブリジット・バルドー	Brigitte Bardot	碧姬・芭杜
ブルース・ウィリス	Bruce Willis	布魯斯・威利
ブルック・シールズ	Brooke Shields	布魯克・雪德絲
ヘレナ・ボナム＝カーター	Helena Bonham Carter	海倫娜・波漢卡特
ヘンリー・フォンダ	Henry Fonda	亨利・方達
ポール・ニューマン	Paul Newman	保羅・紐曼
マーロン・ブランド	Marlon Brando	馬龍・白蘭度
マット・デイモン	Matt Damon	麥特・戴蒙
マリリン・モンロー	Marilyn Monroe	瑪麗蓮・夢露
ミシェル・ファイファー	Michelle Pfeiffer	蜜雪兒・菲佛
ラッセル・クロウ	Russell Crowe	羅素・克洛
リヴ・タイラー	Liv Tyler	麗芙・泰勒
リンダ・ハミルトン	Linda Hamilton	琳達・漢彌頓
レイチェル・ワイズ	Rachel Weisz	瑞秋・懷茲
レオナルド・ディカプリオ	Leonardo DiCaprio	李奧納多・狄卡皮歐
レナード・ホワイティング	Leonard Whiting	李奧納多・懷汀
ローレンス・フィッシュバーン	Laurence Fishburne	勞倫斯・費許朋
ロバート・カーライル	Robert Carlyle	勞勃・卡萊爾
ロバート・デ・ニーロ	Robert De Niro	勞勃・狄・尼洛
ロバート・レッドフォード	Robert Redford	勞勃・瑞福

日本電影

若大将わかだいしょう**シリーズ** (1961-1971) 少年頭目系列
導演：杉江敏男 すぎえとしお｜主演：加山雄三 かやまゆうぞう, 星百合子 ほしゆりこ

赤あか**ひげ** (1965) 紅鬍子
導演：黒澤明 くろさわあきら｜主演：三船敏郎 みふねとしろう, 加山雄三 かやまゆうぞう

飢餓海峡きがいきょう (1965) 飢餓海峡
導演：内田吐夢 うちだとむ｜主演：三國連太郎 みくにれんたろう, 左幸子 ひだりさちこ

野菊のぎく**のごとき君**きみ**なりき**（1966）如野菊般的你
導演：富本壮吉とみもとそうきち｜主演：太田博之 おおたひろゆき, 安田道代 くやすだみちよ

男おとこ**はつらいよ シリーズ**（1969-1995）男人真命苦系列（共48集）
導演：山田洋次やまだようじ｜主演：渥美清 あつみきよし, 倍賞千恵子 ばいしょうちえこ

伊豆いず**の踊**おど**り子**こ（1974）伊豆的舞孃
導演：西河克己 にしかわかつみ｜主演：山口百恵 やまぐちももえ, 三浦友和 みうらともかず

幸福しあわせ**の黄色**きいろ**いハンカチ**（1977）幸福的黄手帕
導演：山田洋次やまだようじ｜主演：高倉健たかくらけん, 倍賞千恵子ばいしょうちえこ

復讐ふくしゅう**するは我**われ**にあり**（1979）我要復仇
導演：今村昌平 いまむらしょうへい｜主演：緒形拳 おがたけん, 三國連太郎 みくにれんたろう

泥どろ**の河**かわ（1981）泥河
導演：小栗康平 おぐりこうへい｜主演：田村高広 たむらたかひろ, 藤田弓子 ふじたゆみこ

駅えき**・STATION**（1981）驛
導演：降旗康男 ふるはたやすお｜主演：高倉健 たかくらけん, 倍賞千恵子 ばいしょうちえこ

蒲田行進曲かまたこうしんきょく（1982）蒲田進行曲
導演：深作欣二 ふかさくきんじ主演：風間杜夫 かざまもりお, 平田満 ひらたみつる

楢山節考ならやまぶしこう（1983）楢山節考
導演：今村昌平 いまむらしょうへい｜主演：緒形拳 おがたけん, 坂本 さかもとスミ子 こ

戦場せんじょう**のメリークリスマス**（1983）俘虜
導演：大島渚 おおしまなぎさ｜主演：坂本龍一 さかもとりゅういち, デビッド・ボウイ

南極物語なんきょくものがたり（1983）南極物語
導演：蔵原惟繕 くらはらこれよし｜主演：高倉健 たかくらけん, 渡瀬恒彦 わたせつねひこ

瀬戸内少年野球団せとうちしょうねんやきゅうだん（1984）瀨戶內少年野球團
導演：篠田正浩 しのだまさひろ｜主演：夏目雅子 なつめまさこ, 渡辺謙 わたなべけん

お葬式そうしき（1984）葬禮
導演：伊丹十三 いたみじゅうぞう｜主演：山崎努 やまざきつとむ, 宮本信子 みやもとのぶこ

HANA-BI（1988）花火
導演：北野武 きたのたけし｜主演：ビートたけし, 岸本加世子 きしもとかよこ

釣つり**バカ日誌**にっし**シリーズ**（1988-）釣魚迷日記
導演：栗山富夫 くりやまとみお｜主演：西田敏行 にしだとしゆき, 三國連太郎 みくにれんたろう

シコふんじゃった （1991）五個相撲的少年
導演：周防正行 すおうまさゆき｜主演：本木雅弘 もときまさひろ, 竹中直人 たけなかなおと

月つきはどっちに出でている （1993）月亮在哪裡
導演：崔洋一 さいよういち｜主演：岸谷五朗 きしたにごろう, ルビー・モレノ

Love Letter （1995）情書
導演：岩井俊二 いわいしゅんじ｜主演：中山美穂 なかやまみほ, 豊川悦司 とよかわえつじ

Shall We ダンス？ （1996）我們來跳舞
導演：周防正行 すおうまさゆき｜主演：役所広司 やくしょこうじ, 草刈民代 くさかりたみよ

踊おどる大捜査線だいそうさせん シリーズ （1998-2003）大捜査線
導演：本広克行 もとひろかつゆき｜主演：織田裕二 おだゆうじ, 柳葉敏郎 やなぎばとしろう

鉄道員ぽっぽや （1999）鐵道員
導演：降旗康男 ふるはたやすお｜主演：高倉健 たかくらけん, 広末涼子 ひろすえりょうこ

ホタル （2001）螢火蟲
導演：降旗康男 ふるはたやすお｜主演：高倉健 たかくらけん, 田中裕子 たなかゆうこ

世界せかいの中心ちゅうしんで、愛あいをさけぶ （2004）
在世界的中心呼喊愛
導演：行定勲 ゆきさだいさお｜主演：柴咲 しばざきコウ, 長澤 ながさわまさみ

いま、会あいにゆきます （2004）現在，很想見你
導演：土井裕泰 どいのぶひろ｜主演：竹内結子 たけうちゆうこ, 中村獅童 なかむらしどう

男おとこたちの大和やまと ／ YAMATO （2005）男人們的大和
導演：佐藤純彌 さとうじゅんや｜主演：反町隆史 そりまちたかし, 中村獅童 なかむらしどう

日本沈没にほんちんぼつ （2006）日本沉沒
導演：樋口真嗣 ひぐちしんじ｜主演：草彅剛 くさなぎつよし, 豊川悦司 とよかわえつじ

フラガール （2006）扶桑花女孩
導演：イ・サンイル 李相日｜主演：松雪泰子 まつゆきやすこ, 蒼井優 あおいゆう

涙なだそうそう （2006）淚光閃閃
導演：土井裕泰 どいのぶひろ｜主演：妻夫木聡 つまぶきさとし, 長澤 ながさわまさみ

ゲゲゲの鬼太郎きたろう （2006）咯咯咯鬼太郎
導演：本木克英 もときかつひで｜主演：ウエンツ瑛士 えいじ, 井上真央 いのうえまお

東京とうきょうタワー オカンとボクと、時々ときどき、オトン
（2007）東京鐵塔：老媽和我，有時還有老爸
導演：松岡錠司 まつおかじょうじ｜主演：オダギリジョー, 樹木希林 きききりん

それでもボクはやってない (2008) 鹹豬手事件簿
導演：周防正行すおうまさゆき | 主演：加瀬亮かせりょう, 瀬戸朝香せとあさか

花はなより男子だんごファイナル (2008) 流星花園：皇冠的秘密
導演：石井康晴いしいやすはる | 主演：松本潤まつもとじゅん, 井上真央いのうえまお

おくりびと (2008) 送行者
導演：滝田洋二郎たきたようじろう | 主演：本木正弘もときまさひろ, 広末涼子ひろすえりょうこ

アマルフィ女神めがみの報酬ほうしゅう (2009) 女神的報酬
導演：西谷弘にしたにひろし | 主演：織田裕二おだゆうじ, 天海祐希あまみゆうき

THE LAST MESSAGE 海猿うみざる (2010) 海猿：東京灣空難
導演：羽住 英一郎はすみえいいちろう | 主演：伊藤英明いとうひであき, 加藤かとうあい

ALWAYS 三丁目さんちょうめの夕日ゆうひ'64 (2012)
ALWAYS幸福的三丁目
導演：山崎貴やまざきたかし | 主演：吉岡秀隆よしおかひでたか, 小雪こゆき

テルマエ・ロマエ (2012) 羅馬浴場
導演：武内英樹たけうちひでき | 主演：阿部寛あべひろし, 上戸彩うえどあや

台灣電影

運転手うんてんしゅの恋こい (2000) 運轉手之戀
導演：チャン・ホアクン 張華坤 | 主演：チウ・チョンハン 屈中恆, 宮沢みやざわりえ

海角七号かいかくななごう 君想きみおもう、国境こっきょうの南みなみ (2008) 海角七號
導演：ウェイ・ダーション 魏德聖 | 主演：ファン・イーチェン 范逸臣, 田中千絵たなかちえ

一八九五いちはちきゅうご (2008) 1895
導演：ホン・ジーユー 洪智育, チェン・イーション 陳義雄 | 主演：シェリル・ヤン 楊謹華, ウェン・シェンハオ 溫昇豪

Orzボーイズ (2008) 囧男孩
導演：ヤン・ヤーチェ 楊雅喆 | 主演：リー・グァンイー 李冠毅, パン・チンユー 潘親御

闘茶とうちゃ～Tea Fight～ (2008) 鬥茶
導演：ワン・イェミン 王也民 | 主演：ヴィック・チョウ 周渝民, 戸田恵梨香とだえりか

夏天協奏曲シャーティエンきょうそうきょく（2009）夏天協奏曲
導演：ホアン・チャオリャン 黃朝亮｜主演：ブライアン・チャン 張睿家, リン・イーシン 林逸欣

ピノイ・サンデー（2009）台北星期天
導演：ホー・ウィディン 何蔚庭｜主演：バヤニ・アグバヤニ 巴尼亞, エピィ・キソン 艾比, ノヴィア・リン 林若亞

モンガに散ちる（2010）艋舺
導演：ニウ・チェンザー 鈕承澤｜主演：イーサン・ルアン 阮經天, マーク・チャオ 趙又廷

一万年愛いちまんねんあい**してる**（2010）愛你一萬年
導演：北川豊晴きたがわとよはる｜主演：ヴィック・チョウ 周渝民, 加藤侑記かとうようき

父ちち**の初七日**しょなのか（2010）父後七日
導演：ワン・ユーリン 王育麟｜主演：ワン・リーウェン 王莉雯, ウー・ポンフォン 吳朋奉

セデック・バレ（『**太陽旗**たいようき』、『**虹**にじ**の橋**はし』）
（2011）賽德克・巴萊（《太陽旗、彩虹橋》）
導演：ウェイ・ダーション 魏德聖｜主演：リン・チンタイ 林慶台, 河原かわはらさぶ

あの頃ごろ、**君**きみ**を追**おい**かけた**（2011）那些年，我們一起追的女孩
導演：ギデンズ・コー 九把刀｜主演：クー・チェンドン 柯震東, ミシェル・チェン 陳妍希

ナイト・マーケット・ヒーロー（2011）雞排英雄
導演：イェ・ティエンルン 葉天倫｜主演：ラン・ジェンロン 藍正龍, アリス・クー 柯佳嬿, ジューグーリャン 豬哥亮

ハーバー・クライシス〜湾岸危機わんがんきき（2012）痞子英雄首部
曲：全面開戰
導演：ツァイ・ユエシュン 蔡岳勳｜主演：マーク・チャオ 趙又廷, アンジェラベイビー 楊寧

結婚けっこん**って、幸**しあわ**せですか**（2012）犀利人妻
導演：ワン・ペイホア 王珮華｜主演：ソニア・スイ 隋棠, ウェン・シェンハオ 溫昇豪

台灣演藝人員

テレサ・テン 鄧麗君 (1953-1995)
チャン・ユーシェン 張雨生 (1966-1997)
ウー・パイ 伍佰 (1968)
ビビアン・スー 徐若瑄 (1975)
ウェン・シェンハオ 溫昇豪 (1978)
ショウ・ルオ 羅志祥 (1979)
メーガン・ライ 賴雅妍 (1979)
佐藤麻衣 さとうまい 佐藤麻衣 (1979)
ソニア・スイ 隋棠 (1980)
スン・シューメイ 孫淑媚 (1981)
シンディー・ワン 王心凌 (1982)
アンジェラ・チャン 張韶涵 (1982)
ヘレン・タン・ダオ 海倫清桃 (1983)
グイ・ルンメイ 桂綸鎂 (1983)
レイニー・ヤン 楊丞琳 (1984)
ブライアン・チャン 張睿家 (1985)
ジャム　シャオ 蕭敬騰 (1987)
グオ・シューヤオ 郭書瑤 (1990)
メイデイ 五月天 (1997)
F4 (2005)

ウー・ゾンシェン 吳宗憲 (1962)
リッチー・レン 任賢齊 (1966)
リン・チーリン 林志玲 (1974)
ワン・リーホン 王力宏 (1976)
ジェイ・チョウ 周杰倫 (1979)
ラン・ジェンロン 藍正龍 (1979)
ケンジ・ウー 吳克羣 (1979)
ミン・ダオ 明道 (1980)
ツァイ・イーリン 蔡依林 (1980)
アリエル・リン 林依晨 (1982)
ビアンカ・バイ 白歆惠 (1982)
イーサン・ルアン 阮經天 (1982)
ミシェル・チェン 陳妍希 (1983)
マイク・ハー 賀軍翔 (1983)
アンバー・アン 安心亞 (1985)
リン・イーシン 林逸欣 (1985)
シャオ・シュン 小薰 (1989)
クー・チェンドン 柯震東 (1991)
エスエイチイー S.H.E (2001)
フェイルンハイ 飛輪海 (2005)

韓國電影明星

イ・ビョンホン 李秉憲 (1970)
チ・ジンヒ 池珍熙 (1971)
ペ・ヨンジュン 裴勇俊 (1972)
ソン・スンホン 宋承憲 (1976)
チャン・ヒョク 張赫 (1976)
ソ・ジソプ 蘇志燮 (1977)
キム・テヒ 金泰希 (1980)
チョン・ジヒョン 全智賢 (1981)
ソン・エジン 孫藝珍 (1982)
イ・ジュンギ 李準基 (1982)

チャ・スンウォン 車勝元 (1970)
チャン・ドンゴン 張東健 (1972)
チェ・ジウ 崔智友 (1975)
クォン・サンウ 權相佑 (1976)
ウォンビン 元斌 (1977)
キム・ハヌル 金荷娜 (1978)
チョ・インソン 趙寅成 (1981)
チャン・ナラ 張娜拉 (1981)
ソン・ヘギョ 宋慧喬 (1982)
ユン・ウネ 尹恩惠 (1984)

各種舞蹈形式

舞踊 ぶ よう	舞蹈 表現 舞踊家ぶようか：舞蹈家
踊り おど	舞；跳舞 表現 ～を踊る：跳舞
ダンス dance	跳舞
ダンサー dancer	舞者
チアリーダー cheerleader	啦啦隊
振り付け ふ つ	編舞、排舞 表現 ～師：編舞者
バレエ ballet	芭蕾
バレリーナ ballerina	女芭蕾舞者
カンカン cancan	康康舞
フォークダンス folk dance	民俗舞蹈
スクエアダンス square dance	方塊舞
タップダンス tap dance	踢踏舞
チークダンス cheek dance	貼面舞
チャールストン Charleston	查爾斯舞
ジャイブ jive	捷舞
ジルバ jitterbug	吉魯巴

13

藝術和文化

ジャズダンス jazz dance	爵士舞
ディスコ disco	迪斯可
ツイスト twist	扭扭舞
ゴーゴー go-go	Go-go舞
ユーロビート Euro beat	歐舞
パラパラ parapara	啪啦啪啦舞 説明 指一群人跟著歐陸節拍（Eurobeat）擺出相同動作的舞蹈。動作以手臂和手指的擺動為中心，已被決定好舞步的音樂很多。啪啦啪啦舞最早出現於1980年代日本的年輕人之間。
ワルツ waltz	華爾滋
ボレロ bolero	波麗露舞
ポルカ polka	波卡舞
ルンバ rumba	倫巴
フラメンコ flamenco	佛朗明哥
フラダンス hula dance	夏威夷草裙舞
タンゴ tango	探戈
チャチャチャ chachacha	恰恰
サンバ samba	森巴
ランバダ lambada	黏巴達
日本舞踊 に ほん ぶ よう	日本舞蹈

八佾の舞 <ruby>八<rt>は</rt></ruby><ruby>佾<rt>ちいつ</rt></ruby>の<ruby>舞<rt>まい</rt></ruby>	八佾舞
ポールダンス pole dance	鋼管舞
ポップ Pop	機器舞
エアロビクス aerobics	有氧舞蹈
サルサ Salsa	莎莎舞；Salsa
ストリートダンス street dance	街舞
ベリーダンス belly dance	肚皮舞
レゲエダンス reggae dance	雷鬼舞

13

藝術和文化

スポーツ

運動

14

運動練習

スポーツ sports	運動
運動 うんどう	運動 表現 〜選手－せんしゅ：運動選手
練習 れんしゅう	練習
トレーニング training	訓練
訓練 くんれん	訓練
鍛える きた	鍛鍊 表現 腕を〜：訓練本領 ｜ 体を〜：鍛鍊身體

運動會

運動会 うんどうかい	運動會
赤組 あかぐみ	紅組
白組 しろぐみ	白組 說明 在日本，隊伍常被分成「赤組」和「白組」，兩隊的比賽則被稱為紅白試合こうはくじあい。
入場 にゅうじょう	入場；進場 表現 〜行進－こうしん：行進入場
退場 たいじょう	退場
準備体操 じゅん び たいそう	預備體操；熱身操
選手 せんしゅ	選手 表現 シードseed〜：種子選手 ｜ 〜交代－こうたい：更換選手

14

運動

選手宣誓 せんしゅせんせい	選手宣誓、運動員宣誓 **例** 正々堂々せいせいどうどうと闘たたかうことを誓ちかいます。 我發誓會光明磊落的比賽。
国旗掲揚 こっき けいよう	升旗
本部 ほん ぶ	總部 **表現** 来賓席らいひんせき：來賓組｜放送係ほうそうがかり：轉播組｜救護係きゅうごがかり：醫療組｜記録係きろくがかり：記錄組
体操着 たいそう ぎ	體育服
トレーナー trainer	運動衫 **表現** トレーニングシャツtraining shirt：運動上衣｜トレーニングパンツtraining pants：運動褲 **同** ジャージーjersey
鉢巻 はちまき	頭巾；頭帶 **表現** ～を巻まく：綁上頭帶
たすき	肩帶；綁帶 **表現** ～をかける：繫上綁帶
ピストル pistol	手槍 **表現** ～を撃うつ：鳴槍；開槍
ホイッスル whistle	口哨 **表現** ～を吹ふく：吹哨子
ストップウオッチ stopwatch	碼錶 **表現** ～で時間を計はかる：用碼錶計時
スタートライン start line	起跑線 **表現** ～につく：就起跑線位置
ゴール goal	終點 **表現** ～インする：抵達終點
合図 あい ず	暗號 **表現** ～を送おくる：打暗號

号令 ごうれい	口令 表現 ～をかける：發口令

再多記一點！！

口令

- 位置いちについて！　各就各位！
- ドン！　開始！
- 休やすめ！　稍息！
- 左ひだり向むけ左！　向左轉！
- 回まわれ右みぎ！　向後轉！

- 用意よい！　準備！
- 気きをつけ！　注意！
- 全体ぜんたい、止とまれ！　全體立定！
- 右みぎ向むけ右！　向右轉！

徒競走 と きょうそう	賽跑 同 かけっこ
リレー relay	接力賽
バトン baton	接力棒 例 リレーで～を渡わたす。接力賽跑傳接力棒。
二人三脚 に にんさんきゃく	兩人三腳
騎馬戦 き ば せん	騎馬打仗
パン食い競争 く きょうそう	吃麵包大賽 説明 雙手背在背後，比賽吃完懸掛在曬衣繩上的麵包。也有銜著麵包跑回終點的形式。
くす玉割り だま わ	開啟彩帶球
綱引き つな ひ	拔河 例 運動会で～をする。在運動會中拔河。
玉転がし たまころ	滾大球
棒倒し ぼうたお	倒桿比賽

14

運動

フォークダンス folk dance	土風舞
マスゲーム mass game	團體遊戲；團康遊戲
仮装行列 か そうぎょうれつ	嘉年華會；化妝遊行 例 〜も終点しゅうてんに近ちかづきました。化妝遊行已接近終點。

比賽・競技大會

競技 きょう ぎ	競技；競賽 表現 〜種目－しゅもく：競賽項目｜個人こじん〜：個人競賽｜団体だんたい〜：團體競賽
競う きそ	比賽；競賽
プレーする play	表演；上場
選手権大会 せんしゅけんたいかい	錦標賽；資格賽
世界選手権 せ かいせんしゅけん	世界錦標賽 例 第86回全国高校こうこうサッカー〜が始まった。第86屆全國高中足球錦標賽開始了。
ワールドカップ World Cup	世界盃
アジア競技大会 Asia　きょう ぎ たいかい	亞洲運動會；亞運會
オリンピック Olympic	奧林匹克；奧運 同 五輪ごりん 表現 〜組織委員会そしきいいんかい：奧林匹克組織委員會｜〜憲章けんしょう：奧林匹克憲章｜クーベルタン男爵Coubertinだんしゃく：顧拜旦公爵｜〜・マスコットmascot：奧林匹克吉祥物 例 〜は参加さんかすることに意義いぎがある。能參加奧運是件非常有意義的事情。
パラリンピック Paralympics	身障人士奧運會

聖火 せい か	聖火 **表現** 〜ランナーrunner：聖火跑者｜〜リレーrelay： 聖火傳遞｜〜台−だい：聖火台
ユニバーシアード Universiade	世界運動會
国体 こくたい	全國運動會 **說明** 為国民体育大会こくみんたいいくたいかい的略 語。是每年以各地區（都道府県）對抗的方式，所 舉辦的綜合競賽大會。每年會換不同的主辦地，並 分為冬季、夏季、秋季。
インターハイ inter-high	高中校際比賽 **說明** 為全國高等學校綜合體育大會。依照比賽的項 目進行學校間的對抗賽，分成夏季和冬季兩次舉 辦。也可稱為高校総体こうこうそうたい。
開催国 かいさいこく	主辦國家
開会式 かいかいしき	開幕式 **例** 市長しちょうが〜でテープを切きった。市長為開 幕式剪綵。
閉会式 へいかいしき	閉幕式 **例** 〜ではどんなアーティストが出演しゅつえんする のか。閉幕式會有哪些歌手會參加演出？
アマチュア規定 amateur　　きてい	業餘者規則
ドーピング検査 doping　　けん さ	禁藥檢測

運動場

運動場 うんどうじょう	運動場
競技場 きょうぎじょう	競技場
スタジアム stadium	體育場、體育館

運動

ドーム dome	巨蛋
野球場 や きゅうじょう	棒球場 表現 球場きゅうじょう：球場
バッティングセンター batting center	擊球練習場
体育館 たいいくかん	體育館
テニス場 tennis じょう	網球場
プール pool	泳池 表現 室內しつない〜：室內泳池｜温水おんすい〜：温水泳池
ゴルフ場 golf じょう	高爾夫球場 表現 ゴルフ練習場れんしゅうじょう：高爾夫練習場
ボウリング場 bowling じょう	保齡球場
卓球場 たっきゅうじょう	桌球場
ビリヤード場 billiards じょう	撞球場
スキー場 ski じょう	滑雪場
ゲレンデ Gelände	滑雪練習場
スケート場 skate じょう	溜冰場
道場 どうじょう	武道場
柔道場 じゅうどうじょう	柔道場
剣道場 けんどうじょう	劍道場
競馬場 けい ば じょう	賽馬場 同 馬場ばば
射撃場 しゃげきじょう	射擊場

競艇場 きょうていじょう	賽艇場
競輪場 けいりんじょう	賽車場

體育課

跳び箱 と ばこ	跳箱 表現 ～を跳ぶ 動：跳箱｜跳躍板ちょうやくばん：跳板
逆立ち さか だ	倒立 例 ～して歩く。倒立行走。
腕立て伏せ うで た ふ	伏地挺身 例 毎朝～を30回やる。每天早上做30次伏地挺身。
立ち幅跳び た はばと	立定跳遠
垂直跳び すいちょく と	垂直跳躍
ウサギ跳び と	青蛙跳
腹筋 ふっきん	腹肌運動；仰臥起坐
前転 ぜんてん	前滾翻 同 でんぐり返がえし
後転 こうてん	後滾翻
縄跳び なわ と	跳繩 表現 二重跳にじゅうとび：二迴旋、雙搖｜長縄跳な がなわとび：長繩｜片足跳かたあしとび：單腳跳
鉄棒 てつぼう	單槓
逆上がり さか あ	（單槓運動）前翻轉上
懸垂 けんすい	拉單槓；引體向上運動
マット運動 mat うんどう	地板運動

14

運動

ストレッチ stretch	伸展運動；拉筋體操

比賽與勝負

試合 し あい	比賽 表現 親善〜しんぜんじあい：友誼賽｜交流〜こうりゅうじあい：交流賽
代表 だいひょう	代表
チーム team	隊伍
背番号 せ ばんごう	背號 同 バックナンバー—back number
補欠 ほ けつ	候補選手
チームワーク teamwork	團隊合作；團隊精神
先制攻撃 せんせいこうげき	先發攻擊；主動攻擊
ファインプレー fine play	精采演出
監督 かんとく	經理；體育團隊的領隊
コーチ coach	教練
出場 しゅつじょう	（競賽、表演的）出場
棄権 き けん	棄權
対戦 たいせん	對戰；迎戰 表現 〜相手－あいて：迎戰對手｜〜スケジュールschedule：對戰表｜〜成績－せいせき：賽績、戰績｜ロッテ対たいサムソン：樂天隊對日本火腿隊
予選 よ せん	預賽；預選

決勝 けっしょう	決賽；決選 表現 準じゅん〜：準決賽｜準々じゅんじゅん〜：四強賽
トーナメント tournament	錦標賽；聯賽
敗者復活戦 はいしゃふっかつせん	敗部復活賽
応援 おうえん	聲援；加油；支持 表現 〜団－だん：聲援團、加油團
ファン fan	粉絲；〜迷
スコア score	分數；點數
得点 とくてん	得分 表現 〜王－おう：得分王｜8対3はちたいさん：八比三
同点 どうてん	同分
無得点 む とくてん	無得分
失点 しってん	失分
逆転 ぎゃくてん	逆轉 表現 〜勝がち：逆轉勝｜〜負まけ：逆轉敗
引き分け ひ　わ	平手；和局
反則 はんそく	犯規；違規
判定 はんてい	判定；裁判員的裁判
勝負 しょう ぶ	勝負 表現 〜がつく：勝負已定｜〜をつける：決勝負 ｜〜をわける：分出勝負、高下
勝つ か	勝；贏
負ける ま	負；敗；輸

運動

優勝 ゆうしょう	優勝、冠軍 表現 〜杯-はい：冠軍獎杯｜〜旗-き：冠軍錦旗｜ 準じゅん〜：亞軍
一等賞 いっとうしょう	冠軍獎 表現 〜をとる：取得冠軍獎項｜一等になる／一番 になる：得到冠軍／成為冠軍
びり	最後一名、倒數第一 表現 〜になる：敬陪末座
最下位 さいかい	最後一名 表現 〜に落ちる：名次落到最後｜〜を記録きろくす る：創下最低紀錄
ブービー賞 booby　　しょう	安慰獎 説明 指倒數第二。
記録 きろく	記錄 表現 〜を破やぶる：打破紀錄｜新〜をうち立てる： 創新紀錄
世界記録 せかいきろく	世界記錄 表現 世界新記録：世界新紀錄
世界ランキング せかい ranking	世界排名 表現 〜1位：世界排名第一
金メダル きん medal	金牌 表現 〜を取る：取得金牌｜銀ぎんメダル：銀牌｜銅 どうメダル：銅牌
トロフィー trophy	獎杯；優勝盃
月桂冠 げっけいかん	桂冠；最高榮譽
授賞 じゅしょう	頒獎 表現 〜式：頒獎典禮
表彰 ひょうしょう	表揚；授獎 表現 〜式：表揚儀式、授獎儀式

棒球

野球 や きゅう	棒球
プロ野球 や きゅう	職業棒球、職棒
大リーグ だい league	大聯盟 同 メジャーリーグmajor league

ナイトゲーム night game	夜間賽事
デーゲーム day game	日間賽事
ダブルヘッダー doubleheader	連續比賽；雙重賽
セーフ safe	安全上壘
アウト out	出局
ストライク strike	好球 表現 ワン・〜、ツー・ボール：一好球兩壞球
フォアボール four ball	四壞球；保送 表現 敬遠けいえんの〜：故意四壞球
デッドボール dead ball	死球
豪速球 ごうそっきゅう	快速球；高速球
牽制球 けんせいきゅう	牽制球
変化球 へん か きゅう	變化球
カーブ curve	曲球

14

運
動

シュート _{shoot}	內飄球
ナックルボール _{knuckle ball}	蝴蝶球；指關節球

打席 _{だ せき}	球員位置；打席
ファウル _{foul}	界外球
フライ _{fly}	高飛球 **表現** ファウル～：界外飛球｜内野ないや～：內野高飛球｜犠牲ぎせい～：高飛犧牲打｜～を打ち上げる：打出高飛球
ゴロ	滾地球
バント _{bunt}	觸擊短打
ヒット _{hit}	打擊；安打 **表現** タイムリーtimely～：適時安打｜～エンドランand run：打帶跑｜～を打つ：撃出安打
ノーヒットノーラン _{no-hit no-run}	無安打無失分比賽
エラー _{error}	失誤
ライナー _{liner}	直球；平飛球
ホームラン _{home run}	全壘打 **表現** サヨナラ～：再見全壘打｜満塁まんるい～：滿貫全壘打｜ランニングホーマーrunning homer：全壘打跑者｜～を打つ：撃出全壘打
安打 _{あん だ}	安打 **表現** 内野ないや～：內野安打
代打 _{だい だ}	代打 **表現** ピンチヒッターpinch hitter：關鍵時刻代打者｜ピンチヒッターに立つ：推出關鍵時刻代打者

盗塁 とうるい	盜壘
ダブルスチール double steal	雙盜壘
スクイズ squeeze	搶分
空振り から ぶ	揮棒落空
三振 さんしん	三振 **表現** 三者さんしゃ〜に打ち取る：連續將對手三人三振｜〜を奪うばう：將對方三振｜〜を奪われる：遭到三振｜三者凡退さんしゃぼんたい：三上三下
ダブルプレー double play	雙殺

7回の表 ななかい　おもて	第七局上半
9回の裏 きゅうかい　うら	第九局下半
延長戦 えんちょうせん	延長賽
ゲームセット game set	比賽結束
ノーゲーム no game	無效比賽
ゲーム差 game　さ	勝敗差；戰績

ピッチャー pitcher	投手
防御率 ぼうぎょりつ	防禦率
リリーフ relief	救援數
キャッチャー catcher	捕手

14

運動

バッター batter	打擊手、打者 表現 四番よばん〜：四號打者｜強打者きょうだしゃ： 強打者、強棒
ランナー runner	跑者 表現 代走者だいそうしゃ：代跑者

内野 ないや	內野 表現 〜手しゅ：內野手
外野 がいや	外野
ライト right	右野；右外野手
レフト left	左野；左外野手
センター center	中野；中堅手

ダッグアウト dugout	球員休息區
ベンチ bench	板凳球員
塁 るい	壘；壘包 表現 一いち〜：一壘｜二に〜：二壘｜三さん〜：三 壘｜本ほん〜：本壘｜〜に出る：上壘
ホーム home	本壘
ベース base	壘包 表現 〜を踏ふむ：踩壘、上壘
審判 しんぱん	裁判 表現 球審きゅうしん：主審｜塁審るいしん：各壘審｜ 主審しゅしん：主審
アンパイア umpire	裁判員
グローブ glove	棒球手套

ミット mitt	棒球手套
バット bat	棒球棒
ボール ball	棒球
プロテクター protector	護身衣；防具
マスク mask	捕手面罩

日本職業棒球隊伍

再多記一點！！

　　西元1936年日本棒球聯盟成軍，揭開日本職棒的序幕。目前有「中央聯盟」和「太平洋聯盟」共12個球團。

・**セントラル・リーグ（セ・リーグ）** 中央聯盟

[01] **読売ジャイアンツ**Yomiuri Giants：東京讀賣巨人隊
　　（東京ドーム：東京巨蛋）

[02] **東京ヤクルトスワローズ**Tokyo Yakult Swallows：東京養樂多燕子隊
　　（明治神宮野球場ドーム：明治神宮球場）

[03] **横浜DeNAベイスターズ**Yokohama DeNA BayStars：橫濱DeNA灣星隊
　　（横浜スタジアム：橫濱球場）

[04] **中日ドラゴンズ**Chunichi Dragons：中日狂龍隊
　　（ナゴヤドーム：名古屋巨蛋）

[05] **阪神タイガース**Hanshin Tigers：阪神虎隊
　　（阪神甲子園球場：阪神甲子園球場）

[06] **広島東洋カープ**Hiroshima Toyo Carp：廣島東洋鯉魚隊
　　（広島市民球場：廣島市民球場）

・**パシフィック・リーグ（パ・リーグ）** 太平洋聯盟（洋聯）

[01] **北海道日本ハムファイターズ**Hokkaido Nippon-ham Fighters：
北海道日本火腿鬥士隊
　　（札幌ドーム：札幌巨蛋）

14

運動

[02] **東北楽天ゴールデンイーグルス**Tohoku Rakuten Golden Eagles：
東北樂天金鷲隊
（フルキャストスタジアム宮城：縣營宮城棒球場）

[03] **西武ライオンズ**Seibu Lions：埼玉西武獅隊
（インボイスSEIBUドーム：西武巨蛋）

[04] **千葉ロッテマリーンズ**Chiba Lotte Marines：千葉羅德海洋隊
（千葉マリンスタジアム：千葉海洋球場）

[05] **オリックス・バファローズ**Orix Buffaloes：歐力士猛牛隊
（スカイマークスタジアム：神戶球場、京セラドーム大阪：京瓷大阪巨蛋）

[06] **福岡ソフトバンクホークス**Fukuoka SoftBank Hawks：
福岡軟體銀行老鷹隊
（福岡 Yahoo! JAPANドーム：福岡雅虎巨蛋）

足球

サッカー soccer	足球
サポーター supporter	球迷；擁護者
フーリガン hooligan	足球流氓
前半 ぜんはん	前半場
後半 こうはん	後半場
ハーフタイム half time	中場休息時間
ロスタイム loss time	傷停時間；傷停補時
コーナーキック corner kick	角球

フリーキック free kick	自由球
ペナルティーキック penalty kick	罰球（十二碼罰球）
オーバーヘッドキック overhead kick	倒掛金鉤射門
ＰＫ戦 ピーケーせん	PK賽
ヘディング heading	頂球 [説明] 以頭傳球或射門。
シュート shoot	射門 [表現] ～数すう：射門次數

パス pass	傳球
ロングパス long pass	長傳
ドリブル dribble	盤球
スローイン throw-in	擲界外球
オフサイド offside	越位
オウンゴール own goal	烏龍球（誤踢進我方球門）
ゴールイン goal in	進球；射門得分
ハットトリック hat trick	帽子戲法、單場進三球（以上）者 [説明] 指一選手在一場比賽上得到三分以上的分數。

ディフェンス defense	防禦；防守（組）
オフェンス offense	進攻（組）
ゴールキーパー goalkeeper	守門員

14

運動

フォワード forward	前鋒
センターフォワード center forward	中鋒
ハーフバック halfback	中衛
ストライカー striker	得分王
アシスト assist	助攻傳球

インターセプト intercept	截球
フェイント feint	假動作
センタリング centering	逼進
カバーリング covering	阻擋
イエローカード yellow card	黃牌；警告
レッドカード red card	紅牌；離場
司令塔 し れいとう	中場（球場上的組織進攻者）

籃球

バスケットボール basketball	籃球
ドリブル dribble	運球
パス pass	傳球 **表現** オーバーハンドoverhand〜：上手傳球｜アンダーハンドunderhand〜：膝下傳球｜チェストchest〜：胸前傳球｜バウンドbound〜：邊線傳球｜ジャンプjump〜：跳傳｜フックhook〜：勾手傳球｜オーバーヘッドoverhead〜：過頂傳球（頭上傳球）

シュート shoot	投籃 **表現** スタンディングstanding〜：立定投籃
スローイン throw-in	發邊線球；發球入場
バック・コート back　　　court	後場
フロント・コート front　　　court	前場
ターンオーバー turnover	失誤
速攻 そっこう	快攻
遅攻 ちこう	慢攻
フリースロー free throw	罰球
チャージド・タイムアウト charged　　　　　time-out	請求暫停
タイムアウト time-out	暫停
マンツーマン man-to-man	一對一盯人防守
ホールディング holding	拉手犯規
プッシング pushing	推人
ブロッキング blocking	阻擋犯規

排球

バレーボール volleyball	排球
6人制 ろくにんせい	六人制
9人制 くにんせい	九人制

14

運動

アタック attack	攻擊
サーブ権 serve けん	發球權
サイドアウト side out	更換發球權；換邊發球
サービスエース service ace	發球得分
スパイク spike	扣球；殺球
レシーブ receive	接球
トス toss	發球；拋球
セッター setter	舉球員
フェイント feint	假動作
チャンスボール chance ball	好球
ブロック block	阻擋；攔網
ブロックポイント block point	攔網得分
オープン攻撃 open こうげき	攻擊性擊球；長攻
クロス攻撃 cross こうげき	斜線扣擊；短攻
時間差攻撃 じ かん さ こうげき	時間差攻擊
作戦タイム さくせんtime	暫停（戰術討論時間）
ラインジャッジ line judge	線審；司線員
ローテーション rotation	輪轉
オーバーネット over the net	手於網上越界；越網

ネットイン net in	掛網；擦網入界
タッチネット touch net	觸網
ドリブル dribble	續擊球兩次以上
ホールディング holding	持球
インターフェア interfere	干擾、妨礙
オーバータイム overtime	四次擊球（擊球超過三次）
ダブルフォールト double fault	兩次發球失誤；雙誤
アウトオブバウンズ out-of-bounds	出界

英式橄欖球

ラグビー rugby	英式橄欖球
フォワード forward	前鋒
スクラム scrum	鬥牛 表現 ～を組む：圍成一圈鬥牛 說明 球員們互相搭肩推擠，圍成圓陣。
ラック ruck	拉克 說明 兩隊各一名（或多名）球員雙腳站立且身體接觸，緊密圍繞地上的球，所形成的一種比賽局面。
モール maul	冒爾 說明 當持球者被對方阻擋或抱住無法擺脫時，盡速轉身護球，等待自己的隊友前來支援。
タックル tackle	塔克路（擒抱） 說明 指防守者利用飛撲頂撞並以手臂抱住進攻者大腿，來阻止進攻的防守動作。

運動

トライ try	嘗試（觸地） **説明** 指在對方達陣區內持球觸地。
インゴール in-goal	觸地
オンサイド onside	在位
オブストラクション obstruction	阻礙
グラウンディング grounding	觸地
キックオフ kickoff	開球
ペナルティーキック penalty kick	罰球；罰踢
キャリーバック carry-back	帶球退
ノックオン knock-on	球往前掉落地面
スローフォワード throw forward	用手向前傳球
ドロップアウト dropout	反攻踢
ノーサイド no side	比賽結束；不分敵我

網球

テニス tennis	網球
庭球 ていきゅう	軟式網球 **同** 軟式なんしきテニス
テニスコート tennis court	網球場 **表現** アンツーカーコート en-tout-cas court：人造草地網球場
アレー alley	介於單打與雙打之間的細長場區

ネット net	球網
ラケット racket	球拍
ストリング Strings	球拍線
ショット shot	擊球
サーブ serve	發球
サービスエース service ace	發球得分
ストローク stroke	揮拍擊球
スマッシュ smash	由高處殺球
フォールト fault	失誤
バックハンド backhand	反手握拍；反手抽擊
ラリー rally	來回球
ボレー volley	截擊

シングルス singles	單打
ダブルス doubles	雙打
軟式 なんしき	軟式網球
硬式 こうしき	硬式網球
グランドスラム grand slam	**大滿貫賽** 說明 大滿貫是指網球運動中，在一年之內，囊括澳洲公開賽、法國公開賽、溫布頓網球錦標賽、美國公開賽的冠軍。
セットポイント set point	盤末點；盤點

14

運動

ラブ love	零分
ジュース deuce	雙方各得三分的平手狀態；平局
アドバンテージ advantage	Deuce之後取得的第一分；佔先

高爾夫球

ゴルフ golf	高爾夫球 **表現** ～の球たまを打うつ：打高爾夫球
ゴルファー golfer	高爾夫球手
キャディー caddie	球僮；桿弟
ゴルフクラブ golf club	高爾夫球俱樂部
ウッド wood	高爾夫球木桿 **表現** ドライバーdriver：一號木桿｜ブラッシーbrassie：二號木桿｜スプーンspoon：三號木桿｜バッフィーbaffy：四號木桿｜クリークcleek：五號木桿
アイアン iron	高爾夫球鐵桿 **表現** ショートshort～：短桿｜ロングlong～：長桿
ウエッジ wedge	挖起桿 **表現** ピッチングpitching～：劈起桿｜サンドsand～：沙坑挖起桿
パター putter	推桿
ゴルフボール golf ball	高爾夫球；小白球
ティー tee	球座；球梯
フェアウエー fairway	球道；修整過的草皮 **說明** 果嶺（green）或平坦球道（fairway）外緣的雜草地帶，被稱為「ラフrough」。

バンカー bunker	沙坑
ピン pin	果嶺上的旗子
ホール hole	球洞 表現 3番〜：第三洞｜12番〜：第十二洞
グリーン green	果嶺
ホールインワン hole in one	一桿進洞
パー par	標準桿
ボギー bogey	高出標準桿一桿（柏忌）
イーブン even	平標準桿
バーディー birdie	低於標準桿一桿（博蒂、小鳥）
イーグル eagle	低於標準桿兩桿（老鷹）
アルバトロス albatross	低於標準桿三桿（雙鷹）

保齡球

ボウリング bowling	保齡球 表現 〜の球を投なげる：打保齡球
レーン lane	球道
アプローチ approach	助跑道
ピン pin	保齡球瓶 表現 ヘッドピンheadpin：一號瓶；最中間的第一瓶
ストライク strike	全中（第一球擊出全倒）
ダブル double	連續兩次第一球擊出全倒

ターキー turkey	連續三次第一球擊出全倒；火雞
パーフェクト perfect	該局全部一次全倒
ガター gutter	球溝
スペア spare	補中（第二球擊倒全部餘瓶）
スプリット split	俗稱開花或分瓶（指殘留兩支以上遠離之球瓶）
チェリー cherry	背娃娃 說明 留下第3～10瓶或2～7瓶。
ハウスボール house ball	公用球

游泳

水泳 すいえい	游泳
泳ぐ およ	游泳
ウオータースライダー water slider	滑水道
海水パンツ かいすい	泳褲 同 海パン｜水着みずぎ
犬かき いぬ	狗爬式
平泳ぎ ひらおよ	蛙式
背泳 はいえい	仰式
バタフライ butterfly	蝶式
自由形 じ ゆうがた	自由式
クロール crawl	自由式

ばた足 <small>あし</small>	打水 表現 〜をする 動 ：打水
競泳 <small>きょうえい</small>	游泳賽
水球 <small>すいきゅう</small>	水球
シンクロナイズドスイミング <small>synchronized swimming</small>	花式游泳
高飛び込み <small>たか と こ</small>	跳水
飛び板飛び込み <small>と いたと こ</small>	跳板跳水

田徑比賽

陸上競技 <small>りくじょうきょう ぎ</small>	陸地運動競賽（田徑比賽）
フィールド競技 <small>field きょう ぎ</small>	田賽
トラック競技 <small>track きょう ぎ</small>	徑賽
マラソン <small>marathon</small>	馬拉松
長距離競走 <small>ちょうきょ り きょうそう</small>	長程競走；長跑
短距離競走 <small>たんきょ り きょうそう</small>	短程競走；短跑
フライング <small>flying</small>	飛盤
100メートル走 <small>meter そう</small>	一百公尺短跑
走り高跳び <small>はし たか と</small>	跳高
走り幅跳び <small>はし はば と</small>	跳遠
三段跳び <small>さんだん と</small>	三級跳遠

14

運動

棒高跳び ぼうたか と	撐竿跳
障害物競走 しょうがいぶつきょうそう	障礙跑
ハードル hurdle	跳欄
リレー relay	接力賽 表現 男子だんし5000メートル～：男子五千公尺接力賽

ハンマー投げ hammer　な	擲鉛錘
砲丸投げ ほうがん な	擲鉛球
槍投げ やり な	擲標槍
円盤投げ えんばん な	擲鐵餅

體操

体操 たいそう	體操
鞍馬 あん ば	鞍馬
跳馬 ちょう ば	跳馬
平行棒 へいこうぼう	雙槓
段違い平行棒 だんちが　へいこうぼう	高低槓
吊り輪 つ　わ	吊環
平均台 へいきんだい	平衡木
床運動 ゆかうんどう	地板體操 説明 地板運動基本動作包含了走、跑、跳、滾翻、轉體等靜態與動態動作。

新体操 しんたいそう	韻律體操 說明 女子的韻律體操主要有：繩操、圈操、球操、棒操和帶操五種；而男子的通常沒有球操和棒操，但加入了棍操。
トランポリン trampoline	彈跳運動（彈翻床）

拳擊

ボクシング boxing	拳擊
リング ring	拳擊場；擂台
ボクサー boxer	拳擊手
コーナー corner	賽中選手休息的角落 表現 赤〜：紅色角落（冠軍者的休息區）｜青〜：藍色角落（挑戰者休息區）
コーナーパッド cornerpad	角落緩衝墊
ランキング ranking	排名
チャンピオン champion	冠軍
挑戦者 ちょうせんしゃ	挑戰者
審判員 しんぱんいん	裁判 表現 主審しゅしん：主審｜ジャッジjudge：裁判員｜レフェリーreferee：裁判員
ゴング gong	比賽信號鐘
ヘッドギア headgear	拳擊頭盔
トランクス trunks	拳擊褲
グローブ glove	拳擊手套

運動

マウスピース mouthpiece	護齒套
サンドバッグ sandbag	沙袋；沙包
シャドーボクシング shadowboxing	拳擊練習；假想敵練習
サウスポー southpaw	左撇子拳擊手
ガード guard	手部預備動作
パンチ punch	出拳
アッパーカット upper cut	上勾拳
フック hook	勾拳 表現 ロングlong〜：長勾拳｜ショートshort〜：短勾拳
ストレート straight	直拳
ジャブ jab	刺拳
クリンチ clinch	鉗抱
ノックアウト knockout	出拳；出擊
ノックダウン knockdown	一拳擊倒
ドクターストップ doctor stop	醫師喊暫停
レフェリーストップ referee stop	裁判喊停
フライ級 fly きゅう	蠅量級
バンタム級 bantam きゅう	雛量級
フェザー級 feather きゅう	羽量級

ライト級 light きゅう	輕量級
ウエルター級 welter きゅう	沉量級
ミドル級 middle きゅう	中量級
ヘビー級 heavy きゅう	重量級

冬季運動

スキー ski	滑雪 表現 ～場じょう：滑雪場｜～の板いた：滑雪板｜～靴ぐつ：滑雪鞋｜～をする 動：滑雪｜～をはく：穿戴滑雪裝備
ストック stock	滑雪桿
ゴーグル goggles	滑雪鏡
リフト lift	雪地纜車
直滑降 ちょっかっこう	直滑降
斜滑降 しゃかっこう	斜滑降
ボーゲン bogen	蛇行滑降
ジャンプ jump	跳躍；飛越
ノルディック競技 Nordic きょうぎ	北歐混合式滑雪 説明 指距離競走（越野滑雪）、ジャンプ（跳躍滑雪）、複合競技（混合式滑雪）三個比賽項目。
アルペン競技 Alpen きょうぎ	阿爾卑斯式滑雪 説明 指滑降（速降滑雪）、回転（曲道比賽）、大回転（大曲道滑雪比賽）三個比賽項目。
回転 かいてん	彎道；迴轉 表現 大だい～：大曲道滑雪比賽

14

運動

滑降 かっこう	滑降
クロスカントリー cross-country	越野滑雪
バイアスロン biathlon	滑雪射擊（冬季兩項賽） 説明 包含越野滑雪和射擊滑雪兩項。
スノーボード snowboard	滑雪板；雪地滑板
モーグル mogul	特技滑雪 説明 モーグル（Mogul）原意是「小山丘」，指滑雪斜坡上的突出部分。モーグル・スキー是自由式滑雪（Freestyle）中三個項目之一。
スケート skate	溜冰；滑冰
フィギュアスケート figure skating	花式溜冰
スピードスケート speed skating	競速滑冰
ショートトラック short track	短道滑冰
ボブスレー bobsleigh	大雪橇；（比賽用）連橇
リュージュ luge	平底雪橇；（競賽用的仰臥滑行）小雪橇
アイスホッケー ice hockey	冰上曲棍球
カーリング curling	冰壺；冰上滾石 説明 冰壺起源於16世紀的蘇格蘭，20世紀開始，冰壺出現在室內運動場，1980年成為了奧運會認可的一項體育運動。及後在長野冬季奧運中，冰壺賽首度成為了正式的比賽項目。

柔道

柔道 じゅうどう	柔道

柔道着 じゅうどう ぎ	柔道服；柔道袍
礼 れい	（比賽前相互）行禮
正座 せい ざ	正坐
気合 き あい	精神貫注；（運氣時的）吆喝聲 **表現** 〜を入れる：集中精神運氣
畳 たたみ	柔道場榻榻米
取り と	攻方；攻勢
受け う	受；守方；守勢
有効 ゆうこう	有效 **說明** 柔道計分方法分為「一本（Ippon）10分」「技有（Waza-ari）7分」「有効（Yuko）5分」「效果（Koka）3分」。「有効」是將對方摔出使其側身著地，壓制對方15～19秒即為有效。
効果 こう か	效果 **說明** 「效果」3分。將對方摔出僅單肩、少部分背部或僅臀部著地，並壓制對方10秒～14秒即為效果。
一本 いっぽん	一本 **說明** 「一本」10分。又名「全勝」以完美的施技使對方背部完全著地摔倒，並壓制對方25秒即為全勝。
技有 わざあり	技有 **說明** 又名「半勝」7分。動作接近全勝條件，但施技動作有瑕疵，壓制對方20~24秒即為半勝。
有段者 ゆうだんしゃ	具段位者
黒帯 くろおび	黑帶

14

運動

投技 なげわざ 柔道的攻擊術

- ## 手技 てわざ　　手技＜手摔法＞（16招）

  ＊一本背負投いっぽんせおいなげ：單臂過肩摔｜踵返きびすかえし：踵返｜肩車かたぐるま：肩車｜小内返こうちがえし：小內返｜朽木倒くちきたおし：朽木倒｜双手刈もろてがり：雙手割｜帯落おびおとし：帶落｜背負投せおいなげ：過肩摔｜背負落せおいおとし：背負投｜隅落すみおとし：隅落｜掬投すくいなげ：掬投｜体落たいおとし：體落｜内股すかしうちまたすかし：內腿○｜浮落うきおとし：浮丟｜山嵐やまあらし：山嵐｜帯取返おびとりがえし：帶取返

- ## 腰技 こしわざ　　腰技＜腰摔法＞（10招）

  ＊跳腰はねごし：跳腰｜払腰はらいごし：掃腰｜腰車こしぐるま：腰車｜大腰おおごし：大腰｜袖釣込腰そでつりこみごし：袖釣入腰｜釣腰つりごし：釣腰｜釣込腰つりこみごし：鉤進腰｜浮腰うきごし：浮腰｜後腰うしろごし：後腰｜移腰うつりごし：移腰

- ## 足技 あしわざ　　足技＜腳摔法＞（21招）

  ＊足車あしぐるま：足車｜出足払であしばらい：出足掃｜膝車ひざぐるま：膝車｜跳腰返はねごしかえし：跳腰返｜払腰返はらいごしかえし：掃腰返｜払釣込足はらいつりこみあし：拂釣入足｜小外刈こそとがり：小外割｜小外掛こそとがけ：小外掛｜小内刈こうちがり：小內割｜送足払おくりあしばらい：送足掃｜大外返おおそとがえし：大外返｜大外車おおそとぐるま：大外車｜大外刈おおそとがり：大外割｜大外落おおそとおとし：大外落｜大内刈おおうちがり：大內割｜大内返おおうちがえし：大內返｜支釣込足ささえつりこみあし：支釣進足｜燕返つばめがえし：燕返｜内股うちまた：內股｜内股返うちまたがえし：內股返

- ## 真捨身技 ますてみわざ　　正捨身技＜正倒地摔＞（5招）

  ＊引込返ひきこみがえし：引進返｜隅返すみがえし：隅返｜巴投ともえなげ：巴投｜俵返たわらがえし：俵返｜裏投うらなげ：裡投

- **横捨身技** よこすてみわざ　　**横捨身技<側拋摔>**（14招）

  ＊**抱分**だきわかれ：抱分 ｜ **跳巻込**はねまきこみ：跳巻入 ｜ **払巻込**はらいまきこみ：拂巻入 ｜ **小内巻込**こうちまきこみ：小內巻入 ｜ **大外巻込**おおそとまきこみ：大外巻入 ｜ **外巻込**そとまきこみ：外巻入 ｜ **谷落**たにおとし：谷落 ｜ **内巻込**うちまきこみ：內巻入 ｜ **内股巻込**うちまたまきこみ：內股巻入 ｜ **浮技**うきわざ：浮技 ｜ **横掛**よこがけ：橫掛 ｜ **横車**よこぐるま：橫車 ｜ **横落**よこおとし：橫落 ｜ **横分**よこわかれ：橫分

  ◇投技：以站立的姿勢把對手摔倒的技術
  ◇捨身技：先使自己失去重心和平衡，再趁勢將對方摔倒，使對方受重擊。

固技　かためわざ　柔道的壓制術

- **抑込技** おさえこみわざ　　**抑技<壓制法>**（9招）

  ＊**肩固**かたがため：肩壓制 ｜ **袈裟固**けさがため：袈裟壓制 ｜ **崩袈裟固**くずれけさがため：崩袈裟壓制 ｜ **崩上四方固**くずれかみしほうかため：崩上四方壓制 ｜ **上四方固**かみしほうかため：上四方壓制 ｜ **縦四方固**たてしほうかため：縱四方壓制 ｜ **浮固**うきがため：浮固 ｜ **後袈裟固**うしろけさがため：後袈裟壓制 ｜ **横四方固**よこしほうかため：橫四方壓制

- **関節技** かんせつわざ　　**關節技<關節法>**（9招）

  ＊**腕挫脚固**うでひしぎあしがため：腕挫腳固 ｜ **腕挫腹固**うでひしぎはらがため：腕挫腹固（織腳）｜ **腕挫膝固**うでひしぎひざがため：腕挫膝固（膝壓肘）｜ **腕挫十字固**うでひしぎじゅうじがため：腕挫十字固（減肘）｜ **腕挫三角固**うでひしぎさんかくがため：腕挫三角固 ｜ **腕挫手固**うでひしぎてがため：腕挫手固 ｜ **腕挫腋固**うでひしぎわきがため：腕挫腋固（腕壓肘）｜ **腕挫腕固**うでひしぎうでがため：腕挫腕固（十字壓肘）｜ **腕緘**うでがらみ：緘肘

- **絞技** しめわざ　　**絞技<勒頸法>**（11招）

  ＊**逆十字絞**ぎゃくじゅうじじめ：逆十字勒 ｜ **裸絞**はだかじめ：裸勒 ｜ **片羽絞**かたはじめ：半羽勒 ｜ **片十字絞**かたじゅうじじめ：半十字 ｜ **片手絞**かたてじめ：單手勒 ｜ **並十字絞**なみじゅうじじめ：並十字勒 ｜ **送襟絞**おくりえりじめ：兩手勒 ｜ **両手絞**りょうてじめ：兩手勒 ｜ **三角絞**さんかくじ：三角勒 ｜ **袖車絞**そでぐるまじめ：袖車勒 ｜ **突込絞**つっこみじめ：突入絞

14

運動

禁止技 柔道的禁用招式
きん し わざ

足緘あしがらみ（関節技）：足緘
胴絞どうじめ（絞技）：胴絞
蟹挟かにばさみ（横捨身技）：蟹挟
河津掛かわづがけ（横捨身技）：河津掛

劍道

劍道 けんどう	劍道
防具 ぼう ぐ	防護具
面 めん	①防護面具　②劍道中的決勝招數「面部攻擊」
胴 どう	①胸鎧（劍道護具）　②劍道中的決勝招數「胴部攻擊」
小手 こて	①護手；手套　②劍道中的決勝招數「手部攻擊」
垂れ た	腰垂（下襬）
竹刀 し ない	竹刀
鎬 しのぎ	刀鎬；刀身中央靠近背上的稜邊
稽古 けい こ	日本古來傳承的武道與藝術 表現 打うち込こみ稽古げいこ：引導練習 ｜ 掛かかり稽古げいこ：衝擊練習 ｜ 地稽古じげいこ：地稽古、溫習式對打 ｜ 引ひき立たて稽古げいこ：高段者於對打時給予指引練習
元立ち もとだ	讓練習者當對手的指導者；（練習時的）被攻者
かけ声 ごえ	威喝聲

形 かた	形；形格 [說明] 不穿護具以木刀或刀作制定的攻防動作。是一種學習劍道基礎技術的練習。
構え かま	（武術等的）身形架構 [表現] 上段じょうだんの〜：上段構（高舉竹刀，做劈砍之勢）｜中段ちゅうだんの〜：中段構（劍尖對準對手面部或喉部）｜下段げだんの〜：下段構（劍尖對準對手左膝蓋處）｜八相はっそうの〜：八相之構（扛劍於肩上，嘴與劍柄平行）｜脇構わきがまえ：脇構（劍斜放於腰部，正面看不見劍，是伴降而欲突擊的姿態）
攻め せ	進攻

摔角

レスリング wrestling	摔角
フォール fall	雙肩觸地
フリースタイル free style	自由式摔角
グレコローマンスタイル Greco-Roman style	羅馬式摔角

其他運動

ハンドボール handball	手球
ソフトボール softball	壘球
卓球 たっきゅう	桌球
バドミントン badminton	羽毛球

14

運動

ビーチバレー beach volleyball	沙灘排球
ビリヤード billiards	撞球
アーチェリー archery	射箭
フェンシング fencing	擊劍
カバディ kabaddi	卡巴迪運動 說明 印度、巴基斯坦傳統運動。進攻一方一人去觸擊守方隊員，被觸擊中者退場。比賽分上下半場，各20分鐘。
スカッシュ squash	壁球
セパタクロー sepak takraw	藤球 說明 於東南亞的運動項目，類似排球，不過球員不使用手來擊球，而是運用頭與胸，將球頂過網。
ボート boat	划船
カヌー canoe	獨木舟
カヤック kayak	封閉式獨木舟；輕艇 說明 又稱「愛斯基摩小船」。
ヨット yacht	遊艇
競歩 きょう ほ	競走
自転車競技 じ てんしゃきょう ぎ	自行車競賽
乗馬 じょう ば	馬術
トライアスロン triathlon	鐵人三項競賽 說明 指連續進行游泳3.9km・自行車180km・馬拉松42.195km的比賽。

近代五種 きんだい ご しゅ	**現代五項競賽** 説明 指每一名選手分別在五天之內進行五種性質迥異的比賽,包括:騎馬、擊劍、射擊、游泳、越野賽五種項目。
射擊 しゃげき	**射擊**
重量挙げ じゅうりょう あ	**舉重**

武術 ぶ じゅつ	**武術**
空手 から て	**空手道**
弓道 きゅうどう	**射箭**
相撲 す もう	**相撲**
合気道 あい き どう	**合氣道**
テコンドー	**跆拳道** 説明 跆拳道(태권도)是朝鮮民族的國技,主要使用手及腳以進行格鬥或對抗的運動。「跆」為運用腳來進行攻擊、防守及馬步等技術,「拳」為運用手來進行的攻擊及防守等技術。台灣因多次在奧運中拿下跆拳道金牌,也使跆拳道在台灣普遍發展。

運動

レジャー

娛樂與休閒生活

15

興趣

趣味 しゅ み	**興趣；愛好** **表現**～が広い：興趣很廣泛 **說明** 在提及自己喜歡的類型時，也使用趣味。 **例**～は釣つりです。我的興趣是釣魚。｜テニスが～です。打網球是我的興趣。｜これはぼくの～に合いません。這和我的興趣不合。｜君はどんな子が～なの？你喜歡哪一類型的女（男）孩？
嗜好 し こう	**嗜好** **表現**～品－ひん：指茶、咖啡、酒等嗜好品
好み この	**偏好、偏愛** **說明** 使用在會話中提及自己喜歡的人·事·物時。 **例** 私の～は年下とししたの、弟みたいなスポーツマンタイプの子なの。我偏愛比我年輕，感覺像弟弟般又擁有運動員體格的男生。｜ぼくの～は中華ちゅうかよりは、やはりあっさりした日本料理かな。比起中華菜，我似乎還是偏好清淡的日本料理。
興味 きょう み	**興趣** **表現**～がある：有興趣｜～が湧わく：產生興趣｜～を持つ：感興趣｜～を引ひく：引起興趣｜～をそそる：引人入勝｜～を失うしなう：失去興趣｜～深ぶかい話はなし：很有意思的話題
鑑賞 かんしょう	**鑑賞；欣賞** **表現** 名画めいがを～する：欣賞名畫｜音楽鑑賞：音樂聆賞
収集 しゅうしゅう	**收集** **表現** コレクターcollector：收藏家｜切手きって～：集郵
集める あつ	**收集** **表現** 切符きっぷを～：收集票根｜骨董品こっとうひんを～：收集骨董

余暇 よか	閒暇；空閒時間 表現 ～を楽しむ：享受閒暇時光
レジャー leisure	休閒 表現 ～用品ようひん：休閒用品｜～産業さんぎょう：休閒產業｜～施設しせつ：休閒設施｜～ランドland：渡假島
暇つぶし ひま	打發；消磨時間 表現 ～に本を読む：看書打發時間
グループ group	～團；團體
集まり あつ	～會；集會；聚會
同好会 どうこうかい	同好會 説明 像是山岳愛好会さんがくあいこうかい、鉄道愛好会てつどうあいこうかい等一樣，「愛好会」的表現經常被人使用。
サークル circle	小組 表現 演劇えんげき～：話劇組｜読書どくしょ～：閱讀組
クラブ club	倶樂部 説明 也可以寫作漢字的「倶楽部」。
部活 ぶかつ	社團活動 説明 為クラブ活動的略語。指學校中，和年級和班級無關，所另外參加的文化活動或體育活動的學生用語。
カルチャーセンター culture center	文化中心
愛好家 あいこうか	愛好者

オタク	～迷；御宅族
	說明 指病態地執著於興趣等的某一領域，除此之外都不感興趣，獨自一人也能樂在其中的人，主要用來形容未婚男性。狹義解釋是指「熱衷於動畫、遊戲、藝人等虛構性事物的人」通常也不會和與自己相同興趣的人有密切往來，所以大多互稱對方為おたく。
	表現 漫画まんが～：漫畫迷｜アニメ～：動畫迷｜鉄道てつどう～：鐵道迷
秋葉系ファッション あき ば けい	秋葉原系的風格
	說明 一般指御宅族們的時尚潮流。穿著格狀的襯衫、寬鬆的長褲、運動鞋，揹著背包。（因為在秋葉原群聚的御宅族們都是這樣相同的Style，所以稱之為秋葉系ファッション。）
アキバ Akiba	秋葉原（俗稱）
	說明 東京・秋葉原，御宅族之間的用語。原本是指電器、電子商品店密集的地區。近年來電腦相關產品、漫畫、動畫、電玩等零售店也增加了。
かくれオタク	隱藏性御宅族
	說明 指不願公開或有不敢公開自己是阿宅的御宅族。

健身房

ジム gym	體育館；健身房 同 スポーツクラブ sports club
フィットネス fitness	健身
エクササイズ exercise	健身、運動
エアロビクス aerobics	有氧運動
ストレッチ stretch	伸展運動
ランニングマシン running machine	跑步機
ウオーキング walking	走路；步行
ジョギング jogging	慢跑
ボディービル body-building	健身；健美運動
ダンベル dumbbell	啞鈴

體能鍛錬及各式療法

体力づくり たいりょく	鍛錬體力 例 〜のために、週末はジムに通っている。 為了鍛錬體力，每個週末我都會去健身房。
ダイエット diet	減重 表現 〜に成功せいこうする[失敗しっぱいする]：減肥成功〔失敗〕
シェープアップ shape-up	雕塑體型；塑身

リバウンド rebound	復胖 表現 ～をきたす：又胖了起來 例 食事を抜くダイエットは～しやすいんだって。 就說了嘛！靠斷食的方法來減肥是很容易復胖的。
基礎代謝 き そ たいしゃ	基礎代謝 表現 ～が高たかい[低ひくい]：基礎代謝高〔低〕 ｜～を上あげる運動うんどう：提昇基礎代謝的運動
有酸素運動 ゆうさん そ うんどう	有氧運動
体脂肪率 たい し ぼうりつ	體脂肪率 表現 ～を減へらす食事しょくじ：減低體脂肪率的飲食
サプリメント supplement	運動營養補給品 表現 ～を飲のむ：喝運動營養補給品
日焼けサロン ひ や salon	人工助曬沙龍 同 ヒヤサロ 説明 最近的年輕人都講得更簡短，只稱「ヒサロ」。
アロマセラピー aromatherapy	芳香療法
ホームスパ home spa	水療
岩盤浴 がんばんよく	岩盤浴 説明 一種躺在天然礦石的岩盤上的溫浴方法，可以 加強血液循環、幫助排毒。
半身浴 はんしんよく	半身浴 説明 半身浴就是只將胸部以下的下半身泡在水中， 以略高於體溫的水溫38～40℃進行。
マッサージ massage	按摩 表現 ボディー～：身體按摩｜全身～：全身按摩｜ スポーツ～：運動按摩｜手もみ～：手部揉捏按摩
足裏マッサージ あしうら massage	腳底按摩

タイ式マッサージ しき massage	泰式按摩
ヨガ yoga	瑜珈
トレーナー trainer	教練；訓練師
スポーツインストラクター sports instructor	運動健身指導員；運動教練

其他

揉む も	揉壓
揉みほぐす も	揉壓舒緩
エステ esthétique	美容中心；護膚中心
垢すり あか	（除體垢用的）擦澡巾、絲瓜布或沐浴球等
脱毛 だつもう	除毛 表現 むだ毛げ：雑毛；多餘的毛髪
パック pack	做臉；敷面膜
整形手術 せいけいしゅじゅつ	整形手術
ぜい肉 にく	贅肉 表現 ～を取とる：消除贅肉｜～を落おとす：打消贅肉｜～が付つく：長出贅肉
体型 たいけい	身材、體型 説明 ～が気きになる：很在乎體型｜～が崩くずれる：身材走様 表現 バストが垂たれ下さがる：乳房下垂｜下腹したはらが出でる：小腹凸出

各種戶外活動

キャンプ camp	露營 表現 野営やえい：野地露營
キャンプ場 camp じょう	露營地
キャンプファイア campfire	營火
たき火 び	薪火、柴火 表現 ～をする：升柴火｜薪まき：薪柴｜薪をくべる：添柴｜薪を割わる：砍柴
バーベキュー barbecue	燒烤、烤肉、BBQ 表現 ～をする 動：烤肉
飯盒 はんごう	鐵製便當盒 表現 ～で飯めしを炊たく：用便當盒煮飯
バーナー burner	瓦斯槍；單口瓦斯爐
固形燃料 こ けいねんりょう	固態燃料
コッヘル Kocher	（組合式）露營、登山用的炊具
テント tent	帳篷 表現 ～を張はる：搭帳篷
ペッグ peg	營釘；帳篷短椿
ポール pole	（帳篷的）營柱
ハンモック hammock	吊床
エアマット air mat	充氣床；氣墊床

15

娛樂與休閒生活

寝袋 ね ぶくろ	睡袋 同 シュラーフザックSchlafsack 口語 シュラフ
ランタン lantern	（手提式）露營燈 同 角灯かくとう
ロープ rope	露營結繩
蚊取り線香 か と　　せんこう	蚊香
蚊帳 か や	蚊帳
虫除け むし よ	除蟲劑
殺虫剤 さっちゅうざい	殺蟲劑
非常食 ひ じょうしょく	急難食品
スコップ schop	（園藝用）小鐵鍬；小鐵鏟
手斧 て おの	斧頭
糸鋸 いとのこ	線鋸

アウトドアスポーツ outdoor sports	戶外運動
川遊び かわあそ	河邊戲水
海水浴 かいすいよく	海水浴
スキューバダイビング scuba diving	浮潛 表現 素すもぐり：無氧氣筒潛水
サーフィン surfing	衝浪
ウインドサーフィン windsurfing	風帆衝浪

ラフティング rafting	泛舟 説明 以北海道 十勝川とかちがわ、群馬 利根川とねがわ、埼玉 荒川あらかわ、栃木 鬼怒川きぬがわ、静岡 富士川ふじがわ、愛知 木曽川きそがわ、岐阜 長良川ながらがわ、德島 吉野川よしのがわ、熊本 球磨川くまがわ…等最為有名。
スカイダイビング sky diving	跳傘
ハンググライダー hang-glider	滑翔翼
熱気球 ねつ き きゅう	熱氣球
ビーチパラソル beach parasol	海灘傘
ビーチハウス beach house	海灘小屋 同 海うみの家いえ
日光浴 にっこうよく	日光浴
森林浴 しんりんよく	森林浴
スイカ割り わ	打西瓜 説明 指夏天在海水域場等地方，矇住眼睛、拿著棍棒、靠著旁邊的人的指引砸破放在前面的西瓜的遊戲。
花火大会 はな び たいかい	煙火大會
花見 はな み	賞花
月見 つき み	賞月
雪見 ゆき み	賞雪 表現 ～酒－ざけ：賞雪酒、雪前酒
梅見 うめ み	賞梅 同 観梅かんばい

15

娛樂與休閒生活

イチゴ狩り _が	採草莓
ナシもぎ	摘梨子
ブドウ狩り _が	摘葡萄
潮干狩り _{しお ひ が}	拾潮；趁退潮時撿魚貝類
紅葉狩り _{もみ じ が}	賞楓

登山

山登り _{やまのぼ}	爬山 **說明** 屬於較為輕鬆的爬山。
トレッキング _{trekking}	長程登山 **說明** 長距離的徒步行走，並不特指「登上山頂」，通常是指翻越丘陵、山地或森林，偏重「在山間行走的樂趣」。
登山 _{と ざん}	登山 **說明** 登山是指攀登1,000m以上的險峻山脈，主要指「登上山頂」及其過程，屬於需要登山裝備及行前規畫的活動。例如，如果爬台北的陽明山，就不叫作登山，而是稱為山登やまのぼり。 **表現** 槍ヶ岳やりがたけに～する：攀登槍之岳｜北漢山に登のぼる：攀登北漢山｜～シーズンseason：登山季｜～家－か：登山家｜～隊－たい：登山隊｜～道－どう：登山道
登攀 _{とうはん}	攀登高山
ロッククライミング _{rock-climbing}	攀岩
ナップザック _{knapsack}	簡易型小背包

バックパック backpack	背包
リュックサック Rucksack	後背包 **説明** 登山、旅行時，用來裝食物或衣物等裝備的背包。 **同** リュック、ザック
キスリング Kissling	登山用後背包
しょいこ	背架 **表現** 〜を負おう：背著背架
水筒 すいとう	水壺
スノーグラス snow glasses	雪地護目鏡
アノラック anorak	防水防風登山衣
パーカ parka	連帽雪衣
ヤッケ Jacke	防風、防寒衣
ウインドジャンパー wind jumper	風雪衣
ポンチョ poncho	雨披；披風式外套
チロル帽 Tirol　　ぼう	登山帽；提洛爾帽 **同** チロリアンハット Tirolean hat

ストラップ strap	皮帶
アイスハンマー ice hammer	冰錘
アイゼン Eisen	鞋底釘；防滑釘
ヘルメット helmet	安全帽
スリング sling	吊索

ザイル <small>Seil</small>	登山繩
カラビナ <small>karabiner</small>	登山鐵環；扣環
ピッケル <small>pickel</small>	冰杖；碎冰斧
ヘルメットランプ <small>helmet lamp</small>	安全帽頭燈；頭盔燈

山男 <small>やまおとこ</small>	①熱愛登山的男人　②住在山中的人
山ガール <small>やま girl</small>	山女孩 <small>説明</small> 指熱愛登山又愛時髦的年輕女性，她們經常穿戴可愛花色的登山裙、彩色襪等從事戶外活動。
高山植物 <small>こうざんしょくぶつ</small>	高山植物
雪渓 <small>せっけい</small>	終年積雪的峽谷或溪谷
尾根 <small>お　ね</small>	山稜；山脊
頂上 <small>ちょうじょう</small>	山頂；頂峰
山小屋 <small>やまごや</small>	（為登山者設置的）山中小屋；休息所 <small>表現</small> 炭焼すみやき小屋ごや：燒著炭火的小屋｜ヒュッテHütte：為登山者或滑雪者設置的山間小屋
やまびこ	（山谷間的）回音 <small>同</small> こだま <small>表現</small> こだまが響ひびく：傳來回音｜ヤッホー：呀喃～喂～（對山呼喊）

遠足 <small>えんそく</small>	郊遊；遠足 <small>表現</small> ～に行く：去遠足
ピクニック <small>picnic</small>	野餐
ハイキング <small>hiking</small>	健行；健走

サイクリング cycling	自行車健行
ツーリング touring	觀光
ドライブ drive	開車兜風
ヒッチハイク hitchhike	搭便車旅行；搭順風車旅行
ウォークラリー walk rally	徒步及解答問題的一種遊戲 說明 在戶外舉行、分組進行的休閒活動。過程需憑著地圖、指標、規則及設計好的問題逐一進行才能抵達終點。

バードウォッチング bird watching	賞鳥
双眼鏡 そうがんきょう	雙眼望遠鏡
オリエンテーリング orienteering	定向越野競賽 說明 在學校、公園、城市街道、荒野及森林等地，參賽者透過地圖的閱讀和指北針輔助，在最短時間內，通過數個被標示在地圖上之實地檢查點，然後回到終點的一項運動。

釣魚

釣り つ	釣魚 表現 ～に行く：去釣魚｜～を楽しむ：享受釣魚之樂
海釣り うみ づ	海釣
磯釣り いそ づ	磯釣；岩釣 說明 指在突出海面的岩石或礁石灘上垂釣。
川釣り かわ づ	河釣
夜釣り よ づ	夜釣

娛樂與休閒生活

釣り針 （つ　ばり）	魚鉤 **例** 〜にえさをつける。在魚鉤上裝上魚餌。
釣り糸 （つ　いと）	釣魚線 **表現** 〜を垂たれる：放下釣線
釣りざお （つ）	魚竿
リール reel	捲盤；捲軸 **表現** 〜を巻まく：收線、捲線
おもり	鉛錘 **表現** 釣り糸に〜を付ける：在魚線加上鉛錘
えさ	魚餌
ユムシ	螠蟲

フライ fly	飛蠅（釣魚用的昆蟲毛鉤）
ルアー lure	路亞（仿昆蟲或小魚的誘餌）
浮き （う）	浮標
網 （あみ）	魚網 **表現** 〜を張はる：放網｜魚が〜にかかる：魚被網 住了｜漁網ぎょもう：漁網

釣り場 （つ　ば）	釣場
釣り堀 （つ　ぼり）	釣魚池
魚拓 （ぎょたく）	魚拓
太公望 （たいこうぼう）	姜太公；喜愛垂釣者
クーラーボックス cooler box	冰桶；保冷箱

各種遊戲

ゲーム game	遊戲;競賽;遊藝
碁 ご	圍棋 同 囲い〜 表現 〜会所－かいじょ:圍棋會所｜〜を打うつ:下圍棋｜〜段－だん:〜段｜〜級－きゅう:〜級｜〜盤－ばん:棋盤｜〜石－いし:圍棋子;棋石｜こみ:讓子;貼目｜劫こう:劫｜劫材こうざい:劫材｜征しちょう:征子｜あたり:叫吃｜寄よせ:終盤;收官｜目もく:目、子｜欠かけ目め:假眼｜三連星さんれんせい:三連星｜秒読びょうよみ:讀秒｜定石じょうせき:定石、定式
将棋 しょうぎ	將棋 表現 〜を指さす:下象棋｜棋院きいん:棋院｜駒こま:棋子｜王手おうて:將軍

再多記一點!!

日本將棋

　　日本將棋子的外型和中國象棋不同,遊戲規則也和中國象棋有許多不同之處。在日本,比起圍棋,將棋更受到大眾的歡迎,其愛好者已高達約2,000萬人。日本的將棋是如果抓到對方的棋子,可以把它當作我方的棋子重新放回棋盤上。因為有這種特殊規則的關係,日本將棋需要花很多時間來分輸贏。

　　另外,在日本將棋的外型上,敵軍和我軍是沒有區別的。外型像箭頭一樣的日本將棋,是靠在棋盤上擺放的方向來區分敵軍或我軍。放置在最前線的棋子是「步(歩ふ)」。如果日本將棋的「步」活著闖入敵陣,便會升級成將校,其行動範圍也會擴大6倍。這種規則稱之為「成金なりきん」,在日常生活中,這一詞意思為「暴發戶」。

15
娛樂與休閒生活

除此之外，日語中還有許多有關將棋的慣用語。「王手おうて」比喻事情到了最終階段；「高飛車たかびしゃ」比喻壓制的姿態；「将棋倒しょうぎだおし」比喻像骨牌一樣連環倒塌。

將棋子的種類

- **王将**
  おうしょう
  相當於主將。可以以上下、左右或對角線的方式行走一格。如果此棋受到敵方的攻擊而無法移動，則玩家輸掉此局。另一方的王將稱為 玉将ぎょくしょう，通常是選手或下級的人擁有的。

- **飛車**
  ひ しゃ
  為攻擊的主力。可以橫向或縱向行走任意距離。如果進入敵軍陣營，則會升級成 龍王りゅうおう，可以以對角線的方式任意行走一格。

- **角行**
  かくぎょう
  為攻擊的副隊長。可以沿對角線行走任意距離。如果進入敵軍陣營，則會升級成 竜馬りゅうめ，可以前後左右移動一格。和飛車一起被稱為 大駒おおごま。

- **金将**
  きんしょう
  為王的守護神。可以向左右的對角線前方移動一格。如果進入敵軍陣營，不會升級。被稱為「金きん」。

- **銀将**
  ぎんしょう
  可以沿著對角線往前後、左右或正前方行走一格。被稱為「銀ぎん」。如果進入敵軍陣營，則會升級成 成銀なりぎん，可行使和金将一樣的能力。

- **桂馬**
  けい ま
  是唯一可以越過其他棋子的棋子。可以走到前一格的對角線左方或對角線右方。一旦往前走後，就不可以後退。如果進入敵軍陣營，會升級成 成桂なりけい，雖然擁有和金将一樣的能力，但有時候不要升級會比較有利。

- **香車**
  きょうしゃ
  雖然可以向前走任意步數，但一旦往前走後，就不可以後退。如果進入敵軍陣營，會升級成 成香なりきょう，會擁有和金将一樣的能力。

- **歩兵**
  ふ ひょう
  為步兵。是數量最多的棋子，同時在攻守方面不可或缺的重要棋子。只能向前走一格。如果進入敵軍陣營，會升級成 と金きん，擁有和金将一樣的能力。

チェス chess	西洋棋、西洋象棋
五目並べ ご もくなら	五子棋

オセロ Othello	黑白棋 **說明** 在日本很流行的遊戲，又叫翻轉棋、奧賽羅棋。玩法是使用己方兩子，頭尾夾住對方棋子，將它們翻轉成自己的棋子。
ウノ Uno	UNO紙牌遊戲

トランプ遊び trump　あそ	玩紙牌遊戲
ポーカー poker	撲克牌
ブラックジャック black jack	黑傑克；21點
神経衰弱 しんけいすいじゃく	心臟病
ババ抜き 　　ぬ	抽烏龜；抓鬼；抽鬼牌

ゲームセンター game center	遊樂場 **說明** 也可以簡單稱為ゲーセン。
ゲームソフト game software	遊戲軟體
テレビゲーム television game	電視遊戲
コンピューターゲーム computer game	電腦遊戲
オンラインゲーム on-line game	線上遊戲
プレイステーション Play Station	PS遊戲機 **說明** 也可以簡單稱為プレステ。
直感ゲーム ちょっかんgame	體感遊戲 **說明** 日本NTT DoCoMo開發的遊戲產品。使用者透過搖晃手機、舉起手機、搖晃身體等方式操作遊戲，類似像Wii一樣的遙控模擬，直接去感受體驗。

15

娛樂與休閒生活

黒ひげ危機一髪 くろ　　　き　き　いっぱつ	危機一發 **説明** 將黑鬍子獨眼海盜玩偶放入木桶中，玩遊戲的人依序輪流將刀子隨意插入木桶上的洞中，直到海盜彈跳起來，遊戲便結束。
モグラたたき	打地鼠
ダンスダンスレボリューション dance dance revolution	跳舞機
ユーフォーキャッチャー UFO catcher	夾娃娃機
プリクラ print club	大頭貼
テトリス Tetris	俄羅斯方塊 **説明** 一種電玩遊戲，當玩家把落下的方塊疊滿一橫排，該排即會消除。
スペースインベーダー Space Invader	太空侵略者 **説明** 是一種飛彈射擊遊戲。
ダーツ darts	射飛鏢遊戲
言葉遊び こと　ば　あそ	文字遊戲
しりとり	文字接龍
早口言葉 はやくちこと　ば	繞口令 **表現** 生麦生米生卵なまむぎなまごめなまたまご：生麥生米生雞蛋
なぞなぞ	猜謎語遊戲
パズル puzzle	益智猜謎遊戲
ジグソーパズル jigsaw puzzle	拼圖玩具；七巧板
クロスワードパズル crossword puzzle	填字遊戲

日語文字接龍的規則

　　首先其中一名參賽者會先講一個適當的詞彙，然後後面的參賽者再以前面提到的詞彙的最後一個字（尻しり）為開頭，講出另一個詞彙，依此類推。因為日語中沒有以「ん」開頭的單字，所以如果講出以「ん」結尾的單字就算輸了。

かんこく→くり→りす→すいか→からす→すずめ→メロン（×）

（韓國）→（栗子）→（松鼠）→（西瓜）→（烏鴉）→（麻雀）→（哈密瓜）

[1] 雖然限制只能使用普通名詞，但經常使用到的地名或人名也可以使用。

[2] 不可使用出現助詞「の」的詞彙，例如，「桜の木」就不行。但「こどもの日」就可以使用，因為它本身是指國慶日的名稱，以名詞的角度來說是可以使用的。

[3] 有將最後的長音當作母音的規則和不理會最後長音的規則。
例如，「ミキサー→アイスクリーム」是使用「將最後的長音當作母音的規則」；「ミキサー→サンドバッグ」是「不理會最後長音的規則」。

[4] 如果最後的字是拗音或促音，有使用原來文字清音的規則和照樣使用拗音或促音的規則。
例如，「自動車じどうしゃ → 山やま」是使用「使用原來文字清音的規則」；「自動車 → しゃくなげ」是使用「照樣使用拗音或促音的規則」。

[5] 如果最後的字是濁音或半濁音，也是照其原樣接續。
例如，「こんぶ→ぶた」、「コップ→プラネタリウム」

[6] 如果重複講到之前已提過的詞彙，那就輸了。

日語猜謎

[01] ワイシャツのまんなかに咲く花は？在襯衫中間開的「花」是什麼？

[02] 交差点のまわりにできる「まち」は？
在交叉路口周圍出現的「村莊」是？

[03] 赤ちゃんばかりの国は？只有小孩子的「國家」是？

[04] 学校が休みの時にしか乗ることができない電車は？
只有學校休假的時候才可以搭乘的「電車」是？

15

娛樂與休閒生活

[05] 目の前にあっても，無いと言われる果物は？
即使出現在眼前，也會説「沒有」的水果是？

[06] 新聞の上にたくさんのっている鳥は？
很多被記載在報紙上的「鳥」是？

[07] お医者さんが乗ると、死んでしまう乗り物は？
只要醫生搭了就會死掉的「交通工具」是？

[08] ねずみの学校って、どんな学校？老鼠就讀的學校是什麼「學校」？

[09] 妹にはひとつ、弟にはふたつあるものは？
妹妹有一個，弟弟有兩個的是什麼？

[10] 皿の上にポタリと一滴落ちてきたものは？
盤子上方有一滴落下的水滴，是什麼？

[11] 料理に使うけど、固くて食べられないパンは？
雖然常被拿來製作料理，卻很硬沒辦法吃的「麵包」是？

[12] 丸を2個とると男から女になるのはだれ？
拿掉兩個圈圈，就可以從男生變成女生的是誰？

[13] 子供がよく誘拐される国は？小孩子常被拐走的「國家」是？

[14] 北海道を走っているバスと、東京を走っているバスのうち速いのはどっち？
在北海道奔馳的公車和在東京奔馳的公車，哪一邊比較快？

[15] 牛が大好きな果物って何？牛最喜愛的「水果」是什麼？

(答案)

[01] ボタン（牡丹）：ボタン（牡丹）和ボタン（扣子）為同音異義語。

[02] 信号待ち（等紅綠燈）：町まち（村莊）和待まち（等候）為同音異義語。

[03] ニュージーランド（紐西蘭）：乳児にゅうじランド（幼兒國度）。

[04] 急行（特快列車）：急行きゅうこう（特快列車）和休校きゅうこう（停課）為同音異義語。

[05] 梨（梨子）：梨なし（梨子）和無なし（無）為同音異義語。

[06] 記事（記載的文章）：記事きじ（記載的文章）和キジ（野雞）為同音異義語。

[07] 寝台車（臥舖車）：寝台車しんだいしゃ（臥舖車）和死んだ医者いしゃ（死掉的醫生）為同音異義語。

[08] 中学校（中學）：因為老鼠叫的聲音是チューチュー，所以是中学校ちゅうがっこう。

[09] 文字「と」：妹いもうと有一個と，弟おとうと有兩個と。

[10] 血（血）：在皿（盤子）的字上面，加上一點就變成血（血）。

[11] フライパン（平底鍋）：因為日語寫作「フライパン」。

[12] パパ（爸爸）：從パパ上取下兩個圓圈後，就是ハハ母（媽媽）。

[13] トルコ（土耳其）：トルコ（土耳其）和取る子（把孩子搶走）為同音異義語。

[14] 在東京奔馳的公車：都とバス（都市的公車）和飛とばす（飛）為同音異義語。

[15] 桃（桃子）：牛的叫聲モーモー和桃もも（桃子）為同音異義語。

繞口令

是一種語言遊戲，將聲調容易混淆的文字編成句子再快速唸出，唸起來有些拗口。但也是一種訓練咬字、矯正口音的遊戲。

[01] 生麦生米生卵なまむぎなまごめなまたまご

[02] スモモも桃も桃のうち　桃もスモモも桃のうち
すもももももももものうち ももすもももももものうち

[03] 坊主が屏風に上手に坊主の絵を描いた
ぼうずがびょうぶにじょうずにぼうずのえをかいた

[04] 隣の客はよく柿食う客だとなりのきゃくはよくかきくうきゃくだ

[05] 庭には二羽裏庭には二羽鶏がいる
にわにはにわうらにわにはにわにわとりがいる

[06] 赤巻紙青巻紙黄巻紙あかまきがみあおまきがみきまきがみ

[07] カエルぴょこぴょこ三ぴょこぴょこ合わせてぴょこぴょこ六ぴょこぴょこかえるぴょこぴょこみぴょこぴょこあわせてぴょこぴょこむぴょこぴょこ

[08] 東京都特許許可局とうきょうととっきょきょかきょく

[09] 新人歌手新春シャンソンショーしんじんかしゅしんしゅんしゃんそんしょ

[10] バスガス爆発ばすがすばくはつ

[11] 骨粗鬆症訴訟勝訴こつそしょうしょうそしょうしょうそ

ルービックキューブ Rubik's Cube	魔術方塊
フラフープ Hula-Hoop	呼拉圈
フリスビー Frisbee	飛盤
プラモデル PLAMODEL	（組合式）塑膠模型
レゴ LEGO	樂高
たまごっち	電子寵物；電子雞

手品 てじな	魔術 回 マジック magic 説明 指藉由巧妙地操縱手指或工具來轉移觀眾的注意，然後表演出不可思議的景象。
サーカス circus	馬戲團；雜技
空中ブランコ くうちゅう	高空鞦韆
皿回し さらまわ	轉盤子；耍盤子
宙返り ちゅうがえ	翻筋斗
ピエロ pierrot	小丑；丑角

博奕

賭け か	賭博；博奕 表現 ～る 動：賭博 ｜ ～をする：去賭博 ｜ ～に勝つ [負ける]：賭贏〔輸〕
さいころ	骰子 表現 ～を投げる：擲骰子

くじ	籤
	表現 〜を引く（動）：抽籤｜〜引き（名）：抽籤｜順番を〜引きで決める：用抽籤決定順序
あみだくじ	鬼腳圖
	説明 在幾條平行直線中，任意畫上橫線，並選一點為起點，遇到橫線需轉彎，看最後會走到哪一個終點，是一種遊戲。
	表現 〜を引く：畫鬼腳圖

ばくち	博弈
	表現 〜を打つ（動）：賭博
花札 はなふだ	花牌
	表現 〜を打つ：打花牌、玩花牌

日本花牌

再多記一點！！

花牌是日本一種傳統的紙牌遊戲。目前一般的花札都是所謂的「八八花」，卡片上畫有十二個月份的花草圖案，每種各4張，整組48張。

一月：松まつ　　　　　　二月：梅うめ
三月：桜さくら　　　　　四月：藤ふじ
五月：菖蒲あやめ　　　　六月：牡丹ぼたん
七月：萩はぎ　　　　　　八月：芒すすき（坊主ぼうず）
九月：菊きく　　　　　　十月：紅葉もみじ
十一月：柳やなぎ（雨あめ）　十二月：桐きり

マージャン	麻將
競輪 けいりん	自行車競賽；職業競輪
競馬 けいば	賽馬

娛樂與休閒生活

競艇 きょうてい	賽艇
パチンコ pachinko	柏青哥；小鋼珠
カジノ casino	賭場（合法經營的賭博場所）
ルーレット roulette	輪盤
スロットマシン slot machine	吃角子老虎機

宝くじ たから	樂透；彩券 表現 〜に当たる：中彩券
ジャンボ宝くじ jumbo　　たから	大型彩券 説明 ドリームジャンボ（每年的六月開獎）、サマージャンボ（每年八月開獎）、年底ジャンボ（每年12月31日開獎），為一年發行三次的全國性自治彩券。每張300日圓，一等獎的中獎金額有到2億日圓。
ナンバーズ NUMBERS	中獎號碼 説明 ストレート：挑選的數字必須和開獎的數字一樣，而且排列順序也要一致才算中獎。號碼3的中獎率是千分之一，號碼4的中獎率是萬分之一。｜ボックス：挑選的數字必須和開獎的數字一樣，但排列順序不同也算中獎。｜セット：在ストレート和ボックス中各挑選一半。｜ミニ：只有號碼3才有。從00到99的100個數字中挑選兩位數字，如果數字的排列順序和開獎數字兩位數下方的數字一致，就算中獎。中獎率是百分之一。
ロト6 LOTO　シックス	樂透彩 説明 宝くじに当たる：從01到43的43個數字中，選出6個數字。排列的方法總共有6,096,454種。開獎是在每週的星期四晚上。如果當次沒出現得獎人，獎金便會轉入下次的一等中獎金額中。

木工用具

日曜大工 にちようだいく	週末修繕；假日木工 説明 其意義為「Do it yourself」，所以也可稱為ドイト或DIYディーアイワイ，指利用禮拜天等週末假日，進行木工DIY或關於房子內外所有的修繕及裝修工作。
大工仕事 だいく しごと	做木工
工具 こうぐ	工具
道具 どうぐ	工具；專門用具
道具箱 どうぐばこ	工具箱
金づち かな	鎚子 表現 ～でくぎを打うつ：拿鎚子打釘
ハンマー hammer	鐵槌
釘 くぎ	釘子；鐵釘
釘抜き くぎぬ	拔釘器
かんな	刨刀 表現 木を～で削けずる：用刨刀刨木頭
のこぎり	鋸子 表現 ～で木を切る：用鋸子鋸木頭
錐 きり	錐子 表現 ～で穴あなを開あける：用錐子鑽洞
スパナ spanner	扳手
チェーンソー chain saw	鏈鋸

15

娛樂與休閒生活

ドリル drill	鑽孔機
電動ドリル でんどう drill	電鑽
ドライバー driver	螺絲起子 回 ねじ回まわし
ネジ	螺絲 表現 〜を締しめる／はずす：鎖緊／鬆開螺絲
ボルト bolt	螺絲釘
ナット nut	螺母；螺帽
ペンチ pincers	鉗子；老虎鉗
やすり	銼刀 表現 〜をかける：拿銼刀銼
サンドペーパー sandpaper	砂紙
さび	鐵鏽
軍手 ぐんて	（粗線綿質）工作手套
斧 おの	斧頭
のみ	鑿子 表現 〜で彫ほる：用鑿子雕刻｜〜で木に穴をあける：用鑿子將木頭鑿開一個孔
たがね	（雕刻或裁斷用的）鑿刀；鋼鑽
つるはし	鶴嘴鋤；十字鎬 表現 〜で土つちを掘ほる：用鶴嘴鋤挖土
足場 あしば	鷹架 例 〜を組む(かける)。搭鷹架。
枠 わく	框架；模板

管 くだ	管子
ホース hose	橡皮軟管；塑膠管
棒 ぼう	棒子
かつぎ棒 ぼう	轎桿棒
はしご	梯子
ひも	繩子
ロープ rope	繩索；麻繩 **表現** ～でものを縛しばる：拿繩索將物品綁起來
箱 はこ	盒子；箱子

機械 き かい	機械；機器
旋盤 せんばん	車床 **例** ～を回す：發動車床 | ～工ーこう：車床工
モーター motor	馬達；發動機
ポンプ pump	幫浦；抽水機
鉄条網 てつじょうもう	鐵絲網 **表現** ～を張はりめぐらす：佈滿鐵絲網
ブリキ	馬口鐵 **例** ～缶かん：馬口鐵罐

材料 ざいりょう	原料；材料
セメント cement	水泥
石灰 せっかい	石灰

15

娛樂與休閒生活

砂利 じゃり	砂石
骨材 こつざい	混凝土中的填充材料 **説明** 混凝土中砂石等填充材的總稱，可以使混凝土增加體積、減少水泥使用量。
石材 せきざい	石材
木材 もくざい	木材；原木
材木 ざいもく	木料
板 いた	板材
煉瓦 れん が	磚塊 **表現** 〜作づくり：磚造的｜赤〜：紅磚
ブロック block	水泥預製板；建築上的預製品
タイル tile	磁磚

こて	抹刀 **表現** 〜で塀へいを塗ぬる：用抹刀塗補院子圍牆｜〜板いた：抹刀板
塗料 と りょう	塗料；油漆
ニス	底漆；亮光漆；保護漆
さび止め ど	防鏽塗劑
ペンキ paint	油漆 **表現** 〜を塗ぬる：塗油漆、刷油漆｜〜塗ぬりたて：油漆未乾
はけ	刷子 **同** ブラシ

15-6 旅遊

觀光・旅遊用語

旅行 りょこう	旅行；旅遊 **表現** 団体だんたい〜：團體旅遊｜個人こじん〜：個人旅遊｜觀光かんこう〜：觀光旅遊｜修學しゅうがく〜：是指由學校或者學生組織且有計劃的出遊修學的旅遊活動｜新婚しんこん〜：蜜月旅行｜卒業そつぎょう〜：畢業旅行｜海外かいがい〜：國外旅遊
観光 かんこう	觀光
ツアー tour	遊覽、觀光 **表現** 日帰ひがえり〜：當日往返的行程｜パッケージpackage〜：套裝旅遊行程

観光客 かんこうきゃく	觀光客
旅行者 りょこうしゃ	旅行者
旅人 たびびと	旅人；旅客 **說明** 書面語表現。

旅行代理店 りょこうだいりてん	旅行社
ガイド guide	導遊；當地導遊 **說明** 導遊是指外國人到本國旅遊時，帶領解說或翻譯的專業人士。而領隊則是帶國人到國外旅遊並負責照料團員食宿、安排交通等的人員。
ツアーコンダクター tour conductor	領隊 **說明**「添乗員てんじょういん」一詞更常被使用。
見物 けんぶつ	參觀；觀賞 **表現** 見物する 動：參觀

15

娛樂與休閒生活

自由行動 じ ゆうこうどう	自由活動
フリータイム free time	自由活動時間
ガイドブック guidebook	旅遊指南；旅遊書
パンフレット pamphlet	觀光小冊子；旅遊手冊
観光地 かんこう ち	觀光景點
避暑地 ひ しょち	避暑勝地
行楽地 こうらくち	景點；遊覽區 回 リゾート地resortち
名所 めいしょ	著名景點 表現 桜さくらの〜：賞櫻著名景點｜紅葉もみじ の〜：賞楓著名景點
名所旧跡 めいしょきゅうせき	名勝古蹟 表現 〜を訪おとずれる：探訪名勝古蹟
名勝 めいしょう	名勝 例 日本の三大さんだい夜景やけいの〜といえば、函 館はこだて、神戸こうべ、長崎ながさきがあげられ る。 說到日本三大夜景名勝，就是函館、神戸、長崎 了。
景勝地 けいしょう ち	風景區；風景秀麗之地
日本三景 に ほんさんけい	日本三景 説明 日本三景指的是宮城県の松島まつしま、京都府 の天橋立あまのはしだて、広島県の宮島みやじま。
遺跡 い せき	遺跡；古蹟
史跡 し せき	史跡；歴史古蹟

古墳 こ ふん	古墳 表現 前方後円墳ぜんぽうこうえんふん：前方後圓墳
貝塚 かいづか	貝塚
文化遺産 ぶん か い さん	文化遺産
世界遺産 せ かい い さん	世界遺産

日本的世界遺産

文化遺產

- 平泉ひらいずみの仏国土ぶっこくどを表あらわす建築けんちく・庭園ていえん及およびび考古学的こうこがくてき遺跡群いせきぐん
  象徵佛教國度的平泉式建築・庭園及考古遺跡群

- 日光にっこうの社寺しゃじ 日光神社、寺院

- 白川郷しらかわごう・五箇山ごかやまの合掌造がっしょうづくり集落しゅうらく 白川郷・五箇山的合掌村聚落

- 古都こと京都きょうとの文化財ぶんかざい 古都京都之文化財

- 古都こと奈良ならの文化財ぶんかざい 古都奈良之文化財

- 法隆寺地域ほうりゅうじちいきの仏教建造物ぶっきょうけんちくぶつ
  法隆寺地區之佛教建築物

- 紀伊山地さんちの霊場れいじょうと参詣道さんけいどう
  紀伊山地之靈場與參拜道

- 姫路城ひめじじょう 姫路城

- 広島ひろしまの平和記念碑へいわきねんひ（原爆げんばくドーム）
  廣島和平紀念碑（原爆圓頂）

- 厳島神社いつくしまじんじゃ 嚴島神社

- 石見銀山いわみぎんざん遺跡いせきとその文化的景観ぶんかてきけいかん
  石見銀山遺跡及其文化景觀

- 琉球王国りゅうきゅうおうこくのグスク及およびび関連遺産群かんれんいせきぐん 琉球王國堡壘及相關遺跡群

15

娛樂與休閒生活

自然遺産

● 知床しれとこ　知床
● 白神山地しらかみさんち　白神山地
● 小笠原諸島おがさわらしょとう　小笠原群島
● 屋久島やくしま　屋久島

遊樂園

遊園地 ゆうえんち	遊樂園
テーマパーク theme park	主題樂園
乗り物 の　もの	乘坐型的遊樂設施
バイキング viking	海盜船
メリーゴーラウンド merry-go-round	旋轉木馬
ジェットコースター jet coaster	雲霄飛車 同 ローラーコースターroller coaster 說明 近來帶有點可怕、緊張、刺激感的雲霄飛車遊樂設施統稱為「絶叫ぜっきょうマシン」。日本最長的雲霄飛車是長島溫泉遊樂園裡的「Steel Dragon」，設施全長2,479m，是金氏世界紀錄中，世界最長的雲霄飛車。而速度最快的雲霄飛車則是富士急樂園的「dodonpa」，最高度速為每小時172km。日本下垂角度最高（也是世界下垂角度最高）的也是在富士急樂園裡的「高飛車たかびしゃ」，最大下垂角度為121度。
バンジージャンプ bungee jumping	高空彈跳
観覧車 かんらんしゃ	摩天輪

▲ 観覧車

お化け屋敷 ば　　やしき	鬼屋
パレード parade	遊行表演

日本的主題遊樂園

再多記一點!!

[01] 日光江戸村にっこうえどむら【栃木・日光にっこう】日光江戶時代村
為重現江戶時代街道風貌的時代村，可以在劇院裡欣賞武打片或時代劇的精彩片段。

[02] 東武とうぶワールドスクエア【栃木・日光】東武世界廣場
將來自世界21個國家的102處歷史遺跡和建築縮小25倍，以精巧的工藝重現給遊客欣賞的迷你縮圖主題樂園。

[03] 東京ディズニーランド【千葉・浦安うらやす】東京迪士尼樂園
為重現美國迪士尼樂園的遊樂區，同時也是日本最具代表性的主題樂園。

[04] 東京ディズニーシー)【千葉・浦安】東京迪士尼海洋
是以大海為主題的日本最大規模的主題樂園。成人很喜歡的遊樂場，到了晚上會很浪漫。

[05] ダイヤと花の大観覧車だいかんらんしゃ【東京・葛西かさい】
鑽石與花的摩天輪
為日本最大規模的摩天輪，其直徑111公尺，高度達117公尺。可以將東京迪士尼渡假村和東京街道一覽無遺。

[06] 東京とうきょうスカイツリー【東京・押上おしあげ】東京晴空塔
開設於2012年的電波塔，內含觀光設施。塔身全長為634m，於2012年初完成時，為世界最高的自立式鐵塔。

[07] 浅草あさくさ花やしき【東京・浅草あさくさ】淺草花屋敷樂園
是在1853年開張的日本最古老的遊樂園，狹窄的園區內有23種的遊樂設備。

[08] ナムコ・ナンジャタウン【東京・池袋いけぶくろ】太陽城 Namja Town
為室內型的主題樂園，進入大樓裡會覺得裡面大令人感到不可思議，在那裡可以玩樂一整天。裡面有可以吃到全日本好吃餃子的餃子ぎょうざスタジアム（餃子競技場）；還有吃到各種冰淇淋的主題館アアイスクリームシティ（冰淇淋城市）。

[09] としまえん【東京・練馬ねりま】豐島園
一直是情侶或家庭最喜愛的遊樂聖地，附近有稱為豐島園・庭にわの湯ゆ的都市型溫泉設施，只要穿上泳衣，男女都可以進去泡的露天溫泉。

15

娛樂與休閒生活

[10] 東京ドームシティアトラクションズ【東京・水道橋すいどうばし】
Tokyo Dome City Attractions
為舊後楽園こうらくえん遊園地和スパ・ラクーア（都市溫泉）的總稱。
因為位於都市中心，所以不收入園門票，讓一般的上班通勤族也能自由穿梭
在遊樂設施之間。

[11] 品川しながわアクアスタジアム【東京・品川】品川水族館
為室內遊樂園，裡面除了水族館以外，還有以動畫「銀河鐵路999」為主題
的室內遊樂設備。

[12] 大江戶溫泉物語おおえどおんせんものがたり【東京・台場だいば】
大江戶溫泉物語
是以江戶時代為背景的溫泉主題樂園，裡面所有的設施都要穿著浴衣使用。
可以體驗足湯或沙浴湯等各種浴湯。

[13] MEGA WEB【東京・台場】Mega Web汽車主題公園
為Toyota所營運的主題樂園，展覽主題分為過去、現代、未來的汽車。

[14] 東京タワーフットタウン【東京・大門だいもん】東京鐵塔
裡面有東京鐵塔和水族館、蠟像館、金氏世界記錄博物館。

[15] 新横浜しんよこはまラーメン博物館はくぶつかん【横浜】
新横濱拉麵博物館
為可以品嚐、比較全日本有名拉麵的食物主題樂園，裡面也可以欣賞到重現
1950年代（昭和30年代）日本下町街道的室內裝潢。

[16] 八景島はっけいじまシーパラダイス【横浜・金沢八景かなざわ
はっけい】横浜八景島海洋樂園
為水族館和遊樂園的複合式主題樂園，入場免費。日本最大規模的海洋館，
夜景也很美麗。

[17] 富士急ふじきゅうハイランド【山梨】富士急遊樂園
這裡有：世界最高速的雲霄飛車「咚咚怕（ドドンパ）」、世界最大落差的
過山車「FUJIYAMA、ええじゃないか」、世界第一恐怖的鬼屋「超・戰慄
迷宮 ちょう・せんりつめいきゅう」、世界最早的透明観覧車とうめいかんらん
しゃ等，為專為年輕人所設計，擁有各種遊樂設備的遊樂園。冬季時，會開
放室外溜冰場。

[18] ユニバーサルスタジオジャパン【大阪】日本大阪環球影城
為美國電影主題樂園Universal Studio的日本版。

[19] 宮崎みやざきシーガイア【宮崎】宮崎鳳凰喜凱雅度假村
為日本最早的「圓頂開關式」游泳池度假村，內部氣溫控制在全年都是夏天。

[20] ハウステンボス【長崎】豪斯登堡
為重現荷蘭街道風貌的主題樂園，每個季節都有各種促銷活動，這裡的觀光
客也很多。

觀光設施

施設 しせつ	設施
開園時間 かいえん じ かん	開園時間
閉園時間 へいえん じ かん	閉園時間
案内デスク あんない desk	詢問處；服務台；設施一覽表
待ち合わせ場所 ま あ ば しょ	集合地點
集合時間 しゅうごう じ かん	集合時間
車椅子貸し出し所 くるま い す か だ じょ	輪椅租借處
医務室 い む しつ	醫務室
迷子保護所 まい ご ほ ご じょ	走失兒童管理處
乳児休憩室 にゅう じ きゅうけいしつ	嬰兒室
オムツ交換所 こうかんじょ	提供尿布更換台的育嬰室
顧客意見箱 こ きゃく い けんばこ	顧客意見箱
入場料 にゅうじょうりょう	入場票價；入園費 **表現** 大人おとな：大人、成人｜青少年せいしょうねん：青少年、學生｜子供こども：兒童｜団体だんたい：團體
入場券 にゅうじょうけん	入場券
チケット ticket	票券
チケット売り場 ticket う ば	售票處

娛樂與休閒生活

券売機 けんばい き	售票機
割引券 わりびきけん	折價券 表現 割引クーポンわりびきcoupon：折價券
優待券 ゆうたいけん	優惠券 表現 優待クーポン：折價券

展望台 てんぼうだい	展望台；瞭望台
ケーブルカー cable car	鋼索吊車；叮噹車 説明 於地下設置鋼纜，以巨大的引擎為動力牽引纜車前進。
ロープウエー ropeway	空中纜車

ミュージアム museum	博物館
博物館 はくぶつかん	博物館
美術館 び じゅつかん	美術館
水族館 すいぞくかん	水族館
野外音楽堂 や がいおんがくどう	戶外音樂廳
野外劇場 や がいげきじょう	戶外電影院；蚊子電影院

おみやげ	土產；當地名產
名物 めいぶつ	名產 表現 ～にうまい物ものなし：名產總是不好吃（比喻名實不符）
名産品 めいさんひん	（特定地區才有的）知名產品或優良商品

記念品 き ねんひん	紀念品 表現 ～ショップshop：紀念品店、藝品店
特産品 とくさんひん	（某地區盛產且品質特別優良的）特產品
伝統工芸品 でんとうこうげいひん	傳統工藝品
キャラクター商品 character　　　　しょうひん	個性商品
ゆるキャラ	（討人喜愛的）吉祥物（人型布偶娃娃） 説明 「ゆるいマスコットキャラクター」的簡稱。ゆるキャラ是推廣各地區地方觀光及名產，並介紹地方資訊的代表性可愛吉祥物人型布偶。 2010年吉祥物冠軍爭奪賽冠軍得主→ひこにゃん：彦根猫 (滋賀県しがけん彦根市ひこねし) 2011年吉祥物冠軍爭奪賽冠軍得主→くまモン：KUMAMON (熊本県くまもとけん) 2012年吉祥物冠軍爭奪賽冠軍得主→バリィさん：黃色小雞 (愛媛県えひめけん今治市いまばりし)

旅遊拍照

写真 しゃしん	照片 表現 ～を撮とる：拍照
カメラ camera	照相機 表現 大型おおがた～：大型相機｜小型こがた～：小型相機
一眼レフ いちがん reflex	單眼式照相機
デジタルカメラ digital camera	數位相機 説明 也可以簡單稱為デジカメ。
ビデオカメラ video camera	攝影機 表現 デジタルdigital～：數位攝影機
ポラロイドカメラ Polaroid camera	寶麗來相機；拍立得相機

15

娛樂與休閒生活

レンズ付きフィルム lens つ film	傻瓜相機 回 使つかい捨すてカメラ
画素 が そ	畫素；像素（圖像顯示的基本單位） 回 ピクセルpixel
解像力 かいぞうりょく	解析度
フィルム film	底片 表現 高感度こうかんどフィルム：高感度底片 | カラ ーcolor：彩色底片 | 白黒しろくろ：黑白底片
撮影 さつえい	攝影、拍照
撮影禁止 さつえいきんし	禁止攝影
現像 げんぞう	顯像
焼き増し や ま	加洗 例 〜してください。請幫我加洗。
写真写り しゃしんうつ	拍照效果 表現 〜がいい[悪い]：照得很好看、很上相〔難看、 不上相〕
記念写真 きねんしゃしん	紀念照
スナップ写真 snap しゃしん	快照；隨拍 說明 指自由拍攝的照片。含有快照、隨意照的意 思。
被写体 ひ しゃたい	目標拍攝物（被拍攝的人・物・景色）
ピント	焦距 表現 〜が合わない：抓不到焦距 | 〜を合わせる： 對到焦距
焦点距離 しょうてんきょり	（相機鏡頭的）焦距
オートフォーカス autofocus	自動對焦

シャッター shutter	快門 <small>表現</small> 〜を押おす：按下快門
絞り しぼ	光圈 <small>表現</small> 〜をしぼる：調整光圈
逆光 ぎゃっこう	逆光
露出 ろしゅつ	曝光
フラッシュ flash	閃光 <small>表現</small> 〜をたく：開閃光｜〜禁止：禁用閃光｜ストロボstrobo：閃光燈
レンズ lens	鏡頭 <small>表現</small> 望遠ぼうえん〜：遠鏡頭｜広角こうかく〜：廣角鏡頭｜魚眼ぎょがん〜：魚眼鏡頭｜接写せっしゃ〜：近拍鏡頭｜接眼せつがん〜：接目鏡｜対物たいぶつ〜：接物鏡
三脚 さんきゃく	腳架 <small>例</small> 〜を立たてる。架起三腳架。
アルバム album	相簿；相本

15

娛樂與休閒生活

15-7 住宿

住宿用語

ホテル hotel	飯店
ビジネスホテル business hotel	商務飯店；商務旅館
カプセルホテル capsule hotel	膠囊旅館
旅館 りょかん	旅館；旅店 同 宿屋やどや
民宿 みんしゅく	民宿；農家投宿
別荘 べっそう	別墅；行館
保養所 ほ ようじょ	渡假保養會館 説明 指企業或健保工會為了職員的研修及療養而設置的渡假保養會館，提供食宿、休閒之用。
コンドミニアム condominium	公寓套房
予約 よ やく	預約；預訂 同 リサーブ
宿泊 しゅくはく	住宿 表現 〜料－りょう：住宿費 ｜ 〜帳－ちょう：住宿帳目
泊まる と	住宿；停泊
朝食付き ちょうしょく つ	附早餐 例 〜ですか。請問有附早餐嗎？
滞在日数 たいざいにっすう	住宿天數

一泊 いっぱく	一晩 表現 二泊にはく：兩晩｜三泊さんぱく：三晩｜四泊よんはく：四晩｜五泊ごはく：五晩｜六泊ろっぱく：六晩｜七泊ななはく：七晩｜八泊はっぱく：八晩｜九泊きゅうはく：九晩

飯店

フロント front	飯店櫃台 表現 受付うけつけ：接待處；受理處 説明 在日本式的旅館中稱為帳場ちょうば。
ロビー lobby	大廳；休息室
ラウンジ lounge	（旅館、飯店的）休息區

客室 きゃくしつ	客房
部屋 へや	房間 表現 バス付きの〜：附浴缸的房間｜シャワー付きの〜：附淋浴設備的房間
和室 わしつ	和室
洋室 ようしつ	洋室

シングル single	單人房
ツイン twin	雙人雙床房
ダブル double	雙人一大床房
スイート suite	附客廳臥室浴室的綜合套房
エキストラベッド extra bed	特大床

15

娛樂與休閒生活

チェックイン check-in	抵達飯店並報到
チェックアウト check-out	結帳離開飯店
モーニングコール morning call	早晨鬧鈴服務
ルームサービス room service	客房服務
ルームチャージ room charge	房間費用；住宿費用
貴重品金庫 き ちょうひんきん こ	重要物品金庫
チップ tip	小費

再多記一點!!

在飯店遇到狀況時

- 部屋へやの電気がつきません。　房間的燈不亮。
- エアコンが故障こしょうしているようです。　冷氣好像壞掉了。
- 部屋が暑あつすぎ(寒さむすぎ)ます。
  房間實在太熱了。／房間實在太冷了。
- ヒーターがつかないんですが。　暖氣沒有開啟。
- インターネットが繋つがりません。　網路無法連線。
- テレビが映うつりません。　打開電視看不到節目。

- 浴室よくしつにタオルがありません。　浴室裡沒有放毛巾。
- 浴室の天井てんじょうから水漏みずれがするんですが。
  浴室的天花板在漏水。

- お湯ゆが出ないのですが。　沒有熱水。
- 水道すいどうの水みずがよく出ないのですが。　水龍頭的水量很小。
- 水道の水が止まりません。　水龍頭的水流不停。

- トイレの水が流ながれないのですが。　洗手間的馬桶沒有水可沖。
- トイレが詰つまってしまいました。　馬桶堵住了。
- トイレットペーパーがありません。　洗手間內沒有衛生紙。

- 部屋がとても汚きたないんですけど。　房間裡很髒亂。
- シーツが汚よごれているので、替かえてください。
  床單很髒、請重新更換。
- 部屋の中なかが，タバコのにおいがするんですが。
  房間裡充滿了菸味。
- 出でかけるときに部屋の掃除そうじを頼たのんでおいたのですが。
  外出時我有請求清潔房間了，為什麼沒有作呢？
- 鍵かぎを部屋の中に入いれたままロックしてしまいました。
  我把鑰匙忘在房間裡面被反鎖了。
- 貸金庫かしきんこの暗証番号あんしょうばんごうを忘わすれてしまったんですが。　我忘了保險箱的密碼了。
- 隣となりの部屋がうるさいのですが。　隔壁房間太吵。
- 別べつの部屋に替かえてください。　請幫我換別的房間。
- 何なんとかなりませんか。　可不可以想辦法解決。
- 支配人しはいにんを呼よんでください。　請叫你們經理出來。
- キャンセルしてほかのホテルに移うつります。
  我要取消房間，到別的旅館去住。

15

娛樂與休閒生活

しぜん

自然與地理

16

地理名詞

自然 しぜん	自然 **表現** 大だい～：大自然
地理 ちり	地理 **表現** ～に明あかるい：熟悉地理 ｜ ～に暗くらい：不熟悉那一帶的地理
地球儀 ちきゅうぎ	地球儀
地図 ちず	地圖 **表現** ～帳－ちょう：地圖本；地圖集
アトラス Atlas	輿圖；地圖集
マップ map	地圖
白地図 はくちず	（只有線條輪廓練習用的）空白地圖 **同** 暗射地図あんしゃちず
海図 かいず	海洋地圖；航海圖
星図 せいず	星圖；星象圖
地形図 ちけいず	地形圖
等高線 とうこうせん	等高線
等圧線 とうあつせん	等壓線
水平線 すいへいせん	水平線
地平線 ちへいせん	地平線

16

自然與地理

緯度 い ど	緯度 表現 北緯ほくい：北緯｜南緯なんい：南緯
経度 けい ど	經度 表現 東経とうけい：東經｜西経せいけい：西經
子午線 し ご せん	子午線；（地理上的）經線
経線 けいせん	經線
日付変更線 ひ づけへんこうせん	國際換日線

北回帰線 きたかい き せん	北回歸線
南回帰線 みなみかい き せん	南回歸線
北極 ほっきょく	北極
北極圏 ほっきょくけん	北極圈
赤道 せきどう	赤道
南極 なんきょく	南極
南極圏 なんきょくけん	南極圈
北半球 きたはんきゅう	北半球
南半球 みなみはんきゅう	南半球
東半球 ひがしはんきゅう	東半球
西半球 にしはんきゅう	西半球
熱帯 ねったい	熱帯
亜熱帯 あ ねったい	亞熱帯

温帯 おんたい	溫帶
亜寒帯 あ かんたい	亞寒帶
寒帯 かんたい	寒帶

各種地形

大陸 たいりく	大陸；大塊陸地 **表現** 五ご～：世界五大陸｜アジア～：亞洲大陸｜ アフリカ～：非洲大陸｜ヨーロッパ～：歐洲大陸 ｜アメリカ～：美洲大陸｜オセアニア～：大洋洲 大陸
陸地 りくち	陸地 **表現** 陸りくの孤島ことう：陸地上的孤島
内陸 ないりく	內陸
半島 はんとう	半島
岬 みさき	海岬；海角 **説明** 岬是指陸地突出的尖端，尤指海岬。但中文較 常使用「角（如好望角）」、「咀（如尖沙咀）」 或「鼻（如鵝鑾鼻）」等字。
列島 れっとう	列島
島 しま	島；島嶼
小島 こじま	小島
海 うみ	海；海洋
海洋 かいよう	海洋

波 なみ	波；浪 表現 大おお〜：大浪｜高たか〜：高浪｜〜が立た つ：起風浪｜〜が打うち寄よせる：浪來了
干潮 かんちょう	退潮 回 引ひき潮｜下さげ潮
満潮 まんちょう	漲潮 回 満みち潮｜上あげ潮
渦潮 うずしお	海水渦流
大洋 たいよう	大洋 表現 五ご〜：五大洋｜太平洋たいへいよう：太平洋 ｜大西洋たいせいよう：大西洋｜インド洋：印度洋 ｜南氷洋なんぴょうよう：南極冰洋｜北氷洋ほっぴょ うよう：北極冰洋
海流 かいりゅう	海流
潮の流れ しお　なが	潮流 回 潮流ちょうりゅう
黒潮 くろしお	黑潮（日本暖流） 説明 黑潮是由南向北的暖流。因水質清澈、所含藻 類植物也較少，陽光幾乎完全透射入海而很少反 射，因此海面顏色較深而得名。
親潮 おやしお	親潮（千島寒流） 説明 親潮是由北向南的寒流。日本附近海域因黑潮 與親潮的交會造成良好的漁場，所以日本人覺得千 島寒流宛如母親一樣孕育他們，因此稱「親潮」。
暖流 だんりゅう	暖流
寒流 かんりゅう	寒流；低溫水流
海峡 かいきょう	海峽

湾 わん	海灣；峽灣
海岸 かいがん	海岸 表現 リアス式riasしき〜：沉降型海岸
沿岸 えんがん	沿岸
海底 かいてい	海底
大陸棚 たいりくだな	大陸棚 説明 又稱大陸架、陸架、陸棚，是沿岸陸地在海面下延伸的部分，可說是被海水所覆蓋的大陸。
珊瑚礁 さんごしょう	珊瑚礁
海辺 うみべ	海邊；海濱
浜辺 はまべ	海濱；湖濱
シーサイド seaside	海邊；海岸
ウオーターフロント waterfront	海濱；城市中臨海的水灣地帶
中州 なかす	河中沙洲
砂浜 すなはま	海濱沙灘
砂丘 さきゅう	沙丘 表現 鳥取とっとり〜：鳥取沙丘
干潟 ひがた	退潮後露出來的沙灘
川 かわ	河川；河流 表現 〜を上のぼる／下くだる：逆流而上／順流而下
河川 かせん	河川
河川敷 かせんじき	河道 説明 指按『日本河川法』規定的河川的占地。

自然與地理

河口 かこう	河口
三角州 さんかくす	三角洲 回 デルタdelta
湖 みずうみ	湖;湖泊 表現 琵琶湖びわこ:日本琵琶湖(位於滋賀縣,日本的第一大湖)|五大湖ごだいこ:美國與加拿大交界處的五大湖區
池 いけ	池子;池塘
沼 ぬま	沼澤
湿原 しつげん	濕原 表現 釧路くしろ~:釧路濕原(位於北海道釧路平野,日本最大的濕原)
山 やま	山
山脈 さんみゃく	山脈
丘 おか	丘陵;山崗
高原 こうげん	高原
森林 しんりん	森林
森 もり	森林
林 はやし	樹林、林木 説明 和森もり相比,林はやし的樹木密度較低,由小規模的群落組成。
渓谷 けいこく	溪谷 回 谷間たにま

滝 たき	瀑布 表現 ナイアガラの〜：尼加拉大瀑布
谷間 たに ま	山谷；山澗
洞窟 どうくつ	洞窟；洞穴
鍾乳洞 しょうにゅうどう	鐘乳石洞

平野 へい や	平原
原野 げん や	原野；荒野
荒地 あれ ち	荒地；不毛之地
平地 へい ち	平地
盆地 ぼん ち	盆地

水田 すいでん	水田；田地 同 たんぼ
畑 はたけ	田；旱田 表現 野菜畑 やさいばたけ：菜園 説明 指除了稻子以外，種植蔬菜、豆類、果樹等的田地。
田畑 た はた	水田和旱田
野原 の はら	野地；原野
田園 でんえん	田園（耕作地）
砂漠 さ ばく	沙漠
オアシス oasis	綠洲

火山 かざん	火山 表現 成層せいそう〜：成層火山｜楯状たてじょう〜： 盾狀火山｜円錐形えんすいけい〜：錐狀火山
死火山 しかざん	死火山
活火山 かっかざん	活火山
休火山 きゅうかざん	休止火山
火山帯 かざんたい	火山帶；火山群
活断層 かつだんそう	活斷層
溶岩台地 ようがんだいち	熔岩台地；熔岩高原
カルデラ caldera	火山口
カルデラ湖 caldera　こ	火山口湖；火口湖

温泉 おんせん	溫泉 表現 〜場−ば：有溫泉的地方 ｜〜地−ち：溫泉地｜〜郷− きょう：溫泉鄉
名湯 めいとう	有特殊療效、環境優越的 知名溫泉 説明 日本三大名湯：草津温泉 くさつおんせん、下呂温泉げろ おんせん、有馬温泉ありまおんせん
秘湯 ひとう	鮮為人知、難以覓得的隱密溫泉
間欠泉 かんけつせん	間歇泉
冷泉 れいせん	冷泉 反 温泉

▲ 道後溫泉
位於四国しこく・松山ま
つやま的道後どうご溫泉本
館。建於戰前明治時代，
還被指定為國家重要文化
遺產。

鉱泉 こうせん	礦泉；（狹義）冷泉
泉 いずみ	泉；泉水
湧き水 わ　みず	湧泉

サバンナ savanna	大草原；熱帶莽原
タイガ taiga	針葉林帶
ツンドラ tundra	凍原；苔原
氷河 ひょう が	冰河

16

自然與地理

氣候

気候 き こう	氣候
天候 てんこう	天候 表現 悪あく〜：惡劣的天候
天気 てん き	天氣；好天氣 表現 〜予報よほう：氣象報告｜今日も〜だ：今天是好天氣
気象庁 き しょうちょう	中央氣象局
気象台 き しょうだい	氣象中心
気象衛星 き しょうえいせい	氣象衛星
天気図 てん き ず	天氣圖
天気予報 てん き よほう	天氣預報
注意報 ちゅう い ほう	警報、特報 表現 豪雨ごうう〜：豪雨特報｜大雪おおゆき〜：大雪特報｜乾燥かんそう〜：乾燥特報｜濃霧のうむ〜：濃霧特報 說明 「注意報」是警告民眾有暴風、豪雨、洪水等災害危險性的消息，如：強風注意報、乾燥注意報。「警報けいほう」則是警告民眾有重大災害的危險，並務必提高警覺的通知。因此「警報」的警戒程度高於「注意報」。
降水確率 こうすいかくりつ	降雨機率
降雨量 こう う りょう	降雨量

降雪量 こうせつりょう	降雪量
積雪量 せきせつりょう	累積雪量
高気圧 こう き あつ	高氣壓
低気圧 てい き あつ	低氣壓
気圧の谷 き あつ たに	低壓槽

晴れ は	晴天；晴朗
晴れのちくもり は	晴時多雲
くもり	多雲；陰天
くもりのち晴れ は	多雲時晴
くもり時々雨 ときどきあめ	多雲偶陣雨
ところによって雨 あめ	局部降雨
雨 あめ	雨；雨天 **表現** 〜が降る：下雨｜〜がやむ：雨停｜〜上−あが り：雨停
小雨 こさめ	小雨 **例** 〜に煙けむる金閣寺。煙雨濛濛的金閣寺。
こぬか雨 あめ	毛毛雨
天気雨 てん き あめ	太陽雨 **同** 狐の嫁入りきつねのよめいり
にわか雨 あめ	驟雨；急雨 **表現** 夕立ゆうだち：雷陣雨
通り雨 とお あめ	（下一會兒就會停的）陣雨

雨足 あまあし	雨勢 表現 〜が激はげしくなる：雨勢越來越大了 ｜ 〜が速はやい：雨勢很急
春雨 はるさめ	春雨
梅雨 ばいう・つゆ	梅雨
暴風雨 ぼうふうう	暴風雨
大雨 おおあめ	大雨
豪雨 ごうう	豪雨；大雨
集中豪雨 しゅうちゅうごうう	（短時間降下的）局部豪雨
日照り ひで	①乾旱　②強烈日曬
恵みの雨 めぐ　　あめ	久旱逢甘霖；及時雨
滴 しずく	水滴；雨滴
水滴 すいてき	水滴
台風 たいふう	颱風 説明 日本是依照當年颱風發生的順序來為颱風取名字，例如：〜十八号－じゅうはちごう。
熱帯低気圧 ねったいていきあつ	熱帶性低氣壓
温帯低気圧 おんたいていきあつ	溫帶性低氣壓（溫帶氣旋；鋒面氣旋）
雲 くも	雲；雲朵 表現 〜一つない青い空：萬里無雲的晴空 ｜ 〜がかかる：起雲了
黒雲 こくうん	烏雲

雨雲 あまぐも	降雨雲；烏雲 ◎乱層雲らんそううん
入道雲 にゅうどうぐも	積雨雲；雷雲 ◎積乱雲せきらんうん
積乱雲 せきらんうん	積雨雲
イワシ雲 ぐも	魚鱗狀卷積雲
卷積雲 けんせきうん	卷積雲；鱗雲
飛行機雲 ひこうきぐも	飛機雲
雲海 うんかい	雲海

風 かぜ	風 表現 ～が吹ふく：風吹、颱風
薫風 くんぷう	（初夏帶著嫩葉香味的清爽）南風
涼風 りょうふう	涼風
そよ風 かぜ	微風；和風
春風 はるかぜ	春風
秋風 あきかぜ	秋風
木枯らし こ　が	寒風 説明 指晚秋到初冬這段時間裡，所吹的乾燥冷風。
つむじ風 かぜ	旋風 ◎竜巻たつまき
季節風 きせつふう	季風
貿易風 ぼうえきふう	（古時利於航海貿易所吹的）信風
偏西風 へんせいふう	偏西風

自然與地理

風速 ふうそく	風速
風向き かざ む	風向
気流 き りゅう	氣流
ジェット気流 jet　　き りゅう	噴射氣流

雪 ゆき	雪 表現 ～が降る：下雪、降雪｜～が積つもる：積雪 ｜～が溶とける：融雪｜～に埋うもれる：被埋在 雪堆裡｜～に覆おおわれる：被雪覆蓋著｜～をか く：掃雪、除雪
粉雪 こなゆき	細雪
ぼたん雪 　　　　ゆき	牡丹花瓣般的雪；鵝毛大雪
初雪 はつゆき	初雪；首次下雪
万年雪 まんねんゆき	萬年冰雪；長年雪
大雪 おおゆき	豪大雪
豪雪 ごうせつ	暴風雪
吹雪 ふ ぶき	暴風雪 表現 吹雪ふぶく：下暴風雪
あられ	冰霰；軟雹
みぞれ	夾雜著雨的雪

ひょう	雹；冰雹
露 つゆ	露水

霧 きり	霧、霧氣 表現 夜霧よぎり：夜霧 ｜ 朝霧あさぎり：晨霧、朝霧 ｜ 〜がかかる：起霧了 ｜ 〜が深ふかい：霧很濃
霜 しも	霜 表現 〜がおりる：結霜
つらら	冰柱；冰錐
氷 こおり	冰 表現 〜が張はる：結冰

温度 おんど	溫度
体感温度 たいかんおんど	體感溫度 說明 人體感受空氣的溫度。
最高気温 さいこうきおん	最高溫
最低気温 さいていきおん	最低溫
水銀柱 すいぎんちゅう	水銀柱；溫度計
零下 れいか	零下 同 氷点下ひょうてんか
朝晩の気温の差 あさばん　きおん　さ	日夜溫差

湿気 しっけ	濕氣
湿度 しっど	濕度
高温多湿 こうおんたしつ	高溫潮濕
不快指数 ふかいしすう	不適指數

温度計 おんどけい	溫度計

自然與地理

湿度計 _{しつどけい}	濕度計
雨量計 _{うりょうけい}	雨量計
百葉箱 _{ひゃくようそう}	百葉箱
風速計 _{ふうそくけい}	風速計
暑い _{あつ}	熱的；炎熱的 表現 暑さ 名：熱度
蒸し暑い _{む　あつ}	悶熱的 表現 蒸し暑さ 名：悶熱
暖かい _{あたた}	暖和的；溫暖的
寒い _{さむ}	冷的；寒冷的 表現 寒さ 名：寒冷 ｜ 厳きびしい寒さ 名：嚴寒
肌寒い _{はださむ}	有涼意的
涼しい _{すず}	涼快的；涼爽的
朝焼け _{あさや}	朝霞
夕焼け _{ゆうや}	晩霞 表現 ～が染そまる：晚霞染紅了天空
朝日 _{あさひ}	朝陽 表現 日が昇のぼる：朝陽升起
夕日 _{ゆうひ}	夕陽 表現 日が沈しずむ：夕陽落下
日差し _{ひざ}	日射；日照
黄昏 _{たそがれ}	黃昏 同 夕暮ゆうぐれ

雷 かみなり	雷；打雷 表現 ～が鳴なる：打雷聲｜～が落おちる：打雷、落雷
いなずま	閃電 回 稲光いなびかり 表現 ～が鳴なる 動：閃電
虹 にじ	彩虹 表現 ～が出でる：出現彩虹｜～がかかる：彩虹高掛天空 説明 「紅橙黃綠藍靛紫」為赤せき・橙とう・黄おう・緑りょく・青せい・藍らん・紫し。
オーロラ aurora	極光；北極光
かげろう	熱氣；暑氣
蜃気楼 しん き ろう	海市蜃樓

季節

季節 き せつ	季節 表現 ～の変かわり目め：季節交替之際｜日が長くなる：白天變長｜日が短くなる：白天變短
四季 し き	四季
春夏秋冬 しゅん か しゅうとう	春夏秋冬
春 はる	春天
夏 なつ	夏天
秋 あき	秋天
冬 ふゆ	冬天
花冷え はな び	花季冷天

16

自然與地理

寒冷前線 かんれいぜんせん	冷鋒面 図 温暖おんだん前線：暖鋒
桜前線 さくらぜんせん	櫻花前線（櫻花綻放的最前線）
梅雨前線 ばいうぜんせん	梅雨前線（降下梅雨的最前線）
黄砂 こうさ	黃土；（春季因風吹起的）黃塵
熱帯夜 ねったいや	熱帶夜晚（夜間最低氣溫在25℃以上的日子）
残暑 ざんしょ	秋老虎（入秋後的炎熱天氣）
冬将軍 ふゆしょうぐん	嚴冬（冬天從西伯利亞南下的冷氣團）
寒波 かんぱ	寒流
三寒四温 さんかんしおん	三天寒四天暖的氣候

再多記一點!!

24節氣

[1] 立春りっしゅん 立春（2月4日左右） [2] 雨水うすい 雨水（2月19日左右）
[3] 啓蟄けいちつ 驚蟄（3月6日左右） [4] 春分しゅんぶん 春分（3月21日左右）
[5] 清明せいめい 清明（4月5日左右） [6] 穀雨こくう 穀雨（4月20日左右）
[7] 立夏りっか 立夏（5月6日左右） [8] 小満しょうまん 小滿（5月21日左右）
[9] 芒種ぼうしゅ 芒種（6月6日左右） [10] 夏至げし 夏至（6月21日左右）
[11] 小暑しょうしょ 小暑（7月7日左右） [12] 大暑たいしょ 大暑（7月23日左右）
[13] 立秋りっしゅう 立秋（8月8日左右） [14] 処暑しょしょ 處暑（8月23日左右）
[15] 白露はくろ 白露（9月9日左右） [16] 秋分しゅうぶん 秋分（9月23日左右）
[17] 寒露かんろ 寒露（10月8日左右） [18] 霜降そうこう 霜降（10月23日左右）
[19] 立冬りっとう 立冬（11月8日左右） [20] 小雪しょうせつ 小雪（11月23日左右）
[21] 大雪たいせつ 大雪（12月7日左右） [22] 冬至とうじ 冬至（12月22日左右）
[23] 小寒しょうかん 小寒（1月6日左右） [24] 大寒だいかん 大寒（1月20日左右）

礦物

鉱山 こうざん	礦山
鉱物 こうぶつ	礦物
地下資源 ち か し げん	地下資源
金鉱 きんこう	金礦 同 金山きんざん 説明 最著名的金礦地點是位於新潟県にいがたけん佐渡島さどがしま的佐渡金山さどきんざん。自從1601年發現金礦之後，這理一直是江戶時代幕府的重要財源。
銀鉱 ぎんこう	銀礦 同 銀山ぎんざん 説明 位於島根県しまねけん大田市おおだし的石見銀山いわみぎんざん，在戰國時代後期到江戶時代前期時，是日本最大的銀礦區，在2007年時被「聯合國教科文組織」指定為世界文化遺產。
銅 どう	銅(Cu)
鉄 てつ	鐵(Fe)
錫 すず	錫(Sn)
鉛 なまり	鉛(Pb) 表現 ～色－いろ：鉛灰色
真鍮 しんちゅう	黃銅
岩 いわ	岩；岩石
石 いし	石頭；岩石礦物；寶石
砂 すな	砂石；沙子

16

自然與地理

宇宙・天文

宇宙 うちゅう	宇宙
天体 てんたい	天體（太陽、星星、地球……等的總稱）
ビッグバン big bang	宇宙大爆炸
ブラックホール black hole	黑洞

宇宙開発 うちゅうかいはつ	宇宙研究開發計畫
NASA ナサ	美國國家航空暨太空總署 ◉米国航空宇宙局べいこくこうくうちゅうきょく
スペースシャトル space shuttle	太空梭
ロケット rocket	火箭
人工衛星 じんこうえいせい	人造衛星
宇宙飛行士 うちゅうひこうし	太空人
宇宙人 うちゅうじん	外星人
エイリアン alien	異形
UFO ユーフォー	幽浮（不明飛行物體） ◉未確認飛行物体みかくにんひこうぶったい

無重力 むじゅうりょく	無重力
大気圏外 たいきけんがい	外大氣層（外逸層；散逸層）
天文台 てんもんだい	天文台
望遠鏡 ぼうえんきょう	望遠鏡

観測 かんそく	觀測 表現 天体てんたい〜：天體觀測

天 てん	天；天空
地 ち	地；地面
空 そら	天空；空中 表現 青空あおぞら：青空、藍天
地軸 ちじく	地軸
自転 じ てん	自轉
公転 こうてん	公轉

月 つき	月；月亮 表現 〜が出でる[沈しずむ]：月亮升起〔落下〕｜ お〜様−さま：月亮姑娘
月の光 つき　ひかり	月光 同 月光げっこう 表現 〜が差さし込こむ：月光射入
満月 まんげつ	滿月（農曆十五日的月亮）
三日月 み かづき	新月（農曆三日的月亮）；月牙形的
半月 はんげつ	半圓月；上、下弦月
上弦の月 じょうげん　つき	上弦月
下弦の月 か げん　つき	下弦月

太陽系 たいようけい	太陽系
黄道 こうどう	黃道

自然與地理

太陽 たいよう	太陽 表現 お日様ひさま：太陽公公
水星 すいせい	水星
金星 きんせい	金星 表現 宵よいの明星みょうじょう：傍晚西方天空出現的 金星；長庚星｜明あけの明星：晨星；曉星
地球 ち きゅう	地球
火星 か せい	火星
木星 もくせい	木星
土星 ど せい	土星 表現 〜の輪わ：土星環
天王星 てんのうせい	天王星
海王星 かいおうせい	海王星

星 ほし	星星；星斗 表現 〜占-うらない：占星｜〜印-じるし：星號
星座 せい ざ	星座
銀河系 ぎん が けい	銀河系
星雲 せいうん	星雲 表現 馬頭ばとう〜：馬頭星雲
天の川 あま がわ	銀河 同 ミルキーウェー｜銀河ぎんが
織姫星 おりひめぼし	織女星
牽牛星 けんぎゅうせい	牛郎星 同 彦星ひこぼし

一等星 いっとうせい	一等星
恒星 こうせい	恆星
惑星 わくせい	行星
衛星 えいせい	衛星
彗星 すいせい	彗星
流星 りゅうせい	流星 同 流ながれ星ぼし
隕石 いんせき	隕石
北極星 ほっきょくせい	北極星
北斗七星 ほくとしちせい	北斗七星
南十字星 みなみじゅうじせい	南十字星
すばる（昴）	昴宿星團（七姊妹星團） 説明 指在冬天所看到的金牛座之昴宿星團中，最亮的6、7顆星。如果以古語來解釋すばる，則有「統一」、「統率」的意思，因為其作用是將星團綁在一起，所以才取了這樣的名稱。8世紀時所編輯的歌集萬葉集（万葉集），裡面也有出現すばる。另外，1980年日本歌手谷村新司たにむらしんじ也為〈すばる〉這首歌作詞作曲，並且贏得了熱烈迴響。
コロナ corona	（日全蝕時的）日冕
日食 にっしょく	日蝕 表現 皆既かいき〜：日全蝕
月食 げっしょく	月蝕

自然與地理

春天的星座

蟹座かにざ	巨蟹座	山猫座やまねこざ	天貓座
竜骨座りゅうこつざ	龍骨座	艫座ともざ	船尾座
コップ座cupざ	巨爵座	ポンプ座pumpざ	唧筒座
海蛇座うみへびざ	長蛇座	獅子座ししざ	獅子座
小獅子座こじしざ	小獅座	大熊座おおぐまざ	大熊座
六分儀座ろくぶんぎざ	六分儀座	ケンタウルス座Centaurusざ	半人馬座
乙女座おとめざ	室女座	髪の毛座かみのけざ	后髮座
猟犬座りょうけんざ	獵犬座	牛飼い座うしかいざ	牧夫座
天秤座てんびんざ	天秤座	小熊座こぐまざ	小熊座

夏天的星座

冠座かんむりざ	皇冠座	ヘラクレス座Herculesざ	武仙座
蛇遣い座へびつかいざ	蛇夫座	蠍座さそりざ	天蠍座
蛇座へびざ	巨蛇座	射手座いてざ	射手座
琴座ことざ	天琴座	鷲座わしざ	天鷹座
白鳥座はくちょうざ	天鵝座	いるか座	海豚座

秋天的星座

山羊座やぎざ	摩羯座	子馬座こうまざ	小馬座
水瓶座みずがめざ	寶瓶座	ケフェウス座Cepheusざ	仙王座
蜥蜴座とかげざ	蠍虎座	ペガサス座Pegasusざ	飛馬座
魚座うおざ	雙魚座	カシオペア座Cassiopeiaざ	仙后座
アンドロメダ座Andromedaざ	仙女座		

冬天的星座

牡羊座おひつじざ	白羊座	鯨座くじらざ	鯨魚座
オリオン座Orionざ	獵戶座	牡牛座おうしざ	金牛座
御者座ぎょしゃざ	御夫座	小犬座こいぬざ	小犬座
大犬座おおいぬざ	大犬座	双子座ふたござ	雙子座
ペルセウス座Perseusざ	英仙座	エリダヌス座Eridanusざ	波江座

１２星座

あなたは何座なにざ生うまれですか。 你是什麼星座呢？

十二星座じゅうにせいざ	十二星座
牡羊座おひつじざ	牡羊座（3月21日～4月19日）
牡牛座おうしざ	金牛座（4月20日～5月20日）
双子座ふたござ	雙子座（5月21日～6月21日）
蟹座かにざ	巨蟹座（6月22日～7月22日）
獅子座ししざ	獅子座（7月23日～8月22日）
乙女座おとめざ	處女座（8月23日～9月23日）
天秤座てんびんざ	天秤座（9月24日～10月22日）
蠍座さそりざ	天蠍座（10月23日～11月22日）
射手座いてざ	射手座（11月23日～12月24日）
山羊座やぎざ	摩羯座（12月25日～1月19日）
水瓶座みずがめざ	水瓶座（1月20日～2月18日）
魚座うおざ	雙魚座（2月19日～3月20日）

16

自然與地理

關於天氣的擬態語・擬聲語

からっと	**晴朗；放晴** **表現** 天気てんきが〜晴はれる：晴朗舒爽的好天氣
じめじめ	**帶有濕氣的；潮濕的** **表現** 毎日〜としたうっとうしい天気が続いている：每天濕濕黏黏的天氣很不舒服
ぽかぽか	**暖和狀** **表現** 〜した春はるの陽気ようき：一片暖呼呼地春天氣息
かんかん	**烈日灼熱** **表現** 太陽たいようが〜と照てる：毒辣辣的烈日高照
きらきら	**星光閃耀；閃閃發光** **表現** 星ほしが〜輝かがやく：天上的星光閃耀
そよそよ	**春風煦煦** **表現** 春風はるかぜが〜吹ふく：春風煦煦吹來
さわさわ	**瑟瑟秋風** **表現** 秋風あきかぜが〜吹く：秋風瑟瑟地吹
ひゅうひゅう	**冷風颼颼** **表現** 木枯こがらしが〜吹く：刺骨的寒風颼颼地吹
ぽつぽつ	**滴滴答答** **表現** 雨あめが〜降ふり始はじめた：雨滴滴答答地降下來了
しとしと	**淅瀝淅瀝** **表現** 春雨はるさめが〜と降っている：春雨淅瀝瀝地下
ざあざあ	**嘩啦嘩啦** **表現** 雨が〜降ってきた：嘩啦嘩啦地下起傾盆大雨
ごろごろ	**轟隆轟隆** **表現** 雷かみなりが〜と鳴なる：雷聲隆隆
ぴかっと	**倏地一閃** **表現** いなずまが〜光ひかった：閃電倏地一閃

ぽっかり	倏然浮現
	表現 雲くもが〜と浮うかんでいる：天空倏然飄來一朵雲
こんこん	雪花片片
	表現 雪ゆきが〜と降る：雪花片片飄落
しんしん	漸漸積雪貌
	説明 表示大量的雪或雨無聲地悄悄落下的樣子；也可以表示寒冷或疼痛滲入身體的樣子。
	表現 雪が〜と降り積つもる：雪花漸漸地累積起來
からから	乾巴巴地；非常乾燥
	説明 形容乾燥地連一絲水氣都沒有。
	表現 雨が降らないので、空気くうきが〜に乾かわいている：因為沒有下雨，空氣乾巴巴地沒有水氣

自然與地理

どうしょくぶつ

動植物

17

17

動植物

生物名詞

生物 せいぶつ	生物
両生類 りょうせいるい	兩棲類
爬虫類 は ちゅうるい	爬蟲類
魚類 ぎょるい	魚類
鳥類 ちょうるい	鳥類
哺乳類 ほ にゅうるい	哺乳類

変温動物 へんおんどうぶつ	變溫動物
恒温動物 こうおんどうぶつ	恆溫動物
無脊椎動物 む せきついどうぶつ	無脊椎動物
脊椎動物 せきついどうぶつ	脊椎動物
海綿動物 かいめんどうぶつ	海綿動物
刺胞動物 し ほうどうぶつ	腔腸動物 表現 ヒドラhydra：水螅｜サンゴ：珊瑚蟲｜イソギンチャク：海葵｜クラゲ：水母
有櫛動物 ゆうしつどうぶつ	有櫛動物 表現 クラゲ：水母

軟体動物 なんたいどうぶつ	軟體動物 [表現] 多板類たばんるい：多板綱〔軟體動物門之一綱〕（ヒザラガイ：紅線石鱉）｜腹足類ふくそくるい：腹足綱（アワビ：鮑魚｜巻まき貝がい：螺｜サザエ：海螺｜タニシ：田螺）｜掘足類くっそくるい：掘足綱（ツノガイ：角貝）｜二枚貝類にまいがいるい：雙殼綱（ハマグリ：蛤蠣｜アサリ：海瓜子｜カキ：牡蠣｜ホタテガイ：干貝｜タイラギ：牛角蛤）｜頭足類とうそくるい：頭足綱（タコ：章魚｜イカ：墨魚｜オウムガイ：鸚鵡螺）
節足動物 せっそくどうぶつ	節肢動物 [表現] カニ：螃蟹｜エビ：蝦｜ヤドカリ：寄居蟹
棘皮動物 きょくひどうぶつ	棘皮動物 [表現] ウニ：海膽｜ヒトデ：海星｜ナマコ：海參｜ウミユリ：海百合
被嚢動物 ひのうどうぶつ	尾索動物 [表現] ホヤ：海鞘
環形動物 かんけいどうぶつ	環節動物 [表現] ゴカイ：海蟲｜ミミズ：蚯蚓｜ヒル：水蛭
扁形動物 へんけいどうぶつ	扁型動物 [表現] プラナリア：渦蟲｜サナダムシ：條蟲
紐形動物 ひもがたどうぶつ	紐形動物 [表現] ヒモムシ：紐蟲

微生物 びせいぶつ	微生物
単細胞動物 たんさいぼうどうぶつ	單細胞生物
原虫 げんちゅう	原生動物
プランクトン plankton	浮游生物
アメーバ amoeba	阿米巴原蟲

ゾウリムシ	草履蟲

生命的起源

動植物

染色体 せんしょくたい	染色體 表現 常じょう〜：體染色體；常染色體｜性せい〜： 性染色體
二重螺旋 にじゅうらせん	雙螺旋
DNA ディーエヌエー	去氧核醣核酸；DNA
RNA アールエヌエー	核糖核酸
遺伝 いでん	遺傳 表現 優性ゆうせい〜：優生、顯性遺傳｜劣性れっせ い〜：隱性遺傳｜隔世かくせい〜：隔代遺傳
遺伝子 いでんし	遺傳基因 表現 〜工学－こうがく：基因工程｜〜型－がた：基因 型｜〜組くみ替かえ：基因改造
バイオテクノロジー biotechnology	生物科技；生物工程學

細胞 さいぼう	細胞 表現 動物どうぶつ〜：動物細胞｜植物しょくぶつ〜： 植物細胞
細胞膜 さいぼうまく	細胞膜
細胞質 さいぼうしつ	細胞質
細胞液 さいぼうえき	細胞液

核 かく	核；細胞核

核膜 <small>かくまく</small>	細胞膜
核小体 <small>かくしょうたい</small>	核仁；核小體
小胞体 <small>しょうほうたい</small>	內質網 <small>表現</small> 滑面かつめん～：平滑內質網｜粗面そめん～： 粗糙內質網
ゴルジ体 <small>Golgi たい</small>	高基氏體（高爾基體）
中心体 <small>ちゅうしんたい</small>	中心粒
ミトコンドリア <small>mitochondria</small>	粒線體
リソソーム <small>lysosome</small>	溶水體；溶酶體
リボソーム <small>ribosome</small>	核糖體
クロロプラスト <small>chloroplast</small>	葉綠體 <small>同</small> 葉緑体ようりょくたい

細胞分裂 <small>さいぼうぶんれつ</small>	細胞分裂 <small>表現</small> 有糸ゆうし～：有絲分裂｜無糸むし～：無絲分 裂
核分裂 <small>かくぶんれつ</small>	細胞核分裂
親細胞 <small>おやさいぼう</small>	母細胞
娘細胞 <small>じょうさいぼう</small>	子細胞

生殖 <small>せいしょく</small>	生殖 <small>表現</small> 有性ゆうせい～：有性生殖｜無性むせい～：無 性生殖
受精 <small>じゅせい</small>	受精
受胎 <small>じゅたい</small>	受孕

交配 こうはい	交配
交尾 こうび	交尾；交配
寄生 きせい	寄生
共生 きょうせい	共生

物種的演化

種の起源 しゅ きげん	物種起源 **說明** 《物種起源（The Origin of Species）》是達爾文論述生物演化的重要著作，出版於1859年。 **表現** ダーウィンDarwin：達爾文
自然淘汰 しぜんとうた	自然淘汰；天擇說
食物連鎖 しょくもつれんさ	食物鏈
世代交代 せだいこうたい	世代交替 **說明** 同一種生物依不同生殖法交互出現的現象，例：植物由孢子體及配子交替進行的生活史，即稱為世代交替。
絕滅 ぜつめつ	絕種
生存競爭 せいぞんきょうそう	生存競爭
繁殖 はんしょく	繁殖
弱肉強食 じゃくにくきょうしょく	弱肉強食
突然変異 とつぜんへんい	突變
進化 しんか	進化
退化 たいか	退化

地質年代

再多記一點！！

- **先カンブリア紀**　前寒武紀時代
  せん　Cambria　き
  * 太古代たいこだい（太古時代）：太古代（40億年前〜25億年前）｜原生
    代げんせいだい：原生代（25億年前〜5億 7500萬年前）

- **古生代**　古生代（5億7500萬年前〜2億4700萬年前）
  こせいだい
  * カンブリア紀Cambriaき：寒武紀｜オルドビス紀Ordoviceき：奧陶紀｜
    シルル紀Silurianき：志留紀｜デボン紀Devonき：泥盆紀｜石炭紀せきた
    んき：石炭紀｜二畳紀にじょうき：二疊紀

- **中生代**　中生代中生代（2億4700萬年前〜6500萬年前）
  ちゅうせいだい
  * 三畳紀さんじょうき：三疊紀｜ジュラ紀Juraき：侏儸紀｜白亜紀はくあ
    き：白堊紀

- **新生代**　新生代（6500萬年前〜現代）
  しんせいだい
  * 第三紀だいさんき：第三紀｜第四紀だいよんき：第四紀

古代生物

シアノバクテリア cyanobacteria	藍綠藻
三葉虫 さんようちゅう	三葉蟲
腕足動物 わんそくどうぶつ	腕足動物（門） 説明 一般是指海生、底棲、具雙殼的觸手冠動物。
シーラカンス coelacanth	腔棘魚 説明 1938年在南非東海岸發現，因為其含有原始的 性質，所以被稱為「活著的化石（生きた化石）」。
アンモナイト ammonite	菊石
始祖鳥 し そ ちょう	始祖鳥
恐竜 きょうりゅう	恐龍

動植物

類人猿 るいじんえん	**類人猿** **說明** 猩猩科和長臂猿科動物的總稱，包括大猩猩、黑猩猩、猩猩和長臂猿等。因形態結構和生理功能與人相似，親緣關係與人最為接近，故稱類人猿。
マンモス mammoth	長毛象
ホモサピエンス Homo sapiens	現代人

17-2 動物

動物用語

動物 どうぶつ	動物 表現 ～園－えん：動物園
獣 じゅう	獣類、野獣 同 けだもの｜けもの
草食動物 そうしょくどうぶつ	草食性動物
肉食動物 にくしょくどうぶつ	肉食性動物
動物の子 どうぶつ　こ	（動物的）幼子、幼獣、幼蟲
動物の母親 どうぶつ　ははおや	（動物的）母親
雌 めす	雌性；母的 表現 ～のチワワ：母的吉娃娃
雄 おす	雄性；公的 表現 ～のカブトムシ：公獨角仙
毛 け	毛；鬃毛；羽毛
毛皮 け がわ	毛皮；獸皮
角 つの	角；尖角
牙 きば	（動物的）獠牙；犬齒
尻尾 しっぽ	尾巴 表現 ～を振ふる：搖尾巴 同 尾おっぽ
産卵 さんらん	產卵 表現 ～期－き：產卵期

卵を産む たまご う	產卵；下蛋
孵化 ふ か	孵化 表現 卵からかえる：卵孵出來了 ｜ ～させる：使…孵化 ｜ ヒヨコを～させる：孵小雞／鳥
冬眠 とうみん	冬眠 表現 カエルが～から覚さめる：青蛙從冬眠中醒來了
ほえる	吠；叫 表現 犬が～：狗吠 ｜ トラが～：虎嘯
鳴く な	（鳥、獸、蟲）鳴；叫 說明 指蟲子、鳥類、動物的鳴叫。 表現 秋の夜に虫が鳴いている：秋夜裡的蟲鳴
さえずる	唧唧喳喳；鳥囀 表現 小鳥ことりが～声こえ：鳥兒啁啾的叫聲
飛ぶ と	飛；飛翔 表現 虫が～：蟲在飛 ｜ 鳥が～：鳥在飛
はう	（蟲、蛇）爬；爬行 表現 みみずがはっていく：蚯蚓在地上爬

陸地上的哺乳類動物

パンダ panda	熊貓
ジャイアントパンダ giant panda	大熊貓
レッサーパンダ lesser panda	小熊貓
モルモット marmot	土撥鼠
モグラ	鼴鼠
ハリネズミ	刺蝟

ネズミ	老鼠
ハムスター hamster	倉鼠；腮鼠
リス	松鼠；花栗鼠
ビーバー beaver	海狸；水獺
ウサギ	兔子
アルマジロ armadillo	犰狳 説明 唯一有殼的（骨質鱗甲）哺乳動物。
アリクイ	食蟻獸

ウシ	牛 表現 子牛こうし：小牛
肉牛 にくぎゅう	肉牛 説明 和牛わぎゅう：指明治時代時將日本傳統牛和外 國品種牛進行交配、改良後的日本本土飼養的食用 牛肉。
乳牛 にゅうぎゅう	乳牛

ウマ	馬 表現 牡馬おうま：雄馬｜牝馬めうま：雌馬｜子馬こう ま：小馬、幼馬｜ポニーpony：小型馬
サラブレッド thoroughbred	純種的；優良品種的
シマウマ	斑馬
競走馬 きょうそう ば	比賽用馬
種馬 たねうま	種馬（用來繁衍下一代幼馬的馬匹）

駿馬 <small>しゅん め</small>	駿馬；快馬
ひづめ	馬蹄
たてがみ	鬃毛
足並み <small>あし な</small>	步伐、步調 **表現** ～をそろえる：步伐一致｜並足なみあし：一般步伐、慢步｜早足はやあし：快步
前足 <small>まえあし</small>	前腳 **表現** ～をあげる：提起前腳
後ろ足 <small>うし　あし</small>	後腳 **表現** ～で蹴ける：踢踢後腳
調教 <small>ちょうきょう</small>	訓練；馴服（馬、犬、猛獸等）

イノシシ	山豬
ブタ	豬
ヤギ	山羊
ヒツジ	羊
シカ	鹿
トナカイ <small>tonakai</small>	馴鹿
ロバ	驢
水牛 <small>すいぎゅう</small>	水牛
ヤク <small>yak</small>	犛牛
バク	貘

ラクダ	駱駝 表現 ヒトコブ〜：單峰駱駝｜フタコブ〜：雙峰駱駝
カバ	河馬
サイ	犀牛
ゾウ	大象
キリン	長頸鹿

イタチ	鼬鼠；黃鼠狼
ミンク mink	水貂
テン	貂
キツネ	狐狸 表現 〜色いろ：淺茶褐色
タヌキ	狸
アライグマ	浣熊
カワウソ	水獺
スカンク skunk	臭鼬鼠

ハイエナ hyena	土狼；鬣狗
オオカミ	狼；野狼
オオヤマネコ	山貓；大山貓
ヤマネコ	野貓；山貓

動植物

チーター cheetah	獵豹；印度豹
ヒョウ	黑豹；美洲獅
ライオン lion	獅子
トラ	老虎
クマ	熊
ホッキョクグマ	北極熊
ツキノワグマ	（胸前有月形白毛的）黑熊

サル	猴子 表現 タイワンザル：台灣彌猴
ゴリラ gorilla	大金剛
チンパンジー chimpanzee	黑猩猩
オランウータン orangutan	猩猩
テナガザル	長臂猿
マントヒヒ manteau	狒狒
ナマケモノ	樹懶
コウモリ	蝙蝠
カンガルー kangaroo	袋鼠
コアラ koala	無尾熊
カモノハシ	鴨嘴獸

在海裡的哺乳類動物

ペンギン _{penguin}	企鵝
アザラシ	海豹
アシカ	海獅
ラッコ	海獺
オットセイ	海狗
セイウチ _{sivuch}	海象
クジラ	鯨魚 表現 シロナガス〜：藍鯨；白長鬚鯨｜ナガス〜：長鬚鯨｜セミ〜：露脊鯨｜マッコウ〜：抹香鯨｜イワシ〜：塞鯨
イルカ	海豚
シャチ	逆戟鯨；殺人鯨；虎鯨

海邊的生物

フジツボ	藤壺 說明 一種附著在海邊礁石上的甲殼動物，柔軟的肉體被六塊小石灰板圍繞，外型有如小火山錐一般。
フナムシ	海蟑螂
ヤドカリ	寄居蟹
イソギンチャク	海葵 說明 與其俱有共生關係的「小丑魚」稱為クマノミ。
ヒトデ	海星

動植物

クラゲ	水母；海蜇
サンゴ	珊瑚 表現 さんご礁しょう：珊瑚礁
タツノオトシゴ	海馬

魚類

淡水魚 たんすいぎょ	淡水魚
海水魚 かいすいぎょ	海水魚
深海魚 しんかいぎょ	深海魚
観賞魚 かんしょうぎょ	觀賞用魚
熱帯魚 ねったいぎょ	熱帶魚

ひれ	魚鰭 表現 胸むなびれ：胸鰭｜腹はらびれ：腹鰭｜背せびれ：背鰭｜尻しりびれ：臀鰭｜尾おびれ：尾鰭
うろこ	魚鱗；鱗片
えら	魚鰓 表現 〜ぶだ：鰓蓋
側線 そくせん	魚側線
浮き袋 う　　ぶくろ	魚鰾
尾 お	魚尾巴

觀賞魚・熱帶魚

- キンギョ金魚　　　　　　　　金魚
  - ＊ワキン和金：和金／草金｜リュウキン琉金：琉金｜デメキン出目金：
    出目金／龍睛｜ランチュウ蘭鋳：蘭壽｜オランダシシガシラ：荷蘭
    獅子頭｜アズマニシキ東錦：東錦
- メダカ　　　　　　　　　　　鱂魚（俗稱紅粉佳人）
- コイ鯉　　　　　　　　　　　鯉魚
- グッピーguppy　　　　　　　　孔雀魚
- ソードテールswordtail　　　　劍尾魚
- ブラックモーリーblack molly　黑茉莉
- プラティーplaty　　　　　　　花斑劍尾魚
- ゼブラダニオzebra danio　　　斑馬魚
- エンゼルフィッシュangelfish　神仙魚
- ディスカスdiscus　　　　　　七彩神仙魚
- グラミーgourami　　　　　　　絲足魚
- キッシンググラミーkissinggourami　接吻魚
- ベタbetta　　　　　　　　　　鬥魚
- ネオンテトラneon tetra　　　　霓虹燈魚
- ピラニアpiranha　　　　　　　食人魚
- ミドリフグ　　　　　　　　　金娃娃

爬蟲類

ヘビ	蛇
	表現 とぐろを巻まく：蛇盤成一圈圈的
毒ヘビ どく	毒蛇

ガラガラヘビ	響尾蛇
ハブ	飯匙倩
マムシ	蝮蛇 表現 ～抗血清こうけつせい：蝮蛇抗血清
アオダイショウ	日本錦蛇；青大將
ニシキヘビ	蟒蛇
コブラ cobra	眼鏡蛇

ワニ	鱷魚
イグアナ iguana	鬣蜥、大蜥蜴
カメレオン chameleon	變色龍
トカゲ	蜥蜴

カメ	烏龜 表現 ミシシッピアカミミガメ：巴西龜
ウミガメ	海龜 表現 アオ～：綠蠵龜
甲羅 こうら	（龜、蟹等的）甲殼
鼈甲 べっこう	玳瑁

兩棲類

オタマジャクシ	小蝌蚪

カエル	青蛙
	<kbd>表現</kbd> トノサマガエル：田雞｜アマガエル：樹蛙｜ ツノガエル：角蛙｜ガマガエル：癩蝦蟆
イモリ	蠑螈
	<kbd>表現</kbd> シナ〜：東方蠑螈（巴西火龍）
サンショウウオ	山椒魚、娃娃魚

鳥類

鳥 _{とり}	鳥
	<kbd>表現</kbd> 〜かご：鳥籠
小鳥 _{こ とり}	小鳥
ヒナ	雛鳥；小雞
	<kbd>表現</kbd> つばめの〜：雛燕
水鳥 _{みずとり}	水鳥
渡り鳥 _{わた　どり}	侯鳥

ヤマムスメ（タイワンアオカササギ）	臺灣藍鵲
	<kbd>説明</kbd> 台灣的國鳥。
ニワトリ	雞
	<kbd>表現</kbd> おんどり：公鳥｜めんどり：母鳥
ヒヨコ	黃毛小雞；雛鳥
ウズラ	鵪鶉
ハト	鴿子
	<kbd>表現</kbd> 伝書鳩でんしょばと：傳信鴿
カモ	野鴨
アヒル	鴨子

キジ	雉雞
ガチョウ	鵝
シチメンチョウ	火雞；七面鳥
ハチドリ	蜂鳥
コマドリ	知更鳥 **說明** 特徵是胸前有橘紅色羽毛，常成為耶誕卡片的主角之一，有遞送聖誕節的祝賀之意。
スズメ	麻雀
ツバメ	燕子
カワセミ	翠鳥
ホトトギス	杜鵑鳥
オシドリ	鴛鴦
カササギ	喜鵲
カラス	烏鴉
カケス	藍橿鳥；日本松鴉
ムクドリ	灰椋鳥；白頭翁
ヒバリ	雲雀
カナリア _{canaria}	金絲雀
ジュウシマツ	十姐妹；白文鳥
ウグイス	黃鶯鳥

ブンチョウ	白文鳥
キュウカンチョウ	九官鳥；八哥
キツツキ	啄木鳥
インコ	鸚哥
オウム	鸚鵡
アホウドリ	信天翁（阿房鳥）
ペリカン _{pelican}	鵜鶘；塘鵝
コウノトリ	鸛鳥
サギ	鷺鷥
ゴイサギ	夜鷺
トキ	朱鷺
フクロウ	梟；貓頭鷹
ミミズク	貓頭鷹、鴟鴞
タカ	老鷹
カンムリオオタカ	鳳頭蒼鷹
ワシ	鷲鳥
コンドル _{condor}	兀鷹；南美禿鷹
ハクチョウ	天鵝
ツル	鶴

タンチョウヅル	丹頂鶴
フラミンゴ flamingo	紅鶴；火鶴
クジャク	孔雀 例 ～が羽はねを広ひろげた。孔雀開屏。
ダチョウ	鴕鳥
鳥の羽 とり　　は	鳥羽
とさか	雞冠
水かき みず	蹼
くちばし	鳥喙
羽・翼 はね　つばさ	羽翼・翅膀
ねぐら・巣 　　　　す	鳥窩・鳥巢

昆蟲類

虫 むし	蟲（類的總稱）
昆虫 こんちゅう	昆蟲
幼虫 ようちゅう	幼蟲
成虫 せいちゅう	成蟲
害虫 がいちゅう	害蟲
益虫 えきちゅう	益蟲

ハチ	蜂 表現 ～に刺さされる：被蜂螫了｜～の巣す：蜂巢

ミツバチ	蜜蜂
ハタラキバチ	工蜂
スズメバチ	大胡蜂；馬蜂；虎頭蜂
女王バチ _{じょおう}	女王蜂
アリ	螞蟻
ハタラキアリ	工蟻
兵隊アリ _{へいたい}	兵蟻
女王アリ _{じょおう}	蟻后
シロアリ	白蟻

ノミ	跳蚤 表現 〜に刺ささせる：被跳蚤咬
シラミ	蝨子
ダニ	蟎；壁蝨
ハエ	蒼蠅 表現 〜たたき：打蒼蠅｜〜取とり紙がみ：黏蠅紙
ウジ	蛆蟲
カ	蚊子 表現 〜に刺ささせる：被蚊子叮
チョウ	蝶、蝴蝶
アゲハチョウ	鳳蝶（揚羽蝶）
モンシロチョウ	白粉蝶（紋白蝶）

ガ	蛾
カイコ	蠶
サナギ	蠶蛹；蟲蛹
トンボ	蜻蜓
アカトンボ	紅蜻蜓
シオカラトンボ	白刃蜻蜓；長江蜻蜓
ギンヤンマ	綠胸晏蜓
オニヤンマ	無霸勾蜓
カゲロウ	蜉蝣

セミ	蟬；知了
アブラゼミ	油蟬；秋蟬；大褐蜩
ミンミンゼミ	鳴鳴蟬；蛁蟟

クモ	蜘蛛 表現 ～の巣す：蜘蛛網
ゴキブリ	蟑螂
ムカデ	蜈蚣
サソリ	蠍子
カブトムシ	獨角仙
クワガタムシ	鍬形蟲；大甲蟲

コガネムシ	金龜子
ホタル	螢火蟲
テントウムシ	瓢蟲
タマムシ	吉丁蟲；玉蟲
カミキリムシ	天牛
カマキリ	螳螂
コオロギ	蟋蟀
キリギリス	蚱蜢；螽斯
スズムシ	鈴蟲；金鈴子；金鐘兒
イナゴ／バッタ	蝗蟲
アメンボ	水黽
ミズスマシ	鼓蟲
ゲンゴロウ	龍虱；潛水甲蟲
カタツムリ	蝸牛
ナメクジ	蛞蝓
ミノムシ	蓑蛾；結草蟲

ゴカイ	沙蠋（作為魚餌用）
ミミズ	蚯蚓
ヒル	水蛭；螞蟥

動
植
物

日本的動物園

動物園どうぶつえん：動物園

円山まるやま**動物園**（北海道）｜**旭山**あさひやま**動物園**（北海道）｜**東武**とうぶ**動物公園**（埼玉）｜**上野**うえの**動物園**（東京）｜**多摩**たま**動物公園**（東京）｜**ズーラシア**ZOORASIA（神奈川）｜**富士**ふじ**サファリ**（静岡）｜**伊豆**いず**シャボテン公園**（静岡）｜**バナナワニ園**（静岡）｜**東山**ひがしやま**動物園**（愛知）｜**天王寺**てんのうじ**動物園**（大阪）

圓山動物園（北海道）｜旭山動物園（北海道）｜東武動物園（埼玉）｜上野動物園（東京）｜多摩動物園（東京）｜ZOORASIA横濱動物園（神奈川）｜富士野生動物園（靜岡）｜伊豆仙人掌公園（靜岡）｜熱川香蕉鱷魚園（靜岡）｜東山動物園（愛知）｜天王寺動物園（大阪）

日本的水族館

水族館すいぞくかん：水族館

鴨川かもがわ**シーワールド**（千葉）｜**葛西臨海**かさいりんかい**水族園**（東京）｜**しながわ水族館**（東京）｜**サンシャイン国際水族館**（東京）｜**よみうりランド**（東京）｜**油壺**あぶらつぼ**マリンパーク**（神奈川）｜**新江ノ島**しんえのしま**水族館**（神奈川）｜**八景島**はっけいじま**シーパラダイス**（神奈川）｜**三津**みと**シーパラダイス**（静岡）｜**下田海中**しもだかいちゅう**水族館**（静岡）｜**志摩**しま**マリンランド館**（三重）｜**二見**ふたみ**シーパラダイス**（三重）｜**串本**くしもと**海中公園**（和歌山）｜**沖縄美ら海**おきなわちゅらうみ**水族館**（沖縄）

鴨川海洋公園（千葉）｜葛西臨海水族公園｜品川水族館（東京）｜陽光國際水族館（東京）｜讀賣樂園（東京）｜油壺海洋公園（神奈川）｜新江之島水族館（神奈川）｜八景島海島樂園（神奈川）｜三津海洋樂園（靜岡）｜下田海中水族館（靜岡）｜志摩海洋世界（三重）｜二見海洋樂園（三重）｜串本海中公園（和歌山）｜沖縄美麗海水族館（沖縄）

再多記一點！！

狗・貓

犬 いぬ	狗 **表現** 子こ〜：小狗｜〜がほえる：狗吠｜〜小屋－ご や：狗屋
雑種 ざっしゅ	雜種 **表現** 〜の犬：雜種狗
純血種 じゅんけつしゅ	純種
血統書 けっとうしょ	血統書
飼い犬 か いぬ	有飼主的家犬
野良犬 の ら いぬ	流浪狗 **同** 野犬やけん
捨て犬 す いぬ	野狗；流浪狗
番犬 ばんけん	看門犬
猛犬 もうけん	惡犬
名犬 めいけん	名犬
盲導犬 もうどうけん	導盲犬
聴導犬 ちょうどうけん	聽障輔助犬；聽力犬
警察犬 けいさつけん	警犬
麻薬犬 ま やくけん	緝毒犬
牧羊犬 ぼくようけん	牧羊犬
猟犬 りょうけん	獵犬
救助犬 きゅうじょけん	搜救犬 **表現** 災害さいがい〜：救災犬｜山岳さんがく〜：山難 搜救犬

狗的種類

再多記一點!!

秋田犬あきたけん,あきたいぬ	秋田犬
土佐犬とさけん,とさいぬ	土佐犬
フォルモサンマウンテンドッグ Formosan mountain dog	台灣土狗
珍島犬チンドけん	珍島犬（韓國的國犬）
豊山犬プンサンけん	豊山犬（北韓名種獵犬）
グレート・デーン Great Dane	大丹狗
グレーハウンドgreyhound	格雷伊獵犬（靈堤）
コッカースパニエルcocker spaniel	可卡獵犬
コリーcollie	可利牧羊犬
シェパードshepherd	德國牧羊犬
シーズーshihtzu	西施犬
スコッチ・テリア Scotch terrier	蘇格蘭梗犬
セントバーナードSaint Bernard	聖伯納犬
チャウチャウchowchow	鬆獅犬
マルチーズMaltese	瑪爾濟斯
ダックスフントDachshund	臘腸狗
チン狆	日本狆
チワワchihuahua	吉娃娃
プードルPoodlez	貴賓狗
ブルドッグbulldog	鬥牛犬
ペキニーズPekinese	北京狗
ボクサーboxer	拳獅犬
ポメラニアンPomeranian	博美狗
ヨークシャー・テリア Yorkshire Terrier	約克夏
ラブラドル・レトリーバーlabrador retriever	拉布拉多獵犬

猫 ねこ	貓 表現 子こ〜：小貓
飼い猫 か　ねこ	家貓
野良猫 の　ら　ねこ	野貓 同 どら猫ねこ
捨て猫 す　ねこ	流浪貓

再多記一點！！

貓的種類

アメリカンショートヘア	American shorthair	美國短毛貓
アメリカンカール	American Curl	美國捲耳貓
ペルシャネコ	Persia−	波斯貓
シャムネコ	Siam−	暹邏貓
ターキッシュバン	Turkish Van	土耳其梵貓
チンチラ	Chinchilla	金吉拉

寵物

ペット pet	寵物 表現 〜を飼かう：飼養寵物
愛犬家 あいけん か	愛犬人士
愛猫家 あいびょう か	愛貓人士
愛鳥家 あいちょう か	愛鳥人士
獣医 じゅう い	獸醫
動物病院 どうぶつびょういん	動物醫院；獸醫院

予防注射 よぼうちゅうしゃ	預防針注射 **表現** 〜を受うける：接受預防針注射
狂犬病 きょうけんびょう	狂犬病
寄生虫症 きせいちゅうしょう	寄生蟲病 **表現** 回虫症かいちゅうしょう：蛔蟲病｜犬条虫症いぬじょうちゅうしょう：犬條蟲病｜鉤虫症こうちゅうしょう：鉤蟲病
避妊手術 ひにんしゅじゅつ	結紮手術 **表現** 〜を受ける：做結紮手術
散歩 さんぽ	散步 **表現** 犬を〜させる：帶著狗散步
グルーミング grooming	寵物美容 **表現** ブラッシングbrushing：刷毛｜コーミングcombing：梳毛｜ベイシングbathing：洗澡｜ブローイングblowing：吹整、吹乾｜トリミングtrimming：修剪
しつける	寵物訓練 **表現** 大小便だいしょうべんのしつけ：大小便規矩｜おすわり：坐下｜おあずけ：等一下、不要動｜お手：握手｜おいで：過來｜だめ：不可以、不行｜よし：很好很好｜ほえろ：叫一聲
訓練 くんれん	訓練
餌 えさ	誘餌、食物 **表現** 〜をやる：給予食物
ドッグフード dog food	狗食
キャットフード cat food	貓食
ペットショップ pet shop	寵物店
ペットホテル pet hotel	寵物飯店

ペット霊園 pet　れいえん	寵物墓園
ブリーダー breeder	飼育人員

家畜

家畜 か ちく	家畜
飼育 し いく	飼育 表現 ヒツジを飼かう：養羊
畜産 ちくさん	畜產
酪農 らくのう	酪農
放牧 ほうぼく	放牧 同 放はなし飼がい
牧場 ぼくじょう	牧場
サイロ silo	（塔形或地下室的）飼料儲藏庫
干草 ほしくさ	飼料用乾草
飼料 し りょう	飼料 表現 家畜に〜をやる。餵家畜飼料。
牧草地 ぼくそう ち	牧草地
乳絞り ちちしぼ	擠奶；擠奶工作員
牛舎 ぎゅうしゃ	牛舍
馬屋 うま や	馬廄；馬棚
養鶏場 ようけいじょう	養雞場
養豚場 ようとんじょう	養豬場

養蜂場 ようほうじょう	養蜂場
養蚕場 ようさんじょう	養蠶場

動植物

動物的叫聲

再多記一點！！

- ワンワン　　　汪汪（狗叫聲）
*狗兒聞味道時則為 クンクン

- ニャーオ　　　喵嗚（貓叫聲）
- モーモー　　　哞哞（牛叫聲）
- ヒヒーン　　　嘶嘶（馬叫聲）
- コンコン　　　空空（雉雞叫聲）
- ピョンピョン　兔子一蹦一蹦地跳
*ピョンピョンはねる：蹦蹦跳

- コケコッコー　咯咯（公雞叫聲）
- ガーガー　　　呱呱（鴨子叫聲）
- ピーピー　　　嘰嘰（金絲雀叫聲）
- カーカー　　　啞啞（烏鴉叫聲）
- ミンミン　　　唧唧（蟬叫聲）

- チューチュー　啾啾（老鼠叫聲）
- ブーブー　　　噗噗（豬叫聲）
- メーェ　　　　咩咩（羊叫聲）
- ウォーン　　　吼吼（老虎叫聲）

- ピヨピヨ　　　啾啾（小雞叫聲）
- チュンチュン　嘰喳（麻雀叫聲）
- ポッポッ　　　咕咕（鴿子叫聲）
- ゲロゲロ　　　呱呱（青蛙叫聲）
- ブンブン　　　嗡嗡（蜜蜂翅膀振
動聲）

植物用語

植物 しょくぶつ	植物 表現 多年生たねんせい〜：多年生植物｜一年生いちねんせい〜：一年生植物｜長日ちょうじつ〜：耐久植物｜短日たんじつ〜：短期植物｜食虫しょくちゅう〜：除蟲植物
観葉植物 かんようしょくぶつ	觀葉植物；賞葉植物
観葉樹 かんようじゅ	觀葉樹 表現 光触媒コーティングひかりしょくばいcoating〜：光觸媒塗布處理觀葉樹
高山植物 こうざんしょくぶつ	高山植物
常緑樹 じょうりょくじゅ	常綠樹（包括闊葉常綠、針葉常綠）
落葉樹 らくようじゅ	落葉樹 表現 落おち葉ば：落葉
針葉樹 しんようじゅ	針葉樹（屬裸子植物）
広葉樹 こうようじゅ	闊葉樹（屬被子植物）

木 き	木；樹木 表現 〜を植うえる：種植樹木｜〜が枯かれる：樹木乾枯
枝 えだ	樹枝 表現 〜が茂しげる：枝葉茂密
幹 みき	樹幹；草木的莖幹
株 かぶ	①植物的根株　②（計算植物）〜株、〜棵 表現 バラを一ひと〜植うえる：種植一株玫瑰

動植物

年輪 ねんりん	年輪
花 はな	花；花卉 表現 ～が咲さく：開花｜～が散ちる：花凋謝｜しおれる：花枯萎
花びら はな	花瓣
つぼみ	花蕾；花苞
芽 め	芽；新芽 表現 ～が出でる：發芽｜新しん～：新芽
花粉 か ふん	花粉
おしべ	雄蕊
めしべ	雌蕊
がく	花萼

葉 は	葉子 回 葉はっぱ
根 ね	根；根元
球根 きゅうこん	球根；鱗莖
実 み	果實 表現 ～がなる：長成果實｜～を結むすぶ：結果實

草 くさ	草 表現 ～を取とる：除草、拔草
野草 や そう	野草；雜草
水草 みずくさ	水草

草が生える <ruby>草<rt>くさ</rt></ruby>　<ruby>生<rt>は</rt></ruby>	長草
雑草 <ruby>ざっそう</ruby>	雑草
雑草を刈る <ruby>ざっそう</ruby>　<ruby>か</ruby>	除雑草
しなびる	枯萎
つる（蔓）	藤蔓

種 <ruby>たね</ruby>	種子 表現 〜をまく：播種
苗 <ruby>なえ</ruby>	苗；幼苗 表現 〜を植うえる：培植幼苗
田植え <ruby>た　う</ruby>	插秧
稲刈り <ruby>いね か</ruby>	割稲；收稲
収穫 <ruby>しゅうかく</ruby>	收割；收穫
かかし	稻草人

生花 <ruby>せいか</ruby>	鮮花 圆 造花ぞうか
生け花 <ruby>い　ばな</ruby>	插花
花器 <ruby>か き</ruby>	花器；花盆
花瓶 <ruby>か びん</ruby>	花瓶
水盤 <ruby>すいばん</ruby>	（插花或盆景用的）水盤
剣山 <ruby>けんざん</ruby>	花插座；劍山
押し花 <ruby>お　ばな</ruby>	壓花

造花 ぞうか	人造花 同 アーティフィシャルフラワーartificial flower
盆栽 ぼんさい	盆栽
水栽培 みずさいばい	水耕；水栽
箱庭 はこにわ	庭園式盆景 説明 仿照山水或庭園模樣的觀賞品。

園藝

花壇 かだん	花圃
植木鉢 うえきばち	花盆
プランター planter	花盆；花架
シャベル shovel	鏟子；鐵鍬
じょうろ	灑水壺；澆花壺 表現 ～で花に水をやる：用噴壺給花澆水
スコップ schop	短柄小鏟子
肥料 ひりょう	肥料 表現 ～をやる：施肥
堆肥 たいひ	堆肥
こやし	肥料；水肥

農業

| 農場
のうじょう | 農場 |
| 菜園
さいえん | 菜園 |

17

動植物

温室 おんしつ	（栽培植物的）溫室
ビニールハウス vinyl house	塑膠膜溫室；塑料溫室
果樹園 か じゅえん	果園

農器具 のう き ぐ	農業器具
耕耘機 こううん き	耕耘機
トラクター tractor	牽引機 例 〜で畑を耕たがやす。耕作田地。
田植え機 た う き	插秧機
コンバイン combine	水稻聯合收穫機 説明 用於水稻收割，包括割取、清除稻稈、脱穀、裝袋、排草…等作業的大型農業機械。
手押し車 て お ぐるま	手推車
犂 すき	犁；犁頭
鋤 すき	鋤；鋤頭
くまで	（鐵或竹製的）耙子
くわ	鋤頭；十字鎬
かま	鐮刀
箕 み	簸箕
石うす いし	石臼；石磨
うす	臼；磨
きね	杵

水車 すいしゃ	水車 表現 (〜の)うす：水車小屋
ござ／むしろ	涼蓆／草蓆

樹木

マツ(松)	松；松樹
タケ(竹)	竹子
ヒノキ(檜)	檜木
ケヤキ(欅)	欅樹
モミ(樅)	冷杉
クヌギ(櫟)	橡樹
ブナ	山毛欅
ニレ(楡)	榆樹
クスノキ(楠)	樟樹
スギ(杉)	杉樹
ヤナギ(柳)	柳樹
カシ(樫)	橡樹；櫟樹
プラタナス platanus	梧桐樹
ポプラ poplar	白楊樹 表現 〜並木なみき：成列的白楊樹
アカシア acacia	洋槐；刺槐

シラカバ(白樺)	白樺
菩提樹 ぼ だいじゅ	菩提樹
ウルシ(漆)	漆樹 表現 ～にかぶれる：沾到漆了
キリ(桐)	桐木
マサキ(正木)	衛矛
クワ(桑)	桑樹
イチョウ(銀杏)	銀杏
カエデ(楓)／モミジ(紅葉)	楓葉／紅葉
ヒイラギ(柊)	柊樹；冬青樹
ヤシ(椰子)	椰子樹
ソテツ(蘇鉄)	蘇鐵；鐵樹
サボテン	仙人掌
ツバキ(椿)	山茶 表現 ～の花：山茶花
サクラ(桜)	櫻樹；櫻花 表現 ～の花：櫻花｜シダレザクラ枝垂れ桜：垂枝櫻
フジ(藤)	紫藤；藤蔓
サンザシ(山査子)	山楂樹
レンギョウ	連翹 説明 花朵是黃色的，俗稱「一串金」。
ツツジ	杜鵑 表現 クロフネ～：黑船杜鵑

クチナシ	梔子花
サルスベリ	百日紅；紫薇
ハナミズキ	茱萸
ムクゲ(槿)	木槿
サザンカ(山茶花)	山茶花
カラタチ	桔柑

果實

ウメ(梅)	梅子；梅樹 表現 〜の花：梅花
リンゴ	蘋果
モモ(桃)	桃子 表現 〜の花：桃花
ナシ(梨)	梨子
クリ(栗)	栗子
カキ(柿)	柿子
ミカン	蜜柑
ブドウ(葡萄)	葡萄
クルミ	核桃
アンズ(杏)	杏桃
ヤマブドウ	山葡萄

花草

スイートピー <small>sweet pea</small>	香豌豆
クロッカス <small>crocus</small>	番紅花
スミレ	紫羅蘭；菫 表現 〜色すみれいろ：深紫色
パンジー <small>pansy</small>	三色菫
忘れな草 <small>わす　　　ぐさ</small>	勿忘我
タンポポ	蒲公英
ヒナゲシ	雛嬰粟；虞美人 同 グビジンソウ：虞美人草
ケシ(芥子)	罌粟花；芥菜籽
チューリップ <small>tulip</small>	鬱金香
オキナグサ(翁草)	白頭翁花
スズラン(鈴蘭)	鈴蘭
スイセン(水仙)	水仙
カーネーション <small>carnation</small>	康乃馨
ヒヤシンス <small>hyacinth</small>	風信子
シャクヤク(芍薬)	芍藥
ボタン(牡丹)	牡丹
ユリ	百合

動植物

ハス(蓮)	蓮 表現 スイレン：睡蓮
アヤメ	水菖蒲 表現 ショウブ：菖蒲
アマリリス amaryllis	孤挺花
アサガオ(朝顔)	牽牛花；喇叭花
月見草 つき み そう	月見草
マーガレット marguerite	瑪格麗特
マツバボタン	馬齒莧；荷蘭菜
ホタルブクロ	紫斑風鈴草
ホオズキ	燈籠草
バラ(薔薇)	玫瑰 表現 〜のとげ：玫瑰刺｜野のバラ：野玫瑰
ハイビスカス hibiscus	扶桑花
ホウセンカ(鳳仙花)	鳳仙花
ハマナス	野玫瑰；薔薇
ヒマワリ	向日葵
ラン(蘭)	蘭花 表現 洋よう〜：東洋蘭
リンドウ	龍膽草
コスモス cosmos	大波斯菊
ダリア dahlia	大理花

ケイトウ(鶏頭)	雞冠花
キク(菊)	菊花 表現 野菊のぎく：野菊花
アジサイ	紫陽花；繡球花
カスミソウ	滿天星
クローバー <small>clover</small>	三葉草；幸運草
アザミ(薊)	薊；薊草
ネコジャラシ	狗尾草
アシ(葦)	蘆葦
ヒョウタン(瓢箪)	葫蘆
ヘチマ	絲瓜
アケビ	通草；木通
ツタ(蔦)	常春藤
コケ(苔)	苔蘚 表現 ～が生はえる：長青苔
芝 <small>しば</small>	（舖草坪用的）短草 表現 ～生－ふ：草坪、草地
シダ	羊齒草（蕨類）

17

動植物

春天七草

セリ（芹）	水芹	ナズナ（薺）	薺菜
ゴギョウ（ハハコグサ）	鼠曲草	ハコベ（ハコベラ）	繁縷
ホトケノザ	寶蓋草	スズナ（カブ）	大頭菜（蕪菁）
スズシロ（ダイコン）	菜頭（白蘿蔔）		

秋天七草

ハギ（萩）	胡枝子	ススキ	狗尾草
クズ（葛）	葛花	ナデシコ	瞿麥花
オミナエシ	女郎花	フジバカマ	蘭草
キキョウ（桔梗)	桔梗		

再多記一點!!

じょうほう

情報和通訊

18

媒體用語

メディア media	媒體 **表現** 活字かつじ～：報章雜誌媒體｜電子でんし～：電子媒體
マスコミ mass communication	大眾傳播
マスメディア mass media	大眾傳播媒體
マルチメディア multimedia	多媒體
コミュニケーション communication	資訊；通訊
広告媒体 こうこくばいたい	廣告媒體

情報 じょうほう	情報；訊息 **表現** ～を送おくる：傳遞情報
通信 つうしん	通訊（包括信件、E-mail、電話等方式）
情報通信技術 じょうほうつうしん ぎ じゅつ	情報通訊技術
デジタル回線 digital　　　かいせん	數位線路
アナログ回線 analog　　　かいせん	類比線路
リアルタイム real time	即時 **表現** ～翻訳ほんやく：即時翻譯、同步口譯
ネットワーク network	網絡；網路

18

情報和通訊

播放與視聽

放送 ほうそう	**播放；播送** 表現 ～局－きょく：電視台｜国営こくえい～：國營電視台｜民間みんかん～：民營電視台｜ケーブルテレビcable TV：有線電視｜有線ゆうせん～：有線電視台
中継 ちゅうけい	**現場轉播** 表現 舞台ぶたい～：舞台現場轉播｜実況じっきょう～：實況轉播｜衛星えいせい～：衛星轉播
生放送 なまほうそう	**現場直播** 表現 再放送さいほうそう：重播｜公開放送こうかいほうそう：公開播放｜衛星放送えいせいほうそう：衛星播放｜音声多重放送おんせいたじゅうほうそう：多重聲道播放｜二にか国語放送こくごほうそう：雙語播放
地デジ ち	**地上數位播送服務**
ワンセグ 1 seg	**行動數位電視** 說明 指藉由手機等的可攜式機器接收映像，類似國內數位電視廣播DMB的日本服務。
ハイビジョン Hi-Vision	**高畫質；高解析度**
テロップ telop	**（含有文字、圖像的）跑馬燈**
視聴者 し ちょうしゃ	**觀眾；收視者**
視聴率 し ちょうりつ	**收視率**
アナウンサー announcer	**主播；播報員**
リポーター reporter	**記者**
ニュースキャスター newscaster	**新聞主播；新聞播報員**

司会 しかい	主持人；司儀 表現 ～を受うけ持もつ：擔任主持人
プロデューサー producer	製作人
ディレクター director	導演；導播

18 節目

チャンネル channel	頻道 表現 ～を変かえる：轉台
番組 ばんぐみ	節目 表現 テレビ～：電視節目
ドキュメンタリー documentary	記錄片
ニュース news	新聞 表現 ～速報そくほう：新聞快報 ｜ 主要しゅよう～：主要新聞 ｜ 臨時りんじ～：臨時插播新聞
スポーツ番組 sports　　　　ばんぐみ	運動節目
娯楽番組 ごらくばんぐみ	娛樂節目；綜藝節目
視聴者参加番組 しちょうしゃさんかばんぐみ	現場觀眾節目
クイズ番組 quiz　　　　ばんぐみ	猜謎節目 表現 正解せいかいです：正確答案 ｜ 違ちがいます：答錯 ｜ ○まる：圈圈（表示正確）｜ ×ばつ：叉叉（表示錯誤）
お笑い番組 わら　　ばんぐみ	搞笑節目
トークショー talk show	脫口秀；談話性節目
連続ドラマ れんぞく drama	連續劇
メロドラマ melodrama	通俗劇；浪漫愛情劇

時代劇 じだいげき	時代劇；古裝劇 **說明** 也經常被稱為チャンバラ映画（武打片）。チャンバラはチャンチャンバラバラ（效果音：電影或戲劇中，用刀砍東西時的聲音）的略語。
大河ドラマ たいが drama	歷史故事連續劇；NHK大河劇
隠し芸大会 かく げいたいかい	餘興表演節目
歌番組 うたばんぐみ	歌唱節目
口パク くち	對嘴
落語 らくご	單口相聲 **說明** 是日本的一種傳統表演藝術，在講述有劇情大綱的有趣故事時，同時搭配上肢體動作，藉此引起聽者的興致。
漫才 まんざい	多口相聲、對口相聲 **說明** 由兩人以極快的速度互相講述笑話的舞臺藝術，起源於關西地區。
ものまね	模仿 **說明** 声帯模写せいたいもしゃ指的是模仿他人的聲音或動物的叫聲；ものまね則是指連演員的動作也一起模仿。
腹話術 ふくわじゅつ	腹語術
芸能人 げいのうじん	藝人
コメディアン comedian	喜劇演員
お笑いタレント わら talent	搞笑藝人
ギャラ guarantee	演出費；酬勞；車馬費

新聞

ジャーナリズム journalism	新聞業；報章雜誌
報道 ほうどう	報導
掲載 けいさい	刊載 表現 雑誌ざっしに〜する[〜される]：[被]刊登在雜誌上
媒体 ばいたい	媒體
デスク desk	（報紙、廣播）編輯部
記者 きしゃ	記者 表現 新聞しんぶん〜：新聞記者
フリーライター free writer	自由作家
カメラマン cameraman	攝影師
取材 しゅざい	採訪
共同声明 きょうどうせいめい	共同聲明
記者会見 きしゃかいけん	記者招待會 表現 〜を持もつ：召開記者招待會 ｜ 〜に応おうじる：出席記者招待會
公式発表 こうしきはっぴょう	官方發表 表現 非ひ〜：非官方發表
インタビュー interview	面對面訪談、訪問 表現 単独たんどく〜：一對一訪談 ｜ 独占どくせん〜：獨家訪談

新聞 しんぶん	報紙 表現 一般紙いっぱんし：一般報 ｜ 専門紙せんもんし：專門報 ｜ 政党紙せいとうし：黨報 ｜ 機関紙きかんし：政府、公家機關報 ｜ 業界紙ぎょうかいし：業界專門報 ｜ 大学だいがく〜：校園報

情報和通訊

日刊紙 にっかん し	日報；日刊
全国紙 ぜんこく し	全國性報紙 説明 有読売よみうり新聞、朝日あさひ新聞、毎日まいにち新聞、日本経済にほんけいざい（簡單可稱為日経にっけい新聞）、産経さんけい新聞等五大報紙。
地方紙 ち ほう し	地方小報 説明 北海道ほっかいどう新聞（札幌）、河北かほく新聞（仙台）、東京新聞（東京）、中日ちゅうにち新聞（名古屋）、中国ちゅうごく新聞（広島）、西日本にしにほん新聞（福岡）等，稱為「ブロック紙」。
スポーツ紙 sport し	運動報 説明 有日刊にっかんスポーツ（朝日新聞系列）、スポーツニッポン（毎日新聞系列）、スポーツ報知ほうち（読売新聞系列）、サンケイスポーツ（産経新聞系列）、デイリースポーツ（神戸新聞系列）等。
タブロイド紙 tabloid し	（以聳動報導為特點的）小報 説明 夕刊ゆうかんフジ、日刊にっかんゲンダイ、内外ないがいタイムス等。
朝刊 ちょうかん	早報 説明 日本的報紙常會分成早報和晚報的形式來發行。通常一天發行兩次的早晚報，被稱為セット版ばん；一天只發行一次的晨報，被稱為統合版とうごうばん。最近因為只看晨報的家庭越來越多，所以也有報社像産経新聞（東京總公司）一樣，中止晚報的發行。
夕刊 ゆうかん	晚報
速報 そくほう	速報
特集 とくしゅう	特集

特ダネ とく	快訊；獨家
号外 ごうがい	號外
見出し み だ	（報章雜誌的）標題
サブタイトル subtitle	副標題
記事 き じ	內容；內文
トップ記事 top　　　き じ	頭版 表現 1 面いちめんトップニュース：頭版的頭條新聞
三面記事 さんめん き じ	社會版
ゴシップ記事 gossip　　き じ	八卦新聞
デマ demagogie	流言；傳聞 表現 ～を流ながす：把留言傳開了
社説 しゃせつ	社論
社会面 しゃかいめん	社會生活版
政治面 せい じ めん	政治版
経済面 けいざいめん	經濟版
文化面 ぶん か めん	藝文版
芸能欄 げいのうらん	娛樂版
投稿欄 とうこうらん	讀者投稿版
訃報欄 ふ ほうらん	訃聞版
書評 しょひょう	書評
回顧録 かい こ ろく	回憶錄

連載小説 れんさいしょうせつ	連載小説
コラム column	專欄 **説明** 較著名的是朝日新聞あさひしんぶん的『天声人語てんせいじんご』。

読者 どくしゃ	讀者
購読 こうどく	訂閱 **表現** 購読申し込み：訂閱申請
新聞配達 しんぶんはいたつ	派報；發報
新聞販売店 しんぶんはんばいてん	報紙營業所
社説 しゃせつ	社論
論説 ろんせつ	評論 **表現** ～委員－いいん：評論委員

広告 こうこく	廣告 **表現** 求人きゅうじん～：分類廣告、求才廣告｜折おり込こみ～：夾頁廣告｜～主－ぬし：廣告主
コマーシャル commercial	商業廣告 **同** CMシーエム
提供 ていきょう	提供；贊助
広報 こうほう	廣告宣傳 **表現** ～活動－かつどう：廣告宣傳活動

郵政

郵便 ゆうびん	郵務；郵件
郵便局 ゆうびんきょく	郵局 表現 ～員-いん：郵局經辦人員
郵便配達 ゆうびんはいたつ	郵件配送
郵便番号 ゆうびんばんごう	郵遞區號 説明 日本郵政號碼的標誌是〒，這是逓信ていしん的片假名寫法テイシン的テ字的圖案化。郵政編號由七個字組成，例如〒１０３－００２８（表示「東京都中央区八重洲１丁目」）。
郵便ポスト ゆうびん　post	郵筒 表現 投函とうかんする：投遞｜郵便受ゆうびんうけ：收件
私書箱 ししょばこ	郵政信箱

差出人 さしだしにん	寄件人
受取人 うけとりにん	收件人
宛名 あて な	收信人姓名
宛先 あてさき	收件者住址

～様 さま	～先生／女士 例 田中一郎～。田中一郎先生。
～御中 おんちゅう	～發信給非個人的單位時置於名稱後的公函用語 例 ○○～。○○公啟

	説明 為運送郵件時，公司或團體等在非個人名字的別名後面，所使用的語詞。
～様方 さまかた	～敬啟者 説明 對方地址的寫法，例如「井原一博様方　朴慶俊様」；自己地址的寫法，例如「井田哲一方　李星郁」。
～宛 あて	～收信之團體／單位 例 今井～に送おくってください。請寄到今井家。

書寫信封收信人地址的方法

再多記一點!!

寄信給長輩、同輩或晚輩時，一般都是寫成 ○○樣。寄信給老師或醫生時，也可以寫成 ○○先生，但一般寫 ○○樣 就可以了。即使收信人和自己是熟識的關係，也絕對不可以省略「樣」的字樣。如果是要寄信給公司或團體，則寫成 ○○御中。如果是要寄給某公司的社長，就要寫成 □□株式会社　○○樣。

手紙 て がみ	書信 表現 ～を書かく：寫信
便り たよ	信；來信
封筒 ふうとう	信封 表現 返信用へんしんよう～：回郵信封
便箋 びんせん	信箋、信紙
はがき	明信片 表現 往復おうふく～：往返明信片｜絵え～：風景明信片、圖案明信片

情報和通訊

切手 きって	郵票 表現 〜を貼はる：貼郵票｜80円はちじゅうえん〜：80元郵票｜記念きねん〜：紀念郵票
収入印紙 しゅうにゅういんし	印花

送る おく	寄送；遞送 表現 手紙を〜：寄信
郵送 ゆうそう	郵寄 表現 発送はっそう：發送
内容証明 ないようしょうめい	內容證明郵件；保價郵件 説明 記載寄信人、收件人、日期、信函內容等的信函副本。
配達証明 はいたつしょうめい	寄送證明
料金受取人払い りょうきんうけとりにんばらい	郵資到付
消印 けしいん	郵戳 表現 スタンプstamp：郵戳；紀念戳｜スタンプを押おす：蓋郵戳

書留 かきとめ	掛號信
郵便振替 ゆうびんふりかえ	郵政劃撥
郵便為替 ゆうびんかわせ	郵政匯票
郵便送金 ゆうびんそうきん	郵政匯款
電報 でんぽう	電報 表現 〜を打うつ：打電報
速達 そくたつ	限時專送
小包 こづつみ	小包

荷物 にもつ	包裹
荷造り にづく	打包；捆包
航空便 こうくうびん	航空信；空運
船便 ふなびん	船運
EMS イーエムエス	EMS；國際快捷
DHL ディーエイチエル	DHL快遞
FedEx フェデックス	聯邦快遞
宅配便 たくはいびん	宅配公司；宅配服務 同 宅急便たっきゅうびん
ゆうパック pack	日本郵政宅配便
バイク便 bike びん	（以機車配送的）當日快遞
取扱店 とりあつかいてん	宅配收件店面

年賀狀 ねんがじょう	賀年卡
暑中見舞 しょちゅうみまい	盛夏問候 說明 在夏季很熱的時候（從小暑〈7月7日之際〉到立秋〈8月7日之際〉為止），所寄出的問候信。上面會寫著「暑中お見舞い申し上げます」或「暑中お伺い申し上げます」的季節問候語。寫日期的方法不是寫成「○年○月○日」，而是寫成「○○年 盛夏」或「○○年○月」。如果時節過了，就寄「殘暑見舞い」。
殘暑見舞 ざんしょみまい	入秋問候（8月7日以後）

寒中見舞 _{かんちゅう み まい}	寒冬問候 🈳 為在寒冷的天氣時，詢問對方是否健康的問候信。原先沒寄賀年卡的人，寄了賀年卡過來時，或是想問候服喪中的人時，都可以拿來使用。寫寒中見舞い的時機是從進入酷寒時期之際到立春前一日（2月3日）之間。
文通 _{ぶんつう}	通信；書信往來 🈸 ペンパルpen pal　表現 ～する 動：通信 🈳 日本人不會講成ペンパルする。
文通相手 _{ぶんつうあい て}	通信者 🈸 ペンパルpen pal
返事 _{へん じ}	回應 表現 ～を出だす：回覆
返信 _{へんしん}	回信
通知 _{つう ち}	通知；告知

電話

電話 _{でん わ}	電話 表現 ～をかける：打電話｜～をつなぐ：接通電話｜～をとる：接電話｜～をかわる：將電話轉給他人｜～を切きる：掛電話｜～が切れる：電話斷線
通話 _{つう わ}	通話
受話器 _{じゅ わ き}	話筒

交換手 _{こうかんしゅ}	轉接員；話務員
内線 _{ないせん}	內線
外線 _{がいせん}	外線

電話帳 でん わ ちょう	電話簿
電話番号 でん わ ばんごう	電話號碼
番号ポータビリティー ばんごう portability	號碼可攜性服務 **説明** 指手機申請人即使更換了通信公司，仍可以繼續使用原來號碼的制度或系統。
番号案内 ばんごうあんない	查號
局番 きょくばん	區碼
市外局番 し がいきょくばん	外線市區碼 **説明** 主要都市的區域號碼如下。 札幌市(011)　　　　仙台市(022) 新潟市(025)　　　　さいたま市(048) 千葉市(043)　　　　東京２３区(03) 横浜市(045)　　　　川崎市(044) 浜松市(053)　　　　静岡市(054) 名古屋市(052)　　　京都市(075) 大阪市(06)　　　　　堺市(072) 神戸市(078)　　　　広島市(082) 北九州市(093)　　　福岡市(092)
電話料金 でん わ りょうきん	電話費

市外電話 し がいでん わ	長途電話
フリーダイヤル free dial	免付費電話 **説明** 電話號碼的局號是由0120開頭的，但最近也有由0800開頭的號碼。
コレクトコール collect call	對方付費電話
公衆電話 こうしゅうでん わ	公用電話 **表現** ～ボックスbox：公用電話亭

情報和通訊

国際電話 こくさいでん わ	國際電話
ローミングサービス roaming service	漫遊服務
無線電話 む せんでん わ	無線電話
テレホンカード telephone card	電話卡
ファックス fax	傳真
話し中 はな　　ちゅう	電話中；占線 表現 かけ直なおす：重撥
伝言 でんごん	留言
転送 てんそう	轉接
いたずら電話 でん わ	惡作劇電話；騷擾電話
間違い電話 まちが　　でん わ	打錯電話 例 間違っておかけですよ。你打錯了喔！
留守番電話 る す ばんでん わ	電話答錄機 同 留守電るすでん
メッセージ message	簡訊、訊息 表現 ～センターcenter：訊息中心 | ただいま電話に出られませんので～センターにおつなぎします。ピーッという発信音はっしんおんのあとに、お名前とご用件ようけんをお話し下さい。終わりましたら＃シャープを押おしてください。目前無法接聽，將轉接至語音信箱，請在嗶聲後留下您的姓名和留言，結束後請按#字鍵。
携帯電話 けいたいでん わ	手機、行動電話 口語 ケータイ 例 おい、ケータイ鳴ってるよ。喂！你手機在響喔！| ケータイの番号、教えて。告訴我手機號碼。

着メロ ちゃく　melo	來電鈴聲
マナーモード manner mode	靜音模式
発信者番号通知 はっしんしゃばんごうつう ち	來電者號碼顯示 表現 電話番号が出ない：沒有顯示電號碼｜非通知 ひつうちだ：未知者來電
ケータイメール mail	手機簡訊信箱 說明 在日本，相對比起e-mail或手機簡訊，日本人更常使用手機郵件。在日本，如果講到メール，一般都是指手機郵件的意思，電腦郵件會稱為eメール，如此做區分。

電腦用語

コンピューター computer	電腦 表現 ～音痴おんち：電腦白癡
パソコン personal computer	個人電腦 說明 日本人不會講ピーシー（PC）。
デスクトップ desktop	桌上型電腦；桌機
ノートパソコン note	筆記型電腦、筆電 說明 ノートブック是商品名稱，一般不會拿來稱呼。
ウィンドウズ Windows	視窗、視窗作業系統
マック Mac	麥金塔（Mac）
マッキントッシュ Macintosh	麥金塔

モバイル mobile	可攜式的
端末機 たんまつき	終端機
ペンティアム Pentium	奔騰處理器 說明 英國英特爾（Intel）公司生產的微處理器。
ランカード LAN Card	網路卡

ウイルス Virus	電腦病毒
ウイルスワクチン Virus vaccine	防毒軟體
ハッカー hacker	電腦駭客

ハードウエア hardware	硬體

ソフトウエア software	軟體
バージョン情報 version じょうほう	版本資料
アップグレード upgrade	升級
ワープロ word processor	文字處理機

フォーマット format	格式化
ハードディスク hard disk	硬碟
CD-ROM シーディーロム	光碟機
メモリー memory	記憶體 表現 ～スティックstick：隨身碟
フラッシュメモリー flash memory	快閃記憶體
メガバイト megabyte	百萬位元組
ギガバイト gigabyte	十億位元組
光ファイバー ひかり fiber	光纖

プログラム program	應用程式
プロパティー property	版權；所有權
データベース data base	資料庫；數據庫
ディレクトリー directory	（文件或程式的）目錄
スタートボタン start button	開始鍵
セットアップ set up	設定；建立

情報和通訊

コントロールパネル control panel	控制台
マイコンピューター My computer	我的電腦
マイドキュメント My document	我的文件
ユーザー設定 user せってい	使用者設定
カスタマイズ customize	自訂程式；預設格式
ヘルプ help	說明及支援
ごみ箱 ばこ	資源回收桶、垃圾桶 表現 ～に捨すてる：移至資源回收桶｜～を空からにする：清空資源回收桶

鍵盤

キーボード keyboard	鍵盤
ショートカット short cut	捷徑
ナムロックキー Num Lock key	數字鎖定鍵
シフトキー Shift key	Shift鍵
コントロールキー Ctrl key	Ctrl鍵；控制鍵
デリートキー Delete key	Delete鍵；清除健
バックスペースキー backspace key	倒退鍵
テンキー ten key	數字鍵盤
エスケープキー Escape key	Esc鍵；退出鍵
エンターキー Enter key	Enter鍵；輸入鍵

キャップスロックキー Caps Lock key	大寫鎖定鍵
タブキー Tab key	Tab鍵
ファンクションキー function key	呼叫功能鍵
ページアップキー Page Up key	PgUp鍵；上一頁鍵
ページダウンキー Page Down key	PgDn鍵；下一頁鍵
ホームキー Home key	回最上層鍵

アルファベット入力 alphabet にゅうりょく	英文字母輸入 表現 日本語入力：日文輸入｜中国語入力：中文輸入｜ハングル入力：韓文輸入
フォント font	字型
半角 はんかく	半形
全角 ぜんかく	全形
カーソル cursor	游標
マウス mouse	滑鼠 表現 光学式こうがくしき～：光學滑鼠｜ワイヤレスwireless～：無線滑鼠
スクロールバー scroll bar	捲軸
ホームポジション home position	回起始位置
右クリック みぎ click	按右鍵
左クリック ひだり click	按左鍵
ダブルクリック double click	連續點兩下；雙擊

モニター monitor	螢幕
液晶画面 えきしょう が めん	液晶畫面 表現 液晶ディスプレーdisplay：液晶螢幕
アイコン icon	圖示
壁紙 かべがみ	桌面圖案
プリンター printer	印表機 表現 レーザーlaser～：雷射印表機｜熱転写ねつてんしゃ～：熱複寫印表機｜インクジェットink-jet～：噴墨印表機
モデム modem	數據機
スキャナー scanner	掃描機

立ち上げ た あ	啟動；開機 同 起動きどう　表現 再起動さいきどう：重開機
初期化 しょ き か	初始化
フリーズする freeze	當機；電腦沒有回應
固まる かた	凍結；靜止
解凍 かいとう	解壓縮 表現 自動じどう～：自動解壓縮
バックアップ backup	備份 表現 ～を取とる：製作備份
データ data	資料 表現 ～が飛とぶ：資料遺失｜～復旧ふっきゅう：資料復原
ステータスバー status bar	狀態列

タスクバー taskbar	工作列；工具列
ツール tool	工具
ツールボックス tool box	工具箱
ツールパレット tool palette	工具盤
フォルダー folder	檔案夾
ファイル file	檔案 表現 〜を開ひらく：開啟檔案｜〜を閉とじる：關閉檔案
新規作成 しん き さくせい	新增檔案；開新檔案
保存 ほ ぞん	儲存 表現 名前なまえをつけて〜：另存新檔
上書き保存 うわ が ほ ぞん	覆蓋；另存新的檔名取代原有已存在的檔名
ページ設定 page せってい	頁面設定 表現 書式を設定する：格式設定
ヘッダー header	頁首
フッター footer	頁尾
切り取り き と	剪下
カット＆ペースト cut paste	剪下＆貼上
コピー copy	複製
ペースト paste	貼上
削除 さくじょ	刪除
ドラッグ drag	拖曳

ドラッグ&ドロップ drag　　　　drop	拖放
全画面表示 ぜん が めんひょう じ	全螢幕顯示
印刷範囲 いんさつはん い	列印範圍
印刷プレビュー いんさつ preview	預覽列印
キャンセル cancel	取消（執行）

セル cell	儲存格
行 ぎょう	行
列 れつ	列
ワークシート worksheet	工作表
ソート sort	排序
挿入 そうにゅう	插入

應用程式

アプリケーション application	應用程式 表現 ワードWord：文書處理軟體｜エクセルExcel：試算表｜アウトルックOutlook Express：電子郵件用戶端｜パワーポイントPowerPoint：簡報程式｜フォトショップPhotoshop：影像處理軟體｜イラストレーターIllustrator：向量繪圖軟體｜ページメーカーpagemaker：排版軟體｜インデザインInDesign：排版軟體｜アクロバットリーダーAcrobat Reader：文件閱讀軟體｜インターネットエクスプローラーInternet Explorer：網路搜尋軟體；網頁瀏覽器｜フラッシュプレーヤーFlash Player：多媒體程式播放器

網際網路

インターネット Internet	網際網路
インターネットカフェ Internet café	網咖
サーバー server	伺服器
プロバイダー provider	電信業者；網路服務業者
ログイン log in	登入
ログアウト log out	登出
ネチズン netizen	網路公民
ネチケット netiquette	網路禮儀
掲示板 けい じ ばん	留言板
チャット chat	聊天
ウェブサイト web site	網站
ダウンロード download	下載
ホームページ homepage	網站；網站首頁 表現 ～を立ち上げる：建立新的網站
ブログ blog	部落格
関連リンク かんれん link	相關連結
お気に入り き い	我的最愛
よくある質問 しつもん	常見問題集
文字化けする も じ ば	文字亂碼

電子商取引 でん し しょうとりひき	電子商務交易
ネットバンキング net banking	網路銀行
ネットショッピング net shopping	網路購物
オークション auction	拍賣
セキュリティー security	網路安全
パスワード password	密碼
個人情報 こ じんじょうほう	個人資料
取り消し と け	取消
適用 てきよう	允許；適用

情報検索 じょうほうけんさく	資料搜尋
検索エンジン けんさく engine	搜尋引擎 表現 ヤフーYahoo：雅虎Yahoo｜グーグルGoogle：谷 歌Google｜ネイバーNaver：Naver 説明 台湾の検索サイト：台灣的搜尋引擎 ・Yahoo!奇摩：http://tw.yahoo.com/ ・Google台灣：http://www.google.com.tw/ ・yam天空：http://www.yam.com/ ・PChomehttp：http://www.pchome.com.tw/ ・MSN台灣：http://tw.msn.com/ ・新浪網：http://www.sina.com.tw/
動画 どう が	影像
H画像 エッチ が ぞう	色情圖片
アダルトサイト adult site	成人網站

電子郵件

メール <small>mail</small>	電子郵件
ショートメール <small>short mail</small>	簡訊；短訊 説明 也可以稱為SMSメール，在日本不會像台灣一樣那麼常使用。而且，如果不是相同的通信公司，就不可以發送訊息。
フリーメール <small>free mail</small>	免費信箱
ホットメール <small>hotmail</small>	Hotmail
空メール <small>から mail</small>	沒有內容的信件；空白郵件 説明 指什麼內容也沒寫的mail。
メールアドレス <small>mail address</small>	電子信箱 説明 也可以簡單稱為メルアド。
アットマーク <small>at mark</small>	@符號；小老鼠
.com <small>ドットコム</small>	.com
添付ファイル <small>てん ぷ file</small>	附加檔案 表現 画像添付がぞうてんぷ：附檔圖片
受信トレイ <small>じゅしん tray</small>	收件匣
送信トレイ <small>そうしん tray</small>	寄件匣
送信済みアイテム <small>そうしん ず item</small>	已寄出信件匣；寄件備份
顔文字 <small>かお も じ</small>	表情符號
スパムメール <small>spam mail</small>	垃圾信件 同 迷惑めいわくメール
メーリングリスト <small>mailing list</small>	郵件列表；郵件清單
アドレス帳 <small>address ちょう</small>	通訊錄

語言學

言葉 ことば	言語；話語 表現 お〜：言語、話｜〜遣づかい：用字遣詞｜〜が通じない：語言不通
口語 こうご	口語 同 話はなし言葉
文語 ぶんご	書面用語 同 書かき言葉
言語 げんご	言語、語言
語学 ごがく	外語學習 說明 語学多指日語以外的外語學習。
言語学 げんごがく	語言學 說明 言語学指對語言本身的科學研究，即語言學。
音声学 おんせいがく	聲調學；音韻學

語学教室 ごがくきょうしつ	外語教室
LL教室 エルエルきょうしつ	語言教室 說明 LL是Language Laboratory的縮寫，指為了訓練外語聽力或會話能力，設有多媒體設備的教室。
入門 にゅうもん	入門 表現 〜クラスclass：入門班
初級 しょきゅう	初級；初階 表現 〜クラス：初級班
中級 ちゅうきゅう	中級；中階 表現 〜クラス：中級班
上級 じょうきゅう	高級；高階 表現 〜クラス：高級班

情報和通訊

D說・會話

話す はな	說話；談話
話し方 はな　かた	說話方式
スピーチ speech	演說；說話
会話 かい わ	口語會話；對話

ネーティブスピーカー native speaker	說母語的人、母語話者 說明 也可以簡單稱為ネーティブ。
ボディーランゲージ body language	肢體語言
身振り手振り み ぶ　て ぶ	比手畫腳；身體動作
ジェスチャー gesture	手勢

発音 はつおん	發音
母音 ぼ いん	母音
子音 し いん	子音
清音 せいおん	清音（即五十音表內所念的發音）
濁音 だくおん	濁音（即かさたは行加上濁點的念法，如が、だ等）
半濁音 はんだくおん	半濁音（即ぱ、ぴ、ぷ、ぺ、ぽ的念法）
拗音 ようおん	拗音（即與や、ゆ、よ結合，念一個音的念法，如しゃ、しょ）
促音 そくおん	促音（即有停頓感覺的念法，如にっぽん）
長音 ちょうおん	長音（即將一個音拉長的念法，如かあさん、スピーチ）

音韻 おんいん	音韻；聲韻
アクセント accent	語調；抑揚頓挫
リズム rhythm	韻律；節奏
口癖 くちぐせ	口頭禪
話ぶり はなし	說話的樣子；口吻

聽力

聞く／聴く き　　き	聽；收聽 **表現** ラジオを～：聽收音機｜聞き間違まちがえる：聽錯了｜声が小さくて聞き取りにくい：聲音太小了聽不清楚
聞こえる き	聽到；聽起來
聞き取り き　と	聽取；聽解
リスニング listening	聽力
ヒアリング hearing	聽力；聽取

書寫

書く か	寫；書寫
書き取り か　と	計錄；聽寫
ライティング writing	寫下；寫作
ディクテーション dictation	聽寫
綴り つづ	拼音；拼寫

草書体 そうしょたい	草書體
楷書体 かいしょたい	楷書體

字 じ	字 表現 〜を上手に書く：字寫得很漂亮
文字 も じ	文字 表現 甲骨こうこつ〜：甲骨文｜楔形くさびがた〜：楔形文｜象形しょうけい〜：象形文
部首 ぶ しゅ	部首
偏 へん	漢字偏旁（左偏） 説明 指像「他」的「亻」、「村」的「木」等，由左右兩邊組成的漢字的左偏旁的部分，其具有共同的意思。 例 糸偏いとへん：糸部、手偏てへん：提手旁
旁 つくり	漢字偏旁（右偏） 説明 指由左右兩邊組成的漢字的右邊部分，通常會帶有一樣的音。例如，「清」的「青」、「作」的「乍」、「繕」的「善」等。
冠 かんむり	上蓋 説明 指漢字上方所組成的部首，例如「宇」的「宀（ウかんむり）」、「花」的「艹（草かんむり）」等。
文 ぶん	文；文章
文章 ぶんしょう	文章
作文 さくぶん	作文；寫作
横書き よこ が	橫書；橫寫
縦書き たて が	直書；直寫

アルファベット alphabet	英文字母 説明 用日語念的方法如下。Aエー, Bビー, Cシー, Dディー, Eイー, Fエフ, Gジー, Hエイチ／エッチ, Iアイ, Jジェー, Kケー, Lエル, Mエム, Nエヌ, Oオー, Pピー, Qキュー, Rアール, Sエス, Tティー, Uユー, Vブイ／ヴィ, Wダブリュー, Xエックス／エクス, Yワイ, Zゼット
大文字 おお も じ	大寫
小文字 こ も じ	小寫
書体 しょたい	字體 表現 ゴシック体Gothicたい：粗體、黑體｜明朝体みんちょうたい：明體
ひらがな	平假名
かたかな	片假名
漢字 かん じ	漢字 表現 漢文かんぶん：漢文、古文
注音符号 ちゅうおん ふ ごう	注音符號 説明 台灣中文的發音標記符號。因為開頭發音的四個子音為「ㄅㄆㄇㄈ（bpmf）」，所以日語也稱作「ボポモフォ（bopomofo）」。 表現 注音的聲調表示→軽声けいしょう(·)：輕聲｜第一声だいいっしょう( )：一聲｜第二声だいにしょう(/)：二聲｜第三声だいさんしょう(ᴠ)：三聲｜第四声だいししょう(\)：四聲
ハングル	韓文文字

閱讀

読む よ	閱；讀
黙読 もくどく	默讀；默念

読み方 <small>よ かた</small>	念法；讀音
リーディング <small>reading</small>	閱讀

語言

外国語 <small>がいこくご</small>	外語
母国語 <small>ぼこくご</small>	母語
公用語 <small>こうようご</small>	通用語
標準語 <small>ひょうじゅんご</small>	標準語
方言 <small>ほうげん</small>	方言；腔調 回 なまり 表現 東北弁とうほくべん：東北方言、東北腔｜大阪弁おおさかべん：大阪方言、大阪腔

各種外語

英語 <small>えいご</small>	英語
アメリカ英語 <small>America えいご</small>	美式英語 回 米語べいご
日本語 <small>にほんご</small>	日語
中国語 <small>ちゅうごくご</small>	中文
台湾語 <small>たいわんご</small>	台語
韓国語 <small>かんこくご</small>	韓語 説明 一般都稱為韓国語，但北韓則稱為朝鮮語ちょうせんご。韓國文字則稱為 ハングル。
ドイツ語 <small>Deutsch ご</small>	德文 回 独語どくご

フランス語 France　ご	法文 回 仏語ふつご
イタリア語 Italia　ご	義大利文 回 伊語いご
スペイン語 Spain　ご	西班牙文
ポルトガル語 Portugal　ご	葡萄牙文
アラビア語 Arabia　ご	阿拉伯文
ロシア語 Russia　ご	俄文
タイ語 Thai　ご	泰文
ベトナム語 Vietnam　ご	越南文
モンゴル語 Mongol　ご	蒙古文
インドネシア語 Indonesia　ご	印尼文
ヒンディー語 Hindi　ご	印度文
スワヒリ語 Swahili　ご	斯瓦希里文（肯亞、坦尚尼亞等國官方語）
ウルドゥー語 Urdu　ご	烏爾都語（巴基斯坦官方語言）
ビルマ語 Burma　ご	緬甸語
ベンガル語 Bengal　ご	孟加拉語
ペルシア語 Persia　ご	波斯語
ヘブライ語 Hebraios　ご	希伯來語
トルコ語 Turkey　ご	土耳其語
ギリシャ語 Greece　ご	希臘語

オランダ語 <small>Olanda　ご</small>	荷蘭語
ラテン語 <small>Latin　ご</small>	拉丁語
エスペラント <small>Esperanto</small>	世界語

ウラル・アルタイ語族 <small>Ural　　Altai　　　ごぞく</small>	烏拉爾阿爾泰語系
インド・ヨーロッパ語族 <small>Indo　　　　Europe　　　ごぞく</small>	印歐語系
膠着語 <small>こうちゃくご</small>	**膠著語；黏著語** **説明** 膠著語是以名詞附加的助詞，以及語尾的添加，來表達不同的意思。每個形態變化僅代表「一種」語法意義，詞幹不變形，附在詞幹之下的詞尾則有形式的變化。這類型的語言主要為日語、韓國語、蒙古語等。
屈折語 <small>くっせつご</small>	**屈折語** **説明** 屈折語是藉由複雜的「語尾」與「格」的變化，來表達不同的意思，這種類型的語言分布最廣，包括印歐語系諸語、阿拉伯語等。
孤立語 <small>こりつご</small>	**孤立語** **説明** 孤立語的每一音節有其單獨的意義和文字（即由語型不變化的單詞組合而成），並非透過「語詞內部」形態變化來表達語法作用，而是透過「虛詞」和「語序」等外部的成分來表達。例如中文、藏語、泰語、越南語、緬甸語等。

單字

単語 <small>たんご</small>	單字
熟語 <small>じゅくご</small>	成語；由兩個以上的漢字合成的複合詞
語彙 <small>ごい</small>	字彙；語彙

ボキャブラリー vocabulary	字彙
意味 い み	意思；字義
同義語 どう ぎ ご	同義詞
類義語 るい ぎ ご	類義詞
反意語 はん い ご	反義詞；相反詞
同音異義語 どうおん い ぎ ご	同音不同義詞
派生語 は せい ご	衍生詞
擬声語 ぎ せい ご	擬聲語；狀聲詞
擬態語 ぎ たい ご	擬態語
外来語 がいらい ご	外來詞
敬語 けい ご	敬語；敬詞
謙譲語 けんじょう ご	謙讓語；謙讓詞

格言 かくげん	格言
名言 めいげん	名言
ことわざ	諺語
故事成句 こ じ せい く	古代諺語；故事成語
四字熟語 よ じ じゅく ご	四字成語
慣用句 かんよう く	慣用句
流行語 りゅうこう ご	流行語

スラング slang	俚語；俗語
卑語 ひご	俗話
俗語 ぞくご	俗話；俗語
隠語 いんご	行話；黑話
冗談 じょうだん	玩笑話
洒落 しゃれ	雙關語；俏皮話
ユーモア humor	幽默；俏皮話；打趣話；戲謔語
猥談 わいだん	猥藝之語；下流話

文法

文法 ぶんぽう	文法
体言 たいげん	名詞；體言 說明 不會發生任何變化的語詞。
名詞 めいし	名詞
固有名詞 こゆうめいし	專有名詞
代名詞 だいめいし	代名詞 表現 関係かんけい〜：關係代名詞｜疑問ぎもん〜：疑問代名詞｜人称にんしょう〜：人稱代名詞｜指示しじ〜：指示代名詞
人称 にんしょう	人稱 表現 一いち〜：第一人稱｜二に〜：第二人稱｜三さん〜：第三人稱
用言 ようげん	述語；用言

動詞 どうし	動詞 **表現** 自じ～：自動詞｜他た～：他動詞
形容詞 けいようし	形容詞
形容動詞 けいようどうし	形容動詞
副詞 ふくし	副詞
助詞 じょし	助詞 **同** てにをは
助動詞 じょどうし	助動詞
接続詞 せつぞくし	連接詞
疑問詞 ぎもんし	疑問詞

活用 かつよう	活用
語幹 ごかん	語幹；詞幹
語尾 ごび	語尾；詞尾
接頭辞 せっとうじ	起頭辭；前綴辭
接尾辞 せっぴじ	接尾辭；後綴辭

主語 しゅご	主語
述語 じゅつご	述語
目的語 もくてきご	賓語；受詞
直接話法 ちょくせつわほう	直接說法
間接話法 かんせつわほう	間接說法

時制 じ せい	時態
現在形 げんざいけい	現在式
現在完了 げんざいかんりょう	現在完成式
過去形 か こ けい	過去式
過去完了 か こ かんりょう	過去完成式
未来形 み らいけい	未來式
未来完了 み らいかんりょう	未來完成式

能動態 のうどうたい	主動態
受動態 じゅどうたい	被動態
使役 し えき	使役
単数形 たんすうけい	單數形
複数形 ふくすうけい	複數形

其他

翻訳 ほんやく	翻譯 表現 〜家−か：翻譯家、翻譯師
通訳 つうやく	口譯 表現 同時どうじ〜：同步口譯 | 同時通訳者どうじつうやくしゃ：同步翻譯師
手話 しゅ わ	手語
点字 てん じ	點字 表現 〜を打うつ：摸讀點字

日語的外來語・片假名

　　日語中有用草寫漢字所創造的**ひらがな**（平假名），還有引用漢字的部分筆畫所創造的**カタカナ**（片假名）。尤其是日語學習者對「以片假名書寫的外來語」感到特別困難。依照某一調查顯示，日本報紙中使用片假名的比例是13%。但是在電腦或流行雜誌等的日常生活中，使用片假名的比例有漸漸增多的趨勢，因此一起努力來熟悉它吧。

18

情報和通訊

片假名主要使用在如下的情況中：

- ・外來語
- ・擬聲詞、擬態詞、感嘆詞
- ・用來區分、強調其他的詞語
- ・國外的人名、地名、專有名詞
- ・使用在學術性的動物名、植物名等方面

　　在日本政府的國語審議會有正式公告，任何由英語轉換而來的外來語中，只要由-er, -or, -ar等字尾構成字源轉化而來的單字，原則上片假名就要在字尾以長音符號「－」來表示。（西元1991年內閣告示第2號）

　　不過，有些字已經在不成文的情況下，習慣性會省略掉長音符號「－」。比如說：標有（△）符號的是慣用的情況：

(○) エレベーター	(△) エレベータ
(○) エスカレーター	(△) エスカレータ
(○) コンピューター	(△) コンピュータ
(○) ギター	(×) ギタ
(○) マフラー	(×) マフラ

　　讓我們一起來了解日語學習者最常寫錯的27個片假名單字：

アルバム	album	スポーツ	sports
アルファベット	alphabet	ソファー	sofa
ウイスキー	wisky	ハムサンド	ham sandwich
オイルマッサージ	oil massage	ハンドバッグ	handbag
キャッシュカード	cashcard	ハンバーガー	hamburger
クイズ	quiz	ビタミン	vitamin
クリーニング	cleaning	フォークソング	foksong
コーヒーショップ	coffee shop	フラッシュ	flash
コミュニケーション	communication	ホットドッグ	hotdog
サービス	service	マンホール	manhole
シャンプー	shampoo	メッセージ	message
スーツ	suit	ヨーロッパ	Europe
スーパー	supermarket	ワクチン	vaccine
スケジュール	schedule		

せかい

世界和國際

19

國家

世界 せ かい	世界
国 くに	國家 **表現** 独立国どくりつこく：獨立國家｜共和国きょうわこく：共和國｜君主国くんしゅこく：君主國家｜王国おうこく：王國、帝王國家｜連邦国れんぽうこく：聯邦國家｜合衆国がっしゅうこく：合眾國｜永世中立国えいせいちゅうりつこく：永久中立國
国家 こっか	國家 **表現** 主権しゅけん〜：主權國家｜法治ほうち〜：法治國家｜福祉ふくし〜：福利國家｜多民族たみんぞく〜：多民族國家

資本主義 し ほんしゅ ぎ	資本主義
民主主義 みんしゅしゅ ぎ	民主主義
社会主義 しゃかいしゅ ぎ	社會主義
共産主義 きょうさんしゅ ぎ	共產主義

立憲君主制 りっけんくんしゅせい	君主立憲制
共和制 きょう わ せい	共和體制
独裁制 どくさいせい	獨裁體制
封建制 ほうけんせい	封建體制

19

世界和國際

国力 こくりょく	國力
小国 しょうこく	小國
大国 たいこく	大國 **表現** 〜主義—しゅぎ：大國主義｜超ちょう〜：超級大國｜経済けいざい〜：經濟大國
先進国 せんしんこく	先進國
後進国 こうしんこく	後起國
第三世界 だいさん せかい	第三世界國家
発展途上国 はってん と じょうこく	發展中國家
開発途上国 かいはつ と じょうこく	開發中國家
島国 しまぐに	島國
海洋国 かいようこく	海洋國家
本土 ほん ど	本土
国土 こく ど	國土
領土 りょう ど	領土 **表現** 〜権—けん：領土權
領域 りょういき	領域 **表現** 領空りょうくう：領空｜領海りょうかい：領海
国境 こっきょう	國境；國界
公海 こうかい	公共海域

世界各地區

東洋 とうよう	東洋
西洋 せいよう	西洋

アジア Asia	亞洲；亞洲的 說明 也可以寫作漢字「亜細亜」。 表現 東ひがし〜：東亞｜東南とうなん〜：東南亞｜ 中央ちゅうおう〜：中亞｜南みなみ〜：南亞
北アメリカ きた America	北美洲 同 北米ほくべい
南アメリカ みなみ America	南美洲 同 南米なんべい
オセアニア Oceania	大洋洲 同 大洋州たいようしゅう
ヨーロッパ Europe	歐洲 同 欧州おうしゅう
アフリカ Africa	非洲

極東 きょくとう	遠東 說明 中國及俄羅斯東部、日本、韓國、菲律賓及東 南亞各國。

中東 ちゅうとう	中東 說明 地中海東部到波斯灣的大片區域，包含伊朗、 伊拉克、敘利亞、沙烏地阿拉伯、土耳其等國。有 時也稱「中近東ちゅうきんとう」。
中近東 ちゅうきんとう	近東
シベリア Siberia	西伯利亞

19

世界和國際

アラスカ Alaska	阿拉斯加

世界的海洋

太平洋 たいへいよう	太平洋
大西洋 たいせいよう	大西洋
インド洋 Indo　　よう	印度洋

ベーリング海 Bering　　　　かい	白令海
オホーツク海 Okhotsk　　　かい	鄂霍次克海
日本海 に ほんかい	日本海
黄海 こうかい	黃海
黒海 こっかい	黑海
カスピ海 Caspie　　かい	裏海
地中海 ち ちゅうかい	地中海
紅海 こうかい	紅海
アラビア海 Arabia　　かい	阿拉伯海
アドリア海 Adria　　　かい	亞得里亞海
エーゲ海 Aegean　かい	愛琴海
カリブ海 Carib　　かい	加勒比海
バルト海 Balt　　　かい	波羅的海

世界的島嶼

グリーンランド Greenland	格陵蘭島
ニューギニア島 New Guinea　とう	新幾內亞島
カリマンタン島 Kalimantan　とう	加里曼丹島
マダガスカル島 Madagascar　とう	馬達加斯加島
バフィン島 Baffin　とう	巴芬島
スマトラ島 Sumatra　とう	蘇門答臘島
グレートブリテン島 Great Britain　とう	大不列顛島
ビクトリア島 Victoria　とう	維多利亞島
ジャワ島 Java　とう	爪哇島
ルソン島 Luzon　とう	呂宋島
ミンダナオ島 Mindanao　とう	民答那峨島
アイルランド島 Ireland　とう	愛爾蘭島
サハリン島 Sakhalin　とう	庫頁島
タスマニア島 Tasmania　とう	塔斯馬尼亞島
ハワイ諸島 Hawaii　しょとう	夏威夷群島
グアム島 Guam　とう	關島

世界的半島

カムチャツカ半島 Kamchatka　はんとう	堪察加半島

朝鮮半島 ちょうせんはんとう	朝鮮半島
遼東半島 りょうとうはんとう	遼東半島
マレー半島 Malaysia　はんとう	馬來西亞半島
アナトリア半島 Anatolia　　　はんとう	安納托利亞半島
アラビア半島 Arabia　　　はんとう	阿拉伯半島
シナイ半島 Sinai　　　はんとう	西奈半島
スカンジナビア半島 Scandinavia　　　　　はんとう	斯堪的納維亞半島
ユトランド半島 Jutland　　　　はんとう	日德蘭半島
イタリア半島 Italia　　　はんとう	義大利半島
バルカン半島 Balkan　　　はんとう	巴爾幹半島
ブルターニュ半島 Bretagne　　　　　はんとう	伊比利亞半島
クリミア半島 Crimea　　　はんとう	克里米亞半島
アラスカ半島 Alaska　　　はんとう	阿拉斯加半島
ラブラドル半島 Labrador　　　　はんとう	拉布拉多半島
フロリダ半島 Florida　　　はんとう	佛羅里達半島
カリフォルニア半島 California　　　　　　はんとう	加利福尼亞半島
ユカタン半島 Yucatán　　　はんとう	尤卡坦半島

世界的海峽

ベーリング海峡 Bering　　　　かいきょう	白令海峽

シンガポール海峡 Singapore　かいきょう	新加坡海峽
マラッカ海峡 Malacca　かいきょう	麻六甲海峽
ドーバー海峡 Dover　かいきょう	多佛海峽
ジブラルタル海峡 Gibraltar　かいきょう	直布羅陀海峽
モザンビーク海峡 Mozambique　かいきょう	莫三比克海峽
フロリダ海峡 Florida　かいきょう	佛羅里達海峽
マゼラン海峡 Magellan　かいきょう	麥哲倫海峽

世界和國際

亞洲地區

日本 にっぽん/にほん	日本
台湾 たいわん	台灣 説明 正式的名稱是 中華民国ちゅうかみんこく。
中国 ちゅうごく	中國 説明 正式的名稱是中華人民共和国ちゅうかじんみんきょうわこく。
大韓民国 だいかんみんこく	韓國；大韓民國；南韓 同 韓国かんこく
朝鮮民主主義人民共和国 ちょうせんみんしゅしゅぎ じんみんきょうわ こく	朝鮮民主主義人民共和國；北韓 同 北朝鮮きたちょうせん
モンゴル Mongol	蒙古
ブータン Bhutan	不丹
ネパール Nepal	尼泊爾
インド India	印度 説明 也可以用漢字略稱為「印」。

796　史上最強日語單字

パキスタン Pakistan	巴基斯坦
バングラデシュ Bangladesh	孟加拉
スリランカ Sri Lanka	斯里蘭卡
ベトナム Vietnam	越南
ラオス Laos	寮國
カンボジア Cambodia	柬埔寨
タイ Thai	泰國
ミャンマー Myanmar	緬甸
シンガポール Singapore	新加坡
マレーシア Malaysia	馬來西亞
フィリピン Philippines	菲律賓
インドネシア Indonesia	印度尼西亞、印尼
東ティモール ひがし Timor	東帝汶
ブルネイ Brunei	汶萊
モルジブ Maldives	馬爾地夫

太平洋地區

オーストラリア Australia	澳洲 説明 也可以用漢字略稱為「豪ごう」。
キリバス Kiribati	吉里巴斯
サモア諸島 Samoa　しょとう	薩摩亞群島

ソロモン諸島 Solomon　　しょとう	所羅門群島
ツバル Tuvalu	吐瓦魯
トンガ Tonga	東加
ナウル Nauru	諾魯
ニュージーランド New Zealand	紐西蘭
バヌアツ Vanuatu	萬那杜
パプアニューギニア Papua New Guinea	巴布亞新幾內亞
パラオ Palau	帛琉
フィジー Fiji	斐濟
マーシャル諸島 Marshall　　しょとう	馬紹爾群島
ミクロネシア Micronesia	密克羅尼西亞

中亞・中東地區

アフガニスタン Afghanistan	阿富汗
アラブ首長国連邦 Arab　　しゅちょうこくれんぽう	阿拉伯聯合大公國
イエメン Yemen	葉門
イスラエル Israel	以色列
イラク Iraq	伊拉克
イラン Iran	伊朗
オマーン Oman	阿曼

カタール Qatar	卡達
クウェート Kuwait	科威特
サウジアラビア Saudi Arabia	沙烏地阿拉伯
シリア Syria	敘利亞
トルコ Turkey	土耳其
バーレーン Bahrain	巴林
パレスチナ Palestina	巴勒斯坦
ヨルダン Jordan	約旦
レバノン Lebanon	黎巴嫩

歐洲地區

アイスランド Iceland	冰島
アイルランド Ireland	愛爾蘭
アゼルバイジャン Azerbaidzhan	亞塞拜然
アルバニア Albania	阿爾巴尼亞
アルメニア Armenia	亞美尼亞
アンドラ Andorra	安道爾
イギリス England	英格蘭；英國 圓 英国えいこく
イタリア Italy	義大利 說明 也可以用漢字略稱為「伊」。

ウクライナ Ukraina	烏克蘭
ウズベキスタン Uzbekistan	烏茲別克
エストニア Estonia	愛沙尼亞
オーストリア Austria	奧地利
オランダ Olanda	荷蘭 **說明** 正式的名稱是ネーデルランドNederland。
カザフスタン Kazakhstan	哈薩克
キプロス kyprus	賽普勒斯
ギリシャ Greece	希臘
キルギスタン Kyrgyzstan	吉爾吉斯
グルジア Gruziya	格魯吉亞共和國
クロアチア Croatia	克羅埃西亞
サンマリノ San Marino	聖馬利諾
スイス Suisse	瑞士
スウェーデン Sweden	瑞典
スペイン Spain	西班牙
スロバキア Slovakia	斯洛伐克
スロベニア Slovenia	斯洛維尼亞
セルビア Serbia	塞爾維亞
モンテネグロ Montenegro	蒙特內哥羅

世界和國際

タジキスタン Tadzhikistan	塔吉克斯坦
チェコ Czech	捷克
デンマーク Denmark	丹麥
ドイツ Deutschland	德國 **說明** 也可以用漢字表記為「独」。
トルクメニスタン Turkmenistan	土庫曼
ノルウェー Norway	挪威
バチカン Vatican	梵諦岡
ハンガリー Hungary	匈牙利
フィンランド Finland	芬蘭
フランス France	法國 **說明** 也可以用漢字表記為「仏」。
ブルガリア Bulgaria	保加利亞
ベラルーシ Belarus	白俄羅斯
ベルギー Belgium	比利時
ポーランド Poland	波蘭
ボスニア・ヘルツェゴビナ Bosnia　　　　Herzegovina	波斯尼亞・黑塞哥維那
ポルトガル Portugal	葡萄牙
マケドニア Macedonia	馬其頓
マルタ Malta	馬爾他
モナコ Monaco	摩納哥

世界和國際

モルドバ Moldova	摩爾多瓦
ラトビア Latvia	拉脫維亞
リヒテンシュタイン Liechtenstein	列支敦士登
リトアニア Lithuania	立陶宛
ルーマニア Rumania	羅馬尼亞
ルクセンブルク Luxemburg	盧森堡
ロシア Russia	俄羅斯 說明 也可以用漢字表記為「露」。

北美・中南美地區

アメリカ合衆国 America　がっしゅうこく	美利堅合眾國、美國 說明 也可以寫作漢字「米国べいこく」或「米」。
カナダ Canada	加拿大
アルゼンチン Argentine	阿根廷
アンチグアバーブーダ Antigua and Barbuda	安提瓜和巴布達
ウルグアイ Uruguay	烏拉圭
エクアドル Ecuador	厄瓜多
エルサルバドル El Salvador	薩爾瓦多
ガイアナ Guyana	蓋亞那
キューバ Cuba	古巴
グアテマラ Guatemala	瓜地馬拉

グレナダ Grenada	格林納達
コスタリカ Costa Rica	哥斯大黎加
コロンビア Colombia	哥倫比亞
ジャマイカ Jamaica	牙買加
スリナム Surinam	蘇利南
セントビンセントおよび Saint Vincent and the Grenadines グレナディーン諸島 しょとう	聖文森及格瑞那丁群島
セントクリストファーネイビス Saint Christopher and Nevis	聖克里斯多福及尼維斯
セントルシア Saint Lucia	聖露西亞
チリ Chile	智利
ドミニカ国 Dominica　こく	多明尼加
ドミニカ共和国 Dominica　きょうわこく	多明尼加共和國
トリニダードトバゴ Trinidad and Tobago	千里達及托貝哥
ニカラグア Nicaragua	尼加拉瓜
ハイチ Haiti	海地
パナマ Panama	巴拿馬
バハマ Bahamas	巴哈馬
バミューダ諸島 Bermuda　しょとう	百慕達群島
パラグアイ Paraguay	巴拉圭
バルバドス Barbados	巴貝多

ブラジル Brazil	巴西
ベネズエラ Venezuela	委內瑞拉
ベリーズ Belize	貝里斯
ペルー Peru	祕魯
ボリビア Bolivia	玻利維亞
ホンジュラス Honduras	宏都拉斯
メキシコ Mexico	墨西哥

非洲地區

アルジェリア Algeria	阿爾及利亞
アンゴラ Angola	安哥拉
ウガンダ Uganda	烏干達
エジプト Egypt	埃及
エチオピア Ethiopia	衣索比亞
エリトリア Eritrea	厄利垂亞
ガーナ Ghana	加納
カーボベルデ Cabo Verde	維德角島
ガボン Gabon	加彭
カメルーン Cameroon	喀麥隆
ガンビア Gambia	甘比亞

世界和國際

ギニア Guinea	幾內亞
ギニアビサウ Guinea Bissau	幾內亞比索
ケニア Kenya	肯亞
コートジボワール Côte d'Ivoire	象牙海岸
コモロ Comoros	科摩羅
コンゴ共和国 Congo きょう わ こく	剛果共和國
コンゴ民主共和国 Congo みんしゅきょう わ こく	剛果民主共和國 説明 以前的名稱是ザイールZaire。
サントメプリンシペ São Tomé and Príncipe	聖多美及普林西比
ザンビア Zambia	贊比亞
シエラレオネ Sierra Leone	獅子山
ジブチ Djibouti	吉布提
ジンバブエ Zimbabwe	辛巴威
スーダン Sudan	蘇丹
スワジランド Swaziland	史瓦濟蘭
セーシェル Seychelles	塞席爾
赤道ギニア せきどう Guinea	赤道幾內亞共和國
セネガル Senegal	塞內加爾
ソマリア Somalia	索馬利亞
タンザニア Tanzania	坦尚尼亞

チャド Chad	查德
中央アフリカ共和国 ちゅうおう Africa きょう わ こく	中非共和國
チュニジア Tunisia	突尼西亞
トーゴ Togo	多哥
ナイジェリア Nigeria	奈及利亞
ナミビア Namibia	納米比亞
ニジェール Niger	尼日
西サハラ にし Sahara	西撒哈拉
ブルキナファソ Burkina Faso	布吉納法索
ブルンジ Burundi	蒲隆地
ベナン Benin	貝南
ボツワナ Botswana	波札那
マダガスカル Madagascar	馬達加斯加
マラウイ Malawi	馬拉威
マリ Mali	馬利
南アフリカ共和国 みなみ africa きょう わ こく	南非共和國
南スーダン みなみ Sudan	南蘇丹
モザンビーク Mozambique	莫三比克
モーリシャス Mauritius	模里西斯

モーリタニア Mauritania	茅利塔尼亞
モロッコ Morocco	摩洛哥
リビア Libya	利比亞
リベリア Liberia	利比里亞
ルワンダ Rwanda	盧安達
レソト Lesotho	賴索托

國旗

旗 はた	國旗 表現 ～を掲あげる：舉旗｜～を立たてる：插旗子 ｜～をおろす：降旗｜～を振ふる：搖旗｜～を翻 ひるがえす：揮旗、使旗飄揚
半旗 はんき	半旗
弔旗 ちょうき	哀悼用半旗 表現 ～を掲かかげる：升半旗以示哀悼
はためく	隨風飄揚
翻る ひるがえ	飄揚；飄動
ひらめく	飄揚；飄動 説明 指旗子隨風擺動的模樣。

国旗 こっき	國旗
日章旗 にっしょうき	日章旗；太陽旗（日本國旗） 同 日の丸ひのまる
青天白日旗 せいてんはくじつき	青天白日旗（中華民國、台灣國旗）

星条旗 せいじょう き	星條旗（美國國旗）
ユニオンジャック Union Jack	米字旗（英國國旗）
三色旗 さんしょく き	三色旗（法國國旗）
五星紅旗 ご せいこう き	五星旗（中華人民共和國國旗）
太極旗 たいきょく き	太極旗（韓國國旗）

万国旗 ばんこっ き	萬國旗
校旗 こう き	校旗
社旗 しゃ き	社旗
ポール	竿；旗竿 回 旗はたざお
竿頭 かんとう	竿頭 説明 指接在長竿尾端的裝飾部分。

19

世界和國際

國際關係

外国 がいこく	外國；國外
外国人 がいこくじん	外國人
国際関係 こくさいかんけい	國際關係
宥和政策 ゆうわせいさく	姑息政策；綏靖政策
封じ込め政策 ふう こ せいさく	封鎖政策
通商停止 つうしょうてい し	停止通商
緊張緩和 きんちょうかん わ	緩和緊張
デタント détente	緩和；平息
平和共存 へい わ きょうぞん	和平共存
相互依存 そう ご い ぞん	相互依賴

獨立

傀儡政権 かいらいせいけん	傀儡政權
暫定政権 ざんていせいけん	臨時政權
独立 どくりつ	獨立
植民地 しょくみん ち	殖民地
民族紛争 みんぞくふんそう	民族紛爭

領土紛争 りょう ど ふんそう	領土紛爭

覇権 は けん	霸權
支配 し はい	統治
内政干渉 ないせいかんしょう	干涉內政
クーデター coup d'État	武裝政變 表現 〜が起こる：發生武裝政變
政変 せいへん	政變
反乱 はんらん	叛亂；反動 表現 〜を起こす：發起叛變｜〜を鎮圧ちんあつする：反動鎮壓
戒厳令 かいげんれい	戒嚴令

外交

外交 がいこう	外交 表現 〜団—だん：外交團隊｜〜特権—とっけん：外交特權｜〜政策—せいさく：外交政策｜〜断絶—だんぜつ：斷絕外交
外交ルート がいこうroute	外交路線
外交筋 がいこうすじ	外交來源
外交関係 がいこうかんけい	外交關係 表現 〜を樹立じゅりつする：樹立外交關係
民間外交 みんかんがいこう	民間外交 表現 草くさの根ね外交：草根外交
全方位外交 ぜんほうい がいこう	全方位外交

瀬戸際外交 せ と ぎわがいこう	戰爭邊緣政策 **說明** 透過誇示武力、威嚇等手段使危機升級至接近戰爭的狀態，迫使對方國家讓步的手法。

外交官 がいこうかん	外交官
大使館 たい し かん	大使館
領事館 りょう じ かん	領事館
大使 たい し	大使
領事 りょう じ	領事
参事官 さん じ かん	參事；參贊
書記官 しょ き かん	書記官 **表現** 一等いっとう〜：一等書記官｜二等にとう〜二等書記官

治外法権 ち がいほうけん	治外法權
国交 こっこう	邦交 **表現** 〜を結むすぶ：締結邦交｜〜を回復かいふくする：恢復邦交｜〜正常化交渉－せいじょうかこうしょう：邦交正常化交涉
首脳会談 しゅのうかいだん	領袖高峰會議 **同** サミットsummit
儀礼訪問 ぎ れいほうもん	形式訪問、形式拜會
表敬訪問 ひょうけいほうもん	表敬訪問
特使 とく し	外交特使
親書 しんしょ	親筆、手筆

代表団 だいひょうだん	代表團
派遣団 は けんだん	派遣團
使節団 し せつだん	使節團

國際聯盟・條約

国連 こくれん	聯合國
加盟国 か めいこく	會員國 表現 非ひ～：非會員國
常任理事国 じょうにん り じ こく	常任理事國
同盟国 どうめいこく	同盟國 表現 非ひ～：非同盟國
中立国 ちゅうりつこく	中立國
国連平和維持軍 こくれんへい わ い じ ぐん	聯合國維持和平軍

条約 じょうやく	條約 表現 多国間たこくかん～：多國間條約｜～調印国－ ちょういんこく：簽訂條約國｜～議定書－ぎていし ょ：條約議定書｜～を結むすぶ：訂立條約｜～に調 印ちょういんする：簽下條約
協定 きょうてい	協定 表現 ～を結ぶ：立下協定｜～を破やぶる：違反協定
二国間協議 に こくかんきょう ぎ	兩國間協議
批准 ひ じゅん	批准；批准書 表現 ～交換－こうかん：交換批准書
共同声明 きょうどうせいめい	共同聲明

世界和國際

先進国首脳会議 せんしんこくしゅのうかい ぎ	先進國家領袖會議 圓 G8ジーエイト
議長声明 ぎ ちょうせいめい	議長聲明
高官会議 こうかんかい ぎ	高級官員會議
閣僚級会議 かくりょうきゅうかい ぎ	部長級會議
局長級会議 きょくちょうきゅうかい ぎ	局長級會議

日米安全保障条約 にちべいあんぜん ほ しょうじょうやく	美日安全保障條約
安保理 あん ぽ り	聯合國安全理事會、安理會

核弾問題

核問題 かくもんだい	核能問題
核開発 かくかいはつ	核能開發
核保有国 かく ほ ゆうこく	核能國 表現 非ひ〜：非核能國
非核三原則 ひ かくさんげんそく	非核三原則
核軍縮 かくぐんしゅく	核軍縮；核能裁軍
核拡散防止条約 かくかくさんぼう し じょうやく	核能擴散防止條約
核査察 かく さ さつ	核查察
制裁措置 せいさい そ ち	制裁措施
六カ国協議 ろっ か こくきょう ぎ	六國協議

國際援助

経済協力 けいざいきょうりょく	經濟協助
対外援助 たいがいえんじょ	對外援助、援外
借款 しゃっかん	借款
食糧問題 しょくりょうもんだい	糧食問題
援助国 えんじょこく	援助國 表現 被ひ〜：接受援助國、受援國
政府開発援助 せいふかいはつえんじょ	政府開發援助 説明 ODA official development assistance：採取贈与ぞうよ（贈與）、借款しゃっかん（貸款）、賠償ばいしょう（賠償）、技術援助ぎじゅつえんじょ（技術援助）等型態。
アセアン ASEAN	東南亞國家聯盟；東南亞國協 同 東南とうなんアジア諸国連合しょこくれんごう
非営利組織 ひえいりそしき	非營利組織
非政府組織 ひせいふそしき	非政府組織
国境なき医師団 こっきょう　いしだん	無國界醫生組織
国境なき記者団 こっきょう　きしゃだん	無國界記者組織

難民問題

難民 なんみん	難民 表現 避難民ひなんみん：避難難民
ボートピープル boat people	海上難民、船民

国外追放 こくがいついほう	驅逐出境
国連人権委員会 こくれんじんけん い いんかい	聯合國人權委員會

亡命 ぼうめい	流亡 表現 〜者－しゃ：流亡者｜政治せいじ〜：政治流亡
強制送還 きょうせいそうかん	強制遣返
移民 い みん	移民
永住 えいじゅう	永久居留
帰化 き か	歸化
海外同胞 かいがいどうほう	海外同胞
拉致問題 ら ち もんだい	綁架問題、強制帶離問題 説明 主要是指北韓綁架他國國民至北韓的事件。

中国残留日本人 ちゅうごくざんりゅう に ほんじん	遺華日僑 説明 二次大戰日本戰敗，在遣返及撤退期間，遺棄在中國的日本人。
湾生 わんせい	灣生 説明 日本統治時代にほんとうちじだいに台湾たいわんで生うまれた日本人にほんじん：日據時代在台灣出生的日本人
従軍慰安婦 じゅうぐんい あん ふ	從軍慰安婦

軍事・軍隊

軍事 ぐんじ	軍事 **表現** 〜費－ひ：軍事費用｜〜介入－かいにゅう：軍力介入｜〜裁判－さいばん：軍事判決｜〜教育－きょういく：軍事教育｜〜機密－きみつ：軍事機密｜〜基地－きち：軍事基地
国防 こくぼう	國防
自衛隊 じえいたい	自衛隊 **表現** 〜員－いん：自衛隊員｜〜海外派遣－かいがいはけん：海外派遣自衛隊｜陸上りくじょう〜：陸上自衛隊｜海上かいじょう〜：海上自衛隊｜航空こうくう〜：航空自衛隊
防衛大学校 ぼうえいだいがっこう	防衛大學 **說明** 為防衛廳所管的學校（四年制），主要培養幹部自衛官。位於神奈川縣的橫須賀市。
駐屯地 ちゅうとんち	駐軍地；駐紮地
入隊 にゅうたい	從軍、入伍
除隊 じょたい	退伍、退役
軍隊 ぐんたい	軍隊
陸軍 りくぐん	陸軍
海軍 かいぐん	海軍
空軍 くうぐん	空軍

19 世界和國際

士官学校 し かんがっこう	軍官學校
兵役 へいえき	兵役 表現 服務ふくむ：服兵役
軍人 ぐんじん	軍人

戦争

戦争 せんそう	戰爭
百年戦争 ひゃくねんせんそう	英法百年戰爭
三十年戦争 さんじゅうねんせんそう	三十年戰爭
ナポレオン戦争 Napoleon　　せんそう	拿破崙戰爭
阿片戦争 あ へんせんそう	鴉片戰爭
クリミア戦争 Crimea　　せんそう	克里米亞戰爭
南北戦争 なんぼくせんそう	南北戰爭
日清戦争 にっしんせんそう	甲午戰爭
第一次世界大戦 だいいちじ せ かいたいせん	第一次世界大戰
第二次世界大戦 だい に じ せ かいたいせん	第二次世界大戰
日中戦争 にっちゅうせんそう	八年抗戰、對日抗戰 表現 盧溝橋事件ろこうきょうじけん：盧溝橋事變、 七七事變
国共内戦 こっきょうないせん	國共內戰 表現 西安事件せいあんじけん：西安事件｜淮海戰役わ いかいせんえき：徐蚌會戰
朝鮮戦争 ちょうせんせんそう	韓戰、朝鮮戰爭

台湾海峡危機 たいわんかいきょうきき	台灣海峽危機
ベトナム戦争 Vietnam せんそう	越戰
湾岸戦争 わんがんせんそう	波斯灣戰爭
アフガン戦争 Afghan せんそう	阿富汗戰爭
イラク戦争 Iraq せんそう	伊拉克戰爭

冷戦 れいせん	冷戰
戦線 せんせん	戰線
戦場 せんじょう	戰場
激戦地 げきせんち	激戰地
要塞 ようさい	要塞
基地 きち	基地
戦友 せんゆう	戰友
戦死 せんし	戰死
戦争孤児 せんそうこじ	戰爭孤兒 表現 戦災孤児せんさいこじ

侵略 しんりゃく	侵略
侵犯 しんぱん	侵犯
突撃 とつげき	突擊
攻撃 こうげき	攻擊

襲撃 しゅうげき	襲擊
空襲 くうしゅう	空襲
空爆 くうばく	空中轟炸
武力行使 ぶりょくこうし	行使武力、動用武力
テロ行為 terror こうい	恐怖行動
自爆テロ じばくterror	自爆恐怖份子
ゲリラ戦 guerrilla せん	游擊戰
肉弾戦 にくだんせん	肉搏戰
生化学戦 せいかがくせん	生化戰
ＣＢＲ戦争 シービーアールせんそう	核生化戰爭

敵 てき	敵人，敵方 表現 ～国－こく：敵國｜～軍－ぐん：敵軍｜～地－ ち：敵方領地｜～陣－じん：敵方陣營
味方 みかた	我方、夥伴
スパイ spy	間諜
作戦 さくせん	作戰
戦略 せんりゃく	戰略
戦術 せんじゅつ	戰術 表現 人海じんかい～：人海戰術
兵力 へいりょく	兵力
背水の陣 はいすい じん	背水之戰

孫子の兵法 そんし　へいほう	孫子兵法
勝利 しょうり	勝利
戦勝 せんしょう	戦勝、贏戦
奪還 だっかん	奪回
勲章 くんしょう	勲章

降伏 こうふく	投降
白旗 しろはた	白旗 表現 〜を揚あげる：舉白旗
投降 とうこう	投降
陥落 かんらく	攻陷
敗戦 はいせん	敗戦、戦敗 表現 〜国－こく：戰敗國
敗北 はいぼく	敗北
占領 せんりょう	占領 表現 〜軍－ぐん：占領軍｜〜地－ち：占領地
戦犯 せんぱん	戦犯、戦俘
武装解除 ぶそうかいじょ	解除武裝
捕虜 ほりょ	俘虜 表現 〜収容所－しゅうようじょ：俘虜收容所、戰俘收容所
生け捕り い　ど	活擒、活捉
拷問 ごうもん	拷問

休戦 きゅうせん	休戦、休兵
休戦ライン きゅうせん line	休戦線
軍事境界線 ぐん じ きょうかいせん	軍事警戒線 表現 台湾たいわんと中国ちゅうごくの軍事境界線：台海中線 | 38度線さんじゅうはちどせん：38度線（韓國及北韓的軍事警戒線）
停戦 ていせん	停戦
調停 ちょうてい	調停
非武装地帯 ひ ぶ そう ち たい	非武裝地帶
分断 ぶんだん	分割
統一 とういつ	統一
平和 へい わ	和平
反戦デモ はんせん demo	反戰示威遊行
反体制活動家 はんたいせいかつどう か	反體制人士
米軍 べいぐん	美軍 表現 ～基地－きち：美軍基地
日米合同演習 にちべいごうどうえんしゅう	美日共同演習

武器

兵器 へい き	兵器、武器
核兵器 かくへい き	核子武器
化学兵器 か がくへい き	化學武器

生物兵器 せいぶつへいき	生物武器
武器 ぶき	武器
銃 じゅう	槍
拳銃 けんじゅう	手槍 表現 引ひき金がね：板機｜引き金を引く：扣下板機
機関銃 きかんじゅう	機關槍
自動小銃 じどうしょうじゅう	自動步槍
ライフル銃 rifle　　　じゅう	來福槍
銃弾 じゅうだん	子彈
弾丸 だんがん	炮彈
大砲 たいほう	大炮
バズーカ砲 bazooka　　ほう	火箭砲
対戦車用ロケット砲 たいせんしゃよう rocket　　ほう	對戰車用火箭砲
高射砲 こうしゃほう	高射炮
弾道ミサイル だんどう missile	彈道導彈
ミサイル発射 missile　　　はっしゃ	發射導彈
爆弾 ばくだん	炸彈 表現 時限じげん〜：定時炸彈
地雷 じらい	地雷
魚雷 ぎょらい	魚雷
原爆 げんばく	原子彈爆炸

水爆 すいばく	氫彈
爆薬 ばくやく	炸藥
火薬 か やく	火藥
手榴弾 しゅりゅうだん	手榴彈
催涙弾 さいるいだん	催淚彈
焼夷弾 しょう い だん	燃燒彈
ナパーム弾 napalm だん	凝固汽油彈
プラスチック爆弾 plastic ばくだん	塑膠炸彈
劣化ウラン れっ か uran	貧化鈾彈
戦車 せんしゃ	戰車
装甲車 そうこうしゃ	裝甲車
戦闘機 せんとう き	戰鬥機
軍用機 ぐんようき	軍用機
軍港 ぐんこう	軍港
軍艦 ぐんかん	軍艦
空母 くうぼ	航空母艦
潜水艇 せんすいてい	潛水艇
潜水艦 せんすいかん	潛水艦
巡洋艦 じゅんようかん	巡洋艦

しゃかい

社會和環境

20

政治用語

政治 せい じ	政治 **表現** 〜構造－こうぞう：政治結構｜〜権力－けんりょく：政治權力｜〜路線－ろせん：政治路線｜〜団体－だんたい：政治團體｜〜理念－りねん：政治理念
政府 せい ふ	政府
政権 せいけん	政權 **表現** 現げん〜：執政黨
政権交代 せいけんこうたい	政權轉移
連立政権 れんりつせいけん	聯合政權
政党 せいとう	政黨
与党 よ とう	執政黨 **表現** 連立れんりつ〜：聯合執政黨
野党 や とう	在野黨 **表現** 〜第一党－だいいっとう：在野最大黨
政策 せいさく	政策
離党 り とう	退黨；脫黨
世論 よ ろん	輿論
派閥 は ばつ	派系
保守 ほ しゅ	保守
革新 かくしん	革新

タカ派 は	鷹派；強硬派；激進派
ハト派 は	鴿派；和平穩健派
強硬派 きょうこう は	強硬派
穩健派 おんけん は	穩健派

日本的主要政黨

再多記一點!!

（設立年度順，2012年11月30日現在）

- **日本共産党**にほんきょうさんとう　　　日本共產黨（1922〜）
  ＊略稱 共産 Japanese Communist Party, JCP

- **自由民主党**じゆうみんしゅとう　　　　自由民主黨（1955〜）
  ＊簡稱 自民 Liberal Democratic Party of Japan, LDP

- **社会民主党**しゃかいみんしゅとう　　　社會民主黨（1996〜）
  ＊略稱 社民 Social Democratic Party, SDP

- **民主党**みんしゅとう　　　　　　　　民主黨（1998〜）
  ＊略稱 民主 The Democratic Party of Japan, DPJ

- **公明党**こうめいとう　　　　　　　　公明黨（1998〜）
  ＊略稱 公明 New Komeito

- **みんなの党**みんなのとう　　　　　　眾人之黨（2009〜）
  ＊略稱 みんな Your Party

- **日本維新の会**にっぽんいしんのかい　　日本維新會（2012〜）
  ＊略稱 維新 Japan Restoration Party

- **日本未来の党**にっぽんみらいのとう　　日本未來黨（2012〜）
  ＊略稱 未来 Japan Future Party

日本政府組織

三権分立 さんけんぶんりつ	三権分立 表現 司法しほう：司法｜ 立法りっぽう：立法｜行 政ぎょうせい：行政
国会 こっかい	國會 表現 ～議員－ぎいん： 國會議員
二院制 に いんせい	兩院制 表現 衆議院しゅうぎいん： 眾議院｜参議院 さんぎいん：參議院
施政方針演説 し せいほうしんえんぜつ	施政方針演說
所信表明演説 しょしんひょうめいえんぜつ	信念表明演說

▲国会議事堂こっかいぎじどう 1936年（昭和11年）興建帝国議会議事堂，地點位於東京都千代田区ちよだく永田町ながたちょう一丁目いっちょうめ。從正面看過去，左邊是眾議院，右邊是參議院。

内閣 ないかく	內閣
本会議 ほんかい ぎ	正式會議 表現 議会ぎかい：議會
会期 かい き	會期
召集 しょうしゅう	召集
委員会 いいんかい	委員會 表現 常任じょうにん～：常任委員會｜特別とくべつ～：特別委員會
公聴会 こうちょうかい	公聽會
審議 しん ぎ	審議

賛成 さんせい	贊成 反 反対はんたい：反對

多数決 た すうけつ	多數決定
満場一致 まんじょういっ ち	全數通過
可決 か けつ	通過 反 否決ひけつ：否決
信任投票 しんにんとうひょう	信任投票
不信任投票 ふ しんにんとうひょう	不信任投票
内閣総辞職 ないかくそう じ しょく	內閣總辭
任期 にん き	任期
解散 かいさん	解散
ヤジ	奚落；喝倒彩 表現 ～を飛ばす：喝倒采、發出奚落聲
腐敗 ふ はい	腐敗
疑惑 ぎ わく	疑慮；嫌疑
政治資金 せいじ し きん	政治資金
政治献金 せいじ けんきん	政治獻金 表現 闇献金やみけんきん：不明的政治獻金
わいろ	賄賂 表現 ～を受け取る：收受賄賂
贈賄 ぞうわい	行賄
収賄 しゅうわい	收賄
談合 だんごう	磋商；協議
汚職 お しょく	貪汙；瀆職

スキャンダル scandal	醜聞 表現 ～をもみ消けす：隱匿醜聞｜～に巻き込まれる：被捲入醜聞

國家重要職務

総理官邸 そう り かんてい	首相官邸
皇居 こうきょ	皇居
ホワイトハウス White House	白宮
中華民国総統府 ちゅう か みんこくそうとう ふ	中華民國總統府 説明 總統府為日據時代時日本人所建，為台灣總督辦公之處。時為 台湾総督府たいわんそうとくふ。其他重要建築：台北賓館たいほくひんかん：台北賓館｜中正紀念堂ちゅうせいきねんどう：中正紀念堂。
王宮 おうきゅう	王宮
宮殿 きゅうでん	宮殿 表現 エリザベス～：白金漢宮｜クレムリン～：克里姆林宮
宮廷 きゅうてい	宮廷

総理大臣 そう り だいじん	總理大臣
首相 しゅしょう	首相
大統領 だいとうりょう	總統 表現 副ふく～：副總統
国家主席 こっ か しゅせき	國家主席
総統 そうとう	總統 表現 副ふく～：副總統

元首 げんしゅ	元首
君主 くんしゅ	君主；君王
将軍 しょうぐん	將軍
閣僚 かくりょう	閣員
大臣 だいじん	大臣
次官 じかん	次長 表現 事務じむ〜：事務次長｜政務せいむ〜：政務次長
局長 きょくちょう	局長
官房長官 かんぼうちょうかん	內閣官房長官；內閣祕書長（行政院祕書長）
国会議員 こっかい ぎ いん	國會議員

天皇 てんのう	天皇 同 〜陛下ーへいか
皇后 こうごう	皇后 同 〜陛下ーへいか
王 おう	王、國王
女王 じょおう	女王
王妃 おう ひ	王妃
皇太子 こうたい し	皇太子
皇太子妃 こうたいし ひ	皇太子妃
王子 おう じ	王子
王女 おうじょ	公主

行政機關

官公庁 かんこうちょう	行政機關；政府機關 表現 官庁かんちょう：機關
省庁 しょうちょう	省政府
当局 とうきょく	當局
地方自治 ち ほう じ ち	地方自治 表現 〜体ーたい：地方自治體
公務員 こう む いん	公務員 表現 公職者こうしょくしゃ：公職人員
県庁 けんちょう	縣政府 ☞ 日本的行政區域請參考『卷末補充』。
市役所 し やくしょ	市公所 表現 区役所くやくしょ：區公所｜町役場まちやくば：鎮公所｜村役場むらやくば：鄉（村）公所

日本重要行政機關　　　　　　　　　　再多記一點！！

- **内閣官房**ないかくかんぼう　　　　　内閣官房
- **内閣法制局**ないかくほうせいきょく　　　内閣法制局
- **安全保障会議**あんぜんほしょうかいぎ　　安全保障會議
- **人事院**じんじいん　　　　　　　　人事院
- **内閣府**ないかくふ　　　　　　　　内閣府
  *宮内庁くないちょう：宮内廳｜公正取引委員会こうせいとりひきいいんかい：公正交易委員會｜国家公安委員会こっかこうあんいいんかい：國家公安委員會｜警察庁けいさつちょう：警察廳｜金融庁きんゆうちょう：金融廳｜消費者庁しょうひしゃちょう：消費者廳
- **総務省**そうむしょう　　　　　　　　總務省
  *公害等調整委員会こうがいとうちょうせいいいんかい：公害等調整委員會｜消防庁しょうぼうちょう：消防廳

- **法務省**ほうむしょう　　　　　　　法務省
  *検察庁けんさつちょう：檢察廳｜**公安審査委員会**こうあんしんさいいんか
  い：公安審査委員會｜**公安調査庁**こうあんちょうさちょう：公安調查廳
- **外務省**がいむしょう　　　　　　　外務省
- **財務省**ざいむしょう　　　　　　　財務省
  *国税庁こくぜいちょう：國税廳
- **文部科学省**もんぶかがくしょう　　文部科學省（＝文科省ぶんかしょう）
  *文化庁ぶんかちょう：文化廳
- **厚生労働省**こうせいろうどうしょう 厚生勞動省（＝厚労省こうろうしょう）
  *中央労働委員会ちゅうおうろうどういいんかい：中央勞動委員會
- **農林水産省**のうりんすいさんしょう 農林水產省；農委會（＝農水省のうす
  いしょう）
  *林野庁りんやちょう：林野廳｜水産庁すいさんちょう：水產廳
- **経済産業省**けいざいさんぎょうしょう 經濟產業省（＝経産省けいさんしょう）
  *資源エネルギー庁しげんエネルギーちょう：資源能源廳｜**特許庁**とっきょち
  ょう：專利局｜**中小企業庁**ちゅうしょうきぎょうちょう：中小企業廳
- **国土交通省**こくどこうつうしょう　　國土交通省（＝国交省こっこうしょう）
  *国土地理院こくどちりいん：國土地理院｜**小笠原総合事務所**おがさわらそ
  うごうじむしょ：小笠原綜合事務所｜**運輸安全委員会**うんゆあんぜんいいん
  かい：船員勞動委員會｜**気象庁**きしょうちょう：氣象局｜**海上保安庁**かいじ
  ょうほあんちょう：海上保安廳｜**海難審判所**かいなんしんぱんしょ：海難審判
  所｜**観光庁**かんこうちょう：觀光廳
- **環境省**かんきょうしょう　　　　　環境省
  *原子力規制委員会げんしりょくきせいいいんかい：原子力規制委員會
- **防衛省**ぼうえいしょう　　　　　　防衛省

霞關

　　位於東京都市中心的**霞が関**かすみがせき是日本中央政府機關的辦公地，在過去的江戶時代，被稱為**大名屋敷**だいみょうやしき，是過去給將軍使用的大規模宅地的密集區域，明治時代發生大火而燒毀，原址被外務省與海軍省使用，之後成為日本中央政府機關集中之地。而且，霞關也被當作是「日本中央官界」的代名詞，尤其多指最早在此的外務省，因此「霞關外交」一詞常被使用。

選舉制度

選挙 せんきょ	選舉 **表現** 統一地方選とういつちほうせん：地方公職人員選舉 | 補欠ほけつ〜：補選
公職選挙法 こうしょくせんきょほう	公職選舉法
選挙管理委員会 せんきょかんりいいんかい	中央選舉管理委員會
連座制 れんざせい	連坐法
有権者 ゆうけんしゃ	選民；擁有選舉權者
選挙権 せんきょけん	選舉權 **表現** 被ひ〜：被選舉權
選挙区 せんきょく	選區 **表現** 小選挙制しょうせんきょせい：小選區制 | 比例代表制ひれいだいひょうせい：比例代表制

選舉活動

出馬 しゅつば	出馬；參選
立候補 りっこうほ	提名候選人
候補者 こうほしゃ	候選人 **表現** 公認候補こうにんこうほ：公認候選人 | 最有力候補さいゆうりょくこうほ：最有希望當選的候選人
無所属 むしょぞく	無黨籍
遊説 ゆうぜい	選舉演說；發表主張

20
社會和環境

演説 えんぜつ	選舉演說、演講 **表現** 応援おうえん〜：聲援演說
公約 こうやく	當選承諾；政見 **表現** 〜を掲かかげる：刊登政見
マニフェスト manifesto	宣言；宣言書
選挙運動 せんきょうんどう	選舉活動
ポスター poster	選舉海報
掲示板 けい じ ばん	選舉看板
支持者 し じ しゃ	支持者
後援会 こうえんかい	後援會
陣営 じんえい	陣營
一騎打ち いっ き う	一對一捉對廝殺 **表現** 〜の戦たたかい：一對一選戰
三つ巴 み どもえ	三人對戰
票固め ひょうがた	固票
票田 ひょうでん	票倉

▲選舉告示板

投票

投票 とうひょう	投票 **表現** 〜締−しめ切きり時間じかん：投票截止時間｜〜用紙−ようし：選票｜〜箱−ばこ：投票箱、票匭｜期日前きじつまえ〜：提前投票｜不在者ふざいしゃ〜：事前投票制（因不在籍、疾病等符合公職選舉法所制定的事由之下，無法於選舉當日所定的投票所投票者，得以在選舉當天之前、或規定的投票所以外的場所進行投票。）

選ぶ えら	選擇、選出
浮動票 ふ どうひょう	游離票
投票率 とうひょうりつ	投票率 表現 ～が低い：投票率很低
棄権 き けん	棄權；放棄投票
出口調査 で ぐちちょう さ	出口民調 説明 指在投票所的出口，訪問已投完票的民眾投票的意向，來預估選舉結果。
開票 かいひょう	開票 表現 即日そくじつ～：當日開票｜翌日よくじつ～：隔日開票｜～速報－そくほう：開票快報
無効票 む こうひょう	無效票；廢票
得票率 とくひょうりつ	得票率
当選 とうせん	當選 表現 ～確実－かくじつ：確定當選｜初はつ～：首度當選｜繰くり上あげ～：不經由補選，直接讓第二名提升上來讓他當選
万歳 ばんざい	萬歲（歡呼用語）

落選 らくせん	落選
再選 さいせん	①再度當選　②重新選舉
選挙違反 せんきょ い はん	違規選舉
やり直し選挙 なお　せんきょ	選舉無效再另行重選
買収 ばいしゅう	買票
不正 ふ せい	不當行為 表現 ～を犯おかす：犯下不當行為

社會和環境

20-3 法律

法律

法 ほう	法；法律 表現 〜を守まもる：守法｜〜を犯おかす：犯法｜〜に訴うったえる：訴諸法律
憲法 けんぽう	憲法 表現 日本国にほんこく〜：日本憲法
法案 ほうあん	法案
法律 ほうりつ	法律
政令 せいれい	政令
条例 じょうれい	條例；法條
規則 き そく	規則
規定 き てい	規定

合法 ごうほう	合法 表現 非ひ〜：非法
合憲 ごうけん	合乎憲法 表現 違憲いけん：違憲
不法 ふ ほう	不法
正義 せい ぎ	正義
六法全書 ろっぽうぜんしょ	六法全書
民法 みんぽう	民法

刑法 けいほう	刑法
商法 しょうほう	商業法
民事訴訟法 みんじ そしょうほう	民事訴訟法
刑事訴訟法 けいじ そしょうほう	刑事訴訟法
国際法 こくさいほう	國際法

司法

司法 しほう	司法 表現 ～試験－しけん：司法考試｜～修習生－しゅうしゅうせい：司法實習生
法曹界 ほうそうかい	司法界
法科大学院 ほうかだいがくいん	法律研究所
裁判所 さいばんしょ	法院 表現 家庭かてい～（家裁かさい）：家庭法院｜地方ちほう～（地裁ちさい）：地方法院｜高等こうとう～（高裁こうさい）：高等法院
最高裁判所 さいこうさいばんしょ	最高法院 説明 也可以簡單稱為最高裁さいこうさい。 表現 ～長官－ちょうかん：最高法院首長
裁判官 さいばんかん	法官；審判官
裁判長 さいばんちょう	審判長；庭長
判事 はんじ	法官；推事
書記官 しょきかん	書記官；祕書

社會和環境

検察庁 けんさつちょう	檢察署 表現 最高さいこう〜：最高檢察署
検察官 けんさつかん	檢察官
検事 けんじ	檢察官

弁護士 べんごし	律師 表現 顧問こもん〜：顧問律師｜当番とうばん〜：輪值律師（刑事案件偵查期間，經申請由日本律師協會所派出的協助律師）｜国際こくさい〜：國際律師｜悪徳あくとく〜：黑心律師
弁護人 べんごにん	辯護人；律師 表現 国選こくせん〜：公設辯護人
司法書士 しほうしょし	司法代書

審判

裁判 さいばん	司法審判；官司 表現 〜に勝かつ[負まける]：打贏〔輸〕官司｜〜を受うける：接受審判｜〜にかけられる：被宣判
訴訟 そしょう	訴訟 表現 〜を起おこす：提起訴訟｜〜を取とり下さげる：撤銷訴訟｜刑事けいじ〜：刑事訴訟｜民事みんじ〜：民事訴訟｜離婚りこん〜：離婚訴訟｜〜費用－ひよう：訴訟費用
法廷 ほうてい	法庭 表現 出廷しゅってい：出庭｜退廷たいてい：退庭
公判 こうはん	公審

原告 げんこく	原告

被告 ひこく	被告
加害者 か がいしゃ	加害人
被害者 ひ がいしゃ	被害人

告訴 こくそ	控告；訴訟 表現 〜される：被控告
告発 こくはつ	告發；舉發 表現 〜される：遭到告發
検挙 けんきょ	檢舉
起訴 きそ	起訴 表現 〜される：遭到起訴｜〜猶予－ゆうよ：暫緩起訴｜〜状－じょう：起訴書
立件 りっけん	立案；案件成立
控訴 こうそ	控訴
上告 じょうこく	上訴；上告

罪状認否 ざいじょうにん ぴ	否認罪狀
異議申し立て い ぎもう た	提出異議申訴
陪審員 ばいしんいん	陪審員
傍聴人 ぼうちょうにん	旁聽人 表現 傍聴券ぼうちょうけん：旁聽證
和解 わ かい	和解 表現 〜させる：促成和解｜〜が成立せいりつする：和解成立
示談 じ だん	調停；私下和解

嘆願書 たんがんしょ	請願書
弾劾 だんがい	彈劾
求刑 きゅうけい	求刑
宣告 せんこく	宣判
判例 はんれい	案例
判決 はんけつ	判決 **表現** ～を下くだす：下判決｜実刑じっけい～：實際服刑（對緩刑而言）
勝訴 しょう そ	勝訴
敗訴 はい そ	敗訴
時効 じ こう	時效
有罪 ゆうざい	有罪
無罪 む ざい	無罪
冤罪 えんざい	蒙冤；冤獄 **表現** ～を晴はらす：洗刷冤情｜～が晴れる：含冤得雪
無実の罪 むじつ つみ	冤罪；冤枉罪
誤審 ご しん	誤審；誤判
ぬれぎぬ	冤枉 **例** ～を着せられる：背黑鍋
懺悔の涙 ざん げ なみだ	懺悔的眼淚

犯罪

罪 つみ	罪 表現 〜を犯おかす 動：犯罪
犯罪 はんざい	犯罪 表現 完全かんぜん〜：完美犯罪｜軽けい〜：輕犯｜ 性せい〜：性犯罪｜少年しょうねん〜：少年犯罪｜ 外国人がいこくじん〜：國際犯罪
犯人 はんにん	犯人 表現 真しん〜：真正的犯人｜初犯しょはん：初犯｜ 再犯さいはん：再犯｜常習犯じょうしゅうはん：累犯 ｜共犯きょうはん：共犯｜凶悪犯きょうあくはん：凶 犯｜知能犯ちのうはん：智慧犯｜思想犯しそうはん： 思想犯｜政治犯せいじはん：政治犯｜確信犯かくしん はん：確信犯
前科 ぜんか	前科 表現 〜者－もの：前科犯
事件 じけん	案件；事件 表現 大だい〜：大案件｜殺人さつじん〜：殺人案件
殺人 さつじん	殺人 表現 〜未遂－みすい：殺人未遂｜〜犯－はん：殺人 犯
扼殺 やくさつ	勒殺 説明 指用手掐住他人脖子將人殺害。
絞殺 こうさつ	勒殺；絞死 表現 絞しめ殺ころす 動：勒殺 説明 指用毛巾或繩子掐住他人脖子將人殺害。
刺殺 しさつ	刺殺 表現 刺さし殺す：刺殺
撲殺 ぼくさつ	毆打致死 表現 殴なぐり殺す：毆打致死

20

社會和環境

誘拐 ゆうかい	誘拐 表現 〜犯-はん：誘拐犯
人質 ひとじち	人質 表現 〜に取とられる：被抓去當人質
身のしろ金 み　　　きん	贖金
強姦 ごうかん	強暴；性侵害 表現 〜される：遭受性侵害
痴漢 ち かん	色狼 表現 〜にあう：遇到色狼 ｜ 〜に間違まちがわれる： 被當成色狼
売春 ばいしゅん	賣春
買春 かいしゅん	買春 説明 念作「かいしゅん」，和「売春」做區分。
セクハラ sexual harassment	性騷擾 説明 大學內教師對學生所進行的性騷擾，稱為アカ ハラacademic harassment。也可以意指少數的女性在 人事、評價、研究等方面，受到性別歧視。
美人局 つつもたせ	美人計；仙人跳
ストーカー stalker	跟蹤狂
麻薬密売 ま やくみつばい	私售毒品
覚醒剤 かくせいざい	迷幻藥；興奮劑 表現 〜を打うつ：施打興奮劑
密輸 みつ ゆ	走私
恐喝 きょうかつ	恐嚇 同 ゆすり ｜ ゆすりにあう：被勒索
詐欺 さ ぎ	詐欺 表現 詐欺師さぎし：詐欺犯 ｜ 〜にあう：遇到詐騙
不良 ふ りょう	流氓；不良少年

暴走族 ぼうそうぞく	暴走族
やくざ	流氓；黑道
入れ墨 い ずみ	刺青
暴力団 ぼうりょくだん	幫派組織；暴力集團 表現 暴力をふるう：施加暴力
窃盗 せっとう	竊盜
どろぼう	小偷
こそどろ	小偷；竊賊
空き巣 あ す	闖空門
見張り み は	監視；看守
一味 いち み	同黨；同夥
盗難 とうなん	失竊 表現 ～にあう 動：遭竊

再多記一點！！

電話詐騙

　　從「おれだよ、おれ（我啦！是我！）」的電話內容中取名的詐欺法（在 2003年時浮上檯面）。是主要以重聽的老人家為對象，假裝是對方的兒子或孫子來騙取錢財的詐欺法。其犯罪手法如下：隨便打一通電話，如果是老人家接的電話，就用很焦急的聲音説「おれだよ、おれ」，然後説自己出車禍或因業務上的疏失等，臨時需要一筆協議金，要求對方匯款過來。有時候在電話中，也會讓老人家和其他關係人（如警官、律師、被害人等）通電話，利用這種巧妙的手法讓老人家更加深信不疑。然後，受騙的老人被會毫無疑慮地把錢匯入對方所告知的帳戶中。近幾年，為了防止更多人受騙，將名稱改為「振ふり込こめ詐欺さぎ」。因為日本有許多獨居老人，所以受騙的案例層出不窮。

強盗 ごうとう	強盗 表現 銀行ぎんこう〜：銀行強盗
金庫破り きん こ やぶ	撬開保險櫃、整個保險櫃盜走
盗む ぬす	行竊；竊盜
盗み ぬす	偷盜；竊盜
盗品 とうひん	贓物
スリ	扒手
ひったくり	搶劫；搶奪
万引き まん び	順手牽羊
隠しカメラ かく camera	隱藏式攝影機
押し売り お う	強迫推銷
通り魔 とお ま	傷害路過行人的歹徒
オヤジ狩り が	以中年男子或上班族為目標的搶劫行為
ホームレス homeless	流浪漢；街友

ハイジャック hijack	劫機
拉致 ら ち	綁架；綁票
児童虐待 じ どうぎゃくたい	虐童 表現 幼児虐待ようじぎゃくたい：幼兒虐待
ドメスティックバイオレンス domestic violence	家庭暴力；家暴 回 家庭内暴力かていないぼうりょく

死 し	死；死亡 **表現** 自然しぜん〜：自然死亡｜突然とつぜん〜：猝死｜事故じこ〜：事故死亡｜過労かろう〜：過勞死｜獄ごく〜：獄中死亡｜客かく〜：客死異鄉｜即そく〜：當場死亡｜殉じゅん〜：殉死｜病びょう〜：病死｜仮か〜：假死｜急きゅう〜：猝死、暴斃｜変へん〜：橫死、死於非命
自殺 じ さつ	自殺 **表現** 〜未遂－みすい：自殺未遂
心中 しんじゅう	結伴自殺
無理心中 む り しんじゅう	脅迫一同自殺
遺書 い しょ	遺書
所持品 しょ じ ひん	手頭物品、身後物
他殺 た さつ	他殺

死体 し たい	屍體
検死／検屍 けん し　　けん し	驗屍
剖検 ぼうけん	解剖檢查
解剖 かいぼう	解剖 **表現** 司法しほう〜：司法解剖｜行政ぎょうせい〜：行政解剖

圧死 あっ し	被壓死
安楽死 あんらく し	安樂死
縊死 い し	吊死；自縊 回 首吊くびつり

餓死 が し	飢餓而死
感電死 かんでん し	觸電死
焼死 しょう し	燒死
ショック死 shock し	休克而死
窒息死 ちっそく し	窒息而死
墜死 つい し	墜樓死；摔死
溺死 でき し	溺死
凍死 とう し	凍死
腹上死 ふくじょう し	性交中猝死；馬上風
轢死 れき し	輾斃

警察的工作

警察 けいさつ	警察
警察署 けいさつしょ	警察局
警察官 けいさつかん	警察人員
刑事 けい じ	刑警 表現 私服しふく〜：便衣刑警
機動隊 き どうたい	機動警力
交番 こうばん	派出所
お巡りさん まわ	巡邏警
交通巡査 こうつうじゅん さ	交通警察

検問所 けんもんじょ	檢查站
取り締まり と し	取締 表現 取り締まる 動：取締
捜査 そう さ	搜查、搜索 表現 おとり～：祕密搜查｜裏付うらづけ～：證物搜查
追跡 ついせき	追緝；追捕
職務質問 しょく む しつもん	公務提問；盤查

被疑者 ひ ぎ しゃ	有嫌疑者；嫌疑犯
容疑者 よう ぎ しゃ	嫌犯 表現 ～を手配てはいする：發布通緝｜～を検挙けんきょする：拘捕嫌疑犯
正当防衛 せいとうぼうえい	正當防衛
未必の故意 み ひつ こ い	間接故意
公共の秩序 こうきょう ちつじょ	公共秩序 表現 ～を乱みだす：破壞公共秩序

逮捕 たい ほ	逮捕 表現 ～される：被逮捕
捕まえる つか	逮捕 表現 捕つかまる：被逮捕
現行犯 げんこうはん	現行犯
指名手配 し めい て はい	通緝犯
自首 じ しゅ	自首
逃亡 とうぼう	逃亡；跑路 説明 對帶有重罪的犯人，會使用～する；對一般犯罪的犯人，會使用逃にげる。

拘束 こうそく	拘留；羈押 **表現** 〜令状-れいじょう：拘票
拘置所 こうちしょ	拘留所
釈放 しゃくほう	釋放 **表現** 仮かり〜：假釋
保釈 ほしゃく	交保 **表現** 〜される：被交保｜〜金-きん：保釋金｜〜金 を積つむ：籌措保釋金
差し入れ さ い	送慰勞品；（給被關或拘留的人）送物品
面会 めんかい	會面

手錠 てじょう	手銬 **表現** 〜をはめる：上手銬
腰縄 こしなわ	綁在犯人腰上的繩子
任意同行 にんいどうこう	任意同行；協助到案說明 **説明** 警察因調查案件逮捕嫌犯時，經關係人同意， 將關係人帶往最近的警察單位，謂之任意同行。如 2012年年初在日本涉嫌台灣留學生命案的留學生張 志揚，即在「任意同行」中自殺。
警棒 けいぼう	警棍
ガードマン guard man	護衛、隨扈、保鑣
警備 けいび	警力戒備；戒護
防犯ベル ぼうはん bell	警鈴；防盜鈴
疑い うたが	可疑；嫌疑 **表現** 〜をかける：表示懷疑｜〜がかかる：有嫌疑
取り調べ と しら	調查；偵訊 **表現** 〜を受うける：接受調查、接受偵訊

供述 きょうじゅつ	供述；口供 表現 〜書－しょ：口供
自白 じ はく	招供；認罪
黙秘権 もく ひ けん	緘默權
誘導尋問 ゆうどうじんもん	套供；誘供
アリバイ alibi	不在場證明 表現 〜が成立せいりつする：不在場證明成立
ウソ発見器 はっけん き	測謊器

社會和環境

証人 しょうにん	證人 表現 生いき〜：直接關係證人｜〜喚問－かんもん：
参考人 さんこうにん	關係人 表現 重要じゅうよう〜：重要關係人
証拠 しょう こ	證物；證據 表現 〜隠滅－いんめつ：湮滅證據
証言 しょうげん	證詞
目撃者 もくげきしゃ	目擊者
手がかり て	線索 表現 〜をつかむ：取得證據｜〜を残のこす：留下證據

罰責

処罰 しょばつ	懲處；懲辦
罰する ばっ	處罰；判罪
科料 か りょう	小額罰款 説明 一千〜一萬日圓的罰款。

罰金 ばっきん	罰金 **說明** 一萬日圓以上的罰款。
執行猶予 しっこうゆうよ	緩刑
服役 ふくえき	服刑
拘留 こうりゅう	拘留 **說明** 指將對象拘禁限制的刑罰，日本可將犯人拘禁在拘留所內一天以上、三十天以內。台灣則是一日以上、三日以內，依法加重時合計不得超過五日。
懲役 ちょうえき	徒刑
禁固 きんこ	監禁
終身刑 しゅうしんけい	無期徒刑
死刑 しけい	死刑
絞首刑 こうしゅけい	絞刑

刑務所 けいむしょ	監獄；監牢 **表現** 刑務官けいむかん：監獄管理人員｜受刑者じゅけいしゃ：受刑人、囚犯
刑期 けいき	刑期
出所 しゅっしょ	出獄 **表現** 仮かり〜：假釋
囚人 しゅうじん	囚犯 **表現** 〜服−ふく：囚服｜良心囚りょうしんしゅう：宗教、政治犯
脱獄 だつごく	逃獄 **表現** 脱獄囚−しゅう：逃獄囚犯
減刑 げんけい	減刑

赦免 しゃめん	赦免
恩赦 おんしゃ	特赦、恩赦
特赦 とくしゃ	特赦

各種罪名   再多記一點！！

- **公務執行妨害罪** こうむしっこうぼうがいざい   妨害公務罪
- **犯人隠匿罪** はんにんいんとくざい   藏匿人犯罪
- **証拠隠滅罪** しょうこいんめつざい   湮滅證據罪
- **放火罪** ほうかざい   縱火罪
  - ＊失火罪 しっかざい：過失縱火罪
- **住居侵入罪** じゅうきょしんにゅうざい   侵入民宅罪
- **秘密漏泄罪** ひみつろうえいざい   洩密罪
- **偽造罪** ぎぞうざい   偽造罪
  - ＊文書 ぶんしょ～：偽造文書罪｜通貨 つうか～：偽造貨幣罪｜有価証券 ゆうかしょうけん～：偽造有價證券罪
- **偽証罪** ぎしょうざい   偽證罪
- **虚偽告訴罪** きょぎこくそざい   誣告罪
- **公然**こうぜん**わいせつ罪**ざい   公然猥褻罪
- **わいせつ物頒布罪** ぶつはんぷざい   散布猥褻物品罪
- **強制**きょうせい**わいせつ罪**ざい   強制猥褻罪
- **強姦罪** ごうかんざい   強制性交罪
  - ＊強姦致傷罪 －ちしょうざい：強制性交並致傷罪｜強姦致死罪 －ちしざい～：強制性交並致死罪
- **職権乱用罪** しょっけんらんようざい   濫用職權罪
- **横領罪** おうりょうざい   侵占罪
  - ＊業務上 ぎょうむじょう～：業務侵占罪

社會和環境

- 斡旋収賄罪 あっせんしゅうわいざい　　斡旋收賄罪
- 収賄罪 しゅうわいざい　　受賄罪
- 贈賄罪 ぞうわいざい　　行賄罪
- 暴行罪 ぼうこうざい　　故意傷害罪
- 背任罪 はいにんざい　　背信罪
  * 特別 とくべつ〜：特別背信罪
- 傷害罪 しょうがいざい　　傷害罪
  * 傷害致死罪 ーちしざい：傷害致死
- 強盗罪 ごうとうざい　　強盗罪
  * 強盗致傷罪 ーちしょうざい：強盗傷害罪 | 強盗致傷罪 ーちしざい：強盗致死罪
- 殺人罪 さつじんざい　　殺人罪
- 過失傷害罪 かしつしょうがいざい　　過失傷害罪
  * 業務上過失致死罪：業務過失傷害罪
- 過失致死罪 かしつちしざい　　過失致死罪
  * 業務上過失致死罪：業務過失致死罪
- 自殺関与罪 じさつかんよざい　　參與他人自殺罪
  （* 即台灣的「加工自殺罪」。）
- 死体遺棄罪 したいいきざい　　棄屍罪
- 営利誘拐罪 えいりゆうかいざい　　營利誘拐罪
- 毀棄・隠匿罪 きき・いんとくざい　　毀棄及隱匿罪
- 器物損壊罪 きぶつそんかいざい　　毀損器物罪
- 恐喝罪 きょうかつざい　　恐嚇罪
- 脅迫罪 きょうはくざい　　脅迫罪
- 強要罪 きょうようざい　　強制罪
- 業務妨害罪 ぎょうむぼうがいざい　　妨害業務罪
- 詐欺罪 さぎざい　　詐欺罪
- 逮捕・監禁罪 たいほ・かんきんざい　　逮捕・監禁罪
- 窃盗罪 せっとうざい　　竊盜罪
- 名誉毀損罪 めいよきそんざい　　妨礙名譽罪

- 覚せい剤取締法違反　　　　　　違反興奮劑取締法
  かくせいざいとりしまりほういはん

- 麻薬取締法違反　　　　　　　　違反麻藥取締法
  まやくとりしまりほう－
  （＊在台灣，「興奮劑取締法」及「麻藥取締法」都列入「毒品危害防制條例」。）

- 道路交通法違反 どうろこうつうほう－ 違反道路交通法

- 出入国管理法違反　　　　　　　違反出入國管理法
  しゅつにゅうこくかんりほう－　　（＊即台灣的「出入國及移民法」。）

- 銃砲刀剣類所持等取締法違反　 違反槍砲彈藥刀械管制條例
  じゅうほうとうけんるいしょじとうとりしまりほう－

民事

名誉毀損 めいよきそん	名譽毀損
基本的人権 きほんてきじんけん	基本人權
表現の自由 ひょうげん　　じゆう	表達自由
プライバシー privacy	隱私權
肖像権 しょうぞうけん	肖像權 表現 ～の侵害しんがい：侵犯肖像權
平等権 びょうどうけん	平等權
生存権 せいぞんけん	生存權
犯罪人引き渡し条約 はんざいにんひ　　わた　じょうやく	罪犯引渡條例
司法取引 しほうとりひき	認罪協商
心神喪失 しんしんそうしつ	精神異常
心神耗弱 しんしんこうじゃく	精神耗弱

各種事故

事故 じこ	事故 表現 ～を起おこす：引發事故｜～が起おこる：發生事故
墜落 ついらく	墜落、墜機
座礁 ざしょう	觸礁 表現 ～する 動：觸礁
沈没 ちんぼつ	沉沒
ガス中毒 gas　ちゅうどく	瓦斯中毒
一酸化炭素中毒 いっさん か たん そ ちゅうどく	一氧化碳中毒

火事 かじ	火災；失火 表現 ～になる／火が出る：釀成火災／起火
火災 かさい	火災 表現 ～が発生はっせいする：發生火災｜～にあう：遭到火災
火の不始末 ひ　ふしまつ	用火不慎 例 タバコの～で、家が全焼した。 因為抽菸用火不慎，房子全燒毀了。
失火 しっか	失火
放火 ほうか	縱火；放火
山火事 やまかじ	森林大火；森林火災
全焼 ぜんしょう	燒毀；全毀

類焼 るいしょう	延燒
半焼 はんしょう	燒毀一半

爆発 ばくはつ	爆炸
火を消す ひ　け	滅火
放水 ほうすい	噴水
消火 しょうか	滅火
消火栓 しょうかせん	防火栓
消火器 しょうかき	滅火器
鎮火 ちんか	救火；打火 表現 ～する 動：救火
火災報知器 かさいほうちき	火災警報器
非常ベル ひじょう bell	警鈴 表現 ～が鳴なる：警鈴大作、警報響起
消防署 しょうぼうしょ	消防局
消防士 しょうぼうし	消防人員
消防車 しょうぼうしゃ	消防車
はしご車 しゃ	雲梯車
ポンプ車 pomp　しゃ	消防水車
救急車 きゅうきゅうしゃ	救護車
救命艇 きゅうめいてい	救生艇 表現 救命ボートboat救生船

各種災害

災害 さいがい	災害；災難 表現 自然しぜん～：天然災害
天災 てんさい	天災 表現 ～にあう：遭遇天災
人災 じんさい	人災
災難 さいなん	災難
予知 よ ち	預知；預告
警報 けいほう	警報 表現 ～が発令はつれいされる：施放警報、警報響起 ｜～が解除かいじょされる：警報解除
避難 ひ なん	避難

台風 たいふう	颱風
水害 すいがい	水災；水患
鉄砲水 てっぽうみず	暴風雨後的激烈洪水
洪水 こうずい	洪水
氾濫 はんらん	氾濫 表現 河川かせんが～する：河水氾濫
堤防決壊 ていぼうけっかい	潰堤；決堤
噴火 ふん か	火山爆發 表現 ～口－こう：火山口
溶岩 ようがん	熔岩；岩漿
マグマ magma	岩漿

火山灰 か ざんばい	火山灰
地震 じ しん	地震 **表現** 直下型ちょっかがた〜：垂直型地震｜群発ぐんぱつ〜：群發型地震
横揺れ よこ ゆ	横向地震（左右搖晃）
立て揺れ た ゆ	縱向地震（上下搖晃）
震源地 しんげんち	震源
震度 しん ど	震度
余震 よ しん	餘震
マグニチュード magnitude	芮氏規模
津波 つ なみ	海嘯
落雷 らくらい	打雷；雷擊
避雷針 ひ らいしん	避雷針
落石 らくせき	落石
土砂崩れ ど しゃくず	坍方
がけ崩れ くず	懸崖崩落
なだれ	雪崩
生き埋め い う	活埋

社會和環境

防止災害對策

助ける たす	救助；救難
救出 きゅうしゅつ	救出 表現 ～される：獲救
救助 きゅうじょ	救助 表現 人命じんめい～：救人一命
レスキュー隊 rescue　たい	救難隊
災害救助犬 さいがいきゅうじょけん	搜救犬
人工呼吸 じんこうこきゅう	人工呼吸
心臓マッサージ しんぞうmassage	心臟按摩

身元確認 みもとかくにん	確認身分
歯形 はがた	牙印；齒形
指紋 しもん	指紋
DNA鑑定 ディーエヌエーかんてい	DNA鑑定
生存者 せいぞんしゃ	生還者
けが人 にん	傷者、負傷者 同 負傷者ふしょうしゃ
犠牲者 ぎせいしゃ	罹難者
罹災民 りさいみん	罹難或受災人民
被災者 ひさいしゃ	災民
行方不明 ゆくえふめい	失蹤；下落不明

搜索願い そうさくねが	請求警方協尋失蹤人口，協尋親友服務申請書

仮設住宅 か せつじゅうたく	臨時安置住宅；組合屋
救援物資 きゅうえんぶっ し	救援物資
義援金 ぎ えんきん	善款；捐款
見舞金 み まいきん	慰問金
ライフライン lifeline	維生管線 説明 是指生活與維持生命所需之上下水道、電力、天然氣瓦斯、通訊等的維生線路系統。為維繫一般居民生活之基礎設施，都市化程度越高之城市對其依賴性越高。
危機管理 き きかんり	危機管理 説明 在日本通常指「災難前」的預防準備工作。

社會和環境

20-5 環境問題

環境問題

環境 かんきょう	環境 表現 ～問題－もんだい：環境問題｜～汚染－おせん：環境汙染｜～破壊－はかい：環境破壞｜～保護－ほご：環境保護、環保
エコマーク ecology mark	環保標章 表現 エコ商品：綠色商品
植林 しょくりん	植林；造林
森林伐採 しんりんばっさい	砍伐森林
乱伐 らんばつ	濫砍濫伐
砂漠化 さばくか	沙漠化
黄砂 こうさ	黃砂；春季因風吹起的黃塵

水産資源 すいさんしげん	水產資源
沿岸漁業 えんがんぎょぎょう	沿海漁業
沖合漁業 おきあいぎょぎょう	海上漁業（介於沿海漁業與遠洋漁業中間的地帶）
遠洋漁業 えんようぎょぎょう	遠洋漁業
捕鯨 ほげい	捕鯨
乱獲 らんかく	濫捕
生物圏 せいぶつけん	生物圈

生態系 せいたいけい	生態系 **表現** 生態学せいたいがく：生態學
野生動物 や せいどうぶつ	野生動物
絶滅種 ぜつめつしゅ	滅種；絕種 **表現** 絶滅危機種ぜつめつききしゅ：瀕臨絕種
ラムサール条約 Ramsar　　　　じょうやく	拉姆薩爾濕地公約 **說明** 正式的名稱為《水鳥みずとりの生息地せいそくち として重要じゅうような湿地しっち及および湿地に生 息する動植物どうしょくぶつの保護ほごを目的もくて きとした条約（針對水鳥棲息地保護之國際重要濕 地公約）》，宗旨是透過國家行動和國際合作來保 護與合理利用濕地。
ワシントン条約 Washington　　　じょうやく	華盛頓公約 **說明** 正式的名稱為《絶滅ぜつめつのおそれのある野 生動植物やせいどうしょくぶつのの種の国際取引こく さいとりひきに関する条約（有關頻臨滅種的野生動 物物種的國際交易條約）》。

環境破壞・環境汙染

異常気象 い じょう き しょう	氣候異常
地球温暖化 ち きゅうおんだん か	全球暖化
京都議定書 きょうと ぎ ていしょ	京都議定書 **說明** 在「氣候變化綱要公約締約國第三次會議 COP3」＜第3回気候変動枠組条約締約国会議＞被 採納通過，旨在制定削減二氧化碳等六種造成溫室 效應氣體排放量的義務。因於1997年12月京都召開 會議，故以此稱之。
温室効果ガス おんしつこうか gas	溫室氣體
二酸化炭素 に さん か たん そ	二氧化碳

フロンガス flon gas	氟氯烴
メタンガス Methan gas	沼氣
オゾン ozone	臭氧 **表現** 〜層そう：臭氧層｜〜ホール−hole：臭氧層破洞
酸性雨 さんせい う	酸雨
ヒートアイランド現象 heat island　　　　げんしょう	熱島現象
熱帯夜 ねったい や	熱帶夜（低溫超過攝氏25度的夜晚）

大気汚染 たい き お せん	大氣污染
浮遊粉塵 ふ ゆうふんじん	漂浮粉塵
光化学スモッグ こう か がく smog	光煙塵
排気ガス はい き gas	排放廢氣 **表現** 〜規制−きせい：廢氣排放管制
無鉛ガソリン む えん gasoline	無鉛汽油
汚染物質 お せんぶっしつ	污染物質
窒素化合物 ちっ そ か ごうぶつ	氮化合物

水質汚染 すいしつ お せん	水質污染
上水源 じょうすいげん	上游水源；水源地
合成洗剤 ごうせいせんざい	合成清潔劑
石油流出 せき ゆ りゅうしゅつ	（石油）漏油

下水処理場 げ すい しょ り じょう	污水處理廠
海洋投棄 かいようとうき	海洋棄置 **說明** 海洋實驗之投棄或利用船舶、航空器、海洋設施等，運送物質至海上傾倒、排洩或處置時，需依『海洋棄置管理辦法』處理之。
赤潮 あかしお	紅潮 **說明** 因浮游生物突發性增殖、聚集，引發水體變色的一種海洋災害。或稱「赤潮」。
エルニーニョ現象 El Niño げんしょう	聖嬰現象

放射能 ほうしゃのう	核能；輻射能 **表現** 〜汚染－おせん：核能污染｜〜漏－もれ：輻射外露
放射性物質 ほうしゃせいぶっしつ	放射性物質 **表現** 〜廃棄物－はいきぶつ：放射性廢棄物、核廢料｜〜降下物－こうかぶつ：放射性落塵
福島第一原発事故 ふくしまだいいちげんぱつ じ こ	福島第一核電廠事故 **說明** 此事故是由2011年3月11日發生的「日本３１１大地震」所引起的海嘯造成的氫氣爆炸等一連串的核變事故。

環境與食物

農薬 のうやく	農藥
化学肥料 か がく ひ りょう	化學肥料
無農薬野菜 む のうやく や さい	無農藥蔬菜
有機栽培野菜 ゆう き さいばい や さい	有機栽培蔬菜
有機肥料 ゆう き ひ りょう	有機肥料

社會和環境

遺伝子操作 <small>いでんしそうさ</small>	基因改造
遺伝子組替食品 <small>いでんしくみかえしょくひん</small>	基因改造食品
食品添加物 <small>しょくひんてんかぶつ</small>	食品添加物
有害物質 <small>ゆうがいぶっしつ</small>	有害物質
発ガン性物質 <small>はつ　せいぶっしつ</small>	致癌物質
BSE <small>ビーエスイー</small>	BSE；狂牛病 圓 牛海綿状脳症うしかいめんじょうのうしょう 說明 近幾年，人們不會將其稱為狂牛病きょうぎゅうびょう。
口蹄疫 <small>こうていえき</small>	口蹄疫
家畜用飼料 <small>かちくようしりょう</small>	家畜用飼料
肉骨粉 <small>にくこっぷん</small>	肉骨粉 說明 是哺乳動物廢棄組織經乾式熬油後的乾燥產品，一般作為動物飼料來使用，後來一度造成了狂牛症的散播。
鳥インフルエンザ <small>とり　influenza</small>	禽流感

消費者運動 <small>しょうひしゃうんどう</small>	消費者運動
エコマーク <small>ecomark</small>	環保標章
リサイクル <small>recycle</small>	回收；再利用
再生紙 <small>さいせいし</small>	再生紙

垃圾問題

ゴミ	垃圾 **表現** 一般いっぱん～：一般類垃圾｜紙類かみるい：紙類｜紙コップかみcup：紙杯｜牛乳パックぎゅうにゅうpack：牛奶盒｜新聞紙しんぶんし：報紙｜ビニール類vinylるい：塑膠類垃圾｜ひも：繩子｜段だんボール：紙箱｜包装紙ほうそうし：包裝紙｜割わり箸ばし：竹筷、免洗筷｜くず鉄てつ：廢鐵｜針金はりがね：廢電線｜鉄板てっぱん：鐵板、鐵片｜アルミニウムaluminium：鋁｜ステンレスstainless：不鏽鋼
生ゴミ _{なま}	廚餘
資源ゴミ _{しげん}	可回收垃圾；資源回收垃圾
粗大ゴミ _{そだい}	大型垃圾
発泡スチロール _{はっぽう Styrol}	保麗龍
ペットボトル _{PET bottle}	保特瓶
缶 _{かん}	罐子 **表現** 空あき～：空罐｜缶詰かんづめ：罐頭｜ブリキblik～：馬口鐵罐
瓶 _{びん}	瓶子 **表現** 空あき～：空瓶｜～のふた：瓶蓋
燃えるゴミ _も	可燃垃圾
燃えないゴミ _も	不可燃垃圾
ゴミ収集 _{しゅうしゅう}	垃圾回收 **表現** 分別収集ぶんべつしゅうしゅう：分類收集｜～車－しゃ：垃圾車
産業廃棄物 _{さんぎょうはいきぶつ}	工業廢棄物

不法投棄 ふ ほうとう き	非法丟棄
ゴミ焼却炉 しょうきゃく ろ	垃圾焚化爐
ダイオキシン dioxin	戴奧辛
埋立地 うめたて ち	垃圾掩埋場 表現 ゴミ埋立処理場うめたてしょりじょう：垃圾掩埋場

土壌汚染 ど じょう お せん	土壤汚染
ヘドロ	（工業）汚泥；沉澱物
環境ホルモン かんきょうhormone	環境賀爾蒙
有機塩素化合物 ゆう き えん そ か ごうぶつ	有機氯化合物
合成化学物質 ごうせい か がくぶっしつ	化學合成物質
プラスチック plastics	塑膠 表現 〜分解物ぶんかいぶつ：塑膠分解物質
使い捨て容器 つか す ようき	免洗餐具；拋棄式器皿
過剰包装 か じょうほうそう	過度包裝

公害

電磁気公害 でん じ き こうがい	電磁波公害
騒音公害 そうおんこうがい	噪音公害
地盤沈下 じ ばんちん か	地層下陷

公害病 こうがいびょう	公害病

イタイイタイ病 びょう	痛痛病
水俣病 みなまたびょう	水俣病
重金属中毒 じゅうきんぞくちゅうどく	重金屬中毒
水銀中毒 すいぎんちゅうどく	汞中毒
鉛中毒 なまりちゅうどく	鉛中毒
カドミウム中毒 cadmium　ちゅうどく	鎘中毒
クローム chrome	鉻
亜鉛 あ えん	鋅

社會和環境

保険

保険 ほ けん	保険 表現 ～に入はいる：加入保険｜～をかける：投保
保険会社 ほ けんがいしゃ	保険公司 表現 大手おおて～：大型保険公司｜外資系がいしけい～：外資保険公司
賠償 ばいしょう	賠償、理賠 表現 対人たいじん～：對人賠償｜対物たいぶつ～：對物賠償
契約 けいやく	契約
約款 やっかん	條款
保険証券 ほ けんしょうけん	保單
被保険者 ひ ほ けんしゃ	被保人
保険金受取人 ほ けんきんうけとりにん	保険受益人

各類保險

再多記一點！！

- 生命保険せいめいほけん　壽險
- 年金保険ねんきん−　　　年金保險
- 終身保険しゅうしん−　　終身保險
- 傷害保険しょうがい−　　傷害險
- ガン保険　　　　　　　癌症險
- 火災保険かさい−　　　　火災險
- 海上保険かいじょう−　　海上保險
- 損害保険そんがい−　　　產物保險
- 社会保険しゃかい−　　　社會保險
- 医療保険いりょう−　　　醫療險
- 介護保険かいご−　　　　看護險

- 教育保険きょういく−　　教育險
- 養老保険ようろう−　　　養老保險
- 定期付ていきつき終身保険　定期給付之終身險
- 疾病保険しっぺい−　　　疾病險
- 盗難保険とうなん−　　　竊盜險
- 地震保険じしん−　　　　地震險
- 旅行保険りょこう−　　　旅遊平安險
- 自動車保険じどうしゃ−　車險
- 労災保険ろうさい−　　　職災險
- 失業保険しつぎょう−　　失業保險

自賠責 じ ばいせき	小客車傷害賠償責任險（強制責任險）
医療過誤 いりょうか ご	醫療過失

社會福利

福祉 ふく し	福利 表現 〜国家−こっか：福利制度完善的國家
福利厚生 ふく り こうせい	社會福利；福利待遇
人権 じんけん	人權
社会保障 しゃかい ほ しょう	社會保障
年金 ねんきん	年金 表現 国民こくみん〜：國民年金 | 厚生こうせい〜：老人年金

介護 かいご	看護;照護病人
高齢化 こうれいか	高齢化 **表現** 〜社会−しゃかい:高齢化社會
老人ホーム ろうじん home	老人安養中心 **說明** 近幾年,養老院ようろういん一詞較少被使用。
寝たきり老人 ね　　　ろうじん	臥床老人
介護疲れ かいごづか	長期看護引起的疲勞
生活保護 せいかつほご	生活保障

心身障害 しんしんしょうがい	身心障礙
障害者 しょうがいしゃ	身障者
健常者 けんじょうしゃ	健全者
優先席 ゆうせんせき	博愛座
バリアフリー barrier free	無障礙
ジェンダーフリー gender free	無性別待遇
生涯教育 しょうがいきょういく	終身教育
ボランティア volunteer	義工
ソーシャルワーカー social worker	社會工作者;社工員

奉仕 ほうし	無支薪的服務;奉仕;奉獻
活動 かつどう	活動

参加 さん か	參加；參與
頼み たの	依靠；依賴 表現 頼む 動：請託
助け たす	幫助；協助 表現 〜る 動：幫助
助け合い たす　　あ	互助

けいざい

經濟

21

經濟用語

経済 けいざい	經濟 **表現** 〜成長率−せいちょうりつ：經濟成長率｜〜白書−はくしょ：經濟白皮書｜〜大国−たいこく：經濟大國｜市場しじょう〜：市場經濟｜バブルbubble〜：泡沫經濟
経済学 けいざいがく	經濟學 **表現** マクロmacro〜：總體經濟學｜ミクロmicro〜：微觀經濟學｜マルクスMarx〜：馬克思經濟學
所得 しょとく	所得 **表現** 〜格差−かくさ：所得落差｜国民こくみん〜：國民所得｜勤労きんろう〜：勞力所得｜不労ふろう〜：非勞力所得
国民総生産 こくみんそうせいさん	國民生產總值
市場 しじょう	市場 **説明** 市場的讀音可以念成「いちば」或「しじょう」。「いちば」指的是像魚市場（魚市場）或青物市場（蔬果市場）一樣，販賣特定商品的場所。「しじょう」則是使用在像〜占有率（市場佔有率）、卸売〜（批發市場）、先物〜（期貨市場）、買い手〜（買方市場）、売り手〜（賣方市場）等表示經濟性動向的詞語。
景気 けいき	景氣 **表現** 〜がいい[悪い]：景氣好[差]｜〜が上向うわむく：景氣向上｜〜動向−どうこう：景氣動向｜〜回復−かいふく：景氣回復｜〜後退−こうたい：景氣倒退｜〜見通−みとおし：景氣預測｜〜対策−たいさく：景氣對策

好景気 こうけい き	景氣好 回 好況こうきょう
不景気 ふ けい き	不景氣 回 不況ふきょう
優良企業 ゆうりょう き ぎょう	優良企業
不良企業 ふ りょう き ぎょう	不良企業
不良債権 ふ りょうさいけん	不良債權
倒産 とうさん	破產、倒閉 表現 連鎖れんさ〜：接連倒閉
経営破綻 けいえい は たん	經營失利
貸し倒れ か だお	呆帳
競売 きょうばい	拍賣 説明 如果是使用在法律用語的情況下，競売要念成 「けいばい」。

インフレ inflation	通貨膨脹
デフレ deflation	通貨緊縮
需要 じゅよう	需求
供給 きょうきゅう	供給
個人消費 こ じんしょう ひ	個人消費
購買力 こうばいりょく	購買力
物価 ぶっ か	物價 表現 〜が上あがる：物價上漲｜〜が下さがる：物價 下跌

物価指数 ぶっか しすう	物價指數 **表現** 生産者せいさんしゃ〜：生産者物價指數｜消費者しょうひしゃ〜：消費者物價指數
物価高 ぶっか だか	物價高
価格 かかく	價格 **表現** 独占どくせん〜：壟斷價格｜適正てきせい〜：標準價格｜小売こうり〜：零售價格｜卸売おろしうり〜：批發價格
独占禁止法 どくせんきんし ほう	反壟斷法；反托拉斯法

財政

財政 ざいせい	財政 **表現** 〜支出－ししゅつ：財政支出｜〜難－なん：財政困難｜〜破綻－はたん：財政破洞
ファイナンス finance	財政；財源
財源 ざいげん	財源 **表現** 〜を確保かくほする：確保財源
資金 しきん	資金 **表現** 〜調達－ちょうたつ：資金調度｜〜繰り－ぐり：籌措資金
予算 よさん	預算 **表現** 〜編成－へんせい：編列預算｜〜を組くむ：預算編列｜〜案－あん：預算案｜暫定ざんてい〜：暫定預算｜補正ほせい〜：修正預算
歳入 さいにゅう	歳入（財政年度總收入）
歳出 さいしゅつ	歳出（財政年度總支出）
国庫 こっこ	國庫

¥

經濟

会計年度 かいけいねん ど	會計年度
一般会計 いっぱんかいけい	一般會計
赤字国債 あか じ こくさい	赤字國債
自転車操業 じ てんしゃそうぎょう	自行車操作 **說明** 在資金的借入及償還中不停重複打轉，才好不 容易堅持住避免倒閉的堅苦狀態。就好像如果腳踏 車不踩踏板後，就會倒下來一樣。這句話的語源便 是從這裡來的。
やりくりする	籌錢；籌措

金融

金融 きんゆう	金融 **表現** 〜政策−せいさく：金融政策｜〜引締−ひきし め：金融緊縮｜〜緩和策−かんわさく：金融放寬政 策
公定歩合 こうてい ぶ あい	公定匯率；官方利率
切り上げ き あ	貨幣升值 **表現** 円の〜：日圓升值
切り下げ き さ	貨幣貶值
通貨 つう か	通貨；貨幣 **表現** 基軸きじく〜：主要貨幣｜〜供給量−きょうきゅ うりょう：貨幣供給量
デノミ denomination	面值；幣值
金融機関 きんゆう き かん	金融機關

銀行 ぎんこう	銀行 **表現** 中央ちゅうおう〜：中央銀行｜都市とし〜：都 市銀行｜地方ちほう〜：地方銀行
メガバンク mega bank	大型銀行 **說明** 指都市銀行中，特別具有龐大經營組織的銀 行。日本從2006年1月1日開始，就是三大超大型銀 行的體制。有みずほ銀行、三菱東京UFJ銀行、三 井住友銀行等。
プライベートバンク private bank	私人銀行
信用金庫 しんようきんこ	信用金庫；企業銀行
信用組合 しんようくみあい	信用合作社
農協 のうきょう	農會
ノンバンク nonbank	非銀行
消費者金融 しょうひしゃきんゆう	個人小額融資
カード会社 がいしゃ	發卡公司
リース会社 がいしゃ	融資借貸公司

銀行

頭取 とうどり	銀行總經理；銀行行長
銀行員 ぎんこういん	銀行行員 **同** 行員こういん
口座 こうざ	戶頭 **表現** 〜を開ひらく：開戶
口座振替 こうざふりかえ	經戶頭轉帳

21

¥

經濟

自動引き落とし <small>じ どう び　お</small>	自動扣款
キャッシュカード <small>cash card</small>	現金卡
暗証番号 <small>あんしょうばんごう</small>	密碼 説明 日本人不會講成秘密番號，請勿以中文推想。
ATM <small>エーティーエム</small>	自動提款機 同 現金自動げんきんじどう預あずけ払ばらい機き
入金 <small>にゅうきん</small>	存入、存款
引き出し <small>ひ　だ</small>	提款 表現 お金を引き出す：提領現金
預ける <small>あず</small>	存錢
預金 <small>よ きん</small>	存款 表現 ～を下おろす：領錢｜普通ふつう～：一般存款 ｜当座とうざ～：活期存款｜定期ていき～：定期存 款｜積立つみたて～：累計存款
貯金 <small>ちょきん</small>	儲蓄 表現 ～をくずす：將存款用掉｜～箱－ばこ：存錢筒
残高 <small>ざんだか</small>	餘額 表現 ～照会－しょうかい：查詢餘額
通帳 <small>つうちょう</small>	存摺 表現 ～記入－きにゅう：補刷存摺
実印 <small>じついん</small>	原留印鑑；正式印鑑 表現 はんこ：印鑑、印章｜～を押おす：蓋原留印 鑑
貸金庫 <small>かしきんこ</small>	出租保險箱
へそくり	私房錢 例 ～どこに隠かくしたんだ？私房錢藏在哪裡？
小遣い <small>こ づか</small>	零用錢

窓口 まどぐち	窗口 **表現** 公共料金振込窓口こうきょうりょうきんふりこみまどぐち：公共事業費用轉帳窗口
整理券 せいりけん	號碼牌 **同** 番号札ばんごうふだ
送金 そうきん	匯款 **表現** 海外かいがい〜：國外匯款｜電信でんしん〜：電匯
振込み ふりこ	轉帳
インターネットバンキング Internet banking	網路銀行

利子 りし	存款利息 **表現** 〜が付つく：有利息
利率 りりつ	利率 **同** 利回りまわり
金利 きんり	利率；利息 **表現** 〜が高たかい：利率很高｜高こう〜：高利率
満期 まんき	期滿
元金 がんきん	本金

融資 ゆうし	融資；借貸
ローン loan	借款；貸款 **表現** 貸かし付つけ：貸款｜貸かし出だし：放款｜〜を受うける：受理貸款｜モーゲージmortgage〜：抵押貸款
担保 たんぽ	擔保；抵押 **表現** 〜を設せっていする：設定擔保｜〜に取とられる：把〜作為抵押

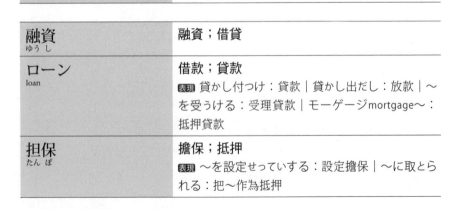

經濟

抵当 ていとう	抵押品 表現 ～権設定ていとうけんせってい：抵押權設定
決済日 けっさい び	結算日
サラ金 きん	以薪水階級為對象的高利貸 説明 為「サラリーマンsalaried man金融」的略語。
ヤミ金融 きんゆう	非法高利貸；黑市
借金 しゃっきん	借款；負債 表現 ～を負おう：負債 ｜ ～を返かえす：還債
自己破産 じ こ は さん	自行宣告破產

貸す か	放款出去 表現 貸かし：貸方
借りる か	借貸進來 表現 借かり：借方
貸し渋り か　　しぶ	審慎放款
債務不履行 さい む ふ りこう	不償還債務；不履行債務
債券 さいけん	債券 表現 不良ふりょう～：不良債券
小切手 こ ぎ って	支票 表現 不渡ふわたり～：空頭支票
手形 て がた	票據；本票 表現 １０００万円いっせんまんえんの～：一千萬元的本票 ｜ ～を割わり引びく：將票據貼現 ｜ ～を切きる：開立本票
不渡り ふ わた	拒付、空頭 表現 ～手形てがた：拒付票據、空頭支票

貨幣

お金 かね	金錢
現金 げんきん	現金
円 えん	日圓
ドル dollar	美金
台湾ドル たいわん	新台幣
ユーロ EURO	歐元
ウォン won	韓幣
貨幣 か へい	貨幣
紙幣 し へい	紙幣；紙鈔
札束 さつたば	鈔票束
コイン coin	零錢
小銭 こ ぜに	零錢
両替 りょうがえ	換錢；兌換 例 円をドルに～する。把日元換成美元。

匯市

為替 かわせ	外匯；匯兌；匯票 表現 外国がいこく～：海外匯兌｜～で送金そうきんする：外匯存款｜～レートrate：外匯利率｜～手形ーてがた：外匯票據
外国為替市場 がいこく かわせ しじょう	外匯交易市場

外貨 がい か	外幣 表現 ～準備高―じゅんびだか：外匯存底
国際通貨基金 こくさいつうか き きん	國際貨幣基金組織（IMF）

相場 そう ば	行情；市價 表現 円えん～：日市場走勢｜固定相場制こていそうば せい：固定匯率制｜変動相場制へんどうそうばせい： 機動匯率制｜名目めいもく～：公定匯率｜実行じっ こう～：實質匯率
円高 えんだか	日幣升值
円安 えんやす	日幣貶值

股市

株 かぶ	股票；股份 表現 自社じしゃ～：自家股份｜持もち～：持有股份 ｜持ち株会社かぶがいしゃ：控股公司
株式 かぶしき	股份；股權 表現 ～市場―しじょう：股票市場
株価 かぶ か	股價 表現 ～指数―しすう：股價指數｜～暴落―ぼうらく： 股價暴跌｜日経平均にっけいへいきん～：日經平均 股價｜東証株価指数とうしょうかぶかしすう：東證股 價指數（TOPIX）
ダウ平均 Dow　へいきん	道瓊平均指數
出来高 で き だか	成交額
株主 かぶぬし	股東 表現 ～総会―そうかい：股東大會

証券 しょうけん	證券 **表現** 〜市場－しじょう：證券市場｜〜会社－がいしゃ：證券公司｜有価ゆうか〜：有價證券｜〜取引所－とりひきじょ：證券交易所
公社債 こうしゃさい	公債與公司債的總稱
ディーリングルーム dealing room	交易所
銘柄 めいがら	類股 **表現** 主要しゅよう〜：主要類股
上場 じょうじょう	上市 **表現** 〜株－かぶ：上市股票
優良株 ゆうりょうかぶ	績優股
高値 たかね	高價股
安値 やすね	低價股
配当 はいとう	分紅；股利

21

¥

經濟

投資

投資 とうし	投資 **表現** 金きん〜：黃金投資
投資家 とうしか	投資者；投資專家 **表現** 大口おおぐち〜：大口投資；主力｜個人こじん〜：個人投資；散戶
投機 とうき	投機
先物取引 さきものとりひき	期貨交易
買い占め かし	買斷；囤積
売買業者 ばいばいぎょうしゃ	買賣業者

外貨預金 がいかよきん	外幣存款
金融商品 きんゆうしょうひん	金融商品
投資信託 とうししんたく	投資信託
貸付信託 かしつけしんたく	貸款信託
国債ファンド こくさい fund	債券基金
転換社債 てんかんしゃさい	可轉換債券
債券利回り さいけん り まわ	債券利率

金融実名制 きんゆうじつめいせい	金融交易實名制
インサイダー取引 insider　　　　とりひき	內線交易
公正取引法 こうせいとりひきほう	公平交易法

税金

国税庁 こくぜいちょう	國稅局
税務署 ぜいむしょ	稅務局
税金 ぜいきん	税金 **表現** ～を納おさめる：繳納稅金｜租税そぜい：租稅｜直接税ちょくせつぜい：直接稅｜間接税かんせつぜい：間接稅｜法人税ほうじんぜい：營利事業所得稅｜地方税ちほうぜい：地方稅｜住民税じゅうみんぜい：住民稅（台灣無此稅。指日本於「都道府縣市區町村」擁有住所的人都要徵稅）｜所得税しょとくぜい：所得稅｜相続税そうぞくぜい：遺產稅｜贈与税ぞうよぜい：贈與稅｜付加価値税ふかかちぜい：附加價

	値税；營業稅｜固定資産税こていしさんぜい：固定資産稅（為台灣房屋稅、土地稅、牌照稅等合併稅）
累進税 るいしんぜい	累進課稅
納税者 のうぜいしゃ	納稅人 表現 ～番号－ばんごう：納稅人編號
確定申告 かくていしんこく	最終申報
青色申告 あおいろしんこく	公司主動申報
控除 こうじょ	扣除
必要経費 ひつようけい ひ	必要經費 表現 ～として認みとめられる：經認定為必要經費
交際費 こうさい ひ	交際費
接待費 せったい ひ	應酬費
交通費 こうつう ひ	交通費
扶養家族 ふ よう か ぞく	扶養家族
扶養控除 ふ ようこうじょ	扶養扣除
源泉徴収 げんせんちょうしゅう	代繳代扣所得稅 説明 事先從薪資、利息、房租扣除的所得稅徵收方法。
税制改革 ぜいせいかいかく	稅制改革
増税 ぞうぜい	增稅
減税 げんぜい	減稅

脱税 だつぜい	逃税
申告漏れ しんこく も	漏報
追徴税 ついちょうぜい	補繳税
加算税 か さんぜい	追加税金
年末調整 ねんまつちょうせい	年底税金結算
税金還付 ぜいきんかん ぷ	退税
節税対策 せつぜいたいさく	節税辦法

決算

決算 けっさん	決算
貸借対照表 たいしゃくたいしょうひょう	借貸對照表（資產負債表）
資産 し さん	資產
負債 ふ さい	負債
債務 さい む	債務
会計監査 かいけいかん さ	會計審查
減価償却 げん か しょうきゃく	折舊

各種產業

産業 さんぎょう	產業
基幹産業 き かんさんぎょう	基礎產業 回 隙間産業 すきまさんぎょう
ニッチ産業 niche　　さんぎょう	夾縫產業
第一次産業 だいいち じ さんぎょう	一級產業
農業 のうぎょう	農業
酪農業 らくのうぎょう	酪農業
畜産業 ちくさんぎょう	畜產業；畜牧業
養豚業 ようとんぎょう	養豬業
養鶏業 ようけいぎょう	養雞業
養蜂業 ようほうぎょう	養蜂業
養蚕業 ようさんぎょう	養蠶業
林業 りんぎょう	林木業
水産業 すいさんぎょう	水產業
漁業 ぎょぎょう	漁業
第二次産業 だい に じ さんぎょう	二級產業

21

¥

經濟

鉱工業 こうこうぎょう	礦工業
工業 こうぎょう	工業
製造業 せいぞうぎょう	製造業
建築業 けんちくぎょう	建築業

第三次産業 だいさんじ さんぎょう	三級產業
商業 しょうぎょう	商業
金融業 きんゆうぎょう	金融業
運輸業 うん ゆ ぎょう	運輸業
サービス業 service ぎょう	服務業
接客業 せっきゃくぎょう	接待服務業

貿易

貿易 ぼうえき	貿易 表現 〜収支−しゅうし：貿易差額｜〜赤字−あかじ：貿易赤字；貿易逆差｜〜黒字−くろじ：貿易順差
貿易協定 ぼうえききょうてい	貿易協定
貿易相手国 ぼうえきあいて こく	貿易往來國
貿易不均衡 ぼうえき ふ きんこう	貿易不平衡 表現 〜を招まねく：導致貿易失衡｜〜を是正ぜいする：導正貿易失衡問題
貿易摩擦 ぼうえき ま さつ	貿易摩擦

保護貿易主義 ほごぼうえきしゅぎ	貿易保護主義
貿易依存度 ぼうえきいぞんど	貿易依存度 **說明** 即「對外貿易總額」占「國民生產毛額」的比重，即貿易依存度。貿易依賴度則指「一國對某國進出口總額」占「該國進出口總額的比重」。
規制緩和 きせいかんわ	放寬限制
最恵国待遇 さいけいこくたいぐう	最惠國待遇
対米貿易 たいべいぼうえき	對美貿易 **表現** 対中貿易黒字たいちゅうぼうえきくろじ：對中貿易順差｜対日貿易赤字たいにちぼうえきあかじ：對日貿易逆差
二国間協議 にこくかんきょうぎ	兩國間協議 **表現** 多国間協議たこくかんきょうぎ：多國間協議
世界貿易機関 せかいぼうえききかん	世界貿易組織 **說明** WTO 是 World Trade Organization 的簡寫。
ウルグアイラウンド Uruguay round	烏拉圭回合協議（關稅暨貿易總協定GATT）
米市場 べいしじょう	美國市場 **表現** 〜の部分的開放ぶぶんてきかいほう：美國市場部分開放

進出口

輸出 ゆしゅつ	出口
輸入 ゆにゅう	進口 **表現** 〜禁止－きんし：禁止進口｜〜割り当てあて量りょう：進口分配量；進口限額｜平行へいこう〜：平行輸入、水貨進口
税関 ぜいかん	海關

¥

經
濟

関税 かんぜい	關稅
免税 めんぜい	免稅
課税 か ぜい	課稅
非課税 ひ か ぜい	免課稅
保税区域 ほ ぜい く いき	保稅區域
物々交換 ぶつぶつこうかん	以物易物
見積書 み つもりしょ	估價單；報價單
信用状 しんようじょう	信用狀
船積み ふな づ	裝船
船荷 ふな に	船上裝載的貨物
発送 はっそう	發送；送出
送り状 おく じょう	送貨單
インボイス invoice	發票；裝貨清單
原産地 げんさん ち	原產地
オファー offer	報價
カウンターオファー counter offer	還價

能源

エネルギー energy	能源 **表現** 代替だいたい〜：替代能源 ｜ 再生可能さいせいかのう〜：可再生能源 ｜ 太陽たいよう〜：太陽能 ｜ 地熱ちねつ〜：地熱能 ｜ 核かく〜：核能

資源 しげん	資源 **表現** 天然てんねん〜：天然資源｜地下ちか〜：地下資源｜観光かんこう〜：観光資源
動力源 どうりょくげん	動力來源；動能
省エネ しょう	省能源；節能
太陽電池 たいようでんち	太陽能電池
燃料電池 ねんりょうでんち	燃料電池

電力 でんりょく	電力 **表現** 〜会社−がいしゃ：電力公司｜〜不足−ぶそく：電力不足｜〜需要−じゅよう：電力需求 **説明** 日本的電力公司有：北海道電力、東北電力、東京電力、中部電力、北陸電力、関西電力、中国電力、四国電力、九州電力、沖縄電力等十家。
発電 はつでん	發電 **表現** 水力すいりょく〜：水力發電｜火力かりょく〜：火力發電｜風力ふうりょく〜：風力發電
発電所 はつでんじょ	發電廠
送電線 そうでんせん	送電纜線
高圧線 こうあつせん	高壓電線
ダム dam	水壩

原子力発電 げんしりょくはつでん	核能發電 **説明** 也可以簡單稱為原發（核電站）。
原子炉 げんしろ	核子反應爐
高速増殖炉 こうそくぞうしょくろ	快中子增殖反應爐

21

¥

經濟

放射能 ほうしゃのう	輻射線
放射性同位元素 ほうしゃせいどう い げん そ	放射性同位素
核分裂 かくぶんれつ	核分裂
核融合 かくゆうごう	核融合
制御棒 せいぎょぼう	控制棒（中子吸收）
燃料棒 ねんりょうぼう	燃料棒
冷却剤 れいきゃくざい	冷卻劑
一次冷却水 いち じ れいきゃくすい	一次冷卻劑
濃縮ウラン のうしゅくuranium	濃縮鈾
炉心溶融 ろ しんようゆう	（核子反應爐）爐心熔毀
使用済み核燃料 し よう ず　かくねんりょう	使用後的核廢料
再処理工場 さいしょり こうじょう	核廢料處理廠
国際原子力機構 こくさいげん し りょく き こう	國際原子能總署 （ＩAEA）

燃料 ねんりょう	燃料
化石燃料 か せきねんりょう	礦石燃料 說明 包括石油、煤、天然氣等。
ジェット燃料 jet　　ねんりょう	航空燃料
固体燃料 こ たいねんりょう	固態燃料 說明 如煤炭、焦炭等。
石炭 せきたん	煤炭
気体燃料 き たいねんりょう	氣體燃料

天然ガス てんねん gas	天然氣 表現 液化石油えきかせきゆガス：液化石油天然氣
プロパンガス propane gas	液化石油氣
液体燃料 えきたいねんりょう	液態燃料
石油 せき ゆ	石油
原油 げん ゆ	原油
重油 じゅう ゆ	重油
軽油 けい ゆ	輕油；柴油
灯油 とう ゆ	燈油；煤油
ガソリン gasoline	石油、汽油 表現 〜を入れる：加油｜満まんタン：加滿 例 満タンにしてください。請加滿。
油田 ゆ でん	油田 表現 海底油田：海底油田
油井 ゆ せい	油井
精油所 せい ゆ しょ	提煉廠；煉油廠
石油化学コンビナート せき ゆ か がくkombinat	石化聯合企業
石油備蓄タンク せき ゆ び ちくtank	儲油槽
原油埋蔵量 げん ゆ まいぞうりょう	原油蘊含量
産油国 さん ゆ こく	產油國
石油輸出国機構 せき ゆ ゆ しゅつこく き こう	石油輸出國組織（OPEC）
原油価格 げん ゆ か かく	原油價格

21

¥

經濟

いろ・ひかり・おと

顔色・光・聲音

22

色彩用語

色 いろ	色；顔色
色彩 しきさい	色彩 表現 ～感覚－かんかく：色感
色合い いろ あ	色相
色調 しきちょう	色調
配色 はいしょく	配色
色素 しき そ	色素

原色 げんしょく	原色
三原色 さんげんしょく	三原色
自然色 し ぜんしょく	自然色
保護色 ほ ご しょく	保護色
補色 ほ しょく	互補色
蛍光色 けいこうしょく	螢光色
下色 したいろ	底色
変色 へんしょく	變色 表現 あせる/さめる：褪色／脫色
脱色 だっしょく	掉色；褪色

左側欄：22　顏色．光．聲音

漂白 ひょうはく	漂白
染色 せんしょく	染色
染料 せんりょう	染料
色を塗る いろ　　ぬ	塗色；上色

色画用紙 いろ が ようし	圖畫紙
色鉛筆 いろえんぴつ	彩色鉛筆
色紙 いろがみ	色紙
色紙 しきし	美術紙；（寫和歌、俳句用的）方形厚紙箋

白黒 しろくろ	黑白
無色 むしょく	無色
透明 とうめい	透明

鮮やかだ あざ	鮮豔；鮮明
淡い あわ	淡、淺的
薄い うす	薄、輕的
濃い こ	濃、深的

明るい色 あか　　いろ	亮色系
暗い色 くら　　いろ	暗色系

くすんだ色 <small>いろ</small>	濁色

基本五色

青 <small>あお</small>	藍；青 <small>表現</small> 青い色：藍色
赤 <small>あか</small>	紅 <small>表現</small> 赤い色：紅色
黒 <small>くろ</small>	黑 <small>表現</small> 黒い色：黑色
白 <small>しろ</small>	白 <small>表現</small> 白い色：白色
黄 <small>き</small>	黃 <small>表現</small> 黄色い色：黃色
青い <small>あお</small>	藍的；青色的
まっ青だ <small>さお</small>	蔚藍；深藍
赤い <small>あか</small>	紅的
まっ赤だ <small>か</small>	通紅；鮮紅
黒い <small>くろ</small>	黑的
まっ黒だ <small>くろ</small>	烏黑；漆黑
白い <small>しろ</small>	白的
まっ白だ <small>しろ</small>	純白；雪白
黄色い <small>き いろ</small>	黃的
まっ黄色だ <small>き いろ</small>	純黃色；正黃

顔色・光・聲音

其他顏色

ワイン色 wine いろ	酒紅色
鮮紅色 せんこうしょく	鮮紅色
朱色 しゅいろ	朱色（帶黃的紅色）
だいだい色 いろ	橙黃色；橘色
オレンジ色 orange いろ	橘黃色
ベージュ色 beige いろ	米色；淺駝色
桃色 ももいろ	蜜桃紅色
ピンク色 pink いろ	粉紅色
赤褐色 せきかっしょく	紅褐色
赤銅色 しゃくどういろ	金銅色
暗褐色 あんかっしょく	暗褐色
茶色 ちゃいろ	茶色；褐色
こげ茶色 ちゃいろ	深褐色；深咖啡色
カーキ色 khaki いろ	①軍綠色；橄欖色　②卡其色
黃土色 おうどいろ	土黃色
珊瑚色 さんごいろ	珊瑚色 説明 帶橘的粉紅色。
肌色 はだいろ	皮膚色
象牙色 ぞうげいろ	象牙白 同 アイボリー—ivory

紺色 こんいろ	藏青色
空色 そらいろ	天藍色
虹色 にじいろ	彩虹色（七彩顏色）
よもぎ色 いろ	艾草色（類似橄欖色）
クリーム色 cream　　いろ	奶油黃
黄緑色 き みどりいろ	黃綠色
草緑色 くさみどりいろ	草綠色
青緑色 あおみどりいろ	青綠色
緑色 みどりいろ	綠色 同 グリーン green
草色 くさいろ	草色
群青色 ぐんじょういろ	群青色（深灰藍）
藍色 あいいろ	靛藍色
赤紫色 あかむらさきいろ	紫紅色
紫色 むらさきいろ	紫色
黄金色 こ がねいろ	金黃色
金色 きんいろ	金色
銀色 ぎんいろ	銀色
灰色 はいいろ	灰色 同 グレー gray
ネズミ色 いろ	（冷調的）鼠灰色

顔色・光・聲音

うんこ色 <small>いろ</small>	咖啡黃

花紋・圖案

がら	圖案；花紋 ⦿ 模様もよう
無地 <small>む じ</small>	素色、單色
ストライプ <small>stripe</small>	條紋 ⦿ 縞しま ｜ 縞模様しまもよう 表現 縦じま：直條紋 ｜ 横じま：横條紋
花がら <small>はな</small>	花紋
水玉模様 <small>みずたま も よう</small>	圓點
チェック <small>check</small>	方格紋
市松模様 <small>いちまつ も よう</small>	兩種顏色相間的方格紋、棋盤紋
唐草模様 <small>からくさ も よう</small>	藤蔓花紋
プリント柄 <small>print　　がら</small>	印花圖案
動物柄 <small>どうぶつがら</small>	動物圖案
豹柄 <small>ひょうがら</small>	豹紋

光和影子

光 ひかり	光線；光芒
光る ／ 輝く ひか　　　かがや	發光／閃耀
照らす て	照耀
照る て	照耀；曬 同 差さす
月光 げっこう	月光
影 かげ	影子；陰影
闇 やみ	黑暗；黑夜

明度 めい ど	明度
輝度 き ど	亮度
明暗 めいあん	明暗
明るい あか	明亮的；光明的
まぶしい	炫目的；刺眼的
暗い くら	陰暗的；陰沉的
真っ暗だ ま　　くら	一片漆黑

22

顔色・光・聲音

22-3 氣味

氣味

におい	味道；氣味 **表現** 〜がいい[悪い]：味道很香〔臭〕
においがする	散發出味道
悪臭 あくしゅう	惡臭
においが漂う ただよ	瀰漫著一種味道
においを嗅ぐ か	聞味道
香り かお	芳香；香氣
香ばしい こう	芳香的氣味
香ばしいにおい こう	芬芳的氣味

各種臭味　　　　　　　　　　　　　再多記一點！！

- 便所べんじょのにおい　廁所的臭味
- くさいにおい　　　　　臭味
- するめのにおい　　　　烤魷魚的味道
- 焦こげ臭くさいにおい　焦掉的臭味
- かびくさいにおい　　　霉味
- 肉にくの脂あぶらくさいにおい　　肉中油脂的香味
- 足あしの裏うらのくさいにおい　　腳臭味
- 鼻を突くにおい　　　　嗆鼻、刺鼻的味道

- 小便しょうべんのにおい　尿騷味
- ごはんの焦こげたにおい 飯燒焦的味道
- 生臭なまぐさいにおい　　生腥味
- きな臭くさいにおい　　　焦味、火藥味

聲音

音 おと	聲音 表現 ピアノの〜：鋼琴聲｜自動車の〜：汽車聲
音をたてる おと	發出聲音
高い音 たか　　おと	高音
低い音 ひく　　おと	低音
大きい音 おお　　　おと	大聲；大音量
小さい音 ちい　　　おと	小聲；小音量

靴音 くつおと	腳步聲
鐘の音 かね　ね	鐘聲
銃声 じゅうせい	槍聲
雑音 ざつおん	雜音；噪音
騒音 そうおん	噪音
金切り声 かな　き　ごえ	（女人的）尖聲；尖銳刺耳的聲音
轟音 ごうおん	轟鳴聲
爆音 ばくおん	飛機發出的轟轟聲
地響き じ　ひび	地面震動的聲音

22

顔色・光・聲音

各種聲音的表達

再多記一點！！

● シュッシュッポッポ　咻咻、澎澎
＊汽車がシュッシュッポッポと走る。
蒸汽火車咻咻澎澎的開。

● チクタク　　　　　滴答、滴答
＊時計がチクタク動く。
時鐘滴答滴答地走著。

● ガタンガタン　　　匡啷、匡啷
＊電車がガタンガタンと走る。
電車匡啷匡啷的駛過。

● リーンリーン　　　鈴鈴
＊電話がリーンリーンと鳴る。
電話鈴鈴作響。

● バシャバシャ　　　劈劈、啪啪
＊バシャバシャと水遊びをする。
劈劈啪啪地玩著水。

● ドボン　　　　　　噗通
＊池の中にドボンと落ちる。
噗通一聲地掉進水池裡。

● ガシャン　　　　　嘩啦
＊ガラスがガシャンと割れる。
嘩啦一聲地玻璃破了。

1²3

すうじ

數字和時間

23

數字

数 かず	**數；數字** 説明 也可以念成すう。
数字 すうじ	**數字** 表現 ～に弱よわい：對數字沒轍；沒有數字概念｜～ に明るい：很有數字概念
番号 ばんごう	**號碼** 表現 ～を振ふる：編號｜～順－じゅんに並ならぶ： 以號碼排序

計算 けいさん	計算
暗算 あんざん	心算
検算 けんざん	驗算
計測 けいそく	測量
計量 けいりょう	計量
値 あたい	値
合計 ごうけい	合計 表現 計けい：計
集計 しゅうけい	總計；加總

23

123

數字和時間

數詞

ゼロ 零 れい	一 いち	二 に	三 さん	四 し・よん	五 ご
	1	2	3	4	5
	六 ろく	七 しち・なな	八 はち	九 く・きゅう	十 じゅう
0	6	7	8	9	10

百 ひゃく	百	百万 ひゃくまん	百萬
千 せん	千	一千万 いっせんまん	千萬
一万 いちまん	萬	億 おく	億
十万 じゅうまん	十萬	兆 ちょう	兆

固有數詞

1つ ひと	2つ ふた	3つ みっ	4つ よっ	5つ いつ
一個	両個	三個	四個	五個
6つ むっ	7つ なな	8つ やっ	9つ ここの	10 とお
六個	七個	八個	九個	十個

1〜2 いち　に	一〜二	5〜6 ご　ろく	四〜五
2〜3 に　さん	二〜三	6〜7 ろく　しち	六〜七
3〜4 さん　よん	三〜四	7〜8 しち　はち	七〜八
4〜5 し　ご	四〜五	8〜9 はっ　く	八〜九

1～2歳：一～兩歲 いちにさい	1～2回：一～兩次 いちにかい	1～2名：一～兩位 いちにめい
2～3歳：兩～三歲 にさんさい	2～3回：兩～三次 にさんかい	2～3名：兩～三位 にさんめい
3～4歳：三～四歲 さんよんさい	3～4回：三～四次 さんよんかい	3～4名：三～四位 さんよんめい
4～5歳：四～五歲 しごさい	4～5回：四～五次 しごかい	4～5名：四～五位 しごめい
5～6歳：五～六歲 ごろくさい	5～6回：五～六次 ごろっかい	5～6名：五～六位 ごろくめい
6～7歳：六～七歲 ろくしちさい	6～7回：六～七次 ろくしちかい	6～7名：六～七位 ろくしちめい
7～8歳：七～八歲 しちはっさい	7～8回：七～八次 しちはっかい	7～8名：七～八位 しちはちめい
8～9歳：八～九歲 はっくさい	8～9回：八～九次 はっくかい	8～9名：八～九位 はっくめい

＊ 在日語中，固有數詞只能數到10為止。11之後就要念成じゅういち、じゅうに。

各種量詞

～番 ばん	～號 表現 4番打者よばんだしゃ：四號打擊手｜5年1組12番ごねんいちくみじゅうにばん：五年一班十二號｜2番ホームにばんform：二號月台｜151番ひゃくごじゅういちばんのバス：151號公車
～度 ど	～次；～回 表現 一度いちど：一次｜二度にどあることは三度ある：有二就有三
～回 かい	～次 表現 一回いっかい：一次｜次回じかい：下次 何回なんかいも：好幾次
～回 かい	～集、～屆 表現 最終回さいしゅうかい：完結篇｜第28回だいにじゅうはっかいアテネオリンピック大会たいかい：第28屆雅典奧運

23

1²3

數字和時間

～番目 ばん め	第～號
	表現 1番目いちばんめ：第一號｜2番目にばんめ：第二號｜3番目さんばんめ：第三號｜4番目よばんめ/よんばんめ：第四號｜5番目ごばんめ：第五號｜6番目ろくばんめ：第六號｜7番目ななばんめ/しちばんめ：第七號｜8番目はちばんめ：第八號｜9番目きゅうばんめ：第九號｜10番目じゅうばんめ：第十號
	何番目なんばんめ：第幾號

～人 にん	～人
	表現 1人ひとり：一人｜2人ふたり：兩人｜3人さんにん：三人｜4人よにん：四人｜5人ごにん：五人｜6人ろくにん：六人｜7人ななにん/しちにん：七人｜8人はちにん：八人｜9人きゅうにん：九人｜10人じゅうにん：十人
	何人なんにん：幾人

～名 めい	～名、～位
	表現 1名いちめい：一位｜2名にめい：兩位｜3名さんめい：三位｜4名よんめい：四位｜5名ごめい：五位｜6名ろくめい：六位｜7名ななめい：七位｜8名はちめい：八位｜9名きゅうめい：九位｜10名じゅうめい：十位
	何名なんめい：幾位

～名様 めいさま	～位客人
	表現 1名様いちめいさま/お1人様ひとりさま：一位客人｜2名様にめいさま/お2人様ふたりさま：兩位客人｜3名様さんめいさま：三位客人｜4名様よんめいさま：四位客人｜5名様ごめいさま：五位客人｜6名様ろくめいさま：六位客人｜7名様ななめいさま/しちめいさま：七位客人｜8名様はちめいさま：八位客人｜9名様きゅうめいさま：九位客人｜10名様じゅうめいさま：十位客人
	何名様なんめいさま：幾位客人

〜人前 にんまえ	**〜人份** 表現 1人前いちにんまえ：一人份｜2人前ににんまえ：兩人份｜3人前さんにんまえ：三人份｜4人前よにんまえ：四人份｜5人前ごにんまえ：五人份｜6人前ろくにんまえ：六人份｜7人前ななにんまえ/しちにんまえ：七人份｜8人前はちにんまえ：八人份｜9人前きゅうにんまえ/くにんまえ：九人份｜10人前じゅうにんまえ：十人份 何人前なんにんまえ：幾人份
〜匹 ひき	**〜隻；〜尾** 説明 雖然可以拿來數狗、貓、魚、蟲子等，但卻不能拿來使用在牛、鹿等大型動物或貝類上。 表現 1匹いっぴき：一尾｜2匹にひき：兩尾｜3匹さんびき：三尾｜4匹よんひき：四尾｜5匹ごひき：五尾｜6匹ろっぴき：六尾｜7匹ななひき：七尾｜8匹はっぴき：八尾｜9匹きゅうひき：九尾｜10匹じっぴき/じゅっぴき：十尾 何匹なんびき：幾尾
〜頭 とう	**〜頭** 説明 用來數牛、鹿、大象、獅子等大型動物的單位。 表現 1頭いっとう：一頭｜2頭にとう：兩頭｜3頭さんとう：三頭｜4頭よんとう：四頭｜5頭ごとう：五頭｜6頭ろくとう：六頭｜7ななとう/しちとう：七頭｜8頭はっとう：八頭｜9頭きゅうとう：九頭｜10頭じっとう/じゅっとう：十頭 何頭なんとう：幾頭
〜羽 わ	**〜隻** 説明 用來計算鳥、兔子。 表現 1羽いちわ：一隻｜2羽にわ：兩隻｜3羽さんわ/さんば：三隻｜4羽よんわ：四隻｜5羽ごわ：五隻｜6羽ろくわ/ろっぱ：六隻｜7羽ななわ/しちわ：七隻｜8羽はちわ/はっぱ：八隻｜9羽きゅうわ：九隻｜10羽じゅうわ：十隻 何羽なんわ／なんば：幾隻

～個 こ	～個
	表現 1個いっこ：一個｜2個にこ：兩個｜3個さんこ：三個｜4個よんこ：四個｜5個ごこ：五個｜6個ろっこ：六個｜7個ななこ/しちこ：七個｜8個はっこ/はちこ：八個｜9個きゅうこ：九個｜10個じっこ/じゅっこ：十個｜何個なんこ：幾個
～本 ほん	～支；～條
	説明 為數鉛筆、雨傘、瓶子、蘿蔔等長型物品的單位。
	表現 1本いっぽん：一支｜2本にほん：兩支｜3本さんぼん：三支｜4本よんほん：四支｜5本ごほん：五支｜6本ろっぽん：六支｜7本ななほん：七支｜8本はっぽん：八支｜9本きゅうほん：九支｜10本じっぽん/じゅっぽん：十支｜何本なんぼん：幾支

日語中用「～本」來計算的物品
ほん/ぼん/ぽん

再多記一點！！

- 鉛筆(1本)：鉛筆（一支）
- ズボン(1本)：褲子（一條）
- 木(1本)：樹（一棵）
- 注射(1本)：針筒（一管）
- タバコ(1本)：煙（一根）
- 花(1本)：花（一支）
- ニンジン(1本)：紅蘿蔔（一根）
- ビール(1本)：啤酒（一瓶）
- 電柱(1本)：電線桿（一根）
- カルビ(1本)：牛五花肉（一條）
- ホームラン(1本)：全壘打（一支、一記）
- 百万本のバラ：百萬枝的玫瑰

～か所 しょ	～處；～個地方
	表現 1か所いっかしょ：一處｜2か所にかしょ：兩處｜3か所さんかしょ：三處｜4か所よんかしょ：四處｜5か所ごかしょ：五處｜6か所ろっかしょ：六處｜7か所ななかしょ/しちかしょ：七處｜8か所はっかしょ/はちかしょ：八處｜9か所きゅうかしょ：九處｜10か所じっかしょ/じゅっかしょ：十處｜何か所なんかしょ：幾處

～冊 さつ	～本 **表現** 1冊いっさつ：一本｜2冊にさつ：兩本｜3冊さん さつ：三本｜4冊よんさつ：四本｜5冊ごさつ：五本 ｜6冊ろくさつ：六本｜7冊ななさつ：七本｜8冊はっ さつ：八本｜9冊きゅうさつ：九本｜10冊じっさつ/じ ゅっさつ：十本｜何冊なんさつ：幾本
～杯 はい	～碗；～杯 **表現** 1杯いっぱい：一碗｜2杯にはい：兩碗｜3杯さん ばい：三碗｜4杯よんはい：四碗｜5杯ごはい：五碗 ｜6杯ろっぱい：六碗｜7杯ななはい/しちはい：七碗｜ 8杯はっぱい/はちはい：八碗｜9杯きゅうはい：九碗｜ 10杯じっぱい/じゅっぱい：十碗｜何杯なんばい/なんは い：幾碗
～枚 まい	～枚 **表現** 1枚いちまい：一枚｜2枚にまい：兩枚｜3枚さん まい：三枚｜4枚よんまい：四枚｜5枚ごまい：五枚 ｜6枚ろくまい：六枚｜7枚ななまい/しちまい：七枚｜ 8枚はちまい：八枚｜9枚きゅうまい：九枚｜10枚じゅ うまい：十枚｜何枚なんまい：幾枚
～階 かい	～樓 **表現** 1階いっかい：一樓｜2階にかい：兩樓｜3階さん かい/さんがい：三樓｜4階よんかい：四樓｜5階ごかい ：五樓｜6階ろっかい：六樓｜7階ななかい/しちか い：七樓｜8階はちかい/はっかい：八樓｜9階きゅうか い：九樓｜10階じっかい/じゅっかい：十樓｜何階なん かい/なんがい：幾樓
～歳 さい	～歲 **説明** 像15才、30才一樣，寫成「才」是世俗簡略的 寫法。 **表現** 1歳いっさい：一歲｜2歳にさい：兩歲｜3歳さん さい：三歲｜4歳よんさい：四歲｜5歳ごさい：五歲 ｜6歳ろくさい：六歲｜7歳ななさい/しちさい：七歲｜ 8歳はっさい/はちさい：八歲｜9歳きゅうさい：九歲｜ 10歳じっさい/じゅっさい：十歲｜何歳なんさい：幾歲

23

1²3

數字和時間

～代 だい	～幾歲；～來歲（指範圍） **表現** 10代じゅうだい：十來歲｜20代にじゅうだい：二十來歲｜30代さんじゅうだい：三十來歲｜40代よんじゅうだい/しじゅうだい：四十來歲｜50代ごじゅうだい：五十來歲｜60代ろくじゅうだい：六十來歲｜70代ななじゅうだい/しちじゅうだい：七十來歲｜80代はちじゅうだい：八十來歲｜90代きゅうじゅうだい：九十來歲
～倍 ばい	～倍 **表現** 1倍いちばい：一倍｜2倍にばい：兩倍｜3倍さんばい：三倍｜4倍よんばい：四倍｜5倍ごばい：五倍｜6倍ろくばい：六倍｜7倍ななばい/しちばい：七倍｜8倍はちばい：八倍｜9倍きゅうばい：九倍｜10倍じゅうばい：十倍｜何倍なんばい：幾倍
～着 ちゃく	～件；～套 **表現** 1着いっちゃく：一件｜2着にちゃく：兩件｜3着さんちゃく：三件｜4着よんちゃく：四件｜5着ごちゃく：五件｜6着ろくちゃく：六件｜7着ななちゃく：七件｜8着はっちゃく：八件｜9着きゅうちゃく：九件｜10着じっちゃく/じゅっちゃく：十件｜何着なんちゃく：幾件

～台 だい	～台
～周年 しゅうねん	～週年
～通 つう	～通；～封
～対 つい	～對
～揃え そろ	～組；～套；～副
～食 しょく	～餐
～皿 さら	～盤

～粒 _{つぶ}	～粒；～顆
～束 _{たば}	～束
～基 _き	～座
～箱 _{はこ}	～盒；～箱
～足 _{そく}	～雙
～組 _{くみ}	～組
～隻 _{せき}	～艘
～段 _{だん}	～層
～字 _じ	～個字
～発 _{はつ}	～發
～部屋 _{へや}	～個房間
～袋 _{ふくろ}	～袋；～包
～歩 _ほ	～步
～切れ _き	～切成；切～等份
～幅 _{はば}	～幅

單位

メートル法 _{meter} _{ほう}	公尺制
ミリメートル _{millimeter}	毫米（公釐）

センチメートル centimeter	公分
メートル meter	公尺；米
キロメートル kilometer	公里
ミリグラム milligram	千分之一克；毫克
グラム gram	克；公克
キログラム kilogram	公斤
トン ton	公噸
平方メートル へいほう meter	平方公尺
アール are	公畝
ヘクタール hectare	公頃
シーシー cc	毫升
リットル liter	公升
立方メートル りっぽう	立方公尺

ヤードポンド法 yard-pound ほう	碼磅度量衡法
ヤード yard	碼 説明 約91.4公分
フィート feet	英呎 説明 約30.4公分
ポンド pound	磅 説明 約453克

ガロン gallon	加侖 **說明** 約3.8公升
エーカー acre	英畝 **說明** 約4,047平方公尺
マイル mile	英哩 **說明** 約1,609公尺
ノット knot	節；（船速的）小時海哩 **說明** 一節等於每小時一海哩（時速1.852公里）
尺貫法 しゃっかんほう	日本傳統度量衡制
尺 しゃく	尺
寸 すん	寸
貫 かん	（質量及貨幣單位）貫；一角 **說明** 一貫=3.75公斤。
斤 きん	斤 **說明** 一斤=160匁。
匁 もんめ	（重量單位）文目 **說明** 「貫」的千分之一，3.75公克。
坪 つぼ	坪 **說明** 一坪=3.306平方公尺

23

1²3

數字和時間

各種單位的讀法

100m	ひゃくメートル	一百公尺
5cm	ごセンチ	五公分
3mm	さんミリ	三公釐
0.5mm	れいてんごミリ	零點五公釐
1km	いちキロ	一公里
100g	ひゃくグラム	一百克
75kg	ななじゅうごキロ	七十五公斤
500m²	ごひゃくへいほうメートル	五百平方公尺
3km²	さんへいほうキロメートル	三平方公里
1m³	いちりっぽうメートル	一立方公尺

- 圓周率與根號 3.1415926……
  さんてんいちよんいちごーきゅうにーろく……
  三點一四一五九二六……

	√	ルート	平方根
	√3	ルートさん	3次方根；立方根
● 熱	36度5分	さんじゅうろくどごぶ	36.5度
	38度9分	さんじゅうはちどきゅうぶ	38.9度
● 分數	½	にぶんのいち	二分之一
	¾	よんぶんのさん	四分之三
	3 ½	さんとにぶんのいち	三又二分之一
● 視力	1.2	いってんに	一點二
	1.0	いってんれい	一點零
	0.4	れいてんよん	零點四

日曆

カレンダー calendar	曆；日曆 同 曆こよみ
平日 へいじつ	平日
ウイークデー weekday	週間日；平日
土日 ど にち	週六和週日 説明 指星期六和星期日，是會話中的常用表現。 例 今度の〜、一緒いっしょに山に行こうよ。 下個周末一起去山上走走嘛！
休日 きゅうじつ	假日
祝日 しゅくじつ	節日
連休 れんきゅう	連休 表現 大型おおがた〜：大型連休
ゴールデンウイーク golden week	黃金周 説明 指四月底到五月初這段時間，是一年之中國慶日最多的一個星期。也可以寫作黃金週間、GW。

大の月 だい つき	大月
小の月 しょう つき	小月

誕生日 たんじょう び	生日
記念日 き ねん び	紀念日 表現 結婚けっこん〜：結婚紀念日｜創立そうりつ〜：創立紀念日｜独立どくりつ〜：獨立紀念日｜開校かいこう〜：創校紀念日

23

1²3

數字和時間

吉日 きちじつ	黃道吉日
命日 めいにち	忌日
太陽暦 たいようれき	陽暦 回 陽暦ようれき
太陰暦 たいいんれき	農曆；陰曆 回 陰曆いんれき
西暦 せいれき	西洋曆
十干十二支 じっかんじゅうにし	天干地支

天干

再多記一點!!

甲こう／きのえ	甲	乙おつ／きのと	乙
丙へい／ひのえ	丙	丁てい／ひのと	丁
戊ぼ／つちのえ	戊	己き／つちのと	己
庚こう／かのえ	庚	辛しん／かのと	辛
壬じん／みずのえ	壬	癸き／みずのと	癸

＊為仿照五行思想的法則，え（兄）代表「陽」；と（弟）代表「陰」，所以日文的「干支」就因此唸作「えと」。另外，き指的是木，會成為火ひ、土つち、金かね、水みず。也就是說，きのえ表示木の陽的氣息。

地支（十二生肖）

子ね	ネズミ年どし	：屬鼠
丑うし	ウシ年どし	：屬牛
寅とら	トラ年どし	：屬虎
卯う	ウサギ年どし	：屬兔
辰たつ	タツ年どし	：屬龍
巳み	ヘビ年どし	：屬蛇

巳み	ヘビ年どし：屬蛇
午うま	ウマ年どし：屬馬
未ひつじ	ヒツジ年どし：屬羊
申さる	サル年どし：屬猴
酉とり	トリ年どし：屬雞
戌いぬ	イヌ年どし：屬狗
亥い	イノシシ年どし：屬豬

新年 しんねん	新年
年始 ねんし	年初
旧正月 きゅうしょうがつ	農曆年 **說明** 日本是過陽曆年的。
啓蟄 けいちつ	驚蜇 **說明** 十二節氣之一。
端午の節句 たんご せっく	端午節
七夕 たなばた	七夕
土用の丑の日 どよう うし ひ	春分及秋分前十八天內的丑日 **說明** 日本在這一天會吃鰻魚。
歳暮 せいぼ	歲末
年の瀬 とし せ	年終；年關
師走 しわす	師走月；十二月
年末 ねんまつ	年尾；年底

23

1²3

數字和時間

年月日

年月日 ねんがっぴ	年月日
年 ねん	年
うるう年 どし	閏年
今年 ことし	今年
昨年 さくねん	去年
おととし	前年 同 一昨年いっさくねん
来年 らいねん	明年
再来年 さらいねん	後年
上半期 かみはんき	上半年
下半期 しもはんき	下半年

月 つき	月
今月 こんげつ	這個月；本月
先月 せんげつ	上個月
先々月 せんせんげつ	上上個月
来月 らいげつ	下個月；翌月
上旬 じょうじゅん	上旬
中旬 ちゅうじゅん	中旬
下旬 げじゅん	下旬

月初 げっしょ	月初 回 月初つきはじめ
月末 げつまつ	月底

月

1月いちがつ	2月にがつ	3月さんがつ	4月しがつ	5月ごがつ	6月ろくがつ
一月	二月	三月	四月	五月	六月
7月しちがつ	8月はちがつ	9月くがつ	10月じゅうがつ	11月じゅういちがつ	12月じゅうにがつ
七月	八月	九月	十月	十一月	十二月

睦月むつき	如月きさらぎ	弥生やよい	卯月うづき	皐月さつき	水無月みなづき
睦月／一月	如月／二月	彌生／三月	卯月／四月	皐月／五月	水無月、六月
文月ふづき	葉月はづき	長月ながつき	神無月かんなづき	霜月しもつき	師走しわす
文月／七月	葉月／八月	長月／九月	神無月／十月	霜月／十一月	師走／十二月

日

日 ひ	日；日期
今日 きょう	今日；今天
昨日 きのう	昨日；昨天
おととい	前天
さきおととい	大前天

明日 あした	明天；明日
あさって	後天

しあさって	大後天 説明 按照不同的地區，しあさって和やなあさって的順序會有相反的情況，所以講「３日後みっかご」是最正確的講法。
やなあさって	大後天；大大後天 説明 按照不同的地區，しあさって和やなあさって的順序會有相反的情況，所以講「４日後よっかご」是最正確的講法。

晦日 みそか	每月的三十日；每月的最後一天
何年 なんねん	幾年
何月 なんがつ	幾月
何日 なんにち	幾日

日期

1日ついたち	2日ふつか	3日みっか	4日よっか
一日	二日	三日	四日
5日いつか	6日むいか	7日なのか	8日ようか
五日	六日	七日	八日
9日ここのか	10日とおか	11日じゅういちにち	12日じゅうににち
九日	十日	十一日	十二日
13日じゅうさんにち	14日じゅうよっか	15日じゅうごにち	16日じゅうろくにち
十三日	十四日	十五日	十六日
17日じゅうしちにち	18日じゅうはちにち	19日じゅうくにち	20日はつか
十七日	十八日	十九日	二十日
21日にじゅういちにち	22日にじゅうににち	23日にじゅうさんにち	24日にじゅうよっか
二十一日	二十二日	二十三日	二十四日
25日にじゅうごにち	26日にじゅうろくにち	27日にじゅうしちにち	28日にじゅうはちにち
二十五日	二十六日	二十七日	二十八日
29日にじゅうくにち	30日さんじゅうにち	31日さんじゅういちにち	
二十九日	三十日	三十一日	

週・星期

今週 こんしゅう	本週；這個星期
先週 せんしゅう	上週；上星期
先々週 せんせんしゅう	上上週；上上星期
来週 らいしゅう	下週；下星期
再来週 ざらいしゅう	下下星期
週末 しゅうまつ	週末
週明け しゅうあ	一週開始的第一天；星期一
曜日 ようび	星期
日曜日 にちようび	星期日
月曜日 げつようび	星期一
火曜日 かようび	星期二
水曜日 すいようび	星期三
木曜日 もくようび	星期四
金曜日 きんようび	星期五
土曜日 どようび	星期六

23

1²3

數字和時間

日本的節日

- 一月一日　　　　　　元日 がんじつ　　　　　　　　元旦
- 一月第二個星期一　　成人 せいじんの日　　　　　　成人節
- 二月十一日　　　　　建国記念 けんこくきねんの日　　建國紀念日
- 三月二十一日　　　　春分 しゅんぶんの日　　　　　春分日
- 四月二十九日　　　　昭和 しょうわの日　　　　　　昭和天皇誕辰紀念日

＊指由2007年起加入日本國民假期的節慶，定為每年的4月
29日，這天是昭和天皇的生日。訂定昭和之日的目的是
「在動盪的日子之後，回顧日本邁向復興的昭和時代，思
考國家的將來」。

- 五月三日　　　　　　憲法記念日 けんぽうきねんび　　憲法紀念日
- 五月四日　　　　　　みどりの日　　　　　　　　　綠之日（親近大自然且
感謝大自然的日子）

- 五月五日　　　　　　こどもの日　　　　　　　　　兒童節
- 七月第三個星期一　　海 うみの日　　　　　　　　海之日
- 九月第三個星期一　　敬老 けいろうの日　　　　　敬老之日
- 九月二十三日　　　　秋分 しゅうぶんの日　　　　秋分日
- 十月第二個星期一　　体育 たいいくの日　　　　　體育之日
- 十一月三日　　　　　文化 ぶんかの日　　　　　　文化之日
- 十一月二十三日　　　勤労感謝 きんろうかんしゃの日　勤勞感謝之日
- 十二月二十三日　　　天皇誕生日 てんのうたんじょうび　天皇誕生日

＊**振り替え休日**（替代假日；彈性放假）
　指在國慶日和星期日重疊的情況下，它的下一天便成為臨時休假日。從2007年
開始，如果遇到國慶日和星期日合併，後面和它最接近的平常日就是休假日。

早・午・晩

朝 あさ	早上；早晨
明け方 あ　がた	黎明；清晨
昼 ひる	中午；白天
夕方 ゆうがた	黃昏；傍晚
夜 よる	晚間；夜晚
宵 よい	夜晚
深夜 しん や	深夜
真夜中 ま よ なか	三更半夜；深夜
日の出 ひ　で	日出
日没 にちぼつ	日落

今朝 けさ	今天早上；今早
今夜 こん や	今天晚上；今晚 囘 今晩こんばん
昨夜 さく や	昨晚；昨夜 口語 ゆうべ｜昨日きのうの夜よる
明晩 みょうばん	明天晚上；明晚 口語 あしたの夜よる
明朝 みょうちょう	明天早上；明早 口語 あしたの朝あさ

期間・頻率

一日中 <small>いちにちじゅう</small>	一天；整天
半日 <small>はんにち</small>	半天
一晩 <small>ひとばん</small>	一個晚上；一晚
一晩中 <small>ひとばんじゅう</small>	整晚；整夜
1か月 <small>いっ　げつ</small>	一個月 表現 2か月にかげつ：兩個月｜3か月さんかげつ：三個月｜4か月よんかげつ：四個月｜5か月ごかげつ：五個月｜6か月ろっかげつ：六個月｜7か月ななかげつ：七個月｜8か月はっかげつ：八個月｜9か月きゅうかげつ：九個月｜10か月じゅっかげつ/じっかげつ：十個月｜11か月じゅういっかげつ：十一個月｜12か月じゅうにかげつ：十二個月
ひと月 <small>つき</small>	一個月 表現 2ふた月：兩個月｜3み月：三個月

毎日 <small>まいにち</small>	每天
毎週 <small>まいしゅう</small>	每週
毎月 <small>まいつき</small>	每月
毎年 <small>まいとし</small>	每年 同 まいねん
1日おき <small>いちにち</small>	隔一天 表現 2日ふつかおき：隔兩天｜3日みっかおき：隔三天｜4日よっかおき：隔四天
1週間おき <small>いっしゅうかん</small>	隔週
ひと月おき <small>つき</small>	隔月

1 時間おきに いち じ かん	每隔一小時

時刻・時候

時刻 じ こく	時刻
時間 じ かん	時間
時 じ	時；～點 **表現** 何時なんじ：幾點｜1時いちじ：一點｜2時に じ：兩點｜3時さんじ：三點｜4時よじ：四點｜5 時ごじ：五點｜6時ろくじ：六點｜7時しちじ：七 點｜8時はちじ：八點｜9時くじ：九點｜10時じゅ うじ：十點｜11時じゅういちじ：十一點｜12時じゅう にじ：十二點
分 ふん	分；分鐘 **表現** 何分なんぷん：幾分鐘
秒 びょう	秒；秒鐘

午前 ご ぜん	上午
正午 しょう ご	正午
午後 ご ご	下午
午前零時 ご ぜんれい じ	午夜十二點
現在 げんざい	現在
過去 か こ	過去
未来 み らい	未來
昔 むかし	過去；從前

当時 とうじ	當時
歳月 さいげつ	歲月；年月

今度 こんど	此次；下次
次 つぎ	次；回
この前 まえ	之前；先前
最初 さいしょ	一開始；最初
最後 さいご	最後 表現 〜に出発しゅっぱつする：最後出發
最終 さいしゅう	最終；結果 表現 〜電車－でんしゃ：末班電車

〜初め はじ	〜初 表現 今月こんげつの〜：這個月初｜来年らいねんの〜：明年初｜年としの〜：一年之初
〜終わり お	〜底；〜末 表現 今月の〜：這個月底｜2月の〜：二月底
〜ごろ	〜左右 表現 午前9時ごぜんくじ〜：上午九點左右｜16世紀じゅうろくせいき〜：十六世紀左右
〜前 まえ	〜前 表現 3日みっか〜：三天前｜1か月いっかげつ〜：一個月前｜10年じゅうねん〜：十年前
〜後 ご	〜後 表現 3日みっか〜：三天後｜1か月いっかげつ〜：一個月後｜10年じゅうねん〜：十年後

この頃 ごろ	最近

ずっと	一直以來
その時 <small>とき</small>	當時；那時
その都度 <small>つ ど</small>	每次；總是

表現時間、頻率的副詞

あっという間に <small>ま</small>	一下子；一轉眼
早速 <small>さっそく</small>	立刻；馬上
急に <small>きゅう</small>	突然
ちょっと	稍微 **説明** 較鄭重的表現是少々しょうしょう。 ちょっとお待ちください。（×） 少々お待ちください。　　（○）
しきりに	再三地；不斷地；屢屢
時々 <small>ときどき</small>	有時
いつまでも	始終；永遠
いつでも	經常；總是
一気に <small>いっ き</small>	一鼓作氣
当分 <small>とうぶん</small>	暫時；一時；短時間
いきなり	突然
ちょうどいいところへ	剛好；碰巧
あらかじめ	提前；預先；事先

もう	已經；即將
知らない間に <small>し あいだ</small>	不知不覺地
日ごとに <small>ひ</small>	一天比一天地……
すでに	已經；完全
とうとう	終究；到頭來
すぐ(に)	馬上；立刻 例 〜にはできません。如果要馬上的話可能沒辦法喔！｜〜やります。立刻去辦。｜〜に来てくれ。馬上過來！
今にも <small>いま</small>	眼看著；馬上 表現 〜…しそうだ：眼看著就好像要…了。 例 〜泣なき出だしそうだ。眼看著就要哭出來了。
たった今 <small>いま</small>	現在；就在不久前 例 〜、到着とうちゃくしました。現在剛到。
まもなく	即將 例 〜出発しゅっぱつします。即將出發。
ちょうど	剛好；正好 例 〜バスが来た。公車剛好來了！
ちょうど	剛要；正要 例 〜電話をしようと思っていたところだ。 我剛好正想打電話給你。
今さら <small>いま</small>	事到如今；現在才 例 〜そんなこと言ってももう遅おそい。 事到如今才說那種話已經太晚了。
まさに／いまや	正是／現在就 例 国中くにじゅう、まさにワールドカップ熱風ねっぷうだ。現在世界盃的風潮正席捲全國。
今まで <small>いま</small>	至今 例 〜何をしていたんだい？至今都在做些什麼？

もうすぐ	快要;馬上就～ 例 ～春はまた来ます。春天即將再度來臨了。
かつて	過去;曾經 表現 ～なかった事件じけん:前所未見的事件
これから先さき	今後;將來
長い間ながあいだ	長期以來
その間かん	在此同時;另一方面
しばらく	暫時;短期間
当分の間とうぶんあいだ	暫時;一陣子 例 ～、この掲示板けいじばんを閉とじます。 這個告示板會暫時關閉一陣子。
ふたたび	再次
また/さらに	此外;並且
重ねてかさ	再次地 例 ～お願いします。再次的拜託您。
とりあえず	暫且先～;先這樣 例 ～ビールを一杯飲もう。暫且就先喝一杯啤酒 吧!
まず	先;首先 例 帰ったら～電話をください。到家後先打個電話 給我。
～する前にまえ	在…之前 表現 出発～:在出發之前 | 食べる前に:開始吃之 前
あとで	～之後 説明 如果寫成漢字後で,可能會被念成うしろで, 所以一般都是寫平假名。 例 宿題は～します。作業等之後再做。

前もって _{まえ}	**事先;預先** 例 どうせ行くんだったら～切符を買っておこう。 反正一定要去了,就事先買票吧!
まだ	**還～** 例 まだまだです。還不成氣候啦。
さっき	**剛才** 表現 ～道で会ったあの人:剛才在路上遇到的人
しょっちゅう/よく	**總是;常常** 例 そんなことはしょっちゅうあることではない。 這種事不常發生。
ひっきりなしに	**接連不斷;連續不斷** 例 アダルトサイトが～画面がめんに現あらわれるん ですが、どうしたらいいでしょうか。成人網站的 廣告不停的出現在畫面上,該怎麼辦呢?
つねに	**經常是;總是** 例 健康けんこうには常に気をつけている。常常注意 身體健康。
いつも	**總是;一直是** 例 君は～遅刻ちこくばかりしているね。你總是遅到 耶!
たまに	**有時候;偶爾** 例 ヤツとは～けんかもする。和那小子偶爾也會吵 架。
ときには	**有的時候** 例 弟は～とんでもない失敗しっぱいをしでかす。弟 弟有時候會犯下無法挽回的錯誤。

ふろく

書末補充資料

日本的市町村しちょうそん數量為：市（市）789處、町
（町）746處、村（村）184處，總共1,719處。（2013
年1月1日現在）日本最多人口的都市是橫濱市（横浜
市, 約361萬人）；人口最少的都市是北海道的歌志內市
（歌志內市, 約5,200人）。

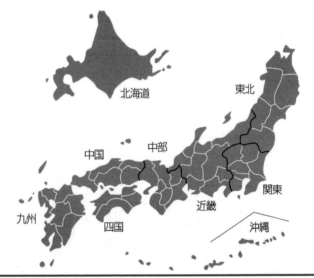

北海道ほっかいどう（35市）北海道

札幌さっぽろ市 札幌市

＊中央ちゅうおう区 中央區 ｜ 北きた区 北區 ｜ 東ひがし区 東區 ｜ 白石しろいし区
白石區 ｜ 豊平とよひら区豐 平區 ｜ 南みなみ区 南區 ｜ 西にし区 西區 ｜ 厚別あつべ
つ区 厚別區 ｜ 手稲ていね区 手稻區 ｜ 清田きよた区 清田區

江別えべつ市	江別市	千歳ちとせ市	千歳市	恵庭えにわ市	惠庭市
北広島きたひろしま市	北廣島市	石狩いしかり市	石狩市	夕張ゆうばり市	夕張市
岩見沢いわみざわ市	岩見澤市	美唄びばい市	美唄市	芦別あしべつ市	蘆別市
赤平あかびら市	赤平市	三笠みかさ市	三笠市	滝川たきかわ市	瀧川市
砂川すながわ市	砂川市	歌志内うたしない市	歌志內市	深川ふかがわ市	深川市
小樽おたる市	小樽市	函館はこだて市	函館市	室蘭むろらん市	室蘭市
苫小牧とまこまい市	苫小牧市	登別のぼりべつ市	登別市	伊達だて市	伊達市

北斗ほくと市	北斗市	旭川あさひかわ市	旭川市	士別しべつ市	士別市
名寄なよろ市	名寄市	富良野ふらの市	富良野市	留萌るもい市	留萌市
稚内わっかない市	稚內市	北見きたみ市	北見市	網走あばしり市	網走市
紋別もんべつ市	紋別市	帯広おびひろ市	帶廣市	釧路くしろ市	釧路市
根室ねむろ市	根室市				

東北とうほく地方 東北地方

青森県あおもりけん （10市）青森縣

青森あおもり市	青森市	弘前ひろさき市	弘前市	八戸はちのへ市	八戸市
黒石くろいし市	黑石市	五所川原ごしょがわら市	五所川原市	十和田とわだ市	十和田市
三沢みさわ市	三澤市	むつ市	陸奥市	つがる市	津輕市
平川ひらかわ市	平川市				

岩手県いわてけん （13市）岩手縣

盛岡もりおか市	盛岡市	宮古みやこ市	宮古市	大船渡おおふなと市	大船渡市
花巻はなまき市	花巻市	北上きたかみ市	北上市	久慈くじ市	久慈市
遠野とおの市	遠野市	一関いちのせき市	一關市	陸前高田りくぜんたかだ市	陸前高田市
釜石かまいし市	釜石市	二戸にのへ市	二戸市	八幡平はちまんたい市	八幡平市
奥州おうしゅう市	奥州市				

宮城県みやぎけん （13市）宮城縣

仙台せんだい市 仙台市

＊青葉あおば区 青葉區｜宮城野みやぎの区 宮城野區｜若林わかばやし区 若林區｜太白たいはく区 太白區｜泉いずみ区 泉區

石巻いしのまき市	石巻市	塩竈しおがま市	塩竈市	気仙沼けせんぬま市	氣仙沼市
白石しろいし市	白石市	名取なとり市	名取市	角田かくだ市	角田市
多賀城たがじょう市	多賀城市	岩沼いわぬま市	岩沼市	登米とめ市	登米市
栗原くりはら市	栗原市	東松島ひがしまつしま市	東松島市	大崎おおさき市	大崎市

秋田県 あきたけん （13市） 秋田縣

秋田あきた市	秋田市	能代のしろ市	能代市	横手よこて市	横手市
大館おおだて市	大館市	男鹿おが市	男鹿市	湯沢ゆざわ市	湯澤市
鹿角かづの市	鹿角市	由利本荘ゆりほんじょう市	由利本荘市	潟上かたがみ市	潟上市
大仙だいせん市	大仙市	北秋田きたあきた市	北秋田市	にかほ市	仁賀保市
仙北せんぼく市	仙北市				

山形県 やまがたけん （13市） 山形縣

山形やまがた市	山形市	米沢よねざわ市	米澤市	鶴岡つるおか市	鶴岡市
酒田さかた市	酒田市	新庄しんじょう市	新庄市	寒河江さがえ市	寒河江市
上山かみのやま市	上山市	村山むらやま市	村山市	長井ながい市	長井市
天童てんどう市	天童市	東根ひがしね市	東根市	尾花沢おばなざわ市	尾花澤市
南陽なんよう市	南陽市				

福島県 ふくしまけん （13市） 福島縣

福島ふくしま市	福島市	郡山こおりやま市	郡山市	いわき市	磐城市
白河しらかわ市	白河市	須賀川すかがわ市	須賀川市	相馬そうま市	相馬市
二本松にほんまつ市	二本松市	田村たむら市	田村市	伊達だて市	伊達市
本宮もとみや市	本宮市				
会津若松あいづわかまつ市	會津若松市	喜多方きたかた市	喜多方市		
南相馬みなみそうま市	南相馬市				

関東 かんとう 地方　關東地方

茨城県 いばらきけん （32市） 茨城縣

水戸みと市	水戸市	日立ひたち市	日立市	土浦つちうら市	土浦市
古河こが市	古河市	石岡いしおか市	石岡市	結城ゆうき市	結城市
龍ケ崎りゅうがさき市	龍崎市	下妻しもつま市	下妻市	常総じょうそう市	常總市
北茨城きたいばらき市	北茨城市	笠間かさま市	笠間市	取手とりで市	取手市
牛久うしく市	牛久市	つくば市	筑波市	鹿嶋かしま市	鹿島市
潮来いたこ市	潮来市	守谷もりや市	守谷市	那珂なか市	那珂市
筑西ちくせい市	筑西市	坂東ばんどう市	坂東市	稲敷いなしき市	稲敷市

かすみがうら市	霞浦市	桜川さくらがわ市	櫻川市	神栖かみす市 神栖市
行方なめがた市	行方市	鉾田ほこた市	鉾田市	
つくばみらい市	筑波未來市	小美玉おみたま市	小美玉市	
常陸太田ひたちおおた市	常陸太田市	高萩たかはぎ市	高萩市	
ひたちなか市	常陸那珂市	常陸大宮ひたちおおみや市	常陸大宮市	

栃木県とちぎけん (14市) 栃木縣

宇都宮うつのみや市	宇都宮市	足利あしかが市	足利市	栃木とちぎ市	栃木市
佐野さの市	佐野市	鹿沼かぬま市	鹿沼市	日光にっこう市	日光市
小山おやま市	小山市	真岡もおか市	真岡市	大田原おおたわら市	大田原市
矢板やいた市	矢板市	さくら市	櫻市	下野しもつけ市	下野市
那須烏山なすからすやま市	那須烏山市	那須塩原なすしおばら市	那須塩原市	

群馬県ぐんまけん (12市) 群馬縣

前橋まえばし市	前橋市	高崎たかさき市	高崎市	桐生きりゅう市	桐生市
伊勢崎いせさき市	伊勢崎市	太田おおた市	太田市	沼田ぬまた市	沼田市
館林たてばやし市	館林市	渋川しぶかわ市	澁川市	藤岡ふじおか市	藤岡市
富岡とみおか市	富岡市	安中あんなか市	安中市	みどり市	緑市

埼玉県さいたまけん (40市) 埼玉縣

さいたま市 埼玉市

＊西にし区 西區｜北きた区 北區｜大宮おおみや区 大宮區｜見沼みぬま区 見沼區｜中央ちゅうおう区 中央區｜桜さくら区 櫻區｜浦和うらわ区 浦和區｜南みなみ区 南區｜緑みどり区 綠區｜岩槻いわつき区 岩槻區

川越かわごえ市	川越市	熊谷くまがや市	熊谷市	川口かわぐち市	川口市
行田ぎょうだ市	行田市	秩父ちちぶ市	秩父市	所沢ところざわ市	所澤市
飯能はんのう市	飯能市	加須かぞ市	加須市	本庄ほんじょう市	本庄市
羽生はにゅう市	羽生市	鴻巣こうのす市	鴻巣市	深谷ふかや市	深谷市
上尾あげお市	上尾市	草加そうか市	草加市	越谷こしがや市	越谷市
戸田とだ市	戸田市	入間いるま市	入間市	蕨わらび市	蕨市
朝霞あさか市	朝霞市	志木しき市	志木市	和光わこう市	和光市
新座にいざ市	新座市	桶川おけがわ市	桶川市	久喜くき市	久喜市
北本きたもと市	北本市	八潮やしお市	八潮市	富士見ふじみ市	富士見市

三郷みさと市　　　三郷市　　　蓮田はすだ市　　蓮田市　坂戸さかど市　　　坂戸市
幸手さって市　　　幸手市　　　日高ひだか市　　日高市　吉川よしかわ市　　吉川市
ふじみの市　　　　富士見野市　鶴ヶ島つるがしま市　鶴島市
東松山ひがしまつやま市　東松山市　　春日部かすかべ市　　春日部市
狭山さやま市　　　　狭山市　　　白岡しらおか市　　白岡市

千葉県ちばけん（37市）千葉縣

千葉ちば市　千葉市

　　　＊中央ちゅうおう区　中央區｜花見川はなみがわ区　花見川區｜稲毛いなげ区　稲毛區｜若葉わかば区　若葉區｜緑みどり区　緑區｜美浜みはま区　美濱區

銚子ちょうし市　　　銚子市　　　市川いちかわ市　　市川市　　船橋ふなばし市　　船橋市
館山たてやま市　　　館山市　　　木更津きさらづ市　木更津市　松戸まつど市　　　松戸市
野田のだ市　　　　　野田市　　　茂原もばら市　　　茂原市　　成田なりた市　　　成田市
佐倉さくら市　　　　佐倉市　　　東金とうがね市　　東金市　　旭あさひ市　　　　旭市
習志野ならしの市　　習志野市　柏かしわ市　　　　柏市　　　勝浦かつうら市　　勝浦市
市原いちはら市　　　市原市　　流山ながれやま市　流山市　　八千代やちよ市　　八千代市
我孫子あびこ市　　我孫子市　鴨川かもがわ市　　　鴨川市　　鎌ケ谷かまがや市　鎌谷市
君津きみつ市　　　　君津市　　富津ふっつ市　　　富津市　　浦安うらやす市　　浦安市
八街やちまた市　　　八街市　　香取かとり市　　　香取市　　印西いんざい市　　印西市
白井しろい市　　　　白井市　　富里とみさと市　　富里市　　山武さんむ市　　　山武市
四街道よつかいどう市　四街道市　袖ケ浦そでがうら市　袖浦市
南房総みなみぼうそう市　南房總市　匝瑳そうさ市　　　匝瑳市
いすみ市　　　　　夷隅市　　　大網白里おおあみしらさと市　大網白里市

東京都とうきょうと（26市）東京都

特別区とくべつく　特別區

　　　＊千代田ちよだ区　千代田區｜中央ちゅうおう区　中央區｜港みなと区　港區｜新宿しんじゅく区　新宿區｜文京ぶんきょう区　文京區｜台東たいとう区　台東區｜墨田すみだ区　墨田區｜江東こうとう区　江東區｜品川しながわ区　品川區｜目黒めぐろ区　目黑區｜大田おおた区　大田區｜世田谷せたがや区　世田谷區｜渋谷しぶや区　澀谷區｜中野なかの区　中野區｜杉並すぎなみ区　杉並區｜豊島としま区　豐島區｜北きた区　北區｜荒川区あらかわ区　荒川區｜板橋いたばし区　板橋區｜練馬ねりま区　練馬區｜足立あだち区　足立區｜葛飾かつしか区　葛飾區｜江戸川えどがわ区　江戸川區

立川たちかわ市	立川市	武蔵野むさしの市	武蔵野市	三鷹みたか市	三鷹市
青梅おうめ市	青梅市	府中ふちゅう市	府中市	昭島あきしま市	昭島市
調布ちょうふ市	調布市	町田まちだ市	町田市	小金井こがねい市	小金井市
小平こだいら市	小平市	日野ひの市	日野市	国分寺こくぶんじ市	國分寺市
国立くにたち市	國立市	福生ふっさ市	福生市	狛江こまえ市	狛江市
清瀬きよせ市	清瀬市	多摩たま市	多摩市	稲城いなぎ市	稲城市
羽村はむら市	羽村市	あきる野市	秋留野市		

西東京にしとうきょう市	西東京市	八王子はちおうじ市	八王子市
東村山ひがしむらやま市	東村山市	東大和ひがしやまと市	東大和市
東久留米ひがしくるめ市	東久留米市	武蔵村山むさしむらやま市	武蔵村山市

神奈川県かながわけん (19市) 神奈川縣

横浜よこはま市 横濱市

＊鶴見つるみ区 鶴見區｜神奈川区かながわ区 神奈川區｜西区にし区 西區｜中区なか区 中區｜南みなみ区 南區｜保土ヶ谷ほどがや区 保土谷區｜磯子いそご区 磯子區｜金沢かなざわ区 金澤區｜港北こうほく区 港北區｜戸塚とつか区 戸塚區｜港南こうなん区 港南區｜旭あさひ区 旭區｜緑区みどり区 綠區｜瀬谷せや区 瀬谷區｜栄区さかえ区 榮區｜泉いずみ区 泉區｜青葉あおば区 青葉區｜都筑つづき区 都筑區

川崎かわさき市 川崎市

＊川崎かわさき区 川崎區｜幸さいわい区 幸區｜中原なかはら区 中原區｜高津たかつ区 高津區｜多摩たま区 多摩區｜宮前みやまえ区 宮前區｜麻生あさお区 麻生區

相模原さがみはら市 相模原

＊緑みどり区 綠區｜中央ちゅうおう区 中央區｜南みなみ区 南區

横須賀よこすか市	横須賀市	平塚ひらつか市	平塚市	鎌倉かまくら市	鎌倉市
藤沢ふじさわ市	藤澤市	小田原おだわら市	小田原市	茅ヶ崎ちがさき市	茅崎市
逗子ずし市	逗子市	三浦みうら市	三浦市	秦野はだの市	秦野市
厚木あつぎ市	厚木市	大和やまと市	大和市	伊勢原いせはら市	伊勢原市
海老名えびな市	海老名市	座間ざま市	座間市	綾瀬あやせ市	綾瀬市
南足柄みなみあしがら市	南足柄市				

中部ちゅうぶ地方 中部地方

山梨県やまなしけん (13市) 山梨縣

甲府こうふ市 甲府市	富士吉田ふじよしだ市 富士吉田市	都留つる市 都留市
山梨やまなし市 山梨市	大月おおつき市 大月市	韮崎にらさき市 韮崎市
北杜ほくと市 北杜市	甲斐かい市 甲斐市	笛吹ふえふき市 笛吹市
中央ちゅうおう市 中央市	南みなみアルプス市 南阿爾卑斯市	
上野原うえのはら市 上野原市	甲州こうしゅう市 甲州市	

静岡県しずおかけん (23市) 靜岡縣

静岡しずおか市 靜岡市

＊葵あおい区 葵區｜駿河するが区 駿河區｜清水しみず区 清水區

浜松市はままつ市 濱松市

＊中なか区 中區｜東ひがし区 東區｜西にし区 西區｜南みなみ区 南區｜北きた区 北區｜浜北はまきた区 濱北區｜天竜てんりゅう区 天龍區

沼津ぬまづ市 沼津市	熱海あたみ市 熱海市	三島みしま市 三島市
伊東いとう市 伊東市	島田しまだ市 島田市	富士ふじ市 富士市
磐田いわた市 磐田市	焼津やいづ市 燒津市	掛川かけがわ市 掛川市
藤枝ふじえだ市 藤枝市	袋井ふくろい市 袋井市	下田しもだ市 下田市
裾野すその市 裾野市	湖西こさい市 湖西市	伊豆いず市 伊豆市
菊川きくがわ市 菊川市	富士宮ふじのみや市 富士宮市	御殿場ごてんば市 御殿場市
御前崎おまえざき市 御前崎市	伊豆の国いずのくに市 伊豆之國市	
牧之原まきのはら市 牧之原市		

愛知県あいちけん (38市) 愛知縣

名古屋なごや市 名古屋市

＊千種ちくさ区 千種區｜東ひがし区 東區｜北きた区 北區｜西にし区 西區｜中村なかむら区 中村區｜中なか区 中區｜昭和しょうわ区 昭和區｜瑞穂みずほ区 瑞穂區｜熱田あつた区 熱田區｜中川なかがわ区 中川區｜港みなと区 港區｜南みなみ区 南區｜守山もりやま区 守山區｜緑みどり区 緑區｜名東めいとう区 名東區｜天白てんぱく区 天白區

豊橋とよはし市 豊橋市	岡崎おかざき市 岡崎市	一宮いちのみや市 一宮市

瀬戸せと市	瀬戸市	半田はんだ市	半田市	春日井かすがい市	春日井市
豊川とよかわ市	豊川市	津島つしま市	津島市	碧南へきなん市	碧南市
刈谷かりや市	刈谷市	豊田とよた市	豊田市	安城あんじょう市	安城市
西尾にしお市	西尾市	蒲郡がまごおり市	蒲郡市	犬山いぬやま市	犬山市
常滑とこなめ市	常滑市	江南こうなん市	江南市	小牧こまき市	小牧市
稲沢いなざわ市	稻澤市	新城しんしろ市	新城市	東海とうかい市	東海市
大府おおぶ市	大府市	知多ちた市	知多市	知立ちりゅう市	知立市
尾張旭おわりあさひ市	尾張旭市	高浜たかはま市	高濱市	岩倉いわくら市	岩倉市
豊明とよあけ市	豊明市	日進にっしん市	日進市	田原たはら市	田原市
愛西あいさい市	愛西市	清須きよす市	清須市	弥富やとみ市	彌富市
みよし市	三好市	あま市	海部市	長久手ながくて市	長久手市
北名古屋きたなごや市	北名古屋市				

岐阜県 ぎふけん （21市） 岐阜縣

岐阜ぎふ市	岐阜市	大垣おおがき市	大垣市	高山たかやま市	高山市
多治見たじみ市	多治見市	関せき市	關市	中津川なかつがわ市	中津川市
美濃みの市	美濃市	瑞浪みずなみ市	瑞浪市	羽島はしま市	羽島市
恵那えな市	恵那市	美濃加茂みのかも市	美濃加茂市	土岐とき市	土岐市
可児かに市	可兒市	山県やまがた市	山縣市	瑞穂みずほ市	瑞穂市
飛騨ひだ市	飛騨市	本巣もとす市	本巣市	郡上ぐじょう市	郡上市
下呂げろ市	下呂市	海津かいづ市	海津市		
各務原かかみがはら市	各務原市				

新潟県 にいがたけん （20市） 新潟縣

新潟にいがた市 新潟市

> ＊北きた区 北區｜東ひがし区 東區｜中央ちゅうおう区 中央區｜江南こうなん区 江南區｜秋葉あきは区 秋葉區｜南みなみ区 南區｜西にし区 西區｜西蒲にしかん区 西蒲區

長岡ながおか市	長岡市	三条さんじょう市	三條市	柏崎かしわざき市	柏崎市
新発田しばた市	新發田市	小千谷おぢや市	小千谷市	加茂かも市	加茂市
十日町とおかまち市	十日町市	見附みつけ市	見附市	村上むらかみ市	村上市
燕つばめ市	燕市	妙高みょうこう市	妙高市	五泉ごせん市	五泉市
上越じょうえつ市	上越市	阿賀野あがの市	阿賀野市	佐渡さど市	佐渡市

魚沼うおぬま市　　　魚沼市　　　胎内たいない市　　　胎内市
糸魚川いといがわ市　系魚川市　南魚沼みなみうおぬま市　南魚沼市

長野県ながのけん（19市）長野縣

長野ながの市	長野市	松本まつもと市	松本市	上田うえだ市	上田市
岡谷おかや市	岡谷市	飯田いいだ市	飯田市	諏訪すわ市	諏訪市
須坂すざか市	須坂市	小諸こもろ市	小諸市	伊那いな市	伊那市
駒ヶ根こまがね市	駒之根市	中野なかの市	中野市	大町おおまち市	大町市
飯山いいやま市	飯山市	茅野ちの市	茅野市	塩尻しおじり市	塩尻市
佐久さく市	佐久市	千曲ちくま市	千曲市	東御とうみ市	東御市
安曇野あづみの市	安曇野市				

富山県とやまけん（10市）富山縣

富山とやま市	富山市	高岡たかおか市	高岡市	魚津うおづ市	魚津市
氷見ひみ市	冰見市	滑川なめりかわ市	滑川市	黒部くろべ市	黑部市
砺波となみ市	砺波市	小矢部おやべ市	小矢部市	南砺なんと市	南砺市
射水いみず市	射水市				

石川県いしかわけん（11市）石川縣

金沢かなざわ市	金澤市	七尾ななお市	七尾市	小松こまつ市	小松市
輪島わじま市	輪島市	珠洲すず市	珠洲市	加賀かが市	加賀市
羽咋はくい市	羽咋市	かほく市	河北市	白山はくさん市	白山市
能美のみ市	能美市	野々市ののいち市	野野市市		

福井県ふくいけん（9市）福井縣

福井ふくい市	福井市	敦賀つるが市	敦賀市	小浜おばま市	小濱市
大野おおの市	大野市	勝山かつやま市	勝山市	鯖江さばえ市	鯖江市
あわら市	蘆原市	越前えちぜん市	越前市	坂井さかい市	坂井市

近畿きんき地方　近畿地方

三重県みえけん（14市）三重縣

津つ市	津市	四日市よっかいち市	四日市	伊勢いせ市	伊勢市
松阪まつさか市	松阪市	桑名くわな市	桑名市	鈴鹿すずか市	鈴鹿市
名張なばり市	名張市	尾鷲おわせ市	尾鷲市	亀山かめやま市	龜山市
鳥羽とば市	鳥羽市	熊野くまの市	熊野市	いなべ市	員弁市
志摩しま市	志摩市	伊賀いが市	伊賀市		

滋賀県しがけん （13市）滋賀縣

大津おおつ市	大津市	彦根ひこね市	彦根市	長浜ながはま市	長濱市
栗東りっとう市	栗東市	甲賀こうか市	甲賀市	野洲やす市	野洲市
湖南こなん市	湖南市	高島たかしま市	高島市	草津くさつ市	草津市
守山もりやま市	守山市	米原まいばら市	米原市		
近江八幡おうみはちまん市	近江八幡市	東近江ひがしおうみ市	東近江市		

京都府きょうとふ （15市）京都府

京都きょうと市 京都市

＊北きた区 北區｜上京かみぎょう区 上京區｜左京さきょう区 左京區｜中京なかぎょう区 中京區｜東山ひがしやま区 東山區｜下京しもぎょう区 下京區｜南みなみ区 南區｜右京うきょう区 右京區｜伏見ふしみ区 伏見區｜山科やましな区 山科區｜西京にしきょう区 西京區

福知山ふくちやま市	福知山市	舞鶴まいづる市	舞鶴市	綾部あやべ市	綾部市
宇治うじ市	宇治市	宮津みやづ市	宮津市	亀岡かめおか市	龜岡市
城陽じょうよう市	城陽市	向日むこう市	向日市	長岡京ながおかきょう市	長岡京市
八幡やわた市	八幡市	京田辺きょうたなべ市	京田邊市		
南丹なんたん市	南丹市	木津川きづがわ市	木津川市		
京丹後きょうたんご市	京丹後市				

大阪府おおさかふ （33市）大阪府

大阪おおさか市 大阪市

＊都島みやこじま区 都島區｜福島ふくしま区 福島區｜此花このはな区 此花區｜西にし区 西區｜港みなと区 港區｜大正たいしょう区 大正區｜天王寺てんのうじ区 天王寺區｜浪速なにわ区 浪速區｜西淀川にしよどがわ区 西淀川區｜東淀川ひがしよどがわ区 東淀川區｜東成ひがしなり区 東成區｜生野いくの区 生野區｜旭あさひ区 旭區｜城東じょうとう区 城東區｜阿倍野あべの区 阿倍野區｜住吉すみよし区 住吉區｜東住吉ひがしすみよし区 東住吉區｜西成にしなり区 西成區｜淀

川よどがわ区 淀川區｜鶴見つるみ区 鶴見區｜住之江すみのえ区 住之江區｜平野ひらの区 平野區｜北きた区 北區｜中央ちゅうおう区 中央區

堺さかい市 堺市

＊堺さかい区 堺區｜中なか区 中區｜東ひがし区 東區｜西にし区 西區｜南みなみ区 南區｜北きた区 北區｜美原みはら区 美原區

書末補充資料

岸和田きしわだ市	岸和田市	豊中とよなか市	豊中市
池田いけだ市	池田市		
吹田すいた市	吹田市	泉大津いずみおおつ市	泉大津市
高槻たかつき市	高槻市		
貝塚かいづか市	貝塚市	守口もりぐち市	守口市
枚方ひらかた市	枚方市		
茨木いばらき市	茨木市	八尾やお市	八尾市
泉佐野いずみさの市	泉佐野市		
松原まつばら市	松原市	大東だいとう市	大東市
和泉いずみ市	和泉市		
箕面みのお市	箕面市	柏原かしわら市	柏原市
羽曳野はびきの市	羽曳野市		
門真かどま市	門真市	摂津せっつ市	攝津市
高石たかいし市	高石市		
富田林とんだばやし市	富田林市	寝屋川ねやがわ市	寝屋川市
藤井寺ふじいでら市	藤井寺市	東大阪ひがしおおさか市	東大阪市
河内長野かわちながの市	河内長野市	泉南せんなん市	泉南市
四條畷しじょうなわて市	四條畷市	交野かたの市	交野市
大阪狭山おおさかさやま市	大阪狭山市	阪南はんなん市	阪南市

兵庫県ひょうごけん（29市）兵庫縣

神戸こうべ市 神戸市

＊東灘ひがしなだ区 東灘區｜灘なだ区 灘區｜兵庫ひょうご区 兵庫區｜長田ながた区 長田區｜須磨すま区 須磨區｜垂水たるみ区 垂水區｜北きた区 北區｜中央ちゅうおう区 中央區｜西にし区 西區

姫路ひめじ市	姫路市	尼崎あまがさき市	尼崎市
明石あかし市	明石市		
西宮にしのみや市	西宮市	洲本すもと市	洲本市
芦屋あしや市	蘆屋市		
伊丹いたみ市	伊丹市	相生あいおい市	相生市
豊岡とよおか市	豊岡市		
加古川かこがわ市	加古川市	赤穂あこう市	赤穂市
西脇にしわき市	西脇市		
宝塚たからづか市	寶塚市	三木みき市	三木市
高砂たかさご市	高砂市		
川西かわにし市	川西市	小野おの市	小野市
三田さんだ市	三田市		
加西かさい市	加西市	篠山ささやま市	篠山市
養父やぶ市	養父市		
丹波たんば市	丹波市	南みなみあわじ市	南淡路市
朝来あさご市	朝來市		
淡路あわじ市	淡路市	宍粟しそう市	宍粟市
加東かとう市	加東市		
たつの市	龍野市		

奈良県ならけん (12市) 奈良縣

奈良なら市　　　　　奈良市　　大和高田やまとたかだ市　　　大和高田市
天理てんり市　　　　天理市　　橿原かしはら市　　　橿原市　　桜井さくらい市　　　櫻井市
五條ごじょう市　　　五條市　　御所ごせ市　　　　御所市　　生駒いこま市　　　生駒市
香芝かしば市　　　　香芝市　　葛城かつらぎ市　　　葛城市　　宇陀うだ市　　　　宇陀市
大和郡山やまとこおりやま市　大和郡山市

和歌山県わかやまけん (9市) 和歌山縣

和歌山わかやま市　　和歌山市　海南かいなん市　　　海南市　　橋本はしもと市　　橋本市
有田ありだ市　　　　有田市　　御坊ごぼう市　　　御坊市　　田辺たなべ市　　　田邊市
新宮しんぐう市　　　新宮市　　紀の川きのかわ市　　紀之川市　岩出いわで市　　　岩出市

中国ちゅうごく地方　中國地方

鳥取県とっとりけん (4市) 鳥取縣

鳥取とっとり市　　　　鳥取市　　米子よなご市　　　米子市　　倉吉くらよし市　　倉吉市
境港さかいみなと市　　境港市

島根県しまねけん (8市) 島根縣

松江まつえ市　　　松江市　　浜田はまだ市　　　濱田市　　出雲いずも市　　　出雲市
益田ますだ市　　　益田市　　大田おおだ市　　　大田市　　安来やすぎ市　　　安來市
江津ごうつ市　　　江津市　　雲南うんなん市　　雲南市

岡山県おかやまけん (15市) 岡山縣

岡山おかやま市　岡山市

＊北きた区 北區 | 中なか区 中區 | 東ひがし区 東區 | 南みなみ区 南區

倉敷くらしき市　倉敷市　　津山つやま市　　　津山市　　玉野たまの市　　　玉野市
笠岡かさおか市　笠岡市　　井原いばら市　　　井原市　　総社そうじゃ市　　總社市
高梁たかはし市　高梁市　　新見にいみ市　　　新見市　　備前びぜん市　　　備前市
瀬戸内せとうち市　瀬戸內市　赤磐あかいわ市　　赤磐市　　真庭まにわ市　　　真庭市
美作みまさか市　美作市　　浅口あさくち市　　淺口市

広島県ひろしまけん （14市） 廣島縣

広島ひろしま市　廣島市

> ＊中なか区　中區｜東ひがし区　東區｜南みなみ区　南區｜西にし区　西區｜安佐南あさみなみ区　安佐南區｜安佐北あさきた区　安佐北區｜安芸あき区　安藝區｜佐伯さえき区　佐伯區

呉くれ市	呉市	竹原たけはら市	竹原市	三原みはら市	三原市
尾道おのみち市	尾道市	福山ふくやま市	福山市	府中ふちゅう市	府中市
三次みよし市	三次市	庄原しょうばら市	庄原市	大竹おおたけ市	大竹市
東広島ひがしひろしま市	東廣島市	廿日市はつかいち市	廿日市市		
安芸高田あきたかた市	安藝高田市	江田島えたじま市	江田島市		

山口県やまぐちけん （13市） 山口縣

山口やまぐち市	山口市	下関しものせき市	下關市	宇部うべ市	宇部市
萩はぎ市	荻市	防府ほうふ市	防府市	下松くだまつ市	下松市
岩国いわくに市	岩國市	光ひかり市	光市	長門ながと市	長門市
柳井やない市	柳井市	美祢みね市	美禰市	周南しゅうなん市	周南市
山陽小野田さんようおのだ市	山陽小野田市				

四国しこく地方　四國地方

徳島県とくしまけん （8市） 徳島縣

徳島とくしま市	徳島市	鳴門なると市	鳴門市	小松島こまつしま市	小松島市
阿南あなん市	阿南市	吉野川よしのがわ市	吉野川市	阿波あわ市	阿波市
美馬みま市	美馬市	三好みよし市	三好市		

香川県かがわけん （8市） 香川縣

高松たかまつ市	高松市	丸亀まるがめ市	丸龜市	坂出さかいで市	坂出市
善通寺ぜんつうじ市	善通寺市	観音寺かんおんじ市	觀音寺市	さぬき市	讃岐市
東ひがしかがわ市	東香川市	三豊みとよ市	三豐市		

愛媛県えひめけん （11市） 愛媛縣

松山まつやま市	松山市	今治いまばり市	今治市	宇和島うわじま市	宇和島市

八幡浜やわたはま市　八幡濱市　新居浜にいはま市　新居濱市　西条さいじょう市　　西條市
大洲おおず市　　　　大洲市　伊予いよ市　　　　伊予市　西予せいよ市　　　西予市
東温とうおん市　　　東溫市　四国中央しこくちゅうおう市　四國中央市

高知県こうちけん （11市） 高知縣

高知こうち市　　高知市　室戸むろと市　　　　室戸市　安芸あき市　　　　安藝市
南国なんこく市　南國市　土佐とさ市　　　　　土佐市　須崎すさき市　　　須崎市
宿毛すくも市　　宿毛市　土佐清水とさしみず市　土佐清水市　四万十しまんと市　四萬十市
香南こうなん市　香南市　香美かみ市　　　　　香美市

九州きゅうしゅう地方　九州地方

福岡県ふくおかけん （28市） 福岡縣

福岡ふくおか市　福岡市

＊東ひがし区　東區｜博多はかた区　博多區｜中央ちゅうおう区　中央區｜南区みなみ区　南區｜西にし区　西區｜城南じょうなん区　城南區｜早良さわら区　早良區

北九州きたきゅうしゅう市　北九州市

＊門司もじ区　門司區｜若松わかまつ区　若松區｜戸畑とばた区　戸畑區｜小倉北こくらきた区　小倉北區｜小倉南こくらみなみ区　小倉南區｜八幡東やはたひがし区　八幡東區｜八幡西やはたにし区　八幡西區

大牟田おおむた市　　大牟田市　久留米くるめ市　久留米市　直方のおがた市　直方市
飯塚いいづか市　　　飯塚市　田川たがわ市　　田川市　柳川やながわ市　柳川市
八女やめ市　　　　　八女市　筑後ちくご市　　筑後市　大川おおかわ市　大川市
行橋ゆくはし市　　　行橋市　豊前ぶぜん市　　豊前市　中間なかま市　中間市
小郡おごおり市　　　小郡市　筑紫野ちくしの市　筑紫野市　春日かすが市　春日市
糸島いとしま市　　　糸島市　古賀こが市　　　古賀市　福津ふくつ市　福津市
うきは市　　　　　　浮羽市　宮若みやわか市　　宮若市　嘉麻かま市　嘉麻市
朝倉あさくら市　　　朝倉市　みやま市　　　三山市　宗像むなかた市　宗像市
大野城おおのじょう市　大野城市　太宰府だざいふ市　太宰府市

佐賀県 さがけん （10市） 佐賀縣

佐賀さが市	佐賀市	唐津からつ市	唐津市	鳥栖とす市	鳥栖市
多久たく市	多久市	伊万里いまり市	伊萬里市	武雄たけお市	武雄市
鹿島かしま市	鹿島市	小城おぎ市	小城市	嬉野うれしの市	嬉野市
神埼かんざき市	神埼市				

長崎県 ながさきけん （13市） 長崎縣

長崎ながさき市	長崎市	佐世保させぼ市	佐世保市	島原しまばら市	島原市
諫早いさはや市	諫早市	大村おおむら市	大村市	平戸ひらど市	平戸市
松浦まつうら市	松浦市	対馬つしま市	對馬市	壱岐いき市	壱岐市
五島ごとう市	五島市	西海さいかい市	西海市	雲仙うんぜん市	雲仙市
南島原みなみしまばら市	南島原市				

熊本県 くまもとけん （14市） 熊本縣

熊本くまもと市 熊本市

＊中央ちゅうおう区 中央區｜東ひがし区 東區｜西にし区 西區｜南みなみ区 南區｜北きた区 北區

八代やつしろ市	八代市	人吉ひとよし市	人吉市	荒尾あらお市	荒尾市
水俣みなまた市	水俣市	玉名たまな市	玉名市	山鹿やまが市	山鹿市
菊池きくち市	菊池市	宇土うと市	宇土市	宇城うき市	宇城市
阿蘇あそ市	阿蘇市	天草あまくさ市	天草市	合志こうし市	合志市
上天草かみあまくさ市	上天草市				

大分県 おおいたけん （14市） 大分縣

大分おおいた市	大分市	別府べっぷ市	別府市	中津なかつ市	中津市
日田ひた市	日田市	佐伯さいき市	佐伯市	臼杵うすき市	臼杵市
津久見つくみ市	津久見市	竹田たけた市	竹田市	豊後高田ぶんごたかだ市	豐後高田市
杵築きつき市	杵築市	宇佐うさ市	宇佐市	豊後大野ぶんごおおの市	豐後大野市
由布ゆふ市	由布市	国東くにさき市	國東市		

宮崎県 みやざきけん （9市） 宮崎縣

宮崎みやざき市	宮崎市	都城みやこのじょう市	都城市	延岡のべおか市	延岡市
日南にちなん市	日南市	小林こばやし市	小林市	日向ひゅうが市	日向市

串間くしま市　　　串間市　　西都さいと市　　　　　西都市　えびの市　　　　　蝦野市

鹿児島県かごしまけん（19市）鹿兒島縣

鹿児島かごしま市　鹿兒島市　鹿屋かのや市　　　　鹿屋市　　枕崎まくらざき市　枕崎市
阿久根あくね市　　阿久根市　出水いずみ市　　　　出水市　　姶良あいら市　　　姶良市
指宿いぶすき市　　指宿市　　西之表にしのおもて市　西之表市　垂水たるみず市　　垂水市
日置ひおき市　　　日置市　　曽於そお市　　　　　曽於市　　霧島きりしま市　　霧島市
南みなみさつま市　南薩摩市　志布志しぶし市　　　志布志市　奄美あまみ市　　　奄美市
薩摩川内さつませんだい市　　薩摩川内市　　いちき串木野いちきくしきの市　市來串木野市
南九州みなみきゅうしゅう市　南九州市　　伊佐いさ市　　　　　　伊佐市

沖縄県おきなわけん（11市）沖繩縣

那覇なは市　　　那霸市　　宜野湾ぎのわん市　宜野灣市　石垣いしがき市　石垣市
浦添うらそえ市　浦添市　　名護なご市　　　名護市　　糸満いとまん市　系滿市
沖縄おきなわ市　沖繩市　　豊見城とみぐすく市　豊見城市　うるま市　　　宇流麻市
宮古島みやこじま市　宮古島市　　　　　　南城なんじょう市　南城市

日本的汽車區域號碼

日本國土交通省認為汽車號碼牌上標示上地名，有助於提高地區的知名度，更具有觀光的價值，所以決定將地名細分化，並將其稱為「ご当地とうちナンバー」。

北海道	札幌さっぽろ 札幌｜函館はこだて 函館｜帯広おびひろ 帶廣｜室蘭むろらん 室蘭｜釧路くしろ 旭川｜旭川あさひかわ 旭川｜北見きたみ 北見
青森県	青森あおもり 青森｜八戸はちのへ 八戸
秋田県	秋田あきた 秋田
岩手県	岩手いわて 岩手
山形県	山形やまがた 山形｜庄内しょうない 庄内
宮城県	宮城みやぎ｜仙台せんだい
福島県	福島ふくしま｜いわき｜会津あいづ
栃木県	とちぎ｜宇都宮うつのみや｜那須なす
群馬県	群馬ぐんま｜高崎たかさき
茨城県	水戸みと｜土浦つちうら｜つくば
埼玉県	大宮おおみや｜春日部かすかべ｜所沢ところざわ｜熊谷くまがや｜川越かわごえ
千葉県	千葉ちば｜習志野ならしの｜袖ヶ浦そでがうら｜野田のだ｜柏かしわ｜成田なりた
東京都	品川しながわ｜練馬ねりま｜足立あだち｜多摩たま｜八王子はちおうじ
神奈川県	横浜よこはま｜川崎かわさき｜相模さがみ｜湘南しょうなん
山梨県	山梨やまなし｜富士山ふじさん
静岡県	静岡しずおか｜沼津ぬまづ｜浜松はままつ｜伊豆いず｜富士山ふじさん
愛知県	名古屋なごや｜尾張小牧おわりこまき｜三河みかわ｜豊橋とよはし｜岡崎おかざき, 豊田とよた｜一宮いちのみや

長野県	長野ながの｜松本まつもと｜諏訪すわ
岐阜県	岐阜ぎふ｜飛騨ひだ
新潟県	新潟にいがた｜長岡ながおか
富山県	富山とやま
石川県	石川いしかわ｜金沢かなざわ
福井県	福井ふくい
三重県	三重みえ｜鈴鹿すずか
滋賀県	滋賀しが
京都府	京都きょうと
奈良県	奈良なら
和歌山県	和歌山わかやま
大阪府	大阪おおさか｜なにわ｜和泉いずみ｜堺さかい
兵庫県	神戸こうべ｜姫路ひめじ
鳥取県	鳥取とっとり
島根県	島根しまね
岡山県	岡山おかやま｜倉敷くらしき
広島県	広島ひろしま｜福山ふくやま
山口県	山口やまぐち｜下関しものせき
徳島県	徳島とくしま
香川県	香川かがわ
愛媛県	愛媛えひめ
高知県	高知こうち
福岡県	福岡ふくおか｜北九州きたきゅうしゅう｜久留米くるめ｜筑豊ちくほう
佐賀県	佐賀さが
長崎県	長崎ながさき｜佐世保させぼ
熊本県	熊本くまもと
大分県	大分おおいた
宮崎県	宮崎みやざき
鹿児島県	鹿児島かごしま
沖縄県	沖縄おきなわ

書末補充資料

あ

<ruby>愛想<rt>あい そ</rt></ruby>が<ruby>尽<rt>つ</rt></ruby>きる　討厭、沒有好感

<ruby>愛想<rt>あい そ</rt></ruby>が<ruby>悪<rt>わる</rt></ruby>い　惹人厭、不討人喜歡

<ruby>開<rt>あ</rt></ruby>いた<ruby>口<rt>くち</rt></ruby>が<ruby>塞<rt>ふさ</rt></ruby>がらない　目瞪口呆

<ruby>相手<rt>あい て</rt></ruby>のないけんかはできない
　　一個銅板拍不響

<ruby>会<rt>あ</rt></ruby>うは<ruby>別<rt>わか</rt></ruby>れの<ruby>始<rt>はじ</rt></ruby>め　相遇就是分離的開始

<ruby>阿吽<rt>あ うん</rt></ruby>の<ruby>呼吸<rt>こ きゅう</rt></ruby>が<ruby>合<rt>あ</rt></ruby>う　合而為一

<ruby>青筋<rt>あおすじ</rt></ruby>を<ruby>立<rt>た</rt></ruby>てる　氣得爆青筋

<ruby>青菜<rt>あお な</rt></ruby>に<ruby>塩<rt>しお</rt></ruby>　無精打采、垂頭喪氣

<ruby>青<rt>あお</rt></ruby>は<ruby>藍<rt>あい</rt></ruby>より<ruby>出<rt>い</rt></ruby>でて、<ruby>藍<rt>あい</rt></ruby>より<ruby>青<rt>あお</rt></ruby>し
　　青出於藍而更勝於藍

<ruby>赤子<rt>あか ご</rt></ruby>の<ruby>手<rt>て</rt></ruby>をひねる
　　易如反掌、不費吹灰之力

<ruby>秋風<rt>あきかぜ</rt></ruby>が<ruby>立<rt>た</rt></ruby>つ　秋風般冷冰冰

<ruby>秋茄子<rt>あき なすび</rt></ruby><ruby>嫁<rt>よめ</rt></ruby>に<ruby>食<rt>く</rt></ruby>わすな
　　新嫁娘吃不得秋天的茄子

<ruby>秋<rt>あき</rt></ruby>の<ruby>日<rt>ひ</rt></ruby>は<ruby>釣瓶落<rt>つるべ おと</rt></ruby>し
　　秋天的日落好比水桶掉入井中的快

<ruby>悪妻<rt>あくさい</rt></ruby>は<ruby>百年<rt>ひゃくねん</rt></ruby>の<ruby>不作<rt>ふ さく</rt></ruby>　娶到惡妻倒楣一輩子

<ruby>悪事千里<rt>あくじ せん り</rt></ruby>を<ruby>走<rt>はし</rt></ruby>る　壞事傳千里

<ruby>悪銭身<rt>あくせん み</rt></ruby>に<ruby>付<rt>つ</rt></ruby>かず　不義之財不久留

<ruby>朝<rt>あした</rt></ruby>に<ruby>道<rt>みち</rt></ruby>を<ruby>聞<rt>き</rt></ruby>けばゆうべに<ruby>死<rt>し</rt></ruby>すとも<ruby>可<rt>か</rt></ruby>
なり　朝聞道，夕死可矣

<ruby>朝飯前<rt>あさめしまえ</rt></ruby>　輕而易舉、跟吃飯一樣簡單

<ruby>東男<rt>あずまおとこ</rt></ruby>に<ruby>京女<rt>きょうおんな</rt></ruby>
　　關東男人魁梧，京都婦女秀麗

<ruby>悪貨<rt>あっ か</rt></ruby>は<ruby>良貨<rt>りょう か</rt></ruby>を<ruby>駆逐<rt>く ちく</rt></ruby>する　劣幣驅逐良幣

<ruby>羹<rt>あつもの</rt></ruby>に<ruby>懲<rt>こ</rt></ruby>りて<ruby>膾<rt>なます</rt></ruby>を<ruby>吹<rt>ふ</rt></ruby>く　一朝被蛇咬

<ruby>後<rt>あと</rt></ruby>の<ruby>祭<rt>まつ</rt></ruby>り　為時已晚

あとは<ruby>野<rt>の</rt></ruby>となれ<ruby>山<rt>やま</rt></ruby>となれ
　　無需為明日憂慮

あばたもえくぼ　情人眼裡出西施

<ruby>雨<rt>あま</rt></ruby>だれ<ruby>石<rt>いし</rt></ruby>をうがつ　滴水穿石

<ruby>雨降<rt>あめ ふ</rt></ruby>って<ruby>地固<rt>じ かた</rt></ruby>まる
　　不打不相識、有破壞才有建設

<ruby>危<rt>あや</rt></ruby>うきこと<ruby>累卵<rt>るいらん</rt></ruby>の<ruby>如<rt>ごと</rt></ruby>し　危如累卵

い

<ruby>言<rt>い</rt></ruby>うは<ruby>易<rt>やす</rt></ruby>く<ruby>行<rt>おこな</rt></ruby>うは<ruby>難<rt>かた</rt></ruby>し　知易行難

生き<ruby>馬<rt>うま</rt></ruby>の<ruby>目<rt>め</rt></ruby>を<ruby>抜<rt>ぬ</rt></ruby>く
雁過拔毛，須謹慎行事

<ruby>石<rt>いし</rt></ruby>の<ruby>上<rt>うえ</rt></ruby>にも<ruby>三年<rt>さんねん</rt></ruby>　水到渠成、戲棚下站久
就是你的、媳婦熬成婆

<ruby>石橋<rt>いしばし</rt></ruby>を<ruby>叩<rt>たた</rt></ruby>いて<ruby>渡<rt>わた</rt></ruby>る　戒慎小心

<ruby>医者<rt>いしゃ</rt></ruby>の<ruby>不養生<rt>ふようじょう</rt></ruby>　醫生光說不做

<ruby>衣食<rt>いしょく</rt></ruby><ruby>足<rt>た</rt></ruby>りて<ruby>礼節<rt>れいせつ</rt></ruby>を<ruby>知<rt>し</rt></ruby>る
衣食足而知榮辱

<ruby>磯<rt>いそ</rt></ruby>の<ruby>鮑<rt>あわび</rt></ruby>の<ruby>片思<rt>かたおも</rt></ruby>い
單相思、落花有意流水無情

<ruby>急<rt>いそ</rt></ruby>がば<ruby>回<rt>まわ</rt></ruby>れ　欲速則不達

<ruby>一事<rt>いちじ</rt></ruby>が<ruby>万事<rt>ばんじ</rt></ruby>　觸類旁通

<ruby>一難<rt>いちなん</rt></ruby><ruby>去<rt>さ</rt></ruby>ってまた<ruby>一難<rt>いちなん</rt></ruby>
一波未平一波又起

<ruby>一年<rt>いちねん</rt></ruby>の<ruby>計<rt>けい</rt></ruby>は<ruby>元旦<rt>がんたん</rt></ruby>にあり
一年之計在於春

<ruby>一葉<rt>いちよう</rt></ruby><ruby>落<rt>お</rt></ruby>ちて<ruby>天下<rt>てんか</rt></ruby>の<ruby>秋<rt>あき</rt></ruby>を<ruby>知<rt>し</rt></ruby>る　一葉知秋

<ruby>一<rt>いち</rt></ruby>を<ruby>聞<rt>き</rt></ruby>いて<ruby>十<rt>じゅう</rt></ruby>を<ruby>知<rt>し</rt></ruby>る　聞一知十

<ruby>一寸<rt>いっすん</rt></ruby>の<ruby>虫<rt>むし</rt></ruby>にも<ruby>五分<rt>ごぶ</rt></ruby>の<ruby>魂<rt>たましい</rt></ruby>
一息尚存，莫輕言放棄

<ruby>命<rt>いのち</rt></ruby>あっての<ruby>物種<rt>ものだね</rt></ruby>
留得青山在，不怕沒柴燒

<ruby>井<rt>い</rt></ruby>の<ruby>中<rt>なか</rt></ruby>の<ruby>蛙<rt>かわず</rt></ruby>　井底之蛙

いろはの「い」の<ruby>字<rt>じ</rt></ruby>も<ruby>知<rt>し</rt></ruby>らない
一竅不通

<ruby>上<rt>うえ</rt></ruby>には<ruby>上<rt>うえ</rt></ruby>がある　人上有人天外有天

<ruby>魚心<rt>うおごころ</rt></ruby>あれば<ruby>水心<rt>みずごころ</rt></ruby>　魚幫水水幫魚

<ruby>牛<rt>うし</rt></ruby>に<ruby>引<rt>ひ</rt></ruby>かれて<ruby>善光寺<rt>ぜんこうじ</rt></ruby><ruby>参<rt>まい</rt></ruby>り　因緣際會

<ruby>嘘<rt>うそ</rt></ruby>から<ruby>出<rt>で</rt></ruby>たまこと　弄假成真

<ruby>嘘<rt>うそ</rt></ruby>も<ruby>方便<rt>ほうべん</rt></ruby>　善意的謊言

ウドの<ruby>大木<rt>たいぼく</rt></ruby>　大而無用、徒有其表

<ruby>鵜<rt>う</rt></ruby>のまねをする<ruby>烏<rt>からす</rt></ruby>　東施效顰

<ruby>馬<rt>うま</rt></ruby>には<ruby>乗<rt>の</rt></ruby>ってみよ、<ruby>人<rt>ひと</rt></ruby>には<ruby>添<rt>そ</rt></ruby>うてみよ　路遙知馬力，日久見人心

<ruby>馬<rt>うま</rt></ruby>の<ruby>耳<rt>みみ</rt></ruby>に<ruby>念仏<rt>ねんぶつ</rt></ruby>　對牛彈琴、耳邊風

<ruby>海<rt>うみ</rt></ruby>に<ruby>千年<rt>せんねん</rt></ruby><ruby>山<rt>やま</rt></ruby>に<ruby>千年<rt>せんねん</rt></ruby>　老奸巨猾

<ruby>生<rt>う</rt></ruby>みの<ruby>親<rt>おや</rt></ruby>より<ruby>育<rt>そだ</rt></ruby>ての<ruby>親<rt>おや</rt></ruby>
生育之恩不及養育之恩

<ruby>恨<rt>うら</rt></ruby>み<ruby>骨髄<rt>こつずい</rt></ruby>に<ruby>徹<rt>てっ</rt></ruby>する　恨之入骨

<ruby>売<rt>う</rt></ruby>り<ruby>言葉<rt>ことば</rt></ruby>に<ruby>買<rt>か</rt></ruby>い<ruby>言葉<rt>ことば</rt></ruby>　以牙還牙

<ruby>瓜<rt>うり</rt></ruby>の<ruby>蔓<rt>つる</rt></ruby>に<ruby>茄子<rt>なすび</rt></ruby>はならぬ
烏鴉生不出鳳凰、龍生龍鳳生鳳

噂をすれば影　説人人到、説曹操曹操到

英雄色を好む　英雄難過美人關

江戸の敵を長崎で討つ
　　總有報仇的一天

絵に描いた餅　看得到吃不到

燕雀安んぞ鴻鵠の志を知らんや
　　燕雀焉知鴻鵠之志

老いては子に従え
　　老則從子

鬼に金棒　如虎添翼

鬼のいぬ間に洗濯
　　山中無老虎，猴子當大王

思い立ったが吉日
　　日日是好日、當機立斷

親ばか子ばか　傻父母傻孩子

恩をあだで返す　恩將仇報

飼い犬に手を噛まれる　養虎為患

カエルの子はカエル
　　龍生龍鳳生鳳、有其父必有其子

苛政は虎よりも猛し　苛政猛於虎

勝てば官軍、負ければ賊軍
　　勝者為王敗者為寇

瓜田に履を納れず
　　瓜田李下、別在瓜田中綁鞋帶

鼎の軽重を問う
　　問鼎輕重、取代權勢者的地位

壁に耳あり障子に目あり　隔牆有耳

借りてきたネコ　裝老實

かわいい子には旅をさせよ
　　越疼愛的孩子越得讓他出去見識

肝胆相照らす　肝膽相照

官鮑の交わり　管鮑之交、知己之交

机上の空論　紙上談兵

木に縁りて魚を求む　緣木求魚

書末補充資料

九死一生を得る　九死一生
<ruby>九<rt>きゅう</rt></ruby><ruby>死<rt>し</rt></ruby><ruby>一<rt>に</rt></ruby><ruby>生<rt>いっしょう</rt></ruby>を<ruby>得<rt>え</rt></ruby>る

漁夫の利　漁翁得利
<ruby>漁<rt>ぎょ</rt></ruby><ruby>夫<rt>ふ</rt></ruby>の<ruby>利<rt>り</rt></ruby>

愚公、山を移す　愚公移山
<ruby>愚<rt>ぐ</rt></ruby><ruby>公<rt>こう</rt></ruby>、<ruby>山<rt>やま</rt></ruby>を<ruby>移<rt>うつ</rt></ruby>す

腐っても鯛　瘦死的駱駝比馬大
<ruby>腐<rt>くさ</rt></ruby>っても<ruby>鯛<rt>たい</rt></ruby>

君子は豹変す　君子豹變，小人革面
<ruby>君<rt>くん</rt></ruby><ruby>子<rt>し</rt></ruby>は<ruby>豹<rt>ひょう</rt></ruby><ruby>変<rt>へん</rt></ruby>す

君子の交わりは淡きこと水の如し
<ruby>君<rt>くん</rt></ruby><ruby>子<rt>し</rt></ruby>の<ruby>交<rt>まじ</rt></ruby>わりは<ruby>淡<rt>あわ</rt></ruby>きこと<ruby>水<rt>みず</rt></ruby>の<ruby>如<rt>ごと</rt></ruby>し
　　君子之交淡如水

鶏群の一鶴　鶴立雞群
<ruby>鶏<rt>けい</rt></ruby><ruby>群<rt>ぐん</rt></ruby>の<ruby>一<rt>いっ</rt></ruby><ruby>鶴<rt>かく</rt></ruby>

鶏口となるも牛後となるなかれ
<ruby>鶏<rt>けい</rt></ruby><ruby>口<rt>こう</rt></ruby>となるも<ruby>牛<rt>ぎゅう</rt></ruby><ruby>後<rt>ご</rt></ruby>となるなかれ
　　寧為雞口不為牛後

けがの功名　歪打正著、因禍得福
けがの<ruby>功<rt>こう</rt></ruby><ruby>名<rt>みょう</rt></ruby>

犬猿の仲　水火不容
<ruby>犬<rt>けん</rt></ruby><ruby>猿<rt>えん</rt></ruby>の<ruby>仲<rt>なか</rt></ruby>

光陰矢の如し　光陰似箭
<ruby>光<rt>こう</rt></ruby><ruby>陰<rt>いん</rt></ruby><ruby>矢<rt>や</rt></ruby>の<ruby>如<rt>ごと</rt></ruby>し

後悔先に立たず　後悔無用
<ruby>後<rt>こう</rt></ruby><ruby>悔<rt>かい</rt></ruby><ruby>先<rt>さき</rt></ruby>に<ruby>立<rt>た</rt></ruby>たず

弘法筆を選ばず
<ruby>弘<rt>こう</rt></ruby><ruby>法<rt>ぼう</rt></ruby><ruby>筆<rt>ふで</rt></ruby>を<ruby>選<rt>えら</rt></ruby>ばず
　　善將不擇兵，善書不擇筆

弘法にも筆の誤り　智者千慮必有一失
<ruby>弘<rt>こう</rt></ruby><ruby>法<rt>ぼう</rt></ruby>にも<ruby>筆<rt>ふで</rt></ruby>の<ruby>誤<rt>あやま</rt></ruby>り

故郷へ錦を飾る　衣錦還郷
<ruby>故<rt>こ</rt></ruby><ruby>郷<rt>きょう</rt></ruby>へ<ruby>錦<rt>にしき</rt></ruby>を<ruby>飾<rt>かざ</rt></ruby>る

虎穴に入らずんば虎児を得ず
<ruby>虎<rt>こ</rt></ruby><ruby>穴<rt>けつ</rt></ruby>に<ruby>入<rt>い</rt></ruby>らずんば<ruby>虎<rt>こ</rt></ruby><ruby>児<rt>じ</rt></ruby>を<ruby>得<rt>え</rt></ruby>ず
　　不入虎穴焉得虎子

五十歩百歩　五十歩笑百歩、半斤八兩
<ruby>五<rt>ご</rt></ruby><ruby>十<rt>じっ</rt></ruby><ruby>歩<rt>ぽ</rt></ruby><ruby>百<rt>ひゃっ</rt></ruby><ruby>歩<rt>ぽ</rt></ruby>

骨肉の争い　骨肉相殘
<ruby>骨<rt>こつ</rt></ruby><ruby>肉<rt>にく</rt></ruby>の<ruby>争<rt>あらそ</rt></ruby>い

歳月人を待たず　歳月不饒人
<ruby>歳<rt>さい</rt></ruby><ruby>月<rt>げつ</rt></ruby><ruby>人<rt>ひと</rt></ruby>を<ruby>待<rt>ま</rt></ruby>たず

先んずれば人を制す　先發制人、先下手為強
<ruby>先<rt>さき</rt></ruby>んずれば<ruby>人<rt>ひと</rt></ruby>を<ruby>制<rt>せい</rt></ruby>す

砂上の楼閣　海市蜃樓
<ruby>砂<rt>さ</rt></ruby><ruby>上<rt>じょう</rt></ruby>の<ruby>楼<rt>ろう</rt></ruby><ruby>閣<rt>かく</rt></ruby>

サルも木から落ちる　人有失足馬有失蹄
サルも<ruby>木<rt>き</rt></ruby>から<ruby>落<rt>お</rt></ruby>ちる

去る者は追わず　逝者已矣
<ruby>去<rt>さ</rt></ruby>る<ruby>者<rt>もの</rt></ruby>は<ruby>追<rt>お</rt></ruby>わず

去る者は日々に疎し　分離會使人日漸疏遠
<ruby>去<rt>さ</rt></ruby>る<ruby>者<rt>もの</rt></ruby>は<ruby>日<rt>ひ</rt></ruby><ruby>々<rt>び</rt></ruby>に<ruby>疎<rt>うと</rt></ruby>し

触らぬ神にたたりなし　明哲保身
<ruby>触<rt>さわ</rt></ruby>らぬ<ruby>神<rt>かみ</rt></ruby>にたたりなし

三顧の礼　三顧茅廬
<ruby>三<rt>さん</rt></ruby><ruby>顧<rt>こ</rt></ruby>の<ruby>礼<rt>れい</rt></ruby>

三十六計逃げるにしかず
　三十六計走為上策

山椒は小粒でもぴりりと辛い
　短小精幹

書末補充資料

し

地獄の沙汰も金次第　有錢能使鬼推磨

釈迦に説法　班門弄斧

蛇の道は蛇　物以類聚

十年一昔　十年如隔世

出藍の誉れ　青出於藍更勝於藍

朱に交われば赤くなる
　近朱者赤近墨者黑

小人閑居して不善を為す
　小人閒居為不善

少年老い易く学成り難し
　少年易學老難成

知らぬが仏　眼不見為淨

人事を尽くして天命を待つ
　盡人事聽天命

す

水魚の交わり　魚水交融

過ぎたるはなお及ばざるがごとし
　過猶不及

空き腹にまずいものなし
　餓肚子時萬物皆美味

住めば都　久居自安

せ

精神一到何事か成らざらん
　精神一到，何事不成

清濁併せ呑む　來者不拒、胸襟寬廣

青天の霹靂　晴天霹靂

先見の明　先見之明

船頭多くして船山に登る
　人多嘴雜、人多反誤事

善は急げ　即時行善

千里の道も一歩より
　千里之行始於足下

そ

糟糠の妻　糟糠之妻不可棄

備えあれば憂いなし　有備無患

た

泰山鳴動して鼠一匹　雷聲大雨點小

宝の持ち腐れ　暴殄天物

多芸は無芸　樣樣精通樣樣稀鬆

他山の石　他山之石

ただより高いものはない　　沒有白吃的午餐

立て板に水　口若懸河

棚からぼた餅　天上掉下來的好運

ち

竹馬の友　青梅竹馬

ちりも積もれば山となる　積沙成塔

て

月とすっぽん　天壤之別

て

出る杭は打たれる

煩惱皆因強出頭、樹大招風

天高く馬肥ゆる秋　天高馬肥

天は自ら助くる者を助く　　天助自助者

と

灯火親しむべき候　涼秋好讀天

灯台もと暗し　當局者迷

同病相憐れむ　同病相憐

遠くの親戚より近ちかくの他人　　遠親不如近鄰

毒を以て毒を制す　以毒攻毒

塗炭の苦しみ　生靈塗炭

隣の花は赤い　　外國的月亮比較圓

捕らぬ狸の皮算用　　打如意算盤

虎の威を借る狐　狐假虎威

虎は死して皮を残し、人は死して名を残す　虎死留皮，人死留名

泥棒を捕らえて縄をなう　毫無準備

ドングリの背比べ　半斤八兩、不相上下

トンビが鷹を生む
　　歹竹出好筍、烏鴉窩裡出鳳凰

な

泣いて馬謖を斬る　揮涙斬馬稷

泣き面に蜂　禍不單行、屋漏偏逢連夜雨

七転び八起き　人生峰迴路轉

に

人間万事塞翁が馬　塞翁失馬焉知非福

ね

寝耳に水　晴天霹靂

の

嚢中の錐　嚢中之錐

は

敗軍の将は兵を語らず
　敗軍之將不言勇

背水の陣　背水一戰

白髪三千丈　綿綿離愁

破竹の勢い　勢如破竹

花より団子　捨華求實

万事休す　萬事休矣

ひ

日暮れて道遠し
　任重而道遠、老大徒傷悲

火のないところに煙は立たぬ
　無風不起浪

百聞は一見に如かず　百聞不如一見

ふ

風前の灯火　風中殘燭

夫婦げんかはイヌも食わぬ
　夫妻吵嘴乃家常便飯

覆水、盆に返らず　覆水難收

袋のネズミ　嚢中之物

武士は食わねど高楊枝　君子不露餓相

豚に真珠　給豬珍珠、對牛彈琴

舟に刻みて剣を求む　刻舟求劍

刎頸の交わり　刎頸之交

書末補充資料

ほ

坊主憎けりゃ袈裟まで憎い
　　憎其人及其物

ま

馬子にも衣装　人要衣装佛要金装

待てば海路の日よりあり
　　耐心等待總有時來運轉、否極泰來

み

ミイラ取りがミイラになる　適得其反

身から出たさび　自作自受、自食惡果

水清ければ魚棲まず　水不清無魚

三つ子の魂百まで　江山易改本性難移

む

無用の長物　無用之物

む

名物にうまいものなし
　　名産沒有好吃的；名不符實

目くそ鼻くそを笑う
　　五十歩笑百歩、半斤八兩

目の上のたんこぶ　眼中釘

も

孟母三遷の教え　孟母三遷

求めよ、さらば与えられん
　　你們祈求，就給你們

門前市を成す　門庭若市

門前の小僧、習わぬ経を読む
　　耳濡目染

や

焼け石に水　杯水車薪

安物買いの銭失い　貪小便宜吃大虧

病膏肓に入る　病入膏肓

ゆ

有終の美　善始善終

よ

弱り目に祟り目　禍不單行

ら

楽あれば苦あり　有苦有樂、苦樂參半

り

李下に冠を正さず　瓜田李下、別在李
樹下調帽子

良薬は口に苦し　良藥苦口、忠言逆耳

る

類は友を呼ぶ　物以類聚

ろ

論より証拠　事實勝於雄辯

わ

若いときの苦労は買うてもせよ
　辛苦趁年輕

災いを転じて福となす
　化險為夷、轉禍為福

笑う門には福来たる　和氣呈祥

割れ鍋にとじ蓋　破鍋配破蓋

あ

愛別離苦	あいべつりく	愛別離苦
曖昧模糊	あいまいもこ	曖昧模糊
悪事千里	あくじせんり	壞事傳千里
悪戦苦闘	あくせんくとう	刻苦奮鬥
阿鼻叫喚	あびきょうかん	痛苦哀嚎
暗中模索	あんちゅうもさく	

海裡撈針、漆黑中摸索

安寧秩序	あんねいちつじょ	安寧秩序

い

意気軒昂	いきけんこう	氣宇軒昂
意気消沈	いきしょうちん	意志消沉
意気衝天	いきしょうてん	氣勢沖天
意気投合	いきとうごう	氣味相投
意気揚々	いきようよう	得意洋洋
異口同音	いくどうおん	異口同聲
意志薄弱	いしはくじゃく	意志薄弱
医食同源	いしょくどうげん	醫食同源
以心伝心	いしんでんしん	心有靈犀
一意専心	いちいせんしん	專心一意
一衣帯水	いちいたいすい	一衣帶水
一言一行	いちげんいっこう	一言一行
一言居士	いちげんこじ	

事事都有自己意見的人

一期一会	いちごいちえ	一期一會

一言一句	いちごんいっく	一言一語
一言半句	いちごんはんく	隻字片語
一字千金	いちじせんきん	一字千金
一日千秋	いちじつせんしゅう	一日三秋
一日之長	いちじつのちょう	

高明者自我謙稱之語；略高一等

一汁一菜	いちじゅういっさい	一湯一菜
一族郎党	いちぞくろうとう	滿門家眷
一諾千金	いちだくせんきん	一諾千金
一日一善	いちにちいちぜん	日行一善
一念発起	いちねんほっき	一念發起
一罰百戒	いちばつひゃっかい	懲一儆百
一病息災	いちびょうそくさい	

患一病而得長生

一部始終	いちぶしじゅう	從一而終
一望千里	いちぼうせんり	一望無際
一網打尽	いちもうだじん	一網打盡
一目瞭然	いちもくりょうぜん	一目瞭然
一問一答	いちもんいっとう	一問一答
一陽来復	いちようらいふく	禍去福來
一蓮托生	いちれんたくしょう	同生共死
一攫千金	いっかくせんきん	一攫千金
一家眷属	いっかけんぞく	一家人
一喜一憂	いっきいちゆう	一喜一憂
一気呵成	いっきかせい	一氣呵成
一騎当千	いっきとうせん	萬夫莫敵
一挙一動	いっきょいちどう	一舉一動
一挙両得	いっきょりょうとく	一舉兩得

書末補充資料

一国一城 いっこくいちじょう　　　獨立一國
一刻千金 いっこくせんきん　　　一刻千金
一視同仁 いっしどうじん　　　一視同仁
一瀉千里 いっしゃせんり　　　一瀉千里
一宿一飯 いっしゅくいっぱん　　　一飯之恩
一触即発 いっしょくそくはつ　　　一觸即發
一進一退 いっしんいったい　　　而近而退
一心同体 いっしんどうたい　　　兩人同心
一心不乱 いっしんふらん　　　專心一意
一世一代 いっせいちだい　　　一生一次
一石二鳥 いっせきにちょう　　　一石二鳥
一致団結 いっちだんけつ　　　團結一致
一朝一夕 いっちょういっせき　　　一朝一夕
一長一短 いっちょういったん　　　一長一短
一刀両断 いっとうりょうだん　　　一刀兩斷
一得一失 いっとくいっしつ　　　一得一失
意味深長 いみしんちょう　　　意味深長
因果応報 いんがおうほう　　　因果報應
慇懃無礼 いんぎんぶれい　　　假殷勤

う

有為転変 ういてんぺん　　　無常變換
右往左往 うおうさおう　　　四處逃竄
羽化登仙 うかとうせん　　　羽化成仙
烏合の衆 うごうのしゅう　　　烏合之眾
右顧左眄 うこさべん　　　左顧右盼
雨後の筍 うごのたけのこ　　　雨後春筍
有象無象 うぞうむぞう　　　有象無象
海千山千 うみせんやません　　　老奸巨猾
有耶無耶 うやむや　　　含糊不清

紆余曲折 うよきょくせつ　　　曲折離奇
雲散霧消 うんさんむしょう　　　煙消雲散

え

永久不変 えいきゅうふへん　　　恆久不變
栄枯盛衰 えいこせいすい　　　榮枯盛衰
英雄好色 えいゆうこうしょく　　　君子好逑
会者定離 えしゃじょうり　　天下無不散宴席

お

岡目八目 おかめはちもく　　　旁觀者清
温故知新 おんこちしん　　　溫故知新
音信不通 おんしんふつう　　　音信不通
乳母日傘 おんばひがさ　　　過度保護

か

外交辞令 がいこうじれい　　　客套話
外剛内柔 がいごうないじゅう　　外剛內柔
外柔内剛 がいじゅうないごう　　外柔內剛
街談巷説 がいだんこうせつ　　街談巷議
快刀乱麻 かいとうらんま　　快刀亂麻
偕老同穴 かいろうどうけつ　　白頭偕老
下学上達 かがくじょうたつ　　上學下達
呵々大笑 かかたいしょう　　哈哈大笑
華燭之典 かしょくのてん　　華燭之典
臥薪嘗胆 がしんしょうたん　　臥薪嘗膽
佳人薄命 かじんはくめい　　紅顏薄命
花鳥風月 かちょうふうげつ　　花鳥風月

隔靴搔痒	かっかそうよう		隔靴搔癢
合従連衡	がっしょうれんこう		合縱連横
我田引水	がでんいんすい		自私自利
瓜田李下	かでんりか		瓜田李下
画竜点睛	がりょうてんせい		畫龍點睛
苛斂誅求	かれんちゅうきゅう		苛斂誅求
夏炉冬扇	かろとうせん		無用之人
感慨無量	かんがいむりょう		感慨萬千
侃々諤々	かんかんがくがく		侃侃而談
緩急自在	かんきゅうじざい		縱横無礙
冠婚葬祭	かんこんそうさい		婚喪喜慶
勧善懲悪	かんぜんちょうあく		勸善罰惡
完全無欠	かんぜんむけつ		完美無瑕
邯鄲之夢	かんたんのゆめ		邯鄲之夢
艱難辛苦	かんなんしんく		艱難辛苦
閑話休題	かんわきゅうだい		言歸正傳

危機一髪	ききいっぱつ		千鈞一髮
起死回生	きしかいせい		起死回生
起承転結	きしょうてんけつ		起承轉合
喜色満面	きしょくまんめん		喜形於色
疑心暗鬼	ぎしんあんき		疑心生暗鬼
奇想天外	きそうてんがい		異想天開
吉凶禍福	きっきょうかふく		吉凶禍福
喜怒哀楽	きどあいらく		喜怒哀樂
牛飲馬食	ぎゅういんばしょく		大吃大喝
九牛一毛	きゅうぎゅういちもう		九牛一毛
九死一生	きゅうしいっしょう		九死一生
旧態依然	きゅうたいいぜん		依然故我

急転直下	きゅうてんちょっか		急轉直下
驚天動地	きょうてんどうち		驚天動地
興味津々	きょうみしんしん		津津有味
虚々実々	きょきょじつじつ		虛虛實實
曲学阿世	きょくがくあせい		趨炎附勢
旭日昇天	きょくじつしょうてん		旭日東昇
玉石混淆	ぎょくせきこんこう		玉石混淆
虚心坦懐	きょしんたんかい		虛懷若谷
漁夫之利	ぎょふのり		漁翁之利
毀誉褒貶	きよほうへん		毀譽褒貶
金科玉条	きんかぎょくじょう		金科玉律
金城湯池	きんじょうとうち		銅牆鐵壁

空前絶後	くうぜんぜつご		空前絕後
苦尽甘来	くじんかんらい		苦盡甘來
苦心惨憺	くしんさんたん		煞費苦心
薬九層倍	くすりくそうばい		得取暴利
群雄割拠	ぐんゆうかっきょ		群雄割據

鯨飲馬食	げいいんばしょく		暴飲暴食
軽挙妄動	けいきょもうどう		輕舉妄動
鶏群一鶴	けいぐんいっかく		鶴立雞群
鶏口牛後	けいこうぎゅうご		雞口牛後
経世済民	けいせいさいみん		經世濟民
蛍雪之功	けいせつのこう		勤奮苦學
鶏鳴狗盗	けいめいくとう		雞鳴狗盜
月下氷人	げっかひょうじん		月下老人

牽強付会 けんきょうふかい　　　　牽強附會
喧喧囂囂 けんけんごうごう　　　　喧囂塵上
言行一致 げんこういっち　　　　　言行一致
乾坤一擲 けんこんいってき　　　　一擲乾坤
捲土重来 けんどちょうらい　　　　捲土重來
堅忍不抜 けんにんふばつ　　　　　堅忍不拔
権謀術数 けんぼうじゅっすう　　　權謀之術

故事来歴 こじらいれき　　　　　故事起源
五臓六腑 ごぞうろっぷ　　　　　五臟六腑
誇大妄想 こだいもうそう　　　　誇張妄想
刻苦勉励 こっくべんれい　　　　刻苦勉學
孤立無援 こりつむえん　　　　　孤立無援
五里霧中 ごりむちゅう　　　　　五里霧中
言語道断 ごんごどうだん　　　　荒謬至極
渾然一体 こんぜんいったい　　　渾然一體

豪華絢爛 ごうかけんらん　　　　豪華炫爛
厚顔無恥 こうがんむち　　　　　厚顏無恥
綱紀粛正 こうきしゅくせい　　　整頓紀律
巧言令色 こうげんれいしょく　　巧言令色
好事多魔 こうじたま　　　　　　好事多磨
浩然之気 こうぜんのき　　　　　浩然正氣
荒唐無稽 こうとうむけい　　　　荒唐無稽
公序良俗 こうじょりょうぞく　　公序良俗
豪放磊落 ごうほうらいらく　　　豪放磊落
公明正大 こうめいせいだい　　　光明正大
甲論乙駁 こうろんおつばく
　　　　　　　　意見不一、甲論乙駁
呉越同舟 ごえつどうしゅう　　　吳越同舟
国士無双 こくしむそう　　　　　當代無雙
極楽往生 ごくらくおうじょう　　極樂往生
極楽浄土 ごくらくじょうど　　　極樂淨土
孤軍奮闘 こぐんふんとう　　　　孤軍奮鬥
古今東西 ここんとうざい　　　　古今東西
虎視眈々 こしたんたん　　　　　虎視眈眈
古色蒼然 こしょくそうぜん
　　　　　　　古意盎然、古色古香

才色兼備 さいしょくけんび　　　才貌兼具
左顧右眄 さこうべん　　　　　　左顧右盼
三寒四温 さんかんしおん　　　　三天寒四天暖
三々五々 さんさんごご　　　　　三三兩兩
山紫水明 さんしすいめい　　　　山明水秀
賛否両論 さんぴりょうろん　　　正反兩論
三位一体 さんみいったい　　　　三位一體
三面六臂 さんめんろっぴ　　　　三頭六臂

自画自賛 じがじさん　　　　　　自賣自誇
自家撞着 じかどうちゃく　　　　自我矛盾
時期尚早 じきしょうそう　　　　時機尚早
色即是空 しきそくぜくう　　　　色即是空
時機到来 じきとうらい　　　　　時機到來
自給自足 じきゅうじそく　　　　自給自足
四苦八苦 しくはっく　　　　　　四苦八苦
試行錯誤 しこうさくご　　　　　試行錯誤
自業自得 じごうじとく　　　　　自作自受

自己嫌悪	じこけんお	自我厭惡
時々刻々	じじこっこく	時時刻刻
事実無根	じじつむこん	毫無根據、憑空捏造
自縄自縛	じじょうじばく	作繭自縛
自信満々	じしんまんまん	自信滿滿
自然淘汰	しぜんとうた	自然淘汰
時代錯誤	じだいさくご	落伍
事大主義	じだいしゅぎ	以小事大
七転八倒	しちてんばっとう	一再而再跌倒
四通八達	しつうはったつ	四通八達
質実剛健	しつじつごうけん	身強體壯
叱咤激励	しったげきれい	鼓舞激勵
自暴自棄	じぼうじき	自暴自棄
四面楚歌	しめんそか	四面楚歌
自問自答	じもんじとう	自問自答
弱肉強食	じゃくにくきょうしょく	弱肉強食
社交辞令	しゃこうじれい	社交辭令
縦横無尽	じゅうおうむじん	無拘無束、自由自在
自由闊達	じゆうかったつ	自由豁達
終始一貫	しゅうしいっかん	始終一致
自由自在	じゆうじざい	自由自在
衆人環視	しゅうじんかんし	眾人環伺
十人十色	じゅうにんといろ	一種米百樣人
十年一日	じゅうねんいちじつ	十年如一日
自由奔放	じゆうほんぽう	自由奔放
主客転倒	しゅかくてんとう	主客易位
取捨選択	しゅしゃせんたく	選擇取捨
首鼠両端	しゅそりょうたん	躊躇不前
酒池肉林	しゅちにくりん	酒池肉林
出処進退	しゅっしょしんたい	職務進退

出藍之誉	しゅつらんのほまれ	青出於藍更勝於藍
首尾一貫	しゅびいっかん	頭尾一致
純真無垢	じゅんしんむく	純真無邪
順風満帆	じゅんぷうまんぱん	一帆風順
上意下達	じょういかたつ	上情下達
笑止千万	しょうしせんばん	貽笑大方
盛者必衰	じょうしゃひっすい	盛者必衰
正真正銘	しょうしんしょうめい	道道地地、不折不扣
少壮気鋭	しょうそうきえい	年輕氣盛
枝葉末節	しようまっせつ	枝微末節
諸行無常	しょぎょうむじょう	諸行無常
初志貫徹	しょしかんてつ	貫徹初衷
白河夜船	しらかわよふね	呼呼大睡
私利私欲	しりしよく	私利私欲
支離滅裂	しりめつれつ	支離破碎
思慮分別	しりょふんべつ	明辨事理
心機一転	しんきいってん	心機一轉、想法一轉
人事不省	じんじふせい	不省人事
神出鬼没	しんしゅつきぼつ	神出鬼沒
針小棒大	しんしょうぼうだい	言過其實
新進気鋭	しんしんきえい	優秀新銳
深謀遠慮	しんぼうえんりょ	深謀遠慮
森羅万象	しんらばんしょう	包羅萬象

水魚之交	すいぎょのまじわり	魚水之交
酔生夢死	すいせいむし	醉生夢死

せ

晴耕雨読	せいこううどく	晴耕雨讀
精神一到	せいしんいっとう	專心一意
誠心誠意	せいしんせいい	誠心誠意
正々堂々	せいせいどうどう	正正當當
清濁併呑	せいだくへいどん	
		胸襟開闊、善惡不拘
青天白日	せいてんはくじつ	青天白日
青天霹靂	せいてんへきれき	晴天霹靂
勢力伯仲	せいりょくはくちゅう	
		不分軒輊、勢均力敵
清廉潔白	せいれんけっぱく	清廉潔白
是々非々	ぜぜひひ	是是非非
切磋琢磨	せっさたくま	切磋琢磨
絶体絶命	ぜったいぜつめい	
		九死一生、生死交關
千客万来	せんきゃくばんらい	
		千客萬來、門庭若市
前後不覚	ぜんごふかく	顛三倒四
千載一遇	せんざいいちぐう	千載難逢
千差万別	せんさばんべつ	天差地別
千紫万紅	せんしばんこう	萬紫千紅
全身全霊	ぜんしんぜんれい	全心全意
前人未踏	ぜんじんみとう	前人未及
戦々恐々	せんせんきょうきょう	戰戰兢兢
前代未聞	ぜんだいみもん	前所未聞
全知全能	ぜんちぜんのう	全知全能
先手必勝	せんてひっしょう	先搶先贏
千変万化	せんぺんばんか	千變萬化
先憂後楽	せんゆうこうらく	先苦後樂

| 善隣友好 | ぜんりんゆうこう | 敦親睦鄰 |

そ

糟糠之妻	そうこうのつま	糟糠之妻
相思相愛	そうしそうあい	相親相愛
速戦即決	そくせんそっけつ	速戰速決
粗製乱造	そせいらんぞう	粗製濫造

た

大器晩成	たいきばんせい	大器晩成
大義名分	たいぎめいぶん	堂堂正正
大言壮語	たいげんそうご	誇下海口
泰山北斗	たいざんほくと	泰山北斗
泰然自若	たいぜんじじゃく	泰然自若
大胆不敵	だいたんふてき	
	大敵當前面不改色、大膽無畏
大同小異	だいどうしょうい	大同小異
他山之石	たざんのいし	他山之石
多士済々	たしせいせい	人才濟濟
他力本願	たりきほんがん	坐享其成
単純明快	たんじゅんめいかい	簡單明瞭
単刀直入	たんとうちょくにゅう	單刀直入

ち

竹馬之友	ちくばのとも	青梅竹馬
魑魅魍魎	ちみもうりょう	魑魅魍魎
朝三暮四	ちょうさんぼし	朝三暮四
朝令暮改	ちょうれいぼかい	朝令夕改
直情径行	ちょくじょうけいこう	言行坦率

猪突猛進 ちょとつもうしん　　　突飛猛進
沈思黙考 ちんしもっこう　　　　深思熟慮

津々浦々 つつうらうら　　　家家戶戶、處處

適材適所 てきざいてきしょ　　適才適所
徹頭徹尾 てっとうてつび　　　徹頭徹尾
天衣無縫 てんいむほう　　　　天衣無縫
天下一品 てんかいっぴん　　　天下一品
天下太平 てんかたいへい　　　天下太平
電光石火 でんこうせっか　　　電光石火
天真爛漫 てんしんらんまん　　天真爛漫
天変地異 てんぺんちい　　　　天地異變

同工異曲 どうこういきょく　　異曲同工
同床異夢 どうしょういむ　　　同床異夢
東奔西走 とうほんせいそう　　東奔西走
独立自尊 どくりつじそん　　　獨立自主

内柔外剛 ないじゅうがいごう　　外柔內剛
内憂外患 ないゆうがいかん　　　內憂外患
難攻不落 なんこうふらく　　　　難攻不落
南船北馬 なんせんほくば　　　　南船北馬

二束三文 にそくさんもん　　　經濟實惠
日進月歩 にっしんげっぽ　　　日新月異

年功序列 ねんこうじょれつ　　　年功序列

破顔一笑 はがんいっしょう　　　展顔一笑
博学多才 はくがくたさい　　　　博學多聞
白砂青松 はくしゃせいしょう

　　　　白沙與青松（美麗的海灘風景）

拍手喝采 はくしゅかっさい　　　鼓掌喝采
薄利多売 はくりたばい　　　　　薄利多銷
馬耳東風 ばじとうふう　　　　　馬耳東風
八面六臂 はちめんろっぴ　　　　三頭六臂
八方美人 はっぽうびじん　　　　八面美人
波瀾万丈 はらんばんじょう　　　波瀾萬丈
半信半疑 はんしんはんぎ　　　　半信半疑
万物流転 ばんぶつるてん　　　　萬物流轉
反面教師 はんめんきょうし　　　反面教材

美辞麗句 びじれいく　　　　　花言巧語
美人薄命 びじんはくめい　　　紅顔薄命
百戦錬磨 ひゃくせんれんま　　千錘百錬
百年河清 ひゃくねんかせい　　執著等待
百花繚乱 ひゃっかりょうらん　百花爭艷

百発百中	ひゃっぱつひゃくちゅう	百發百中
表裏一体	ひょうりいったい	表裡如一
疲労困憊	ひろうこんぱい	疲憊不堪
品行方正	ひんこうほうせい	品行端正

ふ

風紀紊乱	ふうきびんらん	風紀紊亂
風光明媚	ふうこうめいび	風光明媚
風林火山	ふうりんかざん	風林火山
不倶戴天	ふぐたいてん	不共戴天
不言実行	ふげんじっこう	埋頭苦作、實作派
富国強兵	ふこくきょうへい	富國強兵
夫唱婦随	ふしょうふずい	夫唱婦隨
不眠不休	ふみんふきゅう	不眠不休
不老長寿	ふろうちょうじゅ	長生不老
付和雷同	ふわらいどう	應聲附和
粉骨砕身	ふんこつさいしん	粉身碎骨

へ

| 平穏無事 | へいおんぶじ | 平安無事 |
| 平身低頭 | へいしんていとう | 低頭賠罪 |

ほ

暴飲暴食	ぼういんぼうしょく	暴飲暴食
傍若無人	ぼうじゃくぶじん	旁若無人
茫然自失	ぼうぜんじしつ	茫然自失
抱腹絶倒	ほうふくぜっとう	捧腹大笑
暮色蒼然	ぼしょくそうぜん	暮色蒼蒼

| 本末転倒 | ほんまつてんとう | 本末倒置 |

ま

| 満場一致 | まんじょういっち | 全場一致 |
| 満身創痍 | まんしんそうい | 滿目瘡痍 |

み

三日天下	みっかてんか	三日君王
三日坊主	みっかぼうず	
	得過且過（三天打漁，兩天曬網）	
未来永劫	みらいえいごう	永遠永久

む

無為無策	むいむさく	無為而治
無我夢中	むがむちゅう	熱衷忘我
無芸大食	むげいたいしょく	
	沒本事只會吃、酒囊飯袋	
無色透明	むしょくとうめい	無色透明
無病息災	むびょうそくさい	無病消災
無味乾燥	むみかんそう	無味乾燥
無味無臭	むみむしゅう	無色無臭
無理難題	むりなんだい	無理要求

め

明鏡止水	めいきょうしすい	
	心如止水、心如明鏡	
滅私奉公	めっしほうこう	無私為國

免許皆伝 めんきょかいでん　　　無保留傳授
面従腹背 めんじゅうふくはい　　陽奉陰違
面目一新 めんもくいっしん　　　耳目一新

も

物見遊山 ものみゆさん　　　　遊山玩水
門外不出 もんがいふしゅつ　　足不出戶
門戸開放 もんこかいほう　　　門戶開放
門前成市 もんぜんせいし　　　門庭若市
問答無用 もんどうむよう　　　無須爭論

や

夜郎自大 やろうじだい　　　　夜郎自大

ゆ

唯我独尊 ゆいがどくそん　　　唯我獨尊
有害無益 ゆうがいむえき　　　有害無益
有言実行 ゆうげんじっこう　　言出必行
優柔不断 ゆうじゅうふだん　　優柔寡斷
融通無碍 ゆうずうむげ　　　　互相通融
有名無実 ゆうめいむじつ　　　有名無實
勇猛果敢 ゆうもうかかん　　　勇猛果敢
悠々自適 ゆうゆうじてき　　　悠然自得
油断大敵 ゆだんたいてき
　　　　　　不可不慎、粗心大意害死人

よ

用意周到 よういしゅうとう　　　小心謹慎
羊頭狗肉 ようとくにく　　　掛羊頭賣狗肉
余裕綽々 よゆうしゃくしゃく　　綽綽有餘

り

立身出世 りっしんしゅっせ　　　立身處世
流言飛語 りゅうげんひご　　　　流言蜚語
竜頭蛇尾 りゅうとうだび　　　　虎頭蛇尾
良妻賢母 りょうさいけんぼ　　　賢妻良母
理路整然 りろせいぜん　　　　　條理分明
臨機応変 りんきおうへん　　　　隨機應變

ろ

老若男女 ろうにゃくなんにょ　　男女老少

わ

和気藹々 わきあいあい　　　　　和和氣氣

像 濱口雄幸，若槻禮次郎，廣田弘毅，小磯國昭，宮澤喜 等人一樣，也有名字是仍使用舊漢字的人，但是，現在 一般都寫成新的漢字了。

書末補充資料

明治時代 めいじじだい

第1代	伊藤博文 いとう・ひろぶみ	伊藤博文	明治18年～21年（1885～1888）
第2代	黒田清隆 くろだ・きよたか	黑田清隆	明治21年～22年（1888～1889）
第3代	山縣有朋 やまがた・ありとも	山縣有朋	明治22年～24年（1889～1891）
第4代	松方正義 まつかた・まさよし	松方正義	明治24年～25年（1891～1892）
第5代	伊藤博文 いとう・ひろぶみ	伊藤博文	明治25年～29年（1892～1896）
第6代	松方正義 まつかた・まさよし	松方正義	明治29年～31年（1896～1898）
第7代	伊藤博文 いとう・ひろぶみ	伊藤博文	明治31年～31年（1898～1898）
第8代	大隈重信 おおくま・しげのぶ	大隈重信	明治31年～31年（1898～1898）
第9代	山縣有朋 やまがた・ありとも	山縣有朋	明治31年～33年（1898～1900）
第10代	伊藤博文 いとう・ひろぶみ	伊藤博文	明治33年～34年（1900～1901）
第11代	桂太郎 かつら・たろう	桂太郎	明治34年～39年（1901～1906）
第12代	西園寺公望 さいおんじ・きんもち	西園寺公望	明治39年～41年（1906～1908）
第13代	桂太郎 かつら・たろう	桂太郎	明治41年～44年（1908～1911）
第14代	西園寺公望 さいおんじ・きんもち	西園寺公望	明治44年～大正元年（1911～1912）

大正時代 たいしょうじだい

第15代	桂太郎 かつら・たろう	桂太郎	大正元年～2年（1912～1913）
第16代	山本権兵衛 やまもと・ごんべえ	山本權兵衛	大正2年～3年（1913～1914）
第17代	大隈重信 おおくま・しげのぶ	大隈重信	大正3年～5年（1914～1916）
第18代	寺内正毅 てらうち・まさたけ	寺内正毅	大正5年～7年（1916～1918）
第19代	原敬 はら・たかし	原敬	大正7年～10年（1918～1921）
第20代	高橋是清 たかはし・これきよ	高橋是清	大正10年～11年（1921～1922）
第21代	加藤友三郎 かとう・ともさぶろう	加藤友三郎	大正11年～12年（1922～1923）
第22代	山本権兵衛 やまもと・ごんべえ	山本權兵衛	大正12年～13年（1923～1924）
第23代	清浦奎吾 きようら・けいご	清浦奎吾	大正13年～13年（1924～1924）

第24代 加藤高明 かとう・たかあき　　　　加藤高明　　大正13年〜15年（1924〜1926）
第25代 若槻礼次郎 わかつき・れいじろう　若槻禮次郎　大正15年〜昭和2年（1926〜1927）

昭和時代 しょうわじだい

第26代 田中義一 たなか・ぎいち　　　　　田中義一　　昭和2年〜4年（1927〜1929）
第27代 浜口雄幸 はまぐち・おさち　　　　濱口雄幸　　昭和4年〜6年（1929〜1931）
第28代 若槻礼次郎 わかつき・れいじろう　若槻禮次郎　昭和6年〜6年（1931〜1931）
第29代 犬養毅 いぬかい・つよし　　　　　犬養毅　　　昭和6年〜7年（1931〜1932）
第30代 斎藤実 さいとう・まこと　　　　　齊藤實　　　昭和7年〜9年（1932〜1934）
第31代 岡田啓介 おかだ・けいすけ　　　　岡田啟介　　昭和9年〜11年（1934〜1936）
第32代 広田弘毅 ひろた・こうき　　　　　廣田弘毅　　昭和11年〜12年（1936〜1937）
第33代 林銑十郎 はやし・せんじゅうろう　林銑十郎　　昭和12年〜12年（1937〜1937）
第34代 近衛文麿 このえ・ふみまろ　　　　近衛文麿　　昭和12年〜14年（1937〜1939）
第35代 平沼騏一郎 ひらぬま・きいちろう　平沼騏一郎　昭和14年〜14年（1939〜1939）
第36代 阿部信行 あべ・のぶゆき　　　　　阿部信行　　昭和14年〜15年（1939〜1940）
第37代 米内光政 よない・みつまさ　　　　米內光政　　昭和15年〜15年（1940〜1940）
第38代 近衛文麿 このえ・ふみまろ　　　　近衛文麿　　昭和15年〜16年（1940〜1941）
第39代 近衛文麿 このえ・ふみまろ　　　　近衛文麿　　昭和16年〜16年（1941〜1941）
第40代 東條英機 とうじょう・ひでき　　　東條英機　　昭和16年〜19年（1941〜1944）
第41代 小磯国昭 こいそ・くにあき　　　　小磯國昭　　昭和19年〜20年（1944〜1945）
第42代 鈴木貫太郎 すずき・かんたろう　　鈴木貫太郎　昭和20年〜20年（1945〜1945）
第43代 東久邇宮稔彦 ひがしくにのみや・なるひこ

　　　　　　　　　　　　　　　　　　　東久邇宮稔彦 昭和20年〜20年（1945〜1945）
第44代 幣原喜重郎 しではら・きじゅうろう 幣原喜重郎 昭和20年〜21年（1945〜1946）
第45代 吉田茂 よしだ・しげる　　　　　吉田茂　　　昭和21年〜22年（1946〜1947）
第46代 片山哲 かたやま・てつ　　　　　片山哲　　　昭和22年〜23年（1947〜1948）
第47代 芦田均 あしだ・ひとし　　　　　蘆田均　　　昭和23年〜23年（1948〜1948）
第48代 吉田茂 よしだ・しげる　　　　　吉田茂　　　昭和23年〜24年（1948〜1949）
第49代 吉田茂 よしだ・しげる　　　　　吉田茂　　　昭和24年〜27年（1949〜1952）
第50代 吉田茂 よしだ・しげる　　　　　吉田茂　　　昭和27年〜28年（1952〜1953）
第51代 吉田茂 よしだ・しげる　　　　　吉田茂　　　昭和28年〜29年（1953〜1954）
第52代 鳩山一郎 はとやま・いちろう　　鳩山一郎　　昭和29年〜30年（1954〜1955）

第53代	鳩山一郎 はとやま・いちろう	鳩山一郎	昭和30年〜30年（1955〜1955）
第54代	鳩山一郎 はとやま・いちろう	鳩山一郎	昭和30年〜31年（1955〜1956）
第55代	石橋湛山 いしばし・たんざん	石橋湛山	昭和31年〜32年（1956〜1957）
第56代	岸信介 きし・のぶすけ	岸信介	昭和32年〜33年（1957〜1958）
第57代	岸信介 きし・のぶすけ	岸信介	昭和33年〜35年（1958〜1960）
第58代	池田勇人 いけだ・はやと	池田勇人	昭和35年〜35年（1960〜1960）
第59代	池田勇人 いけだ・はやと	池田勇人	昭和35年〜38年（1960〜1963）
第60代	池田勇人 いけだ・はやと	池田勇人	昭和38年〜39年（1963〜1964）
第61代	佐藤栄作 さとう・えいさく	佐藤榮作	昭和39年〜42年（1964〜1967）
第62代	佐藤栄作 さとう・えいさく	佐藤榮作	昭和42年〜45年（1967〜1970）
第63代	佐藤栄作 さとう・えいさく	佐藤榮作	昭和45年〜47年（1970〜1972）
第64代	田中角栄 たなか・かくえい	田中角榮	昭和47年〜47年（1972〜1972）
第65代	田中角栄 たなか・かくえい	田中角榮	昭和47年〜49年（1972〜1974）
第66代	三木武夫 みき・たけお	三木武夫	昭和49年〜51年（1974〜1976）
第67代	福田赳夫 ふくだ・たけお	福田赳夫	昭和51年〜53年（1976〜1978）
第68代	大平正芳 おおひら・まさよし	大平正芳	昭和53年〜54年（1978〜1979）
第69代	大平正芳 おおひら・まさよし	大平正芳	昭和54年〜55年（1979〜1980）
第70代	鈴木善幸 すずき・ぜんこう	鈴木善幸	昭和55年〜57年（1980〜1982）
第71代	中曽根康弘 なかそね・やすひろ	中曽根康弘	昭和57年〜58年（1982〜1983）
第72代	中曽根康弘 なかそね・やすひろ	中曽根康弘	昭和58年〜61年（1983〜1986）
第73代	中曽根康弘 なかそね・やすひろ	中曽根康弘	昭和61年〜62年（1986〜1987）
第74代	竹下登 たけした・のぼる	竹下登	昭和62年〜平成元年（1987〜1989）

平成時代 へいせいじだい

第75代	宇野宗佑 うの・そうすけ	宇野宗佑	平成元年〜元年（1989〜1989）
第76代	海部俊樹 かいふ・としき	海部俊樹	平成元年〜2年（1989〜1990）
第77代	海部俊樹 かいふ・としき	海部俊樹	平成2年〜3年（1990〜1991）
第78代	宮沢喜一 みやざわ・きいち	宮澤喜一	平成3年〜5年（1991〜1993）
第79代	細川護熙 ほそかわ・もりひろ	細川護熙	平成5年〜6年（1993〜1994）
第80代	羽田孜 はた・つとむ	羽田孜	平成6年〜6年（1994〜1994）
第81代	村山富市 むらやま・とみいち	村山富市	平成6年〜8年（1994〜1996）

第82代	橋本龍太郎 はしもと・りゅうたろう	橋本龍太郎	平成8年〜8年（1996〜1996）
第83代	橋本龍太郎 はしもと・りゅうたろう	橋本龍太郎	平成8年〜10年（1996〜1998）
第84代	小渕恵三 おぶち・けいぞう	小淵恵三	平成10年〜12年（1998〜2000）
第85代	森喜朗 もり・よしろう	森喜朗	平成12年〜12年（2000〜2000）
第86代	森喜朗 もり・よしろう	森喜朗	平成12年〜13年（2000〜2001）
第87代	小泉純一郎 こいずみ・じゅんいちろう	小泉純一郎	平成13年〜15年（2001〜2003）
第88代	小泉純一郎 こいずみ・じゅんいちろう	小泉純一郎	平成15年〜17年（2003〜2005）
第89代	小泉純一郎 こいずみ・じゅんいちろう	小泉純一郎	平成17年〜18年（2005〜2006）
第90代	安倍晋三 あべ・しんぞう	安倍晋三	平成18年〜19年（2006〜2007）
第91代	福田康夫 ふくだ・やすお	福田康夫	平成19年〜20年（2007〜2008）
第92代	麻生太郎 あそう・たろう	麻生太郎	平成20年〜21年（2008〜2009）
第93代	鳩山由紀夫 はとやま・ゆきお	鳩山由紀夫	平成21年〜22年（2009〜2010）
第94代	菅直人 かん・なおと	菅直人	平成22年〜23年（2010〜2011）
第95代	野田佳彦 のだ・よしひこ	野田佳彦	平成23年〜24年（2011〜2012）
第96代	安倍晋三 あべ・しんぞう	安倍晋三	平成24年〜（2013年2月1日現在）

日本人的姓氏種類大約有30萬個（日本姓氏大辭典1997年）。而且，在那之中最前面的7,000個姓氏占了總人口的96%。日本人的姓氏種類如此多的理由之一就是，大部分的姓氏皆取自地名。

書末補充資料

[01] 佐藤 さとう 佐藤　　[02] 鈴木 すずき 鈴木　　[03] 高橋 たかはし 高橋

[04] 田中 たなか 田中　　[05] 渡辺 わたなべ 渡邊　　[06] 伊藤 いとう 伊藤

[07] 山本 やまもと 山本　　[08] 中村 なかむら 中村　　[09] 小林 こばやし 小林

[10] 斎藤 さいとう 齋藤　　[11] 加藤 かとう 加藤　　[12] 吉田 よしだ 吉田

[13] 山田 やまだ 山田　　[14] 佐々木 ささき 佐佐木　　[15] 山口 やまぐち 山口

[16] 松本 まつもと 松本　　[17] 井上 いのうえ 井上　　[18] 木村 きむら 木村

[19] 林 はやし 林　　[20] 清水 しみず 清水　　[21] 山崎 やまざき 山崎

[22] 中島 なかじま 中島　　[23] 池田 いけだ 池田　　[24] 阿部 あべ 阿部

[25] 橋本 はしもと 橋本　　[26] 山下 やました 山下　　[27] 森 もり 森

[28] 石川 いしかわ 石川　　[29] 前田 まえだ 前田　　[30] 小川 おがわ 小川

[31] 藤田 ふじた 藤田　　[32] 岡田 おかだ 岡田　　[33] 後藤 ごとう 後藤

[34] 長谷川 はせがわ 長谷川　　[35] 石井 いしい 石井　　[36] 村上 むらかみ 村上

[37] 近藤 こんどう 近藤　　[38] 坂本 さかもと 坂本　　[39] 遠藤 えんどう 遠藤

[40] 青木 あおき 青木　　[41] 藤井 ふじい 藤井　　[42] 西村 にしむら 西村

[43] 福田 ふくだ 福田　　[44] 太田 おおた 太田　　[45] 三浦 みうら 三浦

[46] 藤原 ふじわら 藤原　　[47] 岡本 おかもと 岡本　　[48] 松田 まつだ 松田

[49] 中川 なかがわ 中川　　[50] 中野 なかの 中野　　[51] 原田 はらだ 原田

[52] 小野 おの 小野　　[53] 田村 たむら 田村　　[54] 竹内 たけうち 竹内

[55] 金子 かねこ 金子　　[56] 和田 わだ 和田　　[57] 中山 なかやま 中山

[58] 石田 いしだ 石田　　[59] 上田 うえだ 上田　　[60] 森田 もりた 森田

[61] 小島 こじま 小島　　[62] 柴田 しばた 柴田　　[63] 原 はら 原

[64] 宮崎 みやざき 宮崎　　[65] 酒井 さかい 酒井　　[66] 工藤 くどう 工藤

[67] 横山 よこやま 横山　　[68] 宮本 みやもと 宮本　　[69] 内田 うちだ 内田

[70] 高木 たかぎ 高木　　[71] 安藤 あんどう 安藤　　[72] 島田 しまだ 島田

[73] 谷口 たにぐち 谷口　　[74] 大野 おおの 大野　　[75] 高田 たかだ 高田

[76] 丸山 まるやま 丸山　　[77] 今井 いまい 今井　　[78] 河野 こうの 河野

[79] 藤本 ふじもと 藤本　　[80] 村田 むらた 村田　　[81] 武田 たけだ 武田

[82] 上野 うえの 上野　　[83] 杉山 すぎやま 杉山　　[84] 増田 ますだ 増田

[85] 小山 こやま 小山　　[86] 大塚 おおつか 大塚　　[87] 平野 ひらの 平野

[88] 菅原 すがわら 菅原　　[89] 久保 くぼ 久保　　[90] 松井 まつい 松井

[91] 千葉 ちば 千葉　　[92] 岩崎 いわさき 岩崎　　[93] 桜井 さくらい 櫻井

[94] 木下 きのした 木下　　[95] 野口 のぐち 野口　　[96] 松尾 まつお 松尾

[97] 菊池 きくち 菊池　　[98] 野村 のむら 野村　　[99] 新井 あらい 新井

[100] 渡部 わたべ 渡部

代表的な偏（へん）（左）旁

さんずい（常用漢字数112）三點水

汁氾汚汗江池汎汽決沙汰沢沖沈没沃泳沿河泣況治沼注泥波泊
泌沸法泡油海活洪浄津浅洗洞派洋消浸浜浮浦浴流涙浪淫液涯
渇渓混済渋淑渉深清淡添涼温渦減湖港滋湿測渡湯満湧湾滑漢
源溝準滞滝溺漠滅溶演漁漆漸漬滴漂漫漏潰潟潔潤潜潮澄激濁
濃濯濫瀬

にんべん（常用漢字数90）單人旁

仁仏仕仙他代付仮伎休仰件仲伝任伐伏位何佐作伺似住伸体但
低伯伴依価佳供使侍侮併例係候俊信侵促俗便保侶俺俟個候借
修値倒俳倍俵倣棒倫偽偶健側停偵偏偉備傍僅傾傑債催傷僧働
像僕僚億儀傲儒償優

てへん（常用漢字数86）提手旁

打払扱技抗抄折択投把抜批扶抑押拐拡拠拒拘招拙拓担抽抵拝
拍披抱抹拉括挟拷拶指持拾拭挑挨挫振捜挿捉捗捕掛掘掲控採
捨授推据接措掃探排描捻握援換揮提搭揚揺携搾摂損搬摘撮撤
撲操擁擬擦

ごんべん（常用漢字数63）言字旁

計訂訃記訓託討許訟設訪訳詠詐詞証詔診訴評該詰誇詣詩試詳
誠詮話語誤誌説読認誘喝課諸請諾誕談誰調論諧諮諦謀諭謡謹
謙講謝謎識譜議護譲

きへん（常用漢字数61）木字旁

札机朽朴材杉村枝松枢析杯板枚枕林枠柿枯柵柱柄栃柳桜格核
株桁校根桟栓桃梅梗械椅棺棋極検植棚椎棟棒楷楼概構模様横
権槽標機橋樹欄

いとへん （常用漢字数54）絲字旁

紀 級 糾 紅 約 紙 純 納 紛 紡 紋 経 紺 細 終 紹 紳 組 絵 給 結 絞 絶 統 絡 継 絹
続 維 綱 緒 総 綻 綿 網 緑 練 縁 緩 縄 線 締 編 緯 縦 緻 縛 縫 縮 績 繊 織 繕 繰

りっしんべん （常用漢字数31）豎心旁

忙 快 怪 性 怖 悔 恒 恨 悦 悟 悩 惧 惨 情 惜 悼 慌 惰 愉 慄 慨 慎 慣 憎 慢 憬 憧
憤 憶 懐 憾

にくづき （常用漢字数31）提肉旁

肌 肝 肘 股 肢 肥 肪 胎 胆 肺 胞 胸 脂 胴 脈 脇 脚 脱 脳 腕 腫 腺 腸 腹 腰 膜 膝
膳 臆 膨 臓

かねへん （常用漢字数31）金字旁

針 釣 鈍 鉛 鉱 鉄 鉢 鈴 銀 銃 銭 銅 銘 鋭 鋳 錦 錮 鋼 錯 錠 錬 録 鍛 鍵 鍋 鎌 鎖
鎮 鏡 鐘 鑑

こざとへん （常用漢字数30）左耳旁

阪 防 阻 附 限 院 陥 降 除 陣 陛 陰 険 陳 陶 陪 陸 隆 陵 階 隅 随 隊 陽 隔 隙 隠
際 障 隣

つちへん （常用漢字数29）土字旁

地 均 坑 坂 坊 坪 垣 城 埋 域 埼 堆 培 堀 堪 場 塚 堤 塔 塀 塩 塊 填 境 増 墳 壊
壌 壇

おんなへん （常用漢字数28）女字旁

奴 好 如 妃 妖 妊 妨 妙 姉 始 姓 妬 妹 姻 娯 娠 姫 娘 婚 媛 婦 婿 媒 嫁 嫌 嫉 嫡
嬢

くちへん （常用漢字数27）口字旁

叱 吸 叫 吐 吟 吹 咽 呼 味 咲 唄 唆 哺 喝 唱 唾 唯 喚 喉 喩 喫 嗅 嘆 嘲 嘱 噴 嚇

のぎへん （常用漢字数21）禾字旁

私 科 秋 秒 称 租 秩 秘 移 税 程 稚 種 稲 稼 稿 稽 穂 穏 積 穫

ぎょうにんべん （常用漢字数19）雙人旁

役 往 径 征 彼 後 待 律 従 徐 徒 得 御 循 復 微 徴 徳 徹

ひへん（常用漢字数15）日字旁

旺 明 昧 映 昨 昭 時 暁 晴 晩 暗 暇 暖 曖 曜

いしへん（常用漢字数13）石字旁

研 砂 砕 破 砲 硬 硝 硫 磁 碑 確 礁 礎

けものへん（常用漢字数13）犬字旁

犯 狂 狙 狭 狩 独 猫 猛 猟 猶 猿 獄 獲

かいへん（常用漢字数13）貝字旁

財 販 貯 貼 賊 賂 賄 賜 賠 賦 賭 購 贈

とりへん（常用漢字数13）酉字旁

酌 酎 配 酔 酢 酬 酪 酵 酷 酸 醒 醜 醸

しめすへん（ねへん）（常用漢字数11）示字旁

礼 社 祈 祉 祝 神 祖 祥 禍 禅 福

たまへん（おうへん）（常用漢字数10）斜玉旁

玩 珍 珠 班 球 現 理 瑠 璃 環

あしへん（常用漢字数10）足字旁

距 跡 践 跳 路 踊 踪 踏 蹴 躍

くるまへん（常用漢字数10）車字旁

軌 軒 転 軟 軽 軸 較 輪 輸 轄

しょくへん（常用漢字数10）食字旁

飢 飲 飯 飼 飾 飽 餓 餌 餅 館

ひへん（常用漢字数9）火字旁

灯 炊 炉 焼 煙 煩 燃 燥 爆

こめへん（常用漢字数9）米字旁

粋 粉 粗 粘 粒 粧 精 糖 糧

ころもへん（常用漢字数9）衣字旁

袖 被 補 裕 褐 裾 裸 複 襟

めへん （常用漢字数8） 目字旁

眠 眼 眺 睡 睦 瞳 瞬 瞭

うまへん （常用漢字数8） 馬字旁

駅 駆 駄 駒 駐 騎 験 騒

ゆみへん （常用漢字数7） 弓字旁

引 弥 弦 弧 強 張 弾

ふねへん （常用漢字数7） 舟字旁

航 般 船 舶 舷 艇 艦

にすい （常用漢字数6） 兩點水

冷 冶 准 凄 凍 凝

やまへん （常用漢字数6） 山字旁

岐 岬 峡 峠 峰 崎

代表的な旁 （つくり）（右)旁

りっとう （常用漢字数26） 立刀旁

刈 刊 刑 列 判 別 利 刻 刷 刹 刺 制 到 削 前 則 剣 剛 剤 剥 剖 剰 副 割 創 劇

おおがい （常用漢字数22） 頁字旁

頃 頂 項 順 須 頑 頓 頒 預 領 頬 頭 顎 頼 頻 額 顔 顕 題 類 願 顧

ぼくづくり （常用漢字数15） 攵字旁

改 攻 放 故 政 敏 救 教 敗 敢 敬 散 数 敵 敷

ちから （常用漢字数12） 力字旁

功 助 励 劾 効 勅 勉 勃 勘 動 勤 勧

おおざと （常用漢字数12） 右耳旁

邦 邪 邸 那 郊 郎 郡 郭 郷 都 部 郵

あくび（常用漢字数7）欠字旁

次 欧 欲 款 欺 歌 歓

代表的な冠（かんむり）頭

くさかんむり（常用漢字数46）草字頭

募、墓、夢、幕、慕、暮、繭等字除外。常用漢字：芋 芝 花 芸 芯 芳 英 苛 芽 苦 茎 若 苗 茂 茨 荒 草 荘 茶 荷 華 菓 菊 萎 菌 菜 著 葛 葬 蓋 葉 落 蒸 蓄 蔑 蔵 蔽 薫 薪 薦 薄 薬 藍 藤 藩 藻

うかんむり（常用漢字数36）寶蓋頭

安 宇 守 宅 完 宛 官 宜 実 宗 宙 定 宝 客 室 宣 宴 家 害 宮 宰 宵 容 寄 寂 宿 密 寒 富 寛 寝 寡 察 寧 審 寮

たけかんむり（常用漢字数24）竹字頭

笑 第 笛 符 筋 策 答 等 筒 筆 節 箇 管 算 箋 箱 著 範 築 篤 簡 簿 籍 籠

あめかんむり（常用漢字数12）雨字頭

雪 雲 雰 電 雷 零 需 震 霊 霜 霧 露

ひとやね（常用漢字数10）人字頭

介 今 令 会 企 余 舎 倉 傘

あなかんむり（常用漢字数9）穴寶蓋

究 空 突 窃 窓 窒 窟 窮 窯

あみがしら（常用漢字数7）四字頭

罪 署 置 罰 罵 罷 羅

代表的な脚（あし）底

こころ（常用漢字数37）心字底

応 忌 志 忍 忘 忠 念 怨 急 思 恣 怠 怒 恩 恐 恵 息 恋 悪 患 悠 悲 惑 意 感 愚 慈 愁 想 態 慰 慮 憩 憲 懇 徴 懸

かい（常用漢字数21）貝字底
貞 負 貢 貨 貫 責 貪 貧 賀 貴 貸 買 費 貿 資 賃 賛 質 賞 賓 賢

れんが（常用漢字数12）四點火
為 点 烈 煮 焦 然 無 照 煎 熟 熊 熱

ひとあし（常用漢字数9）儿字底
元 兄 光 充 先 克 児 免 党

さら（常用漢字数7）皿字底
盆 益 盛 盗 盟 監 盤

代表的な構（かまえ）框

くにがまえ（常用漢字数12）國字框
四 囚 因 回 団 囲 困 図 固 国 圏 園

もんがまえ（常用漢字数10）門字框
閉 開 間 閑 閣 関 閥 閲 闇 闘

はこがまえ（常用漢字数5）匠字框
匠 区 匹 医 匿

ぎょうがまえ（常用漢字数5）行字框
術 街 衝 衛 衡

代表的な垂（たれ）頭

まだれ（常用漢字数17）廣字頭
広 庁 序 床 底 店 府 度 庫 座 庭 康 庶 庸 廃 廊 廉

やまいだれ（常用漢字数15）病字頭
疫 疾 症 疲 病 痕 痛 痘 痢 痴 痩 瘍 療 癖 癒

しかばね（常用漢字数14）尸字頭

尺 尻 尼 尽 局 尿 尾 居 屈 届 屋 展 属 層 履

がんだれ（常用漢字数4）雁字頭

厄 厚 厘 原

代表的な繞（にょう）旁

しんにょう・しんにゅう（常用漢字数51）辵字旁

込 辺 迅 近 迎 返 述 迭 迫 逆 送 退 追 逃 迷 逝 造 速 逐 通 逓 途 透 連 逸 週 進
逮 運 過 遇 遂 達 遅 道 遍 遊 違 遠 遣 遮 遭 適 遺 遵 選 遷 還 避 遡 遜

えんにょう（常用漢字数3）廴字旁

廷 延 建

そうにょう（常用漢字数5）走字頭

赴 起 越 超 趣

常用漢字（じょうようかんじ）

　　本部收錄的是由文部科學省於2010年最新公告的現代日語漢字。
總共有2136個字，主要是用於政府法規、公用文書、報紙、雜誌、媒
體播映等一般生活中使用頻率最高的漢字。在上述的漢字列表中，擷取
部分介紹。

　　漢字的讀音方式亦有公式統合制定。音讀及訓讀總計4388種唸法
（音讀2352種、訓讀2036種）。

08 台灣的行政區域、台灣的原住民

直轄市ちょっかつし
（原本的直轄市為台北及高雄兩市，2010年五都改制，現行的直轄市為下列5市）

台北市たいほくし[タイペイ(スー)]　　　新北市しんぼくし[シンペイ(スー)]
台中市たいちゅうし[タイツォン(スー)]　台南市たいなんし[タイナン(スー)]
高雄市たかおし[カオション(スー)]

市し（原省轄市，精省後為市，共3個市）

基隆市きーるんし[チーロン(スー)]　　　新竹市しんちくし[シンチュー(スー)]
嘉義市かぎし[ジャーイー(スー)]

県けん（共14個縣）

桃園県とうえんけん[タオユエン(シェン)]　新竹県しんちくけん[シンチュー(シェン)]
苗栗県びょうりつけん[ミャオリー(シェン)]　彰化県しょうかけん[ツァンホア(シェン)]
南投県なんとうけん[ナントウ(シェン)]　　雲林県うんりんけん[ユンリン(シェン)]
嘉義県かぎけん[ジャーイー(シェン)]　　　屏東県へいとうけん[ピントン(シェン)]
宜蘭県ぎらんけん[イーラン(シェン)]　　　花蓮県かれんけん[ホアリェン(シェン)]
台東県たいとうけん[タイトン(シェン)]　　澎湖県ほうこけん[ポンフー(シェン)]
金門県きんもんけん[ジンメン(シェン)]　　連江県れんこうけん[リエンジャン(シェン)]

主おもな原住民族げんじゅみんぞく　主要的原住民

タイヤル族（泰雅族）　　タロコ族（太魯閣族）　　セデック族（賽德克族）
アミ族（阿美族）　　　　パイワン族（排灣族）　　ブヌン族（布農族）
プユマ族（卑南族）　　　サイシャット族（賽夏族）サオ族（邵族）
クバラン族（噶瑪蘭族）　サキザヤ族（撒奇萊雅族）ルカイ族（魯凱族）
ツォウ族（鄒族）　　　　タオ族（達悟族）

09 台灣的知名觀光景點

書末補充資料

台北市たいほくし

中正紀念堂ちゅうせいきねんどう[ツォンツァンジーニエンタン]

二二八和平公園にいにいはちわへいこうえん[アーアーパーホーピンゴンユェン]

台北賓館たいほくひんかん[タイペイピングァン]

陽明山ようめいさん[ヤンミンサン]

忠烈祠ちゅうれつし[ツォンリエツー]

北投温泉ほくとうおんせん[ペイトウェンチュェン]

士林夜市しりんよいち[スーリンイエスー]

龍山寺りゅうざんじ[ロンサンスー]

西門町せいもんちょう[シーメンディン]

台北101たいぺいいちまるいち[タイペイイーリンイー]

光華数位新天地こうかすういしんてんち[ガンホアスーウェイシンティエンディー]

迪化街てきかがい[デイーホアジエ]

霞海城隍廟かすみじょうこうびょう／かかいじょうこうびょう[シアハイチャンホアンミャオ]

行天宮ぎょうてんきゅう[シンティエンゴン]

故宮博物館こきゅうはくぶつかん[グーゴンボーウーグアン]

台北世界貿易たいほくせかいぼうえきセンター[タイペイシージエマオイーツォンシン]

饒河街観光夜市じょうかがいかんこうよいち[ランホージエガングアンイエスー]

猫空マオコン

木柵動物園もくさくどうぶつえん[ムーツァードンウーユェン]

永康街えいこうがい[ヨンガンジエ]

国父紀念館こくふきねんかん[グォフージーニエングアン]

新北市しんぼくし

陽明山ようめいさん[ヤンミンサン]

紅毛城こうもうじょう[ホンマオチャン]

淡水老街たんすいろうがい[ダンスェイラオジエ]

フィッシャーマンズワーフ[ユーレンマトウ] (漁人碼頭)
十三行博物館じゅうさんこうはくぶつかん[シーサンシンボーウーグアン]
烏来温泉うらいおんせん[ウーライウェンチュェン]
碧潭へきたん[ビータン]
九份きゅうふん[ジョウフェン]
鶯歌陶瓷老街おうかとうしろうがい[イングータオツーラオジエ]
テレサテン紀念墓園きねんぼえん[ジーニエンムーユェン] (鄧麗君紀念墓園)
野柳風景特定区やりゅうふうけいとくていく[イエリューフォンジンターデインチュー]
平渓老街へいけいろうがい[ピンシーラオジエ]
福隆海水浴場ふくりゅうかいすいよくじょう[フーロンハイスェイユーチャン]
深坑老街しんこうろうがい[シェンカンラオジエ]
清水祖師廟しみずそしびょう[チンスェイジューシーミャオ]
三峡老街さんきょうろうがい[サンシャーラオジエ]
十分老街じゅうふんろうがい[シーフェンラオジエ]
侯硐こうどうネコ村むら[ホウドンマオツン] (侯硐貓村、猴硐貓村)

基隆市きーるんし

大武崙古砲台だいぶろんこほうだい[ダーウールングーパオタイ]

桃園県とうえんけん

石門せきもんダム [シーメンスェイクー] (石門水庫)

宜蘭県ぎらんけん

礁渓温泉しょうけいおんせん[ジャオシーウェンチュエン]

花蓮県 かれんけん

太魯閣国家公園タロコこっかこうえん[タイルークーグォジャーゴンユェン]
花蓮海洋公園かれんかいようこうえん[ファーリエンハイヤンゴンユェン]

瑞穂牧場ずいすいぼくじょう[ルイスイムーチャン]

台東県たいとうけん
知本温泉ちほんおんせん[ズーベンウェンチュエン]
緑島りょくとう[ルーダオ]
蘭嶼島らんしょとう[ランユーダオ]

彰化県しょうかけん
八卦山大仏はっけさんだいぶつ[バーグアサンダーフォー]
鹿港天后宮ろっこうてんこうぐう[ルーガンティエンホウゴン]

南投県なんとうけん
日月潭にちげつたん/じつげつたん[ズーユエタン]
文武廟ぶんぶびょう[ウエンウーミャオ]
廬山温泉ろざんおんせん[ルーサンウェンチュエン]

雲林県うんりんけん
北港朝天宮ほっこうちょうてんぐう[ベイガンザオティエンゴン]
剣湖山世界けんこざんせかい[ジエンフーサンシージエ]

嘉義県かぎけん
阿里山ありさん[アーリーサン]

台南市たいなんし
二鯤鯓砲台にこんしんほうだい[アークンシェンパオタイ]

億載金城おくさいきんじょう[イーツァイジンチェン]
赤崁楼せきかんろう[ツーカンロウ]
安平古堡あんぺいこほう[アンピングーバオ]
延平郡王祠えんぺいぐんおうし[イェンピンジュンワンツー]

高雄市たかおし

六合夜市ろくごうよいち[リョウホーイエスー]
西子湾せいしわん[シーズワン]
澄清湖ちょうせいこ[チェンチンフー]

屏東県へいとうけん

墾丁こんてい[ケンディン]
東港とうこうマグロ祭まつり[ドンガンヘイヨウイー祭-]（屏東黒鮪魚祭）
小琉球しょうりゅうきゅう[シャオリュウチュウ]

澎湖県ほうこけん

澎湖群島ほうこぐんとう[ホンフーグンダオ]

金門県きんもんけん

金門島きんもんとう[ジンメンダオ]

連江県れんこうけん

馬祖列島まそれっとう[マジューリエダオ]

台湾新幹線たいわんしんかんせん[タイワンシンガンシェン] (8駅) 台灣高鐵

台北駅たいぺいえき〔タイペイ（チャン）〕

板橋駅いたばしえき〔バンチャオ（チャン）〕

桃園駅とうえんえき〔タオユェン（チャン）〕

新竹駅しんちくえき〔シンチュー（チャン）〕

台中駅たいちゅうえき〔タイツォン（チャン）〕

嘉義駅かぎえき〔ジャーイー（チャン）〕

台南駅たいなんえき〔タイナン（チャン）〕

左営駅さえいえき〔ズォーイン（チャン）〕

台湾の国際空港こくさいくうこう (3空港) 台灣的國際機場

台北松山国際空港 たいぺいまつやまこくさいくうこう／たいほくまつやまこくさいくうこう

　＊通常慣稱為「松山機場[ソンサンジーチャン]」。

桃園国際空港 とうえんこくさいくうこう

　＊通常慣稱為「桃園機場[タオユェンジーチャン] 或中正機場[ツォンツァンジーチャン]」。

高雄国際空港 たかおこくさいくうこう

　＊通常慣稱為「小港機場[シャオガンジーチャン]」

台湾便たいわんびんの出でている日本の空港
台灣直飛的日本機場

桃園国際空港 (15空港) 桃園機場

とかち帯広空港おびひろくうこう（北海道）

新千歳空港しんちとせくうこう（北海道）

函館空港はこだてくうこう（北海道）

仙台空港せんだいくうこう（宮城県）

成田空港なりたくうこう（千葉県）

　　[正式名：新東京国際空港しんとうきょうこくさいくうこう]

羽田空港はねだくうこう(東京都)

　　[正式名：東京国際空港とうきょうこくさいくうこう]

中部空港ちゅうぶこくさいくうこう（愛知県）

　　[正式名：中部国際空港ちゅうぶこくさいくうこう]

富山空港とやまくうこう（富山県）

小松空港こまつくうこう（石川県）

大阪空港おおさかくうこう，又稱 伊丹空港いたみくうこう（大阪府、兵庫県）

　　[正式名：大阪国際空港おおさかこくさいくうこう]

関西空港かんさいこくうこう

　　[正式名：関西国際空港かんさいこくさいくうこう]（大阪府）

広島空港ひろしまくうこう（広島県）

福岡空港ふくおかくうこう（福岡県）

宮崎空港みやざきくうこう（宮崎県）

那覇空港なはくうこう（沖縄県）

台北松山国際空港 (1空港) 松山機場

羽田空港はねだくうこう(東京都)

　　[正式名：東京国際空港とうきょうこくさいくうこう]

高雄国際空港 （2空港）小港機場

成田空港なりたくうこう（千葉県）

　　[正式名：新東京国際空港しんとうきょうこくさいくうこう]

関西空港かんさいこくうこう（大阪府）

　　[正式名：関西国際空港かんさいこくさいくうこう]

さくいん

索引

索引

索引

そ

索引

と

索引

ふ

索引

索引

國家圖書館出版品預行編目資料

史上最強日語單字／今井久美雄. --初版.--
　　【新北市】：國際學村, 2012.12
　　　面；　　公分

　　ISBN 978-986-6077-50-0 （平裝）

　　1.日語　2.詞彙

803.12　　　　　　　　　　　　101022254

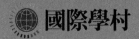

史上最強日語單字

作者	今井久美雄
譯者	呂欣穎、李青芬
審定	何欣泰
出版者	台灣廣廈出版集團
	國際學村出版
發行人／社長	江媛珍
地址	235新北市中和區中山路二段359巷7號2樓
電話	886-2-2225-5777
傳真	886-2-2225-8052
電子信箱	TaiwanMansion@booknews.com.tw
總編輯	伍峻宏
執行編輯	王文強
美術編輯	許芳莉
排版‧製版／印刷／裝訂	東豪／弼聖／紘億／明和
法律顧問 第一國際法律事務所	余淑杏律師
代理印務及圖書總經銷	知遠文化事業有限公司
地址	222新北市深坑區北深路三段155巷25號5樓
訂書電話	886-2-2664-8800
訂書傳真	886-2-2664-8801
港澳地區經銷	和平圖書有限公司
地址	香港柴灣嘉業街12號百樂門大廈17樓
電話	852-2804-6687
傳真	852-2804-6409
出版日期	2024年5月初版18刷
郵撥帳號	18788328
郵撥戶名	台灣廣廈有聲圖書有限公司

（※單次購書金額未達1000元，請另付70元郵資。）

版權所有 翻印必究

本書由株式会社日本生活ガイド代表取締役社長‧今井久美雄
授權「台灣廣廈有聲圖書有限公司」在台灣地區出版繁體中文版

台灣廣廈出版集團

235 新北市中和區中山路二段359巷7號2樓
2F, NO. 7, LANE 359, SEC. 2, CHUNG-SHAN RD., CHUNG-HO DIST.,
NEW TAIPEI CITY, TAIWAN, R.O.C.

🌐 **國際學村** 編輯部　收

郵票黏貼處

各種領域、任何表現，即時應用、速記好查！
這輩子只需要這一本獨一無二的超詳細單字書

史上最強
日語單字

しょくせいかつ
食生活

けんこう
健康

げいじゅつ
藝術

スポーツ
運動

しごと
工作

國際學村 讀者資料服務回函

感謝您購買這本書！
為使我們對讀者的服務能夠更加完善，
請您詳細填寫本卡各欄，
寄回本公司或傳真至（02）2225-8052，
我們將不定期寄給您我們的出版訊息。

- 您購買的書 <u>史上最強日語單字</u>
- 您 的 大 名
- 購 買 書 店
- 您 的 性 別 □男 □女
- 婚　　　姻 □已婚 □單身
- 出 生 日 期 _____年_____月_____日
- 您 的 職 業 □製造業□銷售業□金融業□資訊業□學生□大眾傳播□自由業
　　　　　　　□服務業□軍警□公□教□其他
- 職　　　位 □負責人□高階主管□中級主管□一般職員□專業人員□其他
- 教 育 程 度 □高中以下（含高中）□大專□研究所□其他
- 您通常以何種方式購書？
　□逛書店□劃撥郵購□電話訂購□傳真訂購□網路訂購□銷售人員推薦□其他
- 您從何得知本書消息？
　□逛書店□報紙廣告□親友介紹□廣告信函□廣播節目□網路□書評
　□銷售人員推薦□其他
- 您想增加哪方面的知識？或對哪種類別的書籍有興趣？
　
　
- 通訊地址 □□□
　
- E-Mail
- 聯絡電話
- 您對本書封面及內文設計的意見
　
　
- 您是否有興趣接受敝社新書資訊？ □沒有□有
- 給我們的建議/請列出本書的錯別字